Megawatt

Nick Montfort
Megawatt

Ein deterministisch-
computergenerierter Roman,
Passagen aus Samuel Becketts
Watt erweiternd

Übertragen von Hannes Bajohr
auf Grundlage der deutschen
Erstübersetzung von Elmar Tophoven

Frohmann / 0x0a

Vorwort

Megawatt ist der Titel eines Computerprogramms, dessen Quellcode Sie womöglich gerade lesen, und des Outputs dieses Programms, der in vielerlei Hinsicht ein konventioneller Roman ist, und den Sie womöglich stattdessen lesen. Dieser Hinweis erscheint am Anfang beider.

Das Programm *Megawatt* basiert auf Passagen aus Samuel Becketts Roman *Watt*, der 1953 veröffentlicht, aber sehr viel früher geschrieben wurde, als Beckett während des Zweiten Weltkrieges die Résistance unterstützte.

Der Roman *Megawatt* lässt das meiste der eher verständlichen Teile von Becketts Roman beiseite und konzentriert sich stattdessen auf das, was an ihm am durchgängigsten systematisch und rätselhaft ist. Er baut diese Romanpassagen nicht einfach nach, obwohl *Megawatt* mit nur wenigen Veränderungen sehr wohl in der Lage wäre, genau dies zu tun. Stattdessen werden sie im neuen Roman durch Textgenerierung intensiviert, wobei dieselben Methoden zum Einsatz kommen, die Beckett verwandte, und bedeutend mehr Text entsteht als im ohnehin bereits exzessiven *Watt* zu finden ist.

Um den Roman im Markdown-Format zu kompilieren, führen Sie megawatt.py (ein Python-2-Programm) bei installiertem TextBlob aus (das ist eine Textverarbeitungsbibliothek):

```
% python megawatt.py > megawatt.text
```

Um PDF- und epub-Dokumente zu erstellen, verwenden Sie
pandoc:

```
% pandoc -V geometry:paperwidth=5.8268in \
      -V geometry:paperheight=8,2677in \
      -V geometry:margin=.7in -o megawatt.pdf \
      megawatt.text
% echo '% Megawatt' > info.txt
% echo '% Nick Montfort' >> info.txt
% pandoc -o megawatt.epub info.txt megawatt.text
```

Megawatt wurde für den zweiten NaNoGenMo (National Novel
Generation Month/Nationaler Romangenerierungsmonat) im
November 2014 geschrieben/generiert und ist eine freie Software.

Hannes Bajohr hat das Buch übersetzt – im Code, nicht im
Output. Es erscheint mit freundlicher Genehmigung des Autors
bei 0x0a.

I

Watt hörte Stimmen. Nun, manchmal sangen sie nur und manchmal schrieen sie nur und manchmal erklärten sie nur und manchmal murmelten sie nur und manchmal schwatzten sie nur und manchmal plauderten sie nur und manchmal schimpften sie nur und manchmal flüsterten sie nur und manchmal sangen und schrieen und manchmal sangen und erklärten und manchmal sangen und murmelten und manchmal sangen und schwatzten und manchmal sangen und plauderten und manchmal sangen und schimpften und manchmal sangen und flüsterten und manchmal schrieen und erklärten und manchmal schrieen und murmelten und manchmal schrieen und schwatzten und manchmal schrieen und plauderten und manchmal schrieen und schimpften und manchmal schrieen und flüsterten und manchmal erklärten und murmelten und manchmal erklärten und schwatzten und manchmal erklärten und plauderten und manchmal erklärten und schimpften und manchmal erklärten und flüsterten und manchmal murmelten und schwatzten und manchmal murmelten und plauderten und manchmal murmelten und schimpften und manchmal murmelten und flüsterten und manchmal schwatzten und plauderten und manchmal schwatzten und schimpften und manchmal schwatzten und flüsterten und manchmal plauderten und schimpften und manchmal plauderten und flüsterten und manchmal schimpften und flüsterten und manchmal sangen und schrieen und erklärten und manchmal sangen und schrieen und murmelten und manchmal sangen und schrieen und schwatzten und manchmal sangen und schrieen und plauderten und manchmal sangen und schrieen und schimpften und manchmal sangen und schrieen und flüsterten und manchmal sangen und erklärten und

7

murmelten und manchmal sangen und erklärten und schwatzten und manchmal sangen und erklärten und plauderten und manchmal sangen und erklärten und schimpften und manchmal sangen und erklärten und flüsterten und manchmal sangen und murmelten und schwatzten und manchmal sangen und murmelten und plauderten und manchmal sangen und murmelten und schimpften und manchmal sangen und murmelten und flüsterten und manchmal sangen und schwatzten und plauderten und manchmal sangen und schwatzten und schimpften und manchmal sangen und schwatzten und flüsterten und manchmal sangen und plauderten und schimpften und manchmal sangen und plauderten und flüsterten und manchmal sangen und schimpften und flüsterten und manchmal schrieen und erklärten und murmelten und manchmal schrieen und erklärten und schwatzten und manchmal schrieen und erklärten und plauderten und manchmal schrieen und erklärten und schimpften und manchmal schrieen und erklärten und flüsterten und manchmal schrieen und murmelten und schwatzten und manchmal schrieen und murmelten und plauderten und manchmal schrieen und murmelten und schimpften und manchmal schrieen und murmelten und flüsterten und manchmal schrieen und schwatzten und plauderten und manchmal schrieen und schwatzten und schimpften und manchmal schrieen und schwatzten und flüsterten und manchmal schrieen und plauderten und schimpften und manchmal schrieen und plauderten und flüsterten und manchmal schrieen und schimpften und flüsterten und manchmal erklärten und murmelten und schwatzten und manchmal erklärten und murmelten und plauderten und manchmal erklärten und murmelten und schimpften und manchmal erklärten und murmelten und flüsterten und manchmal erklärten und schwatzten und plauderten und manchmal erklärten und schwatzten und schimpften und manchmal erklärten und schwatzten und flüsterten und manchmal erklärten und plauderten und schimpften und manchmal erklärten und plauderten und flüsterten und manchmal erklärten und schimpften und flüsterten und manchmal murmelten und schwatzten und plauderten und manchmal murmelten und schwatzten und schimpften und manchmal murmelten und schwatzten und flüsterten und manchmal murmelten und plauderten und schimpften und manchmal murmelten und plauderten und flüsterten und manchmal murmelten und schimpften und flüsterten und manchmal schwatzten und plauderten und schimpften und manchmal schwatzten und plauderten und flüsterten und manchmal schwatzten und schimpften und flüsterten und manchmal plauderten und schimpften und flüsterten und manchmal sangen und schrieen und erklärten und murmelten und manchmal sangen und schrieen und erklärten und schwatzten und manchmal sangen und schrieen und erklärten und plauderten und manchmal sangen und schrieen und erklärten und schimpften und manchmal sangen und schrieen und erklärten und flüsterten und manchmal sangen und schrieen und murmelten und schwatzten und manchmal sangen und schrieen und murmelten und plauderten und manchmal sangen und schrieen und murmelten und schimpften und manchmal sangen und schrieen und murmelten und flüsterten und manchmal sangen und schrieen und schwatzten und plauderten und manchmal sangen und schrieen und schwatzten und schimpften und manchmal sangen und schrieen und schwatzten und flüsterten und manchmal sangen und schrieen und plauderten und schimpften und manchmal sangen und schrieen und plauderten und flüsterten und manchmal sangen und schrieen und schimpften und flüsterten und manchmal sangen und erklärten und murmelten und schwatzten und manchmal sangen und erklärten und murmelten und plauderten und manchmal sangen und erklärten und murmelten und schimpften und manchmal sangen und erklärten und murmelten und flüsterten und manchmal sangen und erklärten und schwatzten und plauderten und manchmal sangen und erklärten und schwatzten und schimpften und manchmal sangen und erklärten und schwatzten und flüsterten und manchmal sangen und erklärten und plauderten und schimpften und manchmal sangen und erklärten und plauderten und flüsterten und manchmal sangen und erklärten und schimpften und flüsterten und manchmal sangen und murmelten und schwatzten und plauderten und manchmal sangen und murmelten und schwatzten und schimpften und manchmal sangen und murmelten und schwatzten und flüsterten und manchmal sangen und murmelten und plauderten und schimpften und manchmal sangen und murmelten und plauderten und flüsterten und manchmal sangen und murmelten und schimpften und flüsterten und manchmal sangen und schwatzten und plauderten und schimpften und manchmal sangen und schwatzten und plauderten und flüsterten und manchmal sangen und schwatzten und schimpften und flüsterten und manchmal sangen und plauderten und schimpften und flüsterten und manchmal schrieen und erklärten und murmelten und schwatzten und manchmal schrieen und erklärten und murmelten und plauderten und manchmal schrieen und erklärten und murmelten und schimpften und manchmal schrieen und erklärten und murmelten und flüsterten und manchmal schrieen und erklärten und schwatzten und plauderten und manchmal schrieen und erklärten und schwatzten und schimpften und manchmal schrieen und erklärten und schwatzten und flüsterten und manchmal schrieen und erklärten und plauderten und schimpften und manchmal schrieen und erklärten und plauderten und flüsterten und manchmal schrieen und erklärten und schimpften und flüsterten und manchmal schrieen und murmelten und schwatzten und plauderten und manchmal schrieen und murmelten und schwatzten und schimpften und manchmal schrieen und murmelten und schwatzten und flüsterten und manchmal schrieen und murmelten und plauderten und schimpften und manchmal schrieen und murmelten und plauderten und flüsterten und manchmal schrieen und murmelten und schimpften und flüsterten und manchmal schrieen und schwatzten und plauderten und schimpften und manchmal schrieen und schwatzten und plauderten und flüsterten und manchmal schrieen und schwatzten und schimpften und flüsterten und manchmal schrieen und plauderten und schimpften und flüsterten und manchmal erklärten und murmelten und schwatzten und plauderten und manchmal erklärten und murmelten und schwatzten und schimpften und manchmal erklärten und murmelten und schwatzten und flüsterten und manchmal erklärten und murmelten und plauderten und schimpften und manchmal erklärten und murmelten und plauderten und flüsterten und manchmal erklärten und murmelten und schimpften und flüsterten und manchmal erklärten und schwatzten und plauderten und schimpften und manchmal erklärten und schwatzten und plauderten und flüsterten und manchmal erklärten und schwatzten und schimpften und flüsterten und manchmal erklärten und plauderten und schimpften und flüsterten und manchmal murmelten und schwatzten und plauderten und schimpften und manchmal murmelten und schwatzten und plauderten und flüsterten und manchmal murmelten und schwatzten und schimpften und flüsterten und manchmal murmelten und plauderten und schimpften und flüsterten und manchmal schwatzten und plauderten und schimpften und flüsterten und manchmal sangen und schrieen und erklärten und murmelten und schwatzten und manchmal sangen und schrieen und erklärten und murmelten und plauderten und manchmal sangen und

schrieen und erklärten und murmelten und schimpften und
manchmal sangen und schrieen und erklärten und murmelten
und flüsterten und manchmal sangen und schrieen und erklärten und schwatzten und plauderten und manchmal sangen und
schrieen und erklärten und schwatzten und schimpften und
manchmal sangen und schrieen und erklärten und schwatzten
und flüsterten und manchmal sangen und schrieen und erklärten und plauderten und schimpften und manchmal sangen und
schrieen und erklärten und plauderten und flüsterten und
manchmal sangen und schrieen und erklärten und schimpften
und flüsterten und manchmal sangen und schrieen und murmelten und schwatzten und plauderten und manchmal sangen
und schrieen und murmelten und schwatzten und schimpften
und manchmal sangen und schrieen und murmelten und
schwatzten und flüsterten und manchmal sangen und schrieen
und murmelten und plauderten und schimpften und manchmal
sangen und schrieen und murmelten und plauderten und flüsterten und manchmal sangen und schrieen und murmelten und
schimpften und flüsterten und manchmal sangen und schrieen
und schwatzten und plauderten und schimpften und manchmal
sangen und schrieen und schwatzten und plauderten und flüsterten und manchmal sangen und schrieen und schwatzten und
schimpften und flüsterten und manchmal sangen und schrieen
und plauderten und schimpften und flüsterten und manchmal
sangen und erklärten und murmelten und schwatzten und plauderten und manchmal sangen und erklärten und murmelten
und schwatzten und schimpften und manchmal sangen und erklärten und murmelten und schwatzten und flüsterten und
manchmal sangen und erklärten und murmelten und plauderten und schimpften und manchmal sangen und erklärten und
murmelten und plauderten und flüsterten und manchmal
sangen und erklärten und murmelten und schimpften und

flüsterten und manchmal sangen und erklärten und schwatzten und plauderten und schimpften und manchmal sangen und erklärten und schwatzten und plauderten und flüsterten und manchmal sangen und erklärten und schwatzten und schimpften und flüsterten und manchmal sangen und erklärten und plauderten und schimpften und flüsterten und manchmal sangen und murmelten und schwatzten und plauderten und schimpften und manchmal sangen und murmelten und schwatzten und plauderten und flüsterten und manchmal sangen und murmelten und schwatzten und schimpften und flüsterten und manchmal sangen und murmelten und plauderten und schimpften und flüsterten und manchmal sangen und schwatzten und plauderten und schimpften und flüsterten und manchmal schrieen und erklärten und murmelten und schwatzten und plauderten und manchmal schrieen und erklärten und murmelten und schwatzten und schimpften und manchmal schrieen und erklärten und murmelten und schwatzten und flüsterten und manchmal schrieen und erklärten und murmelten und plauderten und schimpften und manchmal schrieen und erklärten und murmelten und plauderten und flüsterten und manchmal schrieen und erklärten und murmelten und schimpften und flüsterten und manchmal schrieen und erklärten und schwatzten und plauderten und schimpften und manchmal schrieen und erklärten und schwatzten und plauderten und flüsterten und manchmal schrieen und erklärten und schwatzten und schimpften und flüsterten und manchmal schrieen und erklärten und plauderten und schimpften und flüsterten und manchmal schrieen und murmelten und schwatzten und plauderten und schimpften und manchmal schrieen und murmelten und schwatzten und plauderten und flüsterten und manchmal schrieen und murmelten und schwatzten und schimpften und flüsterten und manchmal schrieen und murmelten und plauderten und schimpften und flüsterten und manchmal schrieen und schwatzten und plauderten und schimpften und flüsterten und manchmal erklärten und murmelten und schwatzten und plauderten und schimpften und manchmal erklärten und murmelten und schwatzten und plauderten und flüsterten und manchmal erklärten und murmelten und schwatzten und schimpften und flüsterten und manchmal erklärten und murmelten und plauderten und schimpften und flüsterten und manchmal erklärten und schwatzten und plauderten und schimpften und flüsterten und manchmal murmelten und schwatzten und plauderten und schimpften und flüsterten und manchmal sangen und schrieen und erklärten und murmelten und schwatzten und plauderten und manchmal sangen und schrieen und erklärten und murmelten und schwatzten und schimpften und manchmal sangen und schrieen und erklärten und murmelten und schwatzten und flüsterten und manchmal sangen und schrieen und erklärten und murmelten und plauderten und schimpften und manchmal sangen und schrieen und erklärten und murmelten und plauderten und flüsterten und manchmal sangen und schrieen und erklärten und murmelten und schimpften und flüsterten und manchmal sangen und schrieen und erklärten und schwatzten und plauderten und schimpften und manchmal sangen und schrieen und erklärten und schwatzten und plauderten und flüsterten und manchmal sangen und schrieen und erklärten und schwatzten und schimpften und flüsterten und manchmal sangen und schrieen und erklärten und plauderten und schimpften und flüsterten und manchmal sangen und schrieen und murmelten und schwatzten und plauderten und schimpften und manchmal sangen und schrieen und murmelten und schwatzten und plauderten und flüsterten und manchmal sangen und schrieen und murmelten und schwatzten und schimpften und flüsterten und manchmal sangen und schrieen und murmelten und plauderten und schimpften und flüsterten und manchmal sangen und schrieen und schwatzten und plauderten und schimpften und flüsterten und manchmal sangen und erklärten und murmelten und schwatzten und plauderten und schimpften und manchmal sangen und erklärten und murmelten und schwatzten und plauderten und flüsterten und manchmal sangen und erklärten und murmelten und schwatzten und schimpften und flüsterten und manchmal sangen und erklärten und murmelten und plauderten und schimpften und flüsterten und manchmal sangen und erklärten und schwatzten und plauderten und schimpften und flüsterten und manchmal sangen und murmelten und schwatzten und plauderten und schimpften und flüsterten und manchmal schrieen und erklärten und murmelten und schwatzten und plauderten und schimpften und manchmal schrieen und erklärten und murmelten und schwatzten und plauderten und flüsterten und manchmal schrieen und erklärten und murmelten und schwatzten und schimpften und flüsterten und manchmal schrieen und erklärten und murmelten und plauderten und schimpften und flüsterten und manchmal schrieen und erklärten und schwatzten und plauderten und schimpften und flüsterten und manchmal schrieen und murmelten und schwatzten und plauderten und schimpften und flüsterten und manchmal erklärten und murmelten und schwatzten und plauderten und schimpften und flüsterten und manchmal sangen und schrieen und erklärten und murmelten und schwatzten und plauderten und schimpften und manchmal sangen und schrieen und erklärten und murmelten und schwatzten und plauderten und flüsterten und manchmal sangen und schrieen und erklärten und murmelten und schwatzten und schimpften und flüsterten und manchmal sangen und schrieen und erklärten und murmelten und plauderten und schimpften und flüsterten und manchmal sangen und schrieen und erklärten und schwatzten und plauderten und schimpften und flüsterten und manchmal sangen und schrieen und murmelten und schwatzten und plauderten und schimpften und flüsterten und manchmal sangen und erklärten und murmelten und schwatzten und plauderten und schimpften und flüsterten und manchmal schrieen und erklärten und murmelten und schwatzten und plauderten und schimpften und flüsterten und manchmal sangen und schrieen und erklärten und murmelten und schwatzten und plauderten und schimpften und flüsterten die Stimmen, alle zusammen, zur selben Zeit, wie jetzt, um nur die Stimmen zu erwähnen, die acht, denn es gab noch andere. Und manchmal verstand Watt alles und manchmal verstand er viel und manchmal verstand er einiges und manchmal verstand er die Hälfte und manchmal verstand er wenig und manchmal verstand er weniger und manchmal verstand er Teile und manchmal verstand er nichts, so wie jetzt.

## II

Watts Gewohnheit, geradewegs nach Osten zu gehen, bestand darin, daß er seinen Oberkörper so weit wie möglich nach Norden drehte und gleichzeitig sein rechtes Bein so weit wie möglich nach Süden schleuderte, dann seinen Oberkörper so weit wie möglich nach Süden drehte und gleichzeitig sein linkes Bein so weit wie möglich nach Norden schleuderte, dann seinen Oberkörper so weit wie möglich nach Norden drehte und gleichzeitig sein rechtes Bein so weit wie möglich nach Süden schleuderte, dann wieder seinen Oberkörper so weit wie möglich nach Süden drehte und gleichzeitig sein linkes Bein so weit wie möglich nach Norden schleuderte, dann wieder seinen Oberkörper so weit wie möglich nach Norden drehte und gleichzeitig sein rechtes Bein so weit wie möglich nach Süden schleuderte, dann noch einmal seinen Oberkörper so weit wie möglich nach Süden drehte und gleichzeitig sein linkes Bein so weit wie möglich nach Norden schleuderte, dann noch einmal seinen Oberkörper so weit wie möglich nach Norden drehte und gleichzeitig sein rechtes Bein so weit wie möglich nach Süden schleuderte, dann erneut seinen Oberkörper so weit wie möglich nach Süden drehte und gleichzeitig sein linkes Bein so weit wie möglich nach Norden schleuderte und so weiter, immer und immer wieder, viele, viele Male, bis er sein Ziel erreicht hatte und sich hinsetzen konnte.

Seine Gewohnheit, geradewegs nach Südosten zu gehen, bestand darin, daß er seinen Oberkörper so weit wie möglich nach Nordosten drehte und gleichzeitig sein rechtes Bein so weit wie möglich nach Südwesten schleuderte, dann seinen Oberkörper so weit wie möglich nach Südwesten drehte und gleichzeitig sein linkes Bein so weit wie möglich nach Nordosten schleuderte, dann seinen Oberkörper so weit wie möglich nach Nordosten drehte und gleichzeitig sein rechtes Bein so weit wie möglich nach Südwesten schleuderte, dann wieder seinen Oberkörper so weit wie möglich nach Südwesten drehte und gleichzeitig sein linkes Bein so weit wie möglich nach Nordosten schleuderte, dann wieder seinen Oberkörper so weit wie möglich nach Nordosten drehte und gleichzeitig sein rechtes Bein so weit wie möglich nach Südwesten schleuderte, dann noch einmal seinen Oberkörper so weit wie möglich nach Südwesten drehte und gleichzeitig sein linkes Bein so weit wie möglich nach Nordosten schleuderte, dann noch einmal seinen Oberkörper so weit wie möglich nach Nordosten drehte und gleichzeitig sein rechtes Bein so weit wie möglich nach Südwesten schleuderte, dann erneut seinen Oberkörper so weit wie möglich nach Südwesten drehte und gleichzeitig sein linkes Bein so weit wie möglich nach Nordosten schleuderte und so weiter, immer und immer wieder, viele, viele Male, bis er sein Ziel erreicht hatte und sich hinsetzen konnte.

Seine Gewohnheit, geradewegs nach Süden zu gehen, bestand darin, daß er seinen Oberkörper so weit wie möglich nach Osten drehte und gleichzeitig sein rechtes Bein so weit wie möglich nach Westen schleuderte, dann seinen Oberkörper so weit wie möglich nach Westen drehte und gleichzeitig sein linkes Bein so weit wie möglich nach Osten schleuderte, dann seinen Oberkörper so weit wie möglich nach Osten drehte und gleichzeitig sein rechtes Bein so weit wie möglich nach Westen schleuderte, dann wieder seinen Oberkörper so weit wie möglich nach Westen drehte und gleichzeitig sein linkes Bein so weit wie möglich nach Osten schleuderte, dann wieder seinen Oberkörper so weit wie möglich nach Osten drehte und gleichzeitig sein rechtes Bein so weit wie möglich nach Westen schleuderte, dann noch einmal seinen Oberkörper so weit wie möglich nach Westen drehte und gleichzeitig sein linkes Bein so weit wie möglich nach Osten schleuderte, dann noch einmal seinen Oberkörper so weit wie möglich nach Osten drehte und gleichzeitig sein rechtes Bein so weit wie möglich nach Westen schleuderte, dann erneut seinen Oberkörper so weit wie möglich nach Westen drehte und gleichzeitig sein linkes Bein so weit wie möglich nach Osten schleuderte und so weiter, immer und immer wieder, viele, viele Male, bis er sein Ziel erreicht hatte und sich hinsetzen konnte.

Seine Gewohnheit, geradewegs nach Südwesten zu gehen, bestand darin, daß er seinen Oberkörper so weit wie möglich nach Südosten drehte und gleichzeitig sein rechtes Bein so weit wie möglich nach Nordwesten schleuderte, dann seinen Oberkörper so weit wie möglich nach Nordwesten drehte und gleichzeitig sein linkes Bein so weit wie möglich nach Südosten schleuderte, dann seinen Oberkörper so weit wie möglich nach Südosten drehte und gleichzeitig sein rechtes Bein so weit wie möglich nach Nordwesten schleuderte, dann wieder seinen Oberkörper so weit wie möglich nach Nordwesten drehte und gleichzeitig sein linkes Bein so weit wie möglich nach Südosten schleuderte, dann wieder seinen Oberkörper so weit wie möglich nach Südosten drehte und gleichzeitig sein rechtes Bein so weit wie möglich nach Nordwesten schleuderte, dann noch einmal seinen Oberkörper so weit wie möglich nach Nordwesten drehte und gleichzeitig sein linkes Bein so weit wie möglich nach Südosten schleuderte, dann noch einmal seinen Oberkörper so weit wie möglich nach Südosten drehte und gleichzeitig sein rechtes Bein so weit wie möglich nach Nordwesten schleuderte, dann erneut seinen Oberkörper so weit wie möglich nach Nordwesten drehte und gleichzeitig sein linkes Bein so weit wie möglich nach Südosten schleuderte und so weiter, immer und immer wieder, viele, viele Male, bis er sein Ziel erreicht hatte und sich hinsetzen konnte.

Seine Gewohnheit, geradewegs nach Westen zu gehen, bestand darin, daß er seinen Oberkörper so weit wie möglich nach Süden drehte und gleichzeitig sein rechtes Bein so weit wie möglich nach Norden schleuderte, dann seinen Oberkörper so weit wie möglich nach Norden drehte und gleichzeitig sein linkes Bein so weit wie möglich nach Süden schleuderte, dann seinen Oberkörper so weit wie möglich nach Süden drehte und gleichzeitig sein rechtes Bein so weit wie möglich nach Norden schleuderte, dann wieder seinen Oberkörper so weit wie möglich nach Norden drehte und gleichzeitig sein linkes Bein so weit wie möglich nach Süden schleuderte, dann wieder seinen Oberkörper so weit wie möglich nach Süden drehte und gleichzeitig sein rechtes Bein so weit wie möglich nach Norden schleuderte, dann noch einmal seinen Oberkörper so weit wie möglich nach Norden drehte und gleichzeitig sein linkes Bein so weit wie möglich nach Süden schleuderte, dann noch einmal seinen Oberkörper so weit wie möglich nach Süden drehte und gleichzeitig sein rechtes Bein so weit wie möglich nach Norden schleuderte, dann erneut seinen Oberkörper so weit wie möglich nach Norden drehte und gleichzeitig sein linkes Bein so weit wie möglich nach Süden schleuderte und so weiter, immer und immer wieder, viele, viele Male, bis er sein Ziel erreicht hatte und sich hinsetzen konnte.

Seine Gewohnheit, geradewegs nach Nordwesten zu gehen, bestand darin, daß er seinen Oberkörper so weit wie möglich nach Südwesten drehte und gleichzeitig sein rechtes Bein so weit wie möglich nach Nordosten schleuderte, dann seinen Oberkörper so

weit wie möglich nach Nordosten drehte und gleichzeitig sein
linkes Bein so weit wie möglich nach Südwesten schleuderte,
dann seinen Oberkörper so weit wie möglich nach Südwesten
drehte und gleichzeitig sein rechtes Bein so weit wie möglich
nach Nordosten schleuderte, dann wieder seinen Oberkörper so
weit wie möglich nach Nordosten drehte und gleichzeitig sein
linkes Bein so weit wie möglich nach Südwesten schleuderte,
dann wieder seinen Oberkörper so weit wie möglich nach Südwesten drehte und gleichzeitig sein rechtes Bein so weit wie
möglich nach Nordosten schleuderte, dann noch einmal seinen
Oberkörper so weit wie möglich nach Nordosten drehte und
gleichzeitig sein linkes Bein so weit wie möglich nach Südwesten schleuderte, dann noch einmal seinen Oberkörper so weit
wie möglich nach Südwesten drehte und gleichzeitig sein rechtes Bein so weit wie möglich nach Nordosten schleuderte, dann
erneut seinen Oberkörper so weit wie möglich nach Nordosten
drehte und gleichzeitig sein linkes Bein so weit wie möglich
nach Südwesten schleuderte und so weiter, immer und immer
wieder, viele, viele Male, bis er sein Ziel erreicht hatte und sich
hinsetzen konnte.

Seine Gewohnheit, geradewegs nach Norden zu gehen, bestand darin, daß er seinen Oberkörper so weit wie möglich nach
Westen drehte und gleichzeitig sein rechtes Bein so weit wie
möglich nach Osten schleuderte, dann seinen Oberkörper so
weit wie möglich nach Osten drehte und gleichzeitig sein linkes
Bein so weit wie möglich nach Westen schleuderte, dann seinen
Oberkörper so weit wie möglich nach Westen drehte und gleichzeitig sein rechtes Bein so weit wie möglich nach Osten schleuderte, dann wieder seinen Oberkörper so weit wie möglich nach
Osten drehte und gleichzeitig sein linkes Bein so weit wie möglich nach Westen schleuderte, dann wieder seinen Oberkörper

so weit wie möglich nach Westen drehte und gleichzeitig sein rechtes Bein so weit wie möglich nach Osten schleuderte, dann noch einmal seinen Oberkörper so weit wie möglich nach Osten drehte und gleichzeitig sein linkes Bein so weit wie möglich nach Westen schleuderte, dann noch einmal seinen Oberkörper so weit wie möglich nach Westen drehte und gleichzeitig sein rechtes Bein so weit wie möglich nach Osten schleuderte, dann erneut seinen Oberkörper so weit wie möglich nach Osten drehte und gleichzeitig sein linkes Bein so weit wie möglich nach Westen schleuderte und so weiter, immer und immer wieder, viele, viele Male, bis er sein Ziel erreicht hatte und sich hinsetzen konnte.

Seine Gewohnheit, geradewegs nach Nordosten zu gehen, bestand darin, daß er seinen Oberkörper so weit wie möglich nach Nordwesten drehte und gleichzeitig sein rechtes Bein so weit wie möglich nach Südosten schleuderte, dann seinen Oberkörper so weit wie möglich nach Südosten drehte und gleichzeitig sein linkes Bein so weit wie möglich nach Nordwesten schleuderte, dann seinen Oberkörper so weit wie möglich nach Nordwesten drehte und gleichzeitig sein rechtes Bein so weit wie möglich nach Südosten schleuderte, dann wieder seinen Oberkörper so weit wie möglich nach Südosten drehte und gleichzeitig sein linkes Bein so weit wie möglich nach Nordwesten schleuderte, dann wieder seinen Oberkörper so weit wie möglich nach Nordwesten drehte und gleichzeitig sein rechtes Bein so weit wie möglich nach Südosten schleuderte, dann noch einmal seinen Oberkörper so weit wie möglich nach Südosten drehte und gleichzeitig sein linkes Bein so weit wie möglich nach Nordwesten schleuderte, dann noch einmal seinen Oberkörper so weit wie möglich nach Nordwesten drehte und gleichzeitig sein rechtes Bein so weit wie möglich nach Südosten schleuderte,

dann erneut seinen Oberkörper so weit wie möglich nach Südosten drehte und gleichzeitig sein linkes Bein so weit wie möglich nach Nordwesten schleuderte und so weiter, immer und
immer wieder, viele, viele Male, bis er sein Ziel erreicht hatte
und sich hinsetzen konnte.

III

Das Haus lag im Dunkeln.

Da Watt die Vordertür verschlossen fand, ging er zur Hintertür.

Da Watt die Hintertür verschlossen fand, ging er zur Seitentür.

Da Watt die Seitentür verschlossen fand, ging er zur Falltür.

Da Watt die Falltür verschlossen fand, ging er zur Vordertür.

Da Watt die Vordertür verschlossen fand, kehrte er zurück zur Hintertür.

Da Watt die Hintertür verschlossen fand, kehrte er zurück zur Seitentür.

Da Watt die Seitentür verschlossen fand, kehrte er zurück zur Falltür.

Da Watt die Falltür verschlossen fand, kehrte er zurück zur Vordertür.

Da Watt die Vordertür verschlossen fand, ging er erneut zurück zur Hintertür.

Da Watt die Hintertür verschlossen fand, ging er erneut zurück zur Seitentür.

Da Watt die Seitentür verschlossen fand, ging er erneut zurück zur Falltür.

Da Watt die Falltür verschlossen fand, ging er erneut zurück zur Vordertür.

Da Watt die Vordertür verschlossen fand, lief er abermals zur Hintertür.

Da Watt die Hintertür verschlossen fand, lief er abermals zur Seitentür.

Da Watt die Seitentür verschlossen fand, lief er abermals zur Falltür.

Da Watt die Seitentür jetzt offen fand, oh, nicht sperrangelweit offen, sondern aufgeklinkt, wie man sagt, konnte er das Haus betreten.

IV

Drinnen befanden sich Mr. Knott und Erskine und noch jemand. Bevor er ging, machte dieser Gentleman die folgende kurze Erklärung:

Und die arme alte, lausige Erde, die meine und die meines Vaters und meiner Mutter und der Mutter meiner Mutter und des Vaters meiner Mutter und der Mutter meines Vaters und des Vaters meines Vaters und der Mutter der Mutter meiner Mutter und des Vaters der Mutter meiner Mutter und der Mutter des Vaters meiner Mutter und des Vaters des Vaters meiner Mutter und der Mutter der Mutter meines Vaters und des Vaters der Mutter meines Vaters und der Mutter des Vaters meines Vaters und des Vaters des Vaters meines Vaters und der Mutter der Mutter der Mutter meiner Mutter und des Vaters der Mutter der Mutter meiner Mutter und der Mutter des Vaters der Mutter meiner Mutter und des Vaters des Vaters der Mutter meiner Mutter und der Mutter der Mutter des Vaters meiner Mutter und des Vaters der Mutter des Vaters meiner Mutter und der Mutter des Vaters des Vaters meiner Mutter und des Vaters des Vaters des Vaters meiner Mutter und der Mutter der Mutter der Mutter meines Vaters und des Vaters der Mutter der Mutter meines Vaters und der Mutter des Vaters der Mutter meines Vaters und des Vaters des Vaters der Mutter meines Vaters und der Mutter der Mutter des Vaters meines Vaters und des Vaters der Mutter des Vaters meines Vaters und der Mutter des Vaters des Vaters meines Vaters und des Vaters des Vaters des Vaters meines Vaters und der Mutter der Mutter der Mutter der Mutter meiner Mutter und des Vaters der Mutter der Mutter der Mutter meiner Mutter und der Mutter des Vaters der Mutter der Mutter meiner Mutter und des Vaters des Vaters der Mutter der Mutter

meiner Mutter und der Mutter der Mutter des Vaters der
Mutter meiner Mutter und des Vaters der Mutter des Vaters der
Mutter meiner Mutter und der Mutter des Vaters des Vaters der
Mutter meiner Mutter und des Vaters des Vaters des Vaters der
Mutter meiner Mutter und der Mutter der Mutter der Mutter
des Vaters meiner Mutter und des Vaters der Mutter der Mutter
des Vaters meiner Mutter und der Mutter des Vaters der Mutter
des Vaters meiner Mutter und des Vaters des Vaters der Mutter
des Vaters meiner Mutter und der Mutter der Mutter des Vaters
des Vaters meiner Mutter und des Vaters der Mutter des Vaters
des Vaters meiner Mutter und der Mutter des Vaters des Vaters
des Vaters meiner Mutter und des Vaters des Vaters des Vaters
des Vaters meiner Mutter und der Mutter der Mutter der
Mutter der Mutter meines Vaters und des Vaters der Mutter der
Mutter der Mutter meines Vaters und der Mutter des Vaters der
Mutter der Mutter meines Vaters und des Vaters des Vaters der
Mutter der Mutter meines Vaters und der Mutter der Mutter
des Vaters der Mutter meines Vaters und des Vaters der Mutter
des Vaters der Mutter meines Vaters und der Mutter des Vaters
des Vaters der Mutter meines Vaters und des Vaters des Vaters
des Vaters der Mutter meines Vaters und der Mutter der Mutter
der Mutter des Vaters meines Vaters und des Vaters der Mutter
der Mutter des Vaters meines Vaters und der Mutter des Vaters
der Mutter des Vaters meines Vaters und des Vaters des Vaters
der Mutter des Vaters meines Vaters und der Mutter der Mutter
des Vaters des Vaters meines Vaters und des Vaters der Mutter
des Vaters des Vaters meines Vaters und der Mutter des Vaters
des Vaters des Vaters meines Vaters und des Vaters des Vaters
des Vaters des Vaters meines Vaters und der Mutter der Mutter
der Mutter der Mutter der Mutter meiner Mutter und des
Vaters der Mutter der Mutter der Mutter der Mutter meiner
Mutter und der Mutter des Vaters der Mutter der Mutter der

Mutter meiner Mutter und des Vaters des Vaters der Mutter der
Mutter der Mutter meiner Mutter und der Mutter der Mutter
des Vaters der Mutter der Mutter meiner Mutter und des Vaters
der Mutter des Vaters der Mutter der Mutter meiner Mutter
und der Mutter des Vaters des Vaters der Mutter der Mutter
meiner Mutter und des Vaters des Vaters des Vaters der Mutter
der Mutter meiner Mutter und der Mutter der Mutter der
Mutter des Vaters der Mutter meiner Mutter und des Vaters der
Mutter der Mutter des Vaters der Mutter meiner Mutter und
der Mutter des Vaters der Mutter des Vaters der Mutter meiner
Mutter und des Vaters des Vaters der Mutter des Vaters der
Mutter meiner Mutter und der Mutter der Mutter des Vaters
des Vaters der Mutter meiner Mutter und des Vaters der Mutter
des Vaters des Vaters der Mutter meiner Mutter und der Mutter
des Vaters des Vaters des Vaters der Mutter meiner Mutter und
des Vaters des Vaters des Vaters des Vaters der Mutter meiner
Mutter und der Mutter der Mutter der Mutter der Mutter des
Vaters meiner Mutter und des Vaters der Mutter der Mutter der
Mutter des Vaters meiner Mutter und der Mutter des Vaters der
Mutter der Mutter des Vaters meiner Mutter und des Vaters des
Vaters der Mutter der Mutter des Vaters meiner Mutter und der
Mutter der Mutter des Vaters der Mutter des Vaters meiner
Mutter und des Vaters der Mutter des Vaters der Mutter des
Vaters meiner Mutter und der Mutter des Vaters des Vaters der
Mutter des Vaters meiner Mutter und des Vaters des Vaters des
Vaters der Mutter des Vaters meiner Mutter und der Mutter der
Mutter der Mutter des Vaters des Vaters meiner Mutter und des
Vaters der Mutter der Mutter des Vaters des Vaters meiner
Mutter und der Mutter des Vaters der Mutter des Vaters des
Vaters meiner Mutter und des Vaters des Vaters der Mutter des
Vaters des Vaters meiner Mutter und der Mutter der Mutter des
Vaters des Vaters des Vaters meiner Mutter und des Vaters der

Mutter des Vaters des Vaters des Vaters meiner Mutter und der
Mutter des Vaters des Vaters des Vaters des Vaters meiner
Mutter und des Vaters des Vaters des Vaters des Vaters des
Vaters meiner Mutter und der Mutter der Mutter der Mutter
der Mutter der Mutter meines Vaters und des Vaters der Mutter
der Mutter der Mutter der Mutter meines Vaters und der
Mutter des Vaters der Mutter der Mutter der Mutter meines
Vaters und des Vaters des Vaters der Mutter der Mutter der
Mutter meines Vaters und der Mutter der Mutter des Vaters der
Mutter der Mutter meines Vaters und des Vaters der Mutter des
Vaters der Mutter der Mutter meines Vaters und der Mutter des
Vaters des Vaters der Mutter der Mutter meines Vaters und des
Vaters des Vaters des Vaters der Mutter der Mutter meines
Vaters und der Mutter der Mutter der Mutter des Vaters der
Mutter meines Vaters und des Vaters der Mutter der Mutter des
Vaters der Mutter meines Vaters und der Mutter des Vaters der
Mutter des Vaters der Mutter meines Vaters und des Vaters des
Vaters der Mutter des Vaters der Mutter meines Vaters und der
Mutter der Mutter des Vaters des Vaters der Mutter meines
Vaters und des Vaters der Mutter des Vaters des Vaters der
Mutter meines Vaters und der Mutter des Vaters des Vaters des
Vaters der Mutter meines Vaters und des Vaters des Vaters des
Vaters des Vaters der Mutter meines Vaters und der Mutter der
Mutter der Mutter der Mutter des Vaters meines Vaters und des
Vaters der Mutter der Mutter der Mutter des Vaters meines
Vaters und der Mutter des Vaters der Mutter der Mutter des
Vaters meines Vaters und des Vaters des Vaters der Mutter der
Mutter des Vaters meines Vaters und der Mutter der Mutter des
Vaters der Mutter des Vaters meines Vaters und des Vaters der
Mutter des Vaters der Mutter des Vaters meines Vaters und der
Mutter des Vaters des Vaters der Mutter des Vaters meines
Vaters und des Vaters des Vaters des Vaters der Mutter des Vaters

meines Vaters und der Mutter der Mutter der Mutter des Vaters des Vaters meines Vaters und des Vaters der Mutter der Mutter des Vaters des Vaters meines Vaters und der Mutter des Vaters der Mutter des Vaters des Vaters meines Vaters und des Vaters des Vaters der Mutter des Vaters des Vaters meines Vaters und der Mutter der Mutter des Vaters des Vaters des Vaters meines Vaters und des Vaters der Mutter des Vaters des Vaters des Vaters meines Vaters und der Mutter des Vaters des Vaters des Vaters des Vaters meines Vaters und des Vaters des Vaters des Vaters des Vaters des Vaters meines Vaters und der Väter und Mütter anderer Unseligen und der Mutter ihrer Mütter und des Vaters ihrer Mütter und der Mutter ihrer Väter und des Vaters ihrer Väter und der Mutter der Mutter ihrer Mütter und des Vaters der Mutter ihrer Mütter und der Mutter des Vaters ihrer Mütter und des Vaters des Vaters ihrer Mütter und der Mutter der Mutter ihrer Väter und des Vaters der Mutter ihrer Väter und der Mutter des Vaters ihrer Väter und des Vaters des Vaters ihrer Väter und der Mutter der Mutter der Mutter ihrer Mütter und des Vaters der Mutter der Mutter ihrer Mütter und der Mutter des Vaters der Mutter ihrer Mütter und des Vaters des Vaters der Mutter ihrer Mütter und der Mutter der Mutter des Vaters ihrer Mütter und des Vaters der Mutter des Vaters ihrer Mütter und der Mutter des Vaters des Vaters ihrer Mütter und des Vaters des Vaters des Vaters ihrer Mütter und der Mutter der Mutter der Mutter ihrer Väter und des Vaters der Mutter der Mutter ihrer Väter und der Mutter des Vaters der Mutter ihrer Väter und des Vaters des Vaters der Mutter ihrer Väter und der Mutter der Mutter des Vaters ihrer Väter und des Vaters der Mutter des Vaters ihrer Väter und der Mutter des Vaters des Vaters ihrer Väter und des Vaters des Vaters des Vaters ihrer Väter und der Mutter der Mutter der Mutter der Mutter ihrer Mütter und des Vaters der Mutter der Mutter der Mutter ihrer Mütter

und der Mutter des Vaters der Mutter der Mutter ihrer Mütter
und des Vaters des Vaters der Mutter der Mutter ihrer Mütter
und der Mutter der Mutter des Vaters der Mutter ihrer Mütter
und des Vaters der Mutter des Vaters der Mutter ihrer Mütter
und der Mutter des Vaters des Vaters der Mutter ihrer Mütter
und des Vaters des Vaters des Vaters der Mutter ihrer Mütter
und der Mutter der Mutter der Mutter des Vaters ihrer Mütter
und des Vaters der Mutter der Mutter des Vaters ihrer Mütter
und der Mutter des Vaters der Mutter des Vaters ihrer Mütter
und des Vaters des Vaters der Mutter des Vaters ihrer Mütter
und der Mutter der Mutter des Vaters des Vaters ihrer Mütter
und des Vaters der Mutter des Vaters des Vaters ihrer Mütter
und der Mutter des Vaters des Vaters des Vaters ihrer Mütter
und des Vaters des Vaters des Vaters des Vaters ihrer Mütter und
der Mutter der Mutter der Mutter der Mutter ihrer Väter und
des Vaters der Mutter der Mutter der Mutter ihrer Väter und
der Mutter des Vaters der Mutter der Mutter ihrer Väter und
des Vaters des Vaters der Mutter der Mutter ihrer Väter und der
Mutter der Mutter des Vaters der Mutter ihrer Väter und des
Vaters der Mutter des Vaters der Mutter ihrer Väter und der
Mutter des Vaters des Vaters der Mutter ihrer Väter und des
Vaters des Vaters des Vaters der Mutter ihrer Väter und der
Mutter der Mutter der Mutter des Vaters ihrer Väter und des
Vaters der Mutter der Mutter des Vaters ihrer Väter und der
Mutter des Vaters der Mutter des Vaters ihrer Väter und des
Vaters des Vaters der Mutter des Vaters ihrer Väter und der
Mutter der Mutter des Vaters des Vaters ihrer Väter und des
Vaters der Mutter des Vaters des Vaters ihrer Väter und der
Mutter des Vaters des Vaters des Vaters ihrer Väter und des
Vaters des Vaters des Vaters des Vaters ihrer Väter und der Mutter
der Mutter der Mutter der Mutter der Mutter ihrer Mütter und
des Vaters der Mutter der Mutter der Mutter der Mutter ihrer

Mütter und der Mutter des Vaters der Mutter der Mutter der
Mutter ihrer Mütter und des Vaters des Vaters der Mutter der
Mutter der Mutter ihrer Mütter und der Mutter der Mutter des
Vaters der Mutter der Mutter ihrer Mütter und des Vaters der
Mutter des Vaters der Mutter der Mutter ihrer Mütter und der
Mutter des Vaters des Vaters der Mutter der Mutter ihrer Mütter
und des Vaters des Vaters des Vaters der Mutter der Mutter ihrer
Mütter und der Mutter der Mutter der Mutter des Vaters der
Mutter ihrer Mütter und des Vaters der Mutter der Mutter des
Vaters der Mutter ihrer Mütter und der Mutter des Vaters der
Mutter des Vaters der Mutter ihrer Mütter und des Vaters des
Vaters der Mutter des Vaters der Mutter ihrer Mütter und der
Mutter der Mutter des Vaters des Vaters der Mutter ihrer Mütter
und des Vaters der Mutter des Vaters des Vaters der Mutter ihrer
Mütter und der Mutter des Vaters des Vaters des Vaters der
Mutter ihrer Mütter und des Vaters des Vaters des Vaters des
Vaters der Mutter ihrer Mütter und der Mutter der Mutter der
Mutter der Mutter des Vaters ihrer Mütter und des Vaters der
Mutter der Mutter der Mutter des Vaters ihrer Mütter und der
Mutter des Vaters der Mutter der Mutter des Vaters ihrer Mütter
und des Vaters des Vaters der Mutter der Mutter des Vaters ihrer
Mütter und der Mutter der Mutter des Vaters der Mutter des
Vaters ihrer Mütter und des Vaters der Mutter des Vaters der
Mutter des Vaters ihrer Mütter und der Mutter des Vaters des
Vaters der Mutter des Vaters ihrer Mütter und des Vaters des
Vaters des Vaters der Mutter des Vaters ihrer Mütter und der
Mutter der Mutter der Mutter des Vaters des Vaters ihrer Mütter
und des Vaters der Mutter der Mutter des Vaters des Vaters ihrer
Mütter und der Mutter des Vaters der Mutter des Vaters des
Vaters ihrer Mütter und des Vaters des Vaters der Mutter des
Vaters des Vaters ihrer Mütter und der Mutter der Mutter des
Vaters des Vaters des Vaters ihrer Mütter und des Vaters der

Mutter des Vaters des Vaters des Vaters ihrer Mütter und der Mutter des Vaters des Vaters des Vaters des Vaters ihrer Mütter und des Vaters des Vaters des Vaters des Vaters des Vaters ihrer Mütter und der Mutter der Mutter der Mutter der Mutter der Mutter ihrer Väter und des Vaters der Mutter der Mutter der Mutter der Mutter ihrer Väter und der Mutter des Vaters der Mutter der Mutter der Mutter ihrer Väter und des Vaters des Vaters der Mutter der Mutter der Mutter ihrer Väter und der Mutter der Mutter des Vaters der Mutter der Mutter ihrer Väter und des Vaters der Mutter des Vaters der Mutter der Mutter ihrer Väter und der Mutter des Vaters des Vaters der Mutter der Mutter ihrer Väter und des Vaters des Vaters des Vaters der Mutter der Mutter ihrer Väter und der Mutter der Mutter der Mutter des Vaters der Mutter ihrer Väter und des Vaters der Mutter des Vaters der Mutter ihrer Väter und der Mutter des Vaters der Mutter des Vaters der Mutter ihrer Väter und des Vaters des Vaters der Mutter des Vaters der Mutter ihrer Väter und der Mutter der Mutter des Vaters des Vaters der Mutter ihrer Väter und des Vaters der Mutter des Vaters des Vaters der Mutter ihrer Väter und der Mutter des Vaters des Vaters des Vaters der Mutter ihrer Väter und des Vaters des Vaters des Vaters der Mutter ihrer Väter und der Mutter der Mutter der Mutter der Mutter des Vaters ihrer Väter und des Vaters der Mutter der Mutter der Mutter des Vaters ihrer Väter und der Mutter des Vaters der Mutter der Mutter des Vaters ihrer Väter und des Vaters des Vaters der Mutter der Mutter des Vaters ihrer Väter und der Mutter der Mutter des Vaters der Mutter des Vaters ihrer Väter und des Vaters der Mutter des Vaters ihrer Väter und des Vaters der Mutter des Vaters der Mutter des Vaters ihrer Väter und der Mutter des Vaters des Vaters der Mutter des Vaters ihrer Väter und des Vaters des Vaters des Vaters der Mutter des Vaters ihrer Väter und der Mutter der Mutter der Mutter des Vaters des

Vaters ihrer Väter und des Vaters der Mutter der Mutter des
Vaters des Vaters ihrer Väter und der Mutter des Vaters der
Mutter des Vaters des Vaters ihrer Väter und des Vaters des
Vaters der Mutter des Vaters des Vaters ihrer Väter und der
Mutter der Mutter des Vaters des Vaters des Vaters ihrer Väter
und des Vaters der Mutter des Vaters des Vaters des Vaters ihrer
Väter und der Mutter des Vaters des Vaters des Vaters des Vaters
ihrer Väter und des Vaters des Vaters des Vaters des Vaters des
Vaters ihrer Väter.

V

Samstagabends wurde eine Menge Nahrung zubereitet und gekocht, die genügte, um Mr. Knott eine Woche lang durchzubringen.

Dieses Gericht enthielt Nahrungsmittel verschiedener Art, Buchstabensuppe, Bisque, Borschtsch, Brühe, Hühnersuppe, Chowder, Cock-a-leekie, Consomme, Eggdrop-Suppe, Gazpacho, grüne Erbsensuppe, Gumbo, Julienne, Linsensuppe, Marmite, Scheinschildkrötensuppe, Mulligatawny, Ochsenschwanzsuppe, Erbsensuppe, Pfeffersuppe, petite marmite, potage, schottische Suppe, Soup du jour, Schildkrötensuppe, Vichyssoise und andere Suppen verschiedener Art, Alewife, Sardelle, Aal, Schellfisch, Seehecht, Meeräsche, Panfish, Steinlachs, Lachs, Schrod, Shad, Riechen, Stockfisch, Forelle und anderen Fisch verschiedener Art und Eier verschiedener Art, Großwild, Wildvögel und anderes Wild verschiedener Art, Bantam, Huhn, Cochin, Cornish, Dorking, Wildgeflügel, Perlhuhn, Rock Cornish, Truthahn und anderes Geflügel verschiedener Art, Rindfleisch, Vogel, Karbonado, Wurstwaren, Aufschnitt, dunkles Fleisch, Schnecke, Wild, Halal, Pferdefleisch, Trockenfleisch, Lammfleisch, Mouton, Pemmican, Schweinefleisch, rohes Fleisch, rotes Fleisch, Wurst, Eintopfgericht, Kalbsfleisch und anderes Fleisch verschiedener Art, Blauschimmel, Ziegelkäse, Brie, Camembert, Cheddar, Cheshire-Käse, Quark, Frischkäse, Doppelgloucester, Edam, Ziegenkäse, Gouda, geriebener Käse, Handkäse, Liederkranz, Limburger, Mozzarella, Münster, Parmesan, Quark, Ricotta, Streichkäse, Schweizer Käse, Dreifachrahm, Velveeta und andere Milchprodukte verschiedener Art, Fruchtzubereitung, Achene, Eichel, Fruchtaggregat, Beere, Sanddornbeere, Büffelnuss, Chokecherry, Cubeb, Steinfrucht, essbare Frucht,

34

Fruchtstücke, Kürbis, Hagelbeere, Hüfte, Wacholderbeere, Marasca, Maiapfel, Olive, Schote, Pomelo, Präriekürbis, Pyxidium, Quandong, Vogelbeere, Schizocarp, Samen, Wildkirsche und anderes Obst verschiedener Art, Anadama-Brot, Bap, Barmbrack, Breadstick, Schwarzbrot, Brötchen, Kümmelbrot, Challah, Zimtbrot, Crack-Wheat-Brot, Cracker, Crouton, dunkles Brot, englischer Muffin, Fladenbrot, Knoblauchbrot, Glutenbrot, Hostien, Matze, Nan, Zwiebelbrot, Schnellbrot, Rosinenbrot, Roggenbrot, Salzbrot, Simnel, Sauerbrot, Toast, Waffel, Weißbrot und anderes Brot verschiedener Art, braune Butter, Butterschmalz, Meuniere-Butter, Peitsche, Yak-Butter und andere Butter verschiedener Art und Absinth, Mineralwasser, Kambric Tee, Cuppa, Kräutertee, Eistee, Sonnentee und anderen Tee verschiedener Art, Cafe au Lait, Cafe Noir, Cafe Royale, Cappuccino, Kaffeeersatz, entkoffeinierter Kaffee, Tropfkaffee, Espresso, Eiskaffee, Instantkaffee, Irish Coffee, Mokka, türkischer Kaffee und anderen Kaffee verschiedener Art, Acidophilus Milch, Buttermilch, zertifizierte Milch, Schokoladenmilch, Kondensmilch, Kuhmilch, Ziegenmilch, homogenisierte Milch, fettarme Milch, pasteurisierte Milch, Milchpulver, Rohmilch, Rahmmilch, Magermilch, Sauermilch, Vollmilch, Yakmilch und andere Milch verschiedener Art, Pils, Lager, Schaum gund anderes Bier verschiedener Art, Whiskey, Brandy, Altarwein, Rougewein, Bordeaux, Burgund, kalifornischer Wein, Cotes de Provence, Dessertwein, Dubonnet, Likörwein, Generika, Krugwein, Macon, Glühwein, Plonk, Rotwein, Retsina, Rhône-Wein, Sekt, Tafelwein, Tokay, Wermut, Jahrgang, Weißwein und anderen Wein verschiedener Art und Wasser und es enthielt außerdem viele Dinge, die gut für die Gesundheit sind, wie etwa Insulin, Digitalin, Kalomel, Job, Laudanum, Quecksilber, Kohle, Eisen, Kamille, Wurmpulver, Acyclhyphirien, Alendronate, Allopurinole, Amrinone, Analgetika, Angiogenese-Hemmer, Antihyphythmika,

Antiarrhythmika, Anticholinergika, Antikoagulanzien, Antikon-
vulsiva, Antidepressiva, Antidiabetika, Antidiarrika, Antidiarr-
heals, Antidiurheals, Antidiurholsien, Antitussiva, Virostatika,
APCs, Adstringenzien, Atomcocktails, Azathioprine, Blocker,
Bronchodilatatoren, Kalziumblocker, Karminative, Clofibrate,
Clopidogrel-Bisulfate, Erkältungsmedikamente, Antitreibmit-
tel, Zytostatika, Decongestantien, Demulcents, Diaphoretics,
Diculurulan-Expektorantien, Medikamente mit fester Kombi-
nation, Gemfibrozils, Hämatinika, pflanzliche Medikamenten,
Histaminblocker, Immunsuppressiva, Inhalationsmittel, Isopro-
terenole, Isosorbidn, Lipidsenkungsmittel, Methacholine, Nux
Vricas, Over-the-Counter-Medikamente, Oxytozika, Paragorika,
Penicillamine, viel Lenetetrazole, Pharmazeutika, Placebos,
Pulver, verschreibungspflichtige Medikamente, Probenecids,
Purgierungsmittel, Heilmittel, Rubefacients, Sedativa, Beruhi-
gungssirupe, Spezifika, Sucralfate, Suppressorien, Suppositori-
en, Tinkturen, Tonika, Tyrosinkinase-Inhibitoren, Vermicides,
Vermifuges und andere Medizin verschiedener Art und freilich
Salz und Senf, Pfeffer und Zucker und freilich ein Tröpfchen
Salizylsäure gegen die Gärung.

VI

Man hörte Mr. Knott nie über seine Nahrung klagen, obgleich er sie nicht immer aß. Manchmal leerte er den Napf, und kratzte mit dem Schäufelchen an der Innenwand und über den Boden, bis sie blank waren, und manchmal ließ er ein Zwanzigstel oder zwei Zwanzigstel oder drei Zwanzigstel oder vier Zwanzigstel oder fünf Zwanzigstel oder sechs Zwanzigstel oder sieben Zwanzigstel oder acht Zwanzigstel oder neun Zwanzigstel oder zehn Zwanzigstel oder elf Zwanzigstel oder zwölf Zwanzigstel oder dreizehn Zwanzigstel oder vierzehn Zwanzigstel oder fünfzehn Zwanzigstel oder sechzehn Zwanzigstel oder siebzehn Zwanzigstel oder achtzehn Zwanzigstel oder neunzehn Zwanzigstel oder irgendeinen anderen Bruchteil stehen, und manchmal ließ er alles stehen.

VII

Vielmehr unter dem Druck… Nicht daß Watt sich ruhig und frei und froh und ganz und gut und richtig fühlte, oder je gefühlt hatte, durchaus nicht. Aber er dachte, daß er sich vielleicht ruhig und frei und froh und ganz und gut und richtig oder wenn nicht ruhig und frei und froh und ganz und gut und richtig so wenigstens ruhig und frei und froh und ganz und gut oder ruhig und frei und froh und ganz und richtig oder ruhig und frei und froh und gut und richtig oder ruhig und frei und ganz und gut und richtig oder ruhig und froh und ganz und gut und richtig oder frei und froh und ganz und gut und richtig oder wenn nicht ruhig und frei und froh und ganz und gut oder ruhig und frei und froh und ganz und richtig oder ruhig und frei und froh und gut und richtig oder ruhig und frei und ganz und gut und richtig oder ruhig und froh und ganz und gut und richtig oder frei und froh und ganz und gut und richtig so wenigstens ruhig und frei und froh und ganz oder ruhig und frei und froh und gut oder ruhig und frei und froh und richtig oder ruhig und frei und ganz und gut oder ruhig und frei und ganz und richtig oder ruhig und frei und gut undrichtig oder ruhig und froh und ganz und gut oder ruhig und froh und ganz und richtig oder ruhig und froh und gut und richtig oder ruhig und ganz und gut und richtig oder frei und froh und ganz und gut oder frei und froh und ganz und richtig oder frei und froh und gut und richtig oderfrei und ganz und gut und richtig oder froh und ganz und gut und richtig oder wenn nicht ruhig und frei und froh und ganz oder ruhig und frei und froh und gut oder ruhig und frei und froh und richtig oder ruhig und frei und ganz und gut oder ruhig und frei und ganz und richtig oder ruhig und frei und gut und richtig oder ruhig und froh und ganz und gut oder ruhig und froh und ganz

und richtig oder ruhig und froh und gut und richtig oder ruhig
und ganz und gut und richtig oder frei und froh und ganz und
gut oder frei und froh und ganz und richtig oder frei und froh
und gut und richtig oder frei und ganz und gut und richtig oder
froh und ganz und gut und richtig so wenigstens ruhig und frei
und froh oder ruhig und frei und ganz oder ruhig und frei und
gut oder ruhig und frei und richtig oder ruhig und froh und ganz
oder ruhig und froh und gut oderruhig und froh und richtig oder
ruhig und ganz und gut oder ruhig und ganz und richtig oder
ruhig und gut und richtig oder frei und froh und ganz oder frei
und froh und gut oder frei und froh und richtig oder frei und
ganz und gut oder frei und ganz und richtig oder frei und gut
und richtig oder froh und ganz und gut oder froh und ganz und
richtig oder froh und gut und richtig oder ganz und gut und
richtig oder wenn nicht ruhig und frei und froh oder ruhig und
frei und ganz oder ruhig und frei und gut oder ruhig und frei und
richtig oder ruhig und froh und ganz oder ruhig und froh und
gut oder ruhig und froh und richtig oder ruhig und ganz und gut
oder ruhig und ganz und richtig oder ruhig und gut und richtig
oder frei und froh und ganz oder frei und froh und gut oder frei
und froh und richtig oder frei und ganz und gut oder frei und
ganz und richtig oder frei und gut und richtig oder froh und
ganz und gut oder froh und ganz und richtig oder froh und gut
und richtig oder ganz und gut und richtig so wenigstens ruhig
und frei oder ruhig und froh oder ruhig und ganz oder ruhig und
gut oder ruhig und richtig oder frei und froh oder frei und ganz
oder frei und gut oder frei und richtig oder froh und ganz oder
froh und gut oder froh und richtig oder ganz und gut oder gan-
zund richtig oder gut und richtig oder wenn nicht ruhig und
frei oder ruhig und froh oder ruhig und ganz oder ruhig und gut
oder ruhig und richtig oder frei und froh oder frei und ganz oder
frei und gut oder frei und richtig oder froh und ganz oder froh

und gut oder froh und richtig oder ganz und gut oder ganz und
richtig oder gut und richtig so wenigstens ruhig oder frei oder
froh oder ganz oder gut oder richtig oder wenn nicht ruhig oder
frei oder froh oder ganz oder gut oder richtig fühlte, ohne es zu
wissen.

VIII

Was den so wichtigen physischen Aspekt Mr. Knotts betraf, so hatte Watt dazu leider wenig oder nichts zu sagen. Denn an einem Tag konnte Mr. Knott dünn, klein, blaß, schwarz, braunäugig, ektomorph, glattrasiert und aufrecht sein und am nächsten dünn, klein, blaß, schwarz, braunäugig, ektomorph, glattrasiert und gebeugt sein und am nächsten dünn, klein, blaß, schwarz, braunäugig, ektomorph, glattrasiert und lehnend sein und am nächsten dünn, klein, blaß, schwarz, braunäugig, ektomorph, vollbärtig und aufrecht sein und am nächsten dünn, klein, blaß, schwarz, braunäugig, ektomorph, vollbärtig und gebeugt sein und am nächsten dünn, klein, blaß, schwarz, braunäugig, ektomorph, vollbärtig und lehnend sein und am nächsten dünn, klein, blaß, schwarz, braunäugig, ektomorph, schnurrbärtig und aufrecht sein und am nächsten dünn, klein, blaß, schwarz, braunäugig, ektomorph, schnurrbärtig und gebeugt sein und am nächsten dünn, klein, blaß, schwarz, braunäugig, ektomorph, schnurrbärtig und lehnend sein und am nächsten dünn, klein, blaß, schwarz, braunäugig, mesomorph, glattrasiert und aufrecht sein und am nächsten dünn, klein, blaß, schwarz, braunäugig, mesomorph, glattrasiert und gebeugt sein und am nächsten dünn, klein, blaß, schwarz, braunäugig, mesomorph, glattrasiert und lehnend sein und am nächsten dünn, klein, blaß, schwarz, braunäugig, mesomorph, vollbärtig und aufrecht sein und am nächsten dünn, klein, blaß, schwarz, braunäugig, mesomorph, vollbärtig und gebeugt sein und am nächsten dünn, klein, blaß, schwarz, braunäugig, mesomorph, vollbärtig und lehnend sein und am nächsten dünn, klein, blaß, schwarz, braunäugig, mesomorph, schnurrbärtig und aufrecht sein und am nächsten dünn, klein, blaß, schwarz, braunäugig, mesomorph, schnurrbärtig und gebeugt sein und am nächsten dünn, klein, blaß, schwarz, braunäugig, mesomorph, schnurrbärtig und lehnend sein und am nächsten dünn, klein, blaß, schwarz, braunäugig, endomorph, glattrasiert und aufrecht sein und am nächsten dünn, klein, blaß, schwarz, braunäugig, endomorph, glattrasiert und gebeugt sein und am nächsten dünn, klein, blaß, schwarz, braunäugig, endomorph, glattrasiert und lehnend sein und am nächsten dünn, klein, blaß, schwarz, braunäugig, endomorph, vollbärtig und aufrecht sein und am nächsten dünn, klein, blaß, schwarz, braunäugig, endomorph, vollbärtig und gebeugt sein und am nächsten dünn, klein, blaß, schwarz, braunäugig, endomorph, vollbärtig und lehnend sein und am nächsten dünn, klein, blaß, schwarz, braunäugig, endomorph, schnurrbärtig und aufrecht sein und am nächsten dünn, klein, blaß, schwarz, braunäugig, endomorph, schnurrbärtig und gebeugt sein und am nächsten dünn, klein, blaß, schwarz, braunäugig, endomorph, schnurrbärtig und lehnend sein und am nächsten dünn, klein, blaß, schwarz, blauäugig, ektomorph, glattrasiert und aufrecht sein und am nächsten dünn, klein, blaß, schwarz, blauäugig, ektomorph, glattrasiert und gebeugt sein und am nächsten dünn, klein, blaß, schwarz, blauäugig, ektomorph, glattrasiert und lehnend sein und am nächsten dünn, klein, blaß, schwarz, blauäugig, ektomorph, vollbärtig und aufrecht sein und am nächsten dünn, klein, blaß, schwarz, blauäugig, ektomorph, vollbärtig und gebeugt sein und am nächsten dünn, klein, blaß, schwarz, blauäugig, ektomorph, vollbärtig und lehnend sein und am nächsten dünn, klein, blaß, schwarz, blauäugig, ektomorph, schnurrbärtig und aufrecht sein und am nächsten dünn, klein, blaß, schwarz, blauäugig, ektomorph, schnurrbärtig und gebeugt sein und am nächsten dünn, klein, blaß, schwarz, blauäugig, ektomorph, schnurrbärtig und lehnend sein und am nächsten dünn, klein, blaß, schwarz, blauäugig, mesomorph, glattrasiert und aufrecht sein und am nächsten dünn, klein, blaß, schwarz, blauäugig, mesomorph, glattrasiert und gebeugt sein und am nächsten dünn, klein, blaß, schwarz, blauäugig, mesomorph, glattrasiert und lehnend sein und am nächsten dünn, klein, blaß, schwarz, blauäugig, mesomorph, vollbärtig und aufrecht sein und am nächsten dünn, klein, blaß, schwarz, blauäugig, mesomorph, vollbärtig und gebeugt sein und am nächsten dünn, klein, blaß, schwarz, blauäugig, mesomorph, vollbärtig und lehnend sein und am nächsten dünn, klein, blaß, schwarz, blauäugig, mesomorph, schnurrbärtig und aufrecht sein und am nächsten dünn, klein, blaß, schwarz, blauäugig, mesomorph, schnurrbärtig und gebeugt sein und am nächsten dünn, klein, blaß, schwarz, blauäugig, mesomorph, schnurrbärtig und lehnend sein und am nächsten dünn, klein, blaß, schwarz, blauäugig, endomorph, glattrasiert und aufrecht sein und am nächsten dünn, klein, blaß, schwarz, blauäugig, endomorph, glattrasiert und gebeugt sein und am nächsten dünn, klein, blaß, schwarz, blauäugig, endomorph, glattrasiert und lehnend sein und am nächsten dünn, klein, blaß, schwarz, blauäugig, endomorph, vollbärtig und aufrecht sein und am nächsten dünn, klein, blaß, schwarz, blauäugig, endomorph, vollbärtig und gebeugt sein und am nächsten dünn, klein, blaß, schwarz, blauäugig, endomorph, vollbärtig und lehnend sein und am nächsten dünn, klein, blaß, schwarz, blauäugig, endomorph, schnurrbärtig und aufrecht sein und am nächsten dünn, klein, blaß, schwarz, blauäugig, endomorph, schnurrbärtig und gebeugt sein und am nächsten dünn, klein, blaß, schwarz, blauäugig, endomorph, schnurrbärtig und lehnend sein und am nächsten dünn, klein, blaß, schwarz, grünäugig, ektomorph, glattrasiert und aufrecht sein und am nächsten dünn, klein, blaß, schwarz, grünäugig, ektomorph, glattrasiert und gebeugt sein und am nächsten dünn, klein, blaß, schwarz, grünäugig, ektomorph, glattrasiert und lehnend sein und am nächsten dünn, klein, blaß, schwarz, grünäugig, ektomorph, vollbärtig und aufrecht sein und am nächsten dünn, klein, blaß, schwarz, grünäugig, ektomorph, vollbärtig und gebeugt sein und am nächsten dünn, klein, blaß, schwarz, grünäugig, ektomorph, vollbärtig und lehnend sein und am nächsten dünn, klein, blaß, schwarz, grünäugig, ektomorph, schnurrbärtig und aufrecht sein und am nächsten dünn, klein, blaß, schwarz, grünäugig, ektomorph, schnurrbärtig und gebeugt sein und am nächsten dünn, klein, blaß, schwarz, grünäugig, ektomorph, schnurrbärtig und lehnend sein und am nächsten dünn, klein, blaß, schwarz, grünäugig, mesomorph, glattrasiert und aufrecht sein und am nächsten dünn, klein, blaß, schwarz, grünäugig, mesomorph, glattrasiert und gebeugt sein und am nächsten dünn, klein, blaß, schwarz, grünäugig, mesomorph, glattrasiert und lehnend sein und am nächsten dünn, klein, blaß, schwarz, grünäugig, mesomorph, vollbärtig und aufrecht sein und am nächsten dünn, klein, blaß, schwarz, grünäugig, mesomorph, vollbärtig und gebeugt sein und am nächsten dünn, klein, blaß, schwarz, grünäugig, mesomorph, vollbärtig und lehnend sein und am nächsten dünn, klein, blaß, schwarz, grünäugig, mesomorph, schnurrbärtig und aufrecht sein und am nächsten dünn, klein, blaß, schwarz, grünäugig, mesomorph, schnurrbärtig und gebeugt sein und am nächsten dünn, klein, blaß, schwarz, grünäugig, mesomorph, schnurrbärtig und lehnend sein und am nächsten dünn, klein, blaß, schwarz, grünäugig, endomorph, glattrasiert und aufrecht sein und am nächsten dünn, klein, blaß, schwarz, grünäugig, endomorph, glattrasiert und gebeugt sein und am nächsten dünn, klein, blaß, schwarz, grünäugig, endomorph, glattrasiert und lehnend sein und am nächsten dünn, klein, blaß, schwarz, grünäugig, endomorph, vollbärtig und aufrecht sein und am nächsten dünn, klein, blaß, schwarz, grünäugig, endomorph, vollbärtig und gebeugt sein und am nächsten dünn, klein, blaß, schwarz, grünäugig, endomorph, vollbärtig und lehnend sein und am nächsten dünn, klein, blaß, schwarz, grünäugig, endomorph, schnurrbärtig und aufrecht sein und am nächsten dünn, klein, blaß, schwarz, grünäugig, endomorph, schnurrbärtig und gebeugt sein und am nächsten dünn, klein, blaß, schwarz, grünäugig, endomorph, schnurrbärtig und lehnend sein und am nächsten dünn, klein, blaß, rot, braunäugig, ektomorph, glattrasiert und aufrecht sein und am nächsten dünn, klein, blaß, rot, braunäugig, ektomorph, glattrasiert und gebeugt sein und am nächsten dünn, klein, blaß, rot, braunäugig, ektomorph, glattrasiert und lehnend sein und am nächsten dünn, klein, blaß, rot, braunäugig, ektomorph, vollbärtig und aufrecht sein und am nächsten dünn, klein, blaß, rot, braunäugig, ektomorph, vollbärtig und gebeugt sein und am nächsten dünn, klein, blaß, rot, braunäugig, ektomorph, vollbärtig und lehnend sein und am nächsten dünn, klein, blaß, rot, braunäugig, ektomorph, schnurrbärtig und aufrecht sein und am nächsten dünn, klein, blaß, rot, braunäugig, ektomorph, schnurrbärtig und gebeugt sein und am nächsten dünn, klein, blaß, rot, braunäugig, ektomorph, schnurrbärtig und lehnend sein und am nächsten dünn, klein, blaß, rot, braunäugig, mesomorph, glattrasiert und aufrecht sein und am nächsten dünn, klein, blaß, rot, braunäugig, mesomorph, glattrasiert und gebeugt sein und am nächsten dünn, klein, blaß, rot, braunäugig, mesomorph, glattrasiert und lehnend sein und am nächsten dünn, klein, blaß, rot, braunäugig, mesomorph, vollbärtig und aufrecht sein und am nächsten dünn, klein, blaß, rot, braunäugig, mesomorph, vollbärtig und gebeugt sein und am nächsten dünn, klein, blaß, rot, braunäugig, mesomorph, vollbärtig und lehnend sein und am nächsten dünn, klein, blaß, rot, braunäugig, mesomorph, schnurrbärtig und aufrecht sein und am nächsten dünn, klein, blaß, rot, braunäugig, mesomorph, schnurrbärtig und gebeugt sein und am nächsten dünn, klein, blaß, rot, braunäugig, mesomorph, schnurrbärtig und lehnend sein und am nächsten dünn, klein, blaß, rot, braunäugig, endomorph, glattrasiert und aufrecht sein und am nächsten dünn, klein, blaß, rot, braunäugig, endomorph, glattrasiert und gebeugt sein und am nächsten dünn, klein, blaß, rot, braunäugig, endomorph, glattrasiert und lehnend sein und am nächsten dünn, klein, blaß, rot, braunäugig, endomorph, vollbärtig und aufrecht sein und am nächsten dünn, klein, blaß, rot, braunäugig, endomorph, vollbärtig und gebeugt sein und am nächsten dünn, klein, blaß, rot, braunäugig, endomorph, vollbärtig und lehnend sein und am nächsten dünn, klein, blaß, rot, braunäugig, endomorph, schnurrbärtig und aufrecht sein und am nächsten dünn, klein, blaß, rot, braunäugig, endomorph, schnurrbärtig und gebeugt sein und am nächsten dünn, klein, blaß, rot, braunäugig, endomorph, schnurrbärtig und lehnend sein und am nächsten dünn, klein, blaß, rot, blauäugig, ektomorph, glattrasiert und aufrecht sein und am nächsten dünn, klein, blaß, rot, blauäugig, ektomorph, glattrasiert und gebeugt sein und am nächsten dünn, klein, blaß, rot, blauäugig, ektomorph, glattrasiert und lehnend sein und am nächsten dünn, klein, blaß, rot, blauäugig, ektomorph, vollbärtig und aufrecht sein und am nächsten dünn, klein, blaß, rot, blauäugig, ektomorph, vollbärtig und gebeugt sein und am nächsten dünn, klein, blaß, rot, blauäugig, ektomorph, vollbärtig und lehnend sein und am nächsten dünn, klein, blaß, rot, blauäugig, ektomorph, schnurrbärtig und aufrecht sein und am nächsten dünn, klein, blaß, rot, blauäugig, ektomorph, schnurrbärtig und gebeugt sein und am nächsten dünn, klein, blaß, rot, blauäugig, ektomorph, schnurrbärtig und lehnend sein und am nächsten dünn, klein, blaß, rot, blauäugig, mesomorph, glattrasiert und aufrecht sein und am nächsten dünn, klein, blaß, rot, blauäugig, mesomorph, glattrasiert und gebeugt sein und am nächsten dünn, klein, blaß, rot, blauäugig, mesomorph, glattrasiert und lehnend sein und am nächsten dünn, klein, blaß, rot, blauäugig, mesomorph, vollbärtig und aufrecht sein und am nächsten dünn, klein, blaß, rot, blauäugig, mesomorph, vollbärtig und gebeugt sein und am nächsten dünn, klein, blaß, rot, blauäugig, mesomorph, vollbärtig und lehnend sein und am nächsten dünn, klein, blaß, rot, blauäugig, mesomorph, schnurrbärtig und aufrecht sein und am nächsten dünn, klein, blaß, rot, blauäugig, mesomorph, schnurrbärtig und gebeugt sein und am nächsten dünn, klein, blaß, rot, blauäugig, mesomorph, schnurrbärtig und lehnend sein und am nächsten dünn, klein, blaß, rot, blauäugig, endomorph, glattrasiert und aufrecht sein und am nächsten dünn, klein, blaß, rot, blauäugig, endomorph, glattrasiert und gebeugt sein und am nächsten dünn, klein, blaß, rot, blauäugig, endomorph, glattrasiert und lehnend sein und am nächsten dünn, klein, blaß, rot, blauäugig, endomorph, vollbärtig und aufrecht sein und am nächsten dünn, klein, blaß, rot, blauäugig, endomorph, vollbärtig und gebeugt sein und am nächsten dünn, klein, blaß, rot, blauäugig, endomorph, vollbärtig und lehnend sein und am nächsten dünn, klein, blaß, rot, blauäugig, endomorph, schnurrbärtig und aufrecht sein und am nächsten dünn, klein, blaß, rot, blauäugig, endomorph, schnurrbärtig und gebeugt sein und am nächsten dünn, klein, blaß, rot, blauäugig, endomorph, schnurrbärtig und lehnend sein und am nächsten dünn, klein, blaß, rot, grünäugig, ektomorph, glattrasiert und aufrecht sein und am nächsten dünn, klein, blaß, rot, grünäugig, ektomorph, glattrasiert und gebeugt sein und am nächsten dünn, klein, blaß, rot, grünäugig, ektomorph, glattrasiert und lehnend sein und am nächsten dünn, klein, blaß, rot, grünäugig, ektomorph, vollbärtig und aufrecht sein und am nächsten dünn, klein, blaß, rot, grünäugig, ektomorph, vollbärtig und gebeugt sein und am nächsten dünn, klein, blaß, rot, grünäugig, ektomorph, vollbärtig und lehnend sein und am nächsten dünn, klein, blaß, rot, grünäugig, ektomorph, schnurrbärtig und aufrecht sein und am nächsten dünn, klein, blaß, rot, grünäugig, ektomorph, schnurrbärtig und gebeugt sein und am nächsten dünn, klein, blaß, rot, grünäugig, ektomorph, schnurrbärtig und lehnend sein und am nächsten dünn, klein, blaß, rot, grünäugig, mesomorph, glattrasiert und aufrecht sein und am nächsten dünn, klein, blaß, rot, grünäugig, mesomorph, glattrasiert und gebeugt sein und am nächsten dünn, klein, blaß, rot, grünäugig, mesomorph, glattrasiert und lehnend sein und am nächsten dünn, klein, blaß, rot, grünäugig, mesomorph, vollbärtig und aufrecht sein und am nächsten dünn, klein, blaß, rot, grünäugig, mesomorph, vollbärtig und gebeugt sein und am nächsten dünn, klein, blaß, rot, grünäugig, mesomorph, vollbärtig und lehnend sein und am nächsten dünn, klein, blaß, rot, grünäugig, mesomorph, schnurrbärtig und aufrecht sein und am nächsten dünn, klein, blaß, rot, grünäugig, mesomorph, schnurrbärtig und gebeugt sein und am nächsten dünn, klein, blaß, rot, grünäugig, mesomorph, schnurrbärtig und lehnend sein und am nächsten dünn, klein, blaß, rot, grünäugig, endomorph, glattrasiert und aufrecht sein und am nächsten dünn, klein, blaß, rot, grünäugig, endomorph, glattrasiert und gebeugt sein und am nächsten dünn, klein, blaß, rot, grünäugig, endomorph, glattrasiert und lehnend sein und am nächsten dünn, klein, blaß, rot, grünäugig, endomorph, vollbärtig und aufrecht sein und am nächsten dünn, klein, blaß, rot, grünäugig, endomorph, vollbärtig und gebeugt sein und am nächsten dünn, klein, blaß, rot, grünäugig, endomorph, vollbärtig und lehnend sein und am nächsten dünn, klein, blaß, rot, grünäugig, endomorph, schnurrbärtig und aufrecht sein und am nächsten dünn, klein, blaß, rot, grünäugig, endomorph, schnurrbärtig und gebeugt sein und am nächsten dünn, klein, blaß, rot, grünäugig, endomorph, schnurrbärtig und

lehnend sein und am nächsten dünn, klein, blaß, blond, braunäugig, ektomorph, glattrasiert und aufrecht sein und am nächsten dünn, klein, blaß, blond, braunäugig, ektomorph, glattrasiert
und gebeugt sein und am nächsten dünn, klein, blaß, blond,
braunäugig, ektomorph, glattrasiert und lehnend sein und am
nächsten dünn, klein, blaß, blond, braunäugig, ektomorph, vollbärtig und aufrecht sein und am nächsten dünn, klein, blaß,
blond, braunäugig, ektomorph, vollbärtig und gebeugt sein und
am nächsten dünn, klein, blaß, blond, braunäugig, ektomorph,
vollbärtig und lehnend sein und am nächsten dünn, klein, blaß,
blond, braunäugig, ektomorph, schnurrbärtig und aufrecht sein
und am nächsten dünn, klein, blaß, blond, braunäugig, ektomorph, schnurrbärtig und gebeugt sein und am nächsten dünn,
klein, blaß, blond, braunäugig, ektomorph, schnurrbärtig und
lehnend sein und am nächsten dünn, klein, blaß, blond, braunäugig, mesomorph, glattrasiert und aufrecht sein und am nächsten dünn, klein, blaß, blond, braunäugig, mesomorph, glattrasiert und gebeugt sein und am nächsten dünn, klein, blaß,
blond, braunäugig, mesomorph, glattrasiert und lehnend sein
und am nächsten dünn, klein, blaß, blond, braunäugig, mesomorph, vollbärtig und aufrecht sein und am nächsten dünn,
klein, blaß, blond, braunäugig, mesomorph, vollbärtig und gebeugt sein und am nächsten dünn, klein, blaß, blond, braunäugig, mesomorph, vollbärtig und lehnend sein und am nächsten dünn, klein, blaß, blond, braunäugig, mesomorph,
schnurrbärtig und aufrecht sein und am nächsten dünn, klein,
blaß, blond, braunäugig, mesomorph, schnurrbärtig und gebeugt
sein und am nächsten dünn, klein, blaß, blond, braunäugig,
mesomorph, schnurrbärtig und lehnend sein und am nächsten
dünn, klein, blaß, blond, braunäugig, endomorph, glattrasiert
und aufrecht sein und am nächsten dünn, klein, blaß, blond,
braunäugig, endomorph, glattrasiert und gebeugt sein und am

nächsten dünn, klein, blaß, blond, braunäugig, endomorph, glattrasiert und lehnend sein und am nächsten dünn, klein, blaß, blond, braunäugig, endomorph, vollbärtig und aufrecht sein und am nächsten dünn, klein, blaß, blond, braunäugig, endomorph, vollbärtig und gebeugt sein und am nächsten dünn, klein, blaß, blond, braunäugig, endomorph, vollbärtig und lehnend sein und am nächsten dünn, klein, blaß, blond, braunäugig, endomorph, schnurrbärtig und aufrecht sein und am nächsten dünn, klein, blaß, blond, braunäugig, endomorph, schnurrbärtig und gebeugt sein und am nächsten dünn, klein, blaß, blond, braunäugig, endomorph, schnurrbärtig und lehnend sein und am nächsten dünn, klein, blaß, blond, blauäugig, ektomorph, glattrasiert und aufrecht sein und am nächsten dünn, klein, blaß, blond, blauäugig, ektomorph, glattrasiert und gebeugt sein und am nächsten dünn, klein, blaß, blond, blauäugig, ektomorph, glattrasiert und lehnend sein und am nächsten dünn, klein, blaß, blond, blauäugig, ektomorph, vollbärtig und aufrecht sein und am nächsten dünn, klein, blaß, blond, blauäugig, ektomorph, vollbärtig und gebeugt sein und am nächsten dünn, klein, blaß, blond, blauäugig, ektomorph, vollbärtig und lehnend sein und am nächsten dünn, klein, blaß, blond, blauäugig, ektomorph, schnurrbärtig und aufrecht sein und am nächsten dünn, klein, blaß, blond, blauäugig, ektomorph, schnurrbärtig und gebeugt sein und am nächsten dünn, klein, blaß, blond, blauäugig, ektomorph, schnurrbärtig und lehnend sein und am nächsten dünn, klein, blaß, blond, blauäugig, mesomorph, glattrasiert und aufrecht sein und am nächsten dünn, klein, blaß, blond, blauäugig, mesomorph, glattrasiert und gebeugt sein und am nächsten dünn, klein, blaß, blond, blauäugig, mesomorph, glattrasiert und lehnend sein und am nächsten dünn, klein, blaß, blond, blauäugig, mesomorph, vollbärtig und aufrecht sein und am nächsten dünn, klein, blaß, blond, blauäugig, mesomorph, vollbärtig und gebeugt sein und am nächsten dünn, klein, blaß, blond, blauäugig, mesomorph, vollbärtig und lehnend sein und am nächsten dünn, klein, blaß, blond, blauäugig, mesomorph, schnurrbärtig und aufrecht sein und am nächsten dünn, klein, blaß, blond, blauäugig, mesomorph, schnurrbärtig und gebeugt sein und am nächsten dünn, klein, blaß, blond, blauäugig, mesomorph, schnurrbärtig und lehnend sein und am nächsten dünn, klein, blaß, blond, blauäugig, endomorph, glattrasiert und aufrecht sein und am nächsten dünn, klein, blaß, blond, blauäugig, endomorph, glattrasiert und gebeugt sein und am nächsten dünn, klein, blaß, blond, blauäugig, endomorph, glattrasiert und lehnend sein und am nächsten dünn, klein, blaß, blond, blauäugig, endomorph, vollbärtig und aufrecht sein und am nächsten dünn, klein, blaß, blond, blauäugig, endomorph, vollbärtig und gebeugt sein und am nächsten dünn, klein, blaß, blond, blauäugig, endomorph, vollbärtig und lehnend sein und am nächsten dünn, klein, blaß, blond, blauäugig, endomorph, schnurrbärtig und aufrecht sein und am nächsten dünn, klein, blaß, blond, blauäugig, endomorph, schnurrbärtig und gebeugt sein und am nächsten dünn, klein, blaß, blond, blauäugig, endomorph, schnurrbärtig und lehnend sein und am nächsten dünn, klein, blaß, blond, grünäugig, ektomorph, glattrasiert und aufrecht sein und am nächsten dünn, klein, blaß, blond, grünäugig, ektomorph, glattrasiert und gebeugt sein und am nächsten dünn, klein, blaß, blond, grünäugig, ektomorph, glattrasiert und lehnend sein und am nächsten dünn, klein, blaß, blond, grünäugig, ektomorph, vollbärtig und aufrecht sein und am nächsten dünn, klein, blaß, blond, grünäugig, ektomorph, vollbärtig und gebeugt sein und am nächsten dünn, klein, blaß, blond, grünäugig, ektomorph, vollbärtig und lehnend sein und am nächsten dünn, klein, blaß, blond, grünäugig, ektomorph, schnurrbärtig und aufrecht sein und am nächsten dünn, klein, blaß, blond,

grünäugig, ektomorph, schnurrbärtig und gebeugt sein und am
nächsten dünn, klein, blaß, blond, grünäugig, ektomorph,
schnurrbärtig und lehnend sein und am nächsten dünn, klein,
blaß, blond, grünäugig, mesomorph, glattrasiert und aufrecht
sein und am nächsten dünn, klein, blaß, blond, grünäugig, mesomorph, glattrasiert und gebeugt sein und am nächsten dünn,
klein, blaß, blond, grünäugig, mesomorph, glattrasiert und lehnend sein und am nächsten dünn, klein, blaß, blond, grünäugig,
mesomorph, vollbärtig und aufrecht sein und am nächsten dünn,
klein, blaß, blond, grünäugig, mesomorph, vollbärtig und gebeugt sein und am nächsten dünn, klein, blaß, blond, grünäugig,
mesomorph, vollbärtig und lehnend sein und am nächsten dünn,
klein, blaß, blond, grünäugig, mesomorph, schnurrbärtig und
aufrecht sein und am nächsten dünn, klein, blaß, blond, grünäugig, mesomorph, schnurrbärtig und gebeugt sein und am
nächsten dünn, klein, blaß, blond, grünäugig, mesomorph,
schnurrbärtig und lehnend sein und am nächsten dünn, klein,
blaß, blond, grünäugig, endomorph, glattrasiert und aufrecht
sein und am nächsten dünn, klein, blaß, blond, grünäugig, endomorph, glattrasiert und gebeugt sein und am nächsten dünn,
klein, blaß, blond, grünäugig, endomorph, glattrasiert und lehnend sein und am nächsten dünn, klein, blaß, blond, grünäugig,
endomorph, vollbärtig und aufrecht sein und am nächsten dünn,
klein, blaß, blond, grünäugig, endomorph, vollbärtig und gebeugt sein und am nächsten dünn, klein, blaß, blond, grünäugig,
endomorph, vollbärtig und lehnend sein und am nächsten dünn,
klein, blaß, blond, grünäugig, endomorph, schnurrbärtig und
aufrecht sein und am nächsten dünn, klein, blaß, blond, grünäugig, endomorph, schnurrbärtig und gebeugt sein und am
nächsten dünn, klein, blaß, blond, grünäugig, endomorph,
schnurrbärtig und lehnend sein und am nächsten dünn, klein,
gelb, schwarz, braunäugig, ektomorph, glattrasiert und aufrecht

sein und am nächsten dünn, klein, gelb, schwarz, braunäugig, ektomorph, glattrasiert und gebeugt sein und am nächsten dünn, klein, gelb, schwarz, braunäugig, ektomorph, glattrasiert und lehnend sein und am nächsten dünn, klein, gelb, schwarz, braunäugig, ektomorph, vollbärtig und aufrecht sein und am nächsten dünn, klein, gelb, schwarz, braunäugig, ektomorph, vollbärtig und gebeugt sein und am nächsten dünn, klein, gelb, schwarz, braunäugig, ektomorph, vollbärtig und lehnend sein und am nächsten dünn, klein, gelb, schwarz, braunäugig, ektomorph, schnurrbärtig und aufrecht sein und am nächsten dünn, klein, gelb, schwarz, braunäugig, ektomorph, schnurrbärtig und gebeugt sein und am nächsten dünn, klein, gelb, schwarz, braunäugig, ektomorph, schnurrbärtig und lehnend sein und am nächsten dünn, klein, gelb, schwarz, braunäugig, mesomorph, glattrasiert und aufrecht sein und am nächsten dünn, klein, gelb, schwarz, braunäugig, mesomorph, glattrasiert und gebeugt sein und am nächsten dünn, klein, gelb, schwarz, braunäugig, mesomorph, glattrasiert und lehnend sein und am nächsten dünn, klein, gelb, schwarz, braunäugig, mesomorph, vollbärtig und aufrecht sein und am nächsten dünn, klein, gelb, schwarz, braunäugig, mesomorph, vollbärtig und gebeugt sein und am nächsten dünn, klein, gelb, schwarz, braunäugig, mesomorph, vollbärtig und lehnend sein und am nächsten dünn, klein, gelb, schwarz, braunäugig, mesomorph, schnurrbärtig und aufrecht sein und am nächsten dünn, klein, gelb, schwarz, braunäugig, mesomorph, schnurrbärtig und gebeugt sein und am nächsten dünn, klein, gelb, schwarz, braunäugig, mesomorph, schnurrbärtig und lehnend sein und am nächsten dünn, klein, gelb, schwarz, braunäugig, endomorph, glattrasiert und aufrecht sein und am nächsten dünn, klein, gelb, schwarz, braunäugig, endomorph, glattrasiert und gebeugt sein und am nächsten dünn, klein, gelb, schwarz, braunäugig, endomorph, glattrasiert und lehnend sein und am nächsten dünn, klein, gelb, schwarz, braunäugig, endomorph, vollbärtig und aufrecht sein und am nächsten dünn, klein, gelb, schwarz, braunäugig, endomorph, vollbärtig und gebeugt sein und am nächsten dünn, klein, gelb, schwarz, braunäugig, endomorph, vollbärtig und lehnend sein und am nächsten dünn, klein, gelb, schwarz, braunäugig, endomorph, schnurrbärtig und aufrecht sein und am nächsten dünn, klein, gelb, schwarz, braunäugig, endomorph, schnurrbärtig und gebeugt sein und am nächsten dünn, klein, gelb, schwarz, braunäugig, endomorph, schnurrbärtig und lehnend sein und am nächsten dünn, klein, gelb, schwarz, blauäugig, ektomorph, glattrasiert und aufrecht sein und am nächsten dünn, klein, gelb, schwarz, blauäugig, ektomorph, glattrasiert und gebeugt sein und am nächsten dünn, klein, gelb, schwarz, blauäugig, ektomorph, glattrasiert und lehnend sein und am nächsten dünn, klein, gelb, schwarz, blauäugig, ektomorph, vollbärtig und aufrecht sein und am nächsten dünn, klein, gelb, schwarz, blauäugig, ektomorph, vollbärtig und gebeugt sein und am nächsten dünn, klein, gelb, schwarz, blauäugig, ektomorph, vollbärtig und lehnend sein und am nächsten dünn, klein, gelb, schwarz, blauäugig, ektomorph, schnurrbärtig und aufrecht sein und am nächsten dünn, klein, gelb, schwarz, blauäugig, ektomorph, schnurrbärtig und gebeugt sein und am nächsten dünn, klein, gelb, schwarz, blauäugig, ektomorph, schnurrbärtig und lehnend sein und am nächsten dünn, klein, gelb, schwarz, blauäugig, mesomorph, glattrasiert und aufrecht sein und am nächsten dünn, klein, gelb, schwarz, blauäugig, mesomorph, glattrasiert und gebeugt sein und am nächsten dünn, klein, gelb, schwarz, blauäugig, mesomorph, glattrasiert und lehnend sein und am nächsten dünn, klein, gelb, schwarz, blauäugig, mesomorph, vollbärtig und aufrecht sein und am nächsten dünn, klein, gelb, schwarz, blauäugig, mesomorph, vollbärtig und gebeugt sein

und am nächsten dünn, klein, gelb, schwarz, blauäugig, mesomorph, vollbärtig und lehnend sein und am nächsten dünn,
klein, gelb, schwarz, blauäugig, mesomorph, schnurrbärtig und
aufrecht sein und am nächsten dünn, klein, gelb, schwarz, blauäugig, mesomorph, schnurrbärtig und gebeugt sein und am
nächsten dünn, klein, gelb, schwarz, blauäugig, mesomorph,
schnurrbärtig und lehnend sein und am nächsten dünn, klein,
gelb, schwarz, blauäugig, endomorph, glattrasiert und aufrecht
sein und am nächsten dünn, klein, gelb, schwarz, blauäugig,
endomorph, glattrasiert und gebeugt sein und am nächsten
dünn, klein, gelb, schwarz, blauäugig, endomorph, glattrasiert
und lehnend sein und am nächsten dünn, klein, gelb, schwarz,
blauäugig, endomorph, vollbärtig und aufrecht sein und am
nächsten dünn, klein, gelb, schwarz, blauäugig, endomorph,
vollbärtig und gebeugt sein und am nächsten dünn, klein, gelb,
schwarz, blauäugig, endomorph, vollbärtig und lehnend sein
und am nächsten dünn, klein, gelb, schwarz, blauäugig, endomorph, schnurrbärtig und aufrecht sein und am nächsten dünn,
klein, gelb, schwarz, blauäugig, endomorph, schnurrbärtig und
gebeugt sein und am nächsten dünn, klein, gelb, schwarz, blauäugig, endomorph, schnurrbärtig und lehnend sein und am
nächsten dünn, klein, gelb, schwarz, grünäugig, ektomorph,
glattrasiert und aufrecht sein und am nächsten dünn, klein, gelb,
schwarz, grünäugig, ektomorph, glattrasiert und gebeugt sein
und am nächsten dünn, klein, gelb, schwarz, grünäugig, ektomorph, glattrasiert und lehnend sein und am nächsten dünn,
klein, gelb, schwarz, grünäugig, ektomorph, vollbärtig und aufrecht sein und am nächsten dünn, klein, gelb, schwarz, grünäugig, ektomorph, vollbärtig und gebeugt sein und am nächsten
dünn, klein, gelb, schwarz, grünäugig, ektomorph, vollbärtig
und lehnend sein und am nächsten dünn, klein, gelb, schwarz,
grünäugig, ektomorph, schnurrbärtig und aufrecht sein und am

nächsten dünn, klein, gelb, schwarz, grünäugig, ektomorph, schnurrbärtig und gebeugt sein und am nächsten dünn, klein, gelb, schwarz, grünäugig, ektomorph, schnurrbärtig und lehnend sein und am nächsten dünn, klein, gelb, schwarz, grünäugig, mesomorph, glattrasiert und aufrecht sein und am nächsten dünn, klein, gelb, schwarz, grünäugig, mesomorph, glattrasiert und gebeugt sein und am nächsten dünn, klein, gelb, schwarz, grünäugig, mesomorph, glattrasiert und lehnend sein und am nächsten dünn, klein, gelb, schwarz, grünäugig, mesomorph, vollbärtig und aufrecht sein und am nächsten dünn, klein, gelb, schwarz, grünäugig, mesomorph, vollbärtig und gebeugt sein und am nächsten dünn, klein, gelb, schwarz, grünäugig, mesomorph, vollbärtig und lehnend sein und am nächsten dünn, klein, gelb, schwarz, grünäugig, mesomorph, schnurrbärtig und aufrecht sein und am nächsten dünn, klein, gelb, schwarz, grünäugig, mesomorph, schnurrbärtig und gebeugt sein und am nächsten dünn, klein, gelb, schwarz, grünäugig, mesomorph, schnurrbärtig und lehnend sein und am nächsten dünn, klein, gelb, schwarz, grünäugig, endomorph, glattrasiert und aufrecht sein und am nächsten dünn, klein, gelb, schwarz, grünäugig, endomorph, glattrasiert und gebeugt sein und am nächsten dünn, klein, gelb, schwarz, grünäugig, endomorph, glattrasiert und lehnend sein und am nächsten dünn, klein, gelb, schwarz, grünäugig, endomorph, vollbärtig und aufrecht sein und am nächsten dünn, klein, gelb, schwarz, grünäugig, endomorph, vollbärtig und gebeugt sein und am nächsten dünn, klein, gelb, schwarz, grünäugig, endomorph, vollbärtig und lehnend sein und am nächsten dünn, klein, gelb, schwarz, grünäugig, endomorph, schnurrbärtig und aufrecht sein und am nächsten dünn, klein, gelb, schwarz, grünäugig, endomorph, schnurrbärtig und gebeugt sein und am nächsten dünn, klein, gelb, schwarz, grünäugig, endomorph, schnurrbärtig und lehnend sein und am nächsten dünn, klein, gelb, rot, braunäugig, ektomorph, glattrasiert und aufrecht sein und am nächsten dünn, klein, gelb, rot, braunäugig, ektomorph, glattrasiert und gebeugt sein und am nächsten dünn, klein, gelb, rot, braunäugig, ektomorph, glattrasiert und lehnend sein und am nächsten dünn, klein, gelb, rot, braunäugig, ektomorph, vollbärtig und aufrecht sein und am nächsten dünn, klein, gelb, rot, braunäugig, ektomorph, vollbärtig und gebeugt sein und am nächsten dünn, klein, gelb, rot, braunäugig, ektomorph, vollbärtig und lehnend sein und am nächsten dünn, klein, gelb, rot, braunäugig, ektomorph, schnurrbärtig und aufrecht sein und am nächsten dünn, klein, gelb, rot, braunäugig, ektomorph, schnurrbärtig und gebeugt sein und am nächsten dünn, klein, gelb, rot, braunäugig, ektomorph, schnurrbärtig und lehnend sein und am nächsten dünn, klein, gelb, rot, braunäugig, mesomorph, glattrasiert und aufrecht sein und am nächsten dünn, klein, gelb, rot, braunäugig, mesomorph, glattrasiert und gebeugt sein und am nächsten dünn, klein, gelb, rot, braunäugig, mesomorph, glattrasiert und lehnend sein und am nächsten dünn, klein, gelb, rot, braunäugig, mesomorph, vollbärtig und aufrecht sein und am nächsten dünn, klein, gelb, rot, braunäugig, mesomorph, vollbärtig und gebeugt sein und am nächsten dünn, klein, gelb, rot, braunäugig, mesomorph, vollbärtig und lehnend sein und am nächsten dünn, klein, gelb, rot, braunäugig, mesomorph, schnurrbärtig und aufrecht sein und am nächsten dünn, klein, gelb, rot, braunäugig, mesomorph, schnurrbärtig und gebeugt sein und am nächsten dünn, klein, gelb, rot, braunäugig, mesomorph, schnurrbärtig und lehnend sein und am nächsten dünn, klein, gelb, rot, braunäugig, endomorph, glattrasiert und aufrecht sein und am nächsten dünn, klein, gelb, rot, braunäugig, endomorph, glattrasiert und gebeugt sein und am nächsten dünn, klein, gelb, rot, braunäugig, endomorph, glattrasiert und lehnend sein und am nächsten dünn, klein, gelb, rot, braunäugig, endomorph, vollbärtig und aufrecht sein und am nächsten dünn, klein, gelb, rot, braunäugig, endomorph, vollbärtig und gebeugt sein und am nächsten dünn, klein, gelb, rot, braunäugig, endomorph, vollbärtig und lehnend sein und am nächsten dünn, klein, gelb, rot, braunäugig, endomorph, schnurrbärtig und aufrecht sein und am nächsten dünn, klein, gelb, rot, braunäugig, endomorph, schnurrbärtig und gebeugt sein und am nächsten dünn, klein, gelb, rot, braunäugig, endomorph, schnurrbärtig und lehnend sein und am nächsten dünn, klein, gelb, rot, blauäugig, ektomorph, glattrasiert und aufrecht sein und am nächsten dünn, klein, gelb, rot, blauäugig, ektomorph, glattrasiert und gebeugt sein und am nächsten dünn, klein, gelb, rot, blauäugig, ektomorph, glattrasiert und lehnend sein und am nächsten dünn, klein, gelb, rot, blauäugig, ektomorph, vollbärtig und aufrecht sein und am nächsten dünn, klein, gelb, rot, blauäugig, ektomorph, vollbärtig und gebeugt sein und am nächsten dünn, klein, gelb, rot, blauäugig, ektomorph, vollbärtig und lehnend sein und am nächsten dünn, klein, gelb, rot, blauäugig, ektomorph, schnurrbärtig und aufrecht sein und am nächsten dünn, klein, gelb, rot, blauäugig, ektomorph, schnurrbärtig und gebeugt sein und am nächsten dünn, klein, gelb, rot, blauäugig, ektomorph, schnurrbärtig und lehnend sein und am nächsten dünn, klein, gelb, rot, blauäugig, mesomorph, glattrasiert und aufrecht sein und am nächsten dünn, klein, gelb, rot, blauäugig, mesomorph, glattrasiert und gebeugt sein und am nächsten dünn, klein, gelb, rot, blauäugig, mesomorph, glattrasiert und lehnend sein und am nächsten dünn, klein, gelb, rot, blauäugig, mesomorph, vollbärtig und aufrecht sein und am nächsten dünn, klein, gelb, rot, blauäugig, mesomorph, vollbärtig und gebeugt sein und am nächsten dünn, klein, gelb, rot, blauäugig, mesomorph, vollbärtig und lehnend sein und am nächsten dünn, klein, gelb, rot, blauäugig, mesomorph, schnurrbärtig und aufrecht sein und am nächsten dünn, klein, gelb, rot, blauäugig, mesomorph, schnurrbärtig und gebeugt sein und am nächsten dünn, klein, gelb, rot, blauäugig, mesomorph, schnurrbärtig und lehnend sein und am nächsten dünn, klein, gelb, rot, blauäugig, endomorph, glattrasiert und aufrecht sein und am nächsten dünn, klein, gelb, rot, blauäugig, endomorph, glattrasiert und gebeugt sein und am nächsten dünn, klein, gelb, rot, blauäugig, endomorph, glattrasiert und lehnend sein und am nächsten dünn, klein, gelb, rot, blauäugig, endomorph, vollbärtig und aufrecht sein und am nächsten dünn, klein, gelb, rot, blauäugig, endomorph, vollbärtig und gebeugt sein und am nächsten dünn, klein, gelb, rot, blauäugig, endomorph, vollbärtig und lehnend sein und am nächsten dünn, klein, gelb, rot, blauäugig, endomorph, schnurrbärtig und aufrecht sein und am nächsten dünn, klein, gelb, rot, blauäugig, endomorph, schnurrbärtig und gebeugt sein und am nächsten dünn, klein, gelb, rot, blauäugig, endomorph, schnurrbärtig und lehnend sein und am nächsten dünn, klein, gelb, rot, grünäugig, ektomorph, glattrasiert und aufrecht sein und am nächsten dünn, klein, gelb, rot, grünäugig, ektomorph, glattrasiert und gebeugt sein und am nächsten dünn, klein, gelb, rot, grünäugig, ektomorph, glattrasiert und lehnend sein und am nächsten dünn, klein, gelb, rot, grünäugig, ektomorph, vollbärtig und aufrecht sein und am nächsten dünn, klein, gelb, rot, grünäugig, ektomorph, vollbärtig und gebeugt sein und am nächsten dünn, klein, gelb, rot, grünäugig, ektomorph, vollbärtig und lehnend sein und am nächsten dünn, klein, gelb, rot, grünäugig, ektomorph, schnurrbärtig und aufrecht sein und am nächsten dünn, klein, gelb, rot, grünäugig, ektomorph, schnurrbärtig und gebeugt sein und am nächsten dünn, klein, gelb, rot, grünäugig, ektomorph, schnurrbärtig und lehnend sein und am nächsten dünn, klein, gelb, rot, grünäugig, mesomorph, glattrasiert und aufrecht sein und am nächsten dünn, klein, gelb, rot, grünäugig, mesomorph, glattrasiert und gebeugt sein und am nächsten dünn, klein, gelb, rot, grünäugig, mesomorph, glattrasiert und lehnend sein und am nächsten dünn, klein, gelb, rot, grünäugig, mesomorph, vollbärtig und aufrecht sein und am nächsten dünn, klein, gelb, rot, grünäugig, mesomorph, vollbärtig und gebeugt sein und am nächsten dünn, klein, gelb, rot, grünäugig, mesomorph, vollbärtig und lehnend sein und am nächsten dünn, klein, gelb, rot, grünäugig, mesomorph, schnurrbärtig und aufrecht sein und am nächsten dünn, klein, gelb, rot, grünäugig, mesomorph, schnurrbärtig und gebeugt sein und am nächsten dünn, klein, gelb, rot, grünäugig, mesomorph, schnurrbärtig und lehnend sein und am nächsten dünn, klein, gelb, rot, grünäugig, endomorph, glattrasiert und aufrecht sein und am nächsten dünn, klein, gelb, rot, grünäugig, endomorph, glattrasiert und gebeugt sein und am nächsten dünn, klein, gelb, rot, grünäugig, endomorph, glattrasiert und lehnend sein und am nächsten dünn, klein, gelb, rot, grünäugig, endomorph, vollbärtig und aufrecht sein und am nächsten dünn, klein, gelb, rot, grünäugig, endomorph, vollbärtig und gebeugt sein und am nächsten dünn, klein, gelb, rot, grünäugig, endomorph, vollbärtig und lehnend sein und am nächsten dünn, klein, gelb, rot, grünäugig, endomorph, schnurrbärtig und aufrecht sein und am nächsten dünn, klein, gelb, rot, grünäugig, endomorph, schnurrbärtig und gebeugt sein und am nächsten dünn, klein, gelb, rot, grünäugig, endomorph, schnurrbärtig und lehnend sein und am nächsten dünn, klein, gelb, blond, braunäugig, ektomorph, glattrasiert und aufrecht sein und am nächsten dünn, klein, gelb, blond, braunäugig, ektomorph, glattrasiert und gebeugt sein und am nächsten dünn, klein, gelb, blond, braunäugig, ektomorph, glattrasiert und lehnend sein und am nächsten dünn, klein, gelb, blond, braunäugig, ektomorph, vollbärtig und aufrecht sein und am nächsten dünn, klein, gelb, blond, braunäugig, ektomorph, vollbärtig und gebeugt sein und am nächsten dünn, klein, gelb, blond, braunäugig, ektomorph, vollbärtig und lehnend sein und am nächsten dünn, klein, gelb, blond, braunäugig, ektomorph, schnurrbärtig und aufrecht sein und am nächsten dünn, klein, gelb, blond, braunäugig, ektomorph, schnurrbärtig und gebeugt sein und am nächsten dünn, klein, gelb, blond, braunäugig, ektomorph, schnurrbärtig und lehnend sein und am nächsten dünn, klein, gelb, blond, braunäugig, mesomorph, glattrasiert und aufrecht sein und am nächsten dünn, klein, gelb, blond, braunäugig, mesomorph, glattrasiert und gebeugt sein und am nächsten dünn, klein, gelb, blond, braunäugig, mesomorph, glattrasiert und lehnend sein und am nächsten dünn, klein, gelb, blond, braunäugig, mesomorph, vollbärtig und aufrecht sein und am nächsten dünn, klein, gelb, blond, braunäugig, mesomorph, vollbärtig und gebeugt sein und am nächsten dünn, klein, gelb, blond, braunäugig, mesomorph, vollbärtig und lehnend sein und am nächsten dünn, klein, gelb, blond, braunäugig, mesomorph, schnurrbärtig und aufrecht sein und am nächsten dünn, klein, gelb, blond, braunäugig, mesomorph, schnurrbärtig und gebeugt sein und am nächsten dünn, klein, gelb, blond, braunäugig, mesomorph, schnurrbärtig und lehnend sein und am nächsten dünn, klein, gelb, blond, braunäugig, endomorph, glattrasiert und aufrecht sein und am nächsten dünn, klein, gelb, blond, braunäugig, endomorph, glattrasiert und gebeugt sein und am nächsten dünn, klein, gelb, blond, braunäugig, endomorph, glattrasiert und lehnend sein und am nächsten dünn, klein, gelb, blond, braunäugig, endomorph, vollbärtig und aufrecht sein und am nächsten dünn, klein, gelb, blond, braunäugig, endomorph, vollbärtig und gebeugt sein und am nächsten dünn, klein, gelb, blond, braunäugig, endomorph, vollbärtig und lehnend sein und am nächsten dünn, klein, gelb, blond, braunäugig, endomorph, schnurrbärtig und aufrecht sein und am nächsten dünn, klein, gelb, blond, braunäugig, endomorph, schnurrbärtig und gebeugt sein und am nächsten dünn, klein, gelb, blond, braunäugig, endomorph, schnurrbärtig und lehnend sein und am nächsten dünn, klein, gelb, blond, blauäugig, ektomorph, glattrasiert und aufrecht sein und am nächsten dünn, klein, gelb, blond, blauäugig, ektomorph, glattrasiert und gebeugt sein und am nächsten dünn, klein, gelb, blond, blauäugig, ektomorph, glattrasiert und lehnend sein und am nächsten dünn, klein, gelb, blond, blauäugig, ektomorph, vollbärtig und aufrecht sein und am nächsten dünn, klein, gelb, blond, blauäugig, ektomorph, vollbärtig und gebeugt sein und am nächsten dünn, klein, gelb, blond, blauäugig, ektomorph, vollbärtig und lehnend sein und am nächsten dünn, klein, gelb, blond, blauäugig, ektomorph, schnurrbärtig und aufrecht sein und am nächsten dünn, klein, gelb, blond, blauäugig, ektomorph, schnurrbärtig und gebeugt sein und am nächsten dünn, klein, gelb, blond, blauäugig, ektomorph, schnurrbärtig und lehnend sein und am nächsten dünn, klein, gelb, blond, blauäugig, mesomorph, glattrasiert und aufrecht sein und am nächsten dünn, klein, gelb, blond, blauäugig, mesomorph, glattrasiert und gebeugt sein und am nächsten dünn, klein, gelb, blond, blauäugig, mesomorph, glattrasiert und lehnend sein und am nächsten dünn, klein, gelb, blond, blauäugig, mesomorph, vollbärtig und aufrecht sein und am nächsten dünn, klein, gelb, blond, blauäugig, mesomorph, vollbärtig und gebeugt sein und am nächsten dünn, klein, gelb, blond, blauäugig, mesomorph, vollbärtig und lehnend sein und am nächsten dünn, klein, gelb, blond, blauäugig, mesomorph, schnurrbärtig und aufrecht sein und am nächsten dünn, klein, gelb, blond, blauäugig, mesomorph, schnurrbärtig und gebeugt sein und am nächsten dünn, klein, gelb, blond, blauäugig,

mesomorph, schnurrbärtig und lehnend sein und am nächsten
dünn, klein, gelb, blond, blauäugig, endomorph, glattrasiert und
aufrecht sein und am nächsten dünn, klein, gelb, blond, blauäugig, endomorph, glattrasiert und gebeugt sein und am nächsten dünn, klein, gelb, blond, blauäugig, endomorph, glattrasiert
und lehnend sein und am nächsten dünn, klein, gelb, blond,
blauäugig, endomorph, vollbärtig und aufrecht sein und am
nächsten dünn, klein, gelb, blond, blauäugig, endomorph, vollbärtig und gebeugt sein und am nächsten dünn, klein, gelb,
blond, blauäugig, endomorph, vollbärtig und lehnend sein und
am nächsten dünn, klein, gelb, blond, blauäugig, endomorph,
schnurrbärtig und aufrecht sein und am nächsten dünn, klein,
gelb, blond, blauäugig, endomorph, schnurrbärtig und gebeugt
sein und am nächsten dünn, klein, gelb, blond, blauäugig, endomorph, schnurrbärtig und lehnend sein und am nächsten dünn,
klein, gelb, blond, grünäugig, ektomorph, glattrasiert und aufrecht sein und am nächsten dünn, klein, gelb, blond, grünäugig,
ektomorph, glattrasiert und gebeugt sein und am nächsten
dünn, klein, gelb, blond, grünäugig, ektomorph, glattrasiert und
lehnend sein und am nächsten dünn, klein, gelb, blond, grünäugig, ektomorph, vollbärtig und aufrecht sein und am nächsten
dünn, klein, gelb, blond, grünäugig, ektomorph, vollbärtig und
gebeugt sein und am nächsten dünn, klein, gelb, blond, grünäugig, ektomorph, vollbärtig und lehnend sein und am nächsten
dünn, klein, gelb, blond, grünäugig, ektomorph, schnurrbärtig
und aufrecht sein und am nächsten dünn, klein, gelb, blond,
grünäugig, ektomorph, schnurrbärtig und gebeugt sein und am
nächsten dünn, klein, gelb, blond, grünäugig, ektomorph,
schnurrbärtig und lehnend sein und am nächsten dünn, klein,
gelb, blond, grünäugig, mesomorph, glattrasiert und aufrecht
sein und am nächsten dünn, klein, gelb, blond, grünäugig, mesomorph, glattrasiert und gebeugt sein und am nächsten dünn,

klein, gelb, blond, grünäugig, mesomorph, glattrasiert und lehnend sein und am nächsten dünn, klein, gelb, blond, grünäugig, mesomorph, vollbärtig und aufrecht sein und am nächsten dünn, klein, gelb, blond, grünäugig, mesomorph, vollbärtig und gebeugt sein und am nächsten dünn, klein, gelb, blond, grünäugig, mesomorph, vollbärtig und lehnend sein und am nächsten dünn, klein, gelb, blond, grünäugig, mesomorph, schnurrbärtig und aufrecht sein und am nächsten dünn, klein, gelb, blond, grünäugig, mesomorph, schnurrbärtig und gebeugt sein und am nächsten dünn, klein, gelb, blond, grünäugig, mesomorph, schnurrbärtig und lehnend sein und am nächsten dünn, klein, gelb, blond, grünäugig, endomorph, glattrasiert und aufrecht sein und am nächsten dünn, klein, gelb, blond, grünäugig, endomorph, glattrasiert und gebeugt sein und am nächsten dünn, klein, gelb, blond, grünäugig, endomorph, glattrasiert und lehnend sein und am nächsten dünn, klein, gelb, blond, grünäugig, endomorph, vollbärtig und aufrecht sein und am nächsten dünn, klein, gelb, blond, grünäugig, endomorph, vollbärtig und gebeugt sein und am nächsten dünn, klein, gelb, blond, grünäugig, endomorph, vollbärtig und lehnend sein und am nächsten dünn, klein, gelb, blond, grünäugig, endomorph, schnurrbärtig und aufrecht sein und am nächsten dünn, klein, gelb, blond, grünäugig, endomorph, schnurrbärtig und gebeugt sein und am nächsten dünn, klein, gelb, blond, grünäugig, endomorph, schnurrbärtig und lehnend sein und am nächsten dünn, klein, rosig, schwarz, braunäugig, ektomorph, glattrasiert und aufrecht sein und am nächsten dünn, klein, rosig, schwarz, braunäugig, ektomorph, glattrasiert und gebeugt sein und am nächsten dünn, klein, rosig, schwarz, braunäugig, ektomorph, glattrasiert und lehnend sein und am nächsten dünn, klein, rosig, schwarz, braunäugig, ektomorph, vollbärtig und aufrecht sein und am nächsten dünn, klein, rosig, schwarz, braunäugig, ektomorph, vollbärtig und gebeugt sein und am nächsten dünn, klein, rosig, schwarz, braunäugig, ektomorph, vollbärtig und lehnend sein und am nächsten dünn, klein, rosig, schwarz, braunäugig, ektomorph, schnurrbärtig und aufrecht sein und am nächsten dünn, klein, rosig, schwarz, braunäugig, ektomorph, schnurrbärtig und gebeugt sein und am nächsten dünn, klein, rosig, schwarz, braunäugig, ektomorph, schnurrbärtig und lehnend sein und am nächsten dünn, klein, rosig, schwarz, braunäugig, mesomorph, glattrasiert und aufrecht sein und am nächsten dünn, klein, rosig, schwarz, braunäugig, mesomorph, glattrasiert und gebeugt sein und am nächsten dünn, klein, rosig, schwarz, braunäugig, mesomorph, glattrasiert und lehnend sein und am nächsten dünn, klein, rosig, schwarz, braunäugig, mesomorph, vollbärtig und aufrecht sein und am nächsten dünn, klein, rosig, schwarz, braunäugig, mesomorph, vollbärtig und gebeugt sein und am nächsten dünn, klein, rosig, schwarz, braunäugig, mesomorph, vollbärtig und lehnend sein und am nächsten dünn, klein, rosig, schwarz, braunäugig, mesomorph, schnurrbärtig und aufrecht sein und am nächsten dünn, klein, rosig, schwarz, braunäugig, mesomorph, schnurrbärtig und gebeugt sein und am nächsten dünn, klein, rosig, schwarz, braunäugig, mesomorph, schnurrbärtig und lehnend sein und am nächsten dünn, klein, rosig, schwarz, braunäugig, endomorph, glattrasiert und aufrecht sein und am nächsten dünn, klein, rosig, schwarz, braunäugig, endomorph, glattrasiert und gebeugt sein und am nächsten dünn, klein, rosig, schwarz, braunäugig, endomorph, glattrasiert und lehnend sein und am nächsten dünn, klein, rosig, schwarz, braunäugig, endomorph, vollbärtig und aufrecht sein und am nächsten dünn, klein, rosig, schwarz, braunäugig, endomorph, vollbärtig und gebeugt sein und am nächsten dünn, klein, rosig, schwarz, braunäugig, endomorph, vollbärtig und lehnend sein und am nächsten dünn, klein, rosig, schwarz, braunäugig,

endomorph, schnurrbärtig und aufrecht sein und am nächsten
dünn, klein, rosig, schwarz, braunäugig, endomorph, schnurrbärtig und gebeugt sein und am nächsten dünn, klein, rosig,
schwarz, braunäugig, endomorph, schnurrbärtig und lehnend
sein und am nächsten dünn, klein, rosig, schwarz, blauäugig,
ektomorph, glattrasiert und aufrecht sein und am nächsten
dünn, klein, rosig, schwarz, blauäugig, ektomorph, glattrasiert
und gebeugt sein und am nächsten dünn, klein, rosig, schwarz,
blauäugig, ektomorph, glattrasiert und lehnend sein und am
nächsten dünn, klein, rosig, schwarz, blauäugig, ektomorph,
vollbärtig und aufrecht sein und am nächsten dünn, klein, rosig,
schwarz, blauäugig, ektomorph, vollbärtig und gebeugt sein und
am nächsten dünn, klein, rosig, schwarz, blauäugig, ektomorph,
vollbärtig und lehnend sein und am nächsten dünn, klein, rosig,
schwarz, blauäugig, ektomorph, schnurrbärtig und aufrecht sein
und am nächsten dünn, klein, rosig, schwarz, blauäugig, ektomorph, schnurrbärtig und gebeugt sein und am nächsten dünn,
klein, rosig, schwarz, blauäugig, ektomorph, schnurrbärtig und
lehnend sein und am nächsten dünn, klein, rosig, schwarz, blauäugig, mesomorph, glattrasiert und aufrecht sein und am nächsten dünn, klein, rosig, schwarz, blauäugig, mesomorph, glattrasiert und gebeugt sein und am nächsten dünn, klein, rosig,
schwarz, blauäugig, mesomorph, glattrasiert und lehnend sein
und am nächsten dünn, klein, rosig, schwarz, blauäugig, mesomorph, vollbärtig und aufrecht sein und am nächsten dünn,
klein, rosig, schwarz, blauäugig, mesomorph, vollbärtig und gebeugt sein und am nächsten dünn, klein, rosig, schwarz, blauäugig, mesomorph, vollbärtig und lehnend sein und am nächsten dünn, klein, rosig, schwarz, blauäugig, mesomorph,
schnurrbärtig und aufrecht sein und am nächsten dünn, klein,
rosig, schwarz, blauäugig, mesomorph, schnurrbärtig und gebeugt sein und am nächsten dünn, klein, rosig, schwarz,

blauäugig, mesomorph, schnurrbärtig und lehnend sein und am
nächsten dünn, klein, rosig, schwarz, blauäugig, endomorph,
glattrasiert und aufrecht sein und am nächsten dünn, klein,
rosig, schwarz, blauäugig, endomorph, glattrasiert und gebeugt
sein und am nächsten dünn, klein, rosig, schwarz, blauäugig,
endomorph, glattrasiert und lehnend sein und am nächsten
dünn, klein, rosig, schwarz, blauäugig, endomorph, vollbärtig
und aufrecht sein und am nächsten dünn, klein, rosig, schwarz,
blauäugig, endomorph, vollbärtig und gebeugt sein und am
nächsten dünn, klein, rosig, schwarz, blauäugig, endomorph,
vollbärtig und lehnend sein und am nächsten dünn, klein, rosig,
schwarz, blauäugig, endomorph, schnurrbärtig und aufrecht sein
und am nächsten dünn, klein, rosig, schwarz, blauäugig, endomorph, schnurrbärtig und gebeugt sein und am nächsten dünn,
klein, rosig, schwarz, blauäugig, endomorph, schnurrbärtig und
lehnend sein und am nächsten dünn, klein, rosig, schwarz, grünäugig, ektomorph, glattrasiert und aufrecht sein und am nächsten dünn, klein, rosig, schwarz, grünäugig, ektomorph,
glattrasiert und gebeugt sein und am nächsten dünn, klein, rosig,
schwarz, grünäugig, ektomorph, glattrasiert und lehnend sein
und am nächsten dünn, klein, rosig, schwarz, grünäugig, ektomorph, vollbärtig und aufrecht sein und am nächsten dünn,
klein, rosig, schwarz, grünäugig, ektomorph, vollbärtig und gebeugt sein und am nächsten dünn, klein, rosig, schwarz, grünäugig, ektomorph, vollbärtig und lehnend sein und am nächsten
dünn, klein, rosig, schwarz, grünäugig, ektomorph, schnurrbärtig
und aufrecht sein und am nächsten dünn, klein, rosig, schwarz,
grünäugig, ektomorph, schnurrbärtig und gebeugt sein und am
nächsten dünn, klein, rosig, schwarz, grünäugig, ektomorph,
schnurrbärtig und lehnend sein und am nächsten dünn, klein,
rosig, schwarz, grünäugig, mesomorph, glattrasiert und aufrecht
sein und am nächsten dünn, klein, rosig, schwarz, grünäugig,

mesomorph, glattrasiert und gebeugt sein und am nächsten dünn, klein, rosig, schwarz, grünäugig, mesomorph, glattrasiert und lehnend sein und am nächsten dünn, klein, rosig, schwarz, grünäugig, mesomorph, vollbärtig und aufrecht sein und am nächsten dünn, klein, rosig, schwarz, grünäugig, mesomorph, vollbärtig und gebeugt sein und am nächsten dünn, klein, rosig, schwarz, grünäugig, mesomorph, vollbärtig und lehnend sein und am nächsten dünn, klein, rosig, schwarz, grünäugig, mesomorph, schnurrbärtig und aufrecht sein und am nächsten dünn, klein, rosig, schwarz, grünäugig, mesomorph, schnurrbärtig und gebeugt sein und am nächsten dünn, klein, rosig, schwarz, grünäugig, mesomorph, schnurrbärtig und lehnend sein und am nächsten dünn, klein, rosig, schwarz, grünäugig, endomorph, glattrasiert und aufrecht sein und am nächsten dünn, klein, rosig, schwarz, grünäugig, endomorph, glattrasiert und gebeugt sein und am nächsten dünn, klein, rosig, schwarz, grünäugig, endomorph, glattrasiert und lehnend sein und am nächsten dünn, klein, rosig, schwarz, grünäugig, endomorph, vollbärtig und aufrecht sein und am nächsten dünn, klein, rosig, schwarz, grünäugig, endomorph, vollbärtig und gebeugt sein und am nächsten dünn, klein, rosig, schwarz, grünäugig, endomorph, vollbärtig und lehnend sein und am nächsten dünn, klein, rosig, schwarz, grünäugig, endomorph, schnurrbärtig und aufrecht sein und am nächsten dünn, klein, rosig, schwarz, grünäugig, endomorph, schnurrbärtig und gebeugt sein und am nächsten dünn, klein, rosig, schwarz, grünäugig, endomorph, schnurrbärtig und lehnend sein und am nächsten dünn, klein, rosig, rot, braunäugig, ektomorph, glattrasiert und aufrecht sein und am nächsten dünn, klein, rosig, rot, braunäugig, ektomorph, glattrasiert und gebeugt sein und am nächsten dünn, klein, rosig, rot, braunäugig, ektomorph, glattrasiert und lehnend sein und am nächsten dünn, klein, rosig, rot, braunäugig, ektomorph, vollbärtig und aufrecht sein und am nächsten dünn, klein, rosig, rot, braunäugig, ektomorph, vollbärtig und gebeugt sein und am nächsten dünn, klein, rosig, rot, braunäugig, ektomorph, vollbärtig und lehnend sein und am nächsten dünn, klein, rosig, rot, braunäugig, ektomorph, schnurrbärtig und aufrecht sein und am nächsten dünn, klein, rosig, rot, braunäugig, ektomorph, schnurrbärtig und gebeugt sein und am nächsten dünn, klein, rosig, rot, braunäugig, ektomorph, schnurrbärtig und lehnend sein und am nächsten dünn, klein, rosig, rot, braunäugig, mesomorph, glattrasiert und aufrecht sein und am nächsten dünn, klein, rosig, rot, braunäugig, mesomorph, glattrasiert und gebeugt sein und am nächsten dünn, klein, rosig, rot, braunäugig, mesomorph, glattrasiert und lehnend sein und am nächsten dünn, klein, rosig, rot, braunäugig, mesomorph, vollbärtig und aufrecht sein und am nächsten dünn, klein, rosig, rot, braunäugig, mesomorph, vollbärtig und gebeugt sein und am nächsten dünn, klein, rosig, rot, braunäugig, mesomorph, vollbärtig und lehnend sein und am nächsten dünn, klein, rosig, rot, braunäugig, mesomorph, schnurrbärtig und aufrecht sein und am nächsten dünn, klein, rosig, rot, braunäugig, mesomorph, schnurrbärtig und gebeugt sein und am nächsten dünn, klein, rosig, rot, braunäugig, mesomorph, schnurrbärtig und lehnend sein und am nächsten dünn, klein, rosig, rot, braunäugig, endomorph, glattrasiert und aufrecht sein und am nächsten dünn, klein, rosig, rot, braunäugig, endomorph, glattrasiert und gebeugt sein und am nächsten dünn, klein, rosig, rot, braunäugig, endomorph, glattrasiert und lehnend sein und am nächsten dünn, klein, rosig, rot, braunäugig, endomorph, vollbärtig und aufrecht sein und am nächsten dünn, klein, rosig, rot, braunäugig, endomorph, vollbärtig und gebeugt sein und am nächsten dünn, klein, rosig, rot, braunäugig, endomorph, vollbärtig und lehnend sein und am nächsten dünn, klein, rosig, rot, braunäugig, endomorph, schnurrbärtig und aufrecht sein und am nächsten dünn, klein, rosig, rot, braunäugig, endomorph, schnurrbärtig und gebeugt sein und am nächsten dünn, klein, rosig, rot, braunäugig, endomorph, schnurrbärtig und lehnend sein und am nächsten dünn, klein, rosig, rot, blauäugig, ektomorph, glattrasiert und aufrecht sein und am nächsten dünn, klein, rosig, rot, blauäugig, ektomorph, glattrasiert und gebeugt sein und am nächsten dünn, klein, rosig, rot, blauäugig, ektomorph, glattrasiert und lehnend sein und am nächsten dünn, klein, rosig, rot, blauäugig, ektomorph, vollbärtig und aufrecht sein und am nächsten dünn, klein, rosig, rot, blauäugig, ektomorph, vollbärtig und gebeugt sein und am nächsten dünn, klein, rosig, rot, blauäugig, ektomorph, vollbärtig und lehnend sein und am nächsten dünn, klein, rosig, rot, blauäugig, ektomorph, schnurrbärtig und aufrecht sein und am nächsten dünn, klein, rosig, rot, blauäugig, ektomorph, schnurrbärtig und gebeugt sein und am nächsten dünn, klein, rosig, rot, blauäugig, ektomorph, schnurrbärtig und lehnend sein und am nächsten dünn, klein, rosig, rot, blauäugig, mesomorph, glattrasiert und aufrecht sein und am nächsten dünn, klein, rosig, rot, blauäugig, mesomorph, glattrasiert und gebeugt sein und am nächsten dünn, klein, rosig, rot, blauäugig, mesomorph, glattrasiert und lehnend sein und am nächsten dünn, klein, rosig, rot, blauäugig, mesomorph, vollbärtig und aufrecht sein und am nächsten dünn, klein, rosig, rot, blauäugig, mesomorph, vollbärtig und gebeugt sein und am nächsten dünn, klein, rosig, rot, blauäugig, mesomorph, vollbärtig und lehnend sein und am nächsten dünn, klein, rosig, rot, blauäugig, mesomorph, schnurrbärtig und aufrecht sein und am nächsten dünn, klein, rosig, rot, blauäugig, mesomorph, schnurrbärtig und gebeugt sein und am nächsten dünn, klein, rosig, rot, blauäugig, mesomorph, schnurrbärtig und lehnend sein und am nächsten dünn, klein, rosig, rot, blauäugig, endomorph, glattrasiert und aufrecht sein und am

nächsten dünn, klein, rosig, rot, blauäugig, endomorph, glattrasiert und gebeugt sein und am nächsten dünn, klein, rosig, rot,
blauäugig, endomorph, glattrasiert und lehnend sein und am
nächsten dünn, klein, rosig, rot, blauäugig, endomorph, vollbärtig und aufrecht sein und am nächsten dünn, klein, rosig, rot,
blauäugig, endomorph, vollbärtig und gebeugt sein und am
nächsten dünn, klein, rosig, rot, blauäugig, endomorph, vollbärtig und lehnend sein und am nächsten dünn, klein, rosig, rot,
blauäugig, endomorph, schnurrbärtig und aufrecht sein und am
nächsten dünn, klein, rosig, rot, blauäugig, endomorph, schnurrbärtig und gebeugt sein und am nächsten dünn, klein, rosig, rot,
blauäugig, endomorph, schnurrbärtig und lehnend sein und am
nächsten dünn, klein, rosig, rot, grünäugig, ektomorph, glattrasiert und aufrecht sein und am nächsten dünn, klein, rosig, rot,
grünäugig, ektomorph, glattrasiert und gebeugt sein und am
nächsten dünn, klein, rosig, rot, grünäugig, ektomorph, glattrasiert und lehnend sein und am nächsten dünn, klein, rosig, rot,
grünäugig, ektomorph, vollbärtig und aufrecht sein und am
nächsten dünn, klein, rosig, rot, grünäugig, ektomorph, vollbärtig und gebeugt sein und am nächsten dünn, klein, rosig, rot,
grünäugig, ektomorph, vollbärtig und lehnend sein und am
nächsten dünn, klein, rosig, rot, grünäugig, ektomorph, schnurrbärtig und aufrecht sein und am nächsten dünn, klein, rosig, rot,
grünäugig, ektomorph, schnurrbärtig und gebeugt sein und am
nächsten dünn, klein, rosig, rot, grünäugig, ektomorph, schnurrbärtig und lehnend sein und am nächsten dünn, klein, rosig, rot,
grünäugig, mesomorph, glattrasiert und aufrecht sein und am
nächsten dünn, klein, rosig, rot, grünäugig, mesomorph, glattrasiert und gebeugt sein und am nächsten dünn, klein, rosig, rot,
grünäugig, mesomorph, glattrasiert und lehnend sein und am
nächsten dünn, klein, rosig, rot, grünäugig, mesomorph, vollbärtig und aufrecht sein und am nächsten dünn, klein, rosig, rot,

grünäugig, mesomorph, vollbärtig und gebeugt sein und am nächsten dünn, klein, rosig, rot, grünäugig, mesomorph, vollbärtig und lehnend sein und am nächsten dünn, klein, rosig, rot, grünäugig, mesomorph, schnurrbärtig und aufrecht sein und am nächsten dünn, klein, rosig, rot, grünäugig, mesomorph, schnurrbärtig und gebeugt sein und am nächsten dünn, klein, rosig, rot, grünäugig, mesomorph, schnurrbärtig und lehnend sein und am nächsten dünn, klein, rosig, rot, grünäugig, endomorph, glattrasiert und aufrecht sein und am nächsten dünn, klein, rosig, rot, grünäugig, endomorph, glattrasiert und gebeugt sein und am nächsten dünn, klein, rosig, rot, grünäugig, endomorph, glattrasiert und lehnend sein und am nächsten dünn, klein, rosig, rot, grünäugig, endomorph, vollbärtig und aufrecht sein und am nächsten dünn, klein, rosig, rot, grünäugig, endomorph, vollbärtig und gebeugt sein und am nächsten dünn, klein, rosig, rot, grünäugig, endomorph, vollbärtig und lehnend sein und am nächsten dünn, klein, rosig, rot, grünäugig, endomorph, schnurrbärtig und aufrecht sein und am nächsten dünn, klein, rosig, rot, grünäugig, endomorph, schnurrbärtig und gebeugt sein und am nächsten dünn, klein, rosig, rot, grünäugig, endomorph, schnurrbärtig und lehnend sein und am nächsten dünn, klein, rosig, blond, braunäugig, ektomorph, glattrasiert und aufrecht sein und am nächsten dünn, klein, rosig, blond, braunäugig, ektomorph, glattrasiert und gebeugt sein und am nächsten dünn, klein, rosig, blond, braunäugig, ektomorph, glattrasiert und lehnend sein und am nächsten dünn, klein, rosig, blond, braunäugig, ektomorph, vollbärtig und aufrecht sein und am nächsten dünn, klein, rosig, blond, braunäugig, ektomorph, vollbärtig und gebeugt sein und am nächsten dünn, klein, rosig, blond, braunäugig, ektomorph, vollbärtig und lehnend sein und am nächsten dünn, klein, rosig, blond, braunäugig, ektomorph, schnurrbärtig und aufrecht sein und am nächsten dünn, klein, rosig, blond, braunäugig, ektomorph, schnurrbärtig und gebeugt sein und am nächsten dünn, klein, rosig, blond, braunäugig, ektomorph, schnurrbärtig und lehnend sein und am nächsten dünn, klein, rosig, blond, braunäugig, mesomorph, glattrasiert und aufrecht sein und am nächsten dünn, klein, rosig, blond, braunäugig, mesomorph, glattrasiert und gebeugt sein und am nächsten dünn, klein, rosig, blond, braunäugig, mesomorph, glattrasiert und lehnend sein und am nächsten dünn, klein, rosig, blond, braunäugig, mesomorph, vollbärtig und aufrecht sein und am nächsten dünn, klein, rosig, blond, braunäugig, mesomorph, vollbärtig und gebeugt sein und am nächsten dünn, klein, rosig, blond, braunäugig, mesomorph, vollbärtig und lehnend sein und am nächsten dünn, klein, rosig, blond, braunäugig, mesomorph, schnurrbärtig und aufrecht sein und am nächsten dünn, klein, rosig, blond, braunäugig, mesomorph, schnurrbärtig und ge- beugt sein und am nächsten dünn, klein, rosig, blond, braun- äugig, mesomorph, schnurrbärtig und lehnend sein und am nächsten dünn, klein, rosig, blond, braunäugig, endomorph, glattrasiert und aufrecht sein und am nächsten dünn, klein, rosig, blond, braunäugig, endomorph, glattrasiert und gebeugt sein und am nächsten dünn, klein, rosig, blond, braunäugig, endomorph, glattrasiert und lehnend sein und am nächsten dünn, klein, rosig, blond, braunäugig, endomorph, vollbärtig und aufrecht sein und am nächsten dünn, klein, rosig, blond, braunäugig, endomorph, vollbärtig und gebeugt sein und am nächsten dünn, klein, rosig, blond, braunäugig, endomorph, vollbärtig und lehnend sein und am nächsten dünn, klein, rosig, blond, braunäugig, endomorph, schnurrbärtig und aufrecht sein und am nächsten dünn, klein, rosig, blond, braunäugig, endo- morph, schnurrbärtig und gebeugt sein und am nächsten dünn, klein, rosig, blond, braunäugig, endomorph, schnurrbärtig und lehnend sein und am nächsten dünn, klein, rosig, blond,

blauäugig, ektomorph, glattrasiert und aufrecht sein und am
nächsten dünn, klein, rosig, blond, blauäugig, ektomorph, glattrasiert und gebeugt sein und am nächsten dünn, klein, rosig,
blond, blauäugig, ektomorph, glattrasiert und lehnend sein und
am nächsten dünn, klein, rosig, blond, blauäugig, ektomorph,
vollbärtig und aufrecht sein und am nächsten dünn, klein, rosig,
blond, blauäugig, ektomorph, vollbärtig und gebeugt sein und
am nächsten dünn, klein, rosig, blond, blauäugig, ektomorph,
vollbärtig und lehnend sein und am nächsten dünn, klein, rosig,
blond, blauäugig, ektomorph, schnurrbärtig und aufrecht sein
und am nächsten dünn, klein, rosig, blond, blauäugig, ektomorph, schnurrbärtig und gebeugt sein und am nächsten dünn,
klein, rosig, blond, blauäugig, ektomorph, schnurrbärtig und
lehnend sein und am nächsten dünn, klein, rosig, blond, blauäugig, mesomorph, glattrasiert und aufrecht sein und am nächsten dünn, klein, rosig, blond, blauäugig, mesomorph, glattrasiert
und gebeugt sein und am nächsten dünn, klein, rosig, blond,
blauäugig, mesomorph, glattrasiert und lehnend sein und am
nächsten dünn, klein, rosig, blond, blauäugig, mesomorph, vollbärtig und aufrecht sein und am nächsten dünn, klein, rosig,
blond, blauäugig, mesomorph, vollbärtig und gebeugt sein und
am nächsten dünn, klein, rosig, blond, blauäugig, mesomorph,
vollbärtig und lehnend sein und am nächsten dünn, klein, rosig,
blond, blauäugig, mesomorph, schnurrbärtig und aufrecht sein
und am nächsten dünn, klein, rosig, blond, blauäugig, mesomorph, schnurrbärtig und gebeugt sein und am nächsten dünn,
klein, rosig, blond, blauäugig, mesomorph, schnurrbärtig und
lehnend sein und am nächsten dünn, klein, rosig, blond, blauäugig, endomorph, glattrasiert und aufrecht sein und am nächsten dünn, klein, rosig, blond, blauäugig, endomorph, glattrasiert
und gebeugt sein und am nächsten dünn, klein, rosig, blond,
blauäugig, endomorph, glattrasiert und lehnend sein und am

nächsten dünn, klein, rosig, blond, blauäugig, endomorph, vollbärtig und aufrecht sein und am nächsten dünn, klein, rosig,
blond, blauäugig, endomorph, vollbärtig und gebeugt sein und
am nächsten dünn, klein, rosig, blond, blauäugig, endomorph,
vollbärtig und lehnend sein und am nächsten dünn, klein, rosig,
blond, blauäugig, endomorph, schnurrbärtig und aufrecht sein
und am nächsten dünn, klein, rosig, blond, blauäugig, endomorph, schnurrbärtig und gebeugt sein und am nächsten dünn,
klein, rosig, blond, blauäugig, endomorph, schnurrbärtig und
lehnend sein und am nächsten dünn, klein, rosig, blond, grünäugig, ektomorph, glattrasiert und aufrecht sein und am nächsten dünn, klein, rosig, blond, grünäugig, ektomorph, glattrasiert
und gebeugt sein und am nächsten dünn, klein, rosig, blond,
grünäugig, ektomorph, glattrasiert und lehnend sein und am
nächsten dünn, klein, rosig, blond, grünäugig, ektomorph, vollbärtig und aufrecht sein und am nächsten dünn, klein, rosig,
blond, grünäugig, ektomorph, vollbärtig und gebeugt sein und
am nächsten dünn, klein, rosig, blond, grünäugig, ektomorph,
vollbärtig und lehnend sein und am nächsten dünn, klein, rosig,
blond, grünäugig, ektomorph, schnurrbärtig und aufrecht sein
und am nächsten dünn, klein, rosig, blond, grünäugig, ektomorph, schnurrbärtig und gebeugt sein und am nächsten dünn,
klein, rosig, blond, grünäugig, ektomorph, schnurrbärtig und
lehnend sein und am nächsten dünn, klein, rosig, blond, grünäugig, mesomorph, glattrasiert und aufrecht sein und am nächsten dünn, klein, rosig, blond, grünäugig, mesomorph, glattrasiert
und gebeugt sein und am nächsten dünn, klein, rosig, blond,
grünäugig, mesomorph, glattrasiert und lehnend sein und am
nächsten dünn, klein, rosig, blond, grünäugig, mesomorph, vollbärtig und aufrecht sein und am nächsten dünn, klein, rosig,
blond, grünäugig, mesomorph, vollbärtig und gebeugt sein und
am nächsten dünn, klein, rosig, blond, grünäugig, mesomorph,

vollbärtig und lehnend sein und am nächsten dünn, klein, rosig, blond, grünäugig, mesomorph, schnurrbärtig und aufrecht sein und am nächsten dünn, klein, rosig, blond, grünäugig, mesomorph, schnurrbärtig und gebeugt sein und am nächsten dünn, klein, rosig, blond, grünäugig, mesomorph, schnurrbärtig und lehnend sein und am nächsten dünn, klein, rosig, blond, grünäugig, endomorph, glattrasiert und aufrecht sein und am nächsten dünn, klein, rosig, blond, grünäugig, endomorph, glattrasiert und gebeugt sein und am nächsten dünn, klein, rosig, blond, grünäugig, endomorph, glattrasiert und lehnend sein und am nächsten dünn, klein, rosig, blond, grünäugig, endomorph, vollbärtig und aufrecht sein und am nächsten dünn, klein, rosig, blond, grünäugig, endomorph, vollbärtig und gebeugt sein und am nächsten dünn, klein, rosig, blond, grünäugig, endomorph, vollbärtig und lehnend sein und am nächsten dünn, klein, rosig, blond, grünäugig, endomorph, schnurrbärtig und aufrecht sein und am nächsten dünn, klein, rosig, blond, grünäugig, endomorph, schnurrbärtig und gebeugt sein und am nächsten dünn, klein, rosig, blond, grünäugig, endomorph, schnurrbärtig und lehnend sein und am nächsten dünn, mittelgroß, blaß, schwarz, braunäugig, ektomorph, glattrasiert und aufrecht sein und am nächsten dünn, mittelgroß, blaß, schwarz, braunäugig, ektomorph, glattrasiert und gebeugt sein und am nächsten dünn, mittelgroß, blaß, schwarz, braunäugig, ektomorph, glattrasiert und lehnend sein und am nächsten dünn, mittelgroß, blaß, schwarz, braunäugig, ektomorph, vollbärtig und aufrecht sein und am nächsten dünn, mittelgroß, blaß, schwarz, braunäugig, ektomorph, vollbärtig und gebeugt sein und am nächsten dünn, mittelgroß, blaß, schwarz, braunäugig, ektomorph, vollbärtig und lehnend sein und am nächsten dünn, mittelgroß, blaß, schwarz, braunäugig, ektomorph, schnurrbärtig und aufrecht sein und am nächsten dünn, mittelgroß, blaß, schwarz,

braunäugig, ektomorph, schnurrbärtig und gebeugt sein und am
nächsten dünn, mittelgroß, blaß, schwarz, braunäugig, ektomorph, schnurrbärtig und lehnend sein und am nächsten dünn,
mittelgroß, blaß, schwarz, braunäugig, mesomorph, glattrasiert
und aufrecht sein und am nächsten dünn, mittelgroß, blaß,
schwarz, braunäugig, mesomorph, glattrasiert und gebeugt sein
und am nächsten dünn, mittelgroß, blaß, schwarz, braunäugig,
mesomorph, glattrasiert und lehnend sein und am nächsten
dünn, mittelgroß, blaß, schwarz, braunäugig, mesomorph, vollbärtig und aufrecht sein und am nächsten dünn, mittelgroß,
blaß, schwarz, braunäugig, mesomorph, vollbärtig und gebeugt
sein und am nächsten dünn, mittelgroß, blaß, schwarz, braunäugig, mesomorph, vollbärtig und lehnend sein und am nächsten dünn, mittelgroß, blaß, schwarz, braunäugig, mesomorph,
schnurrbärtig und aufrecht sein und am nächsten dünn, mittelgroß, blaß, schwarz, braunäugig, mesomorph, schnurrbärtig und
gebeugt sein und am nächsten dünn, mittelgroß, blaß, schwarz,
braunäugig, mesomorph, schnurrbärtig und lehnend sein und
am nächsten dünn, mittelgroß, blaß, schwarz, braunäugig, endomorph, glattrasiert und aufrecht sein und am nächsten dünn,
mittelgroß, blaß, schwarz, braunäugig, endomorph, glattrasiert
und gebeugt sein und am nächsten dünn, mittelgroß, blaß,
schwarz, braunäugig, endomorph, glattrasiert und lehnend sein
und am nächsten dünn, mittelgroß, blaß, schwarz, braunäugig,
endomorph, vollbärtig und aufrecht sein und am nächsten dünn,
mittelgroß, blaß, schwarz, braunäugig, endomorph, vollbärtig
und gebeugt sein und am nächsten dünn, mittelgroß, blaß,
schwarz, braunäugig, endomorph, vollbärtig und lehnend sein
und am nächsten dünn, mittelgroß, blaß, schwarz, braunäugig,
endomorph, schnurrbärtig und aufrecht sein und am nächsten
dünn, mittelgroß, blaß, schwarz, braunäugig, endomorph,
schnurrbärtig und gebeugt sein und am nächsten dünn,

mittelgroß, blaß, schwarz, braunäugig, endomorph, schnurrbärtig und lehnend sein und am nächsten dünn, mittelgroß,
blaß, schwarz, blauäugig, ektomorph, glattrasiert und aufrecht
sein und am nächsten dünn, mittelgroß, blaß, schwarz, blauäugig, ektomorph, glattrasiert und gebeugt sein und am nächsten dünn, mittelgroß, blaß, schwarz, blauäugig, ektomorph,
glattrasiert und lehnend sein und am nächsten dünn, mittelgroß, blaß, schwarz, blauäugig, ektomorph, vollbärtig und aufrecht sein und am nächsten dünn, mittelgroß, blaß, schwarz,
blauäugig, ektomorph, vollbärtig und gebeugt sein und am
nächsten dünn, mittelgroß, blaß, schwarz, blauäugig, ektomorph,
vollbärtig und lehnend sein und am nächsten dünn, mittelgroß,
blaß, schwarz, blauäugig, ektomorph, schnurrbärtig und aufrecht
sein und am nächsten dünn, mittelgroß, blaß, schwarz, blauäugig, ektomorph, schnurrbärtig und gebeugt sein und am
nächsten dünn, mittelgroß, blaß, schwarz, blauäugig, ektomorph,
schnurrbärtig und lehnend sein und am nächsten dünn, mittelgroß, blaß, schwarz, blauäugig, mesomorph, glattrasiert und aufrecht sein und am nächsten dünn, mittelgroß, blaß, schwarz,
blauäugig, mesomorph, glattrasiert und gebeugt sein und am
nächsten dünn, mittelgroß, blaß, schwarz, blauäugig, mesomorph, glattrasiert und lehnend sein und am nächsten dünn,
mittelgroß, blaß, schwarz, blauäugig, mesomorph, vollbärtig und
aufrecht sein und am nächsten dünn, mittelgroß, blaß, schwarz,
blauäugig, mesomorph, vollbärtig und gebeugt sein und am
nächsten dünn, mittelgroß, blaß, schwarz, blauäugig, mesomorph, vollbärtig und lehnend sein und am nächsten dünn, mittelgroß, blaß, schwarz, blauäugig, mesomorph, schnurrbärtig
und aufrecht sein und am nächsten dünn, mittelgroß, blaß,
schwarz, blauäugig, mesomorph, schnurrbärtig und gebeugt sein
und am nächsten dünn, mittelgroß, blaß, schwarz, blauäugig,
mesomorph, schnurrbärtig und lehnend sein und am nächsten

dünn, mittelgroß, blaß, schwarz, blauäugig, endomorph, glattrasiert und aufrecht sein und am nächsten dünn, mittelgroß, blaß, schwarz, blauäugig, endomorph, glattrasiert und gebeugt sein und am nächsten dünn, mittelgroß, blaß, schwarz, blauäugig, endomorph, glattrasiert und lehnend sein und am nächsten dünn, mittelgroß, blaß, schwarz, blauäugig, endomorph, vollbärtig und aufrecht sein und am nächsten dünn, mittelgroß, blaß, schwarz, blauäugig, endomorph, vollbärtig und gebeugt sein und am nächsten dünn, mittelgroß, blaß, schwarz, blauäugig, endomorph, vollbärtig und lehnend sein und am nächsten dünn, mittelgroß, blaß, schwarz, blauäugig, endomorph, schnurrbärtig und aufrecht sein und am nächsten dünn, mittelgroß, blaß, schwarz, blauäugig, endomorph, schnurrbärtig und gebeugt sein und am nächsten dünn, mittelgroß, blaß, schwarz, blauäugig, endomorph, schnurrbärtig und lehnend sein und am nächsten dünn, mittelgroß, blaß, schwarz, grünäugig, ektomorph, glattrasiert und aufrecht sein und am nächsten dünn, mittelgroß, blaß, schwarz, grünäugig, ektomorph, glattrasiert und gebeugt sein und am nächsten dünn, mittelgroß, blaß, schwarz, grünäugig, ektomorph, glattrasiert und lehnend sein und am nächsten dünn, mittelgroß, blaß, schwarz, grünäugig, ektomorph, vollbärtig und aufrecht sein und am nächsten dünn, mittelgroß, blaß, schwarz, grünäugig, ektomorph, vollbärtig und gebeugt sein und am nächsten dünn, mittelgroß, blaß, schwarz, grünäugig, ektomorph, vollbärtig und lehnend sein und am nächsten dünn, mittelgroß, blaß, schwarz, grünäugig, ektomorph, schnurrbärtig und aufrecht sein und am nächsten dünn, mittelgroß, blaß, schwarz, grünäugig, ektomorph, schnurrbärtig und gebeugt sein und am nächsten dünn, mittelgroß, blaß, schwarz, grünäugig, ektomorph, schnurrbärtig und lehnend sein und am nächsten dünn, mittelgroß, blaß, schwarz, grünäugig, mesomorph, glattrasiert und aufrecht sein und am nächsten dünn, mittelgroß, blaß, schwarz, grünäugig, mesomorph, glattrasiert und gebeugt sein und am nächsten dünn, mittelgroß, blaß, schwarz, grünäugig, mesomorph, glattrasiert und lehnend sein und am nächsten dünn, mittelgroß, blaß, schwarz, grünäugig, mesomorph, vollbärtig und aufrecht sein und am nächsten dünn, mittelgroß, blaß, schwarz, grünäugig, mesomorph, vollbärtig und gebeugt sein und am nächsten dünn, mittelgroß, blaß, schwarz, grünäugig, mesomorph, vollbärtig und lehnend sein und am nächsten dünn, mittelgroß, blaß, schwarz, grünäugig, mesomorph, schnurrbärtig und aufrecht sein und am nächsten dünn, mittelgroß, blaß, schwarz, grünäugig, mesomorph, schnurrbärtig und gebeugt sein und am nächsten dünn, mittelgroß, blaß, schwarz, grünäugig, mesomorph, schnurrbärtig und lehnend sein und am nächsten dünn, mittelgroß, blaß, schwarz, grünäugig, endomorph, glattrasiert und aufrecht sein und am nächsten dünn, mittelgroß, blaß, schwarz, grünäugig, endomorph, glattrasiert und gebeugt sein und am nächsten dünn, mittelgroß, blaß, schwarz, grünäugig, endomorph, glattrasiert und lehnend sein und am nächsten dünn, mittelgroß, blaß, schwarz, grünäugig, endomorph, vollbärtig und aufrecht sein und am nächsten dünn, mittelgroß, blaß, schwarz, grünäugig, endomorph, vollbärtig und gebeugt sein und am nächsten dünn, mittelgroß, blaß, schwarz, grünäugig, endomorph, vollbärtig und lehnend sein und am nächsten dünn, mittelgroß, blaß, schwarz, grünäugig, endomorph, schnurrbärtig und aufrecht sein und am nächsten dünn, mittelgroß, blaß, schwarz, grünäugig, endomorph, schnurrbärtig und gebeugt sein und am nächsten dünn, mittelgroß, blaß, schwarz, grünäugig, endomorph, schnurrbärtig und lehnend sein und am nächsten dünn, mittelgroß, blaß, rot, braunäugig, ektomorph, glattrasiert und aufrecht sein und am nächsten dünn, mittelgroß, blaß, rot, braunäugig, ektomorph, glattrasiert und gebeugt sein und am nächsten dünn, mittelgroß, blaß, rot, braunäugig, ektomorph, glattrasiert und lehnend sein und am nächsten dünn, mittelgroß, blaß, rot, braunäugig, ektomorph, vollbärtig und aufrecht sein und am nächsten dünn, mittelgroß, blaß, rot, braunäugig, ektomorph, vollbärtig und gebeugt sein und am nächsten dünn, mittelgroß, blaß, rot, braunäugig, ektomorph, vollbärtig und lehnend sein und am nächsten dünn, mittelgroß, blaß, rot, braunäugig, ektomorph, schnurrbärtig und aufrecht sein und am nächsten dünn, mittelgroß, blaß, rot, braunäugig, ektomorph, schnurrbärtig und gebeugt sein und am nächsten dünn, mittelgroß, blaß, rot, braunäugig, ektomorph, schnurrbärtig und lehnend sein und am nächsten dünn, mittelgroß, blaß, rot, braunäugig, mesomorph, glattrasiert und aufrecht sein und am nächsten dünn, mittelgroß, blaß, rot, braunäugig, mesomorph, glattrasiert und gebeugt sein und am nächsten dünn, mittelgroß, blaß, rot, braunäugig, mesomorph, glattrasiert und lehnend sein und am nächsten dünn, mittelgroß, blaß, rot, braunäugig, mesomorph, vollbärtig und aufrecht sein und am nächsten dünn, mittelgroß, blaß, rot, braunäugig, mesomorph, vollbärtig und gebeugt sein und am nächsten dünn, mittelgroß, blaß, rot, braunäugig, mesomorph, vollbärtig und lehnend sein und am nächsten dünn, mittelgroß, blaß, rot, braunäugig, mesomorph, schnurrbärtig und aufrecht sein und am nächsten dünn, mittelgroß, blaß, rot, braunäugig, mesomorph, schnurrbärtig und gebeugt sein und am nächsten dünn, mittelgroß, blaß, rot, braunäugig, mesomorph, schnurrbärtig und lehnend sein und am nächsten dünn, mittelgroß, blaß, rot, braunäugig, endomorph, glattrasiert und aufrecht sein und am nächsten dünn, mittelgroß, blaß, rot, braunäugig, endomorph, glattrasiert und gebeugt sein und am nächsten dünn, mittelgroß, blaß, rot, braunäugig, endomorph, glattrasiert und lehnend sein und am nächsten dünn, mittelgroß, blaß, rot, braunäugig, endomorph, vollbärtig und aufrecht sein und am nächsten dünn, mittelgroß, blaß, rot, braunäugig, endomorph, vollbärtig und gebeugt sein und am nächsten dünn, mittelgroß, blaß, rot, braunäugig, endomorph, vollbärtig und lehnend sein und am nächsten dünn, mittelgroß, blaß, rot, braunäugig, endomorph, schnurrbärtig und aufrecht sein und am nächsten dünn, mittelgroß, blaß, rot, braunäugig, endomorph, schnurrbärtig und gebeugt sein und am nächsten dünn, mittelgroß, blaß, rot, braunäugig, endomorph, schnurrbärtig und lehnend sein und am nächsten dünn, mittelgroß, blaß, rot, blauäugig, ektomorph, glattrasiert und aufrecht sein und am nächsten dünn, mittelgroß, blaß, rot, blauäugig, ektomorph, glattrasiert und gebeugt sein und am nächsten dünn, mittelgroß, blaß, rot, blauäugig, ektomorph, glattrasiert und lehnend sein und am nächsten dünn, mittelgroß, blaß, rot, blauäugig, ektomorph, vollbärtig und aufrecht sein und am nächsten dünn, mittelgroß, blaß, rot, blauäugig, ektomorph, vollbärtig und gebeugt sein und am nächsten dünn, mittelgroß, blaß, rot, blauäugig, ektomorph, vollbärtig und lehnend sein und am nächsten dünn, mittelgroß, blaß, rot, blauäugig, ektomorph, schnurrbärtig und aufrecht sein und am nächsten dünn, mittelgroß, blaß, rot, blauäugig, ektomorph, schnurrbärtig und gebeugt sein und am nächsten dünn, mittelgroß, blaß, rot, blauäugig, ektomorph, schnurrbärtig und lehnend sein und am nächsten dünn, mittelgroß, blaß, rot, blauäugig, mesomorph, glattrasiert und aufrecht sein und am nächsten dünn, mittelgroß, blaß, rot, blauäugig, mesomorph, glattrasiert und gebeugt sein und am nächsten dünn, mittelgroß, blaß, rot, blauäugig, mesomorph, glattrasiert und lehnend sein und am nächsten dünn, mittelgroß, blaß, rot, blauäugig, mesomorph, vollbärtig und aufrecht sein und am nächsten dünn, mittelgroß, blaß, rot, blauäugig, mesomorph, vollbärtig und gebeugt sein und am nächsten dünn, mittelgroß, blaß, rot, blauäugig, mesomorph, vollbärtig und lehnend sein und am nächsten dünn, mittelgroß, blaß, rot, blauäugig, mesomorph, schnurrbärtig und aufrecht sein und am nächsten dünn, mittelgroß, blaß, rot, blauäugig, mesomorph, schnurrbärtig und gebeugt sein und am nächsten dünn, mittelgroß, blaß, rot, blauäugig, mesomorph, schnurrbärtig und lehnend sein und am nächsten dünn, mittelgroß, blaß, rot, blauäugig, endomorph, glattrasiert und aufrecht sein und am nächsten dünn, mittelgroß, blaß, rot, blauäugig, endomorph, glattrasiert und gebeugt sein und am nächsten dünn, mittelgroß, blaß, rot, blauäugig, endomorph, glattrasiert und lehnend sein und am nächsten dünn, mittelgroß, blaß, rot, blauäugig, endomorph, vollbärtig und aufrecht sein und am nächsten dünn, mittelgroß, blaß, rot, blauäugig, endomorph, vollbärtig und gebeugt sein und am nächsten dünn, mittelgroß, blaß, rot, blauäugig, endomorph, vollbärtig und lehnend sein und am nächsten dünn, mittelgroß, blaß, rot, blauäugig, endomorph, schnurrbärtig und aufrecht sein und am nächsten dünn, mittelgroß, blaß, rot, blauäugig, endomorph, schnurrbärtig und gebeugt sein und am nächsten dünn, mittelgroß, blaß, rot, blauäugig, endomorph, schnurrbärtig und lehnend sein und am nächsten dünn, mittelgroß, blaß, rot, grünäugig, ektomorph, glattrasiert und aufrecht sein und am nächsten dünn, mittelgroß, blaß, rot, grünäugig, ektomorph, glattrasiert und gebeugt sein und am nächsten dünn, mittelgroß, blaß, rot, grünäugig, ektomorph, glattrasiert und lehnend sein und am nächsten dünn, mittelgroß, blaß, rot, grünäugig, ektomorph, vollbärtig und aufrecht sein und am nächsten dünn, mittelgroß, blaß, rot, grünäugig, ektomorph, vollbärtig und gebeugt sein und am nächsten dünn, mittelgroß, blaß, rot, grünäugig, ektomorph, vollbärtig und lehnend sein und am nächsten dünn, mittelgroß, blaß, rot, grünäugig, ektomorph, schnurrbärtig und aufrecht sein und am nächsten dünn, mittelgroß, blaß, rot, grünäugig, ektomorph, schnurrbärtig und gebeugt sein und am nächsten dünn, mittelgroß, blaß, rot, grünäugig, ektomorph, schnurrbärtig und lehnend sein und am nächsten dünn, mittelgroß, blaß, rot, grünäugig, mesomorph, glattrasiert und aufrecht sein und am nächsten dünn, mittelgroß, blaß, rot, grünäugig, mesomorph, glattrasiert und gebeugt sein und am nächsten dünn, mittelgroß, blaß, rot, grünäugig, mesomorph, glattrasiert und lehnend sein und am nächsten dünn, mittelgroß, blaß, rot, grünäugig, mesomorph, vollbärtig und aufrecht sein und am nächsten dünn, mittelgroß, blaß, rot, grünäugig, mesomorph, vollbärtig und gebeugt sein und am nächsten dünn, mittelgroß, blaß, rot, grünäugig, mesomorph, vollbärtig und lehnend sein und am nächsten dünn, mittelgroß, blaß, rot, grünäugig, mesomorph, schnurrbärtig und aufrecht sein und am nächsten dünn, mittelgroß, blaß, rot, grünäugig, mesomorph, schnurrbärtig und gebeugt sein und am nächsten dünn, mittelgroß, blaß, rot, grünäugig, mesomorph, schnurrbärtig und lehnend sein und am nächsten dünn, mittelgroß, blaß, rot, grünäugig, endomorph, glattrasiert und aufrecht sein und am nächsten dünn, mittelgroß, blaß, rot, grünäugig, endomorph, glattrasiert und gebeugt sein und am nächsten dünn, mittelgroß, blaß, rot, grünäugig, endomorph, glattrasiert und lehnend sein und am nächsten dünn, mittelgroß, blaß, rot, grünäugig, endomorph, vollbärtig und aufrecht sein und am nächsten dünn, mittelgroß, blaß, rot, grünäugig, endomorph, vollbärtig und gebeugt sein und am nächsten dünn, mittelgroß, blaß, rot, grünäugig, endomorph, vollbärtig und lehnend sein und am nächsten dünn, mittelgroß, blaß, rot, grünäugig, endomorph, schnurrbärtig und aufrecht sein und am nächsten dünn, mittelgroß, blaß, rot, grünäugig, endomorph, schnurrbärtig und gebeugt sein und am nächsten dünn, mittelgroß, blaß, rot, grünäugig, endomorph, schnurrbärtig und lehnend sein und am nächsten dünn, mittelgroß, blaß, blond, braunäugig, ektomorph, glattrasiert und aufrecht sein und am nächsten dünn, mittelgroß, blaß, blond, braunäugig, ektomorph, glattrasiert und gebeugt sein und am nächsten dünn, mittelgroß, blaß, blond, braunäugig, ektomorph, glattrasiert und lehnend sein und am nächsten dünn, mittelgroß, blaß, blond, braunäugig, ektomorph, vollbärtig und aufrecht sein und am nächsten dünn, mittelgroß, blaß, blond, braunäugig, ektomorph, vollbärtig und gebeugt sein und am nächsten dünn, mittelgroß, blaß, blond, braunäugig, ektomorph, vollbärtig und lehnend sein und am nächsten dünn, mittelgroß, blaß, blond, braunäugig, ektomorph, schnurrbärtig und aufrecht sein und am nächsten dünn, mittelgroß, blaß, blond, braunäugig, ektomorph, schnurrbärtig und gebeugt sein und am nächsten dünn, mittelgroß, blaß, blond, braunäugig, ektomorph, schnurrbärtig und lehnend sein und am nächsten dünn, mittelgroß, blaß, blond, braunäugig, mesomorph, glattrasiert und aufrecht sein und am nächsten dünn, mittelgroß, blaß, blond, braunäugig, mesomorph, glattrasiert und gebeugt sein und am nächsten dünn, mittelgroß, blaß, blond, braunäugig, mesomorph, glattrasiert und lehnend sein und am nächsten dünn, mittelgroß, blaß, blond, braunäugig, mesomorph, vollbärtig und aufrecht sein und am nächsten dünn, mittelgroß, blaß, blond, braunäugig, mesomorph, vollbärtig und gebeugt sein und am nächsten dünn, mittelgroß, blaß, blond, braunäugig, mesomorph, vollbärtig und lehnend sein und am nächsten dünn, mittelgroß, blaß, blond, braunäugig, mesomorph, schnurrbärtig und aufrecht sein und am nächsten dünn, mittelgroß, blaß, blond, braunäugig, mesomorph, schnurrbärtig und gebeugt sein und am nächsten dünn, mittelgroß, blaß, blond, braunäugig, mesomorph, schnurrbärtig und lehnend sein und am nächsten dünn, mittelgroß, blaß, blond, braunäugig, endomorph, glattrasiert und aufrecht sein und am nächsten dünn, mittelgroß, blaß, blond, braunäugig, endomorph, glattrasiert und gebeugt sein und am nächsten dünn, mittelgroß, blaß, blond, braunäugig, endomorph, glattrasiert und lehnend sein und am nächsten dünn, mittelgroß, blaß, blond, braunäugig, endomorph, vollbärtig und aufrecht sein und am nächsten dünn, mittelgroß, blaß, blond, braunäugig, endomorph, vollbärtig und gebeugt sein und am nächsten dünn, mittelgroß, blaß, blond, braunäugig, endomorph, vollbärtig und lehnend sein und am nächsten dünn, mittelgroß, blaß, blond, braunäugig, endomorph, schnurrbärtig und aufrecht sein und am nächsten dünn, mittelgroß, blaß, blond, braunäugig, endomorph, schnurrbärtig und gebeugt sein und am nächsten dünn, mittelgroß, blaß, blond, braunäugig, endomorph, schnurrbärtig und lehnend sein und am nächsten dünn, mittelgroß, blaß, blond, blauäugig, ektomorph, glattrasiert und aufrecht sein und am nächsten dünn, mittelgroß, blaß, blond, blauäugig, ektomorph, glattrasiert und gebeugt sein und am nächsten dünn, mittelgroß, blaß, blond, blauäugig, ektomorph, glattrasiert und lehnend sein und am nächsten dünn, mittelgroß, blaß, blond, blauäugig, ektomorph, vollbärtig und aufrecht sein und am nächsten dünn, mittelgroß, blaß, blond, blauäugig, ektomorph, vollbärtig und gebeugt sein und am nächsten dünn, mittelgroß, blaß, blond, blauäugig, ektomorph, vollbärtig und lehnend sein und am nächsten dünn, mittelgroß, blaß, blond, blauäugig, ektomorph, schnurrbärtig und aufrecht sein und am nächsten dünn, mittelgroß, blaß, blond, blauäugig, ektomorph, schnurrbärtig und gebeugt sein und am nächsten dünn, mittelgroß, blaß, blond, blauäugig, ektomorph, schnurrbärtig und lehnend sein und am nächsten dünn, mittelgroß, blaß, blond, blauäugig, mesomorph, glattrasiert und aufrecht sein und am nächsten dünn, mittelgroß, blaß, blond, blauäugig, mesomorph, glattrasiert und gebeugt sein und am nächsten dünn, mittelgroß, blaß, blond, blauäugig, mesomorph, glattrasiert und lehnend sein und am nächsten dünn, mittelgroß, blaß, blond, blauäugig, mesomorph, vollbärtig und aufrecht sein und am nächsten dünn, mittelgroß, blaß, blond, blauäugig, mesomorph, vollbärtig und gebeugt sein und am nächsten dünn, mittelgroß, blaß, blond, blauäugig, mesomorph, vollbärtig und lehnend sein und am nächsten dünn, mittelgroß, blaß, blond, blauäugig, mesomorph, schnurrbärtig und aufrecht sein und am nächsten dünn, mittelgroß, blaß, blond, blauäugig, mesomorph, schnurrbärtig und gebeugt sein und am nächsten dünn, mittelgroß, blaß, blond, blauäugig, mesomorph, schnurrbärtig und lehnend sein und am nächsten dünn, mittelgroß, blaß, blond, blauäugig, endomorph, glattrasiert und aufrecht sein und am nächsten dünn, mittelgroß, blaß, blond, blauäugig, endomorph, glattrasiert und gebeugt sein und am nächsten dünn, mittelgroß, blaß, blond, blauäugig, endomorph, glattrasiert und lehnend sein und am nächsten dünn, mittelgroß, blaß, blond, blauäugig, endomorph, vollbärtig und aufrecht sein und am nächsten dünn, mittelgroß, blaß, blond, blauäugig, endomorph, vollbärtig und gebeugt sein und am nächsten dünn, mittelgroß, blaß, blond, blauäugig, endomorph, vollbärtig und lehnend sein und am nächsten dünn, mittelgroß, blaß, blond, blauäugig, endomorph, schnurrbärtig und aufrecht sein und am nächsten dünn, mittelgroß, blaß, blond, blauäugig, endomorph, schnurrbärtig und gebeugt sein und am nächsten dünn, mittelgroß, blaß, blond, blauäugig, endomorph, schnurrbärtig und lehnend sein und am nächsten dünn, mittelgroß, blaß, blond, grünäugig, ektomorph, glattrasiert und aufrecht sein und am nächsten dünn, mittelgroß, blaß, blond, grünäugig, ektomorph, glattrasiert und gebeugt sein und am nächsten dünn, mittelgroß, blaß, blond, grünäugig, ektomorph, glattrasiert und lehnend sein und am nächsten dünn, mittelgroß, blaß, blond, grünäugig, ektomorph, vollbärtig und aufrecht sein und am nächsten dünn, mittelgroß, blaß, blond, grünäugig, ektomorph, vollbärtig und gebeugt sein und am nächsten dünn, mittelgroß, blaß, blond, grünäugig, ektomorph, vollbärtig und lehnend sein und am nächsten dünn, mittelgroß, blaß, blond, grünäugig, ektomorph, schnurrbärtig und aufrecht sein und am nächsten dünn, mittelgroß, blaß, blond, grünäugig, ektomorph, schnurrbärtig und gebeugt sein und am nächsten dünn, mittelgroß, blaß, blond, grünäugig, ektomorph, schnurrbärtig und lehnend sein und am nächsten dünn, mittelgroß, blaß, blond, grünäugig, mesomorph, glattrasiert und aufrecht sein und am nächsten dünn, mittelgroß, blaß, blond, grünäugig, mesomorph, glattrasiert und gebeugt sein und am nächsten dünn, mittelgroß, blaß, blond, grünäugig, mesomorph, glattrasiert und lehnend sein und am nächsten dünn, mittelgroß, blaß, blond, grünäugig, mesomorph, vollbärtig und aufrecht sein und am nächsten dünn, mittelgroß, blaß, blond, grünäugig, mesomorph, vollbärtig und gebeugt sein und am nächsten dünn, mittelgroß, blaß, blond, grünäugig, mesomorph, vollbärtig und lehnend sein und am nächsten dünn, mittelgroß, blaß, blond, grünäugig, mesomorph, schnurrbärtig und aufrecht sein und am nächsten dünn, mittelgroß, blaß, blond, grünäugig, mesomorph, schnurrbärtig und gebeugt sein und am nächsten dünn, mittelgroß, blaß, blond, grünäugig, mesomorph, schnurrbärtig und lehnend sein und am nächsten dünn, mittelgroß, blaß, blond, grünäugig, endomorph, glattrasiert und aufrecht sein und am nächsten dünn, mittelgroß, blaß, blond, grünäugig, endomorph, glattrasiert und gebeugt sein und am nächsten dünn, mittelgroß, blaß, blond, grünäugig, endomorph, glattrasiert und lehnend sein und am nächsten dünn, mittelgroß, blaß, blond, grünäugig, endomorph, vollbärtig und aufrecht sein und am nächsten dünn, mittelgroß, blaß, blond, grünäugig, endomorph, vollbärtig und gebeugt sein und am nächsten dünn, mittelgroß, blaß, blond, grünäugig, endomorph, vollbärtig und lehnend sein und am nächsten dünn, mittelgroß, blaß, blond, grünäugig, endomorph, schnurrbärtig und aufrecht sein und am nächsten dünn, mittelgroß, blaß, blond, grünäugig, endomorph, schnurrbärtig und gebeugt sein und am nächsten dünn, mittelgroß, blaß, blond, grünäugig, endomorph, schnurrbärtig und lehnend sein und am nächsten dünn, mittelgroß, gelb, schwarz, braunäugig, ektomorph, glattrasiert und aufrecht sein und am nächsten dünn, mittelgroß, gelb, schwarz, braunäugig, ektomorph, glattrasiert und gebeugt sein und am nächsten dünn, mittelgroß, gelb, schwarz, braunäugig, ektomorph, glattrasiert und lehnend sein und am nächsten dünn, mittelgroß, gelb, schwarz, braunäugig, ektomorph, vollbärtig und aufrecht sein und am nächsten dünn, mittelgroß, gelb, schwarz, braunäugig, ektomorph, vollbärtig und gebeugt sein und am nächsten dünn, mittelgroß, gelb, schwarz, braunäugig, ektomorph, vollbärtig und lehnend sein und am nächsten dünn, mittelgroß, gelb, schwarz, braunäugig, ektomorph, schnurrbärtig und aufrecht sein und am nächsten dünn, mittelgroß, gelb, schwarz, braunäugig, ektomorph, schnurrbärtig und gebeugt sein und am nächsten dünn, mittelgroß, gelb, schwarz, braunäugig, ektomorph, schnurrbärtig und lehnend sein und am nächsten dünn, mittelgroß, gelb, schwarz, braunäugig, mesomorph, glattrasiert und aufrecht sein und am nächsten dünn, mittelgroß, gelb, schwarz, braunäugig, mesomorph, glattrasiert und gebeugt sein und am nächsten dünn, mittelgroß, gelb, schwarz, braunäugig, mesomorph, glattrasiert und lehnend sein und am nächsten dünn, mittelgroß, gelb, schwarz, braunäugig, mesomorph, vollbärtig und aufrecht sein und am nächsten dünn, mittelgroß, gelb, schwarz, braunäugig, mesomorph, vollbärtig und gebeugt sein und am nächsten dünn, mittelgroß, gelb, schwarz, braunäugig, mesomorph, vollbärtig und lehnend sein und am nächsten dünn, mittelgroß, gelb, schwarz, braunäugig, mesomorph, schnurrbärtig und aufrecht sein und am nächsten dünn, mittelgroß, gelb, schwarz, braunäugig, mesomorph, schnurrbärtig und gebeugt sein und am nächsten dünn, mittelgroß, gelb, schwarz, braunäugig, mesomorph, schnurrbärtig und lehnend sein und am nächsten dünn, mittelgroß, gelb, schwarz, braunäugig, endomorph, glattrasiert und aufrecht sein und am nächsten dünn, mittelgroß, gelb, schwarz, braunäugig, endomorph, glattrasiert und gebeugt sein und am nächsten dünn, mittelgroß, gelb, schwarz, braunäugig, endomorph, glattrasiert und lehnend sein und am nächsten dünn, mittelgroß, gelb, schwarz, braunäugig, endomorph, vollbärtig und aufrecht sein und am nächsten dünn, mittelgroß, gelb, schwarz, braunäugig, endomorph, vollbärtig und gebeugt sein und am nächsten dünn, mittelgroß, gelb, schwarz, braunäugig, endomorph, vollbärtig und lehnend sein und am nächsten dünn, mittelgroß, gelb, schwarz, braunäugig, endomorph, schnurrbärtig und aufrecht sein und am nächsten dünn, mittelgroß, gelb, schwarz, braunäugig, endomorph, schnurrbärtig und gebeugt sein und am nächsten dünn, mittelgroß, gelb, schwarz, braunäugig, endomorph, schnurrbärtig und lehnend sein und am nächsten dünn, mittelgroß, gelb, schwarz, blauäugig, ektomorph, glattrasiert und aufrecht sein und am nächsten dünn, mittelgroß, gelb, schwarz, blauäugig, ektomorph, glattrasiert und gebeugt sein und am nächsten dünn, mittelgroß, gelb, schwarz, blauäugig, ektomorph, glattrasiert und lehnend sein und am nächsten dünn, mittelgroß, gelb, schwarz, blauäugig, ektomorph, vollbärtig und aufrecht sein und am nächsten dünn, mittelgroß, gelb, schwarz, blauäugig, ektomorph, vollbärtig und gebeugt sein und am nächsten dünn, mittelgroß, gelb, schwarz, blauäugig, ektomorph, vollbärtig und lehnend sein und am nächsten dünn, mittelgroß, gelb, schwarz, blauäugig, ektomorph, schnurrbärtig und aufrecht sein und am nächsten dünn, mittelgroß, gelb, schwarz, blauäugig, ektomorph, schnurrbärtig und gebeugt sein und am nächsten dünn, mittelgroß, gelb, schwarz, blauäugig, ektomorph, schnurrbärtig und lehnend sein und am nächsten dünn, mittelgroß, gelb, schwarz, blauäugig, mesomorph, glattrasiert und aufrecht sein und am nächsten dünn, mittelgroß, gelb, schwarz, blauäugig, mesomorph, glattrasiert und gebeugt sein und am nächsten dünn, mittelgroß, gelb, schwarz, blauäugig, mesomorph, glattrasiert und lehnend sein und am nächsten dünn, mittelgroß, gelb, schwarz, blauäugig, mesomorph, vollbärtig und aufrecht sein und am nächsten dünn, mittelgroß, gelb, schwarz, blauäugig, mesomorph, vollbärtig und gebeugt sein und am nächsten dünn, mittelgroß, gelb, schwarz, blauäugig, mesomorph, vollbärtig und lehnend sein und am nächsten dünn, mittelgroß, gelb, schwarz, blauäugig, mesomorph, schnurrbärtig und aufrecht sein und am nächsten dünn, mittelgroß, gelb, schwarz, blauäugig, mesomorph, schnurrbärtig und gebeugt sein und am nächsten dünn, mittelgroß, gelb, schwarz, blauäugig, mesomorph, schnurrbärtig und lehnend sein und am nächsten dünn, mittelgroß, gelb, schwarz, blauäugig, endomorph, glattrasiert und aufrecht sein und am nächsten dünn, mittelgroß, gelb, schwarz, blauäugig, endomorph, glattrasiert und gebeugt sein und am nächsten dünn, mittelgroß, gelb, schwarz, blauäugig, endomorph, glattrasiert und lehnend sein und am nächsten dünn, mittelgroß, gelb, schwarz, blauäugig, endomorph, vollbärtig und aufrecht sein und am nächsten dünn, mittelgroß, gelb, schwarz, blauäugig, endomorph, vollbärtig und gebeugt sein und am nächsten dünn, mittelgroß, gelb, schwarz, blauäugig, endomorph, vollbärtig und lehnend sein und am nächsten dünn, mittelgroß, gelb, schwarz, blauäugig, endomorph, schnurrbärtig und aufrecht sein und am nächsten dünn, mittelgroß, gelb, schwarz, blauäugig, endomorph, schnurrbärtig und gebeugt sein und am nächsten dünn, mittelgroß, gelb, schwarz, blauäugig, endomorph, schnurrbärtig und lehnend sein und am nächsten dünn, mittelgroß, gelb, schwarz, grünäugig, ektomorph, glattrasiert und aufrecht sein und am nächsten dünn, mittelgroß, gelb, schwarz, grünäugig, ektomorph, glattrasiert und gebeugt sein und am nächsten dünn, mittelgroß, gelb, schwarz, grünäugig, ektomorph, glattrasiert und lehnend sein und am nächsten dünn, mittelgroß, gelb, schwarz, grünäugig, ektomorph, vollbärtig und aufrecht sein und am nächsten dünn, mittelgroß, gelb, schwarz, grünäugig, ektomorph, vollbärtig und gebeugt sein und am nächsten dünn, mittelgroß, gelb, schwarz, grünäugig, ektomorph, vollbärtig und lehnend sein und am nächsten dünn, mittelgroß, gelb, schwarz, grünäugig, ektomorph, schnurrbärtig und aufrecht sein und am nächsten dünn, mittelgroß, gelb, schwarz, grünäugig, ektomorph, schnurrbärtig und gebeugt sein und am nächsten dünn, mittelgroß, gelb, schwarz, grünäugig, ektomorph, schnurrbärtig und lehnend sein und am nächsten dünn, mittelgroß, gelb, schwarz, grünäugig, mesomorph, glattrasiert und aufrecht sein und am nächsten dünn, mittelgroß, gelb, schwarz, grünäugig, mesomorph, glattrasiert und gebeugt sein und am nächsten dünn, mittelgroß, gelb, schwarz, grünäugig, mesomorph, glattrasiert und lehnend sein und am nächsten dünn, mittelgroß, gelb, schwarz, grünäugig, mesomorph, vollbärtig und aufrecht sein und am nächsten dünn, mittelgroß, gelb, schwarz, grünäugig, mesomorph, vollbärtig und gebeugt sein und am nächsten dünn, mittelgroß, gelb, schwarz, grünäugig, mesomorph, vollbärtig und lehnend sein und am nächsten dünn, mittelgroß, gelb, schwarz, grünäugig, mesomorph, schnurrbärtig und aufrecht sein und am nächsten dünn, mittelgroß, gelb, schwarz, grünäugig, mesomorph, schnurrbärtig und gebeugt sein und am nächsten dünn, mittelgroß, gelb, schwarz, grünäugig, mesomorph, schnurrbärtig und lehnend sein und am nächsten dünn, mittelgroß, gelb, schwarz,

grünäugig, endomorph, glattrasiert und aufrecht sein und am
nächsten dünn, mittelgroß, gelb, schwarz, grünäugig, endomorph, glattrasiert und gebeugt sein und am nächsten dünn,
mittelgroß, gelb, schwarz, grünäugig, endomorph, glattrasiert
und lehnend sein und am nächsten dünn, mittelgroß, gelb,
schwarz, grünäugig, endomorph, vollbärtig und aufrecht sein
und am nächsten dünn, mittelgroß, gelb, schwarz, grünäugig,
endomorph, vollbärtig und gebeugt sein und am nächsten dünn,
mittelgroß, gelb, schwarz, grünäugig, endomorph, vollbärtig und
lehnend sein und am nächsten dünn, mittelgroß, gelb, schwarz,
grünäugig, endomorph, schnurrbärtig und aufrecht sein und am
nächsten dünn, mittelgroß, gelb, schwarz, grünäugig, endomorph, schnurrbärtig und gebeugt sein und am nächsten dünn,
mittelgroß, gelb, schwarz, grünäugig, endomorph, schnurrbärtig
und lehnend sein und am nächsten dünn, mittelgroß, gelb, rot,
braunäugig, ektomorph, glattrasiert und aufrecht sein und am
nächsten dünn, mittelgroß, gelb, rot, braunäugig, ektomorph,
glattrasiert und gebeugt sein und am nächsten dünn, mittelgroß, gelb, rot, braunäugig, ektomorph, glattrasiert und lehnend
sein und am nächsten dünn, mittelgroß, gelb, rot, braunäugig,
ektomorph, vollbärtig und aufrecht sein und am nächsten dünn,
mittelgroß, gelb, rot, braunäugig, ektomorph, vollbärtig und gebeugt sein und am nächsten dünn, mittelgroß, gelb, rot, braunäugig, ektomorph, vollbärtig und lehnend sein und am nächsten
dünn, mittelgroß, gelb, rot, braunäugig, ektomorph, schnurrbärtig und aufrecht sein und am nächsten dünn, mittelgroß,
gelb, rot, braunäugig, ektomorph, schnurrbärtig und gebeugt
sein und am nächsten dünn, mittelgroß, gelb, rot, braunäugig,
ektomorph, schnurrbärtig und lehnend sein und am nächsten
dünn, mittelgroß, gelb, rot, braunäugig, mesomorph, glattrasiert
und aufrecht sein und am nächsten dünn, mittelgroß, gelb, rot,
braunäugig, mesomorph, glattrasiert und gebeugt sein und am

nächsten dünn, mittelgroß, gelb, rot, braunäugig, mesomorph, glattrasiert und lehnend sein und am nächsten dünn, mittelgroß, gelb, rot, braunäugig, mesomorph, vollbärtig und aufrecht sein und am nächsten dünn, mittelgroß, gelb, rot, braunäugig, mesomorph, vollbärtig und gebeugt sein und am nächsten dünn, mittelgroß, gelb, rot, braunäugig, mesomorph, vollbärtig und lehnend sein und am nächsten dünn, mittelgroß, gelb, rot, braunäugig, mesomorph, schnurrbärtig und aufrecht sein und am nächsten dünn, mittelgroß, gelb, rot, braunäugig, mesomorph, schnurrbärtig und gebeugt sein und am nächsten dünn, mittelgroß, gelb, rot, braunäugig, mesomorph, schnurrbärtig und lehnend sein und am nächsten dünn, mittelgroß, gelb, rot, braunäugig, endomorph, glattrasiert und aufrecht sein und am nächsten dünn, mittelgroß, gelb, rot, braunäugig, endomorph, glattrasiert und gebeugt sein und am nächsten dünn, mittelgroß, gelb, rot, braunäugig, endomorph, glattrasiert und lehnend sein und am nächsten dünn, mittelgroß, gelb, rot, braunäugig, endomorph, vollbärtig und aufrecht sein und am nächsten dünn, mittelgroß, gelb, rot, braunäugig, endomorph, vollbärtig und gebeugt sein und am nächsten dünn, mittelgroß, gelb, rot, braunäugig, endomorph, vollbärtig und lehnend sein und am nächsten dünn, mittelgroß, gelb, rot, braunäugig, endomorph, schnurrbärtig und aufrecht sein und am nächsten dünn, mittelgroß, gelb, rot, braunäugig, endomorph, schnurrbärtig und gebeugt sein und am nächsten dünn, mittelgroß, gelb, rot, braunäugig, endomorph, schnurrbärtig und lehnend sein und am nächsten dünn, mittelgroß, gelb, rot, blauäugig, ektomorph, glattrasiert und aufrecht sein und am nächsten dünn, mittelgroß, gelb, rot, blauäugig, ektomorph, glattrasiert und gebeugt sein und am nächsten dünn, mittelgroß, gelb, rot, blauäugig, ektomorph, glattrasiert und lehnend sein und am nächsten dünn, mittelgroß, gelb, rot, blauäugig, ektomorph, vollbärtig und aufrecht sein und am nächsten dünn, mittelgroß, gelb, rot, blauäugig, ektomorph, vollbärtig und gebeugt sein und am nächsten dünn, mittelgroß, gelb, rot, blauäugig, ektomorph, vollbärtig und lehnend sein und am nächsten dünn, mittelgroß, gelb, rot, blauäugig, ektomorph, schnurrbärtig und aufrecht sein und am nächsten dünn, mittelgroß, gelb, rot, blauäugig, ektomorph, schnurrbärtig und gebeugt sein und am nächsten dünn, mittelgroß, gelb, rot, blauäugig, ektomorph, schnurrbärtig und lehnend sein und am nächsten dünn, mittelgroß, gelb, rot, blauäugig, mesomorph, glattrasiert und aufrecht sein und am nächsten dünn, mittelgroß, gelb, rot, blauäugig, mesomorph, glattrasiert und gebeugt sein und am nächsten dünn, mittelgroß, gelb, rot, blauäugig, mesomorph, glattrasiert und lehnend sein und am nächsten dünn, mittelgroß, gelb, rot, blauäugig, mesomorph, vollbärtig und aufrecht sein und am nächsten dünn, mittelgroß, gelb, rot, blauäugig, mesomorph, vollbärtig und gebeugt sein und am nächsten dünn, mittelgroß, gelb, rot, blauäugig, mesomorph, vollbärtig und lehnend sein und am nächsten dünn, mittelgroß, gelb, rot, blauäugig, mesomorph, schnurrbärtig und aufrecht sein und am nächsten dünn, mittelgroß, gelb, rot, blauäugig, mesomorph, schnurrbärtig und gebeugt sein und am nächsten dünn, mittelgroß, gelb, rot, blauäugig, mesomorph, schnurrbärtig und lehnend sein und am nächsten dünn, mittelgroß, gelb, rot, blauäugig, endomorph, glattrasiert und aufrecht sein und am nächsten dünn, mittelgroß, gelb, rot, blauäugig, endomorph, glattrasiert und gebeugt sein und am nächsten dünn, mittelgroß, gelb, rot, blauäugig, endomorph, glattrasiert und lehnend sein und am nächsten dünn, mittelgroß, gelb, rot, blauäugig, endomorph, vollbärtig und aufrecht sein und am nächsten dünn, mittelgroß, gelb, rot, blauäugig, endomorph, vollbärtig und gebeugt sein und am nächsten dünn, mittelgroß, gelb, rot, blauäugig, endomorph, vollbärtig und lehnend sein und am nächsten dünn, mittelgroß, gelb, rot, blauäugig, endomorph, schnurrbärtig und aufrecht sein und am nächsten dünn, mittelgroß, gelb, rot, blauäugig, endomorph, schnurrbärtig und gebeugt sein und am nächsten dünn, mittelgroß, gelb, rot, blauäugig, endomorph, schnurrbärtig und lehnend sein und am nächsten dünn, mittelgroß, gelb, rot, grünäugig, ektomorph, glattrasiert und aufrecht sein und am nächsten dünn, mittelgroß, gelb, rot, grünäugig, ektomorph, glattrasiert und gebeugt sein und am nächsten dünn, mittelgroß, gelb, rot, grünäugig, ektomorph, glattrasiert und lehnend sein und am nächsten dünn, mittelgroß, gelb, rot, grünäugig, ektomorph, vollbärtig und aufrecht sein und am nächsten dünn, mittelgroß, gelb, rot, grünäugig, ektomorph, vollbärtig und gebeugt sein und am nächsten dünn, mittelgroß, gelb, rot, grünäugig, ektomorph, vollbärtig und lehnend sein und am nächsten dünn, mittelgroß, gelb, rot, grünäugig, ektomorph, schnurrbärtig und aufrecht sein und am nächsten dünn, mittelgroß, gelb, rot, grünäugig, ektomorph, schnurrbärtig und gebeugt sein und am nächsten dünn, mittelgroß, gelb, rot, grünäugig, ektomorph, schnurrbärtig und lehnend sein und am nächsten dünn, mittelgroß, gelb, rot, grünäugig, mesomorph, glattrasiert und aufrecht sein und am nächsten dünn, mittelgroß, gelb, rot, grünäugig, mesomorph, glattrasiert und gebeugt sein und am nächsten dünn, mittelgroß, gelb, rot, grünäugig, mesomorph, glattrasiert und lehnend sein und am nächsten dünn, mittelgroß, gelb, rot, grünäugig, mesomorph, vollbärtig und aufrecht sein und am nächsten dünn, mittelgroß, gelb, rot, grünäugig, mesomorph, vollbärtig und gebeugt sein und am nächsten dünn, mittelgroß, gelb, rot, grünäugig, mesomorph, vollbärtig und lehnend sein und am nächsten dünn, mittelgroß, gelb, rot, grünäugig, mesomorph, schnurrbärtig und aufrecht sein und am nächsten dünn, mittelgroß, gelb, rot, grünäugig, mesomorph, schnurrbärtig und gebeugt sein und am nächsten dünn, mittelgroß, gelb, rot, grünäugig, mesomorph, schnurrbärtig und lehnend sein und am nächsten dünn, mittelgroß, gelb, rot, grünäugig, endomorph, glattrasiert und aufrecht sein und am nächsten dünn, mittelgroß, gelb, rot, grünäugig, endomorph, glattrasiert und gebeugt sein und am nächsten dünn, mittelgroß, gelb, rot, grünäugig, endomorph, glattrasiert und lehnend sein und am nächsten dünn, mittelgroß, gelb, rot, grünäugig, endomorph, vollbärtig und aufrecht sein und am nächsten dünn, mittelgroß, gelb, rot, grünäugig, endomorph, vollbärtig und gebeugt sein und am nächsten dünn, mittelgroß, gelb, rot, grünäugig, endomorph, vollbärtig und lehnend sein und am nächsten dünn, mittelgroß, gelb, rot, grünäugig, endomorph, schnurrbärtig und aufrecht sein und am nächsten dünn, mittelgroß, gelb, rot, grünäugig, endomorph, schnurrbärtig und gebeugt sein und am nächsten dünn, mittelgroß, gelb, rot, grünäugig, endomorph, schnurrbärtig und lehnend sein und am nächsten dünn, mittelgroß, gelb, blond, braunäugig, ektomorph, glattrasiert und aufrecht sein und am nächsten dünn, mittelgroß, gelb, blond, braunäugig, ektomorph, glattrasiert und gebeugt sein und am nächsten dünn, mittelgroß, gelb, blond, braunäugig, ektomorph, glattrasiert und lehnend sein und am nächsten dünn, mittelgroß, gelb, blond, braunäugig, ektomorph, vollbärtig und aufrecht sein und am nächsten dünn, mittelgroß, gelb, blond, braunäugig, ektomorph, vollbärtig und gebeugt sein und am nächsten dünn, mittelgroß, gelb, blond, braunäugig, ektomorph, vollbärtig und lehnend sein und am nächsten dünn, mittelgroß, gelb, blond, braunäugig, ektomorph, schnurrbärtig und aufrecht sein und am nächsten dünn, mittelgroß, gelb, blond, braunäugig, ektomorph, schnurrbärtig und gebeugt sein und am nächsten dünn, mittelgroß, gelb, blond, braunäugig, ektomorph, schnurrbärtig und lehnend sein und am nächsten dünn, mittelgroß, gelb, blond, braunäugig, mesomorph, glattrasiert und aufrecht sein und am nächsten dünn, mittelgroß, gelb, blond, braunäugig, mesomorph, glattrasiert und gebeugt sein und am nächsten dünn, mittelgroß, gelb, blond, braunäugig, mesomorph, glattrasiert und lehnend sein und am nächsten dünn, mittelgroß, gelb, blond, braunäugig, mesomorph, vollbärtig und aufrecht sein und am nächsten dünn, mittelgroß, gelb, blond, braunäugig, mesomorph, vollbärtig und gebeugt sein und am nächsten dünn, mittelgroß, gelb, blond, braunäugig, mesomorph, vollbärtig und lehnend sein und am nächsten dünn, mittelgroß, gelb, blond, braunäugig, mesomorph, schnurrbärtig und aufrecht sein und am nächsten dünn, mittelgroß, gelb, blond, braunäugig, mesomorph, schnurrbärtig und gebeugt sein und am nächsten dünn, mittelgroß, gelb, blond, braunäugig, mesomorph, schnurrbärtig und lehnend sein und am nächsten dünn, mittelgroß, gelb, blond, braunäugig, endomorph, glattrasiert und aufrecht sein und am nächsten dünn, mittelgroß, gelb, blond, braunäugig, endomorph, glattrasiert und gebeugt sein und am nächsten dünn, mittelgroß, gelb, blond, braunäugig, endomorph, glattrasiert und lehnend sein und am nächsten dünn, mittelgroß, gelb, blond, braunäugig, endomorph, vollbärtig und aufrecht sein und am nächsten dünn, mittelgroß, gelb, blond, braunäugig, endomorph, vollbärtig und gebeugt sein und am nächsten dünn, mittelgroß, gelb, blond, braunäugig, endomorph, vollbärtig und lehnend sein und am nächsten dünn, mittelgroß, gelb, blond, braunäugig, endomorph, schnurrbärtig und aufrecht sein und am nächsten dünn, mittelgroß, gelb, blond, braunäugig, endomorph, schnurrbärtig und gebeugt sein und am nächsten dünn, mittelgroß, gelb, blond, braunäugig, endomorph, schnurrbärtig und lehnend sein und am nächsten dünn, mittelgroß, gelb, blond, blauäugig, ektomorph, glattrasiert und aufrecht sein und am nächsten dünn, mittelgroß, gelb, blond, blauäugig, ektomorph, glattrasiert und gebeugt sein und am nächsten dünn, mittelgroß, gelb, blond, blauäugig, ektomorph, glattrasiert und lehnend sein und am nächsten dünn, mittelgroß, gelb, blond, blauäugig, ektomorph, vollbärtig und aufrecht sein und am nächsten dünn, mittelgroß, gelb, blond, blauäugig, ektomorph, vollbärtig und gebeugt sein und am nächsten dünn, mittelgroß, gelb, blond, blauäugig, ektomorph, vollbärtig und lehnend sein und am nächsten dünn, mittelgroß, gelb, blond, blauäugig, ektomorph, schnurrbärtig und aufrecht sein und am nächsten dünn, mittelgroß, gelb, blond, blauäugig, ektomorph, schnurrbärtig und gebeugt sein und am nächsten dünn, mittelgroß, gelb, blond, blauäugig, ektomorph, schnurrbärtig und lehnend sein und am nächsten dünn, mittelgroß, gelb, blond, blauäugig, mesomorph, glattrasiert und aufrecht sein und am nächsten dünn, mittelgroß, gelb, blond, blauäugig, mesomorph, glattrasiert und gebeugt sein und am nächsten dünn, mittelgroß, gelb, blond, blauäugig, mesomorph, glattrasiert und lehnend sein und am nächsten dünn, mittelgroß, gelb, blond, blauäugig, mesomorph, vollbärtig und aufrecht sein und am nächsten dünn, mittelgroß, gelb, blond, blauäugig, mesomorph, vollbärtig und gebeugt sein und am nächsten dünn, mittelgroß, gelb, blond, blauäugig, mesomorph, vollbärtig und lehnend sein und am nächsten dünn, mittelgroß, gelb, blond, blauäugig, mesomorph, schnurrbärtig und aufrecht sein und am nächsten dünn, mittelgroß, gelb, blond, blauäugig, mesomorph, schnurrbärtig und gebeugt sein und am nächsten dünn, mittelgroß, gelb, blond, blauäugig, mesomorph, schnurrbärtig und lehnend sein und am nächsten dünn, mittelgroß, gelb, blond, blauäugig, endomorph, glattrasiert und aufrecht sein und am nächsten dünn, mittelgroß, gelb, blond, blauäugig, endomorph, glattrasiert und gebeugt sein und am nächsten dünn, mittelgroß, gelb, blond, blauäugig, endomorph, glattrasiert und lehnend sein und am nächsten dünn, mittelgroß, gelb, blond, blauäugig, endomorph, vollbärtig und aufrecht sein und am nächsten dünn, mittelgroß, gelb, blond, blauäugig, endomorph, vollbärtig und gebeugt sein und am nächsten dünn, mittelgroß, gelb, blond, blauäugig, endomorph, vollbärtig und lehnend sein und am nächsten dünn, mittelgroß, gelb, blond, blauäugig, endomorph, schnurrbärtig und aufrecht sein und am nächsten dünn, mittelgroß, gelb, blond, blauäugig, endomorph, schnurrbärtig und gebeugt sein und am nächsten dünn, mittelgroß, gelb, blond, blauäugig, endomorph, schnurrbärtig und lehnend sein und am nächsten dünn, mittelgroß, gelb, blond, grünäugig, ektomorph, glattrasiert und aufrecht sein und am nächsten dünn, mittelgroß, gelb, blond, grünäugig, ektomorph, glattrasiert und gebeugt sein und am nächsten dünn, mittelgroß, gelb, blond, grünäugig, ektomorph, glattrasiert und lehnend sein und am nächsten dünn, mittelgroß, gelb, blond, grünäugig, ektomorph, vollbärtig und aufrecht sein und am nächsten dünn, mittelgroß, gelb, blond, grünäugig, ektomorph, vollbärtig und gebeugt sein und am nächsten dünn, mittelgroß, gelb, blond, grünäugig, ektomorph, vollbärtig und lehnend sein und am nächsten dünn, mittelgroß, gelb, blond, grünäugig, ektomorph, schnurrbärtig und aufrecht sein und am nächsten dünn, mittelgroß, gelb, blond, grünäugig, ektomorph, schnurrbärtig und gebeugt sein und am nächsten dünn, mittelgroß, gelb, blond, grünäugig, ektomorph, schnurrbärtig und lehnend sein und am nächsten dünn, mittelgroß, gelb, blond, grünäugig, mesomorph, glattrasiert und aufrecht sein und am nächsten dünn, mittelgroß, gelb, blond, grünäugig, mesomorph, glattrasiert und gebeugt sein und am nächsten dünn, mittelgroß, gelb, blond, grünäugig, mesomorph, glattrasiert und lehnend sein und am nächsten dünn, mittelgroß, gelb, blond, grünäugig, mesomorph, vollbärtig und aufrecht sein und am nächsten dünn, mittelgroß, gelb, blond,

grünäugig, mesomorph, vollbärtig und gebeugt sein und am
nächsten dünn, mittelgroß, gelb, blond, grünäugig, mesomorph,
vollbärtig und lehnend sein und am nächsten dünn, mittelgroß,
gelb, blond, grünäugig, mesomorph, schnurrbärtig und aufrecht
sein und am nächsten dünn, mittelgroß, gelb, blond, grünäugig,
mesomorph, schnurrbärtig und gebeugt sein und am nächsten
dünn, mittelgroß, gelb, blond, grünäugig, mesomorph, schnurrbärtig und lehnend sein und am nächsten dünn, mittelgroß,
gelb, blond, grünäugig, endomorph, glattrasiert und aufrecht
sein und am nächsten dünn, mittelgroß, gelb, blond, grünäugig,
endomorph, glattrasiert und gebeugt sein und am nächsten
dünn, mittelgroß, gelb, blond, grünäugig, endomorph, glattrasiert und lehnend sein und am nächsten dünn, mittelgroß,
gelb, blond, grünäugig, endomorph, vollbärtig und aufrecht sein
und am nächsten dünn, mittelgroß, gelb, blond, grünäugig,
endomorph, vollbärtig und gebeugt sein und am nächsten dünn,
mittelgroß, gelb, blond, grünäugig, endomorph, vollbärtig und
lehnend sein und am nächsten dünn, mittelgroß, gelb, blond,
grünäugig, endomorph, schnurrbärtig und aufrecht sein und am
nächsten dünn, mittelgroß, gelb, blond, grünäugig, endomorph,
schnurrbärtig und gebeugt sein und am nächsten dünn, mittelgroß, gelb, blond, grünäugig, endomorph, schnurrbärtig und lehnend sein und am nächsten dünn, mittelgroß, rosig, schwarz,
braunäugig, ektomorph, glattrasiert und aufrecht sein und am
nächsten dünn, mittelgroß, rosig, schwarz, braunäugig, ektomorph, glattrasiert und gebeugt sein und am nächsten dünn,
mittelgroß, rosig, schwarz, braunäugig, ektomorph, glattrasiert
und lehnend sein und am nächsten dünn, mittelgroß, rosig,
schwarz, braunäugig, ektomorph, vollbärtig und aufrecht sein
und am nächsten dünn, mittelgroß, rosig, schwarz, braunäugig,
ektomorph, vollbärtig und gebeugt sein und am nächsten dünn,
mittelgroß, rosig, schwarz, braunäugig, ektomorph, vollbärtig

und lehnend sein und am nächsten dünn, mittelgroß, rosig, schwarz, braunäugig, ektomorph, schnurrbärtig und aufrecht sein und am nächsten dünn, mittelgroß, rosig, schwarz, braunäugig, ektomorph, schnurrbärtig und gebeugt sein und am nächsten dünn, mittelgroß, rosig, schwarz, braunäugig, ektomorph, schnurrbärtig und lehnend sein und am nächsten dünn, mittelgroß, rosig, schwarz, braunäugig, mesomorph, glattrasiert und aufrecht sein und am nächsten dünn, mittelgroß, rosig, schwarz, braunäugig, mesomorph, glattrasiert und gebeugt sein und am nächsten dünn, mittelgroß, rosig, schwarz, braunäugig, mesomorph, glattrasiert und lehnend sein und am nächsten dünn, mittelgroß, rosig, schwarz, braunäugig, mesomorph, vollbärtig und aufrecht sein und am nächsten dünn, mittelgroß, rosig, schwarz, braunäugig, mesomorph, vollbärtig und gebeugt sein und am nächsten dünn, mittelgroß, rosig, schwarz, braunäugig, mesomorph, vollbärtig und lehnend sein und am nächsten dünn, mittelgroß, rosig, schwarz, braunäugig, mesomorph, schnurrbärtig und aufrecht sein und am nächsten dünn, mittelgroß, rosig, schwarz, braunäugig, mesomorph, schnurrbärtig und gebeugt sein und am nächsten dünn, mittelgroß, rosig, schwarz, braunäugig, mesomorph, schnurrbärtig und lehnend sein und am nächsten dünn, mittelgroß, rosig, schwarz, braunäugig, endomorph, glattrasiert und aufrecht sein und am nächsten dünn, mittelgroß, rosig, schwarz, braunäugig, endomorph, glattrasiert und gebeugt sein und am nächsten dünn, mittelgroß, rosig, schwarz, braunäugig, endomorph, glattrasiert und lehnend sein und am nächsten dünn, mittelgroß, rosig, schwarz, braunäugig, endomorph, vollbärtig und aufrecht sein und am nächsten dünn, mittelgroß, rosig, schwarz, braunäugig, endomorph, vollbärtig und gebeugt sein und am nächsten dünn, mittelgroß, rosig, schwarz, braunäugig, endomorph, vollbärtig und lehnend sein und am nächsten dünn, mittelgroß, rosig, schwarz, braunäugig, endomorph, schnurrbärtig und aufrecht sein und am nächsten dünn, mittelgroß, rosig, schwarz, braunäugig, endomorph, schnurrbärtig und gebeugt sein und am nächsten dünn, mittelgroß, rosig, schwarz, braunäugig, endomorph, schnurrbärtig und lehnend sein und am nächsten dünn, mittelgroß, rosig, schwarz, blauäugig, ektomorph, glattrasiert und aufrecht sein und am nächsten dünn, mittelgroß, rosig, schwarz, blauäugig, ektomorph, glattrasiert und gebeugt sein und am nächsten dünn, mittelgroß, rosig, schwarz, blauäugig, ektomorph, glattrasiert und lehnend sein und am nächsten dünn, mittelgroß, rosig, schwarz, blauäugig, ektomorph, vollbärtig und aufrecht sein und am nächsten dünn, mittelgroß, rosig, schwarz, blauäugig, ektomorph, vollbärtig und gebeugt sein und am nächsten dünn, mittelgroß, rosig, schwarz, blauäugig, ektomorph, vollbärtig und lehnend sein und am nächsten dünn, mittelgroß, rosig, schwarz, blauäugig, ektomorph, schnurrbärtig und aufrecht sein und am nächsten dünn, mittelgroß, rosig, schwarz, blauäugig, ektomorph, schnurrbärtig und gebeugt sein und am nächsten dünn, mittelgroß, rosig, schwarz, blauäugig, ektomorph, schnurrbärtig und lehnend sein und am nächsten dünn, mittelgroß, rosig, schwarz, blauäugig, mesomorph, glattrasiert und aufrecht sein und am nächsten dünn, mittelgroß, rosig, schwarz, blauäugig, mesomorph, glattrasiert und gebeugt sein und am nächsten dünn, mittelgroß, rosig, schwarz, blauäugig, mesomorph, glattrasiert und lehnend sein und am nächsten dünn, mittelgroß, rosig, schwarz, blauäugig, mesomorph, vollbärtig und aufrecht sein und am nächsten dünn, mittelgroß, rosig, schwarz, blauäugig, mesomorph, vollbärtig und gebeugt sein und am nächsten dünn, mittelgroß, rosig, schwarz, blauäugig, mesomorph, vollbärtig und lehnend sein und am nächsten dünn, mittelgroß, rosig, schwarz, blauäugig, mesomorph, schnurrbärtig und aufrecht sein und am nächsten dünn, mittelgroß, rosig, schwarz,

blauäugig, mesomorph, schnurrbärtig und gebeugt sein und am
nächsten dünn, mittelgroß, rosig, schwarz, blauäugig, mesomorph, schnurrbärtig und lehnend sein und am nächsten dünn,
mittelgroß, rosig, schwarz, blauäugig, endomorph, glattrasiert
und aufrecht sein und am nächsten dünn, mittelgroß, rosig,
schwarz, blauäugig, endomorph, glattrasiert und gebeugt sein
und am nächsten dünn, mittelgroß, rosig, schwarz, blauäugig,
endomorph, glattrasiert und lehnend sein und am nächsten
dünn, mittelgroß, rosig, schwarz, blauäugig, endomorph, vollbärtig und aufrecht sein und am nächsten dünn, mittelgroß,
rosig, schwarz, blauäugig, endomorph, vollbärtig und gebeugt
sein und am nächsten dünn, mittelgroß, rosig, schwarz, blauäugig, endomorph, vollbärtig und lehnend sein und am nächsten
dünn, mittelgroß, rosig, schwarz, blauäugig, endomorph,
schnurrbärtig und aufrecht sein und am nächsten dünn, mittelgroß, rosig, schwarz, blauäugig, endomorph, schnurrbärtig und
gebeugt sein und am nächsten dünn, mittelgroß, rosig, schwarz,
blauäugig, endomorph, schnurrbärtig und lehnend sein und am
nächsten dünn, mittelgroß, rosig, schwarz, grünäugig, ektomorph, glattrasiert und aufrecht sein und am nächsten dünn,
mittelgroß, rosig, schwarz, grünäugig, ektomorph, glattrasiert
und gebeugt sein und am nächsten dünn, mittelgroß, rosig,
schwarz, grünäugig, ektomorph, glattrasiert und lehnend sein
und am nächsten dünn, mittelgroß, rosig, schwarz, grünäugig,
ektomorph, vollbärtig und aufrecht sein und am nächsten dünn,
mittelgroß, rosig, schwarz, grünäugig, ektomorph, vollbärtig und
gebeugt sein und am nächsten dünn, mittelgroß, rosig, schwarz,
grünäugig, ektomorph, vollbärtig und lehnend sein und am
nächsten dünn, mittelgroß, rosig, schwarz, grünäugig, ektomorph, schnurrbärtig und aufrecht sein und am nächsten dünn,
mittelgroß, rosig, schwarz, grünäugig, ektomorph, schnurrbärtig
und gebeugt sein und am nächsten dünn, mittelgroß, rosig,

schwarz, grünäugig, ektomorph, schnurrbärtig und lehnend sein und am nächsten dünn, mittelgroß, rosig, schwarz, grünäugig, mesomorph, glattrasiert und aufrecht sein und am nächsten dünn, mittelgroß, rosig, schwarz, grünäugig, mesomorph, glattrasiert und gebeugt sein und am nächsten dünn, mittelgroß, rosig, schwarz, grünäugig, mesomorph, glattrasiert und lehnend sein und am nächsten dünn, mittelgroß, rosig, schwarz, grünäugig, mesomorph, vollbärtig und aufrecht sein und am nächsten dünn, mittelgroß, rosig, schwarz, grünäugig, mesomorph, vollbärtig und gebeugt sein und am nächsten dünn, mittelgroß, rosig, schwarz, grünäugig, mesomorph, vollbärtig und lehnend sein und am nächsten dünn, mittelgroß, rosig, schwarz, grünäugig, mesomorph, schnurrbärtig und aufrecht sein und am nächsten dünn, mittelgroß, rosig, schwarz, grünäugig, mesomorph, schnurrbärtig und gebeugt sein und am nächsten dünn, mittelgroß, rosig, schwarz, grünäugig, mesomorph, schnurrbärtig und lehnend sein und am nächsten dünn, mittelgroß, rosig, schwarz, grünäugig, endomorph, glattrasiert und aufrecht sein und am nächsten dünn, mittelgroß, rosig, schwarz, grünäugig, endomorph, glattrasiert und gebeugt sein und am nächsten dünn, mittelgroß, rosig, schwarz, grünäugig, endomorph, glattrasiert und lehnend sein und am nächsten dünn, mittelgroß, rosig, schwarz, grünäugig, endomorph, vollbärtig und aufrecht sein und am nächsten dünn, mittelgroß, rosig, schwarz, grünäugig, endomorph, vollbärtig und gebeugt sein und am nächsten dünn, mittelgroß, rosig, schwarz, grünäugig, endomorph, vollbärtig und lehnend sein und am nächsten dünn, mittelgroß, rosig, schwarz, grünäugig, endomorph, schnurrbärtig und aufrecht sein und am nächsten dünn, mittelgroß, rosig, schwarz, grünäugig, endomorph, schnurrbärtig und gebeugt sein und am nächsten dünn, mittelgroß, rosig, schwarz, grünäugig, endomorph, schnurrbärtig und lehnend sein und am nächsten dünn, mittelgroß, rosig, rot, braunäugig, ektomorph, glattrasiert und aufrecht sein und am nächsten dünn, mittelgroß, rosig, rot, braunäugig, ektomorph, glattrasiert und gebeugt sein und am nächsten dünn, mittelgroß, rosig, rot, braunäugig, ektomorph, glattrasiert und lehnend sein und am nächsten dünn, mittelgroß, rosig, rot, braunäugig, ektomorph, vollbärtig und aufrecht sein und am nächsten dünn, mittelgroß, rosig, rot, braunäugig, ektomorph, vollbärtig und gebeugt sein und am nächsten dünn, mittelgroß, rosig, rot, braunäugig, ektomorph, vollbärtig und lehnend sein und am nächsten dünn, mittelgroß, rosig, rot, braunäugig, ektomorph, schnurrbärtig und aufrecht sein und am nächsten dünn, mittelgroß, rosig, rot, braunäugig, ektomorph, schnurrbärtig und gebeugt sein und am nächsten dünn, mittelgroß, rosig, rot, braunäugig, ektomorph, schnurrbärtig und lehnend sein und am nächsten dünn, mittelgroß, rosig, rot, braunäugig, mesomorph, glattrasiert und aufrecht sein und am nächsten dünn, mittelgroß, rosig, rot, braunäugig, mesomorph, glattrasiert und gebeugt sein und am nächsten dünn, mittelgroß, rosig, rot, braunäugig, mesomorph, glattrasiert und lehnend sein und am nächsten dünn, mittelgroß, rosig, rot, braunäugig, mesomorph, vollbärtig und aufrecht sein und am nächsten dünn, mittelgroß, rosig, rot, braunäugig, mesomorph, vollbärtig und gebeugt sein und am nächsten dünn, mittelgroß, rosig, rot, braunäugig, mesomorph, vollbärtig und lehnend sein und am nächsten dünn, mittelgroß, rosig, rot, braunäugig, mesomorph, schnurrbärtig und aufrecht sein und am nächsten dünn, mittelgroß, rosig, rot, braunäugig, mesomorph, schnurrbärtig und gebeugt sein und am nächsten dünn, mittelgroß, rosig, rot, braunäugig, mesomorph, schnurrbärtig und lehnend sein und am nächsten dünn, mittelgroß, rosig, rot, braunäugig, endomorph, glattrasiert und aufrecht sein und am nächsten dünn, mittelgroß, rosig, rot, braunäugig, endomorph, glattrasiert und gebeugt sein und am nächsten dünn, mittelgroß, rosig, rot, braunäugig, endomorph, glattrasiert und lehnend sein und am nächsten dünn, mittelgroß, rosig, rot, braunäugig, endomorph, vollbärtig und aufrecht sein und am nächsten dünn, mittelgroß, rosig, rot, braunäugig, endomorph, vollbärtig und gebeugt sein und am nächsten dünn, mittelgroß, rosig, rot, braunäugig, endomorph, vollbärtig und lehnend sein und am nächsten dünn, mittelgroß, rosig, rot, braunäugig, endomorph, schnurrbärtig und aufrecht sein und am nächsten dünn, mittelgroß, rosig, rot, braunäugig, endomorph, schnurrbärtig und gebeugt sein und am nächsten dünn, mittelgroß, rosig, rot, braunäugig, endomorph, schnurr-bärtig und lehnend sein und am nächsten dünn, mittelgroß, rosig, rot, blauäugig, ektomorph, glattrasiert und aufrecht sein und am nächsten dünn, mittelgroß, rosig, rot, blauäugig, ekto-morph, glattrasiert und gebeugt sein und am nächsten dünn, mittelgroß, rosig, rot, blauäugig, ektomorph, glattrasiert und lehnend sein und am nächsten dünn, mittelgroß, rosig, rot, blau-äugig, ektomorph, vollbärtig und aufrecht sein und am nächsten dünn, mittelgroß, rosig, rot, blauäugig, ektomorph, vollbärtig und gebeugt sein und am nächsten dünn, mittelgroß, rosig, rot, blauäugig, ektomorph, vollbärtig und lehnend sein und am nächsten dünn, mittelgroß, rosig, rot, blauäugig, ektomorph, schnurrbärtig und aufrecht sein und am nächsten dünn, mittel-groß, rosig, rot, blauäugig, ektomorph, schnurrbärtig und ge-beugt sein und am nächsten dünn, mittelgroß, rosig, rot, blau-äugig, ektomorph, schnurrbärtig und lehnend sein und am nächsten dünn, mittelgroß, rosig, rot, blauäugig, mesomorph, glattrasiert und aufrecht sein und am nächsten dünn, mittel-groß, rosig, rot, blauäugig, mesomorph, glattrasiert und gebeugt sein und am nächsten dünn, mittelgroß, rosig, rot, blauäugig, mesomorph, glattrasiert und lehnend sein und am nächsten dünn, mittelgroß, rosig, rot, blauäugig, mesomorph, vollbärtig und aufrecht sein und am nächsten dünn, mittelgroß, rosig, rot, blauäugig, mesomorph, vollbärtig und gebeugt sein und am nächsten dünn, mittelgroß, rosig, rot, blauäugig, mesomorph, vollbärtig und lehnend sein und am nächsten dünn, mittelgroß, rosig, rot, blauäugig, mesomorph, schnurrbärtig und aufrecht sein und am nächsten dünn, mittelgroß, rosig, rot, blauäugig, mesomorph, schnurrbärtig und gebeugt sein und am nächsten dünn, mittelgroß, rosig, rot, blauäugig, mesomorph, schnurrbärtig und lehnend sein und am nächsten dünn, mittelgroß, rosig, rot, blauäugig, endomorph, glattrasiert und aufrecht sein und am nächsten dünn, mittelgroß, rosig, rot, blauäugig, endomorph, glattrasiert und gebeugt sein und am nächsten dünn, mittelgroß, rosig, rot, blauäugig, endomorph, glattrasiert und lehnend sein und am nächsten dünn, mittelgroß, rosig, rot, blauäugig, endomorph, vollbärtig und aufrecht sein und am nächsten dünn, mittelgroß, rosig, rot, blauäugig, endomorph, vollbärtig und gebeugt sein und am nächsten dünn, mittelgroß, rosig, rot, blauäugig, endomorph, vollbärtig und lehnend sein und am nächsten dünn, mittelgroß, rosig, rot, blauäugig, endomorph, schnurrbärtig und aufrecht sein und am nächsten dünn, mittelgroß, rosig, rot, blauäugig, endomorph, schnurrbärtig und gebeugt sein und am nächsten dünn, mittelgroß, rosig, rot, blauäugig, endomorph, schnurrbärtig und lehnend sein und am nächsten dünn, mittelgroß, rosig, rot, grünäugig, ektomorph, glattrasiert und aufrecht sein und am nächsten dünn, mittelgroß, rosig, rot, grünäugig, ektomorph, glattrasiert und gebeugt sein und am nächsten dünn, mittelgroß, rosig, rot, grünäugig, ektomorph, glattrasiert und lehnend sein und am nächsten dünn, mittelgroß, rosig, rot, grünäugig, ektomorph, vollbärtig und aufrecht sein und am nächsten dünn, mittelgroß, rosig, rot, grünäugig, ektomorph, vollbärtig und gebeugt sein und am nächsten dünn, mittelgroß, rosig, rot, grünäugig, ektomorph, vollbärtig und lehnend sein und am nächsten dünn, mittelgroß, rosig, rot, grünäugig, ektomorph, schnurrbärtig und aufrecht sein und am nächsten dünn, mittelgroß, rosig, rot, grünäugig, ektomorph, schnurrbärtig und gebeugt sein und am nächsten dünn, mittelgroß, rosig, rot, grünäugig, ektomorph, schnurrbärtig und lehnend sein und am nächsten dünn, mittelgroß, rosig, rot, grünäugig, mesomorph, glattrasiert und aufrecht sein und am nächsten dünn, mittelgroß, rosig, rot, grünäugig, mesomorph, glattrasiert und gebeugt sein und am nächsten dünn, mittelgroß, rosig, rot, grünäugig, mesomorph, glattrasiert und lehnend sein und am nächsten dünn, mittelgroß, rosig, rot, grünäugig, mesomorph, vollbärtig und aufrecht sein und am nächsten dünn, mittelgroß, rosig, rot, grünäugig, mesomorph, vollbärtig und gebeugt sein und am nächsten dünn, mittelgroß, rosig, rot, grünäugig, mesomorph, vollbärtig und lehnend sein und am nächsten dünn, mittelgroß, rosig, rot, grünäugig, mesomorph, schnurrbärtig und aufrecht sein und am nächsten dünn, mittelgroß, rosig, rot, grünäugig, mesomorph, schnurrbärtig und gebeugt sein und am nächsten dünn, mittelgroß, rosig, rot, grünäugig, mesomorph, schnurrbärtig und lehnend sein und am nächsten dünn, mittelgroß, rosig, rot, grünäugig, endomorph, glattrasiert und aufrecht sein und am nächsten dünn, mittelgroß, rosig, rot, grünäugig, endomorph, glattrasiert und gebeugt sein und am nächsten dünn, mittelgroß, rosig, rot, grünäugig, endomorph, glattrasiert und lehnend sein und am nächsten dünn, mittelgroß, rosig, rot, grünäugig, endomorph, vollbärtig und aufrecht sein und am nächsten dünn, mittelgroß, rosig, rot, grünäugig, endomorph, vollbärtig und gebeugt sein und am nächsten dünn, mittelgroß, rosig, rot, grünäugig, endomorph, vollbärtig und lehnend sein und am nächsten dünn, mittelgroß, rosig, rot, grünäugig, endomorph, schnurrbärtig und aufrecht sein und am nächsten dünn, mittelgroß, rosig, rot, grünäugig,

endomorph, schnurrbärtig und gebeugt sein und am nächsten
dünn, mittelgroß, rosig, rot, grünäugig, endomorph, schnurrbärtig und lehnend sein und am nächsten dünn, mittelgroß,
rosig, blond, braunäugig, ektomorph, glattrasiert und aufrecht
sein und am nächsten dünn, mittelgroß, rosig, blond, braunäugig, ektomorph, glattrasiert und gebeugt sein und am nächsten dünn, mittelgroß, rosig, blond, braunäugig, ektomorph,
glattrasiert und lehnend sein und am nächsten dünn, mittelgroß, rosig, blond, braunäugig, ektomorph, vollbärtig und aufrecht sein und am nächsten dünn, mittelgroß, rosig, blond,
braunäugig, ektomorph, vollbärtig und gebeugt sein und am
nächsten dünn, mittelgroß, rosig, blond, braunäugig, ektomorph,
vollbärtig und lehnend sein und am nächsten dünn, mittelgroß,
rosig, blond, braunäugig, ektomorph, schnurrbärtig und aufrecht
sein und am nächsten dünn, mittelgroß, rosig, blond, braunäugig, ektomorph, schnurrbärtig und gebeugt sein und am
nächsten dünn, mittelgroß, rosig, blond, braunäugig, ektomorph,
schnurrbärtig und lehnend sein und am nächsten dünn, mittelgroß, rosig, blond, braunäugig, mesomorph, glattrasiert und aufrecht sein und am nächsten dünn, mittelgroß, rosig, blond,
braunäugig, mesomorph, glattrasiert und gebeugt sein und am
nächsten dünn, mittelgroß, rosig, blond, braunäugig, mesomorph, glattrasiert und lehnend sein und am nächsten dünn,
mittelgroß, rosig, blond, braunäugig, mesomorph, vollbärtig und
aufrecht sein und am nächsten dünn, mittelgroß, rosig, blond,
braunäugig, mesomorph, vollbärtig und gebeugt sein und am
nächsten dünn, mittelgroß, rosig, blond, braunäugig, mesomorph, vollbärtig und lehnend sein und am nächsten dünn,
mittelgroß, rosig, blond, braunäugig, mesomorph, schnurrbärtig und aufrecht sein und am nächsten dünn, mittelgroß,
rosig, blond, braunäugig, mesomorph, schnurrbärtig und gebeugt sein und am nächsten dünn, mittelgroß, rosig, blond,

braunäugig, mesomorph, schnurrbärtig und lehnend sein und
am nächsten dünn, mittelgroß, rosig, blond, braunäugig, endomorph, glattrasiert und aufrecht sein und am nächsten dünn,
mittelgroß, rosig, blond, braunäugig, endomorph, glattrasiert
und gebeugt sein und am nächsten dünn, mittelgroß, rosig,
blond, braunäugig, endomorph, glattrasiert und lehnend sein
und am nächsten dünn, mittelgroß, rosig, blond, braunäugig,
endomorph, vollbärtig und aufrecht sein und am nächsten dünn,
mittelgroß, rosig, blond, braunäugig, endomorph, vollbärtig und
gebeugt sein und am nächsten dünn, mittelgroß, rosig, blond,
braunäugig, endomorph, vollbärtig und lehnend sein und am
nächsten dünn, mittelgroß, rosig, blond, braunäugig, endomorph, schnurrbärtig und aufrecht sein und am nächsten dünn,
mittelgroß, rosig, blond, braunäugig, endomorph, schnurrbärtig
und gebeugt sein und am nächsten dünn, mittelgroß, rosig,
blond, braunäugig, endomorph, schnurrbärtig und lehnend sein
und am nächsten dünn, mittelgroß, rosig, blond, blauäugig,
ektomorph, glattrasiert und aufrecht sein und am nächsten
dünn, mittelgroß, rosig, blond, blauäugig, ektomorph, glattrasiert und gebeugt sein und am nächsten dünn, mittelgroß,
rosig, blond, blauäugig, ektomorph, glattrasiert und lehnend
sein und am nächsten dünn, mittelgroß, rosig, blond, blauäugig,
ektomorph, vollbärtig und aufrecht sein und am nächsten dünn,
mittelgroß, rosig, blond, blauäugig, ektomorph, vollbärtig und
gebeugt sein und am nächsten dünn, mittelgroß, rosig, blond,
blauäugig, ektomorph, vollbärtig und lehnend sein und am
nächsten dünn, mittelgroß, rosig, blond, blauäugig, ektomorph,
schnurrbärtig und aufrecht sein und am nächsten dünn, mittelgroß, rosig, blond, blauäugig, ektomorph, schnurrbärtig und gebeugt sein und am nächsten dünn, mittelgroß, rosig, blond,
blauäugig, ektomorph, schnurrbärtig und lehnend sein und am
nächsten dünn, mittelgroß, rosig, blond, blauäugig, mesomorph,

glattrasiert und aufrecht sein und am nächsten dünn, mittelgroß, rosig, blond, blauäugig, mesomorph, glattrasiert und gebeugt sein und am nächsten dünn, mittelgroß, rosig, blond, blauäugig, mesomorph, glattrasiert und lehnend sein und am nächsten dünn, mittelgroß, rosig, blond, blauäugig, mesomorph, vollbärtig und aufrecht sein und am nächsten dünn, mittelgroß, rosig, blond, blauäugig, mesomorph, vollbärtig und gebeugt sein und am nächsten dünn, mittelgroß, rosig, blond, blauäugig, mesomorph, vollbärtig und lehnend sein und am nächsten dünn, mittelgroß, rosig, blond, blauäugig, mesomorph, schnurrbärtig und aufrecht sein und am nächsten dünn, mittelgroß, rosig, blond, blauäugig, mesomorph, schnurrbärtig und gebeugt sein und am nächsten dünn, mittelgroß, rosig, blond, blauäugig, mesomorph, schnurrbärtig und lehnend sein und am nächsten dünn, mittelgroß, rosig, blond, blauäugig, endomorph, glattrasiert und aufrecht sein und am nächsten dünn, mittelgroß, rosig, blond, blauäugig, endomorph, glattrasiert und gebeugt sein und am nächsten dünn, mittelgroß, rosig, blond, blauäugig, endomorph, glattrasiert und lehnend sein und am nächsten dünn, mittelgroß, rosig, blond, blauäugig, endomorph, vollbärtig und aufrecht sein und am nächsten dünn, mittelgroß, rosig, blond, blauäugig, endomorph, vollbärtig und gebeugt sein und am nächsten dünn, mittelgroß, rosig, blond, blauäugig, endomorph, vollbärtig und lehnend sein und am nächsten dünn, mittelgroß, rosig, blond, blauäugig, endomorph, schnurrbärtig und aufrecht sein und am nächsten dünn, mittelgroß, rosig, blond, blauäugig, endomorph, schnurrbärtig und gebeugt sein und am nächsten dünn, mittelgroß, rosig, blond, blauäugig, endomorph, schnurrbärtig und lehnend sein und am nächsten dünn, mittelgroß, rosig, blond, grünäugig, ektomorph, glattrasiert und aufrecht sein und am nächsten dünn, mittelgroß, rosig, blond, grünäugig, ektomorph, glattrasiert und gebeugt sein und am nächsten dünn, mittelgroß, rosig, blond, grünäugig, ektomorph, glattrasiert und lehnend sein und am nächsten dünn, mittelgroß, rosig, blond, grünäugig, ektomorph, vollbärtig und aufrecht sein und am nächsten dünn, mittelgroß, rosig, blond, grünäugig, ektomorph, vollbärtig und gebeugt sein und am nächsten dünn, mittelgroß, rosig, blond, grünäugig, ektomorph, vollbärtig und lehnend sein und am nächsten dünn, mittelgroß, rosig, blond, grünäugig, ektomorph, schnurrbärtig und aufrecht sein und am nächsten dünn, mittelgroß, rosig, blond, grünäugig, ektomorph, schnurrbärtig und gebeugt sein und am nächsten dünn, mittelgroß, rosig, blond, grünäugig, ektomorph, schnurrbärtig und lehnend sein und am nächsten dünn, mittelgroß, rosig, blond, grünäugig, mesomorph, glattrasiert und aufrecht sein und am nächsten dünn, mittelgroß, rosig, blond, grünäugig, mesomorph, glattrasiert und gebeugt sein und am nächsten dünn, mittelgroß, rosig, blond, grünäugig, mesomorph, glattrasiert und lehnend sein und am nächsten dünn, mittelgroß, rosig, blond, grünäugig, mesomorph, vollbärtig und aufrecht sein und am nächsten dünn, mittelgroß, rosig, blond, grünäugig, mesomorph, vollbärtig und gebeugt sein und am nächsten dünn, mittelgroß, rosig, blond, grünäugig, mesomorph, vollbärtig und lehnend sein und am nächsten dünn, mittelgroß, rosig, blond, grünäugig, mesomorph, schnurrbärtig und aufrecht sein und am nächsten dünn, mittelgroß, rosig, blond, grünäugig, mesomorph, schnurrbärtig und gebeugt sein und am nächsten dünn, mittelgroß, rosig, blond, grünäugig, mesomorph, schnurrbärtig und lehnend sein und am nächsten dünn, mittelgroß, rosig, blond, grünäugig, endomorph, glattrasiert und aufrecht sein und am nächsten dünn, mittelgroß, rosig, blond, grünäugig, endomorph, glattrasiert und gebeugt sein und am nächsten dünn, mittelgroß, rosig, blond, grünäugig, endomorph, glattrasiert und lehnend sein und am nächsten dünn, mittelgroß, rosig, blond, grünäugig, endomorph, vollbärtig und aufrecht sein und am nächsten dünn, mittelgroß, rosig, blond, grünäugig, endomorph, vollbärtig und gebeugt sein und am nächsten dünn, mittelgroß, rosig, blond, grünäugig, endomorph, vollbärtig und lehnend sein und am nächsten dünn, mittelgroß, rosig, blond, grünäugig, endomorph, schnurrbärtig und aufrecht sein und am nächsten dünn, mittelgroß, rosig, blond, grünäugig, endomorph, schnurrbärtig und gebeugt sein und am nächsten dünn, mittelgroß, rosig, blond, grünäugig, endomorph, schnurrbärtig und lehnend sein und am nächsten dünn, groß, blaß, schwarz, braunäugig, ektomorph, glattrasiert und aufrecht sein und am nächsten dünn, groß, blaß, schwarz, braunäugig, ektomorph, glattrasiert und gebeugt sein und am nächsten dünn, groß, blaß, schwarz, braunäugig, ektomorph, glattrasiert und lehnend sein und am nächsten dünn, groß, blaß, schwarz, braunäugig, ektomorph, vollbärtig und aufrecht sein und am nächsten dünn, groß, blaß, schwarz, braunäugig, ektomorph, vollbärtig und gebeugt sein und am nächsten dünn, groß, blaß, schwarz, braunäugig, ektomorph, vollbärtig und lehnend sein und am nächsten dünn, groß, blaß, schwarz, braunäugig, ektomorph, schnurrbärtig und aufrecht sein und am nächsten dünn, groß, blaß, schwarz, braunäugig, ektomorph, schnurrbärtig und gebeugt sein und am nächsten dünn, groß, blaß, schwarz, braunäugig, ektomorph, schnurrbärtig und lehnend sein und am nächsten dünn, groß, blaß, schwarz, braunäugig, mesomorph, glattrasiert und aufrecht sein und am nächsten dünn, groß, blaß, schwarz, braunäugig, mesomorph, glattrasiert und gebeugt sein und am nächsten dünn, groß, blaß, schwarz, braunäugig, mesomorph, glattrasiert und lehnend sein und am nächsten dünn, groß, blaß, schwarz, braunäugig, mesomorph, vollbärtig und aufrecht sein und am nächsten dünn, groß, blaß, schwarz, braunäugig, mesomorph, vollbärtig und gebeugt sein und am nächsten dünn, groß, blaß, schwarz, braunäugig, mesomorph, vollbärtig und lehnend sein und am nächsten dünn, groß, blaß, schwarz, braunäugig, mesomorph, schnurrbärtig und aufrecht sein und am nächsten dünn, groß, blaß, schwarz, braunäugig, mesomorph, schnurrbärtig und gebeugt sein und am nächsten dünn, groß, blaß, schwarz, braunäugig, mesomorph, schnurrbärtig und lehnend sein und am nächsten dünn, groß, blaß, schwarz, braunäugig, endomorph, glattrasiert und aufrecht sein und am nächsten dünn, groß, blaß, schwarz, braunäugig, endomorph, glattrasiert und gebeugt sein und am nächsten dünn, groß, blaß, schwarz, braunäugig, endomorph, glattrasiert und lehnend sein und am nächsten dünn, groß, blaß, schwarz, braunäugig, endomorph, vollbärtig und aufrecht sein und am nächsten dünn, groß, blaß, schwarz, braunäugig, endomorph, vollbärtig und gebeugt sein und am nächsten dünn, groß, blaß, schwarz, braunäugig, endomorph, vollbärtig und lehnend sein und am nächsten dünn, groß, blaß, schwarz, braunäugig, endomorph, schnurrbärtig und aufrecht sein und am nächsten dünn, groß, blaß, schwarz, braunäugig, endomorph, schnurrbärtig und gebeugt sein und am nächsten dünn, groß, blaß, schwarz, braunäugig, endomorph, schnurrbärtig und lehnend sein und am nächsten dünn, groß, blaß, schwarz, blauäugig, ektomorph, glattrasiert und aufrecht sein und am nächsten dünn, groß, blaß, schwarz, blauäugig, ektomorph, glattrasiert und gebeugt sein und am nächsten dünn, groß, blaß, schwarz, blauäugig, ektomorph, glattrasiert und lehnend sein und am nächsten dünn, groß, blaß, schwarz, blauäugig, ektomorph, vollbärtig und aufrecht sein und am nächsten dünn, groß, blaß, schwarz, blauäugig, ektomorph, vollbärtig und gebeugt sein und am nächsten dünn, groß, blaß, schwarz, blauäugig, ektomorph, vollbärtig und lehnend sein und am nächsten dünn, groß, blaß, schwarz, blauäugig, ektomorph, schnurrbärtig und aufrecht sein und am nächsten dünn, groß, blaß, schwarz, blauäugig, ektomorph, schnurrbärtig und gebeugt sein und am nächsten dünn, groß, blaß, schwarz, blauäugig, ektomorph, schnurrbärtig und lehnend sein und am nächsten dünn, groß, blaß, schwarz, blauäugig, mesomorph, glattrasiert und aufrecht sein und am nächsten dünn, groß, blaß, schwarz, blauäugig, mesomorph, glattrasiert und gebeugt sein und am nächsten dünn, groß, blaß, schwarz, blauäugig, mesomorph, glattrasiert und lehnend sein und am nächsten dünn, groß, blaß, schwarz, blauäugig, mesomorph, vollbärtig und aufrecht sein und am nächsten dünn, groß, blaß, schwarz, blauäugig, mesomorph, vollbärtig und gebeugt sein und am nächsten dünn, groß, blaß, schwarz, blauäugig, mesomorph, vollbärtig und lehnend sein und am nächsten dünn, groß, blaß, schwarz, blauäugig, mesomorph, schnurrbärtig und aufrecht sein und am nächsten dünn, groß, blaß, schwarz, blauäugig, mesomorph, schnurrbärtig und gebeugt sein und am nächsten dünn, groß, blaß, schwarz, blauäugig, mesomorph, schnurrbärtig und lehnend sein und am nächsten dünn, groß, blaß, schwarz, blauäugig, endomorph, glattrasiert und aufrecht sein und am nächsten dünn, groß, blaß, schwarz, blauäugig, endomorph, glattrasiert und gebeugt sein und am nächsten dünn, groß, blaß, schwarz, blauäugig, endomorph, glattrasiert und lehnend sein und am nächsten dünn, groß, blaß, schwarz, blauäugig, endomorph, vollbärtig und aufrecht sein und am nächsten dünn, groß, blaß, schwarz, blauäugig, endomorph, vollbärtig und gebeugt sein und am nächsten dünn, groß, blaß, schwarz, blauäugig, endomorph, vollbärtig und lehnend sein und am nächsten dünn, groß, blaß, schwarz, blauäugig, endomorph, schnurrbärtig und aufrecht sein und am nächsten dünn, groß, blaß, schwarz, blauäugig, endomorph, schnurrbärtig und gebeugt sein und am nächsten dünn, groß, blaß, schwarz, blauäugig, endomorph, schnurrbärtig und lehnend sein und am nächsten dünn, groß, blaß, schwarz, grünäugig, ektomorph, glattrasiert und aufrecht sein und am nächsten dünn, groß, blaß, schwarz, grünäugig, ektomorph, glattrasiert und gebeugt sein und am nächsten dünn, groß, blaß, schwarz, grünäugig, ektomorph, glattrasiert und lehnend sein und am nächsten dünn, groß, blaß, schwarz, grünäugig, ektomorph, vollbärtig und aufrecht sein und am nächsten dünn, groß, blaß, schwarz, grünäugig, ektomorph, vollbärtig und gebeugt sein und am nächsten dünn, groß, blaß, schwarz, grünäugig, ektomorph, vollbärtig und lehnend sein und am nächsten dünn, groß, blaß, schwarz, grünäugig, ektomorph, schnurrbärtig und aufrecht sein und am nächsten dünn, groß, blaß, schwarz, grünäugig, ektomorph, schnurrbärtig und gebeugt sein und am nächsten dünn, groß, blaß, schwarz, grünäugig, ektomorph, schnurrbärtig und lehnend sein und am nächsten dünn, groß, blaß, schwarz, grünäugig, mesomorph, glattrasiert und aufrecht sein und am nächsten dünn, groß, blaß, schwarz, grünäugig, mesomorph, glattrasiert und gebeugt sein und am nächsten dünn, groß, blaß, schwarz, grünäugig, mesomorph, glattrasiert und lehnend sein und am nächsten dünn, groß, blaß, schwarz, grünäugig, mesomorph, vollbärtig und aufrecht sein und am nächsten dünn, groß, blaß, schwarz, grünäugig, mesomorph, vollbärtig und gebeugt sein und am nächsten dünn, groß, blaß, schwarz, grünäugig, mesomorph, vollbärtig und lehnend sein und am nächsten dünn, groß, blaß, schwarz, grünäugig, mesomorph, schnurrbärtig und aufrecht sein und am nächsten dünn, groß, blaß, schwarz, grünäugig, mesomorph, schnurrbärtig und gebeugt sein und am nächsten dünn, groß, blaß, schwarz, grünäugig, mesomorph, schnurrbärtig und lehnend sein und am nächsten dünn, groß, blaß, schwarz, grünäugig, endomorph, glattrasiert und aufrecht sein und am nächsten dünn, groß, blaß, schwarz, grünäugig, endomorph, glattrasiert und gebeugt sein und am nächsten dünn, groß, blaß, schwarz, grünäugig, endomorph, glattrasiert und lehnend sein und am nächsten dünn, groß, blaß, schwarz,

grünäugig, endomorph, vollbärtig und aufrecht sein und am
nächsten dünn, groß, blaß, schwarz, grünäugig, endomorph, vollbärtig und gebeugt sein und am nächsten dünn, groß, blaß,
schwarz, grünäugig, endomorph, vollbärtig und lehnend sein
und am nächsten dünn, groß, blaß, schwarz, grünäugig, endomorph, schnurrbärtig und aufrecht sein und am nächsten dünn,
groß, blaß, schwarz, grünäugig, endomorph, schnurrbärtig und
gebeugt sein und am nächsten dünn, groß, blaß, schwarz, grünäugig, endomorph, schnurrbärtig und lehnend sein und am
nächsten dünn, groß, blaß, rot, braunäugig, ektomorph, glattrasiert und aufrecht sein und am nächsten dünn, groß, blaß, rot,
braunäugig, ektomorph, glattrasiert und gebeugt sein und am
nächsten dünn, groß, blaß, rot, braunäugig, ektomorph, glattrasiert und lehnend sein und am nächsten dünn, groß, blaß, rot,
braunäugig, ektomorph, vollbärtig und aufrecht sein und am
nächsten dünn, groß, blaß, rot, braunäugig, ektomorph, vollbärtig und gebeugt sein und am nächsten dünn, groß, blaß, rot,
braunäugig, ektomorph, vollbärtig und lehnend sein und am
nächsten dünn, groß, blaß, rot, braunäugig, ektomorph, schnurrbärtig und aufrecht sein und am nächsten dünn, groß, blaß, rot,
braunäugig, ektomorph, schnurrbärtig und gebeugt sein und am
nächsten dünn, groß, blaß, rot, braunäugig, ektomorph, schnurrbärtig und lehnend sein und am nächsten dünn, groß, blaß, rot,
braunäugig, mesomorph, glattrasiert und aufrecht sein und am
nächsten dünn, groß, blaß, rot, braunäugig, mesomorph, glattrasiert und gebeugt sein und am nächsten dünn, groß, blaß, rot,
braunäugig, mesomorph, glattrasiert und lehnend sein und am
nächsten dünn, groß, blaß, rot, braunäugig, mesomorph, vollbärtig und aufrecht sein und am nächsten dünn, groß, blaß, rot,
braunäugig, mesomorph, vollbärtig und gebeugt sein und am
nächsten dünn, groß, blaß, rot, braunäugig, mesomorph, vollbärtig und lehnend sein und am nächsten dünn, groß, blaß, rot,

braunäugig, mesomorph, schnurrbärtig und aufrecht sein und
am nächsten dünn, groß, blaß, rot, braunäugig, mesomorph,
schnurrbärtig und gebeugt sein und am nächsten dünn, groß,
blaß, rot, braunäugig, mesomorph, schnurrbärtig und lehnend
sein und am nächsten dünn, groß, blaß, rot, braunäugig, endomorph, glattrasiert und aufrecht sein und am nächsten dünn,
groß, blaß, rot, braunäugig, endomorph, glattrasiert und gebeugt
sein und am nächsten dünn, groß, blaß, rot, braunäugig, endomorph, glattrasiert und lehnend sein und am nächsten dünn,
groß, blaß, rot, braunäugig, endomorph, vollbärtig und aufrecht
sein und am nächsten dünn, groß, blaß, rot, braunäugig, endomorph, vollbärtig und gebeugt sein und am nächsten dünn, groß,
blaß, rot, braunäugig, endomorph, vollbärtig und lehnend sein
und am nächsten dünn, groß, blaß, rot, braunäugig, endomorph,
schnurrbärtig und aufrecht sein und am nächsten dünn, groß,
blaß, rot, braunäugig, endomorph, schnurrbärtig und gebeugt
sein und am nächsten dünn, groß, blaß, rot, braunäugig, endomorph, schnurrbärtig und lehnend sein und am nächsten dünn,
groß, blaß, rot, blauäugig, ektomorph, glattrasiert und aufrecht
sein und am nächsten dünn, groß, blaß, rot, blauäugig, ektomorph, glattrasiert und gebeugt sein und am nächsten dünn,
groß, blaß, rot, blauäugig, ektomorph, glattrasiert und lehnend
sein und am nächsten dünn, groß, blaß, rot, blauäugig, ektomorph, vollbärtig und aufrecht sein und am nächsten dünn,
groß, blaß, rot, blauäugig, ektomorph, vollbärtig und gebeugt
sein und am nächsten dünn, groß, blaß, rot, blauäugig, ektomorph, vollbärtig und lehnend sein und am nächsten dünn, groß,
blaß, rot, blauäugig, ektomorph, schnurrbärtig und aufrecht sein
und am nächsten dünn, groß, blaß, rot, blauäugig, ektomorph,
schnurrbärtig und gebeugt sein und am nächsten dünn, groß,
blaß, rot, blauäugig, ektomorph, schnurrbärtig und lehnend sein
und am nächsten dünn, groß, blaß, rot, blauäugig, mesomorph,

glattrasiert und aufrecht sein und am nächsten dünn, groß, blaß, rot, blauäugig, mesomorph, glattrasiert und gebeugt sein und am nächsten dünn, groß, blaß, rot, blauäugig, mesomorph, glattrasiert und lehnend sein und am nächsten dünn, groß, blaß, rot, blauäugig, mesomorph, vollbärtig und aufrecht sein und am nächsten dünn, groß, blaß, rot, blauäugig, mesomorph, vollbärtig und gebeugt sein und am nächsten dünn, groß, blaß, rot, blauäugig, mesomorph, vollbärtig und lehnend sein und am nächsten dünn, groß, blaß, rot, blauäugig, mesomorph, schnurrbärtig und aufrecht sein und am nächsten dünn, groß, blaß, rot, blauäugig, mesomorph, schnurrbärtig und gebeugt sein und am nächsten dünn, groß, blaß, rot, blauäugig, mesomorph, schnurrbärtig und lehnend sein und am nächsten dünn, groß, blaß, rot, blauäugig, endomorph, glattrasiert und aufrecht sein und am nächsten dünn, groß, blaß, rot, blauäugig, endomorph, glattrasiert und gebeugt sein und am nächsten dünn, groß, blaß, rot, blauäugig, endomorph, glattrasiert und lehnend sein und am nächsten dünn, groß, blaß, rot, blauäugig, endomorph, vollbärtig und aufrecht sein und am nächsten dünn, groß, blaß, rot, blauäugig, endomorph, vollbärtig und gebeugt sein und am nächsten dünn, groß, blaß, rot, blauäugig, endomorph, vollbärtig und lehnend sein und am nächsten dünn, groß, blaß, rot, blauäugig, endomorph, schnurrbärtig und aufrecht sein und am nächsten dünn, groß, blaß, rot, blauäugig, endomorph, schnurrbärtig und gebeugt sein und am nächsten dünn, groß, blaß, rot, blauäugig, endomorph, schnurrbärtig und lehnend sein und am nächsten dünn, groß, blaß, rot, grünäugig, ektomorph, glattrasiert und aufrecht sein und am nächsten dünn, groß, blaß, rot, grünäugig, ektomorph, glattrasiert und gebeugt sein und am nächsten dünn, groß, blaß, rot, grünäugig, ektomorph, glattrasiert und lehnend sein und am nächsten dünn, groß, blaß, rot, grünäugig, ektomorph, vollbärtig und aufrecht sein und am nächsten dünn,

groß, blaß, rot, grünäugig, ektomorph, vollbärtig und gebeugt
sein und am nächsten dünn, groß, blaß, rot, grünäugig, ektomorph, vollbärtig und lehnend sein und am nächsten dünn, groß,
blaß, rot, grünäugig, ektomorph, schnurrbärtig und aufrecht sein
und am nächsten dünn, groß, blaß, rot, grünäugig, ektomorph,
schnurrbärtig und gebeugt sein und am nächsten dünn, groß,
blaß, rot, grünäugig, ektomorph, schnurrbärtig und lehnend sein
und am nächsten dünn, groß, blaß, rot, grünäugig, mesomorph,
glattrasiert und aufrecht sein und am nächsten dünn, groß, blaß,
rot, grünäugig, mesomorph, glattrasiert und gebeugt sein und
am nächsten dünn, groß, blaß, rot, grünäugig, mesomorph, glattrasiert und lehnend sein und am nächsten dünn, groß, blaß, rot,
grünäugig, mesomorph, vollbärtig und aufrecht sein und am
nächsten dünn, groß, blaß, rot, grünäugig, mesomorph, vollbärtig und gebeugt sein und am nächsten dünn, groß, blaß, rot,
grünäugig, mesomorph, vollbärtig und lehnend sein und am
nächsten dünn, groß, blaß, rot, grünäugig, mesomorph, schnurrbärtig und aufrecht sein und am nächsten dünn, groß, blaß, rot,
grünäugig, mesomorph, schnurrbärtig und gebeugt sein und am
nächsten dünn, groß, blaß, rot, grünäugig, mesomorph, schnurrbärtig und lehnend sein und am nächsten dünn, groß, blaß, rot,
grünäugig, endomorph, glattrasiert und aufrecht sein und am
nächsten dünn, groß, blaß, rot, grünäugig, endomorph, glattrasiert und gebeugt sein und am nächsten dünn, groß, blaß, rot,
grünäugig, endomorph, glattrasiert und lehnend sein und am
nächsten dünn, groß, blaß, rot, grünäugig, endomorph, vollbärtig
und aufrecht sein und am nächsten dünn, groß, blaß, rot, grünäugig, endomorph, vollbärtig und gebeugt sein und am nächsten
dünn, groß, blaß, rot, grünäugig, endomorph, vollbärtig und lehnend sein und am nächsten dünn, groß, blaß, rot, grünäugig,
endomorph, schnurrbärtig und aufrecht sein und am nächsten
dünn, groß, blaß, rot, grünäugig, endomorph, schnurrbärtig und

gebeugt sein und am nächsten dünn, groß, blaß, rot, grünäugig, endomorph, schnurrbärtig und lehnend sein und am nächsten dünn, groß, blaß, blond, braunäugig, ektomorph, glattrasiert und aufrecht sein und am nächsten dünn, groß, blaß, blond, braunäugig, ektomorph, glattrasiert und gebeugt sein und am nächsten dünn, groß, blaß, blond, braunäugig, ektomorph, glattrasiert und lehnend sein und am nächsten dünn, groß, blaß, blond, braunäugig, ektomorph, vollbärtig und aufrecht sein und am nächsten dünn, groß, blaß, blond, braunäugig, ektomorph, vollbärtig und gebeugt sein und am nächsten dünn, groß, blaß, blond, braunäugig, ektomorph, vollbärtig und lehnend sein und am nächsten dünn, groß, blaß, blond, braunäugig, ektomorph, schnurrbärtig und aufrecht sein und am nächsten dünn, groß, blaß, blond, braunäugig, ektomorph, schnurrbärtig und gebeugt sein und am nächsten dünn, groß, blaß, blond, braunäugig, ektomorph, schnurrbärtig und lehnend sein und am nächsten dünn, groß, blaß, blond, braunäugig, mesomorph, glattrasiert und aufrecht sein und am nächsten dünn, groß, blaß, blond, braunäugig, mesomorph, glattrasiert und gebeugt sein und am nächsten dünn, groß, blaß, blond, braunäugig, mesomorph, glattrasiert und lehnend sein und am nächsten dünn, groß, blaß, blond, braunäugig, mesomorph, vollbärtig und aufrecht sein und am nächsten dünn, groß, blaß, blond, braunäugig, mesomorph, vollbärtig und gebeugt sein und am nächsten dünn, groß, blaß, blond, braunäugig, mesomorph, vollbärtig und lehnend sein und am nächsten dünn, groß, blaß, blond, braunäugig, mesomorph, schnurrbärtig und aufrecht sein und am nächsten dünn, groß, blaß, blond, braunäugig, mesomorph, schnurrbärtig und gebeugt sein und am nächsten dünn, groß, blaß, blond, braunäugig, mesomorph, schnurrbärtig und lehnend sein und am nächsten dünn, groß, blaß, blond, braunäugig, endomorph, glattrasiert und aufrecht sein und am nächsten dünn, groß, blaß, blond,

braunäugig, endomorph, glattrasiert und gebeugt sein und am
nächsten dünn, groß, blaß, blond, braunäugig, endomorph, glattrasiert und lehnend sein und am nächsten dünn, groß, blaß,
blond, braunäugig, endomorph, vollbärtig und aufrecht sein und
am nächsten dünn, groß, blaß, blond, braunäugig, endomorph,
vollbärtig und gebeugt sein und am nächsten dünn, groß, blaß,
blond, braunäugig, endomorph, vollbärtig und lehnend sein und
am nächsten dünn, groß, blaß, blond, braunäugig, endomorph,
schnurrbärtig und aufrecht sein und am nächsten dünn, groß,
blaß, blond, braunäugig, endomorph, schnurrbärtig und gebeugt
sein und am nächsten dünn, groß, blaß, blond, braunäugig, endomorph, schnurrbärtig und lehnend sein und am nächsten dünn,
groß, blaß, blond, blauäugig, ektomorph, glattrasiert und aufrecht sein und am nächsten dünn, groß, blaß, blond, blauäugig,
ektomorph, glattrasiert und gebeugt sein und am nächsten
dünn, groß, blaß, blond, blauäugig, ektomorph, glattrasiert und
lehnend sein und am nächsten dünn, groß, blaß, blond, blauäugig, ektomorph, vollbärtig und aufrecht sein und am nächsten
dünn, groß, blaß, blond, blauäugig, ektomorph, vollbärtig und
gebeugt sein und am nächsten dünn, groß, blaß, blond, blauäugig, ektomorph, vollbärtig und lehnend sein und am nächsten
dünn, groß, blaß, blond, blauäugig, ektomorph, schnurrbärtig
und aufrecht sein und am nächsten dünn, groß, blaß, blond,
blauäugig, ektomorph, schnurrbärtig und gebeugt sein und am
nächsten dünn, groß, blaß, blond, blauäugig, ektomorph,
schnurrbärtig und lehnend sein und am nächsten dünn, groß,
blaß, blond, blauäugig, mesomorph, glattrasiert und aufrecht
sein und am nächsten dünn, groß, blaß, blond, blauäugig, mesomorph, glattrasiert und gebeugt sein und am nächsten dünn,
groß, blaß, blond, blauäugig, mesomorph, glattrasiert und lehnend sein und am nächsten dünn, groß, blaß, blond, blauäugig,
mesomorph, vollbärtig und aufrecht sein und am nächsten dünn,

groß, blaß, blond, blauäugig, mesomorph, vollbärtig und gebeugt sein und am nächsten dünn, groß, blaß, blond, blauäugig, mesomorph, vollbärtig und lehnend sein und am nächsten dünn, groß, blaß, blond, blauäugig, mesomorph, schnurrbärtig und aufrecht sein und am nächsten dünn, groß, blaß, blond, blauäugig, mesomorph, schnurrbärtig und gebeugt sein und am nächsten dünn, groß, blaß, blond, blauäugig, mesomorph, schnurrbärtig und lehnend sein und am nächsten dünn, groß, blaß, blond, blauäugig, endomorph, glattrasiert und aufrecht sein und am nächsten dünn, groß, blaß, blond, blauäugig, endomorph, glattrasiert und gebeugt sein und am nächsten dünn, groß, blaß, blond, blauäugig, endomorph, glattrasiert und lehnend sein und am nächsten dünn, groß, blaß, blond, blauäugig, endomorph, vollbärtig und aufrecht sein und am nächsten dünn, groß, blaß, blond, blauäugig, endomorph, vollbärtig und gebeugt sein und am nächsten dünn, groß, blaß, blond, blauäugig, endomorph, vollbärtig und lehnend sein und am nächsten dünn, groß, blaß, blond, blauäugig, endomorph, schnurrbärtig und aufrecht sein und am nächsten dünn, groß, blaß, blond, blauäugig, endomorph, schnurrbärtig und gebeugt sein und am nächsten dünn, groß, blaß, blond, blauäugig, endomorph, schnurrbärtig und lehnend sein und am nächsten dünn, groß, blaß, blond, grünäugig, ektomorph, glattrasiert und aufrecht sein und am nächsten dünn, groß, blaß, blond, grünäugig, ektomorph, glattrasiert und gebeugt sein und am nächsten dünn, groß, blaß, blond, grünäugig, ektomorph, glattrasiert und lehnend sein und am nächsten dünn, groß, blaß, blond, grünäugig, ektomorph, vollbärtig und aufrecht sein und am nächsten dünn, groß, blaß, blond, grünäugig, ektomorph, vollbärtig und gebeugt sein und am nächsten dünn, groß, blaß, blond, grünäugig, ektomorph, vollbärtig und lehnend sein und am nächsten dünn, groß, blaß, blond, grünäugig, ektomorph, schnurrbärtig und aufrecht sein und am nächsten dünn, groß, blaß, blond, grünäugig, ektomorph, schnurrbärtig und gebeugt sein und am nächsten dünn, groß, blaß, blond, grünäugig, ektomorph, schnurrbärtig und lehnend sein und am nächsten dünn, groß, blaß, blond, grünäugig, mesomorph, glattrasiert und aufrecht sein und am nächsten dünn, groß, blaß, blond, grünäugig, mesomorph, glattrasiert und gebeugt sein und am nächsten dünn, groß, blaß, blond, grünäugig, mesomorph, glattrasiert und lehnend sein und am nächsten dünn, groß, blaß, blond, grünäugig, mesomorph, vollbärtig und aufrecht sein und am nächsten dünn, groß, blaß, blond, grünäugig, mesomorph, vollbärtig und gebeugt sein und am nächsten dünn, groß, blaß, blond, grünäugig, mesomorph, vollbärtig und lehnend sein und am nächsten dünn, groß, blaß, blond, grünäugig, mesomorph, schnurrbärtig und aufrecht sein und am nächsten dünn, groß, blaß, blond, grünäugig, mesomorph, schnurrbärtig und gebeugt sein und am nächsten dünn, groß, blaß, blond, grünäugig, mesomorph, schnurrbärtig und lehnend sein und am nächsten dünn, groß, blaß, blond, grünäugig, endomorph, glattrasiert und aufrecht sein und am nächsten dünn, groß, blaß, blond, grünäugig, endomorph, glattrasiert und gebeugt sein und am nächsten dünn, groß, blaß, blond, grünäugig, endomorph, glattrasiert und lehnend sein und am nächsten dünn, groß, blaß, blond, grünäugig, endomorph, vollbärtig und aufrecht sein und am nächsten dünn, groß, blaß, blond, grünäugig, endomorph, vollbärtig und gebeugt sein und am nächsten dünn, groß, blaß, blond, grünäugig, endomorph, vollbärtig und lehnend sein und am nächsten dünn, groß, blaß, blond, grünäugig, endomorph, schnurrbärtig und aufrecht sein und am nächsten dünn, groß, blaß, blond, grünäugig, endomorph, schnurrbärtig und gebeugt sein und am nächsten dünn, groß, blaß, blond, grünäugig, endomorph, schnurrbärtig und lehnend sein und am nächsten dünn, groß, gelb, schwarz, braunäugig,

ektomorph, glattrasiert und aufrecht sein und am nächsten
dünn, groß, gelb, schwarz, braunäugig, ektomorph, glattrasiert
und gebeugt sein und am nächsten dünn, groß, gelb, schwarz,
braunäugig, ektomorph, glattrasiert und lehnend sein und am
nächsten dünn, groß, gelb, schwarz, braunäugig, ektomorph,
vollbärtig und aufrecht sein und am nächsten dünn, groß, gelb,
schwarz, braunäugig, ektomorph, vollbärtig und gebeugt sein
und am nächsten dünn, groß, gelb, schwarz, braunäugig, ektomorph, vollbärtig und lehnend sein und am nächsten dünn,
groß, gelb, schwarz, braunäugig, ektomorph, schnurrbärtig und
aufrecht sein und am nächsten dünn, groß, gelb, schwarz, braunäugig, ektomorph, schnurrbärtig und gebeugt sein und am
nächsten dünn, groß, gelb, schwarz, braunäugig, ektomorph,
schnurrbärtig und lehnend sein und am nächsten dünn, groß,
gelb, schwarz, braunäugig, mesomorph, glattrasiert und aufrecht sein und am nächsten dünn, groß, gelb, schwarz, braunäugig, mesomorph, glattrasiert und gebeugt sein und am nächsten dünn, groß, gelb, schwarz, braunäugig, mesomorph,
glattrasiert und lehnend sein und am nächsten dünn, groß, gelb,
schwarz, braunäugig, mesomorph, vollbärtig und aufrecht sein
und am nächsten dünn, groß, gelb, schwarz, braunäugig, mesomorph, vollbärtig und gebeugt sein und am nächsten dünn, groß,
gelb, schwarz, braunäugig, mesomorph, vollbärtig und lehnend
sein und am nächsten dünn, groß, gelb, schwarz, braunäugig,
mesomorph, schnurrbärtig und aufrecht sein und am nächsten
dünn, groß, gelb, schwarz, braunäugig, mesomorph, schnurrbärtig und gebeugt sein und am nächsten dünn, groß, gelb,
schwarz, braunäugig, mesomorph, schnurrbärtig und lehnend
sein und am nächsten dünn, groß, gelb, schwarz, braunäugig,
endomorph, glattrasiert und aufrecht sein und am nächsten
dünn, groß, gelb, schwarz, braunäugig, endomorph, glattrasiert
und gebeugt sein und am nächsten dünn, groß, gelb, schwarz,

braunäugig, endomorph, glattrasiert und lehnend sein und am
nächsten dünn, groß, gelb, schwarz, braunäugig, endomorph,
vollbärtig und aufrecht sein und am nächsten dünn, groß, gelb,
schwarz, braunäugig, endomorph, vollbärtig und gebeugt sein
und am nächsten dünn, groß, gelb, schwarz, braunäugig, endomorph, vollbärtig und lehnend sein und am nächsten dünn,
groß, gelb, schwarz, braunäugig, endomorph, schnurrbärtig und
aufrecht sein und am nächsten dünn, groß, gelb, schwarz,
braunäugig, endomorph, schnurrbärtig und gebeugt sein und
am nächsten dünn, groß, gelb, schwarz, braunäugig, endomorph,
schnurrbärtig und lehnend sein und am nächsten dünn, groß,
gelb, schwarz, blauäugig, ektomorph, glattrasiert und aufrecht
sein und am nächsten dünn, groß, gelb, schwarz, blauäugig,
ektomorph, glattrasiert und gebeugt sein und am nächsten
dünn, groß, gelb, schwarz, blauäugig, ektomorph, glattrasiert
und lehnend sein und am nächsten dünn, groß, gelb, schwarz,
blauäugig, ektomorph, vollbärtig und aufrecht sein und am
nächsten dünn, groß, gelb, schwarz, blauäugig, ektomorph,
vollbärtig und gebeugt sein und am nächsten dünn, groß, gelb,
schwarz, blauäugig, ektomorph, vollbärtig und lehnend sein
und am nächsten dünn, groß, gelb, schwarz, blauäugig, ektomorph, schnurrbärtig und aufrecht sein und am nächsten dünn,
groß, gelb, schwarz, blauäugig, ektomorph, schnurrbärtig und
gebeugt sein und am nächsten dünn, groß, gelb, schwarz, blauäugig, ektomorph, schnurrbärtig und lehnend sein und am
nächsten dünn, groß, gelb, schwarz, blauäugig, mesomorph,
glattrasiert und aufrecht sein und am nächsten dünn, groß,
gelb, schwarz, blauäugig, mesomorph, glattrasiert und gebeugt
sein und am nächsten dünn, groß, gelb, schwarz, blauäugig,
mesomorph, glattrasiert und lehnend sein und am nächsten
dünn, groß, gelb, schwarz, blauäugig, mesomorph, vollbärtig
und aufrecht sein und am nächsten dünn, groß, gelb, schwarz,

blauäugig, mesomorph, vollbärtig und gebeugt sein und am
nächsten dünn, groß, gelb, schwarz, blauäugig, mesomorph, vollbärtig und lehnend sein und am nächsten dünn, groß, gelb,
schwarz, blauäugig, mesomorph, schnurrbärtig und aufrecht
sein und am nächsten dünn, groß, gelb, schwarz, blauäugig,
mesomorph, schnurrbärtig und gebeugt sein und am nächsten
dünn, groß, gelb, schwarz, blauäugig, mesomorph, schnurrbärtig
und lehnend sein und am nächsten dünn, groß, gelb, schwarz,
blauäugig, endomorph, glattrasiert und aufrecht sein und am
nächsten dünn, groß, gelb, schwarz, blauäugig, endomorph,
glattrasiert und gebeugt sein und am nächsten dünn, groß, gelb,
schwarz, blauäugig, endomorph, glattrasiert und lehnend sein
und am nächsten dünn, groß, gelb, schwarz, blauäugig, endomorph, vollbärtig und aufrecht sein und am nächsten dünn, groß,
gelb, schwarz, blauäugig, endomorph, vollbärtig und gebeugt
sein und am nächsten dünn, groß, gelb, schwarz, blauäugig,
endomorph, vollbärtig und lehnend sein und am nächsten dünn,
groß, gelb, schwarz, blauäugig, endomorph, schnurrbärtig und
aufrecht sein und am nächsten dünn, groß, gelb, schwarz, blauäugig, endomorph, schnurrbärtig und gebeugt sein und am
nächsten dünn, groß, gelb, schwarz, blauäugig, endomorph,
schnurrbärtig und lehnend sein und am nächsten dünn, groß,
gelb, schwarz, grünäugig, ektomorph, glattrasiert und aufrecht sein und am nächsten dünn, groß, gelb, schwarz, grünäugig, ektomorph, glattrasiert und gebeugt sein und am
nächsten dünn, groß, gelb, schwarz, grünäugig, ektomorph,
glattrasiert und lehnend sein und am nächsten dünn, groß,
gelb, schwarz, grünäugig, ektomorph, vollbärtig und aufrecht
sein und am nächsten dünn, groß, gelb, schwarz, grünäugig,
ektomorph, vollbärtig und gebeugt sein und am nächsten
dünn, groß, gelb, schwarz, grünäugig, ektomorph, vollbärtig
und lehnend sein und am nächsten dünn, groß, gelb, schwarz,

grünäugig, ektomorph, schnurrbärtig und aufrecht sein und am nächsten dünn, groß, gelb, schwarz, grünäugig, ektomorph, schnurrbärtig und gebeugt sein und am nächsten dünn, groß, gelb, schwarz, grünäugig, ektomorph, schnurrbärtig und lehnend sein und am nächsten dünn, groß, gelb, schwarz, grünäugig, mesomorph, glattrasiert und aufrecht sein und am nächsten dünn, groß, gelb, schwarz, grünäugig, mesomorph, glattrasiert und gebeugt sein und am nächsten dünn, groß, gelb, schwarz, grünäugig, mesomorph, glattrasiert und lehnend sein und am nächsten dünn, groß, gelb, schwarz, grünäugig, mesomorph, vollbärtig und aufrecht sein und am nächsten dünn, groß, gelb, schwarz, grünäugig, mesomorph, vollbärtig und gebeugt sein und am nächsten dünn, groß, gelb, schwarz, grünäugig, mesomorph, vollbärtig und lehnend sein und am nächsten dünn, groß, gelb, schwarz, grünäugig, mesomorph, schnurrbärtig und aufrecht sein und am nächsten dünn, groß, gelb, schwarz, grünäugig, mesomorph, schnurrbärtig und gebeugt sein und am nächsten dünn, groß, gelb, schwarz, grünäugig, mesomorph, schnurrbärtig und lehnend sein und am nächsten dünn, groß, gelb, schwarz, grünäugig, endomorph, glattrasiert und aufrecht sein und am nächsten dünn, groß, gelb, schwarz, grünäugig, endomorph, glattrasiert und gebeugt sein und am nächsten dünn, groß, gelb, schwarz, grünäugig, endomorph, glattrasiert und lehnend sein und am nächsten dünn, groß, gelb, schwarz, grünäugig, endomorph, vollbärtig und aufrecht sein und am nächsten dünn, groß, gelb, schwarz, grünäugig, endomorph, vollbärtig und gebeugt sein und am nächsten dünn, groß, gelb, schwarz, grünäugig, endomorph, vollbärtig und lehnend sein und am nächsten dünn, groß, gelb, schwarz, grünäugig, endomorph, schnurrbärtig und aufrecht sein und am nächsten dünn, groß, gelb, schwarz, grünäugig, endomorph, schnurrbärtig und gebeugt sein und am nächsten dünn, groß, gelb, schwarz, grünäugig, endomorph, schnurrbärtig und lehnend sein und am nächsten dünn, groß, gelb, rot, braunäugig, ektomorph, glattrasiert und aufrecht sein und am nächsten dünn, groß, gelb, rot, braunäugig, ektomorph, glattrasiert und gebeugt sein und am nächsten dünn, groß, gelb, rot, braunäugig, ektomorph, glattrasiert und lehnend sein und am nächsten dünn, groß, gelb, rot, braunäugig, ektomorph, vollbärtig und aufrecht sein und am nächsten dünn, groß, gelb, rot, braunäugig, ektomorph, vollbärtig und gebeugt sein und am nächsten dünn, groß, gelb, rot, braunäugig, ektomorph, vollbärtig und lehnend sein und am nächsten dünn, groß, gelb, rot, braunäugig, ektomorph, schnurrbärtig und aufrecht sein und am nächsten dünn, groß, gelb, rot, braunäugig, ektomorph, schnurrbärtig und gebeugt sein und am nächsten dünn, groß, gelb, rot, braunäugig, ektomorph, schnurrbärtig und lehnend sein und am nächsten dünn, groß, gelb, rot, braunäugig, mesomorph, glattrasiert und aufrecht sein und am nächsten dünn, groß, gelb, rot, braunäugig, mesomorph, glattrasiert und gebeugt sein und am nächsten dünn, groß, gelb, rot, braunäugig, mesomorph, glattrasiert und lehnend sein und am nächsten dünn, groß, gelb, rot, braunäugig, mesomorph, vollbärtig und aufrecht sein und am nächsten dünn, groß, gelb, rot, braunäugig, mesomorph, vollbärtig und gebeugt sein und am nächsten dünn, groß, gelb, rot, braunäugig, mesomorph, vollbärtig und lehnend sein und am nächsten dünn, groß, gelb, rot, braunäugig, mesomorph, schnurrbärtig und aufrecht sein und am nächsten dünn, groß, gelb, rot, braunäugig, mesomorph, schnurrbärtig und gebeugt sein und am nächsten dünn, groß, gelb, rot, braunäugig, mesomorph, schnurrbärtig und lehnend sein und am nächsten dünn, groß, gelb, rot, braunäugig, endomorph, glattrasiert und aufrecht sein und am nächsten dünn, groß, gelb, rot, braunäugig, endomorph, glattrasiert und gebeugt sein und am nächsten dünn, groß, gelb, rot, braunäugig, endomorph, glattrasiert und lehnend sein und am nächsten dünn, groß, gelb, rot, braunäugig, endomorph, vollbärtig und aufrecht sein und am nächsten dünn, groß, gelb, rot, braunäugig, endomorph, vollbärtig und gebeugt sein und am nächsten dünn, groß, gelb, rot, braunäugig, endomorph, vollbärtig und lehnend sein und am nächsten dünn, groß, gelb, rot, braunäugig, endomorph, schnurrbärtig und aufrecht sein und am nächsten dünn, groß, gelb, rot, braunäugig, endomorph, schnurrbärtig und gebeugt sein und am nächsten dünn, groß, gelb, rot, braunäugig, endomorph, schnurrbärtig und lehnend sein und am nächsten dünn, groß, gelb, rot, blauäugig, ektomorph, glattrasiert und aufrecht sein und am nächsten dünn, groß, gelb, rot, blauäugig, ektomorph, glattrasiert und gebeugt sein und am nächsten dünn, groß, gelb, rot, blauäugig, ektomorph, glattrasiert und lehnend sein und am nächsten dünn, groß, gelb, rot, blauäugig, ektomorph, vollbärtig und aufrecht sein und am nächsten dünn, groß, gelb, rot, blauäugig, ektomorph, vollbärtig und gebeugt sein und am nächsten dünn, groß, gelb, rot, blauäugig, ektomorph, vollbärtig und lehnend sein und am nächsten dünn, groß, gelb, rot, blauäugig, ektomorph, schnurrbärtig und aufrecht sein und am nächsten dünn, groß, gelb, rot, blauäugig, ektomorph, schnurrbärtig und gebeugt sein und am nächsten dünn, groß, gelb, rot, blauäugig, ektomorph, schnurrbärtig und lehnend sein und am nächsten dünn, groß, gelb, rot, blauäugig, mesomorph, glattrasiert und aufrecht sein und am nächsten dünn, groß, gelb, rot, blauäugig, mesomorph, glattrasiert und gebeugt sein und am nächsten dünn, groß, gelb, rot, blauäugig, mesomorph, glattrasiert und lehnend sein und am nächsten dünn, groß, gelb, rot, blauäugig, mesomorph, vollbärtig und aufrecht sein und am nächsten dünn, groß, gelb, rot, blauäugig, mesomorph, vollbärtig und gebeugt sein und am nächsten dünn, groß, gelb, rot, blauäugig, mesomorph, vollbärtig und lehnend sein und am nächsten dünn, groß, gelb, rot, blauäugig, mesomorph, schnurrbärtig und aufrecht sein und am nächsten dünn, groß, gelb, rot, blauäugig, mesomorph, schnurrbärtig und gebeugt sein und am nächsten dünn, groß, gelb, rot, blauäugig, mesomorph, schnurrbärtig und lehnend sein und am nächsten dünn, groß, gelb, rot, blauäugig, endomorph, glattrasiert und aufrecht sein und am nächsten dünn, groß, gelb, rot, blauäugig, endomorph, glattrasiert und gebeugt sein und am nächsten dünn, groß, gelb, rot, blauäugig, endomorph, glattrasiert und lehnend sein und am nächsten dünn, groß, gelb, rot, blauäugig, endomorph, vollbärtig und aufrecht sein und am nächsten dünn, groß, gelb, rot, blauäugig, endomorph, vollbärtig und gebeugt sein und am nächsten dünn, groß, gelb, rot, blauäugig, endomorph, vollbärtig und lehnend sein und am nächsten dünn, groß, gelb, rot, blauäugig, endomorph, schnurrbärtig und aufrecht sein und am nächsten dünn, groß, gelb, rot, blauäugig, endomorph, schnurrbärtig und gebeugt sein und am nächsten dünn, groß, gelb, rot, blauäugig, endomorph, schnurrbärtig und lehnend sein und am nächsten dünn, groß, gelb, rot, grünäugig, ektomorph, glattrasiert und aufrecht sein und am nächsten dünn, groß, gelb, rot, grünäugig, ektomorph, glattrasiert und gebeugt sein und am nächsten dünn, groß, gelb, rot, grünäugig, ektomorph, glattrasiert und lehnend sein und am nächsten dünn, groß, gelb, rot, grünäugig, ektomorph, vollbärtig und aufrecht sein und am nächsten dünn, groß, gelb, rot, grünäugig, ektomorph, vollbärtig und gebeugt sein und am nächsten dünn, groß, gelb, rot, grünäugig, ektomorph, vollbärtig und lehnend sein und am nächsten dünn, groß, gelb, rot, grünäugig, ektomorph, schnurrbärtig und aufrecht sein und am nächsten dünn, groß, gelb, rot, grünäugig, ektomorph, schnurrbärtig und gebeugt sein und am nächsten dünn, groß, gelb, rot, grünäugig, ektomorph, schnurrbärtig und lehnend sein und am nächsten dünn, groß, gelb, rot, grünäugig, mesomorph, glattrasiert und

aufrecht sein und am nächsten dünn, groß, gelb, rot, grünäugig,
mesomorph, glattrasiert und gebeugt sein und am nächsten
dünn, groß, gelb, rot, grünäugig, mesomorph, glattrasiert und
lehnend sein und am nächsten dünn, groß, gelb, rot, grünäugig,
mesomorph, vollbärtig und aufrecht sein und am nächsten dünn,
groß, gelb, rot, grünäugig, mesomorph, vollbärtig und gebeugt
sein und am nächsten dünn, groß, gelb, rot, grünäugig, mesomorph, vollbärtig und lehnend sein und am nächsten dünn, groß,
gelb, rot, grünäugig, mesomorph, schnurrbärtig und aufrecht
sein und am nächsten dünn, groß, gelb, rot, grünäugig, mesomorph, schnurrbärtig und gebeugt sein und am nächsten dünn,
groß, gelb, rot, grünäugig, mesomorph, schnurrbärtig und lehnend sein und am nächsten dünn, groß, gelb, rot, grünäugig,
endomorph, glattrasiert und aufrecht sein und am nächsten
dünn, groß, gelb, rot, grünäugig, endomorph, glattrasiert und
gebeugt sein und am nächsten dünn, groß, gelb, rot, grünäugig,
endomorph, glattrasiert und lehnend sein und am nächsten
dünn, groß, gelb, rot, grünäugig, endomorph, vollbärtig und aufrecht sein und am nächsten dünn, groß, gelb, rot, grünäugig,
endomorph, vollbärtig und gebeugt sein und am nächsten dünn,
groß, gelb, rot, grünäugig, endomorph, vollbärtig und lehnend
sein und am nächsten dünn, groß, gelb, rot, grünäugig, endomorph, schnurrbärtig und aufrecht sein und am nächsten dünn,
groß, gelb, rot, grünäugig, endomorph, schnurrbärtig und gebeugt sein und am nächsten dünn, groß, gelb, rot, grünäugig,
endomorph, schnurrbärtig und lehnend sein und am nächsten
dünn, groß, gelb, blond, braunäugig, ektomorph, glattrasiert
und aufrecht sein und am nächsten dünn, groß, gelb, blond,
braunäugig, ektomorph, glattrasiert und gebeugt sein und am
nächsten dünn, groß, gelb, blond, braunäugig, ektomorph, glattrasiert und lehnend sein und am nächsten dünn, groß, gelb,
blond, braunäugig, ektomorph, vollbärtig und aufrecht sein und

am nächsten dünn, groß, gelb, blond, braunäugig, ektomorph, vollbärtig und gebeugt sein und am nächsten dünn, groß, gelb, blond, braunäugig, ektomorph, vollbärtig und lehnend sein und am nächsten dünn, groß, gelb, blond, braunäugig, ektomorph, schnurrbärtig und aufrecht sein und am nächsten dünn, groß, gelb, blond, braunäugig, ektomorph, schnurrbärtig und gebeugt sein und am nächsten dünn, groß, gelb, blond, braunäugig, ektomorph, schnurrbärtig und lehnend sein und am nächsten dünn, groß, gelb, blond, braunäugig, mesomorph, glattrasiert und aufrecht sein und am nächsten dünn, groß, gelb, blond, braunäugig, mesomorph, glattrasiert und gebeugt sein und am nächsten dünn, groß, gelb, blond, braunäugig, mesomorph, glattrasiert und lehnend sein und am nächsten dünn, groß, gelb, blond, braunäugig, mesomorph, vollbärtig und aufrecht sein und am nächsten dünn, groß, gelb, blond, braunäugig, mesomorph, vollbärtig und gebeugt sein und am nächsten dünn, groß, gelb, blond, braunäugig, mesomorph, vollbärtig und lehnend sein und am nächsten dünn, groß, gelb, blond, braunäugig, mesomorph, schnurrbärtig und aufrecht sein und am nächsten dünn, groß, gelb, blond, braunäugig, mesomorph, schnurrbärtig und gebeugt sein und am nächsten dünn, groß, gelb, blond, braunäugig, mesomorph, schnurrbärtig und lehnend sein und am nächsten dünn, groß, gelb, blond, braunäugig, endomorph, glattrasiert und aufrecht sein und am nächsten dünn, groß, gelb, blond, braunäugig, endomorph, glattrasiert und gebeugt sein und am nächsten dünn, groß, gelb, blond, braunäugig, endomorph, glattrasiert und lehnend sein und am nächsten dünn, groß, gelb, blond, braunäugig, endomorph, vollbärtig und aufrecht sein und am nächsten dünn, groß, gelb, blond, braunäugig, endomorph, vollbärtig und gebeugt sein und am nächsten dünn, groß, gelb, blond, braunäugig, endomorph, vollbärtig und lehnend sein und am nächsten dünn, groß, gelb, blond, braunäugig, endomorph, schnurrbärtig und aufrecht sein und am nächsten dünn, groß, gelb, blond, braunäugig, endomorph, schnurrbärtig und gebeugt sein und am nächsten dünn, groß, gelb, blond, braunäugig, endomorph, schnurrbärtig und lehnend sein und am nächsten dünn, groß, gelb, blond, blauäugig, ektomorph, glattrasiert und aufrecht sein und am nächsten dünn, groß, gelb, blond, blauäugig, ektomorph, glattrasiert und gebeugt sein und am nächsten dünn, groß, gelb, blond, blauäugig, ektomorph, glattrasiert und lehnend sein und am nächsten dünn, groß, gelb, blond, blauäugig, ektomorph, vollbärtig und aufrecht sein und am nächsten dünn, groß, gelb, blond, blauäugig, ektomorph, vollbärtig und gebeugt sein und am nächsten dünn, groß, gelb, blond, blauäugig, ektomorph, vollbärtig und lehnend sein und am nächsten dünn, groß, gelb, blond, blauäugig, ektomorph, schnurrbärtig und aufrecht sein und am nächsten dünn, groß, gelb, blond, blauäugig, ektomorph, schnurrbärtig und gebeugt sein und am nächsten dünn, groß, gelb, blond, blauäugig, ektomorph, schnurrbärtig und lehnend sein und am nächsten dünn, groß, gelb, blond, blauäugig, mesomorph, glattrasiert und aufrecht sein und am nächsten dünn, groß, gelb, blond, blauäugig, mesomorph, glattrasiert und gebeugt sein und am nächsten dünn, groß, gelb, blond, blauäugig, mesomorph, glattrasiert und lehnend sein und am nächsten dünn, groß, gelb, blond, blauäugig, mesomorph, vollbärtig und aufrecht sein und am nächsten dünn, groß, gelb, blond, blauäugig, mesomorph, vollbärtig und gebeugt sein und am nächsten dünn, groß, gelb, blond, blauäugig, mesomorph, vollbärtig und lehnend sein und am nächsten dünn, groß, gelb, blond, blauäugig, mesomorph, schnurrbärtig und aufrecht sein und am nächsten dünn, groß, gelb, blond, blauäugig, mesomorph, schnurrbärtig und gebeugt sein und am nächsten dünn, groß, gelb, blond, blauäugig, mesomorph, schnurrbärtig und lehnend sein und am nächsten dünn, groß, gelb, blond, blauäugig,

endomorph, glattrasiert und aufrecht sein und am nächsten
dünn, groß, gelb, blond, blauäugig, endomorph, glattrasiert und
gebeugt sein und am nächsten dünn, groß, gelb, blond, blauäugig, endomorph, glattrasiert und lehnend sein und am nächsten dünn, groß, gelb, blond, blauäugig, endomorph, vollbärtig
und aufrecht sein und am nächsten dünn, groß, gelb, blond,
blauäugig, endomorph, vollbärtig und gebeugt sein und am
nächsten dünn, groß, gelb, blond, blauäugig, endomorph, vollbärtig und lehnend sein und am nächsten dünn, groß, gelb,
blond, blauäugig, endomorph, schnurrbärtig und aufrecht sein
und am nächsten dünn, groß, gelb, blond, blauäugig, endomorph,
schnurrbärtig und gebeugt sein und am nächsten dünn, groß,
gelb, blond, blauäugig, endomorph, schnurrbärtig und lehnend
sein und am nächsten dünn, groß, gelb, blond, grünäugig, ektomorph, glattrasiert und aufrecht sein und am nächsten dünn,
groß, gelb, blond, grünäugig, ektomorph, glattrasiert und gebeugt sein und am nächsten dünn, groß, gelb, blond, grünäugig,
ektomorph, glattrasiert und lehnend sein und am nächsten
dünn, groß, gelb, blond, grünäugig, ektomorph, vollbärtig und
aufrecht sein und am nächsten dünn, groß, gelb, blond, grünäugig, ektomorph, vollbärtig und gebeugt sein und am nächsten
dünn, groß, gelb, blond, grünäugig, ektomorph, vollbärtig und
lehnend sein und am nächsten dünn, groß, gelb, blond, grünäugig, ektomorph, schnurrbärtig und aufrecht sein und am
nächsten dünn, groß, gelb, blond, grünäugig, ektomorph,
schnurrbärtig und gebeugt sein und am nächsten dünn, groß,
gelb, blond, grünäugig, ektomorph, schnurrbärtig und lehnend
sein und am nächsten dünn, groß, gelb, blond, grünäugig, mesomorph, glattrasiert und aufrecht sein und am nächsten dünn,
groß, gelb, blond, grünäugig, mesomorph, glattrasiert und gebeugt sein und am nächsten dünn, groß, gelb, blond, grünäugig,
mesomorph, glattrasiert und lehnend sein und am nächsten

dünn, groß, gelb, blond, grünäugig, mesomorph, vollbärtig und
aufrecht sein und am nächsten dünn, groß, gelb, blond, grünäugig, mesomorph, vollbärtig und gebeugt sein und am nächsten dünn, groß, gelb, blond, grünäugig, mesomorph, vollbärtig
und lehnend sein und am nächsten dünn, groß, gelb, blond,
grünäugig, mesomorph, schnurrbärtig und aufrecht sein und am
nächsten dünn, groß, gelb, blond, grünäugig, mesomorph,
schnurrbärtig und gebeugt sein und am nächsten dünn, groß,
gelb, blond, grünäugig, mesomorph, schnurrbärtig und lehnend
sein und am nächsten dünn, groß, gelb, blond, grünäugig, endomorph, glattrasiert und aufrecht sein und am nächsten dünn, groß,
gelb, blond, grünäugig, endomorph, glattrasiert und gebeugt sein
und am nächsten dünn, groß, gelb, blond, grünäugig, endomorph,
glattrasiert und lehnend sein und am nächsten dünn, groß, gelb,
blond, grünäugig, endomorph, vollbärtig und aufrecht sein und
am nächsten dünn, groß, gelb, blond, grünäugig, endomorph, vollbärtig und gebeugt sein und am nächsten dünn, groß, gelb, blond,
grünäugig, endomorph, vollbärtig und lehnend sein und am
nächsten dünn, groß, gelb, blond, grünäugig, endomorph, schnurrbärtig und aufrecht sein und am nächsten dünn, groß, gelb, blond,
grünäugig, endomorph, schnurrbärtig und gebeugt sein und am
nächsten dünn, groß, gelb, blond, grünäugig, endomorph, schnurrbärtig und lehnend sein und am nächsten dünn, groß, rosig,
schwarz, braunäugig, ektomorph, glattrasiert und aufrecht sein
und am nächsten dünn, groß, rosig, schwarz, braunäugig, ektomorph, glattrasiert und gebeugt sein und am nächsten dünn, groß,
rosig, schwarz, braunäugig, ektomorph, glattrasiert und lehnend
sein und am nächsten dünn, groß, rosig, schwarz, braunäugig,
ektomorph, vollbärtig und aufrecht sein und am nächsten dünn,
groß, rosig, schwarz, braunäugig, ektomorph, vollbärtig und gebeugt sein und am nächsten dünn, groß, rosig, schwarz, braunäugig, ektomorph, vollbärtig und lehnend sein und am nächsten

dünn, groß, rosig, schwarz, braunäugig, ektomorph, schnurrbärtig und aufrecht sein und am nächsten dünn, groß, rosig, schwarz, braunäugig, ektomorph, schnurrbärtig und gebeugt sein und am nächsten dünn, groß, rosig, schwarz, braunäugig, ektomorph, schnurrbärtig und lehnend sein und am nächsten dünn, groß, rosig, schwarz, braunäugig, mesomorph, glattrasiert und aufrecht sein und am nächsten dünn, groß, rosig, schwarz, braunäugig, mesomorph, glattrasiert und gebeugt sein und am nächsten dünn, groß, rosig, schwarz, braunäugig, mesomorph, glattrasiert und lehnend sein und am nächsten dünn, groß, rosig, schwarz, braunäugig, mesomorph, vollbärtig und aufrecht sein und am nächsten dünn, groß, rosig, schwarz, braunäugig, mesomorph, vollbärtig und gebeugt sein und am nächsten dünn, groß, rosig, schwarz, braunäugig, mesomorph, vollbärtig und lehnend sein und am nächsten dünn, groß, rosig, schwarz, braunäugig, mesomorph, schnurrbärtig und aufrecht sein und am nächsten dünn, groß, rosig, schwarz, braunäugig, mesomorph, schnurrbärtig und gebeugt sein und am nächsten dünn, groß, rosig, schwarz, braunäugig, mesomorph, schnurrbärtig und lehnend sein und am nächsten dünn, groß, rosig, schwarz, braunäugig, endomorph, glattrasiert und aufrecht sein und am nächsten dünn, groß, rosig, schwarz, braunäugig, endomorph, glattrasiert und gebeugt sein und am nächsten dünn, groß, rosig, schwarz, braunäugig, endomorph, glattrasiert und lehnend sein und am nächsten dünn, groß, rosig, schwarz, braunäugig, endomorph, vollbärtig und aufrecht sein und am nächsten dünn, groß, rosig, schwarz, braunäugig, endomorph, vollbärtig und gebeugt sein und am nächsten dünn, groß, rosig, schwarz, braunäugig, endomorph, vollbärtig und lehnend sein und am nächsten dünn, groß, rosig, schwarz, braunäugig, endomorph, schnurrbärtig und aufrecht sein und am nächsten dünn, groß, rosig, schwarz, braunäugig, endomorph, schnurrbärtig und gebeugt sein und am nächsten dünn, groß, rosig, schwarz, braunäugig, endomorph, schnurrbärtig und lehnend sein und am nächsten dünn, groß, rosig, schwarz, blauäugig, ektomorph, glattrasiert und aufrecht sein und am nächsten dünn, groß, rosig, schwarz, blauäugig, ektomorph, glattrasiert und gebeugt sein und am nächsten dünn, groß, rosig, schwarz, blauäugig, ektomorph, glattrasiert und lehnend sein und am nächsten dünn, groß, rosig, schwarz, blauäugig, ektomorph, vollbärtig und aufrecht sein und am nächsten dünn, groß, rosig, schwarz, blauäugig, ektomorph, vollbärtig und gebeugt sein und am nächsten dünn, groß, rosig, schwarz, blauäugig, ektomorph, vollbärtig und lehnend sein und am nächsten dünn, groß, rosig, schwarz, blauäugig, ektomorph, schnurrbärtig und aufrecht sein und am nächsten dünn, groß, rosig, schwarz, blauäugig, ektomorph, schnurrbärtig und gebeugt sein und am nächsten dünn, groß, rosig, schwarz, blauäugig, ektomorph, schnurrbärtig und lehnend sein und am nächsten dünn, groß, rosig, schwarz, blauäugig, mesomorph, glattrasiert und aufrecht sein und am nächsten dünn, groß, rosig, schwarz, blauäugig, mesomorph, glattrasiert und gebeugt sein und am nächsten dünn, groß, rosig, schwarz, blauäugig, mesomorph, glattrasiert und lehnend sein und am nächsten dünn, groß, rosig, schwarz, blauäugig, mesomorph, vollbärtig und aufrecht sein und am nächsten dünn, groß, rosig, schwarz, blauäugig, mesomorph, vollbärtig und gebeugt sein und am nächsten dünn, groß, rosig, schwarz, blauäugig, mesomorph, vollbärtig und lehnend sein und am nächsten dünn, groß, rosig, schwarz, blauäugig, mesomorph, schnurrbärtig und aufrecht sein und am nächsten dünn, groß, rosig, schwarz, blauäugig, mesomorph, schnurrbärtig und gebeugt sein und am nächsten dünn, groß, rosig, schwarz, blauäugig, mesomorph, schnurrbärtig und lehnend sein und am nächsten dünn, groß, rosig, schwarz, blauäugig, endomorph, glattrasiert und aufrecht sein und am nächsten dünn, groß, rosig, schwarz, blauäugig, endomorph, glattrasiert und gebeugt sein und am nächsten dünn, groß, rosig, schwarz, blauäugig, endomorph, glattrasiert und lehnend sein und am nächsten dünn, groß, rosig, schwarz, blauäugig, endomorph, vollbärtig und aufrecht sein und am nächsten dünn, groß, rosig, schwarz, blauäugig, endomorph, vollbärtig und gebeugt sein und am nächsten dünn, groß, rosig, schwarz, blauäugig, endomorph, vollbärtig und lehnend sein und am nächsten dünn, groß, rosig, schwarz, blauäugig, endomorph, schnurrbärtig und aufrecht sein und am nächsten dünn, groß, rosig, schwarz, blauäugig, endomorph, schnurrbärtig und gebeugt sein und am nächsten dünn, groß, rosig, schwarz, blauäugig, endomorph, schnurrbärtig und lehnend sein und am nächsten dünn, groß, rosig, schwarz, grünäugig, ektomorph, glattrasiert und aufrecht sein und am nächsten dünn, groß, rosig, schwarz, grünäugig, ektomorph, glattrasiert und gebeugt sein und am nächsten dünn, groß, rosig, schwarz, grünäugig, ektomorph, glattrasiert und lehnend sein und am nächsten dünn, groß, rosig, schwarz, grünäugig, ektomorph, vollbärtig und aufrecht sein und am nächsten dünn, groß, rosig, schwarz, grünäugig, ektomorph, vollbärtig und gebeugt sein und am nächsten dünn, groß, rosig, schwarz, grünäugig, ektomorph, vollbärtig und lehnend sein und am nächsten dünn, groß, rosig, schwarz, grünäugig, ektomorph, schnurrbärtig und aufrecht sein und am nächsten dünn, groß, rosig, schwarz, grünäugig, ektomorph, schnurrbärtig und gebeugt sein und am nächsten dünn, groß, rosig, schwarz, grünäugig, ektomorph, schnurrbärtig und lehnend sein und am nächsten dünn, groß, rosig, schwarz, grünäugig, mesomorph, glattrasiert und aufrecht sein und am nächsten dünn, groß, rosig, schwarz, grünäugig, mesomorph, glattrasiert und gebeugt sein und am nächsten dünn, groß, rosig, schwarz, grünäugig, mesomorph, glattrasiert und lehnend sein und am nächsten dünn, groß, rosig, schwarz, grünäugig, mesomorph, vollbärtig und aufrecht sein und am nächsten dünn, groß, rosig, schwarz, grünäugig, mesomorph, vollbärtig und gebeugt sein und am nächsten dünn, groß, rosig, schwarz, grünäugig, mesomorph, vollbärtig und lehnend sein und am nächsten dünn, groß, rosig, schwarz, grünäugig, mesomorph, schnurrbärtig und aufrecht sein und am nächsten dünn, groß, rosig, schwarz, grünäugig, mesomorph, schnurrbärtig und gebeugt sein und am nächsten dünn, groß, rosig, schwarz, grünäugig, mesomorph, schnurrbärtig und lehnend sein und am nächsten dünn, groß, rosig, schwarz, grünäugig, endomorph, glattrasiert und aufrecht sein und am nächsten dünn, groß, rosig, schwarz, grünäugig, endomorph, glattrasiert und gebeugt sein und am nächsten dünn, groß, rosig, schwarz, grünäugig, endomorph, glattrasiert und lehnend sein und am nächsten dünn, groß, rosig, schwarz, grünäugig, endomorph, vollbärtig und aufrecht sein und am nächsten dünn, groß, rosig, schwarz, grünäugig, endomorph, vollbärtig und gebeugt sein und am nächsten dünn, groß, rosig, schwarz, grünäugig, endomorph, vollbärtig und lehnend sein und am nächsten dünn, groß, rosig, schwarz, grünäugig, endomorph, schnurrbärtig und aufrecht sein und am nächsten dünn, groß, rosig, schwarz, grünäugig, endomorph, schnurrbärtig und gebeugt sein und am nächsten dünn, groß, rosig, schwarz, grünäugig, endomorph, schnurrbärtig und lehnend sein und am nächsten dünn, groß, rosig, rot, braunäugig, ektomorph, glattrasiert und aufrecht sein und am nächsten dünn, groß, rosig, rot, braunäugig, ektomorph, glattrasiert und gebeugt sein und am nächsten dünn, groß, rosig, rot, braunäugig, ektomorph, glattrasiert und lehnend sein und am nächsten dünn, groß, rosig, rot, braunäugig, ektomorph, vollbärtig und aufrecht sein und am nächsten dünn, groß, rosig, rot, braunäugig, ektomorph, vollbärtig und gebeugt sein und am nächsten dünn, groß, rosig, rot, braunäugig, ektomorph, vollbärtig und lehnend sein und am nächsten dünn, groß, rosig, rot, braunäugig, ektomorph, schnurrbärtig und aufrecht sein und am nächsten dünn, groß, rosig, rot, braunäugig, ektomorph, schnurrbärtig und gebeugt sein und am nächsten dünn, groß, rosig, rot, braunäugig, ektomorph, schnurrbärtig und lehnend sein und am nächsten dünn, groß, rosig, rot, braunäugig, mesomorph, glattrasiert und aufrecht sein und am nächsten dünn, groß, rosig, rot, braunäugig, mesomorph, glattrasiert und gebeugt sein und am nächsten dünn, groß, rosig, rot, braunäugig, mesomorph, glattrasiert und lehnend sein und am nächsten dünn, groß, rosig, rot, braunäugig, mesomorph, vollbärtig und aufrecht sein und am nächsten dünn, groß, rosig, rot, braunäugig, mesomorph, vollbärtig und gebeugt sein und am nächsten dünn, groß, rosig, rot, braunäugig, mesomorph, vollbärtig und lehnend sein und am nächsten dünn, groß, rosig, rot, braunäugig, mesomorph, schnurrbärtig und aufrecht sein und am nächsten dünn, groß, rosig, rot, braunäugig, mesomorph, schnurrbärtig und gebeugt sein und am nächsten dünn, groß, rosig, rot, braunäugig, mesomorph, schnurrbärtig und lehnend sein und am nächsten dünn, groß, rosig, rot, braunäugig, endomorph, glattrasiert und aufrecht sein und am nächsten dünn, groß, rosig, rot, braunäugig, endomorph, glattrasiert und gebeugt sein und am nächsten dünn, groß, rosig, rot, braunäugig, endomorph, glattrasiert und lehnend sein und am nächsten dünn, groß, rosig, rot, braunäugig, endomorph, vollbärtig und aufrecht sein und am nächsten dünn, groß, rosig, rot, braunäugig, endomorph, vollbärtig und gebeugt sein und am nächsten dünn, groß, rosig, rot, braunäugig, endomorph, vollbärtig und lehnend sein und am nächsten dünn, groß, rosig, rot, braunäugig, endomorph, schnurrbärtig und aufrecht sein und am nächsten dünn, groß, rosig, rot, braunäugig, endomorph, schnurrbärtig und gebeugt sein und am nächsten dünn, groß, rosig, rot, braunäugig, endomorph, schnurrbärtig und lehnend sein und am nächsten dünn, groß, rosig, rot, blauäugig, ektomorph, glattrasiert und aufrecht sein und am nächsten dünn, groß, rosig, rot, blauäugig, ektomorph, glattrasiert und gebeugt sein und am nächsten dünn, groß, rosig, rot, blauäugig, ektomorph, glattrasiert und lehnend sein und am nächsten dünn, groß, rosig, rot, blauäugig, ektomorph, vollbärtig und aufrecht sein und am nächsten dünn, groß, rosig, rot, blauäugig, ektomorph, vollbärtig und gebeugt sein und am nächsten dünn, groß, rosig, rot, blauäugig, ektomorph, vollbärtig und lehnend sein und am nächsten dünn, groß, rosig, rot, blauäugig, ektomorph, schnurrbärtig und aufrecht sein und am nächsten dünn, groß, rosig, rot, blauäugig, ektomorph, schnurrbärtig und gebeugt sein und am nächsten dünn, groß, rosig, rot, blauäugig, ektomorph, schnurrbärtig und lehnend sein und am nächsten dünn, groß, rosig, rot, blauäugig, mesomorph, glattrasiert und aufrecht sein und am nächsten dünn, groß, rosig, rot, blauäugig, mesomorph, glattrasiert und gebeugt sein und am nächsten dünn, groß, rosig, rot, blauäugig, mesomorph, glattrasiert und lehnend sein und am nächsten dünn, groß, rosig, rot, blauäugig, mesomorph, vollbärtig und aufrecht sein und am nächsten dünn, groß, rosig, rot, blauäugig, mesomorph, vollbärtig und gebeugt sein und am nächsten dünn, groß, rosig, rot, blauäugig, mesomorph, vollbärtig und lehnend sein und am nächsten dünn, groß, rosig, rot, blauäugig, mesomorph, schnurrbärtig und aufrecht sein und am nächsten dünn, groß, rosig, rot, blauäugig, mesomorph, schnurrbärtig und gebeugt sein und am nächsten dünn, groß, rosig, rot, blauäugig, mesomorph, schnurrbärtig und lehnend sein und am nächsten dünn, groß, rosig, rot, blauäugig, endomorph, glattrasiert und aufrecht sein und am nächsten dünn, groß, rosig, rot, blauäugig, endomorph, glattrasiert und gebeugt sein und am nächsten dünn, groß, rosig, rot, blauäugig, endomorph, glattrasiert und lehnend sein und am nächsten dünn, groß, rosig, rot,

blauäugig, endomorph, vollbärtig und aufrecht sein und am
nächsten dünn, groß, rosig, rot, blauäugig, endomorph, vollbärtig und gebeugt sein und am nächsten dünn, groß, rosig, rot,
blauäugig, endomorph, vollbärtig und lehnend sein und am
nächsten dünn, groß, rosig, rot, blauäugig, endomorph, schnurrbärtig und aufrecht sein und am nächsten dünn, groß, rosig, rot,
blauäugig, endomorph, schnurrbärtig und gebeugt sein und am
nächsten dünn, groß, rosig, rot, blauäugig, endomorph, schnurrbärtig und lehnend sein und am nächsten dünn, groß, rosig, rot,
grünäugig, ektomorph, glattrasiert und aufrecht sein und am
nächsten dünn, groß, rosig, rot, grünäugig, ektomorph, glattrasiert und gebeugt sein und am nächsten dünn, groß, rosig, rot,
grünäugig, ektomorph, glattrasiert und lehnend sein und am
nächsten dünn, groß, rosig, rot, grünäugig, ektomorph, vollbärtig
und aufrecht sein und am nächsten dünn, groß, rosig, rot, grünäugig, ektomorph, vollbärtig und gebeugt sein und am nächsten
dünn, groß, rosig, rot, grünäugig, ektomorph, vollbärtig und lehnend sein und am nächsten dünn, groß, rosig, rot, grünäugig,
ektomorph, schnurrbärtig und aufrecht sein und am nächsten
dünn, groß, rosig, rot, grünäugig, ektomorph, schnurrbärtig und
gebeugt sein und am nächsten dünn, groß, rosig, rot, grünäugig,
ektomorph, schnurrbärtig und lehnend sein und am nächsten
dünn, groß, rosig, rot, grünäugig, mesomorph, glattrasiert und
aufrecht sein und am nächsten dünn, groß, rosig, rot, grünäugig,
mesomorph, glattrasiert und gebeugt sein und am nächsten
dünn, groß, rosig, rot, grünäugig, mesomorph, glattrasiert und
lehnend sein und am nächsten dünn, groß, rosig, rot, grünäugig,
mesomorph, vollbärtig und aufrecht sein und am nächsten dünn,
groß, rosig, rot, grünäugig, mesomorph, vollbärtig und gebeugt
sein und am nächsten dünn, groß, rosig, rot, grünäugig, mesomorph, vollbärtig und lehnend sein und am nächsten dünn, groß,
rosig, rot, grünäugig, mesomorph, schnurrbärtig und aufrecht

sein und am nächsten dünn, groß, rosig, rot, grünäugig, mesomorph, schnurrbärtig und gebeugt sein und am nächsten dünn, groß, rosig, rot, grünäugig, mesomorph, schnurrbärtig und lehnend sein und am nächsten dünn, groß, rosig, rot, grünäugig, endomorph, glattrasiert und aufrecht sein und am nächsten dünn, groß, rosig, rot, grünäugig, endomorph, glattrasiert und gebeugt sein und am nächsten dünn, groß, rosig, rot, grünäugig, endomorph, glattrasiert und lehnend sein und am nächsten dünn, groß, rosig, rot, grünäugig, endomorph, vollbärtig und aufrecht sein und am nächsten dünn, groß, rosig, rot, grünäugig, endomorph, vollbärtig und gebeugt sein und am nächsten dünn, groß, rosig, rot, grünäugig, endomorph, vollbärtig und lehnend sein und am nächsten dünn, groß, rosig, rot, grünäugig, endomorph, schnurrbärtig und aufrecht sein und am nächsten dünn, groß, rosig, rot, grünäugig, endomorph, schnurrbärtig und gebeugt sein und am nächsten dünn, groß, rosig, rot, grünäugig, endomorph, schnurrbärtig und lehnend sein und am nächsten dünn, groß, rosig, blond, braunäugig, ektomorph, glattrasiert und aufrecht sein und am nächsten dünn, groß, rosig, blond, braunäugig, ektomorph, glattrasiert und gebeugt sein und am nächsten dünn, groß, rosig, blond, braunäugig, ektomorph, glattrasiert und lehnend sein und am nächsten dünn, groß, rosig, blond, braunäugig, ektomorph, vollbärtig und aufrecht sein und am nächsten dünn, groß, rosig, blond, braunäugig, ektomorph, vollbärtig und gebeugt sein und am nächsten dünn, groß, rosig, blond, braunäugig, ektomorph, vollbärtig und lehnend sein und am nächsten dünn, groß, rosig, blond, braunäugig, ektomorph, schnurrbärtig und aufrecht sein und am nächsten dünn, groß, rosig, blond, braunäugig, ektomorph, schnurrbärtig und gebeugt sein und am nächsten dünn, groß, rosig, blond, braunäugig, ektomorph, schnurrbärtig und lehnend sein und am nächsten dünn, groß, rosig, blond, braunäugig, mesomorph, glattrasiert und aufrecht sein und am nächsten dünn, groß, rosig, blond, braunäugig, mesomorph, glattrasiert und gebeugt sein und am nächsten dünn, groß, rosig, blond, braunäugig, mesomorph, glattrasiert und lehnend sein und am nächsten dünn, groß, rosig, blond, braunäugig, mesomorph, vollbärtig und aufrecht sein und am nächsten dünn, groß, rosig, blond, braunäugig, mesomorph, vollbärtig und gebeugt sein und am nächsten dünn, groß, rosig, blond, braunäugig, mesomorph, vollbärtig und lehnend sein und am nächsten dünn, groß, rosig, blond, braunäugig, mesomorph, schnurrbärtig und aufrecht sein und am nächsten dünn, groß, rosig, blond, braunäugig, mesomorph, schnurrbärtig und gebeugt sein und am nächsten dünn, groß, rosig, blond, braunäugig, mesomorph, schnurrbärtig und lehnend sein und am nächsten dünn, groß, rosig, blond, braunäugig, endomorph, glattrasiert und aufrecht sein und am nächsten dünn, groß, rosig, blond, braunäugig, endomorph, glattrasiert und gebeugt sein und am nächsten dünn, groß, rosig, blond, braunäugig, endomorph, glattrasiert und lehnend sein und am nächsten dünn, groß, rosig, blond, braunäugig, endomorph, vollbärtig und aufrecht sein und am nächsten dünn, groß, rosig, blond, braunäugig, endomorph, vollbärtig und gebeugt sein und am nächsten dünn, groß, rosig, blond, braunäugig, endomorph, vollbärtig und lehnend sein und am nächsten dünn, groß, rosig, blond, braunäugig, endomorph, schnurrbärtig und aufrecht sein und am nächsten dünn, groß, rosig, blond, braunäugig, endomorph, schnurrbärtig und gebeugt sein und am nächsten dünn, groß, rosig, blond, braunäugig, endomorph, schnurrbärtig und lehnend sein und am nächsten dünn, groß, rosig, blond, blauäugig, ektomorph, glattrasiert und aufrecht sein und am nächsten dünn, groß, rosig, blond, blauäugig, ektomorph, glattrasiert und gebeugt sein und am nächsten dünn, groß, rosig, blond, blauäugig, ektomorph, glattrasiert und lehnend sein und am nächsten dünn, groß, rosig, blond, blauäugig, ektomorph, vollbärtig und aufrecht sein und am nächsten dünn, groß, rosig, blond, blauäugig, ektomorph, vollbärtig und gebeugt sein und am nächsten dünn, groß, rosig, blond, blauäugig, ektomorph, vollbärtig und lehnend sein und am nächsten dünn, groß, rosig, blond, blauäugig, ektomorph, schnurrbärtig und aufrecht sein und am nächsten dünn, groß, rosig, blond, blauäugig, ektomorph, schnurrbärtig und gebeugt sein und am nächsten dünn, groß, rosig, blond, blauäugig, ektomorph, schnurrbärtig und lehnend sein und am nächsten dünn, groß, rosig, blond, blauäugig, mesomorph, glattrasiert und aufrecht sein und am nächsten dünn, groß, rosig, blond, blauäugig, mesomorph, glattrasiert und gebeugt sein und am nächsten dünn, groß, rosig, blond, blauäugig, mesomorph, glattrasiert und lehnend sein und am nächsten dünn, groß, rosig, blond, blauäugig, mesomorph, vollbärtig und aufrecht sein und am nächsten dünn, groß, rosig, blond, blauäugig, mesomorph, vollbärtig und gebeugt sein und am nächsten dünn, groß, rosig, blond, blauäugig, mesomorph, vollbärtig und lehnend sein und am nächsten dünn, groß, rosig, blond, blauäugig, mesomorph, schnurrbärtig und aufrecht sein und am nächsten dünn, groß, rosig, blond, blauäugig, mesomorph, schnurrbärtig und gebeugt sein und am nächsten dünn, groß, rosig, blond, blauäugig, mesomorph, schnurrbärtig und lehnend sein und am nächsten dünn, groß, rosig, blond, blauäugig, endomorph, glattrasiert und aufrecht sein und am nächsten dünn, groß, rosig, blond, blauäugig, endomorph, glattrasiert und gebeugt sein und am nächsten dünn, groß, rosig, blond, blauäugig, endomorph, glattrasiert und lehnend sein und am nächsten dünn, groß, rosig, blond, blauäugig, endomorph, vollbärtig und aufrecht sein und am nächsten dünn, groß, rosig, blond, blauäugig, endomorph, vollbärtig und gebeugt sein und am nächsten dünn, groß, rosig, blond, blauäugig, endomorph, vollbärtig und lehnend sein und am nächsten dünn, groß, rosig, blond, blauäugig, endomorph, schnurrbärtig und aufrecht sein und am nächsten dünn, groß, rosig, blond, blauäugig, endomorph, schnurrbärtig und gebeugt sein und am nächsten dünn, groß, rosig, blond, blauäugig, endomorph, schnurrbärtig und lehnend sein und am nächsten dünn, groß, rosig, blond, grünäugig, ektomorph, glattrasiert und aufrecht sein und am nächsten dünn, groß, rosig, blond, grünäugig, ektomorph, glattrasiert und gebeugt sein und am nächsten dünn, groß, rosig, blond, grünäugig, ektomorph, glattrasiert und lehnend sein und am nächsten dünn, groß, rosig, blond, grünäugig, ektomorph, vollbärtig und aufrecht sein und am nächsten dünn, groß, rosig, blond, grünäugig, ektomorph, vollbärtig und gebeugt sein und am nächsten dünn, groß, rosig, blond, grünäugig, ektomorph, vollbärtig und lehnend sein und am nächsten dünn, groß, rosig, blond, grünäugig, ektomorph, schnurrbärtig und aufrecht sein und am nächsten dünn, groß, rosig, blond, grünäugig, ektomorph, schnurrbärtig und gebeugt sein und am nächsten dünn, groß, rosig, blond, grünäugig, ektomorph, schnurrbärtig und lehnend sein und am nächsten dünn, groß, rosig, blond, grünäugig, mesomorph, glattrasiert und aufrecht sein und am nächsten dünn, groß, rosig, blond, grünäugig, mesomorph, glattrasiert und gebeugt sein und am nächsten dünn, groß, rosig, blond, grünäugig, mesomorph, glattrasiert und lehnend sein und am nächsten dünn, groß, rosig, blond, grünäugig, mesomorph, vollbärtig und aufrecht sein und am nächsten dünn, groß, rosig, blond, grünäugig, mesomorph, vollbärtig und gebeugt sein und am nächsten dünn, groß, rosig, blond, grünäugig, mesomorph, vollbärtig und lehnend sein und am nächsten dünn, groß, rosig, blond, grünäugig, mesomorph, schnurrbärtig und aufrecht sein und am nächsten dünn, groß, rosig, blond, grünäugig, mesomorph, schnurrbärtig und gebeugt sein und am nächsten dünn, groß, rosig, blond, grünäugig, mesomorph,

schnurrbärtig und lehnend sein und am nächsten dünn, groß,
rosig, blond, grünäugig, endomorph, glattrasiert und aufrecht
sein und am nächsten dünn, groß, rosig, blond, grünäugig, endomorph, glattrasiert und gebeugt sein und am nächsten dünn,
groß, rosig, blond, grünäugig, endomorph, glattrasiert und lehnend sein und am nächsten dünn, groß, rosig, blond, grünäugig,
endomorph, vollbärtig und aufrecht sein und am nächsten dünn,
groß, rosig, blond, grünäugig, endomorph, vollbärtig und gebeugt sein und am nächsten dünn, groß, rosig, blond, grünäugig,
endomorph, vollbärtig und lehnend sein und am nächsten dünn,
groß, rosig, blond, grünäugig, endomorph, schnurrbärtig und
aufrecht sein und am nächsten dünn, groß, rosig, blond, grünäugig, endomorph, schnurrbärtig und gebeugt sein und am
nächsten dünn, groß, rosig, blond, grünäugig, endomorph,
schnurrbärtig und lehnend sein und am nächsten stämmig,
klein, blaß, schwarz, braunäugig, ektomorph, glattrasiert und
aufrecht sein und am nächsten stämmig, klein, blaß, schwarz,
braunäugig, ektomorph, glattrasiert und gebeugt sein und am
nächsten stämmig, klein, blaß, schwarz, braunäugig, ektomorph,
glattrasiert und lehnend sein und am nächsten stämmig, klein,
blaß, schwarz, braunäugig, ektomorph, vollbärtig und aufrecht
sein und am nächsten stämmig, klein, blaß, schwarz, braunäugig,
ektomorph, vollbärtig und gebeugt sein und am nächsten stämmig, klein, blaß, schwarz, braunäugig, ektomorph, vollbärtig und
lehnend sein und am nächsten stämmig, klein, blaß, schwarz,
braunäugig, ektomorph, schnurrbärtig und aufrecht sein und am
nächsten stämmig, klein, blaß, schwarz, braunäugig, ektomorph,
schnurrbärtig und gebeugt sein und am nächsten stämmig, klein,
blaß, schwarz, braunäugig, ektomorph, schnurrbärtig und lehnend sein und am nächsten stämmig, klein, blaß, schwarz,
braunäugig, mesomorph, glattrasiert und aufrecht sein und am
nächsten stämmig, klein, blaß, schwarz, braunäugig, mesomorph,

glattrasiert und gebeugt sein und am nächsten stämmig, klein, blaß, schwarz, braunäugig, mesomorph, glattrasiert und lehnend sein und am nächsten stämmig, klein, blaß, schwarz, braunäugig, mesomorph, vollbärtig und aufrecht sein und am nächsten stämmig, klein, blaß, schwarz, braunäugig, mesomorph, vollbärtig und gebeugt sein und am nächsten stämmig, klein, blaß, schwarz, braunäugig, mesomorph, vollbärtig und lehnend sein und am nächsten stämmig, klein, blaß, schwarz, braunäugig, mesomorph, schnurrbärtig und aufrecht sein und am nächsten stämmig, klein, blaß, schwarz, braunäugig, mesomorph, schnurrbärtig und gebeugt sein und am nächsten stämmig, klein, blaß, schwarz, braunäugig, mesomorph, schnurrbärtig und lehnend sein und am nächsten stämmig, klein, blaß, schwarz, braunäugig, endomorph, glattrasiert und aufrecht sein und am nächsten stämmig, klein, blaß, schwarz, braunäugig, endomorph, glattrasiert und gebeugt sein und am nächsten stämmig, klein, blaß, schwarz, braunäugig, endomorph, glattrasiert und lehnend sein und am nächsten stämmig, klein, blaß, schwarz, braunäugig, endomorph, vollbärtig und aufrecht sein und am nächsten stämmig, klein, blaß, schwarz, braunäugig, endomorph, vollbärtig und gebeugt sein und am nächsten stämmig, klein, blaß, schwarz, braunäugig, endomorph, vollbärtig und lehnend sein und am nächsten stämmig, klein, blaß, schwarz, braunäugig, endomorph, schnurrbärtig und aufrecht sein und am nächsten stämmig, klein, blaß, schwarz, braunäugig, endomorph, schnurrbärtig und gebeugt sein und am nächsten stämmig, klein, blaß, schwarz, braunäugig, endomorph, schnurrbärtig und lehnend sein und am nächsten stämmig, klein, blaß, schwarz, blauäugig, ektomorph, glattrasiert und aufrecht sein und am nächsten stämmig, klein, blaß, schwarz, blauäugig, ektomorph, glattrasiert und gebeugt sein und am nächsten stämmig, klein, blaß, schwarz, blauäugig, ektomorph, glattrasiert und lehnend sein und am nächsten stämmig, klein, blaß, schwarz, blauäugig, ektomorph, vollbärtig und aufrecht sein und am nächsten stämmig, klein, blaß, schwarz, blauäugig, ektomorph, vollbärtig und gebeugt sein und am nächsten stämmig, klein, blaß, schwarz, blauäugig, ektomorph, vollbärtig und lehnend sein und am nächsten stämmig, klein, blaß, schwarz, blauäugig, ektomorph, schnurrbärtig und aufrecht sein und am nächsten stämmig, klein, blaß, schwarz, blauäugig, ektomorph, schnurrbärtig und gebeugt sein und am nächsten stämmig, klein, blaß, schwarz, blauäugig, ektomorph, schnurrbärtig und lehnend sein und am nächsten stämmig, klein, blaß, schwarz, blauäugig, mesomorph, glattrasiert und aufrecht sein und am nächsten stämmig, klein, blaß, schwarz, blauäugig, mesomorph, glattrasiert und gebeugt sein und am nächsten stämmig, klein, blaß, schwarz, blauäugig, mesomorph, glattrasiert und lehnend sein und am nächsten stämmig, klein, blaß, schwarz, blauäugig, mesomorph, vollbärtig und aufrecht sein und am nächsten stämmig, klein, blaß, schwarz, blauäugig, mesomorph, vollbärtig und gebeugt sein und am nächsten stämmig, klein, blaß, schwarz, blauäugig, mesomorph, vollbärtig und lehnend sein und am nächsten stämmig, klein, blaß, schwarz, blauäugig, mesomorph, schnurrbärtig und aufrecht sein und am nächsten stämmig, klein, blaß, schwarz, blauäugig, mesomorph, schnurrbärtig und gebeugt sein und am nächsten stämmig, klein, blaß, schwarz, blauäugig, mesomorph, schnurrbärtig und lehnend sein und am nächsten stämmig, klein, blaß, schwarz, blauäugig, endomorph, glattrasiert und aufrecht sein und am nächsten stämmig, klein, blaß, schwarz, blauäugig, endomorph, glattrasiert und gebeugt sein und am nächsten stämmig, klein, blaß, schwarz, blauäugig, endomorph, glattrasiert und lehnend sein und am nächsten stämmig, klein, blaß, schwarz, blauäugig, endomorph, vollbärtig und aufrecht sein und am nächsten stämmig, klein, blaß, schwarz, blauäugig, endomorph, vollbärtig und gebeugt sein und am

nächsten stämmig, klein, blaß, schwarz, blauäugig, endomorph,
vollbärtig und lehnend sein und am nächsten stämmig, klein,
blaß, schwarz, blauäugig, endomorph, schnurrbärtig und aufrecht sein und am nächsten stämmig, klein, blaß, schwarz, blauäugig, endomorph, schnurrbärtig und gebeugt sein und am
nächsten stämmig, klein, blaß, schwarz, blauäugig, endomorph,
schnurrbärtig und lehnend sein und am nächsten stämmig,
klein, blaß, schwarz, grünäugig, ektomorph, glattrasiert und aufrecht sein und am nächsten stämmig, klein, blaß, schwarz, grünäugig, ektomorph, glattrasiert und gebeugt sein und am nächsten stämmig, klein, blaß, schwarz, grünäugig, ektomorph,
glattrasiert und lehnend sein und am nächsten stämmig, klein,
blaß, schwarz, grünäugig, ektomorph, vollbärtig und aufrecht
sein und am nächsten stämmig, klein, blaß, schwarz, grünäugig,
ektomorph, vollbärtig und gebeugt sein und am nächsten stämmig, klein, blaß, schwarz, grünäugig, ektomorph, vollbärtig und
lehnend sein und am nächsten stämmig, klein, blaß, schwarz,
grünäugig, ektomorph, schnurrbärtig und aufrecht sein und am
nächsten stämmig, klein, blaß, schwarz, grünäugig, ektomorph,
schnurrbärtig und gebeugt sein und am nächsten stämmig, klein,
blaß, schwarz, grünäugig, ektomorph, schnurrbärtig und lehnend sein und am nächsten stämmig, klein, blaß, schwarz, grünäugig, mesomorph, glattrasiert und aufrecht sein und am nächsten stämmig, klein, blaß, schwarz, grünäugig, mesomorph,
glattrasiert und gebeugt sein und am nächsten stämmig, klein,
blaß, schwarz, grünäugig, mesomorph, glattrasiert und lehnend
sein und am nächsten stämmig, klein, blaß, schwarz, grünäugig,
mesomorph, vollbärtig und aufrecht sein und am nächsten stämmig, klein, blaß, schwarz, grünäugig, mesomorph, vollbärtig und
gebeugt sein und am nächsten stämmig, klein, blaß, schwarz,
grünäugig, mesomorph, vollbärtig und lehnend sein und am
nächsten stämmig, klein, blaß, schwarz, grünäugig, mesomorph,

schnurrbärtig und aufrecht sein und am nächsten stämmig,
klein, blaß, schwarz, grünäugig, mesomorph, schnurrbärtig und
gebeugt sein und am nächsten stämmig, klein, blaß, schwarz,
grünäugig, mesomorph, schnurrbärtig und lehnend sein und am
nächsten stämmig, klein, blaß, schwarz, grünäugig, endomorph,
glattrasiert und aufrecht sein und am nächsten stämmig, klein,
blaß, schwarz, grünäugig, endomorph, glattrasiert und gebeugt
sein und am nächsten stämmig, klein, blaß, schwarz, grünäugig,
endomorph, glattrasiert und lehnend sein und am nächsten
stämmig, klein, blaß, schwarz, grünäugig, endomorph, vollbärtig
und aufrecht sein und am nächsten stämmig, klein, blaß, schwarz,
grünäugig, endomorph, vollbärtig und gebeugt sein und am
nächsten stämmig, klein, blaß, schwarz, grünäugig, endomorph,
vollbärtig und lehnend sein und am nächsten stämmig, klein,
blaß, schwarz, grünäugig, endomorph, schnurrbärtig und aufrecht sein und am nächsten stämmig, klein, blaß, schwarz, grünäugig, endomorph, schnurrbärtig und gebeugt sein und am
nächsten stämmig, klein, blaß, schwarz, grünäugig, endomorph,
schnurrbärtig und lehnend sein und am nächsten stämmig, klein,
blaß, rot, braunäugig, ektomorph, glattrasiert und aufrecht sein
und am nächsten stämmig, klein, blaß, rot, braunäugig, ektomorph, glattrasiert und gebeugt sein und am nächsten stämmig,
klein, blaß, rot, braunäugig, ektomorph, glattrasiert und lehnend
sein und am nächsten stämmig, klein, blaß, rot, braunäugig,
ektomorph, vollbärtig und aufrecht sein und am nächsten stämmig, klein, blaß, rot, braunäugig, ektomorph, vollbärtig und gebeugt sein und am nächsten stämmig, klein, blaß, rot, braunäugig, ektomorph, vollbärtig und lehnend sein und am nächsten
stämmig, klein, blaß, rot, braunäugig, ektomorph, schnurrbärtig
und aufrecht sein und am nächsten stämmig, klein, blaß, rot,
braunäugig, ektomorph, schnurrbärtig und gebeugt sein und am
nächsten stämmig, klein, blaß, rot, braunäugig, ektomorph,

schnurrbärtig und lehnend sein und am nächsten stämmig, klein, blaß, rot, braunäugig, mesomorph, glattrasiert und aufrecht sein und am nächsten stämmig, klein, blaß, rot, braunäugig, mesomorph, glattrasiert und gebeugt sein und am nächsten stämmig, klein, blaß, rot, braunäugig, mesomorph, glattrasiert und lehnend sein und am nächsten stämmig, klein, blaß, rot, braunäugig, mesomorph, vollbärtig und aufrecht sein und am nächsten stämmig, klein, blaß, rot, braunäugig, mesomorph, vollbärtig und gebeugt sein und am nächsten stämmig, klein, blaß, rot, braunäugig, mesomorph, vollbärtig und lehnend sein und am nächsten stämmig, klein, blaß, rot, braunäugig, mesomorph, schnurrbärtig und aufrecht sein und am nächsten stämmig, klein, blaß, rot, braunäugig, mesomorph, schnurrbärtig und gebeugt sein und am nächsten stämmig, klein, blaß, rot, braunäugig, mesomorph, schnurrbärtig und lehnend sein und am nächsten stämmig, klein, blaß, rot, braunäugig, endomorph, glattrasiert und aufrecht sein und am nächsten stämmig, klein, blaß, rot, braunäugig, endomorph, glattrasiert und gebeugt sein und am nächsten stämmig, klein, blaß, rot, braunäugig, endomorph, glattrasiert und lehnend sein und am nächsten stämmig, klein, blaß, rot, braunäugig, endomorph, vollbärtig und aufrecht sein und am nächsten stämmig, klein, blaß, rot, braunäugig, endomorph, vollbärtig und gebeugt sein und am nächsten stämmig, klein, blaß, rot, braunäugig, endomorph, vollbärtig und lehnend sein und am nächsten stämmig, klein, blaß, rot, braunäugig, endomorph, schnurrbärtig und aufrecht sein und am nächsten stämmig, klein, blaß, rot, braunäugig, endomorph, schnurrbärtig und gebeugt sein und am nächsten stämmig, klein, blaß, rot, braunäugig, endomorph, schnurrbärtig und lehnend sein und am nächsten stämmig, klein, blaß, rot, blauäugig, ektomorph, glattrasiert und aufrecht sein und am nächsten stämmig, klein, blaß, rot, blauäugig, ektomorph, glattrasiert und gebeugt

sein und am nächsten stämmig, klein, blaß, rot, blauäugig, ektomorph, glattrasiert und lehnend sein und am nächsten stämmig,
klein, blaß, rot, blauäugig, ektomorph, vollbärtig und aufrecht
sein und am nächsten stämmig, klein, blaß, rot, blauäugig, ektomorph, vollbärtig und gebeugt sein und am nächsten stämmig,
klein, blaß, rot, blauäugig, ektomorph, vollbärtig und lehnend
sein und am nächsten stämmig, klein, blaß, rot, blauäugig, ektomorph, schnurrbärtig und aufrecht sein und am nächsten stämmig, klein, blaß, rot, blauäugig, ektomorph, schnurrbärtig und
gebeugt sein und am nächsten stämmig, klein, blaß, rot, blauäugig, ektomorph, schnurrbärtig und lehnend sein und am
nächsten stämmig, klein, blaß, rot, blauäugig, mesomorph,
glattrasiert und aufrecht sein und am nächsten stämmig, klein,
blaß, rot, blauäugig, mesomorph, glattrasiert und gebeugt sein
und am nächsten stämmig, klein, blaß, rot, blauäugig, mesomorph, glattrasiert und lehnend sein und am nächsten stämmig,
klein, blaß, rot, blauäugig, mesomorph, vollbärtig und aufrecht
sein und am nächsten stämmig, klein, blaß, rot, blauäugig,
mesomorph, vollbärtig und gebeugt sein und am nächsten
stämmig, klein, blaß, rot, blauäugig, mesomorph, vollbärtig und
lehnend sein und am nächsten stämmig, klein, blaß, rot, blauäugig, mesomorph, schnurrbärtig und aufrecht sein und am
nächsten stämmig, klein, blaß, rot, blauäugig, mesomorph,
schnurrbärtig und gebeugt sein und am nächsten stämmig,
klein, blaß, rot, blauäugig, mesomorph, schnurrbärtig und lehnend sein und am nächsten stämmig, klein, blaß, rot, blauäugig,
endomorph, glattrasiert und aufrecht sein und am nächsten
stämmig, klein, blaß, rot, blauäugig, endomorph, glattrasiert
und gebeugt sein und am nächsten stämmig, klein, blaß, rot,
blauäugig, endomorph, glattrasiert und lehnend sein und am
nächsten stämmig, klein, blaß, rot, blauäugig, endomorph, vollbärtig und aufrecht sein und am nächsten stämmig, klein, blaß,

rot, blauäugig, endomorph, vollbärtig und gebeugt sein und am
nächsten stämmig, klein, blaß, rot, blauäugig, endomorph, vollbärtig und lehnend sein und am nächsten stämmig, klein, blaß,
rot, blauäugig, endomorph, schnurrbärtig und aufrecht sein und
am nächsten stämmig, klein, blaß, rot, blauäugig, endomorph,
schnurrbärtig und gebeugt sein und am nächsten stämmig, klein,
blaß, rot, blauäugig, endomorph, schnurrbärtig und lehnend
sein und am nächsten stämmig, klein, blaß, rot, grünäugig, ektomorph, glattrasiert und aufrecht sein und am nächsten stämmig,
klein, blaß, rot, grünäugig, ektomorph, glattrasiert und gebeugt
sein und am nächsten stämmig, klein, blaß, rot, grünäugig, ektomorph, glattrasiert und lehnend sein und am nächsten stämmig,
klein, blaß, rot, grünäugig, ektomorph, vollbärtig und aufrecht
sein und am nächsten stämmig, klein, blaß, rot, grünäugig, ektomorph, vollbärtig und gebeugt sein und am nächsten stämmig,
klein, blaß, rot, grünäugig, ektomorph, vollbärtig und lehnend
sein und am nächsten stämmig, klein, blaß, rot, grünäugig, ektomorph, schnurrbärtig und aufrecht sein und am nächsten stämmig, klein, blaß, rot, grünäugig, ektomorph, schnurrbärtig und
gebeugt sein und am nächsten stämmig, klein, blaß, rot, grünäugig, ektomorph, schnurrbärtig und lehnend sein und am
nächsten stämmig, klein, blaß, rot, grünäugig, mesomorph,
glattrasiert und aufrecht sein und am nächsten stämmig, klein,
blaß, rot, grünäugig, mesomorph, glattrasiert und gebeugt sein
und am nächsten stämmig, klein, blaß, rot, grünäugig, mesomorph, glattrasiert und lehnend sein und am nächsten stämmig,
klein, blaß, rot, grünäugig, mesomorph, vollbärtig und aufrecht
sein und am nächsten stämmig, klein, blaß, rot, grünäugig,
mesomorph, vollbärtig und gebeugt sein und am nächsten
stämmig, klein, blaß, rot, grünäugig, mesomorph, vollbärtig
und lehnend sein und am nächsten stämmig, klein, blaß, rot,
grünäugig, mesomorph, schnurrbärtig und aufrecht sein und am

nächsten stämmig, klein, blaß, rot, grünäugig, mesomorph, schnurrbärtig und gebeugt sein und am nächsten stämmig, klein, blaß, rot, grünäugig, mesomorph, schnurrbärtig und lehnend sein und am nächsten stämmig, klein, blaß, rot, grünäugig, endomorph, glattrasiert und aufrecht sein und am nächsten stämmig, klein, blaß, rot, grünäugig, endomorph, glattrasiert und gebeugt sein und am nächsten stämmig, klein, blaß, rot, grünäugig, endomorph, glattrasiert und lehnend sein und am nächsten stämmig, klein, blaß, rot, grünäugig, endomorph, vollbärtig und aufrecht sein und am nächsten stämmig, klein, blaß, rot, grünäugig, endomorph, vollbärtig und gebeugt sein und am nächsten stämmig, klein, blaß, rot, grünäugig, endomorph, vollbärtig und lehnend sein und am nächsten stämmig, klein, blaß, rot, grünäugig, endomorph, schnurrbärtig und aufrecht sein und am nächsten stämmig, klein, blaß, rot, grünäugig, endomorph, schnurrbärtig und gebeugt sein und am nächsten stämmig, klein, blaß, rot, grünäugig, endomorph, schnurrbärtig und lehnend sein und am nächsten stämmig, klein, blaß, blond, braunäugig, ektomorph, glattrasiert und aufrecht sein und am nächsten stämmig, klein, blaß, blond, braunäugig, ektomorph, glattrasiert und gebeugt sein und am nächsten stämmig, klein, blaß, blond, braunäugig, ektomorph, glattrasiert und lehnend sein und am nächsten stämmig, klein, blaß, blond, braunäugig, ektomorph, vollbärtig und aufrecht sein und am nächsten stämmig, klein, blaß, blond, braunäugig, ektomorph, vollbärtig und gebeugt sein und am nächsten stämmig, klein, blaß, blond, braunäugig, ektomorph, vollbärtig und lehnend sein und am nächsten stämmig, klein, blaß, blond, braunäugig, ektomorph, schnurrbärtig und aufrecht sein und am nächsten stämmig, klein, blaß, blond, braunäugig, ektomorph, schnurrbärtig und gebeugt sein und am nächsten stämmig, klein, blaß, blond, braunäugig, ektomorph, schnurrbärtig und lehnend sein und am nächsten stämmig, klein, blaß,

blond, braunäugig, mesomorph, glattrasiert und aufrecht sein
und am nächsten stämmig, klein, blaß, blond, braunäugig, mesomorph, glattrasiert und gebeugt sein und am nächsten stämmig,
klein, blaß, blond, braunäugig, mesomorph, glattrasiert und lehnend sein und am nächsten stämmig, klein, blaß, blond, braunäugig, mesomorph, vollbärtig und aufrecht sein und am nächsten stämmig, klein, blaß, blond, braunäugig, mesomorph,
vollbärtig und gebeugt sein und am nächsten stämmig, klein,
blaß, blond, braunäugig, mesomorph, vollbärtig und lehnend
sein und am nächsten stämmig, klein, blaß, blond, braunäugig,
mesomorph, schnurrbärtig und aufrecht sein und am nächsten
stämmig, klein, blaß, blond, braunäugig, mesomorph, schnurrbärtig und gebeugt sein und am nächsten stämmig, klein, blaß,
blond, braunäugig, mesomorph, schnurrbärtig und lehnend sein
und am nächsten stämmig, klein, blaß, blond, braunäugig, endomorph, glattrasiert und aufrecht sein und am nächsten stämmig,
klein, blaß, blond, braunäugig, endomorph, glattrasiert und gebeugt sein und am nächsten stämmig, klein, blaß, blond, braunäugig, endomorph, glattrasiert und lehnend sein und am nächsten stämmig, klein, blaß, blond, braunäugig, endomorph,
vollbärtig und aufrecht sein und am nächsten stämmig, klein,
blaß, blond, braunäugig, endomorph, vollbärtig und gebeugt
sein und am nächsten stämmig, klein, blaß, blond, braunäugig,
endomorph, vollbärtig und lehnend sein und am nächsten stämmig, klein, blaß, blond, braunäugig, endomorph, schnurrbärtig
und aufrecht sein und am nächsten stämmig, klein, blaß, blond,
braunäugig, endomorph, schnurrbärtig und gebeugt sein und
am nächsten stämmig, klein, blaß, blond, braunäugig, endomorph, schnurrbärtig und lehnend sein und am nächsten stämmig, klein, blaß, blond, blauäugig, ektomorph, glattrasiert und
aufrecht sein und am nächsten stämmig, klein, blaß, blond,
blauäugig, ektomorph, glattrasiert und gebeugt sein und am

nächsten stämmig, klein, blaß, blond, blauäugig, ektomorph, glattrasiert und lehnend sein und am nächsten stämmig, klein, blaß, blond, blauäugig, ektomorph, vollbärtig und aufrecht sein und am nächsten stämmig, klein, blaß, blond, blauäugig, ektomorph, vollbärtig und gebeugt sein und am nächsten stämmig, klein, blaß, blond, blauäugig, ektomorph, vollbärtig und lehnend sein und am nächsten stämmig, klein, blaß, blond, blauäugig, ektomorph, schnurrbärtig und aufrecht sein und am nächsten stämmig, klein, blaß, blond, blauäugig, ektomorph, schnurrbärtig und gebeugt sein und am nächsten stämmig, klein, blaß, blond, blauäugig, ektomorph, schnurrbärtig und lehnend sein und am nächsten stämmig, klein, blaß, blond, blauäugig, mesomorph, glattrasiert und aufrecht sein und am nächsten stämmig, klein, blaß, blond, blauäugig, mesomorph, glattrasiert und gebeugt sein und am nächsten stämmig, klein, blaß, blond, blauäugig, mesomorph, glattrasiert und lehnend sein und am nächsten stämmig, klein, blaß, blond, blauäugig, mesomorph, vollbärtig und aufrecht sein und am nächsten stämmig, klein, blaß, blond, blauäugig, mesomorph, vollbärtig und gebeugt sein und am nächsten stämmig, klein, blaß, blond, blauäugig, mesomorph, vollbärtig und lehnend sein und am nächsten stämmig, klein, blaß, blond, blauäugig, mesomorph, schnurrbärtig und aufrecht sein und am nächsten stämmig, klein, blaß, blond, blauäugig, mesomorph, schnurrbärtig und gebeugt sein und am nächsten stämmig, klein, blaß, blond, blauäugig, mesomorph, schnurrbärtig und lehnend sein und am nächsten stämmig, klein, blaß, blond, blauäugig, endomorph, glattrasiert und aufrecht sein und am nächsten stämmig, klein, blaß, blond, blauäugig, endomorph, glattrasiert und gebeugt sein und am nächsten stämmig, klein, blaß, blond, blauäugig, endomorph, glattrasiert und lehnend sein und am nächsten stämmig, klein, blaß, blond, blauäugig, endomorph, vollbärtig und aufrecht sein und am nächsten stämmig, klein, blaß, blond, blauäugig, endomorph, vollbärtig und gebeugt sein und am nächsten stämmig, klein, blaß, blond, blauäugig, endomorph, vollbärtig und lehnend sein und am nächsten stämmig, klein, blaß, blond, blauäugig, endomorph, schnurrbärtig und aufrecht sein und am nächsten stämmig, klein, blaß, blond, blauäugig, endomorph, schnurrbärtig und gebeugt sein und am nächsten stämmig, klein, blaß, blond, blauäugig, endomorph, schnurrbärtig und lehnend sein und am nächsten stämmig, klein, blaß, blond, grünäugig, ektomorph, glattrasiert und aufrecht sein und am nächsten stämmig, klein, blaß, blond, grünäugig, ektomorph, glattrasiert und gebeugt sein und am nächsten stämmig, klein, blaß, blond, grünäugig, ektomorph, glattrasiert und lehnend sein und am nächsten stämmig, klein, blaß, blond, grünäugig, ektomorph, vollbärtig und aufrecht sein und am nächsten stämmig, klein, blaß, blond, grünäugig, ektomorph, vollbärtig und gebeugt sein und am nächsten stämmig, klein, blaß, blond, grünäugig, ektomorph, vollbärtig und lehnend sein und am nächsten stämmig, klein, blaß, blond, grünäugig, ektomorph, schnurrbärtig und aufrecht sein und am nächsten stämmig, klein, blaß, blond, grünäugig, ektomorph, schnurrbärtig und gebeugt sein und am nächsten stämmig, klein, blaß, blond, grünäugig, ektomorph, schnurrbärtig und lehnend sein und am nächsten stämmig, klein, blaß, blond, grünäugig, mesomorph, glattrasiert und aufrecht sein und am nächsten stämmig, klein, blaß, blond, grünäugig, mesomorph, glattrasiert und gebeugt sein und am nächsten stämmig, klein, blaß, blond, grünäugig, mesomorph, glattrasiert und lehnend sein und am nächsten stämmig, klein, blaß, blond, grünäugig, mesomorph, vollbärtig und aufrecht sein und am nächsten stämmig, klein, blaß, blond, grünäugig, mesomorph, vollbärtig und gebeugt sein und am nächsten stämmig, klein, blaß, blond, grünäugig, mesomorph, vollbärtig und lehnend sein und am nächsten stämmig, klein, blaß, blond, grünäugig, mesomorph, schnurrbärtig und aufrecht sein und am nächsten stämmig, klein, blaß, blond, grünäugig, mesomorph, schnurrbärtig und gebeugt sein und am nächsten stämmig, klein, blaß, blond, grünäugig, mesomorph, schnurrbärtig und lehnend sein und am nächsten stämmig, klein, blaß, blond, grünäugig, endomorph, glattrasiert und aufrecht sein und am nächsten stämmig, klein, blaß, blond, grünäugig, endomorph, glattrasiert und gebeugt sein und am nächsten stämmig, klein, blaß, blond, grünäugig, endomorph, glattrasiert und lehnend sein und am nächsten stämmig, klein, blaß, blond, grünäugig, endomorph, vollbärtig und aufrecht sein und am nächsten stämmig, klein, blaß, blond, grünäugig, endomorph, vollbärtig und gebeugt sein und am nächsten stämmig, klein, blaß, blond, grünäugig, endomorph, vollbärtig und lehnend sein und am nächsten stämmig, klein, blaß, blond, grünäugig, endomorph, schnurrbärtig und aufrecht sein und am nächsten stämmig, klein, blaß, blond, grünäugig, endomorph, schnurrbärtig und gebeugt sein und am nächsten stämmig, klein, blaß, blond, grünäugig, endomorph, schnurrbärtig und lehnend sein und am nächsten stämmig, klein, gelb, schwarz, braunäugig, ektomorph, glattrasiert und aufrecht sein und am nächsten stämmig, klein, gelb, schwarz, braunäugig, ektomorph, glattrasiert und gebeugt sein und am nächsten stämmig, klein, gelb, schwarz, braunäugig, ektomorph, glattrasiert und lehnend sein und am nächsten stämmig, klein, gelb, schwarz, braunäugig, ektomorph, vollbärtig und aufrecht sein und am nächsten stämmig, klein, gelb, schwarz, braunäugig, ektomorph, vollbärtig und gebeugt sein und am nächsten stämmig, klein, gelb, schwarz, braunäugig, ektomorph, vollbärtig und lehnend sein und am nächsten stämmig, klein, gelb, schwarz, braunäugig, ektomorph, schnurrbärtig und aufrecht sein und am nächsten stämmig, klein, gelb, schwarz, braunäugig, ektomorph, schnurrbärtig und gebeugt sein und am nächsten stämmig, klein, gelb, schwarz, braunäugig, ektomorph, schnurrbärtig und lehnend sein und am nächsten stämmig, klein, gelb, schwarz, braunäugig, mesomorph, glattrasiert und aufrecht sein und am nächsten stämmig, klein, gelb, schwarz, braunäugig, mesomorph, glattrasiert und gebeugt sein und am nächsten stämmig, klein, gelb, schwarz, braunäugig, mesomorph, glattrasiert und lehnend sein und am nächsten stämmig, klein, gelb, schwarz, braunäugig, mesomorph, vollbärtig und aufrecht sein und am nächsten stämmig, klein, gelb, schwarz, braunäugig, mesomorph, vollbärtig und gebeugt sein und am nächsten stämmig, klein, gelb, schwarz, braunäugig, mesomorph, vollbärtig und lehnend sein und am nächsten stämmig, klein, gelb, schwarz, braunäugig, mesomorph, schnurrbärtig und aufrecht sein und am nächsten stämmig, klein, gelb, schwarz, braunäugig, mesomorph, schnurrbärtig und gebeugt sein und am nächsten stämmig, klein, gelb, schwarz, braunäugig, mesomorph, schnurrbärtig und lehnend sein und am nächsten stämmig, klein, gelb, schwarz, braunäugig, endomorph, glattrasiert und aufrecht sein und am nächsten stämmig, klein, gelb, schwarz, braunäugig, endomorph, glattrasiert und gebeugt sein und am nächsten stämmig, klein, gelb, schwarz, braunäugig, endomorph, glattrasiert und lehnend sein und am nächsten stämmig, klein, gelb, schwarz, braunäugig, endomorph, vollbärtig und aufrecht sein und am nächsten stämmig, klein, gelb, schwarz, braunäugig, endomorph, vollbärtig und gebeugt sein und am nächsten stämmig, klein, gelb, schwarz, braunäugig, endomorph, vollbärtig und lehnend sein und am nächsten stämmig, klein, gelb, schwarz, braunäugig, endomorph, schnurrbärtig und aufrecht sein und am nächsten stämmig, klein, gelb, schwarz, braunäugig, endomorph, schnurrbärtig und gebeugt sein und am nächsten stämmig, klein, gelb, schwarz, braunäugig, endomorph, schnurrbärtig und lehnend sein und am nächsten stämmig, klein, gelb, schwarz, blauäugig, ektomorph, glattrasiert und aufrecht sein und am nächsten stämmig, klein, gelb, schwarz, blauäugig, ektomorph, glattrasiert und gebeugt sein und am nächsten stämmig, klein, gelb, schwarz, blauäugig, ektomorph, glattrasiert und lehnend sein und am nächsten stämmig, klein, gelb, schwarz, blauäugig, ektomorph, vollbärtig und aufrecht sein und am nächsten stämmig, klein, gelb, schwarz, blauäugig, ektomorph, vollbärtig und gebeugt sein und am nächsten stämmig, klein, gelb, schwarz, blauäugig, ektomorph, vollbärtig und lehnend sein und am nächsten stämmig, klein, gelb, schwarz, blauäugig, ektomorph, schnurrbärtig und aufrecht sein und am nächsten stämmig, klein, gelb, schwarz, blauäugig, ektomorph, schnurrbärtig und gebeugt sein und am nächsten stämmig, klein, gelb, schwarz, blauäugig, ektomorph, schnurrbärtig und lehnend sein und am nächsten stämmig, klein, gelb, schwarz, blauäugig, mesomorph, glattrasiert und aufrecht sein und am nächsten stämmig, klein, gelb, schwarz, blauäugig, mesomorph, glattrasiert und gebeugt sein und am nächsten stämmig, klein, gelb, schwarz, blauäugig, mesomorph, glattrasiert und lehnend sein und am nächsten stämmig, klein, gelb, schwarz, blauäugig, mesomorph, vollbärtig und aufrecht sein und am nächsten stämmig, klein, gelb, schwarz, blauäugig, mesomorph, vollbärtig und gebeugt sein und am nächsten stämmig, klein, gelb, schwarz, blauäugig, mesomorph, vollbärtig und lehnend sein und am nächsten stämmig, klein, gelb, schwarz, blauäugig, mesomorph, schnurrbärtig und aufrecht sein und am nächsten stämmig, klein, gelb, schwarz, blauäugig, mesomorph, schnurrbärtig und gebeugt sein und am nächsten stämmig, klein, gelb, schwarz, blauäugig, mesomorph, schnurrbärtig und lehnend sein und am nächsten stämmig, klein, gelb, schwarz, blauäugig, endomorph, glattrasiert und aufrecht sein und am nächsten stämmig, klein, gelb, schwarz, blauäugig, endomorph, glattrasiert und gebeugt sein und am nächsten stämmig, klein, gelb, schwarz, blauäugig, endomorph, glattrasiert und lehnend sein und am nächsten stämmig, klein, gelb, schwarz, blauäugig, endomorph, vollbärtig und aufrecht sein und am nächsten stämmig, klein, gelb, schwarz, blauäugig, endomorph, vollbärtig und gebeugt sein und am nächsten stämmig, klein, gelb, schwarz, blauäugig, endomorph, vollbärtig und lehnend sein und am nächsten stämmig, klein, gelb, schwarz, blauäugig, endomorph, schnurrbärtig und aufrecht sein und am nächsten stämmig, klein, gelb, schwarz, blauäugig, endomorph, schnurrbärtig und gebeugt sein und am nächsten stämmig, klein, gelb, schwarz, blauäugig, endomorph, schnurrbärtig und lehnend sein und am nächsten stämmig, klein, gelb, schwarz, grünäugig, ektomorph, glattrasiert und aufrecht sein und am nächsten stämmig, klein, gelb, schwarz, grünäugig, ektomorph, glattrasiert und gebeugt sein und am nächsten stämmig, klein, gelb, schwarz, grünäugig, ektomorph, glattrasiert und lehnend sein und am nächsten stämmig, klein, gelb, schwarz, grünäugig, ektomorph, vollbärtig und aufrecht sein und am nächsten stämmig, klein, gelb, schwarz, grünäugig, ektomorph, vollbärtig und gebeugt sein und am nächsten stämmig, klein, gelb, schwarz, grünäugig, ektomorph, vollbärtig und lehnend sein und am nächsten stämmig, klein, gelb, schwarz, grünäugig, ektomorph, schnurrbärtig und aufrecht sein und am nächsten stämmig, klein, gelb, schwarz, grünäugig, ektomorph, schnurrbärtig und gebeugt sein und am nächsten stämmig, klein, gelb, schwarz, grünäugig, ektomorph, schnurrbärtig und lehnend sein und am nächsten stämmig, klein, gelb, schwarz, grünäugig, mesomorph, glattrasiert und aufrecht sein und am nächsten stämmig, klein, gelb, schwarz, grünäugig, mesomorph, glattrasiert und gebeugt sein und am nächsten stämmig, klein, gelb, schwarz, grünäugig, mesomorph, glattrasiert und lehnend sein und am nächsten stämmig, klein, gelb, schwarz, grünäugig,

mesomorph, vollbärtig und aufrecht sein und am nächsten stämmig, klein, gelb, schwarz, grünäugig, mesomorph, vollbärtig und
gebeugt sein und am nächsten stämmig, klein, gelb, schwarz,
grünäugig, mesomorph, vollbärtig und lehnend sein und am
nächsten stämmig, klein, gelb, schwarz, grünäugig, mesomorph,
schnurrbärtig und aufrecht sein und am nächsten stämmig,
klein, gelb, schwarz, grünäugig, mesomorph, schnurrbärtig und
gebeugt sein und am nächsten stämmig, klein, gelb, schwarz,
grünäugig, mesomorph, schnurrbärtig und lehnend sein und am
nächsten stämmig, klein, gelb, schwarz, grünäugig, endomorph,
glattrasiert und aufrecht sein und am nächsten stämmig, klein,
gelb, schwarz, grünäugig, endomorph, glattrasiert und gebeugt
sein und am nächsten stämmig, klein, gelb, schwarz, grünäugig,
endomorph, glattrasiert und lehnend sein und am nächsten
stämmig, klein, gelb, schwarz, grünäugig, endomorph, vollbärtig
und aufrecht sein und am nächsten stämmig, klein, gelb, schwarz,
grünäugig, endomorph, vollbärtig und gebeugt sein und am
nächsten stämmig, klein, gelb, schwarz, grünäugig, endomorph,
vollbärtig und lehnend sein und am nächsten stämmig, klein,
gelb, schwarz, grünäugig, endomorph, schnurrbärtig und aufrecht sein und am nächsten stämmig, klein, gelb, schwarz, grünäugig, endomorph, schnurrbärtig und gebeugt sein und am
nächsten stämmig, klein, gelb, schwarz, grünäugig, endomorph,
schnurrbärtig und lehnend sein und am nächsten stämmig,
klein, gelb, rot, braunäugig, ektomorph, glattrasiert und aufrecht sein und am nächsten stämmig, klein, gelb, rot, braunäugig, ektomorph, glattrasiert und gebeugt sein und am nächsten stämmig, klein, gelb, rot, braunäugig, ektomorph, glattrasiert
und lehnend sein und am nächsten stämmig, klein, gelb, rot,
braunäugig, ektomorph, vollbärtig und aufrecht sein und am
nächsten stämmig, klein, gelb, rot, braunäugig, ektomorph, vollbärtig und gebeugt sein und am nächsten stämmig, klein, gelb,

rot, braunäugig, ektomorph, vollbärtig und lehnend sein und am nächsten stämmig, klein, gelb, rot, braunäugig, ektomorph, schnurrbärtig und aufrecht sein und am nächsten stämmig, klein, gelb, rot, braunäugig, ektomorph, schnurrbärtig und gebeugt sein und am nächsten stämmig, klein, gelb, rot, braunäugig, ektomorph, schnurrbärtig und lehnend sein und am nächsten stämmig, klein, gelb, rot, braunäugig, mesomorph, glattrasiert und aufrecht sein und am nächsten stämmig, klein, gelb, rot, braunäugig, mesomorph, glattrasiert und gebeugt sein und am nächsten stämmig, klein, gelb, rot, braunäugig, mesomorph, glattrasiert und lehnend sein und am nächsten stämmig, klein, gelb, rot, braunäugig, mesomorph, vollbärtig und aufrecht sein und am nächsten stämmig, klein, gelb, rot, braunäugig, mesomorph, vollbärtig und gebeugt sein und am nächsten stämmig, klein, gelb, rot, braunäugig, mesomorph, vollbärtig und lehnend sein und am nächsten stämmig, klein, gelb, rot, braunäugig, mesomorph, schnurrbärtig und aufrecht sein und am nächsten stämmig, klein, gelb, rot, braunäugig, mesomorph, schnurrbärtig und gebeugt sein und am nächsten stämmig, klein, gelb, rot, braunäugig, mesomorph, schnurrbärtig und lehnend sein und am nächsten stämmig, klein, gelb, rot, braunäugig, endomorph, glattrasiert und aufrecht sein und am nächsten stämmig, klein, gelb, rot, braunäugig, endomorph, glattrasiert und gebeugt sein und am nächsten stämmig, klein, gelb, rot, braunäugig, endomorph, glattrasiert und lehnend sein und am nächsten stämmig, klein, gelb, rot, braunäugig, endomorph, vollbärtig und aufrecht sein und am nächsten stämmig, klein, gelb, rot, braunäugig, endomorph, vollbärtig und gebeugt sein und am nächsten stämmig, klein, gelb, rot, braunäugig, endomorph, vollbärtig und lehnend sein und am nächsten stämmig, klein, gelb, rot, braunäugig, endomorph, schnurrbärtig und aufrecht sein und am nächsten stämmig, klein, gelb, rot, braunäugig, endomorph, schnurrbärtig und gebeugt sein und am nächsten stämmig, klein, gelb, rot, braunäugig, endomorph, schnurrbärtig und lehnend sein und am nächsten stämmig, klein, gelb, rot, blauäugig, ektomorph, glattrasiert und aufrecht sein und am nächsten stämmig, klein, gelb, rot, blauäugig, ektomorph, glattrasiert und gebeugt sein und am nächsten stämmig, klein, gelb, rot, blauäugig, ektomorph, glattrasiert und lehnend sein und am nächsten stämmig, klein, gelb, rot, blauäugig, ektomorph, vollbärtig und aufrecht sein und am nächsten stämmig, klein, gelb, rot, blauäugig, ektomorph, vollbärtig und gebeugt sein und am nächsten stämmig, klein, gelb, rot, blauäugig, ektomorph, vollbärtig und lehnend sein und am nächsten stämmig, klein, gelb, rot, blauäugig, ektomorph, schnurrbärtig und aufrecht sein und am nächsten stämmig, klein, gelb, rot, blauäugig, ektomorph, schnurrbärtig und gebeugt sein und am nächsten stämmig, klein, gelb, rot, blauäugig, ektomorph, schnurrbärtig und lehnend sein und am nächsten stämmig, klein, gelb, rot, blauäugig, mesomorph, glattrasiert und aufrecht sein und am nächsten stämmig, klein, gelb, rot, blauäugig, mesomorph, glattrasiert und gebeugt sein und am nächsten stämmig, klein, gelb, rot, blauäugig, mesomorph, glattrasiert und lehnend sein und am nächsten stämmig, klein, gelb, rot, blauäugig, mesomorph, vollbärtig und aufrecht sein und am nächsten stämmig, klein, gelb, rot, blauäugig, mesomorph, vollbärtig und gebeugt sein und am nächsten stämmig, klein, gelb, rot, blauäugig, mesomorph, vollbärtig und lehnend sein und am nächsten stämmig, klein, gelb, rot, blauäugig, mesomorph, schnurrbärtig und aufrecht sein und am nächsten stämmig, klein, gelb, rot, blauäugig, mesomorph, schnurrbärtig und gebeugt sein und am nächsten stämmig, klein, gelb, rot, blauäugig, mesomorph, schnurrbärtig und lehnend sein und am nächsten stämmig, klein, gelb, rot, blauäugig, endomorph, glattrasiert und aufrecht sein und am nächsten stämmig, klein, gelb, rot, blauäugig, endomorph, glattrasiert und gebeugt sein und am nächsten stämmig, klein, gelb, rot, blauäugig, endomorph, glattrasiert und lehnend sein und am nächsten stämmig, klein, gelb, rot, blauäugig, endomorph, vollbärtig und aufrecht sein und am nächsten stämmig, klein, gelb, rot, blauäugig, endomorph, vollbärtig und gebeugt sein und am nächsten stämmig, klein, gelb, rot, blauäugig, endomorph, vollbärtig und lehnend sein und am nächsten stämmig, klein, gelb, rot, blauäugig, endomorph, schnurrbärtig und aufrecht sein und am nächsten stämmig, klein, gelb, rot, blauäugig, endomorph, schnurrbärtig und gebeugt sein und am nächsten stämmig, klein, gelb, rot, blauäugig, endomorph, schnurrbärtig und lehnend sein und am nächsten stämmig, klein, gelb, rot, grünäugig, ektomorph, glattrasiert und aufrecht sein und am nächsten stämmig, klein, gelb, rot, grünäugig, ektomorph, glattrasiert und gebeugt sein und am nächsten stämmig, klein, gelb, rot, grünäugig, ektomorph, glattrasiert und lehnend sein und am nächsten stämmig, klein, gelb, rot, grünäugig, ektomorph, vollbärtig und aufrecht sein und am nächsten stämmig, klein, gelb, rot, grünäugig, ektomorph, vollbärtig und gebeugt sein und am nächsten stämmig, klein, gelb, rot, grünäugig, ektomorph, vollbärtig und lehnend sein und am nächsten stämmig, klein, gelb, rot, grünäugig, ektomorph, schnurrbärtig und aufrecht sein und am nächsten stämmig, klein, gelb, rot, grünäugig, ektomorph, schnurrbärtig und gebeugt sein und am nächsten stämmig, klein, gelb, rot, grünäugig, ektomorph, schnurrbärtig und lehnend sein und am nächsten stämmig, klein, gelb, rot, grünäugig, mesomorph, glattrasiert und aufrecht sein und am nächsten stämmig, klein, gelb, rot, grünäugig, mesomorph, glattrasiert und gebeugt sein und am nächsten stämmig, klein, gelb, rot, grünäugig, mesomorph, glattrasiert und lehnend sein und am nächsten stämmig, klein, gelb, rot, grünäugig, mesomorph, vollbärtig und aufrecht sein und am nächsten stämmig, klein, gelb, rot, grünäugig, mesomorph, vollbärtig und gebeugt sein und am nächsten stämmig, klein, gelb, rot, grünäugig, mesomorph, vollbärtig und lehnend sein und am nächsten stämmig, klein, gelb, rot, grünäugig, mesomorph, schnurrbärtig und aufrecht sein und am nächsten stämmig, klein, gelb, rot, grünäugig, mesomorph, schnurrbärtig und gebeugt sein und am nächsten stämmig, klein, gelb, rot, grünäugig, mesomorph, schnurrbärtig und lehnend sein und am nächsten stämmig, klein, gelb, rot, grünäugig, endomorph, glattrasiert und aufrecht sein und am nächsten stämmig, klein, gelb, rot, grünäugig, endomorph, glattrasiert und gebeugt sein und am nächsten stämmig, klein, gelb, rot, grünäugig, endomorph, glattrasiert und lehnend sein und am nächsten stämmig, klein, gelb, rot, grünäugig, endomorph, vollbärtig und aufrecht sein und am nächsten stämmig, klein, gelb, rot, grünäugig, endomorph, vollbärtig und gebeugt sein und am nächsten stämmig, klein, gelb, rot, grünäugig, endomorph, vollbärtig und lehnend sein und am nächsten stämmig, klein, gelb, rot, grünäugig, endomorph, schnurrbärtig und aufrecht sein und am nächsten stämmig, klein, gelb, rot, grünäugig, endomorph, schnurrbärtig und gebeugt sein und am nächsten stämmig, klein, gelb, rot, grünäugig, endomorph, schnurrbärtig und lehnend sein und am nächsten stämmig, klein, gelb, blond, braunäugig, ektomorph, glattrasiert und aufrecht sein und am nächsten stämmig, klein, gelb, blond, braunäugig, ektomorph, glattrasiert und gebeugt sein und am nächsten stämmig, klein, gelb, blond, braunäugig, ektomorph, glattrasiert und lehnend sein und am nächsten stämmig, klein, gelb, blond, braunäugig, ektomorph, vollbärtig und aufrecht sein und am nächsten stämmig, klein, gelb, blond, braunäugig, ektomorph, vollbärtig und gebeugt sein und am nächsten stämmig, klein, gelb, blond, braunäugig, ektomorph, vollbärtig und lehnend sein und am nächsten stämmig, klein, gelb, blond, braunäugig, ektomorph, schnurrbärtig und aufrecht sein und am nächsten stämmig, klein, gelb, blond, braunäugig, ektomorph, schnurrbärtig und gebeugt sein und am nächsten stämmig, klein, gelb, blond, braunäugig, ektomorph, schnurrbärtig und lehnend sein und am nächsten stämmig, klein, gelb, blond, braunäugig, mesomorph, glattrasiert und aufrecht sein und am nächsten stämmig, klein, gelb, blond, braunäugig, mesomorph, glattrasiert und gebeugt sein und am nächsten stämmig, klein, gelb, blond, braunäugig, mesomorph, glattrasiert und lehnend sein und am nächsten stämmig, klein, gelb, blond, braunäugig, mesomorph, vollbärtig und aufrecht sein und am nächsten stämmig, klein, gelb, blond, braunäugig, mesomorph, vollbärtig und gebeugt sein und am nächsten stämmig, klein, gelb, blond, braunäugig, mesomorph, vollbärtig und lehnend sein und am nächsten stämmig, klein, gelb, blond, braunäugig, mesomorph, schnurrbärtig und aufrecht sein und am nächsten stämmig, klein, gelb, blond, braunäugig, mesomorph, schnurrbärtig und gebeugt sein und am nächsten stämmig, klein, gelb, blond, braunäugig, mesomorph, schnurrbärtig und lehnend sein und am nächsten stämmig, klein, gelb, blond, braunäugig, endomorph, glattrasiert und aufrecht sein und am nächsten stämmig, klein, gelb, blond, braunäugig, endomorph, glattrasiert und gebeugt sein und am nächsten stämmig, klein, gelb, blond, braunäugig, endomorph, glattrasiert und lehnend sein und am nächsten stämmig, klein, gelb, blond, braunäugig, endomorph, vollbärtig und aufrecht sein und am nächsten stämmig, klein, gelb, blond, braunäugig, endomorph, vollbärtig und gebeugt sein und am nächsten stämmig, klein, gelb, blond, braunäugig, endomorph, vollbärtig und lehnend sein und am nächsten stämmig, klein, gelb, blond, braunäugig, endomorph, schnurrbärtig und aufrecht sein und am nächsten stämmig, klein, gelb, blond, braunäugig, endomorph, schnurrbärtig und gebeugt sein

und am nächsten stämmig, klein, gelb, blond, braunäugig, endomorph, schnurrbärtig und lehnend sein und am nächsten stämmig, klein, gelb, blond, blauäugig, ektomorph, glattrasiert und
aufrecht sein und am nächsten stämmig, klein, gelb, blond,
blauäugig, ektomorph, glattrasiert und gebeugt sein und am
nächsten stämmig, klein, gelb, blond, blauäugig, ektomorph,
glattrasiert und lehnend sein und am nächsten stämmig, klein,
gelb, blond, blauäugig, ektomorph, vollbärtig und aufrecht sein
und am nächsten stämmig, klein, gelb, blond, blauäugig, ektomorph, vollbärtig und gebeugt sein und am nächsten stämmig,
klein, gelb, blond, blauäugig, ektomorph, vollbärtig und lehnend
sein und am nächsten stämmig, klein, gelb, blond, blauäugig,
ektomorph, schnurrbärtig und aufrecht sein und am nächsten
stämmig, klein, gelb, blond, blauäugig, ektomorph, schnurrbärtig und gebeugt sein und am nächsten stämmig, klein, gelb,
blond, blauäugig, ektomorph, schnurrbärtig und lehnend sein
und am nächsten stämmig, klein, gelb, blond, blauäugig, mesomorph, glattrasiert und aufrecht sein und am nächsten stämmig,
klein, gelb, blond, blauäugig, mesomorph, glattrasiert und gebeugt sein und am nächsten stämmig, klein, gelb, blond, blauäugig, mesomorph, glattrasiert und lehnend sein und am nächsten stämmig, klein, gelb, blond, blauäugig, mesomorph, vollbärtig
und aufrecht sein und am nächsten stämmig, klein, gelb, blond,
blauäugig, mesomorph, vollbärtig und gebeugt sein und am
nächsten stämmig, klein, gelb, blond, blauäugig, mesomorph,
vollbärtig und lehnend sein und am nächsten stämmig, klein,
gelb, blond, blauäugig, mesomorph, schnurrbärtig und aufrecht
sein und am nächsten stämmig, klein, gelb, blond, blauäugig,
mesomorph, schnurrbärtig und gebeugt sein und am nächsten
stämmig, klein, gelb, blond, blauäugig, mesomorph, schnurrbärtig und lehnend sein und am nächsten stämmig, klein, gelb,
blond, blauäugig, endomorph, glattrasiert und aufrecht sein und

am nächsten stämmig, klein, gelb, blond, blauäugig, endomorph, glattrasiert und gebeugt sein und am nächsten stämmig, klein, gelb, blond, blauäugig, endomorph, glattrasiert und lehnend sein und am nächsten stämmig, klein, gelb, blond, blauäugig, endomorph, vollbärtig und aufrecht sein und am nächsten stämmig, klein, gelb, blond, blauäugig, endomorph, vollbärtig und gebeugt sein und am nächsten stämmig, klein, gelb, blond, blauäugig, endomorph, vollbärtig und lehnend sein und am nächsten stämmig, klein, gelb, blond, blauäugig, endomorph, schnurrbärtig und aufrecht sein und am nächsten stämmig, klein, gelb, blond, blauäugig, endomorph, schnurrbärtig und gebeugt sein und am nächsten stämmig, klein, gelb, blond, blauäugig, endomorph, schnurrbärtig und lehnend sein und am nächsten stämmig, klein, gelb, blond, grünäugig, ektomorph, glattrasiert und aufrecht sein und am nächsten stämmig, klein, gelb, blond, grünäugig, ektomorph, glattrasiert und gebeugt sein und am nächsten stämmig, klein, gelb, blond, grünäugig, ektomorph, glattrasiert und lehnend sein und am nächsten stämmig, klein, gelb, blond, grünäugig, ektomorph, vollbärtig und aufrecht sein und am nächsten stämmig, klein, gelb, blond, grünäugig, ektomorph, vollbärtig und gebeugt sein und am nächsten stämmig, klein, gelb, blond, grünäugig, ektomorph, vollbärtig und lehnend sein und am nächsten stämmig, klein, gelb, blond, grünäugig, ektomorph, schnurrbärtig und aufrecht sein und am nächsten stämmig, klein, gelb, blond, grünäugig, ektomorph, schnurrbärtig und gebeugt sein und am nächsten stämmig, klein, gelb, blond, grünäugig, ektomorph, schnurrbärtig und lehnend sein und am nächsten stämmig, klein, gelb, blond, grünäugig, mesomorph, glattrasiert und aufrecht sein und am nächsten stämmig, klein, gelb, blond, grünäugig, mesomorph, glattrasiert und gebeugt sein und am nächsten stämmig, klein, gelb, blond, grünäugig, mesomorph, glattrasiert und lehnend sein und am nächsten stämmig, klein, gelb, blond, grünäugig, mesomorph, vollbärtig und aufrecht sein und am nächsten stämmig, klein, gelb, blond, grünäugig, mesomorph, vollbärtig und gebeugt sein und am nächsten stämmig, klein, gelb, blond, grünäugig, mesomorph, vollbärtig und lehnend sein und am nächsten stämmig, klein, gelb, blond, grünäugig, mesomorph, schnurrbärtig und aufrecht sein und am nächsten stämmig, klein, gelb, blond, grünäugig, mesomorph, schnurrbärtig und gebeugt sein und am nächsten stämmig, klein, gelb, blond, grünäugig, mesomorph, schnurrbärtig und lehnend sein und am nächsten stämmig, klein, gelb, blond, grünäugig, endomorph, glattrasiert und aufrecht sein und am nächsten stämmig, klein, gelb, blond, grünäugig, endomorph, glattrasiert und gebeugt sein und am nächsten stämmig, klein, gelb, blond, grünäugig, endomorph, glattrasiert und lehnend sein und am nächsten stämmig, klein, gelb, blond, grünäugig, endomorph, vollbärtig und aufrecht sein und am nächsten stämmig, klein, gelb, blond, grünäugig, endomorph, vollbärtig und gebeugt sein und am nächsten stämmig, klein, gelb, blond, grünäugig, endomorph, vollbärtig und lehnend sein und am nächsten stämmig, klein, gelb, blond, grünäugig, endomorph, schnurrbärtig und aufrecht sein und am nächsten stämmig, klein, gelb, blond, grünäugig, endomorph, schnurrbärtig und gebeugt sein und am nächsten stämmig, klein, gelb, blond, grünäugig, endomorph, schnurrbärtig und lehnend sein und am nächsten stämmig, klein, rosig, schwarz, braunäugig, ektomorph, glattrasiert und aufrecht sein und am nächsten stämmig, klein, rosig, schwarz, braunäugig, ektomorph, glattrasiert und gebeugt sein und am nächsten stämmig, klein, rosig, schwarz, braunäugig, ektomorph, glattrasiert und lehnend sein und am nächsten stämmig, klein, rosig, schwarz, braunäugig, ektomorph, vollbärtig und aufrecht sein und am nächsten stämmig, klein, rosig, schwarz, braunäugig, ektomorph, vollbärtig und gebeugt sein und am nächsten stämmig, klein, rosig, schwarz, braunäugig, ektomorph, vollbärtig und lehnend sein und am nächsten stämmig, klein, rosig, schwarz, braunäugig, ektomorph, schnurrbärtig und aufrecht sein und am nächsten stämmig, klein, rosig, schwarz, braunäugig, ektomorph, schnurrbärtig und gebeugt sein und am nächsten stämmig, klein, rosig, schwarz, braunäugig, ektomorph, schnurrbärtig und lehnend sein und am nächsten stämmig, klein, rosig, schwarz, braunäugig, mesomorph, glattrasiert und aufrecht sein und am nächsten stämmig, klein, rosig, schwarz, braunäugig, mesomorph, glattrasiert und gebeugt sein und am nächsten stämmig, klein, rosig, schwarz, braunäugig, mesomorph, glattrasiert und lehnend sein und am nächsten stämmig, klein, rosig, schwarz, braunäugig, mesomorph, vollbärtig und aufrecht sein und am nächsten stämmig, klein, rosig, schwarz, braunäugig, mesomorph, vollbärtig und gebeugt sein und am nächsten stämmig, klein, rosig, schwarz, braunäugig, mesomorph, vollbärtig und lehnend sein und am nächsten stämmig, klein, rosig, schwarz, braunäugig, mesomorph, schnurrbärtig und aufrecht sein und am nächsten stämmig, klein, rosig, schwarz, braunäugig, mesomorph, schnurrbärtig und gebeugt sein und am nächsten stämmig, klein, rosig, schwarz, braunäugig, mesomorph, schnurrbärtig und lehnend sein und am nächsten stämmig, klein, rosig, schwarz, braunäugig, endomorph, glattrasiert und aufrecht sein und am nächsten stämmig, klein, rosig, schwarz, braunäugig, endomorph, glattrasiert und gebeugt sein und am nächsten stämmig, klein, rosig, schwarz, braunäugig, endomorph, glattrasiert und lehnend sein und am nächsten stämmig, klein, rosig, schwarz, braunäugig, endomorph, vollbärtig und aufrecht sein und am nächsten stämmig, klein, rosig, schwarz, braunäugig, endomorph, vollbärtig und gebeugt sein und am nächsten stämmig, klein, rosig, schwarz, braunäugig, endomorph, vollbärtig und lehnend sein und am nächsten stämmig, klein, rosig, schwarz, braunäugig, endomorph, schnurrbärtig und aufrecht sein und am nächsten stämmig, klein, rosig, schwarz, braunäugig, endomorph, schnurrbärtig und gebeugt sein und am nächsten stämmig, klein, rosig, schwarz, braunäugig, endomorph, schnurrbärtig und lehnend sein und am nächsten stämmig, klein, rosig, schwarz, blauäugig, ektomorph, glattrasiert und aufrecht sein und am nächsten stämmig, klein, rosig, schwarz, blauäugig, ektomorph, glattrasiert und gebeugt sein und am nächsten stämmig, klein, rosig, schwarz, blauäugig, ektomorph, glattrasiert und lehnend sein und am nächsten stämmig, klein, rosig, schwarz, blauäugig, ektomorph, vollbärtig und aufrecht sein und am nächsten stämmig, klein, rosig, schwarz, blauäugig, ektomorph, vollbärtig und gebeugt sein und am nächsten stämmig, klein, rosig, schwarz, blauäugig, ektomorph, vollbärtig und lehnend sein und am nächsten stämmig, klein, rosig, schwarz, blauäugig, ektomorph, schnurrbärtig und aufrecht sein und am nächsten stämmig, klein, rosig, schwarz, blauäugig, ektomorph, schnurrbärtig und gebeugt sein und am nächsten stämmig, klein, rosig, schwarz, blauäugig, ektomorph, schnurrbärtig und lehnend sein und am nächsten stämmig, klein, rosig, schwarz, blauäugig, mesomorph, glattrasiert und aufrecht sein und am nächsten stämmig, klein, rosig, schwarz, blauäugig, mesomorph, glattrasiert und gebeugt sein und am nächsten stämmig, klein, rosig, schwarz, blauäugig, mesomorph, glattrasiert und lehnend sein und am nächsten stämmig, klein, rosig, schwarz, blauäugig, mesomorph, vollbärtig und aufrecht sein und am nächsten stämmig, klein, rosig, schwarz, blauäugig, mesomorph, vollbärtig und gebeugt sein und am nächsten stämmig, klein, rosig, schwarz, blauäugig, mesomorph, vollbärtig und lehnend sein und am nächsten stämmig, klein, rosig, schwarz, blauäugig, mesomorph, schnurrbärtig und aufrecht sein und am nächsten stämmig, klein, rosig, schwarz, blauäugig, mesomorph, schnurrbärtig und gebeugt sein und am nächsten stämmig, klein, rosig, schwarz, blauäugig, mesomorph, schnurrbärtig und lehnend sein und am nächsten stämmig, klein, rosig, schwarz, blauäugig, endomorph, glattrasiert und aufrecht sein und am nächsten stämmig, klein, rosig, schwarz, blauäugig, endomorph, glattrasiert und gebeugt sein und am nächsten stämmig, klein, rosig, schwarz, blauäugig, endomorph, glattrasiert und lehnend sein und am nächsten stämmig, klein, rosig, schwarz, blauäugig, endomorph, vollbärtig und aufrecht sein und am nächsten stämmig, klein, rosig, schwarz, blauäugig, endomorph, vollbärtig und gebeugt sein und am nächsten stämmig, klein, rosig, schwarz, blauäugig, endomorph, vollbärtig und lehnend sein und am nächsten stämmig, klein, rosig, schwarz, blauäugig, endomorph, schnurrbärtig und aufrecht sein und am nächsten stämmig, klein, rosig, schwarz, blauäugig, endomorph, schnurrbärtig und gebeugt sein und am nächsten stämmig, klein, rosig, schwarz, blauäugig, endomorph, schnurrbärtig und lehnend sein und am nächsten stämmig, klein, rosig, schwarz, grünäugig, ektomorph, glattrasiert und aufrecht sein und am nächsten stämmig, klein, rosig, schwarz, grünäugig, ektomorph, glattrasiert und gebeugt sein und am nächsten stämmig, klein, rosig, schwarz, grünäugig, ektomorph, glattrasiert und lehnend sein und am nächsten stämmig, klein, rosig, schwarz, grünäugig, ektomorph, vollbärtig und aufrecht sein und am nächsten stämmig, klein, rosig, schwarz, grünäugig, ektomorph, vollbärtig und gebeugt sein und am nächsten stämmig, klein, rosig, schwarz, grünäugig, ektomorph, vollbärtig und lehnend sein und am nächsten stämmig, klein, rosig, schwarz, grünäugig, ektomorph, schnurrbärtig und aufrecht sein und am nächsten stämmig, klein, rosig, schwarz, grünäugig, ektomorph, schnurrbärtig und gebeugt sein und am nächsten stämmig, klein, rosig, schwarz, grünäugig, ektomorph, schnurrbärtig und lehnend sein und am nächsten stämmig, klein, rosig, schwarz, grünäugig, mesomorph, glattrasiert und aufrecht sein und am nächsten stämmig, klein, rosig, schwarz, grünäugig, mesomorph, glattrasiert und gebeugt sein und am nächsten stämmig, klein, rosig, schwarz, grünäugig, mesomorph, glattrasiert und lehnend sein und am nächsten stämmig, klein, rosig, schwarz, grünäugig, mesomorph, vollbärtig und aufrecht sein und am nächsten stämmig, klein, rosig, schwarz, grünäugig, mesomorph, vollbärtig und gebeugt sein und am nächsten stämmig, klein, rosig, schwarz, grünäugig, mesomorph, vollbärtig und lehnend sein und am nächsten stämmig, klein, rosig, schwarz, grünäugig, mesomorph, schnurrbärtig und aufrecht sein und am nächsten stämmig, klein, rosig, schwarz, grünäugig, mesomorph, schnurrbärtig und gebeugt sein und am nächsten stämmig, klein, rosig, schwarz, grünäugig, mesomorph, schnurrbärtig und lehnend sein und am nächsten stämmig, klein, rosig, schwarz, grünäugig, endomorph, glattrasiert und aufrecht sein und am nächsten stämmig, klein, rosig, schwarz, grünäugig, endomorph, glattrasiert und gebeugt sein und am nächsten stämmig, klein, rosig, schwarz, grünäugig, endomorph, glattrasiert und lehnend sein und am nächsten stämmig, klein, rosig, schwarz, grünäugig, endomorph, vollbärtig und aufrecht sein und am nächsten stämmig, klein, rosig, schwarz, grünäugig, endomorph, vollbärtig und gebeugt sein und am nächsten stämmig, klein, rosig, schwarz, grünäugig, endomorph, vollbärtig und lehnend sein und am nächsten stämmig, klein, rosig, schwarz, grünäugig, endomorph, schnurrbärtig und aufrecht sein und am nächsten stämmig, klein, rosig, schwarz, grünäugig, endomorph, schnurrbärtig und gebeugt sein und am nächsten stämmig, klein, rosig, schwarz, grünäugig, endomorph, schnurrbärtig und lehnend sein und am nächsten stämmig, klein, rosig, rot, braunäugig, ektomorph, glattrasiert und aufrecht sein und am nächsten stämmig, klein,

rosig, rot, braunäugig, ektomorph, glattrasiert und gebeugt sein
und am nächsten stämmig, klein, rosig, rot, braunäugig, ektomorph, glattrasiert und lehnend sein und am nächsten stämmig,
klein, rosig, rot, braunäugig, ektomorph, vollbärtig und aufrecht
sein und am nächsten stämmig, klein, rosig, rot, braunäugig,
ektomorph, vollbärtig und gebeugt sein und am nächsten stämmig, klein, rosig, rot, braunäugig, ektomorph, vollbärtig und lehnend sein und am nächsten stämmig, klein, rosig, rot, braunäugig, ektomorph, schnurrbärtig und aufrecht sein und am
nächsten stämmig, klein, rosig, rot, braunäugig, ektomorph,
schnurrbärtig und gebeugt sein und am nächsten stämmig, klein,
rosig, rot, braunäugig, ektomorph, schnurrbärtig und lehnend
sein und am nächsten stämmig, klein, rosig, rot, braunäugig,
mesomorph, glattrasiert und aufrecht sein und am nächsten
stämmig, klein, rosig, rot, braunäugig, mesomorph, glattrasiert
und gebeugt sein und am nächsten stämmig, klein, rosig, rot,
braunäugig, mesomorph, glattrasiert und lehnend sein und am
nächsten stämmig, klein, rosig, rot, braunäugig, mesomorph,
vollbärtig und aufrecht sein und am nächsten stämmig, klein,
rosig, rot, braunäugig, mesomorph, vollbärtig und gebeugt sein
und am nächsten stämmig, klein, rosig, rot, braunäugig, mesomorph, vollbärtig und lehnend sein und am nächsten stämmig,
klein, rosig, rot, braunäugig, mesomorph, schnurrbärtig und aufrecht sein und am nächsten stämmig, klein, rosig, rot, braunäugig, mesomorph, schnurrbärtig und gebeugt sein und am
nächsten stämmig, klein, rosig, rot, braunäugig, mesomorph,
schnurrbärtig und lehnend sein und am nächsten stämmig,
klein, rosig, rot, braunäugig, endomorph, glattrasiert und aufrecht sein und am nächsten stämmig, klein, rosig, rot, braunäugig, endomorph, glattrasiert und gebeugt sein und am nächsten stämmig, klein, rosig, rot, braunäugig, endomorph, glattrasiert
und lehnend sein und am nächsten stämmig, klein, rosig, rot,

braunäugig, endomorph, vollbärtig und aufrecht sein und am
nächsten stämmig, klein, rosig, rot, braunäugig, endomorph,
vollbärtig und gebeugt sein und am nächsten stämmig, klein,
rosig, rot, braunäugig, endomorph, vollbärtig und lehnend sein
und am nächsten stämmig, klein, rosig, rot, braunäugig, endomorph, schnurrbärtig und aufrecht sein und am nächsten stämmig, klein, rosig, rot, braunäugig, endomorph, schnurrbärtig und
gebeugt sein und am nächsten stämmig, klein, rosig, rot, braunäugig, endomorph, schnurrbärtig und lehnend sein und am
nächsten stämmig, klein, rosig, rot, blauäugig, ektomorph, glattrasiert und aufrecht sein und am nächsten stämmig, klein, rosig,
rot, blauäugig, ektomorph, glattrasiert und gebeugt sein und am
nächsten stämmig, klein, rosig, rot, blauäugig, ektomorph, glattrasiert und lehnend sein und am nächsten stämmig, klein, rosig,
rot, blauäugig, ektomorph, vollbärtig und aufrecht sein und am
nächsten stämmig, klein, rosig, rot, blauäugig, ektomorph, vollbärtig und gebeugt sein und am nächsten stämmig, klein, rosig,
rot, blauäugig, ektomorph, vollbärtig und lehnend sein und am
nächsten stämmig, klein, rosig, rot, blauäugig, ektomorph,
schnurrbärtig und aufrecht sein und am nächsten stämmig,
klein, rosig, rot, blauäugig, ektomorph, schnurrbärtig und gebeugt sein und am nächsten stämmig, klein, rosig, rot, blauäugig,
ektomorph, schnurrbärtig und lehnend sein und am nächsten
stämmig, klein, rosig, rot, blauäugig, mesomorph, glattrasiert
und aufrecht sein und am nächsten stämmig, klein, rosig, rot,
blauäugig, mesomorph, glattrasiert und gebeugt sein und am
nächsten stämmig, klein, rosig, rot, blauäugig, mesomorph,
glattrasiert und lehnend sein und am nächsten stämmig, klein,
rosig, rot, blauäugig, mesomorph, vollbärtig und aufrecht sein
und am nächsten stämmig, klein, rosig, rot, blauäugig, mesomorph, vollbärtig und gebeugt sein und am nächsten stämmig,
klein, rosig, rot, blauäugig, mesomorph, vollbärtig und lehnend

sein und am nächsten stämmig, klein, rosig, rot, blauäugig, mesomorph, schnurrbärtig und aufrecht sein und am nächsten stämmig, klein, rosig, rot, blauäugig, mesomorph, schnurrbärtig und gebeugt sein und am nächsten stämmig, klein, rosig, rot, blauäugig, mesomorph, schnurrbärtig und lehnend sein und am nächsten stämmig, klein, rosig, rot, blauäugig, endomorph, glattrasiert und aufrecht sein und am nächsten stämmig, klein, rosig, rot, blauäugig, endomorph, glattrasiert und gebeugt sein und am nächsten stämmig, klein, rosig, rot, blauäugig, endomorph, glattrasiert und lehnend sein und am nächsten stämmig, klein, rosig, rot, blauäugig, endomorph, vollbärtig und aufrecht sein und am nächsten stämmig, klein, rosig, rot, blauäugig, endomorph, vollbärtig und gebeugt sein und am nächsten stämmig, klein, rosig, rot, blauäugig, endomorph, vollbärtig und lehnend sein und am nächsten stämmig, klein, rosig, rot, blauäugig, endomorph, schnurrbärtig und aufrecht sein und am nächsten stämmig, klein, rosig, rot, blauäugig, endomorph, schnurrbärtig und gebeugt sein und am nächsten stämmig, klein, rosig, rot, blauäugig, endomorph, schnurrbärtig und lehnend sein und am nächsten stämmig, klein, rosig, rot, grünäugig, ektomorph, glattrasiert und aufrecht sein und am nächsten stämmig, klein, rosig, rot, grünäugig, ektomorph, glattrasiert und gebeugt sein und am nächsten stämmig, klein, rosig, rot, grünäugig, ektomorph, glattrasiert und lehnend sein und am nächsten stämmig, klein, rosig, rot, grünäugig, ektomorph, vollbärtig und aufrecht sein und am nächsten stämmig, klein, rosig, rot, grünäugig, ektomorph, vollbärtig und gebeugt sein und am nächsten stämmig, klein, rosig, rot, grünäugig, ektomorph, vollbärtig und lehnend sein und am nächsten stämmig, klein, rosig, rot, grünäugig, ektomorph, schnurrbärtig und aufrecht sein und am nächsten stämmig, klein, rosig, rot, grünäugig, ektomorph, schnurrbärtig und gebeugt sein und am nächsten stämmig, klein, rosig, rot, grünäugig, ektomorph, schnurrbärtig und lehnend sein und am nächsten stämmig, klein, rosig, rot, grünäugig, mesomorph, glattrasiert und aufrecht sein und am nächsten stämmig, klein, rosig, rot, grünäugig, mesomorph, glattrasiert und gebeugt sein und am nächsten stämmig, klein, rosig, rot, grünäugig, mesomorph, glattrasiert und lehnend sein und am nächsten stämmig, klein, rosig, rot, grünäugig, mesomorph, vollbärtig und aufrecht sein und am nächsten stämmig, klein, rosig, rot, grünäugig, mesomorph, vollbärtig und gebeugt sein und am nächsten stämmig, klein, rosig, rot, grünäugig, mesomorph, vollbärtig und lehnend sein und am nächsten stämmig, klein, rosig, rot, grünäugig, mesomorph, schnurrbärtig und aufrecht sein und am nächsten stämmig, klein, rosig, rot, grünäugig, mesomorph, schnurrbärtig und gebeugt sein und am nächsten stämmig, klein, rosig, rot, grünäugig, mesomorph, schnurrbärtig und lehnend sein und am nächsten stämmig, klein, rosig, rot, grünäugig, endomorph, glattrasiert und aufrecht sein und am nächsten stämmig, klein, rosig, rot, grünäugig, endomorph, glattrasiert und gebeugt sein und am nächsten stämmig, klein, rosig, rot, grünäugig, endomorph, glattrasiert und lehnend sein und am nächsten stämmig, klein, rosig, rot, grünäugig, endomorph, vollbärtig und aufrecht sein und am nächsten stämmig, klein, rosig, rot, grünäugig, endomorph, vollbärtig und gebeugt sein und am nächsten stämmig, klein, rosig, rot, grünäugig, endomorph, vollbärtig und lehnend sein und am nächsten stämmig, klein, rosig, rot, grünäugig, endomorph, schnurrbärtig und aufrecht sein und am nächsten stämmig, klein, rosig, rot, grünäugig, endomorph, schnurrbärtig und gebeugt sein und am nächsten stämmig, klein, rosig, rot, grünäugig, endomorph, schnurrbärtig und lehnend sein und am nächsten stämmig, klein, rosig, blond, braunäugig, ektomorph, glattrasiert und aufrecht sein und am nächsten stämmig, klein, rosig, blond, braunäugig, ektomorph, glattrasiert und gebeugt sein und am nächsten stämmig, klein, rosig, blond, braunäugig, ektomorph, glattrasiert und lehnend sein und am nächsten stämmig, klein, rosig, blond, braunäugig, ektomorph, vollbärtig und aufrecht sein und am nächsten stämmig, klein, rosig, blond, braunäugig, ektomorph, vollbärtig und gebeugt sein und am nächsten stämmig, klein, rosig, blond, braunäugig, ektomorph, vollbärtig und lehnend sein und am nächsten stämmig, klein, rosig, blond, braunäugig, ektomorph, schnurrbärtig und aufrecht sein und am nächsten stämmig, klein, rosig, blond, braunäugig, ektomorph, schnurrbärtig und gebeugt sein und am nächsten stämmig, klein, rosig, blond, braunäugig, ektomorph, schnurrbärtig und lehnend sein und am nächsten stämmig, klein, rosig, blond, braunäugig, mesomorph, glattrasiert und aufrecht sein und am nächsten stämmig, klein, rosig, blond, braunäugig, mesomorph, glattrasiert und gebeugt sein und am nächsten stämmig, klein, rosig, blond, braunäugig, mesomorph, glattrasiert und lehnend sein und am nächsten stämmig, klein, rosig, blond, braunäugig, mesomorph, vollbärtig und aufrecht sein und am nächsten stämmig, klein, rosig, blond, braunäugig, mesomorph, vollbärtig und gebeugt sein und am nächsten stämmig, klein, rosig, blond, braunäugig, mesomorph, vollbärtig und lehnend sein und am nächsten stämmig, klein, rosig, blond, braunäugig, mesomorph, schnurrbärtig und aufrecht sein und am nächsten stämmig, klein, rosig, blond, braunäugig, mesomorph, schnurrbärtig und gebeugt sein und am nächsten stämmig, klein, rosig, blond, braunäugig, mesomorph, schnurrbärtig und lehnend sein und am nächsten stämmig, klein, rosig, blond, braunäugig, endomorph, glattrasiert und aufrecht sein und am nächsten stämmig, klein, rosig, blond, braunäugig, endomorph, glattrasiert und gebeugt sein und am nächsten stämmig, klein, rosig, blond, braunäugig, endomorph, glattrasiert und lehnend sein und am nächsten stämmig, klein, rosig, blond, braunäugig, endomorph, vollbärtig und aufrecht sein und am nächsten stämmig, klein, rosig, blond, braunäugig, endomorph, vollbärtig und gebeugt sein und am nächsten stämmig, klein, rosig, blond, braunäugig, endomorph, vollbärtig und lehnend sein und am nächsten stämmig, klein, rosig, blond, braunäugig, endomorph, schnurrbärtig und aufrecht sein und am nächsten stämmig, klein, rosig, blond, braunäugig, endomorph, schnurrbärtig und gebeugt sein und am nächsten stämmig, klein, rosig, blond, braunäugig, endomorph, schnurrbärtig und lehnend sein und am nächsten stämmig, klein, rosig, blond, blauäugig, ektomorph, glattrasiert und aufrecht sein und am nächsten stämmig, klein, rosig, blond, blauäugig, ektomorph, glattrasiert und gebeugt sein und am nächsten stämmig, klein, rosig, blond, blauäugig, ektomorph, glattrasiert und lehnend sein und am nächsten stämmig, klein, rosig, blond, blauäugig, ektomorph, vollbärtig und aufrecht sein und am nächsten stämmig, klein, rosig, blond, blauäugig, ektomorph, vollbärtig und gebeugt sein und am nächsten stämmig, klein, rosig, blond, blauäugig, ektomorph, vollbärtig und lehnend sein und am nächsten stämmig, klein, rosig, blond, blauäugig, ektomorph, schnurrbärtig und aufrecht sein und am nächsten stämmig, klein, rosig, blond, blauäugig, ektomorph, schnurrbärtig und gebeugt sein und am nächsten stämmig, klein, rosig, blond, blauäugig, ektomorph, schnurrbärtig und lehnend sein und am nächsten stämmig, klein, rosig, blond, blauäugig, mesomorph, glattrasiert und aufrecht sein und am nächsten stämmig, klein, rosig, blond, blauäugig, mesomorph, glattrasiert und gebeugt sein und am nächsten stämmig, klein, rosig, blond, blauäugig, mesomorph, glattrasiert und lehnend sein und am nächsten stämmig, klein, rosig, blond, blauäugig, mesomorph, vollbärtig und aufrecht sein und am nächsten stämmig, klein, rosig, blond, blauäugig, mesomorph, vollbärtig und gebeugt sein und am nächsten stämmig, klein, rosig, blond, blauäugig, mesomorph, vollbärtig und lehnend sein und am nächsten stämmig, klein, rosig, blond, blauäugig, mesomorph, schnurrbärtig und aufrecht sein und am nächsten stämmig, klein, rosig, blond, blauäugig, mesomorph, schnurrbärtig und gebeugt sein und am nächsten stämmig, klein, rosig, blond, blauäugig, mesomorph, schnurrbärtig und lehnend sein und am nächsten stämmig, klein, rosig, blond, blauäugig, endomorph, glattrasiert und aufrecht sein und am nächsten stämmig, klein, rosig, blond, blauäugig, endomorph, glattrasiert und gebeugt sein und am nächsten stämmig, klein, rosig, blond, blauäugig, endomorph, glattrasiert und lehnend sein und am nächsten stämmig, klein, rosig, blond, blauäugig, endomorph, vollbärtig und aufrecht sein und am nächsten stämmig, klein, rosig, blond, blauäugig, endomorph, vollbärtig und gebeugt sein und am nächsten stämmig, klein, rosig, blond, blauäugig, endomorph, vollbärtig und lehnend sein und am nächsten stämmig, klein, rosig, blond, blauäugig, endomorph, schnurrbärtig und aufrecht sein und am nächsten stämmig, klein, rosig, blond, blauäugig, endomorph, schnurrbärtig und gebeugt sein und am nächsten stämmig, klein, rosig, blond, blauäugig, endomorph, schnurrbärtig und lehnend sein und am nächsten stämmig, klein, rosig, blond, grünäugig, ektomorph, glattrasiert und aufrecht sein und am nächsten stämmig, klein, rosig, blond, grünäugig, ektomorph, glattrasiert und gebeugt sein und am nächsten stämmig, klein, rosig, blond, grünäugig, ektomorph, glattrasiert und lehnend sein und am nächsten stämmig, klein, rosig, blond, grünäugig, ektomorph, vollbärtig und aufrecht sein und am nächsten stämmig, klein, rosig, blond, grünäugig, ektomorph, vollbärtig und gebeugt sein und am nächsten stämmig, klein, rosig, blond, grünäugig, ektomorph, vollbärtig und lehnend sein und am nächsten stämmig, klein, rosig, blond, grünäugig, ektomorph, schnurrbärtig und aufrecht sein und am nächsten stämmig,

klein, rosig, blond, grünäugig, ektomorph, schnurrbärtig und gebeugt sein und am nächsten stämmig, klein, rosig, blond, grünäugig, ektomorph, schnurrbärtig und lehnend sein und am
nächsten stämmig, klein, rosig, blond, grünäugig, mesomorph,
glattrasiert und aufrecht sein und am nächsten stämmig, klein,
rosig, blond, grünäugig, mesomorph, glattrasiert und gebeugt
sein und am nächsten stämmig, klein, rosig, blond, grünäugig,
mesomorph, glattrasiert und lehnend sein und am nächsten
stämmig, klein, rosig, blond, grünäugig, mesomorph, vollbärtig
und aufrecht sein und am nächsten stämmig, klein, rosig, blond,
grünäugig, mesomorph, vollbärtig und gebeugt sein und am
nächsten stämmig, klein, rosig, blond, grünäugig, mesomorph,
vollbärtig und lehnend sein und am nächsten stämmig, klein,
rosig, blond, grünäugig, mesomorph, schnurrbärtig und aufrecht
sein und am nächsten stämmig, klein, rosig, blond, grünäugig,
mesomorph, schnurrbärtig und gebeugt sein und am nächsten
stämmig, klein, rosig, blond, grünäugig, mesomorph, schnurrbärtig und lehnend sein und am nächsten stämmig, klein, rosig,
blond, grünäugig, endomorph, glattrasiert und aufrecht sein und
am nächsten stämmig, klein, rosig, blond, grünäugig, endomorph, glattrasiert und gebeugt sein und am nächsten stämmig,
klein, rosig, blond, grünäugig, endomorph, glattrasiert und lehnend sein und am nächsten stämmig, klein, rosig, blond, grünäugig, endomorph, vollbärtig und aufrecht sein und am nächsten stämmig, klein, rosig, blond, grünäugig, endomorph,
vollbärtig und gebeugt sein und am nächsten stämmig, klein,
rosig, blond, grünäugig, endomorph, vollbärtig und lehnend sein
und am nächsten stämmig, klein, rosig, blond, grünäugig, endomorph, schnurrbärtig und aufrecht sein und am nächsten stämmig, klein, rosig, blond, grünäugig, endomorph, schnurrbärtig
und gebeugt sein und am nächsten stämmig, klein, rosig, blond,
grünäugig, endomorph, schnurrbärtig und lehnend sein und am

nächsten stämmig, mittelgroß, blaß, schwarz, braunäugig, ektomorph, glattrasiert und aufrecht sein und am nächsten stämmig, mittelgroß, blaß, schwarz, braunäugig, ektomorph, glattrasiert und gebeugt sein und am nächsten stämmig, mittelgroß, blaß, schwarz, braunäugig, ektomorph, glattrasiert und lehnend sein und am nächsten stämmig, mittelgroß, blaß, schwarz, braunäugig, ektomorph, vollbärtig und aufrecht sein und am nächsten stämmig, mittelgroß, blaß, schwarz, braunäugig, ektomorph, vollbärtig und gebeugt sein und am nächsten stämmig, mittelgroß, blaß, schwarz, braunäugig, ektomorph, vollbärtig und lehnend sein und am nächsten stämmig, mittelgroß, blaß, schwarz, braunäugig, ektomorph, schnurrbärtig und aufrecht sein und am nächsten stämmig, mittelgroß, blaß, schwarz, braunäugig, ektomorph, schnurrbärtig und gebeugt sein und am nächsten stämmig, mittelgroß, blaß, schwarz, braunäugig, ektomorph, schnurrbärtig und lehnend sein und am nächsten stämmig, mittelgroß, blaß, schwarz, braunäugig, mesomorph, glattrasiert und aufrecht sein und am nächsten stämmig, mittelgroß, blaß, schwarz, braunäugig, mesomorph, glattrasiert und gebeugt sein und am nächsten stämmig, mittelgroß, blaß, schwarz, braunäugig, mesomorph, glattrasiert und lehnend sein und am nächsten stämmig, mittelgroß, blaß, schwarz, braunäugig, mesomorph, vollbärtig und aufrecht sein und am nächsten stämmig, mittelgroß, blaß, schwarz, braunäugig, mesomorph, vollbärtig und gebeugt sein und am nächsten stämmig, mittelgroß, blaß, schwarz, braunäugig, mesomorph, vollbärtig und lehnend sein und am nächsten stämmig, mittelgroß, blaß, schwarz, braunäugig, mesomorph, schnurrbärtig und aufrecht sein und am nächsten stämmig, mittelgroß, blaß, schwarz, braunäugig, mesomorph, schnurrbärtig und gebeugt sein und am nächsten stämmig, mittelgroß, blaß, schwarz, braunäugig, mesomorph, schnurrbärtig und lehnend sein und am nächsten stämmig, mittelgroß, blaß, schwarz,

braunäugig, endomorph, glattrasiert und aufrecht sein und am
nächsten stämmig, mittelgroß, blaß, schwarz, braunäugig, endomorph, glattrasiert und gebeugt sein und am nächsten stämmig,
mittelgroß, blaß, schwarz, braunäugig, endomorph, glattrasiert
und lehnend sein und am nächsten stämmig, mittelgroß, blaß,
schwarz, braunäugig, endomorph, vollbärtig und aufrecht sein
und am nächsten stämmig, mittelgroß, blaß, schwarz, braunäugig, endomorph, vollbärtig und gebeugt sein und am nächsten
stämmig, mittelgroß, blaß, schwarz, braunäugig, endomorph,
vollbärtig und lehnend sein und am nächsten stämmig, mittelgroß, blaß, schwarz, braunäugig, endomorph, schnurrbärtig und
aufrecht sein und am nächsten stämmig, mittelgroß, blaß,
schwarz, braunäugig, endomorph, schnurrbärtig und gebeugt
sein und am nächsten stämmig, mittelgroß, blaß, schwarz,
braunäugig, endomorph, schnurrbärtig und lehnend sein und
am nächsten stämmig, mittelgroß, blaß, schwarz, blauäugig,
ektomorph, glattrasiert und aufrecht sein und am nächsten
stämmig, mittelgroß, blaß, schwarz, blauäugig, ektomorph,
glattrasiert und gebeugt sein und am nächsten stämmig, mittelgroß, blaß, schwarz, blauäugig, ektomorph, glattrasiert und lehnend sein und am nächsten stämmig, mittelgroß, blaß, schwarz,
blauäugig, ektomorph, vollbärtig und aufrecht sein und am
nächsten stämmig, mittelgroß, blaß, schwarz, blauäugig, ektomorph, vollbärtig und gebeugt sein und am nächsten stämmig,
mittelgroß, blaß, schwarz, blauäugig, ektomorph, vollbärtig und
lehnend sein und am nächsten stämmig, mittelgroß, blaß,
schwarz, blauäugig, ektomorph, schnurrbärtig und aufrecht sein
und am nächsten stämmig, mittelgroß, blaß, schwarz, blauäugig,
ektomorph, schnurrbärtig und gebeugt sein und am nächsten
stämmig, mittelgroß, blaß, schwarz, blauäugig, ektomorph,
schnurrbärtig und lehnend sein und am nächsten stämmig, mittelgroß, blaß, schwarz, blauäugig, mesomorph, glattrasiert und

aufrecht sein und am nächsten stämmig, mittelgroß, blaß, schwarz, blauäugig, mesomorph, glattrasiert und gebeugt sein und am nächsten stämmig, mittelgroß, blaß, schwarz, blauäugig, mesomorph, glattrasiert und lehnend sein und am nächsten stämmig, mittelgroß, blaß, schwarz, blauäugig, mesomorph, vollbärtig und aufrecht sein und am nächsten stämmig, mittelgroß, blaß, schwarz, blauäugig, mesomorph, vollbärtig und gebeugt sein und am nächsten stämmig, mittelgroß, blaß, schwarz, blauäugig, mesomorph, vollbärtig und lehnend sein und am nächsten stämmig, mittelgroß, blaß, schwarz, blauäugig, mesomorph, schnurrbärtig und aufrecht sein und am nächsten stämmig, mittelgroß, blaß, schwarz, blauäugig, mesomorph, schnurrbärtig und gebeugt sein und am nächsten stämmig, mittelgroß, blaß, schwarz, blauäugig, mesomorph, schnurrbärtig und lehnend sein und am nächsten stämmig, mittelgroß, blaß, schwarz, blauäugig, endomorph, glattrasiert und aufrecht sein und am nächsten stämmig, mittelgroß, blaß, schwarz, blauäugig, endomorph, glattrasiert und gebeugt sein und am nächsten stämmig, mittelgroß, blaß, schwarz, blauäugig, endomorph, glattrasiert und lehnend sein und am nächsten stämmig, mittelgroß, blaß, schwarz, blauäugig, endomorph, vollbärtig und aufrecht sein und am nächsten stämmig, mittelgroß, blaß, schwarz, blauäugig, endomorph, vollbärtig und gebeugt sein und am nächsten stämmig, mittelgroß, blaß, schwarz, blauäugig, endomorph, vollbärtig und lehnend sein und am nächsten stämmig, mittelgroß, blaß, schwarz, blauäugig, endomorph, schnurrbärtig und aufrecht sein und am nächsten stämmig, mittelgroß, blaß, schwarz, blauäugig, endomorph, schnurrbärtig und gebeugt sein und am nächsten stämmig, mittelgroß, blaß, schwarz, blauäugig, endomorph, schnurrbärtig und lehnend sein und am nächsten stämmig, mittelgroß, blaß, schwarz, grünäugig, ektomorph, glattrasiert und aufrecht sein und am nächsten stämmig, mittelgroß, blaß,

schwarz, grünäugig, ektomorph, glattrasiert und gebeugt sein
und am nächsten stämmig, mittelgroß, blaß, schwarz, grünäugig,
ektomorph, glattrasiert und lehnend sein und am nächsten
stämmig, mittelgroß, blaß, schwarz, grünäugig, ektomorph, vollbärtig und aufrecht sein und am nächsten stämmig, mittelgroß,
blaß, schwarz, grünäugig, ektomorph, vollbärtig und gebeugt
sein und am nächsten stämmig, mittelgroß, blaß, schwarz, grünäugig, ektomorph, vollbärtig und lehnend sein und am nächsten
stämmig, mittelgroß, blaß, schwarz, grünäugig, ektomorph,
schnurrbärtig und aufrecht sein und am nächsten stämmig, mittelgroß, blaß, schwarz, grünäugig, ektomorph, schnurrbärtig und
gebeugt sein und am nächsten stämmig, mittelgroß, blaß,
schwarz, grünäugig, ektomorph, schnurrbärtig und lehnend sein
und am nächsten stämmig, mittelgroß, blaß, schwarz, grünäugig,
mesomorph, glattrasiert und aufrecht sein und am nächsten
stämmig, mittelgroß, blaß, schwarz, grünäugig, mesomorph,
glattrasiert und gebeugt sein und am nächsten stämmig, mittelgroß, blaß, schwarz, grünäugig, mesomorph, glattrasiert und lehnend sein und am nächsten stämmig, mittelgroß, blaß, schwarz,
grünäugig, mesomorph, vollbärtig und aufrecht sein und am
nächsten stämmig, mittelgroß, blaß, schwarz, grünäugig, mesomorph, vollbärtig und gebeugt sein und am nächsten stämmig,
mittelgroß, blaß, schwarz, grünäugig, mesomorph, vollbärtig
und lehnend sein und am nächsten stämmig, mittelgroß, blaß,
schwarz, grünäugig, mesomorph, schnurrbärtig und aufrecht
sein und am nächsten stämmig, mittelgroß, blaß, schwarz, grünäugig, mesomorph, schnurrbärtig und gebeugt sein und am
nächsten stämmig, mittelgroß, blaß, schwarz, grünäugig, mesomorph, schnurrbärtig und lehnend sein und am nächsten stämmig, mittelgroß, blaß, schwarz, grünäugig, endomorph, glattrasiert und aufrecht sein und am nächsten stämmig, mittelgroß,
blaß, schwarz, grünäugig, endomorph, glattrasiert und gebeugt

sein und am nächsten stämmig, mittelgroß, blaß, schwarz, grünäugig, endomorph, glattrasiert und lehnend sein und am nächsten stämmig, mittelgroß, blaß, schwarz, grünäugig, endomorph, vollbärtig und aufrecht sein und am nächsten stämmig, mittelgroß, blaß, schwarz, grünäugig, endomorph, vollbärtig und gebeugt sein und am nächsten stämmig, mittelgroß, blaß, schwarz, grünäugig, endomorph, vollbärtig und lehnend sein und am nächsten stämmig, mittelgroß, blaß, schwarz, grünäugig, endomorph, schnurrbärtig und aufrecht sein und am nächsten stämmig, mittelgroß, blaß, schwarz, grünäugig, endomorph, schnurrbärtig und gebeugt sein und am nächsten stämmig, mittelgroß, blaß, schwarz, grünäugig, endomorph, schnurrbärtig und lehnend sein und am nächsten stämmig, mittelgroß, blaß, rot, braunäugig, ektomorph, glattrasiert und aufrecht sein und am nächsten stämmig, mittelgroß, blaß, rot, braunäugig, ektomorph, glattrasiert und gebeugt sein und am nächsten stämmig, mittelgroß, blaß, rot, braunäugig, ektomorph, glattrasiert und lehnend sein und am nächsten stämmig, mittelgroß, blaß, rot, braunäugig, ektomorph, vollbärtig und aufrecht sein und am nächsten stämmig, mittelgroß, blaß, rot, braunäugig, ektomorph, vollbärtig und gebeugt sein und am nächsten stämmig, mittelgroß, blaß, rot, braunäugig, ektomorph, vollbärtig und lehnend sein und am nächsten stämmig, mittelgroß, blaß, rot, braunäugig, ektomorph, schnurrbärtig und aufrecht sein und am nächsten stämmig, mittelgroß, blaß, rot, braunäugig, ektomorph, schnurrbärtig und gebeugt sein und am nächsten stämmig, mittelgroß, blaß, rot, braunäugig, ektomorph, schnurrbärtig und lehnend sein und am nächsten stämmig, mittelgroß, blaß, rot, braunäugig, mesomorph, glattrasiert und aufrecht sein und am nächsten stämmig, mittelgroß, blaß, rot, braunäugig, mesomorph, glattrasiert und gebeugt sein und am nächsten stämmig, mittelgroß, blaß, rot, braunäugig, mesomorph, glattrasiert und

lehnend sein und am nächsten stämmig, mittelgroß, blaß, rot,
braunäugig, mesomorph, vollbärtig und aufrecht sein und am
nächsten stämmig, mittelgroß, blaß, rot, braunäugig, mesomorph, vollbärtig und gebeugt sein und am nächsten stämmig,
mittelgroß, blaß, rot, braunäugig, mesomorph, vollbärtig und
lehnend sein und am nächsten stämmig, mittelgroß, blaß, rot,
braunäugig, mesomorph, schnurrbärtig und aufrecht sein und
am nächsten stämmig, mittelgroß, blaß, rot, braunäugig, mesomorph, schnurrbärtig und gebeugt sein und am nächsten stämmig, mittelgroß, blaß, rot, braunäugig, mesomorph, schnurrbärtig und lehnend sein und am nächsten stämmig, mittelgroß,
blaß, rot, braunäugig, endomorph, glattrasiert und aufrecht sein
und am nächsten stämmig, mittelgroß, blaß, rot, braunäugig,
endomorph, glattrasiert und gebeugt sein und am nächsten
stämmig, mittelgroß, blaß, rot, braunäugig, endomorph, glattrasiert und lehnend sein und am nächsten stämmig, mittelgroß,
blaß, rot, braunäugig, endomorph, vollbärtig und aufrecht sein
und am nächsten stämmig, mittelgroß, blaß, rot, braunäugig,
endomorph, vollbärtig und gebeugt sein und am nächsten stämmig, mittelgroß, blaß, rot, braunäugig, endomorph, vollbärtig
und lehnend sein und am nächsten stämmig, mittelgroß, blaß,
rot, braunäugig, endomorph, schnurrbärtig und aufrecht sein
und am nächsten stämmig, mittelgroß, blaß, rot, braunäugig,
endomorph, schnurrbärtig und gebeugt sein und am nächsten
stämmig, mittelgroß, blaß, rot, braunäugig, endomorph, schnurrbärtig und lehnend sein und am nächsten stämmig, mittelgroß,
blaß, rot, blauäugig, ektomorph, glattrasiert und aufrecht sein
und am nächsten stämmig, mittelgroß, blaß, rot, blauäugig,
ektomorph, glattrasiert und gebeugt sein und am nächsten
stämmig, mittelgroß, blaß, rot, blauäugig, ektomorph, glattrasiert und lehnend sein und am nächsten stämmig, mittelgroß,
blaß, rot, blauäugig, ektomorph, vollbärtig und aufrecht sein

und am nächsten stämmig, mittelgroß, blaß, rot, blauäugig, ektomorph, vollbärtig und gebeugt sein und am nächsten stämmig, mittelgroß, blaß, rot, blauäugig, ektomorph, vollbärtig und lehnend sein und am nächsten stämmig, mittelgroß, blaß, rot, blauäugig, ektomorph, schnurrbärtig und aufrecht sein und am nächsten stämmig, mittelgroß, blaß, rot, blauäugig, ektomorph, schnurrbärtig und gebeugt sein und am nächsten stämmig, mittelgroß, blaß, rot, blauäugig, ektomorph, schnurrbärtig und lehnend sein und am nächsten stämmig, mittelgroß, blaß, rot, blauäugig, mesomorph, glattrasiert und aufrecht sein und am nächsten stämmig, mittelgroß, blaß, rot, blauäugig, mesomorph, glattrasiert und gebeugt sein und am nächsten stämmig, mittelgroß, blaß, rot, blauäugig, mesomorph, glattrasiert und lehnend sein und am nächsten stämmig, mittelgroß, blaß, rot, blauäugig, mesomorph, vollbärtig und aufrecht sein und am nächsten stämmig, mittelgroß, blaß, rot, blauäugig, mesomorph, vollbärtig und gebeugt sein und am nächsten stämmig, mittelgroß, blaß, rot, blauäugig, mesomorph, vollbärtig und lehnend sein und am nächsten stämmig, mittelgroß, blaß, rot, blauäugig, mesomorph, schnurrbärtig und aufrecht sein und am nächsten stämmig, mittelgroß, blaß, rot, blauäugig, mesomorph, schnurrbärtig und gebeugt sein und am nächsten stämmig, mittelgroß, blaß, rot, blauäugig, mesomorph, schnurrbärtig und lehnend sein und am nächsten stämmig, mittelgroß, blaß, rot, blauäugig, endomorph, glattrasiert und aufrecht sein und am nächsten stämmig, mittelgroß, blaß, rot, blauäugig, endomorph, glattrasiert und gebeugt sein und am nächsten stämmig, mittelgroß, blaß, rot, blauäugig, endomorph, glattrasiert und lehnend sein und am nächsten stämmig, mittelgroß, blaß, rot, blauäugig, endomorph, vollbärtig und aufrecht sein und am nächsten stämmig, mittelgroß, blaß, rot, blauäugig, endomorph, vollbärtig und gebeugt sein und am nächsten stämmig, mittelgroß, blaß, rot, blauäugig, endomorph, vollbärtig und lehnend sein und am nächsten stämmig, mittelgroß, blaß, rot, blauäugig, endomorph, schnurrbärtig und aufrecht sein und am nächsten stämmig, mittelgroß, blaß, rot, blauäugig, endomorph, schnurrbärtig und gebeugt sein und am nächsten stämmig, mittelgroß, blaß, rot, blauäugig, endomorph, schnurrbärtig und lehnend sein und am nächsten stämmig, mittelgroß, blaß, rot, grünäugig, ektomorph, glattrasiert und aufrecht sein und am nächsten stämmig, mittelgroß, blaß, rot, grünäugig, ektomorph, glattrasiert und gebeugt sein und am nächsten stämmig, mittelgroß, blaß, rot, grünäugig, ektomorph, glattrasiert und lehnend sein und am nächsten stämmig, mittelgroß, blaß, rot, grünäugig, ektomorph, vollbärtig und aufrecht sein und am nächsten stämmig, mittelgroß, blaß, rot, grünäugig, ektomorph, vollbärtig und gebeugt sein und am nächsten stämmig, mittelgroß, blaß, rot, grünäugig, ektomorph, vollbärtig und lehnend sein und am nächsten stämmig, mittelgroß, blaß, rot, grünäugig, ektomorph, schnurrbärtig und aufrecht sein und am nächsten stämmig, mittelgroß, blaß, rot, grünäugig, ektomorph, schnurrbärtig und gebeugt sein und am nächsten stämmig, mittelgroß, blaß, rot, grünäugig, ektomorph, schnurrbärtig und lehnend sein und am nächsten stämmig, mittelgroß, blaß, rot, grünäugig, mesomorph, glattrasiert und aufrecht sein und am nächsten stämmig, mittelgroß, blaß, rot, grünäugig, mesomorph, glattrasiert und gebeugt sein und am nächsten stämmig, mittelgroß, blaß, rot, grünäugig, mesomorph, glattrasiert und lehnend sein und am nächsten stämmig, mittelgroß, blaß, rot, grünäugig, mesomorph, vollbärtig und aufrecht sein und am nächsten stämmig, mittelgroß, blaß, rot, grünäugig, mesomorph, vollbärtig und gebeugt sein und am nächsten stämmig, mittelgroß, blaß, rot, grünäugig, mesomorph, vollbärtig und lehnend sein und am nächsten stämmig, mittelgroß, blaß, rot, grünäugig, mesomorph, schnurrbärtig und aufrecht sein und am nächsten stämmig, mittelgroß, blaß, rot, grünäugig, mesomorph, schnurrbärtig und gebeugt sein und am nächsten stämmig, mittelgroß, blaß, rot, grünäugig, mesomorph, schnurrbärtig und lehnend sein und am nächsten stämmig, mittelgroß, blaß, rot, grünäugig, endomorph, glattrasiert und aufrecht sein und am nächsten stämmig, mittelgroß, blaß, rot, grünäugig, endomorph, glattrasiert und gebeugt sein und am nächsten stämmig, mittelgroß, blaß, rot, grünäugig, endomorph, glattrasiert und lehnend sein und am nächsten stämmig, mittelgroß, blaß, rot, grünäugig, endomorph, vollbärtig und aufrecht sein und am nächsten stämmig, mittelgroß, blaß, rot, grünäugig, endomorph, vollbärtig und gebeugt sein und am nächsten stämmig, mittelgroß, blaß, rot, grünäugig, endomorph, vollbärtig und lehnend sein und am nächsten stämmig, mittelgroß, blaß, rot, grünäugig, endomorph, schnurrbärtig und aufrecht sein und am nächsten stämmig, mittelgroß, blaß, rot, grünäugig, endomorph, schnurrbärtig und gebeugt sein und am nächsten stämmig, mittelgroß, blaß, rot, grünäugig, endomorph, schnurrbärtig und lehnend sein und am nächsten stämmig, mittelgroß, blaß, blond, braunäugig, ektomorph, glattrasiert und aufrecht sein und am nächsten stämmig, mittelgroß, blaß, blond, braunäugig, ektomorph, glattrasiert und gebeugt sein und am nächsten stämmig, mittelgroß, blaß, blond, braunäugig, ektomorph, glattrasiert und lehnend sein und am nächsten stämmig, mittelgroß, blaß, blond, braunäugig, ektomorph, vollbärtig und aufrecht sein und am nächsten stämmig, mittelgroß, blaß, blond, braunäugig, ektomorph, vollbärtig und gebeugt sein und am nächsten stämmig, mittelgroß, blaß, blond, braunäugig, ektomorph, vollbärtig und lehnend sein und am nächsten stämmig, mittelgroß, blaß, blond, braunäugig, ektomorph, schnurrbärtig und aufrecht sein und am nächsten stämmig, mittelgroß, blaß, blond, braunäugig, ektomorph, schnurrbärtig und gebeugt sein und am nächsten stämmig, mittelgroß, blaß, blond, braunäugig, ektomorph, schnurrbärtig und lehnend sein und am nächsten stämmig, mittelgroß, blaß, blond, braunäugig, mesomorph, glattrasiert und aufrecht sein und am nächsten stämmig, mittelgroß, blaß, blond, braunäugig, mesomorph, glattrasiert und gebeugt sein und am nächsten stämmig, mittelgroß, blaß, blond, braunäugig, mesomorph, glattrasiert und lehnend sein und am nächsten stämmig, mittelgroß, blaß, blond, braunäugig, mesomorph, vollbärtig und aufrecht sein und am nächsten stämmig, mittelgroß, blaß, blond, braunäugig, mesomorph, vollbärtig und gebeugt sein und am nächsten stämmig, mittelgroß, blaß, blond, braunäugig, mesomorph, vollbärtig und lehnend sein und am nächsten stämmig, mittelgroß, blaß, blond, braunäugig, mesomorph, schnurrbärtig und aufrecht sein und am nächsten stämmig, mittelgroß, blaß, blond, braunäugig, mesomorph, schnurrbärtig und gebeugt sein und am nächsten stämmig, mittelgroß, blaß, blond, braunäugig, mesomorph, schnurrbärtig und lehnend sein und am nächsten stämmig, mittelgroß, blaß, blond, braunäugig, endomorph, glattrasiert und aufrecht sein und am nächsten stämmig, mittelgroß, blaß, blond, braunäugig, endomorph, glattrasiert und gebeugt sein und am nächsten stämmig, mittelgroß, blaß, blond, braunäugig, endomorph, glattrasiert und lehnend sein und am nächsten stämmig, mittelgroß, blaß, blond, braunäugig, endomorph, vollbärtig und aufrecht sein und am nächsten stämmig, mittelgroß, blaß, blond, braunäugig, endomorph, vollbärtig und gebeugt sein und am nächsten stämmig, mittelgroß, blaß, blond, braunäugig, endomorph, vollbärtig und lehnend sein und am nächsten stämmig, mittelgroß, blaß, blond, braunäugig, endomorph, schnurrbärtig und aufrecht sein und am nächsten stämmig, mittelgroß, blaß, blond, braunäugig, endomorph, schnurrbärtig und gebeugt sein und am nächsten stämmig, mittelgroß, blaß, blond, braunäugig, endomorph, schnurrbärtig und lehnend sein und am nächsten stämmig, mittelgroß, blaß, blond, blauäugig, ektomorph, glattrasiert und aufrecht sein und am nächsten stämmig, mittelgroß, blaß, blond, blauäugig, ektomorph, glattrasiert und gebeugt sein und am nächsten stämmig, mittelgroß, blaß, blond, blauäugig, ektomorph, glattrasiert und lehnend sein und am nächsten stämmig, mittelgroß, blaß, blond, blauäugig, ektomorph, vollbärtig und aufrecht sein und am nächsten stämmig, mittelgroß, blaß, blond, blauäugig, ektomorph, vollbärtig und gebeugt sein und am nächsten stämmig, mittelgroß, blaß, blond, blauäugig, ektomorph, vollbärtig und lehnend sein und am nächsten stämmig, mittelgroß, blaß, blond, blauäugig, ektomorph, schnurrbärtig und aufrecht sein und am nächsten stämmig, mittelgroß, blaß, blond, blauäugig, ektomorph, schnurrbärtig und gebeugt sein und am nächsten stämmig, mittelgroß, blaß, blond, blauäugig, ektomorph, schnurrbärtig und lehnend sein und am nächsten stämmig, mittelgroß, blaß, blond, blauäugig, mesomorph, glattrasiert und aufrecht sein und am nächsten stämmig, mittelgroß, blaß, blond, blauäugig, mesomorph, glattrasiert und gebeugt sein und am nächsten stämmig, mittelgroß, blaß, blond, blauäugig, mesomorph, glattrasiert und lehnend sein und am nächsten stämmig, mittelgroß, blaß, blond, blauäugig, mesomorph, vollbärtig und aufrecht sein und am nächsten stämmig, mittelgroß, blaß, blond, blauäugig, mesomorph, vollbärtig und gebeugt sein und am nächsten stämmig, mittelgroß, blaß, blond, blauäugig, mesomorph, vollbärtig und lehnend sein und am nächsten stämmig, mittelgroß, blaß, blond, blauäugig, mesomorph, schnurrbärtig und aufrecht sein und am nächsten stämmig, mittelgroß, blaß, blond, blauäugig, mesomorph, schnurrbärtig und gebeugt sein und am nächsten stämmig, mittelgroß, blaß, blond, blauäugig, mesomorph, schnurrbärtig und lehnend sein und am nächsten stämmig, mittelgroß, blaß, blond, blauäugig, endomorph, glattrasiert und aufrecht sein und am nächsten stämmig, mittelgroß, blaß, blond, blauäugig, endomorph, glattrasiert und gebeugt sein und am nächsten stämmig, mittelgroß, blaß, blond, blauäugig, endomorph, glattrasiert und lehnend sein und am nächsten stämmig, mittelgroß, blaß, blond, blauäugig, endomorph, vollbärtig und aufrecht sein und am nächsten stämmig, mittelgroß, blaß, blond, blauäugig, endomorph, vollbärtig und gebeugt sein und am nächsten stämmig, mittelgroß, blaß, blond, blauäugig, endomorph, vollbärtig und lehnend sein und am nächsten stämmig, mittelgroß, blaß, blond, blauäugig, endomorph, schnurrbärtig und aufrecht sein und am nächsten stämmig, mittelgroß, blaß, blond, blauäugig, endomorph, schnurrbärtig und gebeugt sein und am nächsten stämmig, mittelgroß, blaß, blond, blauäugig, endomorph, schnurrbärtig und lehnend sein und am nächsten stämmig, mittelgroß, blaß, blond, grünäugig, ektomorph, glattrasiert und aufrecht sein und am nächsten stämmig, mittelgroß, blaß, blond, grünäugig, ektomorph, glattrasiert und gebeugt sein und am nächsten stämmig, mittelgroß, blaß, blond, grünäugig, ektomorph, glattrasiert und lehnend sein und am nächsten stämmig, mittelgroß, blaß, blond, grünäugig, ektomorph, vollbärtig und aufrecht sein und am nächsten stämmig, mittelgroß, blaß, blond, grünäugig, ektomorph, vollbärtig und gebeugt sein und am nächsten stämmig, mittelgroß, blaß, blond, grünäugig, ektomorph, vollbärtig und lehnend sein und am nächsten stämmig, mittelgroß, blaß, blond, grünäugig, ektomorph, schnurrbärtig und aufrecht sein und am nächsten stämmig, mittelgroß, blaß, blond, grünäugig, ektomorph, schnurrbärtig und gebeugt sein und am nächsten stämmig, mittelgroß, blaß, blond, grünäugig, ektomorph, schnurrbärtig und lehnend sein und am nächsten stämmig, mittelgroß, blaß, blond, grünäugig, mesomorph, glattrasiert und aufrecht sein und am nächsten stämmig, mittelgroß, blaß, blond, grünäugig, mesomorph, glattrasiert und gebeugt sein und am nächsten stämmig, mittelgroß, blaß, blond, grünäugig, mesomorph, glattrasiert und lehnend sein und am nächsten stämmig, mittelgroß, blaß, blond, grünäugig, mesomorph, vollbärtig und aufrecht sein und am nächsten stämmig, mittelgroß, blaß, blond, grünäugig, mesomorph, vollbärtig und gebeugt sein und am nächsten stämmig, mittelgroß, blaß, blond, grünäugig, mesomorph, vollbärtig und lehnend sein und am nächsten stämmig, mittelgroß, blaß, blond, grünäugig, mesomorph, schnurrbärtig und aufrecht sein und am nächsten stämmig, mittelgroß, blaß, blond, grünäugig, mesomorph, schnurrbärtig und gebeugt sein und am nächsten stämmig, mittelgroß, blaß, blond, grünäugig, mesomorph, schnurrbärtig und lehnend sein und am nächsten stämmig, mittelgroß, blaß, blond, grünäugig, endomorph, glattrasiert und aufrecht sein und am nächsten stämmig, mittelgroß, blaß, blond, grünäugig, endomorph, glattrasiert und gebeugt sein und am nächsten stämmig, mittelgroß, blaß, blond, grünäugig, endomorph, glattrasiert und lehnend sein und am nächsten stämmig, mittelgroß, blaß, blond, grünäugig, endomorph, vollbärtig und aufrecht sein und am nächsten stämmig, mittelgroß, blaß, blond, grünäugig, endomorph, vollbärtig und gebeugt sein und am nächsten stämmig, mittelgroß, blaß, blond, grünäugig, endomorph, vollbärtig und lehnend sein und am nächsten stämmig, mittelgroß, blaß, blond, grünäugig, endomorph, schnurrbärtig und aufrecht sein und am nächsten stämmig, mittelgroß, blaß, blond, grünäugig, endomorph, schnurrbärtig und gebeugt sein und am nächsten stämmig, mittelgroß, blaß, blond, grünäugig, endomorph, schnurrbärtig und lehnend sein und am nächsten stämmig, mittelgroß, gelb, schwarz, braunäugig, ektomorph, glattrasiert und aufrecht sein und am nächsten stämmig, mittelgroß, gelb, schwarz, braunäugig, ektomorph, glattrasiert und gebeugt sein und am nächsten stämmig, mittelgroß, gelb, schwarz, braunäugig, ektomorph, glattrasiert und lehnend sein und am nächsten stämmig, mittelgroß, gelb, schwarz, braunäugig, ektomorph, vollbärtig und aufrecht sein und am nächsten stämmig, mittelgroß, gelb, schwarz, braunäugig, ektomorph, vollbärtig und gebeugt sein und am nächsten stämmig, mittelgroß, gelb, schwarz, braunäugig, ektomorph, vollbärtig und lehnend sein und am nächsten stämmig, mittelgroß, gelb, schwarz, braunäugig, ektomorph, schnurrbärtig und aufrecht sein und am nächsten stämmig, mittelgroß, gelb, schwarz, braunäugig, ektomorph, schnurrbärtig und gebeugt sein und am nächsten stämmig, mittelgroß, gelb, schwarz, braunäugig, ektomorph, schnurrbärtig und lehnend sein und am nächsten stämmig, mittelgroß, gelb, schwarz, braunäugig, mesomorph, glattrasiert und aufrecht sein und am nächsten stämmig, mittelgroß, gelb, schwarz, braunäugig, mesomorph, glattrasiert und gebeugt sein und am nächsten stämmig, mittelgroß, gelb, schwarz, braunäugig, mesomorph, glattrasiert und lehnend sein und am nächsten stämmig, mittelgroß, gelb, schwarz, braunäugig, mesomorph, vollbärtig und aufrecht sein und am nächsten stämmig, mittelgroß, gelb, schwarz, braunäugig, mesomorph, vollbärtig und gebeugt sein und am nächsten stämmig, mittelgroß, gelb, schwarz, braunäugig, mesomorph, vollbärtig und lehnend sein und am nächsten stämmig, mittelgroß, gelb, schwarz, braunäugig, mesomorph, schnurrbärtig und aufrecht sein und am nächsten stämmig, mittelgroß, gelb, schwarz, braunäugig, mesomorph, schnurrbärtig und gebeugt sein und am nächsten stämmig, mittelgroß, gelb, schwarz, braunäugig, mesomorph, schnurrbärtig und lehnend sein und am nächsten stämmig, mittelgroß, gelb, schwarz, braunäugig, endomorph, glattrasiert und aufrecht sein und am nächsten stämmig, mittelgroß, gelb, schwarz, braunäugig, endomorph, glattrasiert und gebeugt sein und am nächsten stämmig, mittelgroß, gelb, schwarz, braunäugig, endomorph, glattrasiert und lehnend sein und am nächsten stämmig, mittelgroß, gelb, schwarz, braunäugig, endomorph, vollbärtig und aufrecht sein und am nächsten stämmig, mittelgroß, gelb, schwarz, braunäugig, endomorph, vollbärtig und gebeugt sein und am nächsten stämmig, mittelgroß, gelb, schwarz, braunäugig, endomorph, vollbärtig und lehnend sein und am nächsten stämmig, mittelgroß, gelb, schwarz, braunäugig, endomorph, schnurrbärtig und aufrecht sein und am nächsten stämmig, mittelgroß, gelb, schwarz, braunäugig, endomorph, schnurrbärtig und gebeugt sein und am nächsten stämmig, mittelgroß, gelb, schwarz, braunäugig, endomorph, schnurrbärtig und lehnend sein und am nächsten stämmig, mittelgroß, gelb, schwarz, blauäugig, ektomorph, glattrasiert und aufrecht sein und am nächsten stämmig, mittelgroß, gelb, schwarz, blauäugig, ektomorph, glattrasiert und gebeugt sein und am nächsten stämmig, mittelgroß, gelb, schwarz, blauäugig, ektomorph, glattrasiert und lehnend sein und am nächsten stämmig, mittelgroß, gelb, schwarz, blauäugig, ektomorph, vollbärtig und aufrecht sein und am nächsten stämmig, mittelgroß, gelb, schwarz, blauäugig, ektomorph, vollbärtig und gebeugt sein und am nächsten stämmig, mittelgroß, gelb, schwarz, blauäugig, ektomorph, vollbärtig und lehnend sein und am nächsten stämmig, mittelgroß, gelb, schwarz, blauäugig, ektomorph, schnurrbärtig und aufrecht sein und am nächsten stämmig, mittelgroß, gelb, schwarz, blauäugig, ektomorph, schnurrbärtig und gebeugt sein und am nächsten stämmig, mittelgroß, gelb, schwarz, blauäugig, ektomorph, schnurrbärtig und lehnend sein und am nächsten stämmig, mittelgroß, gelb, schwarz, blauäugig, mesomorph, glattrasiert und aufrecht sein und am nächsten stämmig, mittelgroß, gelb, schwarz, blauäugig, mesomorph, glattrasiert und gebeugt sein und am nächsten stämmig, mittelgroß, gelb, schwarz, blauäugig, mesomorph, glattrasiert und lehnend sein und am nächsten stämmig, mittelgroß, gelb, schwarz, blauäugig, mesomorph, vollbärtig und aufrecht sein und am nächsten stämmig, mittelgroß, gelb, schwarz, blauäugig, mesomorph, vollbärtig und gebeugt sein und am nächsten stämmig, mittelgroß, gelb, schwarz, blauäugig, mesomorph, vollbärtig und lehnend sein und am nächsten stämmig, mittelgroß, gelb, schwarz, blauäugig, mesomorph, schnurrbärtig und aufrecht sein und am nächsten stämmig, mittelgroß, gelb, schwarz, blauäugig, mesomorph, schnurrbärtig und gebeugt sein und am nächsten stämmig, mittelgroß, gelb, schwarz, blauäugig, mesomorph, schnurrbärtig und lehnend sein und am nächsten stämmig, mittelgroß, gelb, schwarz, blauäugig, endomorph, glattrasiert und aufrecht sein und am nächsten stämmig, mittelgroß, gelb, schwarz, blauäugig, endomorph, glattrasiert und gebeugt sein und am nächsten stämmig, mittelgroß, gelb, schwarz, blauäugig, endomorph, glattrasiert und lehnend sein und am nächsten stämmig, mittelgroß, gelb, schwarz, blauäugig, endomorph, vollbärtig und aufrecht sein und am nächsten stämmig, mittelgroß, gelb, schwarz, blauäugig, endomorph, vollbärtig und gebeugt sein und am nächsten stämmig, mittelgroß, gelb, schwarz, blauäugig, endomorph, vollbärtig und lehnend sein und am nächsten stämmig, mittelgroß, gelb, schwarz, blauäugig, endomorph, schnurrbärtig und aufrecht sein und am nächsten stämmig, mittelgroß, gelb, schwarz, blauäugig, endomorph, schnurrbärtig und gebeugt sein und am nächsten stämmig, mittelgroß, gelb, schwarz, blauäugig, endomorph, schnurrbärtig und lehnend sein und am nächsten stämmig, mittelgroß, gelb, schwarz, grünäugig, ektomorph, glattrasiert und aufrecht sein und am nächsten stämmig, mittelgroß, gelb, schwarz, grünäugig, ektomorph, glattrasiert und gebeugt sein und am nächsten stämmig, mittelgroß, gelb, schwarz, grünäugig, ektomorph, glattrasiert und lehnend sein und am nächsten stämmig, mittelgroß, gelb, schwarz, grünäugig, ektomorph, vollbärtig und aufrecht sein und am nächsten stämmig, mittelgroß, gelb, schwarz, grünäugig, ektomorph, vollbärtig und gebeugt sein und am nächsten stämmig, mittelgroß, gelb, schwarz, grünäugig, ektomorph, vollbärtig und lehnend sein und am nächsten stämmig, mittelgroß, gelb, schwarz, grünäugig, ektomorph, schnurrbärtig und aufrecht sein und am nächsten stämmig, mittelgroß, gelb, schwarz, grünäugig, ektomorph, schnurrbärtig und gebeugt sein und am nächsten stämmig, mittelgroß, gelb, schwarz, grünäugig, ektomorph, schnurrbärtig und lehnend sein und am nächsten stämmig, mittelgroß, gelb, schwarz, grünäugig, mesomorph, glattrasiert und aufrecht sein und am nächsten stämmig, mittelgroß, gelb, schwarz, grünäugig, mesomorph, glattrasiert und gebeugt sein und am nächsten stämmig, mittelgroß, gelb, schwarz, grünäugig, mesomorph, glattrasiert und lehnend sein und am nächsten stämmig, mittelgroß, gelb, schwarz, grünäugig, mesomorph, vollbärtig und aufrecht sein und am nächsten stämmig, mittelgroß, gelb, schwarz, grünäugig, mesomorph, vollbärtig und gebeugt sein und am nächsten stämmig, mittelgroß, gelb, schwarz, grünäugig, mesomorph, vollbärtig und lehnend sein und am nächsten stämmig, mittelgroß, gelb, schwarz, grünäugig, mesomorph, schnurrbärtig und aufrecht sein und am nächsten stämmig, mittelgroß, gelb, schwarz, grünäugig, mesomorph, schnurrbärtig und gebeugt sein und am nächsten stämmig, mittelgroß, gelb, schwarz, grünäugig, mesomorph, schnurrbärtig und lehnend sein und am nächsten stämmig, mittelgroß, gelb, schwarz, grünäugig, endomorph, glattrasiert und aufrecht sein und am nächsten stämmig, mittelgroß, gelb, schwarz, grünäugig, endomorph, glattrasiert und gebeugt sein und am nächsten stämmig, mittelgroß, gelb, schwarz, grünäugig, endomorph, glattrasiert und lehnend sein und am nächsten stämmig, mittelgroß, gelb, schwarz, grünäugig, endomorph, vollbärtig und aufrecht sein und am nächsten stämmig, mittelgroß, gelb, schwarz, grünäugig, endomorph, vollbärtig und gebeugt sein und am nächsten stämmig, mittelgroß, gelb, schwarz, grünäugig, endomorph, vollbärtig und lehnend sein und am nächsten stämmig, mittelgroß, gelb, schwarz, grünäugig, endomorph, schnurrbärtig und aufrecht sein und am nächsten stämmig, mittelgroß, gelb, schwarz, grünäugig, endomorph, schnurrbärtig und gebeugt sein und am nächsten stämmig, mittelgroß, gelb, schwarz, grünäugig, endomorph, schnurrbärtig und lehnend sein und am nächsten stämmig, mittelgroß, gelb, rot, braunäugig, ektomorph, glattrasiert und aufrecht sein und am nächsten stämmig, mittelgroß, gelb, rot, braunäugig, ektomorph, glattrasiert und gebeugt sein und am nächsten stämmig, mittelgroß, gelb, rot, braunäugig, ektomorph, glattrasiert und lehnend sein und am nächsten stämmig, mittelgroß, gelb, rot, braunäugig, ektomorph, vollbärtig und aufrecht sein und am nächsten stämmig, mittelgroß, gelb, rot, braunäugig, ektomorph, vollbärtig und gebeugt sein und am nächsten stämmig, mittelgroß, gelb, rot, braunäugig, ektomorph, vollbärtig und lehnend sein und am nächsten stämmig, mittelgroß, gelb, rot, braunäugig, ektomorph, schnurrbärtig und aufrecht sein und am nächsten stämmig, mittelgroß, gelb, rot, braunäugig, ektomorph, schnurrbärtig und gebeugt sein und am nächsten stämmig, mittelgroß, gelb, rot, braunäugig, ektomorph, schnurrbärtig und lehnend sein und am nächsten stämmig, mittelgroß, gelb, rot, braunäugig, mesomorph, glattrasiert und aufrecht sein und am nächsten stämmig, mittelgroß, gelb, rot, braunäugig, mesomorph, glattrasiert und gebeugt sein und am nächsten stämmig, mittelgroß, gelb, rot, braunäugig, mesomorph, glattrasiert und lehnend sein und am nächsten stämmig, mittelgroß, gelb, rot, braunäugig, mesomorph, vollbärtig und aufrecht sein und am nächsten stämmig, mittelgroß, gelb, rot, braunäugig, mesomorph, vollbärtig und gebeugt sein und am nächsten stämmig, mittelgroß, gelb, rot, braunäugig, mesomorph, vollbärtig und lehnend sein und am nächsten stämmig, mittelgroß, gelb, rot, braunäugig, mesomorph, schnurrbärtig und aufrecht sein und am nächsten stämmig, mittelgroß, gelb, rot, braunäugig, mesomorph, schnurrbärtig und gebeugt sein und am nächsten stämmig, mittelgroß, gelb, rot, braunäugig, mesomorph, schnurrbärtig und lehnend sein und am nächsten stämmig, mittelgroß, gelb, rot, braunäugig, endomorph, glattrasiert und aufrecht sein und am nächsten stämmig, mittelgroß, gelb, rot, braunäugig, endomorph, glattrasiert und gebeugt sein und am nächsten stämmig, mittelgroß, gelb, rot, braunäugig, endomorph, glattrasiert und lehnend sein und am nächsten stämmig, mittelgroß, gelb, rot, braunäugig, endomorph, vollbärtig und aufrecht sein und am nächsten stämmig, mittelgroß, gelb, rot, braunäugig, endomorph, vollbärtig und gebeugt sein und am nächsten stämmig, mittelgroß, gelb, rot, braunäugig, endomorph, vollbärtig und lehnend sein und am nächsten stämmig, mittelgroß, gelb, rot, braunäugig, endomorph, schnurrbärtig und aufrecht sein und am nächsten stämmig, mittelgroß, gelb, rot, braunäugig, endomorph, schnurrbärtig und gebeugt sein und am nächsten stämmig, mittelgroß, gelb, rot, braunäugig, endomorph, schnurrbärtig und lehnend sein und am nächsten stämmig, mittelgroß, gelb, rot, blauäugig, ektomorph, glattrasiert und aufrecht sein und am nächsten stämmig, mittelgroß, gelb, rot, blauäugig, ektomorph, glattrasiert und gebeugt sein und am nächsten stämmig, mittelgroß, gelb, rot, blauäugig, ektomorph, glattrasiert und lehnend sein und am nächsten stämmig, mittelgroß, gelb, rot, blauäugig, ektomorph, vollbärtig und aufrecht sein und am nächsten stämmig, mittelgroß, gelb, rot, blauäugig, ektomorph, vollbärtig und gebeugt sein und am nächsten stämmig, mittelgroß, gelb, rot, blauäugig, ektomorph, vollbärtig und lehnend sein und am nächsten stämmig, mittelgroß, gelb, rot, blauäugig, ektomorph, schnurrbärtig und aufrecht sein und am nächsten stämmig, mittelgroß, gelb, rot, blauäugig, ektomorph, schnurrbärtig und gebeugt sein und am nächsten stämmig, mittelgroß, gelb, rot, blauäugig, ektomorph, schnurrbärtig und lehnend sein und am nächsten stämmig, mittelgroß, gelb, rot, blauäugig, mesomorph, glattrasiert und aufrecht sein und am nächsten stämmig, mittelgroß, gelb, rot, blauäugig, mesomorph, glattrasiert und gebeugt sein und am nächsten stämmig, mittelgroß, gelb, rot, blauäugig, mesomorph, glattrasiert und lehnend sein und am nächsten stämmig, mittelgroß, gelb, rot, blauäugig, mesomorph, vollbärtig und aufrecht sein und am nächsten stämmig, mittelgroß, gelb, rot, blauäugig, mesomorph, vollbärtig und gebeugt sein und am nächsten stämmig, mittelgroß, gelb, rot, blauäugig, mesomorph, vollbärtig und lehnend sein und am nächsten stämmig, mittelgroß, gelb, rot, blauäugig, mesomorph, schnurrbärtig und aufrecht sein und am nächsten stämmig, mittelgroß, gelb, rot, blauäugig, mesomorph, schnurrbärtig und gebeugt sein und am nächsten stämmig, mittelgroß, gelb, rot, blauäugig, mesomorph, schnurrbärtig und lehnend sein und am nächsten stämmig, mittelgroß, gelb, rot, blauäugig, endomorph, glattrasiert und aufrecht sein und am nächsten stämmig, mittelgroß, gelb, rot, blauäugig, endomorph, glattrasiert und gebeugt sein und am nächsten stämmig, mittelgroß, gelb, rot, blauäugig, endomorph, glattrasiert und lehnend sein und am nächsten stämmig, mittelgroß, gelb, rot, blauäugig, endomorph, vollbärtig und aufrecht sein und am nächsten stämmig, mittelgroß, gelb, rot, blauäugig, endomorph, vollbärtig und gebeugt sein und am nächsten stämmig, mittelgroß, gelb, rot, blauäugig, endomorph, vollbärtig und lehnend sein und am nächsten stämmig, mittelgroß, gelb, rot, blauäugig, endomorph, schnurrbärtig und aufrecht sein und am nächsten stämmig, mittelgroß, gelb, rot, blauäugig, endomorph, schnurrbärtig und gebeugt sein und am nächsten stämmig, mittelgroß, gelb, rot, blauäugig, endomorph, schnurrbärtig und lehnend sein und am nächsten stämmig, mittelgroß, gelb, rot, grünäugig, ektomorph, glattrasiert und aufrecht sein und am nächsten stämmig, mittelgroß, gelb, rot, grünäugig, ektomorph, glattrasiert und gebeugt sein und am nächsten stämmig, mittelgroß, gelb, rot, grünäugig, ektomorph, glattrasiert und lehnend sein und am nächsten stämmig, mittelgroß, gelb, rot, grünäugig, ektomorph, vollbärtig und aufrecht sein und am nächsten stämmig, mittelgroß, gelb, rot, grünäugig, ektomorph, vollbärtig und gebeugt sein und am nächsten stämmig, mittelgroß, gelb, rot, grünäugig, ektomorph, vollbärtig und lehnend sein und am nächsten stämmig, mittelgroß, gelb, rot, grünäugig, ektomorph, schnurrbärtig und aufrecht sein und am nächsten stämmig, mittelgroß, gelb, rot, grünäugig, ektomorph, schnurrbärtig und gebeugt sein und am nächsten stämmig, mittelgroß, gelb, rot, grünäugig, ektomorph, schnurrbärtig und lehnend sein und am nächsten stämmig, mittelgroß, gelb, rot, grünäugig, mesomorph, glattrasiert und aufrecht sein und am nächsten stämmig, mittelgroß, gelb, rot, grünäugig, mesomorph, glattrasiert und gebeugt sein und am nächsten stämmig, mittelgroß, gelb, rot, grünäugig, mesomorph, glattrasiert und lehnend sein und am nächsten stämmig, mittelgroß, gelb, rot, grünäugig, mesomorph, vollbärtig und aufrecht sein und am nächsten stämmig, mittelgroß, gelb, rot, grünäugig, mesomorph, vollbärtig und gebeugt sein und am nächsten stämmig, mittelgroß, gelb, rot, grünäugig, mesomorph, vollbärtig und lehnend sein und am nächsten stämmig, mittelgroß, gelb, rot, grünäugig, mesomorph, schnurrbärtig und aufrecht sein und am nächsten stämmig, mittelgroß, gelb, rot, grünäugig, mesomorph, schnurrbärtig und gebeugt sein und am nächsten stämmig, mittelgroß, gelb, rot, grünäugig, mesomorph, schnurrbärtig und lehnend sein und am nächsten stämmig, mittelgroß, gelb, rot, grünäugig, endomorph, glattrasiert und aufrecht sein und am nächsten stämmig, mittelgroß, gelb, rot, grünäugig, endomorph, glattrasiert und gebeugt sein und am nächsten stämmig, mittelgroß, gelb, rot, grünäugig, endomorph, glattrasiert und lehnend sein und am nächsten stämmig, mittelgroß, gelb, rot, grünäugig, endomorph, vollbärtig und aufrecht sein und am nächsten stämmig, mittelgroß, gelb, rot, grünäugig, endomorph, vollbärtig und gebeugt sein und am nächsten stämmig, mittelgroß, gelb, rot, grünäugig, endomorph, vollbärtig und lehnend sein und am nächsten stämmig, mittelgroß, gelb, rot, grünäugig, endomorph, schnurrbärtig und aufrecht sein und am nächsten stämmig, mittelgroß, gelb, rot, grünäugig, endomorph, schnurrbärtig und gebeugt sein und am nächsten stämmig, mittelgroß, gelb, rot, grünäugig, endomorph, schnurrbärtig und lehnend sein und am nächsten stämmig, mittelgroß, gelb, blond, braunäugig, ektomorph, glattrasiert und aufrecht sein und am nächsten stämmig, mittelgroß, gelb, blond, braunäugig, ektomorph, glattrasiert und gebeugt sein und am nächsten stämmig, mittelgroß, gelb, blond, braunäugig, ektomorph, glattrasiert und lehnend sein und am nächsten stämmig, mittelgroß, gelb, blond, braunäugig, ektomorph, vollbärtig und aufrecht sein und am nächsten stämmig, mittelgroß, gelb, blond, braunäugig, ektomorph, vollbärtig und gebeugt sein und am nächsten stämmig, mittelgroß, gelb, blond, braunäugig, ektomorph, vollbärtig und lehnend sein und am nächsten stämmig, mittelgroß, gelb, blond, braunäugig, ektomorph, schnurrbärtig und aufrecht sein und am nächsten stämmig, mittelgroß, gelb, blond, braunäugig, ektomorph, schnurrbärtig und gebeugt sein und am nächsten stämmig, mittelgroß, gelb, blond, braunäugig, ektomorph, schnurrbärtig und lehnend sein und am nächsten stämmig, mittelgroß, gelb, blond, braunäugig, mesomorph, glattrasiert und aufrecht sein und am nächsten stämmig, mittelgroß, gelb, blond, braunäugig, mesomorph, glattrasiert und gebeugt sein und am nächsten stämmig, mittelgroß, gelb, blond, braunäugig, mesomorph, glattrasiert und lehnend sein und am nächsten stämmig, mittelgroß, gelb, blond, braunäugig, mesomorph, vollbärtig und aufrecht sein und am nächsten stämmig, mittelgroß, gelb, blond, braunäugig, mesomorph, vollbärtig und gebeugt sein und am nächsten stämmig, mittelgroß, gelb, blond, braunäugig, mesomorph, vollbärtig und lehnend sein und am nächsten stämmig, mittelgroß, gelb, blond, braunäugig, mesomorph, schnurrbärtig und aufrecht sein und am nächsten stämmig, mittelgroß, gelb, blond, braunäugig, mesomorph, schnurrbärtig und gebeugt sein und am nächsten stämmig, mittelgroß, gelb, blond, braunäugig, mesomorph, schnurrbärtig und lehnend sein und am nächsten stämmig, mittelgroß, gelb, blond, braunäugig, endomorph, glattrasiert und aufrecht sein und am nächsten stämmig, mittelgroß, gelb, blond, braunäugig, endomorph, glattrasiert und gebeugt sein und am nächsten stämmig, mittelgroß, gelb, blond, braunäugig, endomorph, glattrasiert und lehnend sein und am nächsten stämmig, mittelgroß, gelb, blond, braunäugig, endomorph, vollbärtig und aufrecht sein und am nächsten stämmig, mittelgroß, gelb, blond, braunäugig, endomorph, vollbärtig und gebeugt sein und am nächsten stämmig, mittelgroß, gelb, blond, braunäugig, endomorph, vollbärtig und lehnend sein und am nächsten stämmig, mittelgroß, gelb, blond, braunäugig, endomorph, schnurrbärtig und aufrecht sein und am nächsten stämmig, mittelgroß, gelb, blond, braunäugig, endomorph, schnurrbärtig und gebeugt sein und am nächsten stämmig, mittelgroß, gelb, blond, braunäugig, endomorph, schnurrbärtig und lehnend sein und am nächsten stämmig, mittelgroß, gelb, blond, blauäugig, ektomorph, glattrasiert und aufrecht sein und am nächsten stämmig, mittelgroß, gelb, blond, blauäugig, ektomorph, glattrasiert und gebeugt sein und am nächsten stämmig, mittelgroß, gelb, blond, blauäugig, ektomorph, glattrasiert und lehnend sein und am nächsten stämmig, mittelgroß, gelb, blond, blauäugig, ektomorph, vollbärtig und aufrecht sein und am nächsten stämmig, mittelgroß, gelb, blond, blauäugig, ektomorph, vollbärtig und gebeugt sein und am nächsten stämmig, mittelgroß, gelb, blond, blauäugig, ektomorph, vollbärtig und lehnend sein und am nächsten stämmig, mittelgroß, gelb, blond, blauäugig, ektomorph, schnurrbärtig und aufrecht sein und am nächsten stämmig, mittelgroß, gelb, blond, blauäugig, ektomorph, schnurrbärtig und gebeugt sein und am nächsten stämmig, mittelgroß, gelb, blond, blauäugig, ektomorph, schnurrbärtig und lehnend sein und am nächsten stämmig, mittelgroß, gelb, blond, blauäugig, mesomorph, glattrasiert und aufrecht sein und am nächsten stämmig, mittelgroß, gelb, blond, blauäugig, mesomorph, glattrasiert und gebeugt sein und am nächsten stämmig, mittelgroß, gelb, blond, blauäugig, mesomorph, glattrasiert und lehnend sein und am nächsten stämmig, mittelgroß, gelb, blond, blauäugig, mesomorph, vollbärtig und aufrecht sein und am nächsten stämmig, mittelgroß, gelb, blond, blauäugig, mesomorph, vollbärtig und gebeugt sein und am nächsten stämmig, mittelgroß, gelb, blond, blauäugig, mesomorph, vollbärtig und lehnend sein und am nächsten stämmig, mittelgroß, gelb, blond, blauäugig, mesomorph, schnurrbärtig und aufrecht sein und am nächsten stämmig, mittelgroß, gelb, blond, blauäugig, mesomorph, schnurrbärtig und gebeugt sein und am nächsten stämmig, mittelgroß, gelb, blond, blauäugig, mesomorph, schnurrbärtig und lehnend sein und am nächsten stämmig, mittelgroß, gelb, blond, blauäugig, endomorph, glattrasiert und aufrecht sein und am nächsten stämmig, mittelgroß, gelb, blond, blauäugig, endomorph, glattrasiert und gebeugt sein und am nächsten stämmig, mittelgroß, gelb, blond, blauäugig, endomorph, glattrasiert und lehnend sein und am nächsten stämmig, mittelgroß, gelb, blond, blauäugig, endomorph, vollbärtig und aufrecht sein und am nächsten stämmig, mittelgroß, gelb, blond, blauäugig, endomorph, vollbärtig und gebeugt sein und am nächsten stämmig, mittelgroß, gelb, blond, blauäugig, endomorph, vollbärtig und lehnend sein und am nächsten stämmig, mittelgroß, gelb, blond, blauäugig, endomorph, schnurrbärtig und aufrecht sein und am nächsten stämmig, mittelgroß, gelb, blond, blauäugig, endomorph, schnurrbärtig und gebeugt sein und am nächsten stämmig, mittelgroß, gelb, blond, blauäugig, endomorph, schnurrbärtig und lehnend sein und am nächsten stämmig, mittelgroß, gelb, blond, grünäugig, ektomorph, glattrasiert und aufrecht sein und am nächsten stämmig, mittelgroß, gelb, blond, grünäugig, ektomorph, glattrasiert und gebeugt sein und am nächsten stämmig, mittelgroß, gelb, blond, grünäugig, ektomorph, glattrasiert und lehnend sein und am nächsten stämmig, mittelgroß, gelb, blond, grünäugig, ektomorph, vollbärtig und aufrecht sein und am nächsten stämmig, mittelgroß, gelb, blond, grünäugig, ektomorph, vollbärtig und gebeugt sein und am nächsten stämmig, mittelgroß, gelb, blond, grünäugig, ektomorph, vollbärtig und lehnend sein und am nächsten stämmig, mittelgroß, gelb, blond, grünäugig, ektomorph, schnurrbärtig und aufrecht sein und am nächsten stämmig, mittelgroß, gelb, blond, grünäugig, ektomorph, schnurrbärtig und gebeugt sein und am nächsten stämmig, mittelgroß, gelb, blond, grünäugig, ektomorph, schnurrbärtig und lehnend sein und am nächsten stämmig, mittelgroß, gelb, blond, grünäugig, mesomorph, glattrasiert und aufrecht sein und am nächsten stämmig, mittelgroß, gelb, blond, grünäugig, mesomorph, glattrasiert und gebeugt sein und am nächsten stämmig, mittelgroß, gelb, blond, grünäugig, mesomorph, glattrasiert und lehnend sein und am nächsten stämmig, mittelgroß, gelb, blond, grünäugig, mesomorph, vollbärtig und aufrecht sein und am nächsten stämmig, mittelgroß, gelb, blond, grünäugig, mesomorph, vollbärtig und gebeugt sein und am nächsten stämmig, mittelgroß, gelb, blond, grünäugig, mesomorph, vollbärtig und lehnend sein und am nächsten stämmig, mittelgroß, gelb, blond, grünäugig, mesomorph, schnurrbärtig und aufrecht sein und am nächsten stämmig, mittelgroß, gelb, blond, grünäugig, mesomorph, schnurrbärtig und gebeugt sein und am nächsten stämmig, mittelgroß, gelb, blond, grünäugig, mesomorph, schnurrbärtig und lehnend sein und am nächsten stämmig, mittelgroß, gelb, blond, grünäugig, endomorph, glattrasiert und aufrecht sein und am nächsten stämmig, mittelgroß, gelb, blond, grünäugig, endomorph, glattrasiert und gebeugt sein und am nächsten stämmig, mittelgroß, gelb, blond, grünäugig, endomorph, glattrasiert und lehnend sein und am nächsten stämmig, mittelgroß, gelb, blond, grünäugig, endomorph, vollbärtig und aufrecht sein und am nächsten stämmig, mittelgroß, gelb, blond, grünäugig, endomorph, vollbärtig und gebeugt sein und am nächsten stämmig, mittelgroß, gelb, blond, grünäugig, endomorph, vollbärtig und lehnend sein und am nächsten stämmig, mittelgroß, gelb, blond, grünäugig, endomorph, schnurrbärtig und aufrecht sein und am nächsten stämmig, mittelgroß, gelb, blond, grünäugig, endomorph, schnurrbärtig und gebeugt sein und am nächsten stämmig, mittelgroß, gelb, blond, grünäugig, endomorph, schnurrbärtig und lehnend sein und am nächsten stämmig, mittelgroß, rosig, schwarz, braunäugig, ektomorph, glattrasiert und aufrecht sein und am nächsten stämmig, mittelgroß, rosig, schwarz, braunäugig, ektomorph, glattrasiert und gebeugt sein und am nächsten stämmig, mittelgroß, rosig, schwarz, braunäugig, ektomorph, glattrasiert und lehnend sein und am nächsten stämmig, mittelgroß, rosig, schwarz, braunäugig, ektomorph, vollbärtig und aufrecht sein und am nächsten stämmig, mittelgroß, rosig, schwarz, braunäugig, ektomorph, vollbärtig und gebeugt sein und am nächsten stämmig, mittelgroß, rosig, schwarz, braunäugig, ektomorph, vollbärtig und lehnend sein und am nächsten stämmig, mittelgroß, rosig, schwarz, braunäugig, ektomorph, schnurrbärtig und aufrecht sein und am nächsten stämmig, mittelgroß, rosig, schwarz, braunäugig, ektomorph, schnurrbärtig und gebeugt sein und am nächsten stämmig, mittelgroß, rosig, schwarz, braunäugig, ektomorph, schnurrbärtig und lehnend sein und am nächsten stämmig, mittelgroß, rosig, schwarz, braunäugig, mesomorph, glattrasiert und aufrecht sein und am nächsten stämmig, mittelgroß, rosig, schwarz, braunäugig, mesomorph, glattrasiert und gebeugt sein und am nächsten stämmig, mittelgroß, rosig, schwarz, braunäugig, mesomorph, glattrasiert und lehnend sein und am nächsten stämmig, mittelgroß, rosig, schwarz, braunäugig, mesomorph, vollbärtig und aufrecht sein und am nächsten stämmig, mittelgroß, rosig, schwarz, braunäugig, mesomorph, vollbärtig und gebeugt sein und am nächsten stämmig, mittelgroß, rosig, schwarz, braunäugig, mesomorph, vollbärtig und lehnend sein und am nächsten stämmig, mittelgroß, rosig, schwarz, braunäugig, mesomorph, schnurrbärtig und aufrecht sein und am nächsten stämmig, mittelgroß, rosig, schwarz, braunäugig, mesomorph, schnurrbärtig und gebeugt sein und am nächsten stämmig, mittelgroß, rosig, schwarz, braunäugig, mesomorph, schnurrbärtig und lehnend sein und am nächsten stämmig, mittelgroß, rosig, schwarz, braunäugig, endomorph, glattrasiert und aufrecht sein und am nächsten stämmig, mittelgroß, rosig, schwarz, braunäugig, endomorph, glattrasiert und gebeugt sein und am nächsten stämmig, mittelgroß, rosig, schwarz, braunäugig, endomorph, glattrasiert und lehnend sein und am nächsten stämmig, mittelgroß, rosig, schwarz, braunäugig, endomorph, vollbärtig und aufrecht sein und am nächsten stämmig, mittelgroß, rosig, schwarz, braunäugig, endomorph, vollbärtig und gebeugt sein und am nächsten stämmig, mittelgroß, rosig, schwarz, braunäugig, endomorph,

vollbärtig und lehnend sein und am nächsten stämmig, mittelgroß, rosig, schwarz, braunäugig, endomorph, schnurrbärtig und
aufrecht sein und am nächsten stämmig, mittelgroß, rosig,
schwarz, braunäugig, endomorph, schnurrbärtig und gebeugt
sein und am nächsten stämmig, mittelgroß, rosig, schwarz,
braunäugig, endomorph, schnurrbärtig und lehnend sein und
am nächsten stämmig, mittelgroß, rosig, schwarz, blauäugig,
ektomorph, glattrasiert und aufrecht sein und am nächsten
stämmig, mittelgroß, rosig, schwarz, blauäugig, ektomorph,
glattrasiert und gebeugt sein und am nächsten stämmig, mittelgroß, rosig, schwarz, blauäugig, ektomorph, glattrasiert und lehnend sein und am nächsten stämmig, mittelgroß, rosig, schwarz,
blauäugig, ektomorph, vollbärtig und aufrecht sein und am
nächsten stämmig, mittelgroß, rosig, schwarz, blauäugig, ektomorph, vollbärtig und gebeugt sein und am nächsten stämmig,
mittelgroß, rosig, schwarz, blauäugig, ektomorph, vollbärtig und
lehnend sein und am nächsten stämmig, mittelgroß, rosig,
schwarz, blauäugig, ektomorph, schnurrbärtig und aufrecht sein
und am nächsten stämmig, mittelgroß, rosig, schwarz, blauäugig,
ektomorph, schnurrbärtig und gebeugt sein und am nächsten
stämmig, mittelgroß, rosig, schwarz, blauäugig, ektomorph,
schnurrbärtig und lehnend sein und am nächsten stämmig, mittelgroß, rosig, schwarz, blauäugig, mesomorph, glattrasiert und
aufrecht sein und am nächsten stämmig, mittelgroß, rosig,
schwarz, blauäugig, mesomorph, glattrasiert und gebeugt sein
und am nächsten stämmig, mittelgroß, rosig, schwarz, blauäugig,
mesomorph, glattrasiert und lehnend sein und am nächsten
stämmig, mittelgroß, rosig, schwarz, blauäugig, mesomorph,
vollbärtig und aufrecht sein und am nächsten stämmig, mittelgroß, rosig, schwarz, blauäugig, mesomorph, vollbärtig und gebeugt sein und am nächsten stämmig, mittelgroß, rosig, schwarz,
blauäugig, mesomorph, vollbärtig und lehnend sein und am

nächsten stämmig, mittelgroß, rosig, schwarz, blauäugig, mesomorph, schnurrbärtig und aufrecht sein und am nächsten stämmig, mittelgroß, rosig, schwarz, blauäugig, mesomorph, schnurrbärtig und gebeugt sein und am nächsten stämmig, mittelgroß, rosig, schwarz, blauäugig, mesomorph, schnurrbärtig und lehnend sein und am nächsten stämmig, mittelgroß, rosig, schwarz, blauäugig, endomorph, glattrasiert und aufrecht sein und am nächsten stämmig, mittelgroß, rosig, schwarz, blauäugig, endomorph, glattrasiert und gebeugt sein und am nächsten stämmig, mittelgroß, rosig, schwarz, blauäugig, endomorph, glattrasiert und lehnend sein und am nächsten stämmig, mittelgroß, rosig, schwarz, blauäugig, endomorph, vollbärtig und aufrecht sein und am nächsten stämmig, mittelgroß, rosig, schwarz, blauäugig, endomorph, vollbärtig und gebeugt sein und am nächsten stämmig, mittelgroß, rosig, schwarz, blauäugig, endomorph, vollbärtig und lehnend sein und am nächsten stämmig, mittelgroß, rosig, schwarz, blauäugig, endomorph, schnurrbärtig und aufrecht sein und am nächsten stämmig, mittelgroß, rosig, schwarz, blauäugig, endomorph, schnurrbärtig und gebeugt sein und am nächsten stämmig, mittelgroß, rosig, schwarz, blauäugig, endomorph, schnurrbärtig und lehnend sein und am nächsten stämmig, mittelgroß, rosig, schwarz, grünäugig, ektomorph, glattrasiert und aufrecht sein und am nächsten stämmig, mittelgroß, rosig, schwarz, grünäugig, ektomorph, glattrasiert und gebeugt sein und am nächsten stämmig, mittelgroß, rosig, schwarz, grünäugig, ektomorph, glattrasiert und lehnend sein und am nächsten stämmig, mittelgroß, rosig, schwarz, grünäugig, ektomorph, vollbärtig und aufrecht sein und am nächsten stämmig, mittelgroß, rosig, schwarz, grünäugig, ektomorph, vollbärtig und gebeugt sein und am nächsten stämmig, mittelgroß, rosig, schwarz, grünäugig, ektomorph, vollbärtig und lehnend sein und am nächsten stämmig, mittelgroß, rosig, schwarz, grünäugig, ektomorph, schnurrbärtig und aufrecht sein und am nächsten stämmig, mittelgroß, rosig, schwarz, grünäugig, ektomorph, schnurrbärtig und gebeugt sein und am nächsten stämmig, mittelgroß, rosig, schwarz, grünäugig, ektomorph, schnurrbärtig und lehnend sein und am nächsten stämmig, mittelgroß, rosig, schwarz, grünäugig, mesomorph, glattrasiert und aufrecht sein und am nächsten stämmig, mittelgroß, rosig, schwarz, grünäugig, mesomorph, glattrasiert und gebeugt sein und am nächsten stämmig, mittelgroß, rosig, schwarz, grünäugig, mesomorph, glattrasiert und lehnend sein und am nächsten stämmig, mittelgroß, rosig, schwarz, grünäugig, mesomorph, vollbärtig und aufrecht sein und am nächsten stämmig, mittelgroß, rosig, schwarz, grünäugig, mesomorph, vollbärtig und gebeugt sein und am nächsten stämmig, mittelgroß, rosig, schwarz, grünäugig, mesomorph, vollbärtig und lehnend sein und am nächsten stämmig, mittelgroß, rosig, schwarz, grünäugig, mesomorph, schnurrbärtig und aufrecht sein und am nächsten stämmig, mittelgroß, rosig, schwarz, grünäugig, mesomorph, schnurrbärtig und gebeugt sein und am nächsten stämmig, mittelgroß, rosig, schwarz, grünäugig, mesomorph, schnurrbärtig und lehnend sein und am nächsten stämmig, mittelgroß, rosig, schwarz, grünäugig, endomorph, glattrasiert und aufrecht sein und am nächsten stämmig, mittelgroß, rosig, schwarz, grünäugig, endomorph, glattrasiert und gebeugt sein und am nächsten stämmig, mittelgroß, rosig, schwarz, grünäugig, endomorph, glattrasiert und lehnend sein und am nächsten stämmig, mittelgroß, rosig, schwarz, grünäugig, endomorph, vollbärtig und aufrecht sein und am nächsten stämmig, mittelgroß, rosig, schwarz, grünäugig, endomorph, vollbärtig und gebeugt sein und am nächsten stämmig, mittelgroß, rosig, schwarz, grünäugig, endomorph, vollbärtig und lehnend sein und am nächsten stämmig, mittelgroß, rosig, schwarz, grünäugig, endomorph, schnurrbärtig und aufrecht sein und am nächsten stämmig, mittelgroß, rosig, schwarz, grünäugig, endomorph, schnurrbärtig und gebeugt sein und am nächsten stämmig, mittelgroß, rosig, schwarz, grünäugig, endomorph, schnurrbärtig und lehnend sein und am nächsten stämmig, mittelgroß, rosig, rot, braunäugig, ektomorph, glattrasiert und aufrecht sein und am nächsten stämmig, mittelgroß, rosig, rot, braunäugig, ektomorph, glattrasiert und gebeugt sein und am nächsten stämmig, mittelgroß, rosig, rot, braunäugig, ektomorph, glattrasiert und lehnend sein und am nächsten stämmig, mittelgroß, rosig, rot, braunäugig, ektomorph, vollbärtig und aufrecht sein und am nächsten stämmig, mittelgroß, rosig, rot, braunäugig, ektomorph, vollbärtig und gebeugt sein und am nächsten stämmig, mittelgroß, rosig, rot, braunäugig, ektomorph, vollbärtig und lehnend sein und am nächsten stämmig, mittelgroß, rosig, rot, braunäugig, ektomorph, schnurrbärtig und aufrecht sein und am nächsten stämmig, mittelgroß, rosig, rot, braunäugig, ektomorph, schnurrbärtig und gebeugt sein und am nächsten stämmig, mittelgroß, rosig, rot, braunäugig, ektomorph, schnurrbärtig und lehnend sein und am nächsten stämmig, mittelgroß, rosig, rot, braunäugig, mesomorph, glattrasiert und aufrecht sein und am nächsten stämmig, mittelgroß, rosig, rot, braunäugig, mesomorph, glattrasiert und gebeugt sein und am nächsten stämmig, mittelgroß, rosig, rot, braunäugig, mesomorph, glattrasiert und lehnend sein und am nächsten stämmig, mittelgroß, rosig, rot, braunäugig, mesomorph, vollbärtig und aufrecht sein und am nächsten stämmig, mittelgroß, rosig, rot, braunäugig, mesomorph, vollbärtig und gebeugt sein und am nächsten stämmig, mittelgroß, rosig, rot, braunäugig, mesomorph, vollbärtig und lehnend sein und am nächsten stämmig, mittelgroß, rosig, rot, braunäugig, mesomorph, schnurrbärtig und aufrecht sein und am nächsten stämmig, mittelgroß, rosig, rot, braunäugig, mesomorph, schnurrbärtig und gebeugt sein und am nächsten

stämmig, mittelgroß, rosig, rot, braunäugig, mesomorph, schnurrbärtig und lehnend sein und am nächsten stämmig, mittelgroß,
rosig, rot, braunäugig, endomorph, glattrasiert und aufrecht sein
und am nächsten stämmig, mittelgroß, rosig, rot, braunäugig,
endomorph, glattrasiert und gebeugt sein und am nächsten
stämmig, mittelgroß, rosig, rot, braunäugig, endomorph, glattrasiert und lehnend sein und am nächsten stämmig, mittelgroß,
rosig, rot, braunäugig, endomorph, vollbärtig und aufrecht sein
und am nächsten stämmig, mittelgroß, rosig, rot, braunäugig,
endomorph, vollbärtig und gebeugt sein und am nächsten stämmig, mittelgroß, rosig, rot, braunäugig, endomorph, vollbärtig
und lehnend sein und am nächsten stämmig, mittelgroß, rosig,
rot, braunäugig, endomorph, schnurrbärtig und aufrecht sein
und am nächsten stämmig, mittelgroß, rosig, rot, braunäugig,
endomorph, schnurrbärtig und gebeugt sein und am nächsten
stämmig, mittelgroß, rosig, rot, braunäugig, endomorph, schnurrbärtig und lehnend sein und am nächsten stämmig, mittelgroß,
rosig, rot, blauäugig, ektomorph, glattrasiert und aufrecht sein
und am nächsten stämmig, mittelgroß, rosig, rot, blauäugig,
ektomorph, glattrasiert und gebeugt sein und am nächsten
stämmig, mittelgroß, rosig, rot, blauäugig, ektomorph, glattrasiert und lehnend sein und am nächsten stämmig, mittelgroß,
rosig, rot, blauäugig, ektomorph, vollbärtig und aufrecht sein
und am nächsten stämmig, mittelgroß, rosig, rot, blauäugig,
ektomorph, vollbärtig und gebeugt sein und am nächsten stämmig, mittelgroß, rosig, rot, blauäugig, ektomorph, vollbärtig und
lehnend sein und am nächsten stämmig, mittelgroß, rosig, rot,
blauäugig, ektomorph, schnurrbärtig und aufrecht sein und am
nächsten stämmig, mittelgroß, rosig, rot, blauäugig, ektomorph,
schnurrbärtig und gebeugt sein und am nächsten stämmig, mittelgroß, rosig, rot, blauäugig, ektomorph, schnurrbärtig und lehnend sein und am nächsten stämmig, mittelgroß, rosig, rot,

blauäugig, mesomorph, glattrasiert und aufrecht sein und am nächsten stämmig, mittelgroß, rosig, rot, blauäugig, mesomorph, glattrasiert und gebeugt sein und am nächsten stämmig, mittelgroß, rosig, rot, blauäugig, mesomorph, glattrasiert und lehnend sein und am nächsten stämmig, mittelgroß, rosig, rot, blauäugig, mesomorph, vollbärtig und aufrecht sein und am nächsten stämmig, mittelgroß, rosig, rot, blauäugig, mesomorph, vollbärtig und gebeugt sein und am nächsten stämmig, mittelgroß, rosig, rot, blauäugig, mesomorph, vollbärtig und lehnend sein und am nächsten stämmig, mittelgroß, rosig, rot, blauäugig, mesomorph, schnurrbärtig und aufrecht sein und am nächsten stämmig, mittelgroß, rosig, rot, blauäugig, mesomorph, schnurrbärtig und gebeugt sein und am nächsten stämmig, mittelgroß, rosig, rot, blauäugig, mesomorph, schnurrbärtig und lehnend sein und am nächsten stämmig, mittelgroß, rosig, rot, blauäugig, endomorph, glattrasiert und aufrecht sein und am nächsten stämmig, mittelgroß, rosig, rot, blauäugig, endomorph, glattrasiert und gebeugt sein und am nächsten stämmig, mittelgroß, rosig, rot, blauäugig, endomorph, glattrasiert und lehnend sein und am nächsten stämmig, mittelgroß, rosig, rot, blauäugig, endomorph, vollbärtig und aufrecht sein und am nächsten stämmig, mittelgroß, rosig, rot, blauäugig, endomorph, vollbärtig und gebeugt sein und am nächsten stämmig, mittelgroß, rosig, rot, blauäugig, endomorph, vollbärtig und lehnend sein und am nächsten stämmig, mittelgroß, rosig, rot, blauäugig, endomorph, schnurrbärtig und aufrecht sein und am nächsten stämmig, mittelgroß, rosig, rot, blauäugig, endomorph, schnurrbärtig und gebeugt sein und am nächsten stämmig, mittelgroß, rosig, rot, blauäugig, endomorph, schnurrbärtig und lehnend sein und am nächsten stämmig, mittelgroß, rosig, rot, grünäugig, ektomorph, glattrasiert und aufrecht sein und am nächsten stämmig, mittelgroß, rosig, rot, grünäugig, ektomorph, glattrasiert und gebeugt sein und am nächsten stämmig, mittelgroß, rosig, rot, grünäugig, ektomorph, glattrasiert und lehnend sein und am nächsten stämmig, mittelgroß, rosig, rot, grünäugig, ektomorph, vollbärtig und aufrecht sein und am nächsten stämmig, mittelgroß, rosig, rot, grünäugig, ektomorph, vollbärtig und gebeugt sein und am nächsten stämmig, mittelgroß, rosig, rot, grünäugig, ektomorph, vollbärtig und lehnend sein und am nächsten stämmig, mittelgroß, rosig, rot, grünäugig, ektomorph, schnurrbärtig und aufrecht sein und am nächsten stämmig, mittelgroß, rosig, rot, grünäugig, ektomorph, schnurrbärtig und gebeugt sein und am nächsten stämmig, mittelgroß, rosig, rot, grünäugig, ektomorph, schnurrbärtig und lehnend sein und am nächsten stämmig, mittelgroß, rosig, rot, grünäugig, mesomorph, glattrasiert und aufrecht sein und am nächsten stämmig, mittelgroß, rosig, rot, grünäugig, mesomorph, glattrasiert und gebeugt sein und am nächsten stämmig, mittelgroß, rosig, rot, grünäugig, mesomorph, glattrasiert und lehnend sein und am nächsten stämmig, mittelgroß, rosig, rot, grünäugig, mesomorph, vollbärtig und aufrecht sein und am nächsten stämmig, mittelgroß, rosig, rot, grünäugig, mesomorph, vollbärtig und gebeugt sein und am nächsten stämmig, mittelgroß, rosig, rot, grünäugig, mesomorph, vollbärtig und lehnend sein und am nächsten stämmig, mittelgroß, rosig, rot, grünäugig, mesomorph, schnurrbärtig und aufrecht sein und am nächsten stämmig, mittelgroß, rosig, rot, grünäugig, mesomorph, schnurrbärtig und gebeugt sein und am nächsten stämmig, mittelgroß, rosig, rot, grünäugig, mesomorph, schnurrbärtig und lehnend sein und am nächsten stämmig, mittelgroß, rosig, rot, grünäugig, endomorph, glattrasiert und aufrecht sein und am nächsten stämmig, mittelgroß, rosig, rot, grünäugig, endomorph, glattrasiert und gebeugt sein und am nächsten stämmig, mittelgroß, rosig, rot, grünäugig, endomorph, glattrasiert und lehnend sein und am nächsten stämmig, mittelgroß, rosig, rot, grünäugig, endomorph, vollbärtig und aufrecht sein und am nächsten stämmig, mittelgroß, rosig, rot, grünäugig, endomorph, vollbärtig und gebeugt sein und am nächsten stämmig, mittelgroß, rosig, rot, grünäugig, endomorph, vollbärtig und lehnend sein und am nächsten stämmig, mittelgroß, rosig, rot, grünäugig, endomorph, schnurrbärtig und aufrecht sein und am nächsten stämmig, mittelgroß, rosig, rot, grünäugig, endomorph, schnurrbärtig und gebeugt sein und am nächsten stämmig, mittelgroß, rosig, rot, grünäugig, endomorph, schnurrbärtig und lehnend sein und am nächsten stämmig, mittelgroß, rosig, blond, braunäugig, ektomorph, glattrasiert und aufrecht sein und am nächsten stämmig, mittelgroß, rosig, blond, braunäugig, ektomorph, glattrasiert und gebeugt sein und am nächsten stämmig, mittelgroß, rosig, blond, braunäugig, ektomorph, glattrasiert und lehnend sein und am nächsten stämmig, mittelgroß, rosig, blond, braunäugig, ektomorph, vollbärtig und aufrecht sein und am nächsten stämmig, mittelgroß, rosig, blond, braunäugig, ektomorph, vollbärtig und gebeugt sein und am nächsten stämmig, mittelgroß, rosig, blond, braunäugig, ektomorph, vollbärtig und lehnend sein und am nächsten stämmig, mittelgroß, rosig, blond, braunäugig, ektomorph, schnurrbärtig und aufrecht sein und am nächsten stämmig, mittelgroß, rosig, blond, braunäugig, ektomorph, schnurrbärtig und gebeugt sein und am nächsten stämmig, mittelgroß, rosig, blond, braunäugig, ektomorph, schnurrbärtig und lehnend sein und am nächsten stämmig, mittelgroß, rosig, blond, braunäugig, mesomorph, glattrasiert und aufrecht sein und am nächsten stämmig, mittelgroß, rosig, blond, braunäugig, mesomorph, glattrasiert und gebeugt sein und am nächsten stämmig, mittelgroß, rosig, blond, braunäugig, mesomorph, glattrasiert und lehnend sein und am nächsten stämmig, mittelgroß, rosig, blond, braunäugig, mesomorph, vollbärtig und aufrecht sein und am nächsten stämmig, mittelgroß, rosig, blond,

braunäugig, mesomorph, vollbärtig und gebeugt sein und am
nächsten stämmig, mittelgroß, rosig, blond, braunäugig, mesomorph, vollbärtig und lehnend sein und am nächsten stämmig,
mittelgroß, rosig, blond, braunäugig, mesomorph, schnurrbärtig
und aufrecht sein und am nächsten stämmig, mittelgroß, rosig,
blond, braunäugig, mesomorph, schnurrbärtig und gebeugt sein
und am nächsten stämmig, mittelgroß, rosig, blond, braunäugig,
mesomorph, schnurrbärtig und lehnend sein und am nächsten
stämmig, mittelgroß, rosig, blond, braunäugig, endomorph,
glattrasiert und aufrecht sein und am nächsten stämmig, mittelgroß, rosig, blond, braunäugig, endomorph, glattrasiert und gebeugt sein und am nächsten stämmig, mittelgroß, rosig, blond,
braunäugig, endomorph, glattrasiert und lehnend sein und am
nächsten stämmig, mittelgroß, rosig, blond, braunäugig, endomorph, vollbärtig und aufrecht sein und am nächsten stämmig,
mittelgroß, rosig, blond, braunäugig, endomorph, vollbärtig und
gebeugt sein und am nächsten stämmig, mittelgroß, rosig, blond,
braunäugig, endomorph, vollbärtig und lehnend sein und am
nächsten stämmig, mittelgroß, rosig, blond, braunäugig, endomorph, schnurrbärtig und aufrecht sein und am nächsten stämmig, mittelgroß, rosig, blond, braunäugig, endomorph, schnurrbärtig und gebeugt sein und am nächsten stämmig, mittelgroß,
rosig, blond, braunäugig, endomorph, schnurrbärtig und lehnend sein und am nächsten stämmig, mittelgroß, rosig, blond,
blauäugig, ektomorph, glattrasiert und aufrecht sein und am
nächsten stämmig, mittelgroß, rosig, blond, blauäugig, ektomorph, glattrasiert und gebeugt sein und am nächsten stämmig,
mittelgroß, rosig, blond, blauäugig, ektomorph, glattrasiert und
lehnend sein und am nächsten stämmig, mittelgroß, rosig, blond,
blauäugig, ektomorph, vollbärtig und aufrecht sein und am
nächsten stämmig, mittelgroß, rosig, blond, blauäugig, ektomorph, vollbärtig und gebeugt sein und am nächsten stämmig,

mittelgroß, rosig, blond, blauäugig, ektomorph, vollbärtig und
lehnend sein und am nächsten stämmig, mittelgroß, rosig, blond,
blauäugig, ektomorph, schnurrbärtig und aufrecht sein und am
nächsten stämmig, mittelgroß, rosig, blond, blauäugig, ektomorph, schnurrbärtig und gebeugt sein und am nächsten stämmig, mittelgroß, rosig, blond, blauäugig, ektomorph, schnurrbärtig und lehnend sein und am nächsten stämmig, mittelgroß,
rosig, blond, blauäugig, mesomorph, glattrasiert und aufrecht
sein und am nächsten stämmig, mittelgroß, rosig, blond, blauäugig, mesomorph, glattrasiert und gebeugt sein und am nächsten stämmig, mittelgroß, rosig, blond, blauäugig, mesomorph,
glattrasiert und lehnend sein und am nächsten stämmig, mittelgroß, rosig, blond, blauäugig, mesomorph, vollbärtig und aufrecht sein und am nächsten stämmig, mittelgroß, rosig, blond,
blauäugig, mesomorph, vollbärtig und gebeugt sein und am
nächsten stämmig, mittelgroß, rosig, blond, blauäugig, mesomorph, vollbärtig und lehnend sein und am nächsten stämmig,
mittelgroß, rosig, blond, blauäugig, mesomorph, schnurrbärtig
und aufrecht sein und am nächsten stämmig, mittelgroß, rosig,
blond, blauäugig, mesomorph, schnurrbärtig und gebeugt sein
und am nächsten stämmig, mittelgroß, rosig, blond, blauäugig,
mesomorph, schnurrbärtig und lehnend sein und am nächsten
stämmig, mittelgroß, rosig, blond, blauäugig, endomorph, glattrasiert und aufrecht sein und am nächsten stämmig, mittelgroß,
rosig, blond, blauäugig, endomorph, glattrasiert und gebeugt
sein und am nächsten stämmig, mittelgroß, rosig, blond, blauäugig, endomorph, glattrasiert und lehnend sein und am nächsten stämmig, mittelgroß, rosig, blond, blauäugig, endomorph,
vollbärtig und aufrecht sein und am nächsten stämmig, mittelgroß, rosig, blond, blauäugig, endomorph, vollbärtig und gebeugt
sein und am nächsten stämmig, mittelgroß, rosig, blond, blauäugig, endomorph, vollbärtig und lehnend sein und am nächsten

stämmig, mittelgroß, rosig, blond, blauäugig, endomorph, schnurrbärtig und aufrecht sein und am nächsten stämmig, mittelgroß, rosig, blond, blauäugig, endomorph, schnurrbärtig und gebeugt sein und am nächsten stämmig, mittelgroß, rosig, blond, blauäugig, endomorph, schnurrbärtig und lehnend sein und am nächsten stämmig, mittelgroß, rosig, blond, grünäugig, ektomorph, glattrasiert und aufrecht sein und am nächsten stämmig, mittelgroß, rosig, blond, grünäugig, ektomorph, glattrasiert und gebeugt sein und am nächsten stämmig, mittelgroß, rosig, blond, grünäugig, ektomorph, glattrasiert und lehnend sein und am nächsten stämmig, mittelgroß, rosig, blond, grünäugig, ektomorph, vollbärtig und aufrecht sein und am nächsten stämmig, mittelgroß, rosig, blond, grünäugig, ektomorph, vollbärtig und gebeugt sein und am nächsten stämmig, mittelgroß, rosig, blond, grünäugig, ektomorph, vollbärtig und lehnend sein und am nächsten stämmig, mittelgroß, rosig, blond, grünäugig, ektomorph, schnurrbärtig und aufrecht sein und am nächsten stämmig, mittelgroß, rosig, blond, grünäugig, ektomorph, schnurrbärtig und gebeugt sein und am nächsten stämmig, mittelgroß, rosig, blond, grünäugig, ektomorph, schnurrbärtig und lehnend sein und am nächsten stämmig, mittelgroß, rosig, blond, grünäugig, mesomorph, glattrasiert und aufrecht sein und am nächsten stämmig, mittelgroß, rosig, blond, grünäugig, mesomorph, glattrasiert und gebeugt sein und am nächsten stämmig, mittelgroß, rosig, blond, grünäugig, mesomorph, glattrasiert und lehnend sein und am nächsten stämmig, mittelgroß, rosig, blond, grünäugig, mesomorph, vollbärtig und aufrecht sein und am nächsten stämmig, mittelgroß, rosig, blond, grünäugig, mesomorph, vollbärtig und gebeugt sein und am nächsten stämmig, mittelgroß, rosig, blond, grünäugig, mesomorph, vollbärtig und lehnend sein und am nächsten stämmig, mittelgroß, rosig, blond, grünäugig, mesomorph, schnurrbärtig und aufrecht sein und am nächsten stämmig, mittelgroß, rosig, blond, grünäugig, mesomorph, schnurrbärtig und gebeugt sein und am nächsten stämmig, mittelgroß, rosig, blond, grünäugig, mesomorph, schnurrbärtig und lehnend sein und am nächsten stämmig, mittelgroß, rosig, blond, grünäugig, endomorph, glattrasiert und aufrecht sein und am nächsten stämmig, mittelgroß, rosig, blond, grünäugig, endomorph, glattrasiert und gebeugt sein und am nächsten stämmig, mittelgroß, rosig, blond, grünäugig, endomorph, glattrasiert und lehnend sein und am nächsten stämmig, mittelgroß, rosig, blond, grünäugig, endomorph, vollbärtig und aufrecht sein und am nächsten stämmig, mittelgroß, rosig, blond, grünäugig, endomorph, vollbärtig und gebeugt sein und am nächsten stämmig, mittelgroß, rosig, blond, grünäugig, endomorph, vollbärtig und lehnend sein und am nächsten stämmig, mittelgroß, rosig, blond, grünäugig, endomorph, schnurrbärtig und aufrecht sein und am nächsten stämmig, mittelgroß, rosig, blond, grünäugig, endomorph, schnurrbärtig und gebeugt sein und am nächsten stämmig, mittelgroß, rosig, blond, grünäugig, endomorph, schnurrbärtig und lehnend sein und am nächsten stämmig, groß, blaß, schwarz, braunäugig, ektomorph, glattrasiert und aufrecht sein und am nächsten stämmig, groß, blaß, schwarz, braunäugig, ektomorph, glattrasiert und gebeugt sein und am nächsten stämmig, groß, blaß, schwarz, braunäugig, ektomorph, glattrasiert und lehnend sein und am nächsten stämmig, groß, blaß, schwarz, braunäugig, ektomorph, vollbärtig und aufrecht sein und am nächsten stämmig, groß, blaß, schwarz, braunäugig, ektomorph, vollbärtig und gebeugt sein und am nächsten stämmig, groß, blaß, schwarz, braunäugig, ektomorph, vollbärtig und lehnend sein und am nächsten stämmig, groß, blaß, schwarz, braunäugig, ektomorph, schnurrbärtig und aufrecht sein und am nächsten stämmig, groß, blaß, schwarz, braunäugig, ektomorph, schnurrbärtig und gebeugt sein und am nächsten stämmig, groß, blaß, schwarz, braunäugig, ektomorph, schnurrbärtig und lehnend sein und am nächsten stämmig, groß, blaß, schwarz, braunäugig, mesomorph, glattrasiert und aufrecht sein und am nächsten stämmig, groß, blaß, schwarz, braunäugig, mesomorph, glattrasiert und gebeugt sein und am nächsten stämmig, groß, blaß, schwarz, braunäugig, mesomorph, glattrasiert und lehnend sein und am nächsten stämmig, groß, blaß, schwarz, braunäugig, mesomorph, vollbärtig und aufrecht sein und am nächsten stämmig, groß, blaß, schwarz, braunäugig, mesomorph, vollbärtig und gebeugt sein und am nächsten stämmig, groß, blaß, schwarz, braunäugig, mesomorph, vollbärtig und lehnend sein und am nächsten stämmig, groß, blaß, schwarz, braunäugig, mesomorph, schnurrbärtig und aufrecht sein und am nächsten stämmig, groß, blaß, schwarz, braunäugig, mesomorph, schnurrbärtig und gebeugt sein und am nächsten stämmig, groß, blaß, schwarz, braunäugig, mesomorph, schnurrbärtig und lehnend sein und am nächsten stämmig, groß, blaß, schwarz, braunäugig, endomorph, glattrasiert und aufrecht sein und am nächsten stämmig, groß, blaß, schwarz, braunäugig, endomorph, glattrasiert und gebeugt sein und am nächsten stämmig, groß, blaß, schwarz, braunäugig, endomorph, glattrasiert und lehnend sein und am nächsten stämmig, groß, blaß, schwarz, braunäugig, endomorph, vollbärtig und aufrecht sein und am nächsten stämmig, groß, blaß, schwarz, braunäugig, endomorph, vollbärtig und gebeugt sein und am nächsten stämmig, groß, blaß, schwarz, braunäugig, endomorph, vollbärtig und lehnend sein und am nächsten stämmig, groß, blaß, schwarz, braunäugig, endomorph, schnurrbärtig und aufrecht sein und am nächsten stämmig, groß, blaß, schwarz, braunäugig, endomorph, schnurrbärtig und gebeugt sein und am nächsten stämmig, groß, blaß, schwarz, braunäugig, endomorph, schnurrbärtig und lehnend sein und am nächsten stämmig, groß, blaß, schwarz, blauäugig, ektomorph, glattrasiert und aufrecht sein und am nächsten stämmig, groß, blaß, schwarz, blauäugig, ektomorph, glattrasiert und gebeugt sein und am nächsten stämmig, groß, blaß, schwarz, blauäugig, ektomorph, glattrasiert und lehnend sein und am nächsten stämmig, groß, blaß, schwarz, blauäugig, ektomorph, vollbärtig und aufrecht sein und am nächsten stämmig, groß, blaß, schwarz, blauäugig, ektomorph, vollbärtig und gebeugt sein und am nächsten stämmig, groß, blaß, schwarz, blauäugig, ektomorph, vollbärtig und lehnend sein und am nächsten stämmig, groß, blaß, schwarz, blauäugig, ektomorph, schnurrbärtig und aufrecht sein und am nächsten stämmig, groß, blaß, schwarz, blauäugig, ektomorph, schnurrbärtig und gebeugt sein und am nächsten stämmig, groß, blaß, schwarz, blauäugig, ektomorph, schnurrbärtig und lehnend sein und am nächsten stämmig, groß, blaß, schwarz, blauäugig, mesomorph, glattrasiert und aufrecht sein und am nächsten stämmig, groß, blaß, schwarz, blauäugig, mesomorph, glattrasiert und gebeugt sein und am nächsten stämmig, groß, blaß, schwarz, blauäugig, mesomorph, glattrasiert und lehnend sein und am nächsten stämmig, groß, blaß, schwarz, blauäugig, mesomorph, vollbärtig und aufrecht sein und am nächsten stämmig, groß, blaß, schwarz, blauäugig, mesomorph, vollbärtig und gebeugt sein und am nächsten stämmig, groß, blaß, schwarz, blauäugig, mesomorph, vollbärtig und lehnend sein und am nächsten stämmig, groß, blaß, schwarz, blauäugig, mesomorph, schnurrbärtig und aufrecht sein und am nächsten stämmig, groß, blaß, schwarz, blauäugig, mesomorph, schnurrbärtig und gebeugt sein und am nächsten stämmig, groß, blaß, schwarz, blauäugig, mesomorph, schnurrbärtig und lehnend sein und am nächsten stämmig, groß, blaß, schwarz, blauäugig, endomorph, glattrasiert und aufrecht sein und am nächsten stämmig, groß, blaß, schwarz, blauäugig, endomorph, glattrasiert und gebeugt sein und am nächsten stämmig, groß, blaß,

schwarz, blauäugig, endomorph, glattrasiert und lehnend sein
und am nächsten stämmig, groß, blaß, schwarz, blauäugig, endomorph, vollbärtig und aufrecht sein und am nächsten stämmig,
groß, blaß, schwarz, blauäugig, endomorph, vollbärtig und gebeugt sein und am nächsten stämmig, groß, blaß, schwarz, blauäugig, endomorph, vollbärtig und lehnend sein und am nächsten stämmig, groß, blaß, schwarz, blauäugig, endomorph,
schnurrbärtig und aufrecht sein und am nächsten stämmig, groß,
blaß, schwarz, blauäugig, endomorph, schnurrbärtig und gebeugt sein und am nächsten stämmig, groß, blaß, schwarz, blauäugig, endomorph, schnurrbärtig und lehnend sein und am
nächsten stämmig, groß, blaß, schwarz, grünäugig, ektomorph,
glattrasiert und aufrecht sein und am nächsten stämmig, groß,
blaß, schwarz, grünäugig, ektomorph, glattrasiert und gebeugt
sein und am nächsten stämmig, groß, blaß, schwarz, grünäugig,
ektomorph, glattrasiert und lehnend sein und am nächsten
stämmig, groß, blaß, schwarz, grünäugig, ektomorph, vollbärtig
und aufrecht sein und am nächsten stämmig, groß, blaß, schwarz,
grünäugig, ektomorph, vollbärtig und gebeugt sein und am
nächsten stämmig, groß, blaß, schwarz, grünäugig, ektomorph,
vollbärtig und lehnend sein und am nächsten stämmig, groß,
blaß, schwarz, grünäugig, ektomorph, schnurrbärtig und aufrecht sein und am nächsten stämmig, groß, blaß, schwarz, grünäugig, ektomorph, schnurrbärtig und gebeugt sein und am
nächsten stämmig, groß, blaß, schwarz, grünäugig, ektomorph,
schnurrbärtig und lehnend sein und am nächsten stämmig, groß,
blaß, schwarz, grünäugig, mesomorph, glattrasiert und aufrecht
sein und am nächsten stämmig, groß, blaß, schwarz, grünäugig,
mesomorph, glattrasiert und gebeugt sein und am nächsten
stämmig, groß, blaß, schwarz, grünäugig, mesomorph, glattrasiert und lehnend sein und am nächsten stämmig, groß, blaß,
schwarz, grünäugig, mesomorph, vollbärtig und aufrecht sein

und am nächsten stämmig, groß, blaß, schwarz, grünäugig, mesomorph, vollbärtig und gebeugt sein und am nächsten stämmig, groß, blaß, schwarz, grünäugig, mesomorph, vollbärtig und lehnend sein und am nächsten stämmig, groß, blaß, schwarz, grünäugig, mesomorph, schnurrbärtig und aufrecht sein und am nächsten stämmig, groß, blaß, schwarz, grünäugig, mesomorph, schnurrbärtig und gebeugt sein und am nächsten stämmig, groß, blaß, schwarz, grünäugig, mesomorph, schnurrbärtig und lehnend sein und am nächsten stämmig, groß, blaß, schwarz, grünäugig, endomorph, glattrasiert und aufrecht sein und am nächsten stämmig, groß, blaß, schwarz, grünäugig, endomorph, glattrasiert und gebeugt sein und am nächsten stämmig, groß, blaß, schwarz, grünäugig, endomorph, glattrasiert und lehnend sein und am nächsten stämmig, groß, blaß, schwarz, grünäugig, endomorph, vollbärtig und aufrecht sein und am nächsten stämmig, groß, blaß, schwarz, grünäugig, endomorph, vollbärtig und gebeugt sein und am nächsten stämmig, groß, blaß, schwarz, grünäugig, endomorph, vollbärtig und lehnend sein und am nächsten stämmig, groß, blaß, schwarz, grünäugig, endomorph, schnurrbärtig und aufrecht sein und am nächsten stämmig, groß, blaß, schwarz, grünäugig, endomorph, schnurrbärtig und gebeugt sein und am nächsten stämmig, groß, blaß, schwarz, grünäugig, endomorph, schnurrbärtig und lehnend sein und am nächsten stämmig, groß, blaß, rot, braunäugig, ektomorph, glattrasiert und aufrecht sein und am nächsten stämmig, groß, blaß, rot, braunäugig, ektomorph, glattrasiert und gebeugt sein und am nächsten stämmig, groß, blaß, rot, braunäugig, ektomorph, glattrasiert und lehnend sein und am nächsten stämmig, groß, blaß, rot, braunäugig, ektomorph, vollbärtig und aufrecht sein und am nächsten stämmig, groß, blaß, rot, braunäugig, ektomorph, vollbärtig und gebeugt sein und am nächsten stämmig, groß, blaß, rot, braunäugig, ektomorph, vollbärtig und lehnend sein und am nächsten stämmig, groß, blaß, rot, braunäugig, ektomorph, schnurrbärtig und aufrecht sein und am nächsten stämmig, groß, blaß, rot, braunäugig, ektomorph, schnurrbärtig und gebeugt sein und am nächsten stämmig, groß, blaß, rot, braunäugig, ektomorph, schnurrbärtig und lehnend sein und am nächsten stämmig, groß, blaß, rot, braunäugig, mesomorph, glattrasiert und aufrecht sein und am nächsten stämmig, groß, blaß, rot, braunäugig, mesomorph, glattrasiert und gebeugt sein und am nächsten stämmig, groß, blaß, rot, braunäugig, mesomorph, glattrasiert und lehnend sein und am nächsten stämmig, groß, blaß, rot, braunäugig, mesomorph, vollbärtig und aufrecht sein und am nächsten stämmig, groß, blaß, rot, braunäugig, mesomorph, vollbärtig und gebeugt sein und am nächsten stämmig, groß, blaß, rot, braunäugig, mesomorph, vollbärtig und lehnend sein und am nächsten stämmig, groß, blaß, rot, braunäugig, mesomorph, schnurrbärtig und aufrecht sein und am nächsten stämmig, groß, blaß, rot, braunäugig, mesomorph, schnurrbärtig und gebeugt sein und am nächsten stämmig, groß, blaß, rot, braunäugig, mesomorph, schnurrbärtig und lehnend sein und am nächsten stämmig, groß, blaß, rot, braunäugig, endomorph, glattrasiert und aufrecht sein und am nächsten stämmig, groß, blaß, rot, braunäugig, endomorph, glattrasiert und gebeugt sein und am nächsten stämmig, groß, blaß, rot, braunäugig, endomorph, glattrasiert und lehnend sein und am nächsten stämmig, groß, blaß, rot, braunäugig, endomorph, vollbärtig und aufrecht sein und am nächsten stämmig, groß, blaß, rot, braunäugig, endomorph, vollbärtig und gebeugt sein und am nächsten stämmig, groß, blaß, rot, braunäugig, endomorph, vollbärtig und lehnend sein und am nächsten stämmig, groß, blaß, rot, braunäugig, endomorph, schnurrbärtig und aufrecht sein und am nächsten stämmig, groß, blaß, rot, braunäugig, endomorph, schnurrbärtig und gebeugt sein und am nächsten stämmig, groß, blaß, rot, braunäugig, endomorph, schnurrbärtig und lehnend sein und am nächsten stämmig, groß, blaß, rot, blauäugig, ektomorph, glattrasiert und aufrecht sein und am nächsten stämmig, groß, blaß, rot, blauäugig, ektomorph, glattrasiert und gebeugt sein und am nächsten stämmig, groß, blaß, rot, blauäugig, ektomorph, glattrasiert und lehnend sein und am nächsten stämmig, groß, blaß, rot, blauäugig, ektomorph, vollbärtig und aufrecht sein und am nächsten stämmig, groß, blaß, rot, blauäugig, ektomorph, vollbärtig und gebeugt sein und am nächsten stämmig, groß, blaß, rot, blauäugig, ektomorph, vollbärtig und lehnend sein und am nächsten stämmig, groß, blaß, rot, blauäugig, ektomorph, schnurrbärtig und aufrecht sein und am nächsten stämmig, groß, blaß, rot, blauäugig, ektomorph, schnurrbärtig und gebeugt sein und am nächsten stämmig, groß, blaß, rot, blauäugig, ektomorph, schnurrbärtig und lehnend sein und am nächsten stämmig, groß, blaß, rot, blauäugig, mesomorph, glattrasiert und aufrecht sein und am nächsten stämmig, groß, blaß, rot, blauäugig, mesomorph, glattrasiert und gebeugt sein und am nächsten stämmig, groß, blaß, rot, blauäugig, mesomorph, glattrasiert und lehnend sein und am nächsten stämmig, groß, blaß, rot, blauäugig, mesomorph, vollbärtig und aufrecht sein und am nächsten stämmig, groß, blaß, rot, blauäugig, mesomorph, vollbärtig und gebeugt sein und am nächsten stämmig, groß, blaß, rot, blauäugig, mesomorph, vollbärtig und lehnend sein und am nächsten stämmig, groß, blaß, rot, blauäugig, mesomorph, schnurrbärtig und aufrecht sein und am nächsten stämmig, groß, blaß, rot, blauäugig, mesomorph, schnurrbärtig und gebeugt sein und am nächsten stämmig, groß, blaß, rot, blauäugig, mesomorph, schnurrbärtig und lehnend sein und am nächsten stämmig, groß, blaß, rot, blauäugig, endomorph, glattrasiert und aufrecht sein und am nächsten stämmig, groß, blaß, rot, blauäugig, endomorph, glattrasiert und gebeugt sein und am nächsten stämmig, groß, blaß, rot, blauäugig, endomorph, glattrasiert und lehnend sein und am nächsten stämmig, groß, blaß, rot, blauäugig, endomorph, vollbärtig und aufrecht sein und am nächsten stämmig, groß, blaß, rot, blauäugig, endomorph, vollbärtig und gebeugt sein und am nächsten stämmig, groß, blaß, rot, blauäugig, endomorph, vollbärtig und lehnend sein und am nächsten stämmig, groß, blaß, rot, blauäugig, endomorph, schnurrbärtig und aufrecht sein und am nächsten stämmig, groß, blaß, rot, blauäugig, endomorph, schnurrbärtig und gebeugt sein und am nächsten stämmig, groß, blaß, rot, blauäugig, endomorph, schnurrbärtig und lehnend sein und am nächsten stämmig, groß, blaß, rot, grünäugig, ektomorph, glattrasiert und aufrecht sein und am nächsten stämmig, groß, blaß, rot, grünäugig, ektomorph, glattrasiert und gebeugt sein und am nächsten stämmig, groß, blaß, rot, grünäugig, ektomorph, glattrasiert und lehnend sein und am nächsten stämmig, groß, blaß, rot, grünäugig, ektomorph, vollbärtig und aufrecht sein und am nächsten stämmig, groß, blaß, rot, grünäugig, ektomorph, vollbärtig und gebeugt sein und am nächsten stämmig, groß, blaß, rot, grünäugig, ektomorph, vollbärtig und lehnend sein und am nächsten stämmig, groß, blaß, rot, grünäugig, ektomorph, schnurrbärtig und aufrecht sein und am nächsten stämmig, groß, blaß, rot, grünäugig, ektomorph, schnurrbärtig und gebeugt sein und am nächsten stämmig, groß, blaß, rot, grünäugig, ektomorph, schnurrbärtig und lehnend sein und am nächsten stämmig, groß, blaß, rot, grünäugig, mesomorph, glattrasiert und aufrecht sein und am nächsten stämmig, groß, blaß, rot, grünäugig, mesomorph, glattrasiert und gebeugt sein und am nächsten stämmig, groß, blaß, rot, grünäugig, mesomorph, glattrasiert und lehnend sein und am nächsten stämmig, groß, blaß, rot, grünäugig, mesomorph, vollbärtig und aufrecht sein und am nächsten stämmig, groß, blaß, rot, grünäugig, mesomorph, vollbärtig und gebeugt sein

und am nächsten stämmig, groß, blaß, rot, grünäugig, mesomorph, vollbärtig und lehnend sein und am nächsten stämmig,
groß, blaß, rot, grünäugig, mesomorph, schnurrbärtig und aufrecht sein und am nächsten stämmig, groß, blaß, rot, grünäugig,
mesomorph, schnurrbärtig und gebeugt sein und am nächsten
stämmig, groß, blaß, rot, grünäugig, mesomorph, schnurrbärtig
und lehnend sein und am nächsten stämmig, groß, blaß, rot,
grünäugig, endomorph, glattrasiert und aufrecht sein und am
nächsten stämmig, groß, blaß, rot, grünäugig, endomorph, glattrasiert und gebeugt sein und am nächsten stämmig, groß, blaß,
rot, grünäugig, endomorph, glattrasiert und lehnend sein und
am nächsten stämmig, groß, blaß, rot, grünäugig, endomorph,
vollbärtig und aufrecht sein und am nächsten stämmig, groß,
blaß, rot, grünäugig, endomorph, vollbärtig und gebeugt sein
und am nächsten stämmig, groß, blaß, rot, grünäugig, endomorph, vollbärtig und lehnend sein und am nächsten stämmig,
groß, blaß, rot, grünäugig, endomorph, schnurrbärtig und aufrecht sein und am nächsten stämmig, groß, blaß, rot, grünäugig,
endomorph, schnurrbärtig und gebeugt sein und am nächsten
stämmig, groß, blaß, rot, grünäugig, endomorph, schnurrbärtig
und lehnend sein und am nächsten stämmig, groß, blaß, blond,
braunäugig, ektomorph, glattrasiert und aufrecht sein und am
nächsten stämmig, groß, blaß, blond, braunäugig, ektomorph,
glattrasiert und gebeugt sein und am nächsten stämmig, groß,
blaß, blond, braunäugig, ektomorph, glattrasiert und lehnend
sein und am nächsten stämmig, groß, blaß, blond, braunäugig,
ektomorph, vollbärtig und aufrecht sein und am nächsten stämmig, groß, blaß, blond, braunäugig, ektomorph, vollbärtig und
gebeugt sein und am nächsten stämmig, groß, blaß, blond,
braunäugig, ektomorph, vollbärtig und lehnend sein und am
nächsten stämmig, groß, blaß, blond, braunäugig, ektomorph,
schnurrbärtig und aufrecht sein und am nächsten stämmig, groß,

blaß, blond, braunäugig, ektomorph, schnurrbärtig und gebeugt sein und am nächsten stämmig, groß, blaß, blond, braunäugig, ektomorph, schnurrbärtig und lehnend sein und am nächsten stämmig, groß, blaß, blond, braunäugig, mesomorph, glattrasiert und aufrecht sein und am nächsten stämmig, groß, blaß, blond, braunäugig, mesomorph, glattrasiert und gebeugt sein und am nächsten stämmig, groß, blaß, blond, braunäugig, mesomorph, glattrasiert und lehnend sein und am nächsten stämmig, groß, blaß, blond, braunäugig, mesomorph, vollbärtig und aufrecht sein und am nächsten stämmig, groß, blaß, blond, braunäugig, mesomorph, vollbärtig und gebeugt sein und am nächsten stämmig, groß, blaß, blond, braunäugig, mesomorph, vollbärtig und lehnend sein und am nächsten stämmig, groß, blaß, blond, braunäugig, mesomorph, schnurrbärtig und aufrecht sein und am nächsten stämmig, groß, blaß, blond, braunäugig, mesomorph, schnurrbärtig und gebeugt sein und am nächsten stämmig, groß, blaß, blond, braunäugig, mesomorph, schnurrbärtig und lehnend sein und am nächsten stämmig, groß, blaß, blond, braunäugig, endomorph, glattrasiert und aufrecht sein und am nächsten stämmig, groß, blaß, blond, braunäugig, endomorph, glattrasiert und gebeugt sein und am nächsten stämmig, groß, blaß, blond, braunäugig, endomorph, glattrasiert und lehnend sein und am nächsten stämmig, groß, blaß, blond, braunäugig, endomorph, vollbärtig und aufrecht sein und am nächsten stämmig, groß, blaß, blond, braunäugig, endomorph, vollbärtig und gebeugt sein und am nächsten stämmig, groß, blaß, blond, braunäugig, endomorph, vollbärtig und lehnend sein und am nächsten stämmig, groß, blaß, blond, braunäugig, endomorph, schnurrbärtig und aufrecht sein und am nächsten stämmig, groß, blaß, blond, braunäugig, endomorph, schnurrbärtig und gebeugt sein und am nächsten stämmig, groß, blaß, blond, braunäugig, endomorph, schnurrbärtig und lehnend sein und am nächsten stämmig, groß, blaß, blond, blauäugig, ektomorph, glattrasiert und aufrecht sein und am nächsten stämmig, groß, blaß, blond, blauäugig, ektomorph, glattrasiert und gebeugt sein und am nächsten stämmig, groß, blaß, blond, blauäugig, ektomorph, glattrasiert und lehnend sein und am nächsten stämmig, groß, blaß, blond, blauäugig, ektomorph, vollbärtig und aufrecht sein und am nächsten stämmig, groß, blaß, blond, blauäugig, ektomorph, vollbärtig und gebeugt sein und am nächsten stämmig, groß, blaß, blond, blauäugig, ektomorph, vollbärtig und lehnend sein und am nächsten stämmig, groß, blaß, blond, blauäugig, ektomorph, schnurrbärtig und aufrecht sein und am nächsten stämmig, groß, blaß, blond, blauäugig, ektomorph, schnurrbärtig und gebeugt sein und am nächsten stämmig, groß, blaß, blond, blauäugig, ektomorph, schnurrbärtig und lehnend sein und am nächsten stämmig, groß, blaß, blond, blauäugig, mesomorph, glattrasiert und aufrecht sein und am nächsten stämmig, groß, blaß, blond, blauäugig, mesomorph, glattrasiert und gebeugt sein und am nächsten stämmig, groß, blaß, blond, blauäugig, mesomorph, glattrasiert und lehnend sein und am nächsten stämmig, groß, blaß, blond, blauäugig, mesomorph, vollbärtig und aufrecht sein und am nächsten stämmig, groß, blaß, blond, blauäugig, mesomorph, vollbärtig und gebeugt sein und am nächsten stämmig, groß, blaß, blond, blauäugig, mesomorph, vollbärtig und lehnend sein und am nächsten stämmig, groß, blaß, blond, blauäugig, mesomorph, schnurrbärtig und aufrecht sein und am nächsten stämmig, groß, blaß, blond, blauäugig, mesomorph, schnurrbärtig und gebeugt sein und am nächsten stämmig, groß, blaß, blond, blauäugig, mesomorph, schnurrbärtig und lehnend sein und am nächsten stämmig, groß, blaß, blond, blauäugig, endomorph, glattrasiert und aufrecht sein und am nächsten stämmig, groß, blaß, blond, blauäugig, endomorph, glattrasiert und gebeugt sein und am nächsten stämmig, groß, blaß, blond, blauäugig, endomorph, glattrasiert und lehnend sein und am nächsten stämmig, groß, blaß, blond, blauäugig, endomorph, vollbärtig und aufrecht sein und am nächsten stämmig, groß, blaß, blond, blauäugig, endomorph, vollbärtig und gebeugt sein und am nächsten stämmig, groß, blaß, blond, blauäugig, endomorph, vollbärtig und lehnend sein und am nächsten stämmig, groß, blaß, blond, blauäugig, endomorph, schnurrbärtig und aufrecht sein und am nächsten stämmig, groß, blaß, blond, blauäugig, endomorph, schnurrbärtig und gebeugt sein und am nächsten stämmig, groß, blaß, blond, blauäugig, endomorph, schnurrbärtig und lehnend sein und am nächsten stämmig, groß, blaß, blond, grünäugig, ektomorph, glattrasiert und aufrecht sein und am nächsten stämmig, groß, blaß, blond, grünäugig, ektomorph, glattrasiert und gebeugt sein und am nächsten stämmig, groß, blaß, blond, grünäugig, ektomorph, glattrasiert und lehnend sein und am nächsten stämmig, groß, blaß, blond, grünäugig, ektomorph, vollbärtig und aufrecht sein und am nächsten stämmig, groß, blaß, blond, grünäugig, ektomorph, vollbärtig und gebeugt sein und am nächsten stämmig, groß, blaß, blond, grünäugig, ektomorph, vollbärtig und lehnend sein und am nächsten stämmig, groß, blaß, blond, grünäugig, ektomorph, schnurrbärtig und aufrecht sein und am nächsten stämmig, groß, blaß, blond, grünäugig, ektomorph, schnurrbärtig und gebeugt sein und am nächsten stämmig, groß, blaß, blond, grünäugig, ektomorph, schnurrbärtig und lehnend sein und am nächsten stämmig, groß, blaß, blond, grünäugig, mesomorph, glattrasiert und aufrecht sein und am nächsten stämmig, groß, blaß, blond, grünäugig, mesomorph, glattrasiert und gebeugt sein und am nächsten stämmig, groß, blaß, blond, grünäugig, mesomorph, glattrasiert und lehnend sein und am nächsten stämmig, groß, blaß, blond, grünäugig, mesomorph, vollbärtig und aufrecht sein und am nächsten stämmig, groß, blaß, blond, grünäugig, mesomorph, vollbärtig und gebeugt sein und am nächsten stämmig, groß, blaß, blond, grünäugig, mesomorph, vollbärtig und lehnend sein und am nächsten stämmig, groß, blaß, blond, grünäugig, mesomorph, schnurrbärtig und aufrecht sein und am nächsten stämmig, groß, blaß, blond, grünäugig, mesomorph, schnurrbärtig und gebeugt sein und am nächsten stämmig, groß, blaß, blond, grünäugig, mesomorph, schnurrbärtig und lehnend sein und am nächsten stämmig, groß, blaß, blond, grünäugig, endomorph, glattrasiert und aufrecht sein und am nächsten stämmig, groß, blaß, blond, grünäugig, endomorph, glattrasiert und gebeugt sein und am nächsten stämmig, groß, blaß, blond, grünäugig, endomorph, glattrasiert und lehnend sein und am nächsten stämmig, groß, blaß, blond, grünäugig, endomorph, vollbärtig und aufrecht sein und am nächsten stämmig, groß, blaß, blond, grünäugig, endomorph, vollbärtig und gebeugt sein und am nächsten stämmig, groß, blaß, blond, grünäugig, endomorph, vollbärtig und lehnend sein und am nächsten stämmig, groß, blaß, blond, grünäugig, endomorph, schnurrbärtig und aufrecht sein und am nächsten stämmig, groß, blaß, blond, grünäugig, endomorph, schnurrbärtig und gebeugt sein und am nächsten stämmig, groß, blaß, blond, grünäugig, endomorph, schnurrbärtig und lehnend sein und am nächsten stämmig, groß, gelb, schwarz, braunäugig, ektomorph, glattrasiert und aufrecht sein und am nächsten stämmig, groß, gelb, schwarz, braunäugig, ektomorph, glattrasiert und gebeugt sein und am nächsten stämmig, groß, gelb, schwarz, braunäugig, ektomorph, glattrasiert und lehnend sein und am nächsten stämmig, groß, gelb, schwarz, braunäugig, ektomorph, vollbärtig und aufrecht sein und am nächsten stämmig, groß, gelb, schwarz, braunäugig, ektomorph, vollbärtig und gebeugt sein und am nächsten stämmig, groß, gelb, schwarz, braunäugig, ektomorph, vollbärtig und lehnend sein und am nächsten stämmig, groß, gelb, schwarz, braunäugig, ektomorph, schnurrbärtig und aufrecht sein und am nächsten stämmig, groß, gelb, schwarz, braunäugig, ektomorph, schnurrbärtig und gebeugt sein und am nächsten stämmig, groß, gelb, schwarz, braunäugig, ektomorph, schnurrbärtig und lehnend sein und am nächsten stämmig, groß, gelb, schwarz, braunäugig, mesomorph, glattrasiert und aufrecht sein und am nächsten stämmig, groß, gelb, schwarz, braunäugig, mesomorph, glattrasiert und gebeugt sein und am nächsten stämmig, groß, gelb, schwarz, braunäugig, mesomorph, glattrasiert und lehnend sein und am nächsten stämmig, groß, gelb, schwarz, braunäugig, mesomorph, vollbärtig und aufrecht sein und am nächsten stämmig, groß, gelb, schwarz, braunäugig, mesomorph, vollbärtig und gebeugt sein und am nächsten stämmig, groß, gelb, schwarz, braunäugig, mesomorph, vollbärtig und lehnend sein und am nächsten stämmig, groß, gelb, schwarz, braunäugig, mesomorph, schnurrbärtig und aufrecht sein und am nächsten stämmig, groß, gelb, schwarz, braunäugig, mesomorph, schnurrbärtig und gebeugt sein und am nächsten stämmig, groß, gelb, schwarz, braunäugig, mesomorph, schnurrbärtig und lehnend sein und am nächsten stämmig, groß, gelb, schwarz, braunäugig, endomorph, glattrasiert und aufrecht sein und am nächsten stämmig, groß, gelb, schwarz, braunäugig, endomorph, glattrasiert und gebeugt sein und am nächsten stämmig, groß, gelb, schwarz, braunäugig, endomorph, glattrasiert und lehnend sein und am nächsten stämmig, groß, gelb, schwarz, braunäugig, endomorph, vollbärtig und aufrecht sein und am nächsten stämmig, groß, gelb, schwarz, braunäugig, endomorph, vollbärtig und gebeugt sein und am nächsten stämmig, groß, gelb, schwarz, braunäugig, endomorph, vollbärtig und lehnend sein und am nächsten stämmig, groß, gelb, schwarz, braunäugig, endomorph, schnurrbärtig und aufrecht sein und am nächsten stämmig, groß, gelb, schwarz, braunäugig, endomorph, schnurrbärtig und gebeugt sein und am nächsten stämmig, groß, gelb, schwarz, braunäugig, endomorph, schnurrbärtig und lehnend sein und am nächsten stämmig, groß, gelb, schwarz, blauäugig, ektomorph, glattrasiert und aufrecht sein und am nächsten stämmig, groß, gelb, schwarz, blauäugig, ektomorph, glattrasiert und gebeugt sein und am nächsten stämmig, groß, gelb, schwarz, blauäugig, ektomorph, glattrasiert und lehnend sein und am nächsten stämmig, groß, gelb, schwarz, blauäugig, ektomorph, vollbärtig und aufrecht sein und am nächsten stämmig, groß, gelb, schwarz, blauäugig, ektomorph, vollbärtig und gebeugt sein und am nächsten stämmig, groß, gelb, schwarz, blauäugig, ektomorph, vollbärtig und lehnend sein und am nächsten stämmig, groß, gelb, schwarz, blauäugig, ektomorph, schnurrbärtig und aufrecht sein und am nächsten stämmig, groß, gelb, schwarz, blauäugig, ektomorph, schnurrbärtig und gebeugt sein und am nächsten stämmig, groß, gelb, schwarz, blauäugig, ektomorph, schnurrbärtig und lehnend sein und am nächsten stämmig, groß, gelb, schwarz, blauäugig, mesomorph, glattrasiert und aufrecht sein und am nächsten stämmig, groß, gelb, schwarz, blauäugig, mesomorph, glattrasiert und gebeugt sein und am nächsten stämmig, groß, gelb, schwarz, blauäugig, mesomorph, glattrasiert und lehnend sein und am nächsten stämmig, groß, gelb, schwarz, blauäugig, mesomorph, vollbärtig und aufrecht sein und am nächsten stämmig, groß, gelb, schwarz, blauäugig, mesomorph, vollbärtig und gebeugt sein und am nächsten stämmig, groß, gelb, schwarz, blauäugig, mesomorph, vollbärtig und lehnend sein und am nächsten stämmig, groß, gelb, schwarz, blauäugig, mesomorph, schnurrbärtig und aufrecht sein und am nächsten stämmig, groß, gelb, schwarz, blauäugig, mesomorph, schnurrbärtig und gebeugt sein und am nächsten stämmig, groß, gelb, schwarz, blauäugig, mesomorph, schnurrbärtig und lehnend sein und am nächsten stämmig, groß, gelb, schwarz, blauäugig, endomorph, glattrasiert und aufrecht sein und am nächsten stämmig, groß, gelb, schwarz, blauäugig, endomorph, glattrasiert und gebeugt sein und am nächsten stämmig, groß, gelb, schwarz, blauäugig, endomorph, glattrasiert und lehnend sein und am nächsten stämmig, groß, gelb, schwarz, blauäugig, endomorph, vollbärtig und aufrecht sein und am nächsten stämmig, groß, gelb, schwarz, blauäugig, endomorph, vollbärtig und gebeugt sein und am nächsten stämmig, groß, gelb, schwarz, blauäugig, endomorph, vollbärtig und lehnend sein und am nächsten stämmig, groß, gelb, schwarz, blauäugig, endomorph, schnurrbärtig und aufrecht sein und am nächsten stämmig, groß, gelb, schwarz, blauäugig, endomorph, schnurrbärtig und gebeugt sein und am nächsten stämmig, groß, gelb, schwarz, blauäugig, endomorph, schnurrbärtig und lehnend sein und am nächsten stämmig, groß, gelb, schwarz, grünäugig, ektomorph, glattrasiert und aufrecht sein und am nächsten stämmig, groß, gelb, schwarz, grünäugig, ektomorph, glattrasiert und gebeugt sein und am nächsten stämmig, groß, gelb, schwarz, grünäugig, ektomorph, glattrasiert und lehnend sein und am nächsten stämmig, groß, gelb, schwarz, grünäugig, ektomorph, vollbärtig und aufrecht sein und am nächsten stämmig, groß, gelb, schwarz, grünäugig, ektomorph, vollbärtig und gebeugt sein und am nächsten stämmig, groß, gelb, schwarz, grünäugig, ektomorph, vollbärtig und lehnend sein und am nächsten stämmig, groß, gelb, schwarz, grünäugig, ektomorph, schnurrbärtig und aufrecht sein und am nächsten stämmig, groß, gelb, schwarz, grünäugig, ektomorph, schnurrbärtig und gebeugt sein und am nächsten stämmig, groß, gelb, schwarz, grünäugig, ektomorph, schnurrbärtig und lehnend sein und am nächsten stämmig, groß, gelb, schwarz, grünäugig, mesomorph, glattrasiert und aufrecht sein und am nächsten stämmig, groß, gelb, schwarz, grünäugig, mesomorph, glattrasiert und gebeugt sein und am nächsten stämmig, groß, gelb, schwarz, grünäugig, mesomorph, glattrasiert und lehnend sein und am nächsten stämmig, groß, gelb, schwarz, grünäugig, mesomorph, vollbärtig und aufrecht sein und am nächsten stämmig, groß, gelb, schwarz, grünäugig, mesomorph, vollbärtig und gebeugt sein und am nächsten stämmig, groß, gelb, schwarz, grünäugig, mesomorph, vollbärtig und lehnend sein und am nächsten stämmig, groß, gelb, schwarz, grünäugig, mesomorph, schnurrbärtig und aufrecht sein und am nächsten stämmig, groß, gelb, schwarz, grünäugig, mesomorph, schnurrbärtig und gebeugt sein und am nächsten stämmig, groß, gelb, schwarz, grünäugig, mesomorph, schnurrbärtig und lehnend sein und am nächsten stämmig, groß, gelb, schwarz, grünäugig, endomorph, glattrasiert und aufrecht sein und am nächsten stämmig, groß, gelb, schwarz, grünäugig, endomorph, glattrasiert und gebeugt sein und am nächsten stämmig, groß, gelb, schwarz, grünäugig, endomorph, glattrasiert und lehnend sein und am nächsten stämmig, groß, gelb, schwarz, grünäugig, endomorph, vollbärtig und aufrecht sein und am nächsten stämmig, groß, gelb, schwarz, grünäugig, endomorph, vollbärtig und gebeugt sein und am nächsten stämmig, groß, gelb, schwarz, grünäugig, endomorph, vollbärtig und lehnend sein und am nächsten stämmig, groß, gelb, schwarz, grünäugig, endomorph, schnurrbärtig und aufrecht sein und am nächsten stämmig, groß, gelb, schwarz, grünäugig, endomorph, schnurrbärtig und gebeugt sein und am nächsten stämmig, groß, gelb, schwarz, grünäugig, endomorph, schnurrbärtig und lehnend sein und am nächsten stämmig, groß, gelb, rot, braunäugig, ektomorph, glattrasiert und aufrecht sein und am nächsten stämmig, groß, gelb, rot, braunäugig, ektomorph, glattrasiert und gebeugt sein und am nächsten stämmig, groß, gelb, rot, braunäugig, ektomorph, glattrasiert und lehnend sein und am nächsten stämmig, groß, gelb, rot, braunäugig, ektomorph, vollbärtig und aufrecht sein und am nächsten stämmig,

groß, gelb, rot, braunäugig, ektomorph, vollbärtig und gebeugt
sein und am nächsten stämmig, groß, gelb, rot, braunäugig,
ektomorph, vollbärtig und lehnend sein und am nächsten stämmig, groß, gelb, rot, braunäugig, ektomorph, schnurrbärtig und
aufrecht sein und am nächsten stämmig, groß, gelb, rot, braunäugig, ektomorph, schnurrbärtig und gebeugt sein und am
nächsten stämmig, groß, gelb, rot, braunäugig, ektomorph,
schnurrbärtig und lehnend sein und am nächsten stämmig, groß,
gelb, rot, braunäugig, mesomorph, glattrasiert und aufrecht sein
und am nächsten stämmig, groß, gelb, rot, braunäugig, mesomorph, glattrasiert und gebeugt sein und am nächsten stämmig,
groß, gelb, rot, braunäugig, mesomorph, glattrasiert und lehnend sein und am nächsten stämmig, groß, gelb, rot, braunäugig,
mesomorph, vollbärtig und aufrecht sein und am nächsten stämmig, groß, gelb, rot, braunäugig, mesomorph, vollbärtig und gebeugt sein und am nächsten stämmig, groß, gelb, rot, braunäugig, mesomorph, vollbärtig und lehnend sein und am nächsten
stämmig, groß, gelb, rot, braunäugig, mesomorph, schnurrbärtig
und aufrecht sein und am nächsten stämmig, groß, gelb, rot,
braunäugig, mesomorph, schnurrbärtig und gebeugt sein und
am nächsten stämmig, groß, gelb, rot, braunäugig, mesomorph,
schnurrbärtig und lehnend sein und am nächsten stämmig, groß,
gelb, rot, braunäugig, endomorph, glattrasiert und aufrecht sein
und am nächsten stämmig, groß, gelb, rot, braunäugig, endomorph, glattrasiert und gebeugt sein und am nächsten stämmig,
groß, gelb, rot, braunäugig, endomorph, glattrasiert und lehnend
sein und am nächsten stämmig, groß, gelb, rot, braunäugig,
endomorph, vollbärtig und aufrecht sein und am nächsten stämmig, groß, gelb, rot, braunäugig, endomorph, vollbärtig und
gebeugt sein und am nächsten stämmig, groß, gelb, rot, braunäugig, endomorph, vollbärtig und lehnend sein und am nächsten
stämmig, groß, gelb, rot, braunäugig, endomorph, schnurrbärtig

und aufrecht sein und am nächsten stämmig, groß, gelb, rot, braunäugig, endomorph, schnurrbärtig und gebeugt sein und am nächsten stämmig, groß, gelb, rot, braunäugig, endomorph, schnurrbärtig und lehnend sein und am nächsten stämmig, groß, gelb, rot, blauäugig, ektomorph, glattrasiert und aufrecht sein und am nächsten stämmig, groß, gelb, rot, blauäugig, ektomorph, glattrasiert und gebeugt sein und am nächsten stämmig, groß, gelb, rot, blauäugig, ektomorph, glattrasiert und lehnend sein und am nächsten stämmig, groß, gelb, rot, blauäugig, ektomorph, vollbärtig und aufrecht sein und am nächsten stämmig, groß, gelb, rot, blauäugig, ektomorph, vollbärtig und gebeugt sein und am nächsten stämmig, groß, gelb, rot, blauäugig, ektomorph, vollbärtig und lehnend sein und am nächsten stämmig, groß, gelb, rot, blauäugig, ektomorph, schnurrbärtig und aufrecht sein und am nächsten stämmig, groß, gelb, rot, blauäugig, ektomorph, schnurrbärtig und gebeugt sein und am nächsten stämmig, groß, gelb, rot, blauäugig, ektomorph, schnurrbärtig und lehnend sein und am nächsten stämmig, groß, gelb, rot, blauäugig, mesomorph, glattrasiert und aufrecht sein und am nächsten stämmig, groß, gelb, rot, blauäugig, mesomorph, glattrasiert und gebeugt sein und am nächsten stämmig, groß, gelb, rot, blauäugig, mesomorph, glattrasiert und lehnend sein und am nächsten stämmig, groß, gelb, rot, blauäugig, mesomorph, vollbärtig und aufrecht sein und am nächsten stämmig, groß, gelb, rot, blauäugig, mesomorph, vollbärtig und gebeugt sein und am nächsten stämmig, groß, gelb, rot, blauäugig, mesomorph, vollbärtig und lehnend sein und am nächsten stämmig, groß, gelb, rot, blauäugig, mesomorph, schnurrbärtig und aufrecht sein und am nächsten stämmig, groß, gelb, rot, blauäugig, mesomorph, schnurrbärtig und gebeugt sein und am nächsten stämmig, groß, gelb, rot, blauäugig, mesomorph, schnurrbärtig und lehnend sein und am nächsten stämmig, groß, gelb, rot, blauäugig, endomorph, glattrasiert und aufrecht sein und am nächsten stämmig, groß, gelb, rot, blauäugig, endomorph, glattrasiert und gebeugt sein und am nächsten stämmig, groß, gelb, rot, blauäugig, endomorph, glattrasiert und lehnend sein und am nächsten stämmig, groß, gelb, rot, blauäugig, endomorph, vollbärtig und aufrecht sein und am nächsten stämmig, groß, gelb, rot, blauäugig, endomorph, vollbärtig und gebeugt sein und am nächsten stämmig, groß, gelb, rot, blauäugig, endomorph, vollbärtig und lehnend sein und am nächsten stämmig, groß, gelb, rot, blauäugig, endomorph, schnurrbärtig und aufrecht sein und am nächsten stämmig, groß, gelb, rot, blauäugig, endomorph, schnurrbärtig und gebeugt sein und am nächsten stämmig, groß, gelb, rot, blauäugig, endomorph, schnurrbärtig und lehnend sein und am nächsten stämmig, groß, gelb, rot, grünäugig, ektomorph, glattrasiert und aufrecht sein und am nächsten stämmig, groß, gelb, rot, grünäugig, ektomorph, glattrasiert und gebeugt sein und am nächsten stämmig, groß, gelb, rot, grünäugig, ektomorph, glattrasiert und lehnend sein und am nächsten stämmig, groß, gelb, rot, grünäugig, ektomorph, vollbärtig und aufrecht sein und am nächsten stämmig, groß, gelb, rot, grünäugig, ektomorph, vollbärtig und gebeugt sein und am nächsten stämmig, groß, gelb, rot, grünäugig, ektomorph, vollbärtig und lehnend sein und am nächsten stämmig, groß, gelb, rot, grünäugig, ektomorph, schnurrbärtig und aufrecht sein und am nächsten stämmig, groß, gelb, rot, grünäugig, ektomorph, schnurrbärtig und gebeugt sein und am nächsten stämmig, groß, gelb, rot, grünäugig, ektomorph, schnurrbärtig und lehnend sein und am nächsten stämmig, groß, gelb, rot, grünäugig, mesomorph, glattrasiert und aufrecht sein und am nächsten stämmig, groß, gelb, rot, grünäugig, mesomorph, glattrasiert und gebeugt sein und am nächsten stämmig, groß, gelb, rot, grünäugig, mesomorph, glattrasiert und lehnend sein und am nächsten stämmig, groß, gelb, rot, grünäugig, mesomorph, vollbärtig und aufrecht sein und am nächsten stämmig, groß, gelb, rot, grünäugig, mesomorph, vollbärtig und gebeugt sein und am nächsten stämmig, groß, gelb, rot, grünäugig, mesomorph, vollbärtig und lehnend sein und am nächsten stämmig, groß, gelb, rot, grünäugig, mesomorph, schnurrbärtig und aufrecht sein und am nächsten stämmig, groß, gelb, rot, grünäugig, mesomorph, schnurrbärtig und gebeugt sein und am nächsten stämmig, groß, gelb, rot, grünäugig, mesomorph, schnurrbärtig und lehnend sein und am nächsten stämmig, groß, gelb, rot, grünäugig, endomorph, glattrasiert und aufrecht sein und am nächsten stämmig, groß, gelb, rot, grünäugig, endomorph, glattrasiert und gebeugt sein und am nächsten stämmig, groß, gelb, rot, grünäugig, endomorph, glattrasiert und lehnend sein und am nächsten stämmig, groß, gelb, rot, grünäugig, endomorph, vollbärtig und aufrecht sein und am nächsten stämmig, groß, gelb, rot, grünäugig, endomorph, vollbärtig und gebeugt sein und am nächsten stämmig, groß, gelb, rot, grünäugig, endomorph, vollbärtig und lehnend sein und am nächsten stämmig, groß, gelb, rot, grünäugig, endomorph, schnurrbärtig und aufrecht sein und am nächsten stämmig, groß, gelb, rot, grünäugig, endomorph, schnurrbärtig und gebeugt sein und am nächsten stämmig, groß, gelb, rot, grünäugig, endomorph, schnurrbärtig und lehnend sein und am nächsten stämmig, groß, gelb, blond, braunäugig, ektomorph, glattrasiert und aufrecht sein und am nächsten stämmig, groß, gelb, blond, braunäugig, ektomorph, glattrasiert und gebeugt sein und am nächsten stämmig, groß, gelb, blond, braunäugig, ektomorph, glattrasiert und lehnend sein und am nächsten stämmig, groß, gelb, blond, braunäugig, ektomorph, vollbärtig und aufrecht sein und am nächsten stämmig, groß, gelb, blond, braunäugig, ektomorph, vollbärtig und gebeugt sein und am nächsten stämmig, groß, gelb, blond, braunäugig, ektomorph, vollbärtig und lehnend sein und am nächsten stämmig, groß, gelb, blond, braunäugig, ektomorph, schnurrbärtig und aufrecht sein und am nächsten stämmig, groß, gelb, blond, braunäugig, ektomorph, schnurrbärtig und gebeugt sein und am nächsten stämmig, groß, gelb, blond, braunäugig, ektomorph, schnurrbärtig und lehnend sein und am nächsten stämmig, groß, gelb, blond, braunäugig, mesomorph, glattrasiert und aufrecht sein und am nächsten stämmig, groß, gelb, blond, braunäugig, mesomorph, glattrasiert und gebeugt sein und am nächsten stämmig, groß, gelb, blond, braunäugig, mesomorph, glattrasiert und lehnend sein und am nächsten stämmig, groß, gelb, blond, braunäugig, mesomorph, vollbärtig und aufrecht sein und am nächsten stämmig, groß, gelb, blond, braunäugig, mesomorph, vollbärtig und gebeugt sein und am nächsten stämmig, groß, gelb, blond, braunäugig, mesomorph, vollbärtig und lehnend sein und am nächsten stämmig, groß, gelb, blond, braunäugig, mesomorph, schnurrbärtig und aufrecht sein und am nächsten stämmig, groß, gelb, blond, braunäugig, mesomorph, schnurrbärtig und gebeugt sein und am nächsten stämmig, groß, gelb, blond, braunäugig, mesomorph, schnurrbärtig und lehnend sein und am nächsten stämmig, groß, gelb, blond, braunäugig, endomorph, glattrasiert und aufrecht sein und am nächsten stämmig, groß, gelb, blond, braunäugig, endomorph, glattrasiert und gebeugt sein und am nächsten stämmig, groß, gelb, blond, braunäugig, endomorph, glattrasiert und lehnend sein und am nächsten stämmig, groß, gelb, blond, braunäugig, endomorph, vollbärtig und aufrecht sein und am nächsten stämmig, groß, gelb, blond, braunäugig, endomorph, vollbärtig und gebeugt sein und am nächsten stämmig, groß, gelb, blond, braunäugig, endomorph, vollbärtig und lehnend sein und am nächsten stämmig, groß, gelb, blond, braunäugig, endomorph, schnurrbärtig und aufrecht sein und am nächsten stämmig, groß, gelb, blond, braunäugig, endomorph, schnurrbärtig und gebeugt sein und am nächsten stämmig, groß, gelb, blond, braunäugig, endomorph, schnurrbärtig und lehnend sein und am nächsten stämmig, groß, gelb, blond, blauäugig, ektomorph, glattrasiert und aufrecht sein und am nächsten stämmig, groß, gelb, blond, blauäugig, ektomorph, glattrasiert und gebeugt sein und am nächsten stämmig, groß, gelb, blond, blauäugig, ektomorph, glattrasiert und lehnend sein und am nächsten stämmig, groß, gelb, blond, blauäugig, ektomorph, vollbärtig und aufrecht sein und am nächsten stämmig, groß, gelb, blond, blauäugig, ektomorph, vollbärtig und gebeugt sein und am nächsten stämmig, groß, gelb, blond, blauäugig, ektomorph, vollbärtig und lehnend sein und am nächsten stämmig, groß, gelb, blond, blauäugig, ektomorph, schnurrbärtig und aufrecht sein und am nächsten stämmig, groß, gelb, blond, blauäugig, ektomorph, schnurrbärtig und gebeugt sein und am nächsten stämmig, groß, gelb, blond, blauäugig, ektomorph, schnurrbärtig und lehnend sein und am nächsten stämmig, groß, gelb, blond, blauäugig, mesomorph, glattrasiert und aufrecht sein und am nächsten stämmig, groß, gelb, blond, blauäugig, mesomorph, glattrasiert und gebeugt sein und am nächsten stämmig, groß, gelb, blond, blauäugig, mesomorph, glattrasiert und lehnend sein und am nächsten stämmig, groß, gelb, blond, blauäugig, mesomorph, vollbärtig und aufrecht sein und am nächsten stämmig, groß, gelb, blond, blauäugig, mesomorph, vollbärtig und gebeugt sein und am nächsten stämmig, groß, gelb, blond, blauäugig, mesomorph, vollbärtig und lehnend sein und am nächsten stämmig, groß, gelb, blond, blauäugig, mesomorph, schnurrbärtig und aufrecht sein und am nächsten stämmig, groß, gelb, blond, blauäugig, mesomorph, schnurrbärtig und gebeugt sein und am nächsten stämmig, groß, gelb, blond, blauäugig, mesomorph, schnurrbärtig und lehnend sein und am nächsten stämmig, groß, gelb, blond, blauäugig, endomorph, glattrasiert und aufrecht sein und am nächsten stämmig, groß, gelb, blond, blauäugig, endomorph, glattrasiert und gebeugt sein und am nächsten stämmig, groß, gelb, blond, blauäugig, endomorph, glattrasiert und lehnend sein und am nächsten stämmig, groß, gelb, blond, blauäugig, endomorph, vollbärtig und aufrecht sein und am nächsten stämmig, groß, gelb, blond, blauäugig, endomorph, vollbärtig und gebeugt sein und am nächsten stämmig, groß, gelb, blond, blauäugig, endomorph, vollbärtig und lehnend sein und am nächsten stämmig, groß, gelb, blond, blauäugig, endomorph, schnurrbärtig und aufrecht sein und am nächsten stämmig, groß, gelb, blond, blauäugig, endomorph, schnurrbärtig und gebeugt sein und am nächsten stämmig, groß, gelb, blond, blauäugig, endomorph, schnurrbärtig und lehnend sein und am nächsten stämmig, groß, gelb, blond, grünäugig, ektomorph, glattrasiert und aufrecht sein und am nächsten stämmig, groß, gelb, blond, grünäugig, ektomorph, glattrasiert und gebeugt sein und am nächsten stämmig, groß, gelb, blond, grünäugig, ektomorph, glattrasiert und lehnend sein und am nächsten stämmig, groß, gelb, blond, grünäugig, ektomorph, vollbärtig und aufrecht sein und am nächsten stämmig, groß, gelb, blond, grünäugig, ektomorph, vollbärtig und gebeugt sein und am nächsten stämmig, groß, gelb, blond, grünäugig, ektomorph, vollbärtig und lehnend sein und am nächsten stämmig, groß, gelb, blond, grünäugig, ektomorph, schnurrbärtig und aufrecht sein und am nächsten stämmig, groß, gelb, blond, grünäugig, ektomorph, schnurrbärtig und gebeugt sein und am nächsten stämmig, groß, gelb, blond, grünäugig, ektomorph, schnurrbärtig und lehnend sein und am nächsten stämmig, groß, gelb, blond, grünäugig, mesomorph, glattrasiert und aufrecht sein und am nächsten stämmig, groß, gelb, blond, grünäugig, mesomorph, glattrasiert und gebeugt sein und am nächsten stämmig, groß, gelb, blond, grünäugig, mesomorph, glattrasiert und lehnend sein und am nächsten stämmig, groß, gelb, blond, grünäugig, mesomorph, vollbärtig und aufrecht sein und am nächsten stämmig, groß, gelb, blond, grünäugig, mesomorph, vollbärtig und gebeugt sein und am nächsten stämmig, groß, gelb, blond, grünäugig, mesomorph, vollbärtig und lehnend sein und am nächsten stämmig, groß, gelb, blond, grünäugig, mesomorph, schnurrbärtig und aufrecht sein und am nächsten stämmig, groß, gelb, blond, grünäugig, mesomorph, schnurrbärtig und gebeugt sein und am nächsten stämmig, groß, gelb, blond, grünäugig, mesomorph, schnurrbärtig und lehnend sein und am nächsten stämmig, groß, gelb, blond, grünäugig, endomorph, glattrasiert und aufrecht sein und am nächsten stämmig, groß, gelb, blond, grünäugig, endomorph, glattrasiert und gebeugt sein und am nächsten stämmig, groß, gelb, blond, grünäugig, endomorph, glattrasiert und lehnend sein und am nächsten stämmig, groß, gelb, blond, grünäugig, endomorph, vollbärtig und aufrecht sein und am nächsten stämmig, groß, gelb, blond, grünäugig, endomorph, vollbärtig und gebeugt sein und am nächsten stämmig, groß, gelb, blond, grünäugig, endomorph, vollbärtig und lehnend sein und am nächsten stämmig, groß, gelb, blond, grünäugig, endomorph, schnurrbärtig und aufrecht sein und am nächsten stämmig, groß, gelb, blond, grünäugig, endomorph, schnurrbärtig und gebeugt sein und am nächsten stämmig, groß, gelb, blond, grünäugig, endomorph, schnurrbärtig und lehnend sein und am nächsten stämmig, groß, rosig, schwarz, braunäugig, ektomorph, glattrasiert und aufrecht sein und am nächsten stämmig, groß, rosig, schwarz, braunäugig, ektomorph, glattrasiert und gebeugt sein und am nächsten stämmig, groß, rosig, schwarz, braunäugig, ektomorph, glattrasiert und lehnend sein und am nächsten stämmig, groß, rosig, schwarz, braunäugig, ektomorph, vollbärtig und aufrecht sein und am nächsten stämmig, groß, rosig, schwarz, braunäugig, ektomorph, vollbärtig und gebeugt sein und am nächsten stämmig, groß, rosig, schwarz, braunäugig, ektomorph, vollbärtig und lehnend sein und am nächsten stämmig, groß, rosig, schwarz, braunäugig, ektomorph, schnurrbärtig und aufrecht sein und am nächsten stämmig, groß, rosig, schwarz, braunäugig, ektomorph, schnurrbärtig und gebeugt sein und am nächsten stämmig, groß, rosig, schwarz, braunäugig, ektomorph, schnurrbärtig und lehnend sein und am nächsten stämmig, groß, rosig, schwarz, braunäugig, mesomorph, glattrasiert und aufrecht sein und am nächsten stämmig, groß, rosig, schwarz, braunäugig, mesomorph, glattrasiert und gebeugt sein und am nächsten stämmig, groß, rosig, schwarz, braunäugig, mesomorph, glattrasiert und lehnend sein und am nächsten stämmig, groß, rosig, schwarz, braunäugig, mesomorph, vollbärtig und aufrecht sein und am nächsten stämmig, groß, rosig, schwarz, braunäugig, mesomorph, vollbärtig und gebeugt sein und am nächsten stämmig, groß, rosig, schwarz, braunäugig, mesomorph, vollbärtig und lehnend sein und am nächsten stämmig, groß, rosig, schwarz, braunäugig, mesomorph, schnurrbärtig und aufrecht sein und am nächsten stämmig, groß, rosig, schwarz, braunäugig, mesomorph, schnurrbärtig und gebeugt sein und am nächsten stämmig, groß, rosig, schwarz, braunäugig, mesomorph, schnurrbärtig und lehnend sein und am nächsten stämmig, groß, rosig, schwarz, braunäugig, endomorph, glattrasiert und aufrecht sein und am nächsten stämmig, groß, rosig, schwarz, braunäugig, endomorph, glattrasiert und gebeugt sein und am nächsten stämmig, groß, rosig, schwarz, braunäugig, endomorph, glattrasiert und lehnend sein und am nächsten stämmig, groß, rosig, schwarz, braunäugig, endomorph, vollbärtig und aufrecht sein und am nächsten stämmig, groß, rosig, schwarz, braunäugig, endomorph, vollbärtig und gebeugt sein und am nächsten stämmig, groß, rosig, schwarz, braunäugig, endomorph, vollbärtig und lehnend sein und am nächsten stämmig, groß, rosig, schwarz, braunäugig, endomorph, schnurrbärtig und aufrecht sein und am nächsten stämmig, groß, rosig, schwarz, braunäugig, endomorph, schnurrbärtig und gebeugt sein und am nächsten stämmig, groß, rosig, schwarz, braunäugig, endomorph, schnurrbärtig und lehnend sein und am nächsten stämmig, groß, rosig, schwarz, blauäugig, ektomorph, glattrasiert und aufrecht sein und am nächsten stämmig, groß, rosig, schwarz, blauäugig, ektomorph, glattrasiert und gebeugt sein und am nächsten stämmig, groß, rosig, schwarz, blauäugig, ektomorph, glattrasiert und lehnend sein und am nächsten stämmig, groß, rosig, schwarz, blauäugig, ektomorph, vollbärtig und aufrecht sein und am nächsten stämmig, groß, rosig, schwarz, blauäugig, ektomorph, vollbärtig und gebeugt sein und am nächsten stämmig, groß, rosig, schwarz, blauäugig, ektomorph, vollbärtig und lehnend sein und am nächsten stämmig, groß, rosig, schwarz, blauäugig, ektomorph, schnurrbärtig und aufrecht sein und am nächsten stämmig, groß, rosig, schwarz, blauäugig, ektomorph, schnurrbärtig und gebeugt sein und am nächsten stämmig, groß, rosig, schwarz, blauäugig, ektomorph, schnurrbärtig und lehnend sein und am nächsten stämmig, groß, rosig, schwarz, blauäugig, mesomorph, glattrasiert und aufrecht sein und am nächsten stämmig, groß, rosig, schwarz, blauäugig, mesomorph, glattrasiert und gebeugt sein und am nächsten stämmig, groß, rosig, schwarz, blauäugig, mesomorph, glattrasiert und lehnend sein und am nächsten stämmig, groß, rosig, schwarz, blauäugig, mesomorph, vollbärtig und aufrecht sein und am nächsten stämmig, groß, rosig, schwarz, blauäugig, mesomorph, vollbärtig und gebeugt sein und am nächsten stämmig, groß, rosig, schwarz, blauäugig, mesomorph, vollbärtig und lehnend sein und am nächsten stämmig, groß, rosig, schwarz, blauäugig, mesomorph, schnurrbärtig und aufrecht sein und am nächsten stämmig, groß, rosig, schwarz, blauäugig, mesomorph, schnurrbärtig und gebeugt sein und am nächsten stämmig, groß, rosig, schwarz, blauäugig, mesomorph, schnurrbärtig und lehnend sein und am nächsten stämmig, groß, rosig, schwarz, blauäugig, endomorph, glattrasiert und aufrecht sein und am nächsten stämmig, groß, rosig, schwarz, blauäugig, endomorph, glattrasiert und gebeugt sein und am nächsten stämmig, groß, rosig, schwarz, blauäugig, endomorph, glattrasiert und lehnend sein und am nächsten stämmig, groß, rosig, schwarz, blauäugig, endomorph, vollbärtig und aufrecht sein und am nächsten stämmig, groß, rosig, schwarz, blauäugig, endomorph, vollbärtig und gebeugt sein und am nächsten stämmig, groß, rosig, schwarz, blauäugig, endomorph, vollbärtig und lehnend sein und am nächsten stämmig, groß, rosig, schwarz, blauäugig, endomorph, schnurrbärtig und aufrecht sein und am nächsten stämmig, groß, rosig, schwarz, blauäugig, endomorph, schnurrbärtig und gebeugt sein und am nächsten stämmig, groß, rosig, schwarz, blauäugig, endomorph, schnurrbärtig und lehnend sein und am nächsten stämmig, groß, rosig, schwarz, grünäugig, ektomorph, glattrasiert und aufrecht sein und am nächsten stämmig, groß, rosig, schwarz, grünäugig, ektomorph, glattrasiert und gebeugt sein und am nächsten stämmig, groß, rosig, schwarz, grünäugig, ektomorph, glattrasiert und lehnend sein und am nächsten stämmig, groß, rosig, schwarz, grünäugig, ektomorph, vollbärtig und aufrecht sein und am nächsten stämmig, groß, rosig, schwarz, grünäugig, ektomorph, vollbärtig und gebeugt sein und am nächsten stämmig, groß, rosig, schwarz, grünäugig, ektomorph, vollbärtig und lehnend sein und am nächsten stämmig, groß, rosig, schwarz, grünäugig, ektomorph, schnurrbärtig und aufrecht sein und am nächsten stämmig, groß, rosig, schwarz, grünäugig, ektomorph, schnurrbärtig und gebeugt sein und am nächsten stämmig, groß, rosig, schwarz, grünäugig, ektomorph, schnurrbärtig und lehnend sein und am nächsten stämmig, groß, rosig, schwarz, grünäugig, mesomorph, glattrasiert und aufrecht sein und am nächsten stämmig, groß, rosig, schwarz, grünäugig, mesomorph, glattrasiert und gebeugt sein und am nächsten stämmig, groß, rosig, schwarz, grünäugig, mesomorph, glattrasiert und lehnend sein und am nächsten stämmig, groß, rosig, schwarz, grünäugig, mesomorph, vollbärtig und aufrecht sein und am nächsten stämmig, groß, rosig, schwarz, grünäugig, mesomorph, vollbärtig und gebeugt sein und am nächsten stämmig, groß, rosig, schwarz, grünäugig, mesomorph, vollbärtig und lehnend sein und am nächsten stämmig, groß, rosig, schwarz, grünäugig, mesomorph, schnurrbärtig und aufrecht sein und am nächsten stämmig, groß, rosig, schwarz, grünäugig, mesomorph, schnurrbärtig und gebeugt sein und am nächsten stämmig, groß, rosig, schwarz, grünäugig, mesomorph, schnurrbärtig und lehnend sein und am nächsten stämmig, groß, rosig, schwarz, grünäugig, endomorph, glattrasiert und aufrecht sein und am nächsten stämmig, groß, rosig, schwarz, grünäugig, endomorph, glattrasiert und gebeugt sein und am nächsten stämmig, groß, rosig, schwarz, grünäugig, endomorph, glattrasiert und lehnend sein und am nächsten stämmig, groß, rosig, schwarz, grünäugig, endomorph, vollbärtig und aufrecht sein und am nächsten stämmig, groß, rosig, schwarz, grünäugig, endomorph, vollbärtig und gebeugt sein und am nächsten stämmig, groß, rosig, schwarz, grünäugig, endomorph, vollbärtig und lehnend sein und am nächsten stämmig, groß, rosig, schwarz, grünäugig, endomorph, schnurrbärtig und aufrecht sein und am nächsten stämmig, groß, rosig, schwarz, grünäugig, endomorph, schnurrbärtig und gebeugt sein und am nächsten stämmig, groß, rosig, schwarz, grünäugig, endomorph, schnurrbärtig und lehnend sein und am nächsten stämmig, groß, rosig, rot, braunäugig, ektomorph, glattrasiert und aufrecht sein und am nächsten stämmig, groß, rosig, rot, braunäugig, ektomorph, glattrasiert und gebeugt sein und am nächsten stämmig, groß, rosig, rot, braunäugig, ektomorph, glattrasiert und lehnend sein und am nächsten stämmig, groß, rosig, rot, braunäugig, ektomorph, vollbärtig und aufrecht sein und am nächsten stämmig, groß, rosig, rot, braunäugig, ektomorph, vollbärtig und gebeugt sein und am nächsten stämmig, groß, rosig, rot, braunäugig, ektomorph, vollbärtig und lehnend sein und am nächsten stämmig, groß, rosig, rot, braunäugig, ektomorph, schnurrbärtig und aufrecht sein und am nächsten stämmig, groß, rosig, rot, braunäugig, ektomorph, schnurrbärtig und gebeugt sein und am nächsten stämmig, groß, rosig, rot, braunäugig, ektomorph, schnurrbärtig und lehnend sein und am nächsten stämmig, groß, rosig, rot, braunäugig, mesomorph, glattrasiert und aufrecht sein und am nächsten stämmig, groß, rosig, rot, braunäugig, mesomorph, glattrasiert und gebeugt sein und am nächsten stämmig, groß, rosig, rot, braunäugig, mesomorph, glattrasiert und lehnend sein und am nächsten stämmig, groß, rosig, rot, braunäugig, mesomorph, vollbärtig und aufrecht sein und am nächsten stämmig, groß, rosig, rot, braunäugig, mesomorph, vollbärtig und gebeugt sein und am nächsten stämmig, groß, rosig, rot, braunäugig, mesomorph, vollbärtig und lehnend sein und am nächsten stämmig, groß, rosig, rot, braunäugig, mesomorph, schnurrbärtig und aufrecht sein und am nächsten stämmig, groß, rosig, rot, braunäugig, mesomorph, schnurrbärtig und gebeugt sein und am nächsten stämmig, groß, rosig, rot, braunäugig, mesomorph, schnurrbärtig und lehnend sein und am nächsten stämmig, groß, rosig, rot, braunäugig, endomorph, glattrasiert und aufrecht sein und am nächsten stämmig, groß, rosig, rot, braunäugig, endomorph, glattrasiert und gebeugt sein und am nächsten stämmig, groß, rosig, rot, braunäugig, endomorph, glattrasiert und lehnend sein und am nächsten stämmig, groß, rosig, rot, braunäugig, endomorph, vollbärtig und aufrecht sein und am nächsten stämmig, groß, rosig, rot, braunäugig, endomorph, vollbärtig und gebeugt sein und am nächsten stämmig, groß, rosig, rot, braunäugig, endomorph, vollbärtig und lehnend sein und am nächsten stämmig, groß, rosig, rot, braunäugig, endomorph, schnurrbärtig und aufrecht sein und am nächsten stämmig, groß, rosig, rot, braunäugig, endomorph, schnurrbärtig und gebeugt sein und am nächsten stämmig, groß, rosig, rot, braunäugig, endomorph, schnurrbärtig und lehnend sein und am nächsten stämmig, groß, rosig, rot, blauäugig, ektomorph, glattrasiert und aufrecht sein und am nächsten stämmig, groß, rosig, rot, blauäugig, ektomorph, glattrasiert und gebeugt sein und am nächsten stämmig, groß, rosig, rot, blauäugig, ektomorph, glattrasiert und lehnend sein und am nächsten stämmig, groß, rosig, rot, blauäugig, ektomorph, vollbärtig und aufrecht sein und am nächsten stämmig, groß, rosig, rot, blauäugig, ektomorph, vollbärtig und gebeugt sein und am nächsten stämmig, groß, rosig, rot, blauäugig, ektomorph, vollbärtig und lehnend sein und am nächsten stämmig, groß, rosig, rot, blauäugig, ektomorph, schnurrbärtig und aufrecht sein und am nächsten stämmig, groß, rosig, rot, blauäugig, ektomorph, schnurrbärtig und gebeugt sein und am nächsten stämmig, groß, rosig, rot, blauäugig, ektomorph, schnurrbärtig und lehnend sein und am nächsten stämmig, groß, rosig, rot, blauäugig, mesomorph, glattrasiert und aufrecht sein und am nächsten stämmig, groß, rosig, rot, blauäugig, mesomorph, glattrasiert und gebeugt sein und am nächsten stämmig, groß, rosig, rot, blauäugig, mesomorph, glattrasiert und lehnend sein und am nächsten stämmig, groß, rosig, rot, blauäugig, mesomorph, vollbärtig und aufrecht sein und am nächsten stämmig, groß, rosig, rot, blauäugig, mesomorph, vollbärtig und gebeugt sein und am nächsten stämmig, groß, rosig, rot, blauäugig, mesomorph, vollbärtig und lehnend sein und am nächsten stämmig, groß, rosig, rot, blauäugig, mesomorph, schnurrbärtig und aufrecht sein und am nächsten stämmig, groß, rosig, rot, blauäugig, mesomorph, schnurrbärtig und

gebeugt sein und am nächsten stämmig, groß, rosig, rot, blauäugig, mesomorph, schnurrbärtig und lehnend sein und am
nächsten stämmig, groß, rosig, rot, blauäugig, endomorph, glattrasiert und aufrecht sein und am nächsten stämmig, groß, rosig,
rot, blauäugig, endomorph, glattrasiert und gebeugt sein und am
nächsten stämmig, groß, rosig, rot, blauäugig, endomorph, glattrasiert und lehnend sein und am nächsten stämmig, groß, rosig,
rot, blauäugig, endomorph, vollbärtig und aufrecht sein und am
nächsten stämmig, groß, rosig, rot, blauäugig, endomorph, vollbärtig und gebeugt sein und am nächsten stämmig, groß, rosig,
rot, blauäugig, endomorph, vollbärtig und lehnend sein und am
nächsten stämmig, groß, rosig, rot, blauäugig, endomorph,
schnurrbärtig und aufrecht sein und am nächsten stämmig, groß,
rosig, rot, blauäugig, endomorph, schnurrbärtig und gebeugt
sein und am nächsten stämmig, groß, rosig, rot, blauäugig, endomorph, schnurrbärtig und lehnend sein und am nächsten stämmig, groß, rosig, rot, grünäugig, ektomorph, glattrasiert und aufrecht sein und am nächsten stämmig, groß, rosig, rot, grünäugig,
ektomorph, glattrasiert und gebeugt sein und am nächsten
stämmig, groß, rosig, rot, grünäugig, ektomorph, glattrasiert und
lehnend sein und am nächsten stämmig, groß, rosig, rot, grünäugig, ektomorph, vollbärtig und aufrecht sein und am nächsten
stämmig, groß, rosig, rot, grünäugig, ektomorph, vollbärtig und
gebeugt sein und am nächsten stämmig, groß, rosig, rot, grünäugig, ektomorph, vollbärtig und lehnend sein und am nächsten
stämmig, groß, rosig, rot, grünäugig, ektomorph, schnurrbärtig
und aufrecht sein und am nächsten stämmig, groß, rosig, rot,
grünäugig, ektomorph, schnurrbärtig und gebeugt sein und am
nächsten stämmig, groß, rosig, rot, grünäugig, ektomorph,
schnurrbärtig und lehnend sein und am nächsten stämmig, groß,
rosig, rot, grünäugig, mesomorph, glattrasiert und aufrecht sein
und am nächsten stämmig, groß, rosig, rot, grünäugig, meso

morph, glattrasiert und gebeugt sein und am nächsten stämmig,
groß, rosig, rot, grünäugig, mesomorph, glattrasiert und lehnend
sein und am nächsten stämmig, groß, rosig, rot, grünäugig,
mesomorph, vollbärtig und aufrecht sein und am nächsten
stämmig, groß, rosig, rot, grünäugig, mesomorph, vollbärtig und
gebeugt sein und am nächsten stämmig, groß, rosig, rot, grünäugig, mesomorph, vollbärtig und lehnend sein und am nächsten stämmig, groß, rosig, rot, grünäugig, mesomorph, schnurrbärtig und aufrecht sein und am nächsten stämmig, groß, rosig,
rot, grünäugig, mesomorph, schnurrbärtig und gebeugt sein und
am nächsten stämmig, groß, rosig, rot, grünäugig, mesomorph,
schnurrbärtig und lehnend sein und am nächsten stämmig, groß,
rosig, rot, grünäugig, endomorph, glattrasiert und aufrecht sein
und am nächsten stämmig, groß, rosig, rot, grünäugig, endomorph, glattrasiert und gebeugt sein und am nächsten stämmig,
groß, rosig, rot, grünäugig, endomorph, glattrasiert und lehnend
sein und am nächsten stämmig, groß, rosig, rot, grünäugig,
endomorph, vollbärtig und aufrecht sein und am nächsten
stämmig, groß, rosig, rot, grünäugig, endomorph, vollbärtig und
gebeugt sein und am nächsten stämmig, groß, rosig, rot, grünäugig, endomorph, vollbärtig und lehnend sein und am nächsten stämmig, groß, rosig, rot, grünäugig, endomorph, schnurrbärtig und aufrecht sein und am nächsten stämmig, groß, rosig,
rot, grünäugig, endomorph, schnurrbärtig und gebeugt sein und
am nächsten stämmig, groß, rosig, rot, grünäugig, endomorph,
schnurrbärtig und lehnend sein und am nächsten stämmig, groß,
rosig, blond, braunäugig, ektomorph, glattrasiert und aufrecht
sein und am nächsten stämmig, groß, rosig, blond, braunäugig,
ektomorph, glattrasiert und gebeugt sein und am nächsten
stämmig, groß, rosig, blond, braunäugig, ektomorph, glattrasiert
und lehnend sein und am nächsten stämmig, groß, rosig, blond,
braunäugig, ektomorph, vollbärtig und aufrecht sein und am

nächsten stämmig, groß, rosig, blond, braunäugig, ektomorph,
vollbärtig und gebeugt sein und am nächsten stämmig, groß,
rosig, blond, braunäugig, ektomorph, vollbärtig und lehnend
sein und am nächsten stämmig, groß, rosig, blond, braunäugig,
ektomorph, schnurrbärtig und aufrecht sein und am nächsten
stämmig, groß, rosig, blond, braunäugig, ektomorph, schnurrbärtig und gebeugt sein und am nächsten stämmig, groß, rosig,
blond, braunäugig, ektomorph, schnurrbärtig und lehnend sein
und am nächsten stämmig, groß, rosig, blond, braunäugig, mesomorph, glattrasiert und aufrecht sein und am nächsten stämmig,
groß, rosig, blond, braunäugig, mesomorph, glattrasiert und gebeugt sein und am nächsten stämmig, groß, rosig, blond, braunäugig, mesomorph, glattrasiert und lehnend sein und am nächsten stämmig, groß, rosig, blond, braunäugig, mesomorph,
vollbärtig und aufrecht sein und am nächsten stämmig, groß,
rosig, blond, braunäugig, mesomorph, vollbärtig und gebeugt
sein und am nächsten stämmig, groß, rosig, blond, braunäugig,
mesomorph, vollbärtig und lehnend sein und am nächsten stämmig, groß, rosig, blond, braunäugig, mesomorph, schnurrbärtig
und aufrecht sein und am nächsten stämmig, groß, rosig, blond,
braunäugig, mesomorph, schnurrbärtig und gebeugt sein und
am nächsten stämmig, groß, rosig, blond, braunäugig, mesomorph, schnurrbärtig und lehnend sein und am nächsten stämmig, groß, rosig, blond, braunäugig, endomorph, glattrasiert und
aufrecht sein und am nächsten stämmig, groß, rosig, blond,
braunäugig, endomorph, glattrasiert und gebeugt sein und am
nächsten stämmig, groß, rosig, blond, braunäugig, endomorph,
glattrasiert und lehnend sein und am nächsten stämmig, groß,
rosig, blond, braunäugig, endomorph, vollbärtig und aufrecht
sein und am nächsten stämmig, groß, rosig, blond, braunäugig,
endomorph, vollbärtig und gebeugt sein und am nächsten stämmig, groß, rosig, blond, braunäugig, endomorph, vollbärtig und

lehnend sein und am nächsten stämmig, groß, rosig, blond, braunäugig, endomorph, schnurrbärtig und aufrecht sein und am nächsten stämmig, groß, rosig, blond, braunäugig, endomorph, schnurrbärtig und gebeugt sein und am nächsten stämmig, groß, rosig, blond, braunäugig, endomorph, schnurrbärtig und lehnend sein und am nächsten stämmig, groß, rosig, blond, blauäugig, ektomorph, glattrasiert und aufrecht sein und am nächsten stämmig, groß, rosig, blond, blauäugig, ektomorph, glattrasiert und gebeugt sein und am nächsten stämmig, groß, rosig, blond, blauäugig, ektomorph, glattrasiert und lehnend sein und am nächsten stämmig, groß, rosig, blond, blauäugig, ektomorph, vollbärtig und aufrecht sein und am nächsten stämmig, groß, rosig, blond, blauäugig, ektomorph, vollbärtig und gebeugt sein und am nächsten stämmig, groß, rosig, blond, blauäugig, ektomorph, vollbärtig und lehnend sein und am nächsten stämmig, groß, rosig, blond, blauäugig, ektomorph, schnurrbärtig und aufrecht sein und am nächsten stämmig, groß, rosig, blond, blauäugig, ektomorph, schnurrbärtig und gebeugt sein und am nächsten stämmig, groß, rosig, blond, blauäugig, ektomorph, schnurrbärtig und lehnend sein und am nächsten stämmig, groß, rosig, blond, blauäugig, mesomorph, glattrasiert und aufrecht sein und am nächsten stämmig, groß, rosig, blond, blauäugig, mesomorph, glattrasiert und gebeugt sein und am nächsten stämmig, groß, rosig, blond, blauäugig, mesomorph, glattrasiert und lehnend sein und am nächsten stämmig, groß, rosig, blond, blauäugig, mesomorph, vollbärtig und aufrecht sein und am nächsten stämmig, groß, rosig, blond, blauäugig, mesomorph, vollbärtig und gebeugt sein und am nächsten stämmig, groß, rosig, blond, blauäugig, mesomorph, vollbärtig und lehnend sein und am nächsten stämmig, groß, rosig, blond, blauäugig, mesomorph, schnurrbärtig und aufrecht sein und am nächsten stämmig, groß, rosig, blond, blauäugig, mesomorph,

schnurrbärtig und gebeugt sein und am nächsten stämmig, groß,
rosig, blond, blauäugig, mesomorph, schnurrbärtig und lehnend
sein und am nächsten stämmig, groß, rosig, blond, blauäugig,
endomorph, glattrasiert und aufrecht sein und am nächsten
stämmig, groß, rosig, blond, blauäugig, endomorph, glattrasiert
und gebeugt sein und am nächsten stämmig, groß, rosig, blond,
blauäugig, endomorph, glattrasiert und lehnend sein und am
nächsten stämmig, groß, rosig, blond, blauäugig, endomorph,
vollbärtig und aufrecht sein und am nächsten stämmig, groß,
rosig, blond, blauäugig, endomorph, vollbärtig und gebeugt sein
und am nächsten stämmig, groß, rosig, blond, blauäugig, endomorph, vollbärtig und lehnend sein und am nächsten stämmig,
groß, rosig, blond, blauäugig, endomorph, schnurrbärtig und aufrecht sein und am nächsten stämmig, groß, rosig, blond, blauäugig, endomorph, schnurrbärtig und gebeugt sein und am
nächsten stämmig, groß, rosig, blond, blauäugig, endomorph,
schnurrbärtig und lehnend sein und am nächsten stämmig, groß,
rosig, blond, grünäugig, ektomorph, glattrasiert und aufrecht
sein und am nächsten stämmig, groß, rosig, blond, grünäugig,
ektomorph, glattrasiert und gebeugt sein und am nächsten
stämmig, groß, rosig, blond, grünäugig, ektomorph, glattrasiert
und lehnend sein und am nächsten stämmig, groß, rosig, blond,
grünäugig, ektomorph, vollbärtig und aufrecht sein und am
nächsten stämmig, groß, rosig, blond, grünäugig, ektomorph,
vollbärtig und gebeugt sein und am nächsten stämmig, groß,
rosig, blond, grünäugig, ektomorph, vollbärtig und lehnend sein
und am nächsten stämmig, groß, rosig, blond, grünäugig, ektomorph, schnurrbärtig und aufrecht sein und am nächsten stämmig, groß, rosig, blond, grünäugig, ektomorph, schnurrbärtig
und gebeugt sein und am nächsten stämmig, groß, rosig, blond,
grünäugig, ektomorph, schnurrbärtig und lehnend sein und am
nächsten stämmig, groß, rosig, blond, grünäugig, mesomorph,

glattrasiert und aufrecht sein und am nächsten stämmig, groß, rosig, blond, grünäugig, mesomorph, glattrasiert und gebeugt sein und am nächsten stämmig, groß, rosig, blond, grünäugig, mesomorph, glattrasiert und lehnend sein und am nächsten stämmig, groß, rosig, blond, grünäugig, mesomorph, vollbärtig und aufrecht sein und am nächsten stämmig, groß, rosig, blond, grünäugig, mesomorph, vollbärtig und gebeugt sein und am nächsten stämmig, groß, rosig, blond, grünäugig, mesomorph, vollbärtig und lehnend sein und am nächsten stämmig, groß, rosig, blond, grünäugig, mesomorph, schnurrbärtig und aufrecht sein und am nächsten stämmig, groß, rosig, blond, grünäugig, mesomorph, schnurrbärtig und gebeugt sein und am nächsten stämmig, groß, rosig, blond, grünäugig, mesomorph, schnurr-bärtig und lehnend sein und am nächsten stämmig, groß, rosig, blond, grünäugig, endomorph, glattrasiert und aufrecht sein und am nächsten stämmig, groß, rosig, blond, grünäugig, endo-morph, glattrasiert und gebeugt sein und am nächsten stämmig, groß, rosig, blond, grünäugig, endomorph, glattrasiert und leh-nend sein und am nächsten stämmig, groß, rosig, blond, grün-äugig, endomorph, vollbärtig und aufrecht sein und am näch-ten stämmig, groß, rosig, blond, grünäugig, endomorph, vollbärtig und gebeugt sein und am nächsten stämmig, groß, rosig, blond, grünäugig, endomorph, vollbärtig und lehnend sein und am nächsten stämmig, groß, rosig, blond, grünäugig, endomorph, schnurrbärtig und aufrecht sein und am nächsten stämmig, groß, rosig, blond, grünäugig, endomorph, schnurrbärtig und gebeugt sein und am nächsten stämmig, groß, rosig, blond, grünäugig, endomorph, schnurrbärtig und lehnend sein und am nächsten dick, klein, blaß, schwarz, braunäugig, ektomorph, glattrasiert und aufrecht sein und am nächsten dick, klein, blaß, schwarz, braunäugig, ektomorph, glattrasiert und gebeugt sein und am nächsten dick, klein, blaß, schwarz, braunäugig, ektomorph, glattrasiert und lehnend sein und am nächsten dick, klein, blaß, schwarz, braunäugig, ektomorph, vollbärtig und aufrecht sein und am nächsten dick, klein, blaß, schwarz, braunäugig, ektomorph, vollbärtig und gebeugt sein und am nächsten dick, klein, blaß, schwarz, braunäugig, ektomorph, vollbärtig und lehnend sein und am nächsten dick, klein, blaß, schwarz, braunäugig, ektomorph, schnurrbärtig und aufrecht sein und am nächsten dick, klein, blaß, schwarz, braunäugig, ektomorph, schnurrbärtig und gebeugt sein und am nächsten dick, klein, blaß, schwarz, braunäugig, ektomorph, schnurrbärtig und lehnend sein und am nächsten dick, klein, blaß, schwarz, braunäugig, mesomorph, glattrasiert und aufrecht sein und am nächsten dick, klein, blaß, schwarz, braunäugig, mesomorph, glattrasiert und gebeugt sein und am nächsten dick, klein, blaß, schwarz, braunäugig, mesomorph, glattrasiert und lehnend sein und am nächsten dick, klein, blaß, schwarz, braunäugig, mesomorph, vollbärtig und aufrecht sein und am nächsten dick, klein, blaß, schwarz, braunäugig, mesomorph, vollbärtig und gebeugt sein und am nächsten dick, klein, blaß, schwarz, braunäugig, mesomorph, vollbärtig und lehnend sein und am nächsten dick, klein, blaß, schwarz, braunäugig, mesomorph, schnurrbärtig und aufrecht sein und am nächsten dick, klein, blaß, schwarz, braunäugig, mesomorph, schnurrbärtig und gebeugt sein und am nächsten dick, klein, blaß, schwarz, braunäugig, mesomorph, schnurrbärtig und lehnend sein und am nächsten dick, klein, blaß, schwarz, braunäugig, endomorph, glattrasiert und aufrecht sein und am nächsten dick, klein, blaß, schwarz, braunäugig, endomorph, glattrasiert und gebeugt sein und am nächsten dick, klein, blaß, schwarz, braunäugig, endomorph, glattrasiert und lehnend sein und am nächsten dick, klein, blaß, schwarz, braunäugig, endomorph, vollbärtig und aufrecht sein und am nächsten dick, klein, blaß, schwarz, braunäugig, endomorph, vollbärtig und gebeugt sein und am nächsten dick, klein, blaß, schwarz, braunäugig, endomorph, vollbärtig und lehnend sein und am nächsten dick, klein, blaß, schwarz, braunäugig, endomorph, schnurrbärtig und aufrecht sein und am nächsten dick, klein, blaß, schwarz, braunäugig, endomorph, schnurrbärtig und gebeugt sein und am nächsten dick, klein, blaß, schwarz, braunäugig, endomorph, schnurrbärtig und lehnend sein und am nächsten dick, klein, blaß, schwarz, blauäugig, ektomorph, glattrasiert und aufrecht sein und am nächsten dick, klein, blaß, schwarz, blauäugig, ektomorph, glattrasiert und gebeugt sein und am nächsten dick, klein, blaß, schwarz, blauäugig, ektomorph, glattrasiert und lehnend sein und am nächsten dick, klein, blaß, schwarz, blauäugig, ektomorph, vollbärtig und aufrecht sein und am nächsten dick, klein, blaß, schwarz, blauäugig, ektomorph, vollbärtig und gebeugt sein und am nächsten dick, klein, blaß, schwarz, blauäugig, ektomorph, vollbärtig und lehnend sein und am nächsten dick, klein, blaß, schwarz, blauäugig, ektomorph, schnurrbärtig und aufrecht sein und am nächsten dick, klein, blaß, schwarz, blauäugig, ektomorph, schnurrbärtig und gebeugt sein und am nächsten dick, klein, blaß, schwarz, blauäugig, ektomorph, schnurrbärtig und lehnend sein und am nächsten dick, klein, blaß, schwarz, blauäugig, mesomorph, glattrasiert und aufrecht sein und am nächsten dick, klein, blaß, schwarz, blauäugig, mesomorph, glattrasiert und gebeugt sein und am nächsten dick, klein, blaß, schwarz, blauäugig, mesomorph, glattrasiert und lehnend sein und am nächsten dick, klein, blaß, schwarz, blauäugig, mesomorph, vollbärtig und aufrecht sein und am nächsten dick, klein, blaß, schwarz, blauäugig, mesomorph, vollbärtig und gebeugt sein und am nächsten dick, klein, blaß, schwarz, blauäugig, mesomorph, vollbärtig und lehnend sein und am nächsten dick, klein, blaß, schwarz, blauäugig, mesomorph, schnurrbärtig und aufrecht sein und am nächsten dick, klein, blaß, schwarz, blauäugig, mesomorph, schnurrbärtig und gebeugt sein und am nächsten dick, klein, blaß, schwarz, blauäugig, mesomorph, schnurrbärtig und lehnend sein und am nächsten dick, klein, blaß, schwarz, blauäugig, endomorph, glattrasiert und aufrecht sein und am nächsten dick, klein, blaß, schwarz, blauäugig, endomorph, glattrasiert und gebeugt sein und am nächsten dick, klein, blaß, schwarz, blauäugig, endomorph, glattrasiert und lehnend sein und am nächsten dick, klein, blaß, schwarz, blauäugig, endomorph, vollbärtig und aufrecht sein und am nächsten dick, klein, blaß, schwarz, blauäugig, endomorph, vollbärtig und gebeugt sein und am nächsten dick, klein, blaß, schwarz, blauäugig, endomorph, vollbärtig und lehnend sein und am nächsten dick, klein, blaß, schwarz, blauäugig, endomorph, schnurrbärtig und aufrecht sein und am nächsten dick, klein, blaß, schwarz, blauäugig, endomorph, schnurrbärtig und gebeugt sein und am nächsten dick, klein, blaß, schwarz, blauäugig, endomorph, schnurrbärtig und lehnend sein und am nächsten dick, klein, blaß, schwarz, grünäugig, ektomorph, glattrasiert und aufrecht sein und am nächsten dick, klein, blaß, schwarz, grünäugig, ektomorph, glattrasiert und gebeugt sein und am nächsten dick, klein, blaß, schwarz, grünäugig, ektomorph, glattrasiert und lehnend sein und am nächsten dick, klein, blaß, schwarz, grünäugig, ektomorph, vollbärtig und aufrecht sein und am nächsten dick, klein, blaß, schwarz, grünäugig, ektomorph, vollbärtig und gebeugt sein und am nächsten dick, klein, blaß, schwarz, grünäugig, ektomorph, vollbärtig und lehnend sein und am nächsten dick, klein, blaß, schwarz, grünäugig, ektomorph, schnurrbärtig und aufrecht sein und am nächsten dick, klein, blaß, schwarz, grünäugig, ektomorph, schnurrbärtig und gebeugt sein und am nächsten dick, klein, blaß, schwarz, grünäugig, ektomorph, schnurrbärtig und lehnend sein und am nächsten dick, klein, blaß, schwarz, grünäugig, mesomorph, glattrasiert und aufrecht sein und am nächsten dick, klein, blaß, schwarz, grünäugig, mesomorph, glattrasiert und gebeugt sein und am nächsten dick, klein, blaß, schwarz, grünäugig, mesomorph, glattrasiert und lehnend sein und am nächsten dick, klein, blaß, schwarz, grünäugig, mesomorph, vollbärtig und aufrecht sein und am nächsten dick, klein, blaß, schwarz, grünäugig, mesomorph, vollbärtig und gebeugt sein und am nächsten dick, klein, blaß, schwarz, grünäugig, mesomorph, vollbärtig und lehnend sein und am nächsten dick, klein, blaß, schwarz, grünäugig, mesomorph, schnurrbärtig und aufrecht sein und am nächsten dick, klein, blaß, schwarz, grünäugig, mesomorph, schnurrbärtig und gebeugt sein und am nächsten dick, klein, blaß, schwarz, grünäugig, mesomorph, schnurrbärtig und lehnend sein und am nächsten dick, klein, blaß, schwarz, grünäugig, endomorph, glattrasiert und aufrecht sein und am nächsten dick, klein, blaß, schwarz, grünäugig, endomorph, glattrasiert und gebeugt sein und am nächsten dick, klein, blaß, schwarz, grünäugig, endomorph, glattrasiert und lehnend sein und am nächsten dick, klein, blaß, schwarz, grünäugig, endomorph, vollbärtig und aufrecht sein und am nächsten dick, klein, blaß, schwarz, grünäugig, endomorph, vollbärtig und gebeugt sein und am nächsten dick, klein, blaß, schwarz, grünäugig, endomorph, vollbärtig und lehnend sein und am nächsten dick, klein, blaß, schwarz, grünäugig, endomorph, schnurrbärtig und aufrecht sein und am nächsten dick, klein, blaß, schwarz, grünäugig, endomorph, schnurrbärtig und gebeugt sein und am nächsten dick, klein, blaß, schwarz, grünäugig, endomorph, schnurrbärtig und lehnend sein und am nächsten dick, klein, blaß, rot, braunäugig, ektomorph, glattrasiert und aufrecht sein und am nächsten dick, klein, blaß, rot, braunäugig, ektomorph, glattrasiert und gebeugt sein und am nächsten dick, klein, blaß, rot, braunäugig, ektomorph, glattrasiert und lehnend sein und am nächsten dick, klein, blaß, rot,

braunäugig, ektomorph, vollbärtig und aufrecht sein und am
nächsten dick, klein, blaß, rot, braunäugig, ektomorph, vollbärtig und gebeugt sein und am nächsten dick, klein, blaß, rot,
braunäugig, ektomorph, vollbärtig und lehnend sein und am
nächsten dick, klein, blaß, rot, braunäugig, ektomorph, schnurrbärtig und aufrecht sein und am nächsten dick, klein, blaß, rot,
braunäugig, ektomorph, schnurrbärtig und gebeugt sein und am
nächsten dick, klein, blaß, rot, braunäugig, ektomorph, schnurrbärtig und lehnend sein und am nächsten dick, klein, blaß, rot,
braunäugig, mesomorph, glattrasiert und aufrecht sein und am
nächsten dick, klein, blaß, rot, braunäugig, mesomorph, glattrasiert und gebeugt sein und am nächsten dick, klein, blaß, rot,
braunäugig, mesomorph, glattrasiert und lehnend sein und am
nächsten dick, klein, blaß, rot, braunäugig, mesomorph, vollbärtig und aufrecht sein und am nächsten dick, klein, blaß, rot,
braunäugig, mesomorph, vollbärtig und gebeugt sein und am
nächsten dick, klein, blaß, rot, braunäugig, mesomorph, vollbärtig und lehnend sein und am nächsten dick, klein, blaß, rot,
braunäugig, mesomorph, schnurrbärtig und aufrecht sein und
am nächsten dick, klein, blaß, rot, braunäugig, mesomorph,
schnurrbärtig und gebeugt sein und am nächsten dick, klein,
blaß, rot, braunäugig, mesomorph, schnurrbärtig und lehnend
sein und am nächsten dick, klein, blaß, rot, braunäugig, endomorph, glattrasiert und aufrecht sein und am nächsten dick,
klein, blaß, rot, braunäugig, endomorph, glattrasiert und gebeugt sein und am nächsten dick, klein, blaß, rot, braunäugig,
endomorph, glattrasiert und lehnend sein und am nächsten dick,
klein, blaß, rot, braunäugig, endomorph, vollbärtig und aufrecht
sein und am nächsten dick, klein, blaß, rot, braunäugig, endomorph, vollbärtig und gebeugt sein und am nächsten dick, klein,
blaß, rot, braunäugig, endomorph, vollbärtig und lehnend sein
und am nächsten dick, klein, blaß, rot, braunäugig, endomorph,

schnurrbärtig und aufrecht sein und am nächsten dick, klein,
blaß, rot, braunäugig, endomorph, schnurrbärtig und gebeugt
sein und am nächsten dick, klein, blaß, rot, braunäugig, endomorph, schnurrbärtig und lehnend sein und am nächsten dick,
klein, blaß, rot, blauäugig, ektomorph, glattrasiert und aufrecht
sein und am nächsten dick, klein, blaß, rot, blauäugig, ektomorph, glattrasiert und gebeugt sein und am nächsten dick,
klein, blaß, rot, blauäugig, ektomorph, glattrasiert und lehnend
sein und am nächsten dick, klein, blaß, rot, blauäugig, ektomorph, vollbärtig und aufrecht sein und am nächsten dick, klein,
blaß, rot, blauäugig, ektomorph, vollbärtig und gebeugt sein und
am nächsten dick, klein, blaß, rot, blauäugig, ektomorph, vollbärtig und lehnend sein und am nächsten dick, klein, blaß, rot,
blauäugig, ektomorph, schnurrbärtig und aufrecht sein und am
nächsten dick, klein, blaß, rot, blauäugig, ektomorph, schnurrbärtig und gebeugt sein und am nächsten dick, klein, blaß, rot,
blauäugig, ektomorph, schnurrbärtig und lehnend sein und am
nächsten dick, klein, blaß, rot, blauäugig, mesomorph, glattrasiert und aufrecht sein und am nächsten dick, klein, blaß, rot,
blauäugig, mesomorph, glattrasiert und gebeugt sein und am
nächsten dick, klein, blaß, rot, blauäugig, mesomorph, glattrasiert und lehnend sein und am nächsten dick, klein, blaß, rot,
blauäugig, mesomorph, vollbärtig und aufrecht sein und am
nächsten dick, klein, blaß, rot, blauäugig, mesomorph, vollbärtig
und gebeugt sein und am nächsten dick, klein, blaß, rot, blauäugig, mesomorph, vollbärtig und lehnend sein und am nächsten dick, klein, blaß, rot, blauäugig, mesomorph, schnurrbärtig
und aufrecht sein und am nächsten dick, klein, blaß, rot,
blauäugig, mesomorph, schnurrbärtig und gebeugt sein und am
nächsten dick, klein, blaß, rot, blauäugig, mesomorph, schnurrbärtig und lehnend sein und am nächsten dick, klein, blaß, rot,
blauäugig, endomorph, glattrasiert und aufrecht sein und am

nächsten dick, klein, blaß, rot, blauäugig, endomorph, glattrasiert und gebeugt sein und am nächsten dick, klein, blaß, rot,
blauäugig, endomorph, glattrasiert und lehnend sein und am
nächsten dick, klein, blaß, rot, blauäugig, endomorph, vollbärtig
und aufrecht sein und am nächsten dick, klein, blaß, rot, blauäugig, endomorph, vollbärtig und gebeugt sein und am nächsten
dick, klein, blaß, rot, blauäugig, endomorph, vollbärtig und lehnend sein und am nächsten dick, klein, blaß, rot, blauäugig,
endomorph, schnurrbärtig und aufrecht sein und am nächsten
dick, klein, blaß, rot, blauäugig, endomorph, schnurrbärtig und
gebeugt sein und am nächsten dick, klein, blaß, rot, blauäugig,
endomorph, schnurrbärtig und lehnend sein und am nächsten
dick, klein, blaß, rot, grünäugig, ektomorph, glattrasiert und
aufrecht sein und am nächsten dick, klein, blaß, rot, grünäugig,
ektomorph, glattrasiert und gebeugt sein und am nächsten dick,
klein, blaß, rot, grünäugig, ektomorph, glattrasiert und lehnend
sein und am nächsten dick, klein, blaß, rot, grünäugig, ektomorph, vollbärtig und aufrecht sein und am nächsten dick, klein,
blaß, rot, grünäugig, ektomorph, vollbärtig und gebeugt sein
und am nächsten dick, klein, blaß, rot, grünäugig, ektomorph,
vollbärtig und lehnend sein und am nächsten dick, klein, blaß,
rot, grünäugig, ektomorph, schnurrbärtig und aufrecht sein und
am nächsten dick, klein, blaß, rot, grünäugig, ektomorph,
schnurrbärtig und gebeugt sein und am nächsten dick, klein,
blaß, rot, grünäugig, ektomorph, schnurrbärtig und lehnend sein
und am nächsten dick, klein, blaß, rot, grünäugig, mesomorph,
glattrasiert und aufrecht sein und am nächsten dick, klein, blaß,
rot, grünäugig, mesomorph, glattrasiert und gebeugt sein und
am nächsten dick, klein, blaß, rot, grünäugig, mesomorph, glattrasiert und lehnend sein und am nächsten dick, klein, blaß, rot,
grünäugig, mesomorph, vollbärtig und aufrecht sein und am
nächsten dick, klein, blaß, rot, grünäugig, mesomorph, vollbärtig

und gebeugt sein und am nächsten dick, klein, blaß, rot, grünäugig, mesomorph, vollbärtig und lehnend sein und am nächsten dick, klein, blaß, rot, grünäugig, mesomorph, schnurrbärtig
und aufrecht sein und am nächsten dick, klein, blaß, rot, grünäugig, mesomorph, schnurrbärtig und gebeugt sein und am
nächsten dick, klein, blaß, rot, grünäugig, mesomorph, schnurrbärtig und lehnend sein und am nächsten dick, klein, blaß, rot,
grünäugig, endomorph, glattrasiert und aufrecht sein und am
nächsten dick, klein, blaß, rot, grünäugig, endomorph, glattrasiert und gebeugt sein und am nächsten dick, klein, blaß, rot,
grünäugig, endomorph, glattrasiert und lehnend sein und am
nächsten dick, klein, blaß, rot, grünäugig, endomorph, vollbärtig
und aufrecht sein und am nächsten dick, klein, blaß, rot, grünäugig, endomorph, vollbärtig und gebeugt sein und am nächsten
dick, klein, blaß, rot, grünäugig, endomorph, vollbärtig und lehnend sein und am nächsten dick, klein, blaß, rot, grünäugig,
endomorph, schnurrbärtig und aufrecht sein und am nächsten
dick, klein, blaß, rot, grünäugig, endomorph, schnurrbärtig und
gebeugt sein und am nächsten dick, klein, blaß, rot, grünäugig,
endomorph, schnurrbärtig und lehnend sein und am nächsten
dick, klein, blaß, blond, braunäugig, ektomorph, glattrasiert und
aufrecht sein und am nächsten dick, klein, blaß, blond, braunäugig, ektomorph, glattrasiert und gebeugt sein und am nächsten dick, klein, blaß, blond, braunäugig, ektomorph, glattrasiert
und lehnend sein und am nächsten dick, klein, blaß, blond,
braunäugig, ektomorph, vollbärtig und aufrecht sein und am
nächsten dick, klein, blaß, blond, braunäugig, ektomorph, vollbärtig und gebeugt sein und am nächsten dick, klein, blaß,
blond, braunäugig, ektomorph, vollbärtig und lehnend sein und
am nächsten dick, klein, blaß, blond, braunäugig, ektomorph,
schnurrbärtig und aufrecht sein und am nächsten dick, klein,
blaß, blond, braunäugig, ektomorph, schnurrbärtig und gebeugt

sein und am nächsten dick, klein, blaß, blond, braunäugig, ektomorph, schnurrbärtig und lehnend sein und am nächsten dick, klein, blaß, blond, braunäugig, mesomorph, glattrasiert und aufrecht sein und am nächsten dick, klein, blaß, blond, braunäugig, mesomorph, glattrasiert und gebeugt sein und am nächsten dick, klein, blaß, blond, braunäugig, mesomorph, glattrasiert und lehnend sein und am nächsten dick, klein, blaß, blond, braunäugig, mesomorph, vollbärtig und aufrecht sein und am nächsten dick, klein, blaß, blond, braunäugig, mesomorph, vollbärtig und gebeugt sein und am nächsten dick, klein, blaß, blond, braunäugig, mesomorph, vollbärtig und lehnend sein und am nächsten dick, klein, blaß, blond, braunäugig, mesomorph, schnurrbärtig und aufrecht sein und am nächsten dick, klein, blaß, blond, braunäugig, mesomorph, schnurrbärtig und gebeugt sein und am nächsten dick, klein, blaß, blond, braunäugig, mesomorph, schnurrbärtig und lehnend sein und am nächsten dick, klein, blaß, blond, braunäugig, endomorph, glattrasiert und aufrecht sein und am nächsten dick, klein, blaß, blond, braunäugig, endomorph, glattrasiert und gebeugt sein und am nächsten dick, klein, blaß, blond, braunäugig, endomorph, glattrasiert und lehnend sein und am nächsten dick, klein, blaß, blond, braunäugig, endomorph, vollbärtig und aufrecht sein und am nächsten dick, klein, blaß, blond, braunäugig, endomorph, vollbärtig und gebeugt sein und am nächsten dick, klein, blaß, blond, braunäugig, endomorph, vollbärtig und lehnend sein und am nächsten dick, klein, blaß, blond, braunäugig, endomorph, schnurrbärtig und aufrecht sein und am nächsten dick, klein, blaß, blond, braunäugig, endomorph, schnurrbärtig und gebeugt sein und am nächsten dick, klein, blaß, blond, braunäugig, endomorph, schnurrbärtig und lehnend sein und am nächsten dick, klein, blaß, blond, blauäugig, ektomorph, glattrasiert und aufrecht sein und am nächsten dick, klein, blaß, blond, blauäugig, ektomorph, glattrasiert und gebeugt sein und am nächsten dick, klein, blaß, blond, blauäugig, ektomorph, glattrasiert und lehnend sein und am nächsten dick, klein, blaß, blond, blauäugig, ektomorph, vollbärtig und aufrecht sein und am nächsten dick, klein, blaß, blond, blauäugig, ektomorph, vollbärtig und gebeugt sein und am nächsten dick, klein, blaß, blond, blauäugig, ektomorph, vollbärtig und lehnend sein und am nächsten dick, klein, blaß, blond, blauäugig, ektomorph, schnurrbärtig und aufrecht sein und am nächsten dick, klein, blaß, blond, blauäugig, ektomorph, schnurrbärtig und gebeugt sein und am nächsten dick, klein, blaß, blond, blauäugig, ektomorph, schnurrbärtig und lehnend sein und am nächsten dick, klein, blaß, blond, blauäugig, mesomorph, glattrasiert und aufrecht sein und am nächsten dick, klein, blaß, blond, blauäugig, mesomorph, glattrasiert und gebeugt sein und am nächsten dick, klein, blaß, blond, blauäugig, mesomorph, glattrasiert und lehnend sein und am nächsten dick, klein, blaß, blond, blauäugig, mesomorph, vollbärtig und aufrecht sein und am nächsten dick, klein, blaß, blond, blauäugig, mesomorph, vollbärtig und gebeugt sein und am nächsten dick, klein, blaß, blond, blauäugig, mesomorph, vollbärtig und lehnend sein und am nächsten dick, klein, blaß, blond, blauäugig, mesomorph, schnurrbärtig und aufrecht sein und am nächsten dick, klein, blaß, blond, blauäugig, mesomorph, schnurrbärtig und gebeugt sein und am nächsten dick, klein, blaß, blond, blauäugig, mesomorph, schnurrbärtig und lehnend sein und am nächsten dick, klein, blaß, blond, blauäugig, endomorph, glattrasiert und aufrecht sein und am nächsten dick, klein, blaß, blond, blauäugig, endomorph, glattrasiert und gebeugt sein und am nächsten dick, klein, blaß, blond, blauäugig, endomorph, glattrasiert und lehnend sein und am nächsten dick, klein, blaß, blond, blauäugig, endomorph, vollbärtig und aufrecht sein und am nächsten dick, klein, blaß,

blond, blauäugig, endomorph, vollbärtig und gebeugt sein und
am nächsten dick, klein, blaß, blond, blauäugig, endomorph,
vollbärtig und lehnend sein und am nächsten dick, klein, blaß,
blond, blauäugig, endomorph, schnurrbärtig und aufrecht sein
und am nächsten dick, klein, blaß, blond, blauäugig, endomorph,
schnurrbärtig und gebeugt sein und am nächsten dick, klein,
blaß, blond, blauäugig, endomorph, schnurrbärtig und lehnend
sein und am nächsten dick, klein, blaß, blond, grünäugig, ektomorph, glattrasiert und aufrecht sein und am nächsten dick,
klein, blaß, blond, grünäugig, ektomorph, glattrasiert und gebeugt sein und am nächsten dick, klein, blaß, blond, grünäugig,
ektomorph, glattrasiert und lehnend sein und am nächsten dick,
klein, blaß, blond, grünäugig, ektomorph, vollbärtig und aufrecht sein und am nächsten dick, klein, blaß, blond, grünäugig,
ektomorph, vollbärtig und gebeugt sein und am nächsten dick,
klein, blaß, blond, grünäugig, ektomorph, vollbärtig und lehnend sein und am nächsten dick, klein, blaß, blond, grünäugig,
ektomorph, schnurrbärtig und aufrecht sein und am nächsten
dick, klein, blaß, blond, grünäugig, ektomorph, schnurrbärtig
und gebeugt sein und am nächsten dick, klein, blaß, blond,
grünäugig, ektomorph, schnurrbärtig und lehnend sein und am
nächsten dick, klein, blaß, blond, grünäugig, mesomorph, glattrasiert und aufrecht sein und am nächsten dick, klein, blaß,
blond, grünäugig, mesomorph, glattrasiert und gebeugt sein und
am nächsten dick, klein, blaß, blond, grünäugig, mesomorph,
glattrasiert und lehnend sein und am nächsten dick, klein, blaß,
blond, grünäugig, mesomorph, vollbärtig und aufrecht sein und
am nächsten dick, klein, blaß, blond, grünäugig, mesomorph,
vollbärtig und gebeugt sein und am nächsten dick, klein, blaß,
blond, grünäugig, mesomorph, vollbärtig und lehnend sein und
am nächsten dick, klein, blaß, blond, grünäugig, mesomorph,
schnurrbärtig und aufrecht sein und am nächsten dick, klein,

blaß, blond, grünäugig, mesomorph, schnurrbärtig und gebeugt
sein und am nächsten dick, klein, blaß, blond, grünäugig, mesomorph, schnurrbärtig und lehnend sein und am nächsten dick,
klein, blaß, blond, grünäugig, endomorph, glattrasiert und aufrecht sein und am nächsten dick, klein, blaß, blond, grünäugig,
endomorph, glattrasiert und gebeugt sein und am nächsten dick,
klein, blaß, blond, grünäugig, endomorph, glattrasiert und lehnend sein und am nächsten dick, klein, blaß, blond, grünäugig,
endomorph, vollbärtig und aufrecht sein und am nächsten dick,
klein, blaß, blond, grünäugig, endomorph, vollbärtig und gebeugt sein und am nächsten dick, klein, blaß, blond, grünäugig,
endomorph, vollbärtig und lehnend sein und am nächsten dick,
klein, blaß, blond, grünäugig, endomorph, schnurrbärtig und
aufrecht sein und am nächsten dick, klein, blaß, blond, grünäugig, endomorph, schnurrbärtig und gebeugt sein und am
nächsten dick, klein, blaß, blond, grünäugig, endomorph,
schnurrbärtig und lehnend sein und am nächsten dick, klein,
gelb, schwarz, braunäugig, ektomorph, glattrasiert und aufrecht
sein und am nächsten dick, klein, gelb, schwarz, braunäugig,
ektomorph, glattrasiert und gebeugt sein und am nächsten dick,
klein, gelb, schwarz, braunäugig, ektomorph, glattrasiert und
lehnend sein und am nächsten dick, klein, gelb, schwarz, braunäugig, ektomorph, vollbärtig und aufrecht sein und am nächsten
dick, klein, gelb, schwarz, braunäugig, ektomorph, vollbärtig
und gebeugt sein und am nächsten dick, klein, gelb, schwarz,
braunäugig, ektomorph, vollbärtig und lehnend sein und am
nächsten dick, klein, gelb, schwarz, braunäugig, ektomorph,
schnurrbärtig und aufrecht sein und am nächsten dick, klein,
gelb, schwarz, braunäugig, ektomorph, schnurrbärtig und gebeugt sein und am nächsten dick, klein, gelb, schwarz, braunäugig, ektomorph, schnurrbärtig und lehnend sein und am
nächsten dick, klein, gelb, schwarz, braunäugig, mesomorph,

glattrasiert und aufrecht sein und am nächsten dick, klein, gelb, schwarz, braunäugig, mesomorph, glattrasiert und gebeugt sein und am nächsten dick, klein, gelb, schwarz, braunäugig, mesomorph, glattrasiert und lehnend sein und am nächsten dick, klein, gelb, schwarz, braunäugig, mesomorph, vollbärtig und aufrecht sein und am nächsten dick, klein, gelb, schwarz, braunäugig, mesomorph, vollbärtig und gebeugt sein und am nächsten dick, klein, gelb, schwarz, braunäugig, mesomorph, vollbärtig und lehnend sein und am nächsten dick, klein, gelb, schwarz, braunäugig, mesomorph, schnurrbärtig und aufrecht sein und am nächsten dick, klein, gelb, schwarz, braunäugig, mesomorph, schnurrbärtig und gebeugt sein und am nächsten dick, klein, gelb, schwarz, braunäugig, mesomorph, schnurrbärtig und lehnend sein und am nächsten dick, klein, gelb, schwarz, braunäugig, endomorph, glattrasiert und aufrecht sein und am nächsten dick, klein, gelb, schwarz, braunäugig, endomorph, glattrasiert und gebeugt sein und am nächsten dick, klein, gelb, schwarz, braunäugig, endomorph, glattrasiert und lehnend sein und am nächsten dick, klein, gelb, schwarz, braunäugig, endomorph, vollbärtig und aufrecht sein und am nächsten dick, klein, gelb, schwarz, braunäugig, endomorph, vollbärtig und gebeugt sein und am nächsten dick, klein, gelb, schwarz, braunäugig, endomorph, vollbärtig und lehnend sein und am nächsten dick, klein, gelb, schwarz, braunäugig, endomorph, schnurrbärtig und aufrecht sein und am nächsten dick, klein, gelb, schwarz, braunäugig, endomorph, schnurrbärtig und gebeugt sein und am nächsten dick, klein, gelb, schwarz, braunäugig, endomorph, schnurrbärtig und lehnend sein und am nächsten dick, klein, gelb, schwarz, blauäugig, ektomorph, glattrasiert und aufrecht sein und am nächsten dick, klein, gelb, schwarz, blauäugig, ektomorph, glattrasiert und gebeugt sein und am nächsten dick, klein, gelb, schwarz, blauäugig, ektomorph, glattrasiert und lehnend sein und am nächsten dick, klein, gelb, schwarz, blauäugig, ektomorph, vollbärtig und aufrecht sein und am nächsten dick, klein, gelb, schwarz, blauäugig, ektomorph, vollbärtig und gebeugt sein und am nächsten dick, klein, gelb, schwarz, blauäugig, ektomorph, vollbärtig und lehnend sein und am nächsten dick, klein, gelb, schwarz, blauäugig, ektomorph, schnurrbärtig und aufrecht sein und am nächsten dick, klein, gelb, schwarz, blauäugig, ektomorph, schnurrbärtig und gebeugt sein und am nächsten dick, klein, gelb, schwarz, blauäugig, ektomorph, schnurrbärtig und lehnend sein und am nächsten dick, klein, gelb, schwarz, blauäugig, mesomorph, glattrasiert und aufrecht sein und am nächsten dick, klein, gelb, schwarz, blauäugig, mesomorph, glattrasiert und gebeugt sein und am nächsten dick, klein, gelb, schwarz, blauäugig, mesomorph, glattrasiert und lehnend sein und am nächsten dick, klein, gelb, schwarz, blauäugig, mesomorph, vollbärtig und aufrecht sein und am nächsten dick, klein, gelb, schwarz, blauäugig, mesomorph, vollbärtig und gebeugt sein und am nächsten dick, klein, gelb, schwarz, blauäugig, mesomorph, vollbärtig und lehnend sein und am nächsten dick, klein, gelb, schwarz, blauäugig, mesomorph, schnurrbärtig und aufrecht sein und am nächsten dick, klein, gelb, schwarz, blauäugig, mesomorph, schnurrbärtig und gebeugt sein und am nächsten dick, klein, gelb, schwarz, blauäugig, mesomorph, schnurrbärtig und lehnend sein und am nächsten dick, klein, gelb, schwarz, blauäugig, endomorph, glattrasiert und aufrecht sein und am nächsten dick, klein, gelb, schwarz, blauäugig, endomorph, glattrasiert und gebeugt sein und am nächsten dick, klein, gelb, schwarz, blauäugig, endomorph, glattrasiert und lehnend sein und am nächsten dick, klein, gelb, schwarz, blauäugig, endomorph, vollbärtig und aufrecht sein und am nächsten dick, klein, gelb, schwarz, blauäugig, endomorph, vollbärtig und gebeugt sein und am nächsten dick, klein, gelb, schwarz, blauäugig, endomorph, vollbärtig und lehnend sein und am nächsten dick, klein, gelb, schwarz, blauäugig, endomorph, schnurrbärtig und aufrecht sein und am nächsten dick, klein, gelb, schwarz, blauäugig, endomorph, schnurrbärtig und gebeugt sein und am nächsten dick, klein, gelb, schwarz, blauäugig, endomorph, schnurrbärtig und lehnend sein und am nächsten dick, klein, gelb, schwarz, grünäugig, ektomorph, glattrasiert und aufrecht sein und am nächsten dick, klein, gelb, schwarz, grünäugig, ektomorph, glattrasiert und gebeugt sein und am nächsten dick, klein, gelb, schwarz, grünäugig, ektomorph, glattrasiert und lehnend sein und am nächsten dick, klein, gelb, schwarz, grünäugig, ektomorph, vollbärtig und aufrecht sein und am nächsten dick, klein, gelb, schwarz, grünäugig, ektomorph, vollbärtig und gebeugt sein und am nächsten dick, klein, gelb, schwarz, grünäugig, ektomorph, vollbärtig und lehnend sein und am nächsten dick, klein, gelb, schwarz, grünäugig, ektomorph, schnurrbärtig und aufrecht sein und am nächsten dick, klein, gelb, schwarz, grünäugig, ektomorph, schnurrbärtig und gebeugt sein und am nächsten dick, klein, gelb, schwarz, grünäugig, ektomorph, schnurrbärtig und lehnend sein und am nächsten dick, klein, gelb, schwarz, grünäugig, mesomorph, glattrasiert und aufrecht sein und am nächsten dick, klein, gelb, schwarz, grünäugig, mesomorph, glattrasiert und gebeugt sein und am nächsten dick, klein, gelb, schwarz, grünäugig, mesomorph, glattrasiert und lehnend sein und am nächsten dick, klein, gelb, schwarz, grünäugig, mesomorph, vollbärtig und aufrecht sein und am nächsten dick, klein, gelb, schwarz, grünäugig, mesomorph, vollbärtig und gebeugt sein und am nächsten dick, klein, gelb, schwarz, grünäugig, mesomorph, vollbärtig und lehnend sein und am nächsten dick, klein, gelb, schwarz, grünäugig, mesomorph, schnurrbärtig und aufrecht sein und am nächsten dick, klein, gelb, schwarz, grünäugig, mesomorph, schnurrbärtig und gebeugt sein und am nächsten dick, klein, gelb, schwarz, grünäugig, mesomorph, schnurrbärtig und lehnend sein und am nächsten dick, klein, gelb, schwarz, grünäugig, endomorph, glattrasiert und aufrecht sein und am nächsten dick, klein, gelb, schwarz, grünäugig, endomorph, glattrasiert und gebeugt sein und am nächsten dick, klein, gelb, schwarz, grünäugig, endomorph, glattrasiert und lehnend sein und am nächsten dick, klein, gelb, schwarz, grünäugig, endomorph, vollbärtig und aufrecht sein und am nächsten dick, klein, gelb, schwarz, grünäugig, endomorph, vollbärtig und gebeugt sein und am nächsten dick, klein, gelb, schwarz, grünäugig, endomorph, vollbärtig und lehnend sein und am nächsten dick, klein, gelb, schwarz, grünäugig, endomorph, schnurrbärtig und aufrecht sein und am nächsten dick, klein, gelb, schwarz, grünäugig, endomorph, schnurrbärtig und gebeugt sein und am nächsten dick, klein, gelb, schwarz, grünäugig, endomorph, schnurrbärtig und lehnend sein und am nächsten dick, klein, gelb, rot, braunäugig, ektomorph, glattrasiert und aufrecht sein und am nächsten dick, klein, gelb, rot, braunäugig, ektomorph, glattrasiert und gebeugt sein und am nächsten dick, klein, gelb, rot, braunäugig, ektomorph, glattrasiert und lehnend sein und am nächsten dick, klein, gelb, rot, braunäugig, ektomorph, vollbärtig und aufrecht sein und am nächsten dick, klein, gelb, rot, braunäugig, ektomorph, vollbärtig und gebeugt sein und am nächsten dick, klein, gelb, rot, braunäugig, ektomorph, vollbärtig und lehnend sein und am nächsten dick, klein, gelb, rot, braunäugig, ektomorph, schnurrbärtig und aufrecht sein und am nächsten dick, klein, gelb, rot, braunäugig, ektomorph, schnurrbärtig und gebeugt sein und am nächsten dick, klein, gelb, rot, braunäugig, ektomorph, schnurrbärtig und lehnend sein und am nächsten dick, klein, gelb, rot, braunäugig, mesomorph, glattrasiert und aufrecht sein und am nächsten dick, klein, gelb, rot, braunäugig, mesomorph, glattrasiert und gebeugt sein und am nächsten dick, klein, gelb, rot, braunäugig, mesomorph, glattrasiert und lehnend sein und am nächsten dick, klein, gelb, rot, braunäugig, mesomorph, vollbärtig und aufrecht sein und am nächsten dick, klein, gelb, rot, braunäugig, mesomorph, vollbärtig und gebeugt sein und am nächsten dick, klein, gelb, rot, braunäugig, mesomorph, vollbärtig und lehnend sein und am nächsten dick, klein, gelb, rot, braunäugig, mesomorph, schnurrbärtig und aufrecht sein und am nächsten dick, klein, gelb, rot, braunäugig, mesomorph, schnurrbärtig und gebeugt sein und am nächsten dick, klein, gelb, rot, braunäugig, mesomorph, schnurrbärtig und lehnend sein und am nächsten dick, klein, gelb, rot, braunäugig, endomorph, glattrasiert und aufrecht sein und am nächsten dick, klein, gelb, rot, braunäugig, endomorph, glattrasiert und gebeugt sein und am nächsten dick, klein, gelb, rot, braunäugig, endomorph, glattrasiert und lehnend sein und am nächsten dick, klein, gelb, rot, braunäugig, endomorph, vollbärtig und aufrecht sein und am nächsten dick, klein, gelb, rot, braunäugig, endomorph, vollbärtig und gebeugt sein und am nächsten dick, klein, gelb, rot, braunäugig, endomorph, vollbärtig und lehnend sein und am nächsten dick, klein, gelb, rot, braunäugig, endomorph, schnurrbärtig und aufrecht sein und am nächsten dick, klein, gelb, rot, braunäugig, endomorph, schnurrbärtig und gebeugt sein und am nächsten dick, klein, gelb, rot, braunäugig, endomorph, schnurrbärtig und lehnend sein und am nächsten dick, klein, gelb, rot, blauäugig, ektomorph, glattrasiert und aufrecht sein und am nächsten dick, klein, gelb, rot, blauäugig, ektomorph, glattrasiert und gebeugt sein und am nächsten dick, klein, gelb, rot, blauäugig, ektomorph, glattrasiert und lehnend sein und am nächsten dick, klein, gelb, rot, blauäugig, ektomorph, vollbärtig und aufrecht sein und am nächsten dick, klein, gelb, rot, blauäugig, ektomorph, vollbärtig und gebeugt sein und am nächsten dick, klein, gelb, rot, blauäugig, ektomorph, vollbärtig und lehnend sein und am nächsten dick, klein, gelb, rot, blauäugig, ektomorph, schnurrbärtig und aufrecht sein und am nächsten dick, klein, gelb, rot, blauäugig, ektomorph, schnurrbärtig und gebeugt sein und am nächsten dick, klein, gelb, rot, blauäugig, ektomorph, schnurrbärtig und lehnend sein und am nächsten dick, klein, gelb, rot, blauäugig, mesomorph, glattrasiert und aufrecht sein und am nächsten dick, klein, gelb, rot, blauäugig, mesomorph, glattrasiert und gebeugt sein und am nächsten dick, klein, gelb, rot, blauäugig, mesomorph, glattrasiert und lehnend sein und am nächsten dick, klein, gelb, rot, blauäugig, mesomorph, vollbärtig und aufrecht sein und am nächsten dick, klein, gelb, rot, blauäugig, mesomorph, vollbärtig und gebeugt sein und am nächsten dick, klein, gelb, rot, blauäugig, mesomorph, vollbärtig und lehnend sein und am nächsten dick, klein, gelb, rot, blauäugig, mesomorph, schnurrbärtig und aufrecht sein und am nächsten dick, klein, gelb, rot, blauäugig, mesomorph, schnurrbärtig und gebeugt sein und am nächsten dick, klein, gelb, rot, blauäugig, mesomorph, schnurrbärtig und lehnend sein und am nächsten dick, klein, gelb, rot, blauäugig, endomorph, glattrasiert und aufrecht sein und am nächsten dick, klein, gelb, rot, blauäugig, endomorph, glattrasiert und gebeugt sein und am nächsten dick, klein, gelb, rot, blauäugig, endomorph, glattrasiert und lehnend sein und am nächsten dick, klein, gelb, rot, blauäugig, endomorph, vollbärtig und aufrecht sein und am nächsten dick, klein, gelb, rot, blauäugig, endomorph, vollbärtig und gebeugt sein und am nächsten dick, klein, gelb, rot, blauäugig, endomorph, vollbärtig und lehnend sein und am nächsten dick, klein, gelb, rot, blauäugig, endomorph, schnurrbärtig und aufrecht sein und am nächsten dick, klein, gelb, rot, blauäugig, endomorph, schnurrbärtig und gebeugt sein und am nächsten dick, klein, gelb, rot, blauäugig,

endomorph, schnurrbärtig und lehnend sein und am nächsten
dick, klein, gelb, rot, grünäugig, ektomorph, glattrasiert und
aufrecht sein und am nächsten dick, klein, gelb, rot, grünäugig,
ektomorph, glattrasiert und gebeugt sein und am nächsten dick,
klein, gelb, rot, grünäugig, ektomorph, glattrasiert und lehnend
sein und am nächsten dick, klein, gelb, rot, grünäugig, ektomorph, vollbärtig und aufrecht sein und am nächsten dick, klein,
gelb, rot, grünäugig, ektomorph, vollbärtig und gebeugt sein
und am nächsten dick, klein, gelb, rot, grünäugig, ektomorph,
vollbärtig und lehnend sein und am nächsten dick, klein, gelb,
rot, grünäugig, ektomorph, schnurrbärtig und aufrecht sein und
am nächsten dick, klein, gelb, rot, grünäugig, ektomorph,
schnurrbärtig und gebeugt sein und am nächsten dick, klein,
gelb, rot, grünäugig, ektomorph, schnurrbärtig und lehnend sein
und am nächsten dick, klein, gelb, rot, grünäugig, mesomorph,
glattrasiert und aufrecht sein und am nächsten dick, klein, gelb,
rot, grünäugig, mesomorph, glattrasiert und gebeugt sein und
am nächsten dick, klein, gelb, rot, grünäugig, mesomorph, glattrasiert und lehnend sein und am nächsten dick, klein, gelb, rot,
grünäugig, mesomorph, vollbärtig und aufrecht sein und am
nächsten dick, klein, gelb, rot, grünäugig, mesomorph, vollbärtig
und gebeugt sein und am nächsten dick, klein, gelb, rot, grünäugig, mesomorph, vollbärtig und lehnend sein und am nächsten dick, klein, gelb, rot, grünäugig, mesomorph, schnurrbärtig
und aufrecht sein und am nächsten dick, klein, gelb, rot, grünäugig, mesomorph, schnurrbärtig und gebeugt sein und am
nächsten dick, klein, gelb, rot, grünäugig, mesomorph,
schnurrbärtig und lehnend sein und am nächsten dick, klein,
gelb, rot, grünäugig, endomorph, glattrasiert und aufrecht sein
und am nächsten dick, klein, gelb, rot, grünäugig, endomorph,
glattrasiert und gebeugt sein und am nächsten dick, klein, gelb,
rot, grünäugig, endomorph, glattrasiert und lehnend sein und

am nächsten dick, klein, gelb, rot, grünäugig, endomorph, vollbärtig und aufrecht sein und am nächsten dick, klein, gelb, rot, grünäugig, endomorph, vollbärtig und gebeugt sein und am nächsten dick, klein, gelb, rot, grünäugig, endomorph, vollbärtig und lehnend sein und am nächsten dick, klein, gelb, rot, grünäugig, endomorph, schnurrbärtig und aufrecht sein und am nächsten dick, klein, gelb, rot, grünäugig, endomorph, schnurrbärtig und gebeugt sein und am nächsten dick, klein, gelb, rot, grünäugig, endomorph, schnurrbärtig und lehnend sein und am nächsten dick, klein, gelb, blond, braunäugig, ektomorph, glattrasiert und aufrecht sein und am nächsten dick, klein, gelb, blond, braunäugig, ektomorph, glattrasiert und gebeugt sein und am nächsten dick, klein, gelb, blond, braunäugig, ektomorph, glattrasiert und lehnend sein und am nächsten dick, klein, gelb, blond, braunäugig, ektomorph, vollbärtig und aufrecht sein und am nächsten dick, klein, gelb, blond, braunäugig, ektomorph, vollbärtig und gebeugt sein und am nächsten dick, klein, gelb, blond, braunäugig, ektomorph, vollbärtig und lehnend sein und am nächsten dick, klein, gelb, blond, braunäugig, ektomorph, schnurrbärtig und aufrecht sein und am nächsten dick, klein, gelb, blond, braunäugig, ektomorph, schnurrbärtig und gebeugt sein und am nächsten dick, klein, gelb, blond, braunäugig, ektomorph, schnurrbärtig und lehnend sein und am nächsten dick, klein, gelb, blond, braunäugig, mesomorph, glattrasiert und aufrecht sein und am nächsten dick, klein, gelb, blond, braunäugig, mesomorph, glattrasiert und gebeugt sein und am nächsten dick, klein, gelb, blond, braunäugig, mesomorph, glattrasiert und lehnend sein und am nächsten dick, klein, gelb, blond, braunäugig, mesomorph, vollbärtig und aufrecht sein und am nächsten dick, klein, gelb, blond, braunäugig, mesomorph, vollbärtig und gebeugt sein und am nächsten dick, klein, gelb, blond, braunäugig, mesomorph, vollbärtig und lehnend sein und am nächsten dick, klein, gelb, blond, braunäugig, mesomorph, schnurrbärtig und aufrecht sein und am nächsten dick, klein, gelb, blond, braunäugig, mesomorph, schnurrbärtig und gebeugt sein und am nächsten dick, klein, gelb, blond, braunäugig, mesomorph, schnurrbärtig und lehnend sein und am nächsten dick, klein, gelb, blond, braunäugig, endomorph, glattrasiert und aufrecht sein und am nächsten dick, klein, gelb, blond, braunäugig, endomorph, glattrasiert und gebeugt sein und am nächsten dick, klein, gelb, blond, braunäugig, endomorph, glattrasiert und lehnend sein und am nächsten dick, klein, gelb, blond, braunäugig, endomorph, vollbärtig und aufrecht sein und am nächsten dick, klein, gelb, blond, braunäugig, endomorph, vollbärtig und gebeugt sein und am nächsten dick, klein, gelb, blond, braunäugig, endomorph, vollbärtig und lehnend sein und am nächsten dick, klein, gelb, blond, braunäugig, endomorph, schnurrbärtig und aufrecht sein und am nächsten dick, klein, gelb, blond, braunäugig, endomorph, schnurrbärtig und gebeugt sein und am nächsten dick, klein, gelb, blond, braunäugig, endomorph, schnurrbärtig und lehnend sein und am nächsten dick, klein, gelb, blond, blauäugig, ektomorph, glattrasiert und aufrecht sein und am nächsten dick, klein, gelb, blond, blauäugig, ektomorph, glattrasiert und gebeugt sein und am nächsten dick, klein, gelb, blond, blauäugig, ektomorph, glattrasiert und lehnend sein und am nächsten dick, klein, gelb, blond, blauäugig, ektomorph, vollbärtig und aufrecht sein und am nächsten dick, klein, gelb, blond, blauäugig, ektomorph, vollbärtig und gebeugt sein und am nächsten dick, klein, gelb, blond, blauäugig, ektomorph, vollbärtig und lehnend sein und am nächsten dick, klein, gelb, blond, blauäugig, ektomorph, schnurrbärtig und aufrecht sein und am nächsten dick, klein, gelb, blond, blauäugig, ektomorph, schnurrbärtig und gebeugt sein und am nächsten dick, klein, gelb, blond, blauäugig, ektomorph, schnurrbärtig und lehnend sein und am nächsten dick, klein, gelb, blond, blauäugig, mesomorph, glattrasiert und aufrecht sein und am nächsten dick, klein, gelb, blond, blauäugig, mesomorph, glattrasiert und gebeugt sein und am nächsten dick, klein, gelb, blond, blauäugig, mesomorph, glattrasiert und lehnend sein und am nächsten dick, klein, gelb, blond, blauäugig, mesomorph, vollbärtig und aufrecht sein und am nächsten dick, klein, gelb, blond, blauäugig, mesomorph, vollbärtig und gebeugt sein und am nächsten dick, klein, gelb, blond, blauäugig, mesomorph, vollbärtig und lehnend sein und am nächsten dick, klein, gelb, blond, blauäugig, mesomorph, schnurrbärtig und aufrecht sein und am nächsten dick, klein, gelb, blond, blauäugig, mesomorph, schnurrbärtig und gebeugt sein und am nächsten dick, klein, gelb, blond, blauäugig, mesomorph, schnurrbärtig und lehnend sein und am nächsten dick, klein, gelb, blond, blauäugig, endomorph, glattrasiert und aufrecht sein und am nächsten dick, klein, gelb, blond, blauäugig, endomorph, glattrasiert und gebeugt sein und am nächsten dick, klein, gelb, blond, blauäugig, endomorph, glattrasiert und lehnend sein und am nächsten dick, klein, gelb, blond, blauäugig, endomorph, vollbärtig und aufrecht sein und am nächsten dick, klein, gelb, blond, blauäugig, endomorph, vollbärtig und gebeugt sein und am nächsten dick, klein, gelb, blond, blauäugig, endomorph, vollbärtig und lehnend sein und am nächsten dick, klein, gelb, blond, blauäugig, endomorph, schnurrbärtig und aufrecht sein und am nächsten dick, klein, gelb, blond, blauäugig, endomorph, schnurrbärtig und gebeugt sein und am nächsten dick, klein, gelb, blond, blauäugig, endomorph, schnurrbärtig und lehnend sein und am nächsten dick, klein, gelb, blond, grünäugig, ektomorph, glattrasiert und aufrecht sein und am nächsten dick, klein, gelb, blond, grünäugig, ektomorph, glattrasiert und gebeugt sein und

am nächsten dick, klein, gelb, blond, grünäugig, ektomorph, glattrasiert und lehnend sein und am nächsten dick, klein, gelb,
blond, grünäugig, ektomorph, vollbärtig und aufrecht sein und
am nächsten dick, klein, gelb, blond, grünäugig, ektomorph,
vollbärtig und gebeugt sein und am nächsten dick, klein, gelb,
blond, grünäugig, ektomorph, vollbärtig und lehnend sein und
am nächsten dick, klein, gelb, blond, grünäugig, ektomorph,
schnurrbärtig und aufrecht sein und am nächsten dick, klein,
gelb, blond, grünäugig, ektomorph, schnurrbärtig und gebeugt
sein und am nächsten dick, klein, gelb, blond, grünäugig, ektomorph, schnurrbärtig und lehnend sein und am nächsten dick,
klein, gelb, blond, grünäugig, mesomorph, glattrasiert und aufrecht sein und am nächsten dick, klein, gelb, blond, grünäugig,
mesomorph, glattrasiert und gebeugt sein und am nächsten dick,
klein, gelb, blond, grünäugig, mesomorph, glattrasiert und lehnend sein und am nächsten dick, klein, gelb, blond, grünäugig,
mesomorph, vollbärtig und aufrecht sein und am nächsten dick,
klein, gelb, blond, grünäugig, mesomorph, vollbärtig und gebeugt sein und am nächsten dick, klein, gelb, blond, grünäugig,
mesomorph, vollbärtig und lehnend sein und am nächsten dick,
klein, gelb, blond, grünäugig, mesomorph, schnurrbärtig und
aufrecht sein und am nächsten dick, klein, gelb, blond, grünäugig, mesomorph, schnurrbärtig und gebeugt sein und am
nächsten dick, klein, gelb, blond, grünäugig, mesomorph, schnurrbärtig und lehnend sein und am nächsten dick, klein, gelb,
blond, grünäugig, endomorph, glattrasiert und aufrecht sein und
am nächsten dick, klein, gelb, blond, grünäugig, endomorph,
glattrasiert und gebeugt sein und am nächsten dick, klein, gelb,
blond, grünäugig, endomorph, glattrasiert und lehnend sein und
am nächsten dick, klein, gelb, blond, grünäugig, endomorph,
vollbärtig und aufrecht sein und am nächsten dick, klein, gelb,
blond, grünäugig, endomorph, vollbärtig und gebeugt sein und

am nächsten dick, klein, gelb, blond, grünäugig, endomorph, vollbärtig und lehnend sein und am nächsten dick, klein, gelb, blond, grünäugig, endomorph, schnurrbärtig und aufrecht sein und am nächsten dick, klein, gelb, blond, grünäugig, endomorph, schnurrbärtig und gebeugt sein und am nächsten dick, klein, gelb, blond, grünäugig, endomorph, schnurrbärtig und lehnend sein und am nächsten dick, klein, rosig, schwarz, braunäugig, ektomorph, glattrasiert und aufrecht sein und am nächsten dick, klein, rosig, schwarz, braunäugig, ektomorph, glattrasiert und gebeugt sein und am nächsten dick, klein, rosig, schwarz, braunäugig, ektomorph, glattrasiert und lehnend sein und am nächsten dick, klein, rosig, schwarz, braunäugig, ektomorph, vollbärtig und aufrecht sein und am nächsten dick, klein, rosig, schwarz, braunäugig, ektomorph, vollbärtig und gebeugt sein und am nächsten dick, klein, rosig, schwarz, braunäugig, ektomorph, vollbärtig und lehnend sein und am nächsten dick, klein, rosig, schwarz, braunäugig, ektomorph, schnurrbärtig und aufrecht sein und am nächsten dick, klein, rosig, schwarz, braunäugig, ektomorph, schnurrbärtig und gebeugt sein und am nächsten dick, klein, rosig, schwarz, braunäugig, ektomorph, schnurrbärtig und lehnend sein und am nächsten dick, klein, rosig, schwarz, braunäugig, mesomorph, glattrasiert und aufrecht sein und am nächsten dick, klein, rosig, schwarz, braunäugig, mesomorph, glattrasiert und gebeugt sein und am nächsten dick, klein, rosig, schwarz, braunäugig, mesomorph, glattrasiert und lehnend sein und am nächsten dick, klein, rosig, schwarz, braunäugig, mesomorph, vollbärtig und aufrecht sein und am nächsten dick, klein, rosig, schwarz, braunäugig, mesomorph, vollbärtig und gebeugt sein und am nächsten dick, klein, rosig, schwarz, braunäugig, mesomorph, vollbärtig und lehnend sein und am nächsten dick, klein, rosig, schwarz, braunäugig, mesomorph, schnurrbärtig und aufrecht sein und am nächsten dick,

klein, rosig, schwarz, braunäugig, mesomorph, schnurrbärtig
und gebeugt sein und am nächsten dick, klein, rosig, schwarz,
braunäugig, mesomorph, schnurrbärtig und lehnend sein und
am nächsten dick, klein, rosig, schwarz, braunäugig, endomorph,
glattrasiert und aufrecht sein und am nächsten dick, klein, rosig,
schwarz, braunäugig, endomorph, glattrasiert und gebeugt sein
und am nächsten dick, klein, rosig, schwarz, braunäugig, endomorph, glattrasiert und lehnend sein und am nächsten dick,
klein, rosig, schwarz, braunäugig, endomorph, vollbärtig und
aufrecht sein und am nächsten dick, klein, rosig, schwarz, braunäugig, endomorph, vollbärtig und gebeugt sein und am nächsten
dick, klein, rosig, schwarz, braunäugig, endomorph, vollbärtig
und lehnend sein und am nächsten dick, klein, rosig, schwarz,
braunäugig, endomorph, schnurrbärtig und aufrecht sein und
am nächsten dick, klein, rosig, schwarz, braunäugig, endomorph,
schnurrbärtig und gebeugt sein und am nächsten dick, klein,
rosig, schwarz, braunäugig, endomorph, schnurrbärtig und lehnend sein und am nächsten dick, klein, rosig, schwarz, blauäugig,
ektomorph, glattrasiert und aufrecht sein und am nächsten dick,
klein, rosig, schwarz, blauäugig, ektomorph, glattrasiert und gebeugt sein und am nächsten dick, klein, rosig, schwarz, blauäugig, ektomorph, glattrasiert und lehnend sein und am nächsten dick, klein, rosig, schwarz, blauäugig, ektomorph, vollbärtig
und aufrecht sein und am nächsten dick, klein, rosig, schwarz,
blauäugig, ektomorph, vollbärtig und gebeugt sein und am nächsten dick, klein, rosig, schwarz, blauäugig, ektomorph, vollbärtig
und lehnend sein und am nächsten dick, klein, rosig, schwarz,
blauäugig, ektomorph, schnurrbärtig und aufrecht sein und am
nächsten dick, klein, rosig, schwarz, blauäugig, ektomorph,
schnurrbärtig und gebeugt sein und am nächsten dick, klein,
rosig, schwarz, blauäugig, ektomorph, schnurrbärtig und lehnend sein und am nächsten dick, klein, rosig, schwarz, blauäugig,

mesomorph, glattrasiert und aufrecht sein und am nächsten dick, klein, rosig, schwarz, blauäugig, mesomorph, glattrasiert und gebeugt sein und am nächsten dick, klein, rosig, schwarz, blauäugig, mesomorph, glattrasiert und lehnend sein und am nächsten dick, klein, rosig, schwarz, blauäugig, mesomorph, vollbärtig und aufrecht sein und am nächsten dick, klein, rosig, schwarz, blauäugig, mesomorph, vollbärtig und gebeugt sein und am nächsten dick, klein, rosig, schwarz, blauäugig, mesomorph, vollbärtig und lehnend sein und am nächsten dick, klein, rosig, schwarz, blauäugig, mesomorph, schnurrbärtig und aufrecht sein und am nächsten dick, klein, rosig, schwarz, blauäugig, mesomorph, schnurrbärtig und gebeugt sein und am nächsten dick, klein, rosig, schwarz, blauäugig, mesomorph, schnurrbärtig und lehnend sein und am nächsten dick, klein, rosig, schwarz, blauäugig, endomorph, glattrasiert und aufrecht sein und am nächsten dick, klein, rosig, schwarz, blauäugig, endomorph, glattrasiert und gebeugt sein und am nächsten dick, klein, rosig, schwarz, blauäugig, endomorph, glattrasiert und lehnend sein und am nächsten dick, klein, rosig, schwarz, blauäugig, endomorph, vollbärtig und aufrecht sein und am nächsten dick, klein, rosig, schwarz, blauäugig, endomorph, vollbärtig und gebeugt sein und am nächsten dick, klein, rosig, schwarz, blauäugig, endomorph, vollbärtig und lehnend sein und am nächsten dick, klein, rosig, schwarz, blauäugig, endomorph, schnurrbärtig und aufrecht sein und am nächsten dick, klein, rosig, schwarz, blauäugig, endomorph, schnurrbärtig und gebeugt sein und am nächsten dick, klein, rosig, schwarz, blauäugig, endomorph, schnurrbärtig und lehnend sein und am nächsten dick, klein, rosig, schwarz, grünäugig, ektomorph, glattrasiert und aufrecht sein und am nächsten dick, klein, rosig, schwarz, grünäugig, ektomorph, glattrasiert und gebeugt sein und am nächsten dick, klein, rosig, schwarz, grünäugig, ektomorph, glattrasiert und lehnend sein und am nächsten dick, klein, rosig, schwarz, grünäugig, ektomorph, vollbärtig und aufrecht sein und am nächsten dick, klein, rosig, schwarz, grünäugig, ektomorph, vollbärtig und gebeugt sein und am nächsten dick, klein, rosig, schwarz, grünäugig, ektomorph, vollbärtig und lehnend sein und am nächsten dick, klein, rosig, schwarz, grünäugig, ektomorph, schnurrbärtig und aufrecht sein und am nächsten dick, klein, rosig, schwarz, grünäugig, ektomorph, schnurrbärtig und gebeugt sein und am nächsten dick, klein, rosig, schwarz, grünäugig, ektomorph, schnurrbärtig und lehnend sein und am nächsten dick, klein, rosig, schwarz, grünäugig, mesomorph, glattrasiert und aufrecht sein und am nächsten dick, klein, rosig, schwarz, grünäugig, mesomorph, glattrasiert und gebeugt sein und am nächsten dick, klein, rosig, schwarz, grünäugig, mesomorph, glattrasiert und lehnend sein und am nächsten dick, klein, rosig, schwarz, grünäugig, mesomorph, vollbärtig und aufrecht sein und am nächsten dick, klein, rosig, schwarz, grünäugig, mesomorph, vollbärtig und gebeugt sein und am nächsten dick, klein, rosig, schwarz, grünäugig, mesomorph, vollbärtig und lehnend sein und am nächsten dick, klein, rosig, schwarz, grünäugig, mesomorph, schnurrbärtig und aufrecht sein und am nächsten dick, klein, rosig, schwarz, grünäugig, mesomorph, schnurrbärtig und gebeugt sein und am nächsten dick, klein, rosig, schwarz, grünäugig, mesomorph, schnurrbärtig und lehnend sein und am nächsten dick, klein, rosig, schwarz, grünäugig, endomorph, glattrasiert und aufrecht sein und am nächsten dick, klein, rosig, schwarz, grünäugig, endomorph, glattrasiert und gebeugt sein und am nächsten dick, klein, rosig, schwarz, grünäugig, endomorph, glattrasiert und lehnend sein und am nächsten dick, klein, rosig, schwarz, grünäugig, endomorph, vollbärtig und aufrecht sein und am nächsten dick, klein, rosig, schwarz, grünäugig, endomorph, vollbärtig und gebeugt sein und am nächsten dick, klein, rosig, schwarz, grünäugig, endomorph, vollbärtig und lehnend sein und am nächsten dick, klein, rosig, schwarz, grünäugig, endomorph, schnurrbärtig und aufrecht sein und am nächsten dick, klein, rosig, schwarz, grünäugig, endomorph, schnurrbärtig und gebeugt sein und am nächsten dick, klein, rosig, schwarz, grünäugig, endomorph, schnurrbärtig und lehnend sein und am nächsten dick, klein, rosig, rot, braunäugig, ektomorph, glattrasiert und aufrecht sein und am nächsten dick, klein, rosig, rot, braunäugig, ektomorph, glattrasiert und gebeugt sein und am nächsten dick, klein, rosig, rot, braunäugig, ektomorph, glattrasiert und lehnend sein und am nächsten dick, klein, rosig, rot, braunäugig, ektomorph, vollbärtig und aufrecht sein und am nächsten dick, klein, rosig, rot, braunäugig, ektomorph, vollbärtig und gebeugt sein und am nächsten dick, klein, rosig, rot, braunäugig, ektomorph, vollbärtig und lehnend sein und am nächsten dick, klein, rosig, rot, braunäugig, ektomorph, schnurrbärtig und aufrecht sein und am nächsten dick, klein, rosig, rot, braunäugig, ektomorph, schnurrbärtig und gebeugt sein und am nächsten dick, klein, rosig, rot, braunäugig, ektomorph, schnurrbärtig und lehnend sein und am nächsten dick, klein, rosig, rot, braunäugig, mesomorph, glattrasiert und aufrecht sein und am nächsten dick, klein, rosig, rot, braunäugig, mesomorph, glattrasiert und gebeugt sein und am nächsten dick, klein, rosig, rot, braunäugig, mesomorph, glattrasiert und lehnend sein und am nächsten dick, klein, rosig, rot, braunäugig, mesomorph, vollbärtig und aufrecht sein und am nächsten dick, klein, rosig, rot, braunäugig, mesomorph, vollbärtig und gebeugt sein und am nächsten dick, klein, rosig, rot, braunäugig, mesomorph, vollbärtig und lehnend sein und am nächsten dick, klein, rosig, rot, braunäugig, mesomorph, schnurrbärtig und aufrecht sein und am nächsten dick, klein, rosig, rot, braunäugig, mesomorph, schnurrbärtig und gebeugt sein und am nächsten dick, klein, rosig, rot, braunäugig, mesomorph, schnurrbärtig und lehnend sein und am nächsten dick, klein, rosig, rot, braunäugig, endomorph, glattrasiert und aufrecht sein und am nächsten dick, klein, rosig, rot, braunäugig, endomorph, glattrasiert und gebeugt sein und am nächsten dick, klein, rosig, rot, braunäugig, endomorph, glattrasiert und lehnend sein und am nächsten dick, klein, rosig, rot, braunäugig, endomorph, vollbärtig und aufrecht sein und am nächsten dick, klein, rosig, rot, braunäugig, endomorph, vollbärtig und gebeugt sein und am nächsten dick, klein, rosig, rot, braunäugig, endomorph, vollbärtig und lehnend sein und am nächsten dick, klein, rosig, rot, braunäugig, endomorph, schnurrbärtig und aufrecht sein und am nächsten dick, klein, rosig, rot, braunäugig, endomorph, schnurrbärtig und gebeugt sein und am nächsten dick, klein, rosig, rot, braunäugig, endomorph, schnurrbärtig und lehnend sein und am nächsten dick, klein, rosig, rot, blauäugig, ektomorph, glattrasiert und aufrecht sein und am nächsten dick, klein, rosig, rot, blauäugig, ektomorph, glattrasiert und gebeugt sein und am nächsten dick, klein, rosig, rot, blauäugig, ektomorph, glattrasiert und lehnend sein und am nächsten dick, klein, rosig, rot, blauäugig, ektomorph, vollbärtig und aufrecht sein und am nächsten dick, klein, rosig, rot, blauäugig, ektomorph, vollbärtig und gebeugt sein und am nächsten dick, klein, rosig, rot, blauäugig, ektomorph, vollbärtig und lehnend sein und am nächsten dick, klein, rosig, rot, blauäugig, ektomorph, schnurrbärtig und aufrecht sein und am nächsten dick, klein, rosig, rot, blauäugig, ektomorph, schnurrbärtig und gebeugt sein und am nächsten dick, klein, rosig, rot, blauäugig, ektomorph, schnurrbärtig und lehnend sein und am nächsten dick, klein, rosig, rot, blauäugig, mesomorph, glattrasiert und aufrecht sein und am nächsten dick, klein, rosig, rot, blauäugig, mesomorph, glattrasiert und gebeugt sein und am nächsten dick, klein, rosig, rot, blauäugig, mesomorph, glattrasiert und lehnend sein und am nächsten dick, klein, rosig, rot, blauäugig, mesomorph, vollbärtig und aufrecht sein und am nächsten dick, klein, rosig, rot, blauäugig, mesomorph, vollbärtig und gebeugt sein und am nächsten dick, klein, rosig, rot, blauäugig, mesomorph, vollbärtig und lehnend sein und am nächsten dick, klein, rosig, rot, blauäugig, mesomorph, schnurrbärtig und aufrecht sein und am nächsten dick, klein, rosig, rot, blauäugig, mesomorph, schnurrbärtig und gebeugt sein und am nächsten dick, klein, rosig, rot, blauäugig, mesomorph, schnurrbärtig und lehnend sein und am nächsten dick, klein, rosig, rot, blauäugig, endomorph, glattrasiert und aufrecht sein und am nächsten dick, klein, rosig, rot, blauäugig, endomorph, glattrasiert und gebeugt sein und am nächsten dick, klein, rosig, rot, blauäugig, endomorph, glattrasiert und lehnend sein und am nächsten dick, klein, rosig, rot, blauäugig, endomorph, vollbärtig und aufrecht sein und am nächsten dick, klein, rosig, rot, blauäugig, endomorph, vollbärtig und gebeugt sein und am nächsten dick, klein, rosig, rot, blauäugig, endomorph, vollbärtig und lehnend sein und am nächsten dick, klein, rosig, rot, blauäugig, endomorph, schnurrbärtig und aufrecht sein und am nächsten dick, klein, rosig, rot, blauäugig, endomorph, schnurrbärtig und gebeugt sein und am nächsten dick, klein, rosig, rot, blauäugig, endomorph, schnurrbärtig und lehnend sein und am nächsten dick, klein, rosig, rot, grünäugig, ektomorph, glattrasiert und aufrecht sein und am nächsten dick, klein, rosig, rot, grünäugig, ektomorph, glattrasiert und gebeugt sein und am nächsten dick, klein, rosig, rot, grünäugig, ektomorph, glattrasiert und lehnend sein und am nächsten dick, klein, rosig, rot, grünäugig, ektomorph, vollbärtig und aufrecht sein und am nächsten dick, klein, rosig, rot, grünäugig, ektomorph, vollbärtig und gebeugt sein und am nächsten dick, klein, rosig, rot, grünäugig, ektomorph, vollbärtig und lehnend sein und am nächsten dick, klein, rosig, rot, grünäugig, ektomorph, schnurrbärtig und aufrecht sein und am nächsten dick, klein, rosig, rot, grünäugig, ektomorph, schnurrbärtig und gebeugt sein und am nächsten dick, klein, rosig, rot, grünäugig, ektomorph, schnurrbärtig und lehnend sein und am nächsten dick, klein, rosig, rot, grünäugig, mesomorph, glattrasiert und aufrecht sein und am nächsten dick, klein, rosig, rot, grünäugig, mesomorph, glattrasiert und gebeugt sein und am nächsten dick, klein, rosig, rot, grünäugig, mesomorph, glattrasiert und lehnend sein und am nächsten dick, klein, rosig, rot, grünäugig, mesomorph, vollbärtig und aufrecht sein und am nächsten dick, klein, rosig, rot, grünäugig, mesomorph, vollbärtig und gebeugt sein und am nächsten dick, klein, rosig, rot, grünäugig, mesomorph, vollbärtig und lehnend sein und am nächsten dick, klein, rosig, rot, grünäugig, mesomorph, schnurrbärtig und aufrecht sein und am nächsten dick, klein, rosig, rot, grünäugig, mesomorph, schnurrbärtig und gebeugt sein und am nächsten dick, klein, rosig, rot, grünäugig, mesomorph, schnurrbärtig und lehnend sein und am nächsten dick, klein, rosig, rot, grünäugig, endomorph, glattrasiert und aufrecht sein und am nächsten dick, klein, rosig, rot, grünäugig, endomorph, glattrasiert und gebeugt sein und am nächsten dick, klein, rosig, rot, grünäugig, endomorph, glattrasiert und lehnend sein und am nächsten dick, klein, rosig, rot, grünäugig, endomorph, vollbärtig und aufrecht sein und am nächsten dick, klein, rosig, rot, grünäugig, endomorph, vollbärtig und gebeugt sein und am nächsten dick, klein, rosig, rot, grünäugig, endomorph, vollbärtig und lehnend sein und am nächsten dick, klein, rosig, rot, grünäugig, endomorph, schnurrbärtig und aufrecht sein und am nächsten dick, klein, rosig, rot, grünäugig, endomorph, schnurrbärtig und gebeugt sein und am nächsten dick, klein, rosig, rot, grünäugig, endomorph, schnurrbärtig und lehnend sein und am nächsten dick, klein, rosig, blond, braunäugig, ektomorph, glattrasiert und aufrecht sein und am nächsten dick, klein, rosig, blond, braunäugig, ektomorph, glattrasiert und gebeugt sein und am nächsten dick, klein, rosig, blond, braunäugig, ektomorph, glattrasiert und lehnend sein und am nächsten dick, klein, rosig, blond, braunäugig, ektomorph, vollbärtig und aufrecht sein und am nächsten dick, klein, rosig, blond, braunäugig, ektomorph, vollbärtig und gebeugt sein und am nächsten dick, klein, rosig, blond, braunäugig, ektomorph, vollbärtig und lehnend sein und am nächsten dick, klein, rosig, blond, braunäugig, ektomorph, schnurrbärtig und aufrecht sein und am nächsten dick, klein, rosig, blond, braunäugig, ektomorph, schnurrbärtig und gebeugt sein und am nächsten dick, klein, rosig, blond, braunäugig, ektomorph, schnurrbärtig und lehnend sein und am nächsten dick, klein, rosig, blond, braunäugig, mesomorph, glattrasiert und aufrecht sein und am nächsten dick, klein, rosig, blond, braunäugig, mesomorph, glattrasiert und gebeugt sein und am nächsten dick, klein, rosig, blond, braunäugig, mesomorph, glattrasiert und lehnend sein und am nächsten dick, klein, rosig, blond, braunäugig, mesomorph, vollbärtig und aufrecht sein und am nächsten dick, klein, rosig, blond, braunäugig, mesomorph, vollbärtig und gebeugt sein und am nächsten dick, klein, rosig, blond, braunäugig, mesomorph, vollbärtig und lehnend sein und am nächsten dick, klein, rosig, blond, braunäugig, mesomorph, schnurrbärtig und aufrecht sein und am nächsten dick, klein, rosig, blond, braunäugig, mesomorph, schnurrbärtig und gebeugt sein und am nächsten dick, klein, rosig, blond, braunäugig, mesomorph, schnurrbärtig und lehnend sein und am nächsten dick, klein, rosig, blond, braunäugig, endomorph, glattrasiert und aufrecht sein und am nächsten dick, klein, rosig, blond, braunäugig, endomorph, glattrasiert und gebeugt sein und am nächsten dick, klein, rosig, blond, braunäugig, endomorph, glattrasiert und lehnend sein und am nächsten dick, klein, rosig, blond, braunäugig, endomorph, vollbärtig und aufrecht sein und am nächsten dick, klein, rosig, blond, braunäugig, endomorph, vollbärtig und gebeugt sein und am nächsten dick, klein, rosig, blond, braunäugig, endomorph, vollbärtig und lehnend sein und am nächsten dick, klein, rosig, blond, braunäugig, endomorph, schnurrbärtig und aufrecht sein und am nächsten dick, klein, rosig, blond, braunäugig, endomorph, schnurrbärtig und gebeugt sein und am nächsten dick, klein, rosig, blond, braunäugig, endomorph, schnurrbärtig und lehnend sein und am nächsten dick, klein, rosig, blond, blauäugig, ektomorph, glattrasiert und aufrecht sein und am nächsten dick, klein, rosig, blond, blauäugig, ektomorph, glattrasiert und gebeugt sein und am nächsten dick, klein, rosig, blond, blauäugig, ektomorph, glattrasiert und lehnend sein und am nächsten dick, klein, rosig, blond, blauäugig, ektomorph, vollbärtig und aufrecht sein und am nächsten dick, klein, rosig, blond, blauäugig, ektomorph, vollbärtig und gebeugt sein und am nächsten dick, klein, rosig, blond, blauäugig, ektomorph, vollbärtig und lehnend sein und am nächsten dick, klein, rosig, blond, blauäugig, ektomorph, schnurrbärtig und aufrecht sein und am nächsten dick, klein, rosig, blond, blauäugig, ektomorph, schnurrbärtig und gebeugt sein und am nächsten dick, klein, rosig, blond, blauäugig, ektomorph, schnurrbärtig und lehnend sein und am nächsten dick, klein, rosig, blond, blauäugig, mesomorph, glattrasiert und aufrecht sein und am nächsten dick, klein, rosig, blond, blauäugig, mesomorph, glattrasiert und gebeugt sein und am nächsten dick, klein, rosig, blond, blauäugig, mesomorph, glattrasiert und lehnend sein und am nächsten dick, klein, rosig, blond, blauäugig, mesomorph, vollbärtig und aufrecht sein und am nächsten dick, klein, rosig, blond, blauäugig, mesomorph, vollbärtig und gebeugt sein und am nächsten dick, klein, rosig, blond, blauäugig, mesomorph, vollbärtig und lehnend sein und am nächsten dick, klein, rosig, blond, blauäugig, mesomorph, schnurrbärtig und aufrecht sein und am nächsten dick, klein, rosig, blond, blauäugig, mesomorph, schnurrbärtig und gebeugt sein und am nächsten dick, klein, rosig, blond, blauäugig, mesomorph, schnurrbärtig und lehnend sein und am nächsten dick, klein, rosig, blond, blauäugig, endomorph, glattrasiert und aufrecht sein und am nächsten dick, klein, rosig, blond, blauäugig, endomorph, glattrasiert und gebeugt sein und am nächsten dick, klein, rosig, blond, blauäugig, endomorph, glattrasiert und lehnend sein und am nächsten dick, klein, rosig, blond, blauäugig, endomorph, vollbärtig und aufrecht sein und am nächsten dick, klein, rosig, blond, blauäugig, endomorph, vollbärtig und gebeugt sein und am nächsten dick, klein, rosig, blond, blauäugig, endomorph, vollbärtig und lehnend sein und am nächsten dick, klein, rosig, blond, blauäugig, endomorph, schnurrbärtig und aufrecht sein und am nächsten dick, klein, rosig, blond, blauäugig, endomorph, schnurrbärtig und gebeugt sein und am nächsten dick, klein, rosig, blond, blauäugig, endomorph, schnurrbärtig und lehnend sein und am nächsten dick, klein, rosig, blond, grünäugig, ektomorph, glattrasiert und aufrecht sein und am nächsten dick, klein, rosig, blond, grünäugig, ektomorph, glattrasiert und gebeugt sein und am nächsten dick, klein, rosig, blond, grünäugig, ektomorph, glattrasiert und lehnend sein und am nächsten dick, klein, rosig, blond, grünäugig, ektomorph, vollbärtig und aufrecht sein und am nächsten dick, klein, rosig, blond, grünäugig, ektomorph, vollbärtig und gebeugt sein und am nächsten dick, klein, rosig, blond, grünäugig, ektomorph, vollbärtig und lehnend sein und am nächsten dick, klein, rosig, blond, grünäugig, ektomorph, schnurrbärtig und aufrecht sein und am nächsten dick, klein,

rosig, blond, grünäugig, ektomorph, schnurrbärtig und gebeugt
sein und am nächsten dick, klein, rosig, blond, grünäugig, ektomorph, schnurrbärtig und lehnend sein und am nächsten dick,
klein, rosig, blond, grünäugig, mesomorph, glattrasiert und aufrecht sein und am nächsten dick, klein, rosig, blond, grünäugig,
mesomorph, glattrasiert und gebeugt sein und am nächsten
dick, klein, rosig, blond, grünäugig, mesomorph, glattrasiert und
lehnend sein und am nächsten dick, klein, rosig, blond, grünäugig, mesomorph, vollbärtig und aufrecht sein und am nächsten dick, klein, rosig, blond, grünäugig, mesomorph, vollbärtig
und gebeugt sein und am nächsten dick, klein, rosig, blond,
grünäugig, mesomorph, vollbärtig und lehnend sein und am
nächsten dick, klein, rosig, blond, grünäugig, mesomorph,
schnurrbärtig und aufrecht sein und am nächsten dick, klein,
rosig, blond, grünäugig, mesomorph, schnurrbärtig und gebeugt
sein und am nächsten dick, klein, rosig, blond, grünäugig, mesomorph, schnurrbärtig und lehnend sein und am nächsten dick,
klein, rosig, blond, grünäugig, endomorph, glattrasiert und aufrecht sein und am nächsten dick, klein, rosig, blond, grünäugig,
endomorph, glattrasiert und gebeugt sein und am nächsten dick,
klein, rosig, blond, grünäugig, endomorph, glattrasiert und lehnend sein und am nächsten dick, klein, rosig, blond, grünäugig,
endomorph, vollbärtig und aufrecht sein und am nächsten dick,
klein, rosig, blond, grünäugig, endomorph, vollbärtig und gebeugt sein und am nächsten dick, klein, rosig, blond, grünäugig, endomorph, vollbärtig und lehnend sein und am nächsten dick, klein, rosig, blond, grünäugig, endomorph,
schnurrbärtig und aufrecht sein und am nächsten dick, klein,
rosig, blond, grünäugig, endomorph, schnurrbärtig und gebeugt
sein und am nächsten dick, klein, rosig, blond, grünäugig, endomorph, schnurrbärtig und lehnend sein und am nächsten dick,
mittelgroß, blaß, schwarz, braunäugig, ektomorph, glattrasiert

und aufrecht sein und am nächsten dick, mittelgroß, blaß, schwarz, braunäugig, ektomorph, glattrasiert und gebeugt sein und am nächsten dick, mittelgroß, blaß, schwarz, braunäugig, ektomorph, glattrasiert und lehnend sein und am nächsten dick, mittelgroß, blaß, schwarz, braunäugig, ektomorph, vollbärtig und aufrecht sein und am nächsten dick, mittelgroß, blaß, schwarz, braunäugig, ektomorph, vollbärtig und gebeugt sein und am nächsten dick, mittelgroß, blaß, schwarz, braunäugig, ektomorph, vollbärtig und lehnend sein und am nächsten dick, mittelgroß, blaß, schwarz, braunäugig, ektomorph, schnurrbärtig und aufrecht sein und am nächsten dick, mittelgroß, blaß, schwarz, braunäugig, ektomorph, schnurrbärtig und gebeugt sein und am nächsten dick, mittelgroß, blaß, schwarz, braunäugig, ektomorph, schnurrbärtig und lehnend sein und am nächsten dick, mittelgroß, blaß, schwarz, braunäugig, mesomorph, glattrasiert und aufrecht sein und am nächsten dick, mittelgroß, blaß, schwarz, braunäugig, mesomorph, glattrasiert und gebeugt sein und am nächsten dick, mittelgroß, blaß, schwarz, braunäugig, mesomorph, glattrasiert und lehnend sein und am nächsten dick, mittelgroß, blaß, schwarz, braunäugig, mesomorph, vollbärtig und aufrecht sein und am nächsten dick, mittelgroß, blaß, schwarz, braunäugig, mesomorph, vollbärtig und gebeugt sein und am nächsten dick, mittelgroß, blaß, schwarz, braunäugig, mesomorph, vollbärtig und lehnend sein und am nächsten dick, mittelgroß, blaß, schwarz, braunäugig, mesomorph, schnurrbärtig und aufrecht sein und am nächsten dick, mittelgroß, blaß, schwarz, braunäugig, mesomorph, schnurrbärtig und gebeugt sein und am nächsten dick, mittelgroß, blaß, schwarz, braunäugig, mesomorph, schnurrbärtig und lehnend sein und am nächsten dick, mittelgroß, blaß, schwarz, braunäugig, endomorph, glattrasiert und aufrecht sein und am nächsten dick, mittelgroß, blaß, schwarz,

braunäugig, endomorph, glattrasiert und gebeugt sein und am
nächsten dick, mittelgroß, blaß, schwarz, braunäugig, endomorph, glattrasiert und lehnend sein und am nächsten dick,
mittelgroß, blaß, schwarz, braunäugig, endomorph, vollbärtig
und aufrecht sein und am nächsten dick, mittelgroß, blaß,
schwarz, braunäugig, endomorph, vollbärtig und gebeugt sein
und am nächsten dick, mittelgroß, blaß, schwarz, braunäugig,
endomorph, vollbärtig und lehnend sein und am nächsten dick,
mittelgroß, blaß, schwarz, braunäugig, endomorph, schnurrbärtig und aufrecht sein und am nächsten dick, mittelgroß, blaß,
schwarz, braunäugig, endomorph, schnurrbärtig und gebeugt
sein und am nächsten dick, mittelgroß, blaß, schwarz, braunäugig, endomorph, schnurrbärtig und lehnend sein und am
nächsten dick, mittelgroß, blaß, schwarz, blauäugig, ektomorph,
glattrasiert und aufrecht sein und am nächsten dick, mittelgroß,
blaß, schwarz, blauäugig, ektomorph, glattrasiert und gebeugt
sein und am nächsten dick, mittelgroß, blaß, schwarz, blauäugig,
ektomorph, glattrasiert und lehnend sein und am nächsten
dick, mittelgroß, blaß, schwarz, blauäugig, ektomorph, vollbärtig und aufrecht sein und am nächsten dick, mittelgroß, blaß,
schwarz, blauäugig, ektomorph, vollbärtig und gebeugt sein und
am nächsten dick, mittelgroß, blaß, schwarz, blauäugig, ektomorph, vollbärtig und lehnend sein und am nächsten dick, mittelgroß, blaß, schwarz, blauäugig, ektomorph, schnurrbärtig und
aufrecht sein und am nächsten dick, mittelgroß, blaß, schwarz,
blauäugig, ektomorph, schnurrbärtig und gebeugt sein und am
nächsten dick, mittelgroß, blaß, schwarz, blauäugig, ektomorph,
schnurrbärtig und lehnend sein und am nächsten dick, mittelgroß, blaß, schwarz, blauäugig, mesomorph, glattrasiert und aufrecht sein und am nächsten dick, mittelgroß, blaß, schwarz,
blauäugig, mesomorph, glattrasiert und gebeugt sein und am
nächsten dick, mittelgroß, blaß, schwarz, blauäugig, mesomorph,

glattrasiert und lehnend sein und am nächsten dick, mittelgroß, blaß, schwarz, blauäugig, mesomorph, vollbärtig und aufrecht sein und am nächsten dick, mittelgroß, blaß, schwarz, blauäugig, mesomorph, vollbärtig und gebeugt sein und am nächsten dick, mittelgroß, blaß, schwarz, blauäugig, mesomorph, vollbärtig und lehnend sein und am nächsten dick, mittelgroß, blaß, schwarz, blauäugig, mesomorph, schnurrbärtig und aufrecht sein und am nächsten dick, mittelgroß, blaß, schwarz, blauäugig, mesomorph, schnurrbärtig und gebeugt sein und am nächsten dick, mittelgroß, blaß, schwarz, blauäugig, mesomorph, schnurrbärtig und lehnend sein und am nächsten dick, mittelgroß, blaß, schwarz, blauäugig, endomorph, glattrasiert und aufrecht sein und am nächsten dick, mittelgroß, blaß, schwarz, blauäugig, endomorph, glattrasiert und gebeugt sein und am nächsten dick, mittelgroß, blaß, schwarz, blauäugig, endomorph, glattrasiert und lehnend sein und am nächsten dick, mittelgroß, blaß, schwarz, blauäugig, endomorph, vollbärtig und aufrecht sein und am nächsten dick, mittelgroß, blaß, schwarz, blauäugig, endomorph, vollbärtig und gebeugt sein und am nächsten dick, mittelgroß, blaß, schwarz, blauäugig, endomorph, vollbärtig und lehnend sein und am nächsten dick, mittelgroß, blaß, schwarz, blauäugig, endomorph, schnurrbärtig und aufrecht sein und am nächsten dick, mittelgroß, blaß, schwarz, blauäugig, endomorph, schnurrbärtig und gebeugt sein und am nächsten dick, mittelgroß, blaß, schwarz, blauäugig, endomorph, schnurrbärtig und lehnend sein und am nächsten dick, mittelgroß, blaß, schwarz, grünäugig, ektomorph, glattrasiert und aufrecht sein und am nächsten dick, mittelgroß, blaß, schwarz, grünäugig, ektomorph, glattrasiert und gebeugt sein und am nächsten dick, mittelgroß, blaß, schwarz, grünäugig, ektomorph, glattrasiert und lehnend sein und am nächsten dick, mittelgroß, blaß, schwarz, grünäugig, ektomorph, vollbärtig und aufrecht sein und am nächsten dick, mittelgroß, blaß, schwarz,

grünäugig, ektomorph, vollbärtig und gebeugt sein und am
nächsten dick, mittelgroß, blaß, schwarz, grünäugig, ektomorph,
vollbärtig und lehnend sein und am nächsten dick, mittelgroß,
blaß, schwarz, grünäugig, ektomorph, schnurrbärtig und aufrecht sein und am nächsten dick, mittelgroß, blaß, schwarz,
grünäugig, ektomorph, schnurrbärtig und gebeugt sein und am
nächsten dick, mittelgroß, blaß, schwarz, grünäugig, ektomorph,
schnurrbärtig und lehnend sein und am nächsten dick, mittelgroß, blaß, schwarz, grünäugig, mesomorph, glattrasiert und aufrecht sein und am nächsten dick, mittelgroß, blaß, schwarz,
grünäugig, mesomorph, glattrasiert und gebeugt sein und am
nächsten dick, mittelgroß, blaß, schwarz, grünäugig, mesomorph, glattrasiert und lehnend sein und am nächsten dick,
mittelgroß, blaß, schwarz, grünäugig, mesomorph, vollbärtig
und aufrecht sein und am nächsten dick, mittelgroß, blaß,
schwarz, grünäugig, mesomorph, vollbärtig und gebeugt sein
und am nächsten dick, mittelgroß, blaß, schwarz, grünäugig,
mesomorph, vollbärtig und lehnend sein und am nächsten dick,
mittelgroß, blaß, schwarz, grünäugig, mesomorph, schnurrbärtig
und aufrecht sein und am nächsten dick, mittelgroß, blaß,
schwarz, grünäugig, mesomorph, schnurrbärtig und gebeugt
sein und am nächsten dick, mittelgroß, blaß, schwarz, grünäugig,
mesomorph, schnurrbärtig und lehnend sein und am nächsten
dick, mittelgroß, blaß, schwarz, grünäugig, endomorph, glattrasiert und aufrecht sein und am nächsten dick, mittelgroß, blaß,
schwarz, grünäugig, endomorph, glattrasiert und gebeugt sein
und am nächsten dick, mittelgroß, blaß, schwarz, grünäugig,
endomorph, glattrasiert und lehnend sein und am nächsten
dick, mittelgroß, blaß, schwarz, grünäugig, endomorph, vollbärtig und aufrecht sein und am nächsten dick, mittelgroß, blaß,
schwarz, grünäugig, endomorph, vollbärtig und gebeugt sein
und am nächsten dick, mittelgroß, blaß, schwarz, grünäugig,

endomorph, vollbärtig und lehnend sein und am nächsten dick, mittelgroß, blaß, schwarz, grünäugig, endomorph, schnurrbärtig und aufrecht sein und am nächsten dick, mittelgroß, blaß, schwarz, grünäugig, endomorph, schnurrbärtig und gebeugt sein und am nächsten dick, mittelgroß, blaß, schwarz, grünäugig, endomorph, schnurrbärtig und lehnend sein und am nächsten dick, mittelgroß, blaß, rot, braunäugig, ektomorph, glattrasiert und aufrecht sein und am nächsten dick, mittelgroß, blaß, rot, braunäugig, ektomorph, glattrasiert und gebeugt sein und am nächsten dick, mittelgroß, blaß, rot, braunäugig, ektomorph, glattrasiert und lehnend sein und am nächsten dick, mittelgroß, blaß, rot, braunäugig, ektomorph, vollbärtig und aufrecht sein und am nächsten dick, mittelgroß, blaß, rot, braunäugig, ektomorph, vollbärtig und gebeugt sein und am nächsten dick, mittelgroß, blaß, rot, braunäugig, ektomorph, vollbärtig und lehnend sein und am nächsten dick, mittelgroß, blaß, rot, braunäugig, ektomorph, schnurrbärtig und aufrecht sein und am nächsten dick, mittelgroß, blaß, rot, braunäugig, ektomorph, schnurrbärtig und gebeugt sein und am nächsten dick, mittelgroß, blaß, rot, braunäugig, ektomorph, schnurrbärtig und lehnend sein und am nächsten dick, mittelgroß, blaß, rot, braunäugig, mesomorph, glattrasiert und aufrecht sein und am nächsten dick, mittelgroß, blaß, rot, braunäugig, mesomorph, glattrasiert und gebeugt sein und am nächsten dick, mittelgroß, blaß, rot, braunäugig, mesomorph, glattrasiert und lehnend sein und am nächsten dick, mittelgroß, blaß, rot, braunäugig, mesomorph, vollbärtig und aufrecht sein und am nächsten dick, mittelgroß, blaß, rot, braunäugig, mesomorph, vollbärtig und gebeugt sein und am nächsten dick, mittelgroß, blaß, rot, braunäugig, mesomorph, vollbärtig und lehnend sein und am nächsten dick, mittelgroß, blaß, rot, braunäugig, mesomorph, schnurrbärtig und aufrecht sein und am nächsten dick, mittelgroß, blaß, rot, braunäugig,

mesomorph, schnurrbärtig und gebeugt sein und am nächsten
dick, mittelgroß, blaß, rot, braunäugig, mesomorph, schnurrbärtig und lehnend sein und am nächsten dick, mittelgroß, blaß,
rot, braunäugig, endomorph, glattrasiert und aufrecht sein und
am nächsten dick, mittelgroß, blaß, rot, braunäugig, endomorph,
glattrasiert und gebeugt sein und am nächsten dick, mittelgroß,
blaß, rot, braunäugig, endomorph, glattrasiert und lehnend sein
und am nächsten dick, mittelgroß, blaß, rot, braunäugig, endomorph, vollbärtig und aufrecht sein und am nächsten dick, mittelgroß, blaß, rot, braunäugig, endomorph, vollbärtig und gebeugt sein und am nächsten dick, mittelgroß, blaß, rot,
braunäugig, endomorph, vollbärtig und lehnend sein und am
nächsten dick, mittelgroß, blaß, rot, braunäugig, endomorph,
schnurrbärtig und aufrecht sein und am nächsten dick, mittelgroß, blaß, rot, braunäugig, endomorph, schnurrbärtig und gebeugt sein und am nächsten dick, mittelgroß, blaß, rot, braunäugig, endomorph, schnurrbärtig und lehnend sein und am
nächsten dick, mittelgroß, blaß, rot, blauäugig, ektomorph, glattrasiert und aufrecht sein und am nächsten dick, mittelgroß, blaß,
rot, blauäugig, ektomorph, glattrasiert und gebeugt sein und am
nächsten dick, mittelgroß, blaß, rot, blauäugig, ektomorph,
glattrasiert und lehnend sein und am nächsten dick, mittelgroß,
blaß, rot, blauäugig, ektomorph, vollbärtig und aufrecht sein
und am nächsten dick, mittelgroß, blaß, rot, blauäugig, ektomorph, vollbärtig und gebeugt sein und am nächsten dick, mittelgroß, blaß, rot, blauäugig, ektomorph, vollbärtig und lehnend
sein und am nächsten dick, mittelgroß, blaß, rot, blauäugig,
ektomorph, schnurrbärtig und aufrecht sein und am nächsten
dick, mittelgroß, blaß, rot, blauäugig, ektomorph, schnurrbärtig
und gebeugt sein und am nächsten dick, mittelgroß, blaß, rot,
blauäugig, ektomorph, schnurrbärtig und lehnend sein und am
nächsten dick, mittelgroß, blaß, rot, blauäugig, mesomorph,

glattrasiert und aufrecht sein und am nächsten dick, mittelgroß, blaß, rot, blauäugig, mesomorph, glattrasiert und gebeugt sein und am nächsten dick, mittelgroß, blaß, rot, blauäugig, mesomorph, glattrasiert und lehnend sein und am nächsten dick, mittelgroß, blaß, rot, blauäugig, mesomorph, vollbärtig und aufrecht sein und am nächsten dick, mittelgroß, blaß, rot, blauäugig, mesomorph, vollbärtig und gebeugt sein und am nächsten dick, mittelgroß, blaß, rot, blauäugig, mesomorph, vollbärtig und lehnend sein und am nächsten dick, mittelgroß, blaß, rot, blauäugig, mesomorph, schnurrbärtig und aufrecht sein und am nächsten dick, mittelgroß, blaß, rot, blauäugig, mesomorph, schnurrbärtig und gebeugt sein und am nächsten dick, mittelgroß, blaß, rot, blauäugig, mesomorph, schnurrbärtig und lehnend sein und am nächsten dick, mittelgroß, blaß, rot, blauäugig, endomorph, glattrasiert und aufrecht sein und am nächsten dick, mittelgroß, blaß, rot, blauäugig, endomorph, glattrasiert und gebeugt sein und am nächsten dick, mittelgroß, blaß, rot, blauäugig, endomorph, glattrasiert und lehnend sein und am nächsten dick, mittelgroß, blaß, rot, blauäugig, endomorph, vollbärtig und aufrecht sein und am nächsten dick, mittelgroß, blaß, rot, blauäugig, endomorph, vollbärtig und gebeugt sein und am nächsten dick, mittelgroß, blaß, rot, blauäugig, endomorph, vollbärtig und lehnend sein und am nächsten dick, mittelgroß, blaß, rot, blauäugig, endomorph, schnurrbärtig und aufrecht sein und am nächsten dick, mittelgroß, blaß, rot, blauäugig, endomorph, schnurrbärtig und gebeugt sein und am nächsten dick, mittelgroß, blaß, rot, blauäugig, endomorph, schnurrbärtig und lehnend sein und am nächsten dick, mittelgroß, blaß, rot, grünäugig, ektomorph, glattrasiert und aufrecht sein und am nächsten dick, mittelgroß, blaß, rot, grünäugig, ektomorph, glattrasiert und gebeugt sein und am nächsten dick, mittelgroß, blaß, rot, grünäugig, ektomorph, glattrasiert und lehnend sein und am nächsten dick, mittelgroß, blaß, rot, grünäugig, ektomorph, vollbärtig und aufrecht sein und am nächsten dick, mittelgroß, blaß, rot, grünäugig, ektomorph, vollbärtig und gebeugt sein und am nächsten dick, mittelgroß, blaß, rot, grünäugig, ektomorph, vollbärtig und lehnend sein und am nächsten dick, mittelgroß, blaß, rot, grünäugig, ektomorph, schnurrbärtig und aufrecht sein und am nächsten dick, mittelgroß, blaß, rot, grünäugig, ektomorph, schnurrbärtig und gebeugt sein und am nächsten dick, mittelgroß, blaß, rot, grünäugig, ektomorph, schnurrbärtig und lehnend sein und am nächsten dick, mittelgroß, blaß, rot, grünäugig, mesomorph, glattrasiert und aufrecht sein und am nächsten dick, mittelgroß, blaß, rot, grünäugig, mesomorph, glattrasiert und gebeugt sein und am nächsten dick, mittelgroß, blaß, rot, grünäugig, mesomorph, glattrasiert und lehnend sein und am nächsten dick, mittelgroß, blaß, rot, grünäugig, mesomorph, vollbärtig und aufrecht sein und am nächsten dick, mittelgroß, blaß, rot, grünäugig, mesomorph, vollbärtig und gebeugt sein und am nächsten dick, mittelgroß, blaß, rot, grünäugig, mesomorph, vollbärtig und lehnend sein und am nächsten dick, mittelgroß, blaß, rot, grünäugig, mesomorph, schnurrbärtig und aufrecht sein und am nächsten dick, mittelgroß, blaß, rot, grünäugig, mesomorph, schnurrbärtig und gebeugt sein und am nächsten dick, mittelgroß, blaß, rot, grünäugig, mesomorph, schnurrbärtig und lehnend sein und am nächsten dick, mittelgroß, blaß, rot, grünäugig, endomorph, glattrasiert und aufrecht sein und am nächsten dick, mittelgroß, blaß, rot, grünäugig, endomorph, glattrasiert und gebeugt sein und am nächsten dick, mittelgroß, blaß, rot, grünäugig, endomorph, glattrasiert und lehnend sein und am nächsten dick, mittelgroß, blaß, rot, grünäugig, endomorph, vollbärtig und aufrecht sein und am nächsten dick, mittelgroß, blaß, rot, grünäugig, endomorph, vollbärtig und gebeugt sein und am nächsten dick, mittelgroß, blaß, rot, grünäugig, endomorph, vollbärtig und lehnend sein und am nächsten dick, mittelgroß, blaß, rot, grünäugig, endomorph, schnurrbärtig und aufrecht sein und am nächsten dick, mittelgroß, blaß, rot, grünäugig, endomorph, schnurrbärtig und gebeugt sein und am nächsten dick, mittelgroß, blaß, rot, grünäugig, endomorph, schnurrbärtig und lehnend sein und am nächsten dick, mittelgroß, blaß, blond, braunäugig, ektomorph, glattrasiert und aufrecht sein und am nächsten dick, mittelgroß, blaß, blond, braunäugig, ektomorph, glattrasiert und gebeugt sein und am nächsten dick, mittelgroß, blaß, blond, braunäugig, ektomorph, glattrasiert und lehnend sein und am nächsten dick, mittelgroß, blaß, blond, braunäugig, ektomorph, vollbärtig und aufrecht sein und am nächsten dick, mittelgroß, blaß, blond, braunäugig, ektomorph, vollbärtig und gebeugt sein und am nächsten dick, mittelgroß, blaß, blond, braunäugig, ektomorph, vollbärtig und lehnend sein und am nächsten dick, mittelgroß, blaß, blond, braunäugig, ektomorph, schnurrbärtig und aufrecht sein und am nächsten dick, mittelgroß, blaß, blond, braunäugig, ektomorph, schnurrbärtig und gebeugt sein und am nächsten dick, mittelgroß, blaß, blond, braunäugig, ektomorph, schnurrbärtig und lehnend sein und am nächsten dick, mittelgroß, blaß, blond, braunäugig, mesomorph, glattrasiert und aufrecht sein und am nächsten dick, mittelgroß, blaß, blond, braunäugig, mesomorph, glattrasiert und gebeugt sein und am nächsten dick, mittelgroß, blaß, blond, braunäugig, mesomorph, glattrasiert und lehnend sein und am nächsten dick, mittelgroß, blaß, blond, braunäugig, mesomorph, vollbärtig und aufrecht sein und am nächsten dick, mittelgroß, blaß, blond, braunäugig, mesomorph, vollbärtig und gebeugt sein und am nächsten dick, mittelgroß, blaß, blond, braunäugig, mesomorph, vollbärtig und lehnend sein und am nächsten dick, mittelgroß, blaß, blond, braunäugig, mesomorph, schnurrbärtig und aufrecht sein und am nächsten dick, mittelgroß, blaß, blond, braunäugig, mesomorph, schnurrbärtig und gebeugt sein und am nächsten dick, mittelgroß, blaß, blond, braunäugig, mesomorph, schnurrbärtig und lehnend sein und am nächsten dick, mittelgroß, blaß, blond, braunäugig, endomorph, glattrasiert und aufrecht sein und am nächsten dick, mittelgroß, blaß, blond, braunäugig, endomorph, glattrasiert und gebeugt sein und am nächsten dick, mittelgroß, blaß, blond, braunäugig, endomorph, glattrasiert und lehnend sein und am nächsten dick, mittelgroß, blaß, blond, braunäugig, endomorph, vollbärtig und aufrecht sein und am nächsten dick, mittelgroß, blaß, blond, braunäugig, endomorph, vollbärtig und gebeugt sein und am nächsten dick, mittelgroß, blaß, blond, braunäugig, endomorph, vollbärtig und lehnend sein und am nächsten dick, mittelgroß, blaß, blond, braunäugig, endomorph, schnurrbärtig und aufrecht sein und am nächsten dick, mittelgroß, blaß, blond, braunäugig, endomorph, schnurrbärtig und gebeugt sein und am nächsten dick, mittelgroß, blaß, blond, braunäugig, endomorph, schnurrbärtig und lehnend sein und am nächsten dick, mittelgroß, blaß, blond, blauäugig, ektomorph, glattrasiert und aufrecht sein und am nächsten dick, mittelgroß, blaß, blond, blauäugig, ektomorph, glattrasiert und gebeugt sein und am nächsten dick, mittelgroß, blaß, blond, blauäugig, ektomorph, glattrasiert und lehnend sein und am nächsten dick, mittelgroß, blaß, blond, blauäugig, ektomorph, vollbärtig und aufrecht sein und am nächsten dick, mittelgroß, blaß, blond, blauäugig, ektomorph, vollbärtig und gebeugt sein und am nächsten dick, mittelgroß, blaß, blond, blauäugig, ektomorph, vollbärtig und lehnend sein und am nächsten dick, mittelgroß, blaß, blond, blauäugig, ektomorph, schnurrbärtig und aufrecht sein und am nächsten dick, mittelgroß, blaß, blond, blauäugig, ektomorph, schnurrbärtig und gebeugt sein und am nächsten dick, mittelgroß, blaß, blond, blauäugig, ektomorph, schnurrbärtig und lehnend sein und am nächsten dick, mittelgroß, blaß, blond, blauäugig, mesomorph, glattrasiert und aufrecht sein und am nächsten dick, mittelgroß, blaß, blond, blauäugig, mesomorph, glattrasiert und gebeugt sein und am nächsten dick, mittelgroß, blaß, blond, blauäugig, mesomorph, glattrasiert und lehnend sein und am nächsten dick, mittelgroß, blaß, blond, blauäugig, mesomorph, vollbärtig und aufrecht sein und am nächsten dick, mittelgroß, blaß, blond, blauäugig, mesomorph, vollbärtig und gebeugt sein und am nächsten dick, mittelgroß, blaß, blond, blauäugig, mesomorph, vollbärtig und lehnend sein und am nächsten dick, mittelgroß, blaß, blond, blauäugig, mesomorph, schnurrbärtig und aufrecht sein und am nächsten dick, mittelgroß, blaß, blond, blauäugig, mesomorph, schnurrbärtig und gebeugt sein und am nächsten dick, mittelgroß, blaß, blond, blauäugig, mesomorph, schnurrbärtig und lehnend sein und am nächsten dick, mittelgroß, blaß, blond, blauäugig, endomorph, glattrasiert und aufrecht sein und am nächsten dick, mittelgroß, blaß, blond, blauäugig, endomorph, glattrasiert und gebeugt sein und am nächsten dick, mittelgroß, blaß, blond, blauäugig, endomorph, glattrasiert und lehnend sein und am nächsten dick, mittelgroß, blaß, blond, blauäugig, endomorph, vollbärtig und aufrecht sein und am nächsten dick, mittelgroß, blaß, blond, blauäugig, endomorph, vollbärtig und gebeugt sein und am nächsten dick, mittelgroß, blaß, blond, blauäugig, endomorph, vollbärtig und lehnend sein und am nächsten dick, mittelgroß, blaß, blond, blauäugig, endomorph, schnurrbärtig und aufrecht sein und am nächsten dick, mittelgroß, blaß, blond, blauäugig, endomorph, schnurrbärtig und gebeugt sein und am nächsten dick, mittelgroß, blaß, blond, blauäugig, endomorph, schnurrbärtig und lehnend sein und am nächsten dick, mittelgroß, blaß, blond, grünäugig, ektomorph, glattrasiert und aufrecht sein und am nächsten dick, mittelgroß, blaß, blond, grünäugig, ektomorph, glattrasiert und gebeugt sein und am nächsten dick, mittelgroß, blaß, blond, grünäugig, ektomorph, glattrasiert und lehnend sein und am nächsten dick, mittelgroß, blaß, blond, grünäugig, ektomorph, vollbärtig und aufrecht sein und am nächsten dick, mittelgroß, blaß, blond, grünäugig, ektomorph, vollbärtig und gebeugt sein und am nächsten dick, mittelgroß, blaß, blond, grünäugig, ektomorph, vollbärtig und lehnend sein und am nächsten dick, mittelgroß, blaß, blond, grünäugig, ektomorph, schnurrbärtig und aufrecht sein und am nächsten dick, mittelgroß, blaß, blond, grünäugig, ektomorph, schnurrbärtig und gebeugt sein und am nächsten dick, mittelgroß, blaß, blond, grünäugig, ektomorph, schnurrbärtig und lehnend sein und am nächsten dick, mittelgroß, blaß, blond, grünäugig, mesomorph, glattrasiert und aufrecht sein und am nächsten dick, mittelgroß, blaß, blond, grünäugig, mesomorph, glattrasiert und gebeugt sein und am nächsten dick, mittelgroß, blaß, blond, grünäugig, mesomorph, glattrasiert und lehnend sein und am nächsten dick, mittelgroß, blaß, blond, grünäugig, mesomorph, vollbärtig und aufrecht sein und am nächsten dick, mittelgroß, blaß, blond, grünäugig, mesomorph, vollbärtig und gebeugt sein und am nächsten dick, mittelgroß, blaß, blond, grünäugig, mesomorph, vollbärtig und lehnend sein und am nächsten dick, mittelgroß, blaß, blond, grünäugig, mesomorph, schnurrbärtig und aufrecht sein und am nächsten dick, mittelgroß, blaß, blond, grünäugig, mesomorph, schnurrbärtig und gebeugt sein und am nächsten dick, mittelgroß, blaß, blond, grünäugig, mesomorph, schnurrbärtig und lehnend sein und am nächsten dick, mittelgroß, blaß, blond, grünäugig, endomorph, glattrasiert und aufrecht sein und am nächsten dick, mittelgroß, blaß, blond, grünäugig, endomorph, glattrasiert und gebeugt sein und am nächsten dick, mittelgroß, blaß, blond, grünäugig, endomorph, glattrasiert und lehnend sein und am nächsten dick, mittelgroß, blaß, blond, grünäugig, endomorph, vollbärtig und aufrecht sein und am nächsten dick, mittelgroß, blaß, blond, grünäugig, endomorph, vollbärtig und gebeugt sein und am nächsten dick, mittelgroß, blaß, blond, grünäugig, endomorph, vollbärtig und lehnend sein und am nächsten dick, mittelgroß, blaß, blond, grünäugig, endomorph, schnurrbärtig und aufrecht sein und am nächsten dick, mittelgroß, blaß, blond, grünäugig, endomorph, schnurrbärtig und gebeugt sein und am nächsten dick, mittelgroß, blaß, blond, grünäugig, endomorph, schnurrbärtig und lehnend sein und am nächsten dick, mittelgroß, gelb, schwarz, braunäugig, ektomorph, glattrasiert und aufrecht sein und am nächsten dick, mittelgroß, gelb, schwarz, braunäugig, ektomorph, glattrasiert und gebeugt sein und am nächsten dick, mittelgroß, gelb, schwarz, braunäugig, ektomorph, glattrasiert und lehnend sein und am nächsten dick, mittelgroß, gelb, schwarz, braunäugig, ektomorph, vollbärtig und aufrecht sein und am nächsten dick, mittelgroß, gelb, schwarz, braunäugig, ektomorph, vollbärtig und gebeugt sein und am nächsten dick, mittelgroß, gelb, schwarz, braunäugig, ektomorph, vollbärtig und lehnend sein und am nächsten dick, mittelgroß, gelb, schwarz, braunäugig, ektomorph, schnurrbärtig und aufrecht sein und am nächsten dick, mittelgroß, gelb, schwarz, braunäugig, ektomorph, schnurrbärtig und gebeugt sein und am nächsten dick, mittelgroß, gelb, schwarz, braunäugig, ektomorph, schnurrbärtig und lehnend sein und am nächsten dick, mittelgroß, gelb, schwarz, braunäugig, mesomorph, glattrasiert und aufrecht sein und am nächsten dick, mittelgroß, gelb, schwarz, braunäugig, mesomorph, glattrasiert und gebeugt sein und am nächsten dick, mittelgroß, gelb, schwarz, braunäugig, mesomorph, glattrasiert und lehnend sein und am nächsten dick, mittelgroß, gelb, schwarz, braunäugig, mesomorph, vollbärtig und aufrecht sein und am nächsten dick, mittelgroß, gelb, schwarz, braunäugig, mesomorph, vollbärtig und gebeugt sein und am nächsten dick, mittelgroß, gelb, schwarz, braunäugig, mesomorph, vollbärtig und lehnend sein und am nächsten dick, mittelgroß, gelb, schwarz, braunäugig, mesomorph, schnurrbärtig und aufrecht sein und am nächsten dick, mittelgroß, gelb, schwarz, braunäugig, mesomorph, schnurrbärtig und gebeugt sein und am nächsten dick, mittelgroß, gelb, schwarz, braunäugig, mesomorph, schnurrbärtig und lehnend sein und am nächsten dick, mittelgroß, gelb, schwarz, braunäugig, endomorph, glattrasiert und aufrecht sein und am nächsten dick, mittelgroß, gelb, schwarz, braunäugig, endomorph, glattrasiert und gebeugt sein und am nächsten dick, mittelgroß, gelb, schwarz, braunäugig, endomorph, glattrasiert und lehnend sein und am nächsten dick, mittelgroß, gelb, schwarz, braunäugig, endomorph, vollbärtig und aufrecht sein und am nächsten dick, mittelgroß, gelb, schwarz, braunäugig, endomorph, vollbärtig und gebeugt sein und am nächsten dick, mittelgroß, gelb, schwarz, braunäugig, endomorph, vollbärtig und lehnend sein und am nächsten dick, mittelgroß, gelb, schwarz, braunäugig, endomorph, schnurrbärtig und aufrecht sein und am nächsten dick, mittelgroß, gelb, schwarz, braunäugig, endomorph, schnurrbärtig und gebeugt sein und am nächsten dick, mittelgroß, gelb, schwarz, braunäugig, endomorph, schnurrbärtig und lehnend sein und am nächsten dick, mittelgroß, gelb, schwarz, blauäugig, ektomorph, glattrasiert und aufrecht sein und am nächsten dick, mittelgroß, gelb, schwarz, blauäugig, ektomorph, glattrasiert und gebeugt sein und am nächsten dick, mittelgroß, gelb, schwarz, blauäugig, ektomorph, glattrasiert und lehnend sein und am nächsten dick, mittelgroß, gelb, schwarz, blauäugig, ektomorph, vollbärtig und aufrecht sein und am nächsten dick, mittelgroß, gelb, schwarz, blauäugig, ektomorph, vollbärtig und gebeugt sein und am nächsten dick, mittelgroß, gelb, schwarz, blauäugig, ektomorph, vollbärtig und lehnend sein und am nächsten dick, mittelgroß, gelb, schwarz, blauäugig, ektomorph, schnurrbärtig und aufrecht sein und am nächsten dick, mittelgroß, gelb, schwarz, blauäugig, ektomorph, schnurrbärtig und gebeugt sein und am nächsten dick, mittelgroß, gelb, schwarz, blauäugig, ektomorph, schnurrbärtig und lehnend sein und am nächsten dick, mittelgroß, gelb, schwarz, blauäugig, mesomorph, glattrasiert und aufrecht sein und am nächsten dick, mittelgroß, gelb, schwarz, blauäugig, mesomorph, glattrasiert und gebeugt sein und am nächsten dick, mittelgroß, gelb, schwarz, blauäugig, mesomorph, glattrasiert und lehnend sein und am nächsten dick, mittelgroß, gelb, schwarz, blauäugig, mesomorph, vollbärtig und aufrecht sein und am nächsten dick, mittelgroß, gelb, schwarz, blauäugig, mesomorph, vollbärtig und gebeugt sein und am nächsten dick, mittelgroß, gelb, schwarz, blauäugig, mesomorph, vollbärtig und lehnend sein und am nächsten dick, mittelgroß, gelb, schwarz, blauäugig, mesomorph, schnurrbärtig und aufrecht sein und am nächsten dick, mittelgroß, gelb, schwarz, blauäugig, mesomorph, schnurrbärtig und gebeugt sein und am nächsten dick, mittelgroß, gelb, schwarz, blauäugig, mesomorph, schnurrbärtig und lehnend sein und am nächsten dick, mittelgroß, gelb, schwarz, blauäugig, endomorph, glattrasiert und aufrecht sein und am nächsten dick, mittelgroß, gelb, schwarz, blauäugig, endomorph, glattrasiert und gebeugt sein und am nächsten dick, mittelgroß, gelb, schwarz, blauäugig, endomorph, glattrasiert und lehnend sein und am nächsten dick, mittelgroß, gelb, schwarz, blauäugig, endomorph, vollbärtig und aufrecht sein und am nächsten dick, mittelgroß, gelb, schwarz, blauäugig, endomorph, vollbärtig und gebeugt sein und am nächsten dick, mittelgroß, gelb, schwarz, blauäugig, endomorph, vollbärtig und lehnend sein und am nächsten dick, mittelgroß, gelb, schwarz, blauäugig, endomorph, schnurrbärtig und aufrecht sein und am nächsten dick, mittelgroß, gelb, schwarz, blauäugig, endomorph, schnurrbärtig und gebeugt sein und am nächsten dick, mittelgroß, gelb, schwarz, blauäugig, endomorph, schnurrbärtig und lehnend sein und am nächsten dick, mittelgroß, gelb, schwarz, grünäugig, ektomorph, glattrasiert und aufrecht sein und am nächsten dick, mittelgroß, gelb, schwarz, grünäugig, ektomorph, glattrasiert und gebeugt sein und am nächsten dick, mittelgroß, gelb, schwarz, grünäugig, ektomorph, glattrasiert und lehnend sein und am nächsten dick, mittelgroß, gelb, schwarz, grünäugig, ektomorph, vollbärtig und aufrecht sein und am nächsten dick, mittelgroß, gelb, schwarz, grünäugig, ektomorph, vollbärtig und gebeugt sein und am nächsten dick, mittelgroß, gelb, schwarz, grünäugig, ektomorph, vollbärtig und lehnend sein und am nächsten dick, mittelgroß, gelb, schwarz, grünäugig, ektomorph, schnurrbärtig und aufrecht sein und am nächsten dick, mittelgroß, gelb, schwarz, grünäugig, ektomorph, schnurrbärtig und gebeugt sein und am nächsten dick, mittelgroß, gelb, schwarz, grünäugig, ektomorph, schnurrbärtig und lehnend sein und am nächsten dick, mittelgroß, gelb, schwarz, grünäugig, mesomorph, glattrasiert und aufrecht sein und am nächsten dick, mittelgroß, gelb, schwarz, grünäugig, mesomorph, glattrasiert und gebeugt sein und am nächsten dick, mittelgroß, gelb, schwarz, grünäugig, mesomorph, glattrasiert und lehnend sein und am nächsten dick, mittelgroß, gelb, schwarz, grünäugig, mesomorph, vollbärtig und aufrecht sein und am nächsten dick, mittelgroß, gelb, schwarz, grünäugig, mesomorph, vollbärtig und gebeugt sein und am nächsten dick, mittelgroß, gelb, schwarz, grünäugig, mesomorph, vollbärtig und lehnend sein und am nächsten dick, mittelgroß, gelb, schwarz, grünäugig, mesomorph, schnurrbärtig und aufrecht sein und am nächsten dick, mittelgroß, gelb, schwarz, grünäugig, mesomorph, schnurrbärtig und gebeugt sein und am nächsten dick, mittelgroß, gelb, schwarz, grünäugig, mesomorph, schnurrbärtig und lehnend sein und am nächsten dick, mittelgroß, gelb, schwarz, grünäugig, endomorph, glattrasiert und aufrecht sein und am nächsten dick, mittelgroß, gelb, schwarz, grünäugig, endomorph, glattrasiert und gebeugt sein und am nächsten dick, mittelgroß, gelb, schwarz, grünäugig, endomorph, glattrasiert und lehnend sein und am nächsten dick, mittelgroß, gelb, schwarz, grünäugig, endomorph, vollbärtig und aufrecht sein und am nächsten dick, mittelgroß, gelb, schwarz, grünäugig, endomorph, vollbärtig und gebeugt sein und am nächsten dick, mittelgroß, gelb, schwarz, grünäugig, endomorph, vollbärtig und lehnend sein und am nächsten dick, mittelgroß, gelb, schwarz, grünäugig, endomorph, schnurrbärtig und aufrecht sein und am nächsten dick, mittelgroß, gelb, schwarz, grünäugig, endomorph, schnurrbärtig und gebeugt sein und am nächsten dick, mittelgroß, gelb, schwarz, grünäugig, endomorph, schnurrbärtig und lehnend sein und am nächsten dick, mittelgroß, gelb, rot, braunäugig, ektomorph, glattrasiert und aufrecht sein und am nächsten dick, mittelgroß, gelb, rot, braunäugig, ektomorph, glattrasiert und gebeugt sein und am nächsten dick, mittelgroß, gelb, rot, braunäugig, ektomorph, glattrasiert und lehnend sein und am nächsten dick, mittelgroß, gelb, rot, braunäugig, ektomorph, vollbärtig und aufrecht sein und am nächsten dick, mittelgroß, gelb, rot, braunäugig, ektomorph, vollbärtig und gebeugt sein und am nächsten dick, mittelgroß, gelb, rot, braunäugig, ektomorph, vollbärtig und lehnend sein und am nächsten dick, mittelgroß, gelb, rot, braunäugig, ektomorph, schnurrbärtig und aufrecht sein und am nächsten dick, mittelgroß, gelb, rot, braunäugig, ektomorph, schnurrbärtig und gebeugt sein und am nächsten dick, mittelgroß, gelb, rot, braunäugig, ektomorph, schnurrbärtig und lehnend sein und am nächsten dick, mittelgroß, gelb, rot, braunäugig, mesomorph, glattrasiert und aufrecht sein und am nächsten dick, mittelgroß, gelb, rot, braunäugig, mesomorph, glattrasiert und gebeugt sein und am nächsten dick, mittelgroß, gelb, rot, braunäugig, mesomorph, glattrasiert und lehnend sein und am nächsten dick, mittelgroß, gelb, rot, braunäugig, mesomorph, vollbärtig und aufrecht sein und am nächsten dick, mittelgroß, gelb, rot, braunäugig, mesomorph, vollbärtig und gebeugt sein und am nächsten dick, mittelgroß, gelb, rot, braunäugig, mesomorph, vollbärtig und lehnend sein und am nächsten dick, mittelgroß, gelb, rot, braunäugig, mesomorph, schnurrbärtig und aufrecht sein und am nächsten dick, mittelgroß, gelb, rot, braunäugig, mesomorph, schnurrbärtig und gebeugt sein und am nächsten dick, mittelgroß, gelb, rot, braunäugig, mesomorph, schnurrbärtig und lehnend sein und am nächsten dick, mittelgroß, gelb, rot, braunäugig, endomorph, glattrasiert und aufrecht sein und am nächsten dick, mittelgroß, gelb, rot, braunäugig, endomorph, glattrasiert und gebeugt sein und am nächsten dick, mittelgroß, gelb, rot, braunäugig, endomorph, glattrasiert und lehnend sein und am nächsten dick, mittelgroß, gelb, rot, braunäugig, endomorph, vollbärtig und aufrecht sein und am nächsten dick, mittelgroß, gelb, rot, braunäugig, endomorph, vollbärtig und gebeugt sein und am nächsten dick, mittelgroß, gelb, rot, braunäugig, endomorph, vollbärtig und lehnend sein und am nächsten dick, mittelgroß, gelb, rot, braunäugig, endomorph, schnurrbärtig und aufrecht sein und am nächsten dick, mittelgroß, gelb, rot, braunäugig, endomorph, schnurrbärtig und gebeugt sein und am nächsten dick, mittelgroß, gelb, rot, braunäugig, endomorph, schnurrbärtig und lehnend sein und am nächsten dick, mittelgroß, gelb, rot, blauäugig, ektomorph, glattrasiert und aufrecht sein und am nächsten dick, mittelgroß, gelb, rot, blauäugig, ektomorph, glattrasiert und gebeugt sein und am nächsten dick, mittelgroß, gelb, rot, blauäugig, ektomorph, glattrasiert und lehnend sein und am nächsten dick, mittelgroß, gelb, rot, blauäugig, ektomorph, vollbärtig und aufrecht sein und am nächsten dick, mittelgroß, gelb, rot, blauäugig, ektomorph, vollbärtig und gebeugt sein und am nächsten dick, mittelgroß, gelb, rot, blauäugig, ektomorph, vollbärtig und lehnend sein und am nächsten dick, mittelgroß, gelb, rot, blauäugig, ektomorph, schnurrbärtig und aufrecht sein und am nächsten dick, mittelgroß, gelb, rot, blauäugig, ektomorph, schnurrbärtig und gebeugt sein und am nächsten dick, mittelgroß, gelb, rot, blauäugig, ektomorph, schnurrbärtig und lehnend sein und am nächsten dick, mittelgroß, gelb, rot, blauäugig, mesomorph, glattrasiert und aufrecht sein und am nächsten dick, mittelgroß, gelb, rot, blauäugig, mesomorph, glattrasiert und gebeugt sein und am nächsten dick, mittelgroß, gelb, rot, blauäugig, mesomorph, glattrasiert und lehnend sein und am nächsten dick, mittelgroß, gelb, rot, blauäugig, mesomorph, vollbärtig und aufrecht sein und am nächsten dick, mittelgroß, gelb, rot, blauäugig, mesomorph, vollbärtig und gebeugt sein und am nächsten dick, mittelgroß, gelb, rot, blauäugig, mesomorph, vollbärtig und lehnend sein und am nächsten dick, mittelgroß, gelb, rot, blauäugig, mesomorph, schnurrbärtig und aufrecht sein und am nächsten dick, mittelgroß, gelb, rot, blauäugig, mesomorph, schnurrbärtig und gebeugt sein und am nächsten dick, mittelgroß, gelb, rot, blauäugig, mesomorph, schnurrbärtig und lehnend sein und am nächsten dick, mittelgroß, gelb, rot, blauäugig, endomorph, glattrasiert und aufrecht sein und am nächsten dick, mittelgroß, gelb, rot, blauäugig, endomorph, glattrasiert und gebeugt sein und am nächsten dick, mittelgroß, gelb, rot, blauäugig, endomorph, glattrasiert und lehnend sein und am nächsten dick, mittelgroß, gelb, rot, blauäugig, endomorph, vollbärtig und aufrecht sein und am nächsten dick, mittelgroß, gelb, rot, blauäugig, endomorph, vollbärtig und gebeugt sein und am

nächsten dick, mittelgroß, gelb, rot, blauäugig, endomorph, vollbärtig und lehnend sein und am nächsten dick, mittelgroß, gelb,
rot, blauäugig, endomorph, schnurrbärtig und aufrecht sein und
am nächsten dick, mittelgroß, gelb, rot, blauäugig, endomorph,
schnurrbärtig und gebeugt sein und am nächsten dick, mittelgroß, gelb, rot, blauäugig, endomorph, schnurrbärtig und lehnend sein und am nächsten dick, mittelgroß, gelb, rot, grünäugig, ektomorph, glattrasiert und aufrecht sein und am
nächsten dick, mittelgroß, gelb, rot, grünäugig, ektomorph,
glattrasiert und gebeugt sein und am nächsten dick, mittelgroß,
gelb, rot, grünäugig, ektomorph, glattrasiert und lehnend sein
und am nächsten dick, mittelgroß, gelb, rot, grünäugig, ektomorph, vollbärtig und aufrecht sein und am nächsten dick, mittelgroß, gelb, rot, grünäugig, ektomorph, vollbärtig und gebeugt
sein und am nächsten dick, mittelgroß, gelb, rot, grünäugig,
ektomorph, vollbärtig und lehnend sein und am nächsten dick,
mittelgroß, gelb, rot, grünäugig, ektomorph, schnurrbärtig und
aufrecht sein und am nächsten dick, mittelgroß, gelb, rot, grünäugig, ektomorph, schnurrbärtig und gebeugt sein und am
nächsten dick, mittelgroß, gelb, rot, grünäugig, ektomorph,
schnurrbärtig und lehnend sein und am nächsten dick, mittelgroß, gelb, rot, grünäugig, mesomorph, glattrasiert und aufrecht
sein und am nächsten dick, mittelgroß, gelb, rot, grünäugig,
mesomorph, glattrasiert und gebeugt sein und am nächsten
dick, mittelgroß, gelb, rot, grünäugig, mesomorph, glattrasiert
und lehnend sein und am nächsten dick, mittelgroß, gelb, rot,
grünäugig, mesomorph, vollbärtig und aufrecht sein und am
nächsten dick, mittelgroß, gelb, rot, grünäugig, mesomorph,
vollbärtig und gebeugt sein und am nächsten dick, mittelgroß,
gelb, rot, grünäugig, mesomorph, vollbärtig und lehnend sein
und am nächsten dick, mittelgroß, gelb, rot, grünäugig, mesomorph, schnurrbärtig und aufrecht sein und am nächsten dick,

mittelgroß, gelb, rot, grünäugig, mesomorph, schnurrbärtig und gebeugt sein und am nächsten dick, mittelgroß, gelb, rot, grünäugig, mesomorph, schnurrbärtig und lehnend sein und am nächsten dick, mittelgroß, gelb, rot, grünäugig, endomorph, glattrasiert und aufrecht sein und am nächsten dick, mittelgroß, gelb, rot, grünäugig, endomorph, glattrasiert und gebeugt sein und am nächsten dick, mittelgroß, gelb, rot, grünäugig, endomorph, glattrasiert und lehnend sein und am nächsten dick, mittelgroß, gelb, rot, grünäugig, endomorph, vollbärtig und aufrecht sein und am nächsten dick, mittelgroß, gelb, rot, grünäugig, endomorph, vollbärtig und gebeugt sein und am nächsten dick, mittelgroß, gelb, rot, grünäugig, endomorph, vollbärtig und lehnend sein und am nächsten dick, mittelgroß, gelb, rot, grünäugig, endomorph, schnurrbärtig und aufrecht sein und am nächsten dick, mittelgroß, gelb, rot, grünäugig, endomorph, schnurrbärtig und gebeugt sein und am nächsten dick, mittelgroß, gelb, rot, grünäugig, endomorph, schnurrbärtig und lehnend sein und am nächsten dick, mittelgroß, gelb, blond, braunäugig, ektomorph, glattrasiert und aufrecht sein und am nächsten dick, mittelgroß, gelb, blond, braunäugig, ektomorph, glattrasiert und gebeugt sein und am nächsten dick, mittelgroß, gelb, blond, braunäugig, ektomorph, glattrasiert und lehnend sein und am nächsten dick, mittelgroß, gelb, blond, braunäugig, ektomorph, vollbärtig und aufrecht sein und am nächsten dick, mittelgroß, gelb, blond, braunäugig, ektomorph, vollbärtig und gebeugt sein und am nächsten dick, mittelgroß, gelb, blond, braunäugig, ektomorph, vollbärtig und lehnend sein und am nächsten dick, mittelgroß, gelb, blond, braunäugig, ektomorph, schnurrbärtig und aufrecht sein und am nächsten dick, mittelgroß, gelb, blond, braunäugig, ektomorph, schnurrbärtig und gebeugt sein und am nächsten dick, mittelgroß, gelb, blond, braunäugig, ektomorph, schnurrbärtig und lehnend sein und am nächsten dick, mittelgroß, gelb, blond, braunäugig, mesomorph, glattrasiert und aufrecht sein und am nächsten dick, mittelgroß, gelb, blond, braunäugig, mesomorph, glattrasiert und gebeugt sein und am nächsten dick, mittelgroß, gelb, blond, braunäugig, mesomorph, glattrasiert und lehnend sein und am nächsten dick, mittelgroß, gelb, blond, braunäugig, mesomorph, vollbärtig und aufrecht sein und am nächsten dick, mittelgroß, gelb, blond, braunäugig, mesomorph, vollbärtig und gebeugt sein und am nächsten dick, mittelgroß, gelb, blond, braunäugig, mesomorph, vollbärtig und lehnend sein und am nächsten dick, mittelgroß, gelb, blond, braunäugig, mesomorph, schnurrbärtig und aufrecht sein und am nächsten dick, mittelgroß, gelb, blond, braunäugig, mesomorph, schnurrbärtig und gebeugt sein und am nächsten dick, mittelgroß, gelb, blond, braunäugig, mesomorph, schnurrbärtig und lehnend sein und am nächsten dick, mittelgroß, gelb, blond, braunäugig, endomorph, glattrasiert und aufrecht sein und am nächsten dick, mittelgroß, gelb, blond, braunäugig, endomorph, glattrasiert und gebeugt sein und am nächsten dick, mittelgroß, gelb, blond, braunäugig, endomorph, glattrasiert und lehnend sein und am nächsten dick, mittelgroß, gelb, blond, braunäugig, endomorph, vollbärtig und aufrecht sein und am nächsten dick, mittelgroß, gelb, blond, braunäugig, endomorph, vollbärtig und gebeugt sein und am nächsten dick, mittelgroß, gelb, blond, braunäugig, endomorph, vollbärtig und lehnend sein und am nächsten dick, mittelgroß, gelb, blond, braunäugig, endomorph, schnurrbärtig und aufrecht sein und am nächten dick, mittelgroß, gelb, blond, braunäugig, endomorph, schnurrbärtig und gebeugt sein und am nächsten dick, mittelgroß, gelb, blond, braunäugig, endomorph, schnurrbärtig und lehnend sein und am nächsten dick, mittelgroß, gelb, blond, blauäugig, ektomorph, glattrasiert und aufrecht sein und am nächsten dick, mittelgroß, gelb, blond, blauäugig, ektomorph, glattrasiert und gebeugt sein und am nächsten dick, mittelgroß, gelb, blond, blauäugig, ektomorph, glattrasiert und lehnend sein und am nächsten dick, mittelgroß, gelb, blond, blauäugig, ektomorph, vollbärtig und aufrecht sein und am nächsten dick, mittelgroß, gelb, blond, blauäugig, ektomorph, vollbärtig und gebeugt sein und am nächsten dick, mittelgroß, gelb, blond, blauäugig, ektomorph, vollbärtig und lehnend sein und am nächsten dick, mittelgroß, gelb, blond, blauäugig, ektomorph, schnurrbärtig und aufrecht sein und am nächsten dick, mittelgroß, gelb, blond, blauäugig, ektomorph, schnurrbärtig und gebeugt sein und am nächsten dick, mittelgroß, gelb, blond, blauäugig, ektomorph, schnurrbärtig und lehnend sein und am nächsten dick, mittelgroß, gelb, blond, blauäugig, mesomorph, glattrasiert und aufrecht sein und am nächsten dick, mittelgroß, gelb, blond, blauäugig, mesomorph, glattrasiert und gebeugt sein und am nächsten dick, mittelgroß, gelb, blond, blauäugig, mesomorph, glattrasiert und lehnend sein und am nächsten dick, mittelgroß, gelb, blond, blauäugig, mesomorph, vollbärtig und aufrecht sein und am nächsten dick, mittelgroß, gelb, blond, blauäugig, mesomorph, vollbärtig und gebeugt sein und am nächsten dick, mittelgroß, gelb, blond, blauäugig, mesomorph, vollbärtig und lehnend sein und am nächsten dick, mittelgroß, gelb, blond, blauäugig, mesomorph, schnurrbärtig und aufrecht sein und am nächsten dick, mittelgroß, gelb, blond, blauäugig, mesomorph, schnurrbärtig und gebeugt sein und am nächsten dick, mittelgroß, gelb, blond, blauäugig, mesomorph, schnurrbärtig und lehnend sein und am nächsten dick, mittelgroß, gelb, blond, blauäugig, endomorph, glattrasiert und aufrecht sein und am nächsten dick, mittelgroß, gelb, blond, blauäugig, endomorph, glattrasiert und gebeugt sein und am nächsten dick, mittelgroß, gelb, blond, blauäugig, endomorph, glattrasiert und lehnend sein und am nächsten dick, mittelgroß, gelb, blond,

blauäugig, endomorph, vollbärtig und aufrecht sein und am
nächsten dick, mittelgroß, gelb, blond, blauäugig, endomorph,
vollbärtig und gebeugt sein und am nächsten dick, mittelgroß,
gelb, blond, blauäugig, endomorph, vollbärtig und lehnend sein
und am nächsten dick, mittelgroß, gelb, blond, blauäugig, endomorph, schnurrbärtig und aufrecht sein und am nächsten dick,
mittelgroß, gelb, blond, blauäugig, endomorph, schnurrbärtig
und gebeugt sein und am nächsten dick, mittelgroß, gelb, blond,
blauäugig, endomorph, schnurrbärtig und lehnend sein und am
nächsten dick, mittelgroß, gelb, blond, grünäugig, ektomorph,
glattrasiert und aufrecht sein und am nächsten dick, mittelgroß,
gelb, blond, grünäugig, ektomorph, glattrasiert und gebeugt
sein und am nächsten dick, mittelgroß, gelb, blond, grünäugig,
ektomorph, glattrasiert und lehnend sein und am nächsten dick,
mittelgroß, gelb, blond, grünäugig, ektomorph, vollbärtig und
aufrecht sein und am nächsten dick, mittelgroß, gelb, blond,
grünäugig, ektomorph, vollbärtig und gebeugt sein und am
nächsten dick, mittelgroß, gelb, blond, grünäugig, ektomorph,
vollbärtig und lehnend sein und am nächsten dick, mittelgroß,
gelb, blond, grünäugig, ektomorph, schnurrbärtig und aufrecht
sein und am nächsten dick, mittelgroß, gelb, blond, grünäugig,
ektomorph, schnurrbärtig und gebeugt sein und am nächsten
dick, mittelgroß, gelb, blond, grünäugig, ektomorph, schnurrbärtig und lehnend sein und am nächsten dick, mittelgroß, gelb,
blond, grünäugig, mesomorph, glattrasiert und aufrecht sein
und am nächsten dick, mittelgroß, gelb, blond, grünäugig, mesomorph, glattrasiert und gebeugt sein und am nächsten dick,
mittelgroß, gelb, blond, grünäugig, mesomorph, glattrasiert und
lehnend sein und am nächsten dick, mittelgroß, gelb, blond,
grünäugig, mesomorph, vollbärtig und aufrecht sein und am
nächsten dick, mittelgroß, gelb, blond, grünäugig, mesomorph,
vollbärtig und gebeugt sein und am nächsten dick, mittelgroß,

gelb, blond, grünäugig, mesomorph, vollbärtig und lehnend sein und am nächsten dick, mittelgroß, gelb, blond, grünäugig, mesomorph, schnurrbärtig und aufrecht sein und am nächsten dick, mittelgroß, gelb, blond, grünäugig, mesomorph, schnurrbärtig und gebeugt sein und am nächsten dick, mittelgroß, gelb, blond, grünäugig, mesomorph, schnurrbärtig und lehnend sein und am nächsten dick, mittelgroß, gelb, blond, grünäugig, endomorph, glattrasiert und aufrecht sein und am nächsten dick, mittelgroß, gelb, blond, grünäugig, endomorph, glattrasiert und gebeugt sein und am nächsten dick, mittelgroß, gelb, blond, grünäugig, endomorph, glattrasiert und lehnend sein und am nächsten dick, mittelgroß, gelb, blond, grünäugig, endomorph, vollbärtig und aufrecht sein und am nächsten dick, mittelgroß, gelb, blond, grünäugig, endomorph, vollbärtig und gebeugt sein und am nächsten dick, mittelgroß, gelb, blond, grünäugig, endomorph, vollbärtig und lehnend sein und am nächsten dick, mittelgroß, gelb, blond, grünäugig, endomorph, schnurrbärtig und aufrecht sein und am nächsten dick, mittelgroß, gelb, blond, grünäugig, endomorph, schnurrbärtig und gebeugt sein und am nächsten dick, mittelgroß, gelb, blond, grünäugig, endomorph, schnurrbärtig und lehnend sein und am nächsten dick, mittelgroß, rosig, schwarz, braunäugig, ektomorph, glattrasiert und aufrecht sein und am nächsten dick, mittelgroß, rosig, schwarz, braunäugig, ektomorph, glattrasiert und gebeugt sein und am nächsten dick, mittelgroß, rosig, schwarz, braunäugig, ektomorph, glattrasiert und lehnend sein und am nächsten dick, mittelgroß, rosig, schwarz, braunäugig, ektomorph, vollbärtig und aufrecht sein und am nächsten dick, mittelgroß, rosig, schwarz, braunäugig, ektomorph, vollbärtig und gebeugt sein und am nächsten dick, mittelgroß, rosig, schwarz, braunäugig, ektomorph, vollbärtig und lehnend sein und am nächsten dick, mittelgroß, rosig, schwarz, braunäugig, ektomorph, schnurrbärtig und aufrecht sein und am nächsten dick, mittelgroß, rosig, schwarz, braunäugig, ektomorph, schnurrbärtig und gebeugt sein und am nächsten dick, mittelgroß, rosig, schwarz, braunäugig, ektomorph, schnurrbärtig und lehnend sein und am nächsten dick, mittelgroß, rosig, schwarz, braunäugig, mesomorph, glattrasiert und aufrecht sein und am nächsten dick, mittelgroß, rosig, schwarz, braunäugig, mesomorph, glattrasiert und gebeugt sein und am nächsten dick, mittelgroß, rosig, schwarz, braunäugig, mesomorph, glattrasiert und lehnend sein und am nächsten dick, mittelgroß, rosig, schwarz, braunäugig, mesomorph, vollbärtig und aufrecht sein und am nächsten dick, mittelgroß, rosig, schwarz, braunäugig, mesomorph, vollbärtig und gebeugt sein und am nächsten dick, mittelgroß, rosig, schwarz, braunäugig, mesomorph, vollbärtig und lehnend sein und am nächsten dick, mittelgroß, rosig, schwarz, braunäugig, mesomorph, schnurrbärtig und aufrecht sein und am nächsten dick, mittelgroß, rosig, schwarz, braunäugig, mesomorph, schnurrbärtig und gebeugt sein und am nächsten dick, mittelgroß, rosig, schwarz, braunäugig, mesomorph, schnurrbärtig und lehnend sein und am nächsten dick, mittelgroß, rosig, schwarz, braunäugig, endomorph, glattrasiert und aufrecht sein und am nächsten dick, mittelgroß, rosig, schwarz, braunäugig, endomorph, glattrasiert und gebeugt sein und am nächsten dick, mittelgroß, rosig, schwarz, braunäugig, endomorph, glattrasiert und lehnend sein und am nächsten dick, mittelgroß, rosig, schwarz, braunäugig, endomorph, vollbärtig und aufrecht sein und am nächsten dick, mittelgroß, rosig, schwarz, braunäugig, endomorph, vollbärtig und gebeugt sein und am nächsten dick, mittelgroß, rosig, schwarz, braunäugig, endomorph, vollbärtig und lehnend sein und am nächsten dick, mittelgroß, rosig, schwarz, braunäugig, endomorph, schnurrbärtig und aufrecht sein und am nächsten dick, mittelgroß, rosig, schwarz, braunäugig, endomorph,

schnurrbärtig und gebeugt sein und am nächsten dick, mittelgroß, rosig, schwarz, braunäugig, endomorph, schnurrbärtig und
lehnend sein und am nächsten dick, mittelgroß, rosig, schwarz,
blauäugig, ektomorph, glattrasiert und aufrecht sein und am
nächsten dick, mittelgroß, rosig, schwarz, blauäugig, ektomorph,
glattrasiert und gebeugt sein und am nächsten dick, mittelgroß,
rosig, schwarz, blauäugig, ektomorph, glattrasiert und lehnend
sein und am nächsten dick, mittelgroß, rosig, schwarz, blauäugig, ektomorph, vollbärtig und aufrecht sein und am nächsten
dick, mittelgroß, rosig, schwarz, blauäugig, ektomorph, vollbärtig und gebeugt sein und am nächsten dick, mittelgroß, rosig,
schwarz, blauäugig, ektomorph, vollbärtig und lehnend sein und
am nächsten dick, mittelgroß, rosig, schwarz, blauäugig, ektomorph, schnurrbärtig und aufrecht sein und am nächsten dick,
mittelgroß, rosig, schwarz, blauäugig, ektomorph, schnurrbärtig
und gebeugt sein und am nächsten dick, mittelgroß, rosig,
schwarz, blauäugig, ektomorph, schnurrbärtig und lehnend sein
und am nächsten dick, mittelgroß, rosig, schwarz, blauäugig,
mesomorph, glattrasiert und aufrecht sein und am nächsten
dick, mittelgroß, rosig, schwarz, blauäugig, mesomorph, glattrasiert und gebeugt sein und am nächsten dick, mittelgroß,
rosig, schwarz, blauäugig, mesomorph, glattrasiert und lehnend
sein und am nächsten dick, mittelgroß, rosig, schwarz, blauäugig, mesomorph, vollbärtig und aufrecht sein und am nächsten dick, mittelgroß, rosig, schwarz, blauäugig, mesomorph,
vollbärtig und gebeugt sein und am nächsten dick, mittelgroß,
rosig, schwarz, blauäugig, mesomorph, vollbärtig und lehnend
sein und am nächsten dick, mittelgroß, rosig, schwarz, blauäugig, mesomorph, schnurrbärtig und aufrecht sein und am
nächsten dick, mittelgroß, rosig, schwarz, blauäugig, mesomorph, schnurrbärtig und gebeugt sein und am nächsten dick,
mittelgroß, rosig, schwarz, blauäugig, mesomorph, schnurrbärtig

und lehnend sein und am nächsten dick, mittelgroß, rosig,
schwarz, blauäugig, endomorph, glattrasiert und aufrecht sein
und am nächsten dick, mittelgroß, rosig, schwarz, blauäugig,
endomorph, glattrasiert und gebeugt sein und am nächsten dick,
mittelgroß, rosig, schwarz, blauäugig, endomorph, glattrasiert
und lehnend sein und am nächsten dick, mittelgroß, rosig,
schwarz, blauäugig, endomorph, vollbärtig und aufrecht sein
und am nächsten dick, mittelgroß, rosig, schwarz, blauäugig,
endomorph, vollbärtig und gebeugt sein und am nächsten dick,
mittelgroß, rosig, schwarz, blauäugig, endomorph, vollbärtig
und lehnend sein und am nächsten dick, mittelgroß, rosig,
schwarz, blauäugig, endomorph, schnurrbärtig und aufrecht sein
und am nächsten dick, mittelgroß, rosig, schwarz, blauäugig,
endomorph, schnurrbärtig und gebeugt sein und am nächsten
dick, mittelgroß, rosig, schwarz, blauäugig, endomorph, schnurrbärtig und lehnend sein und am nächsten dick, mittelgroß, rosig,
schwarz, grünäugig, ektomorph, glattrasiert und aufrecht sein
und am nächsten dick, mittelgroß, rosig, schwarz, grünäugig,
ektomorph, glattrasiert und gebeugt sein und am nächsten dick,
mittelgroß, rosig, schwarz, grünäugig, ektomorph, glattrasiert
und lehnend sein und am nächsten dick, mittelgroß, rosig,
schwarz, grünäugig, ektomorph, vollbärtig und aufrecht sein
und am nächsten dick, mittelgroß, rosig, schwarz, grünäugig,
ektomorph, vollbärtig und gebeugt sein und am nächsten dick,
mittelgroß, rosig, schwarz, grünäugig, ektomorph, vollbärtig und
lehnend sein und am nächsten dick, mittelgroß, rosig, schwarz,
grünäugig, ektomorph, schnurrbärtig und aufrecht sein und am
nächsten dick, mittelgroß, rosig, schwarz, grünäugig, ektomorph,
schnurrbärtig und gebeugt sein und am nächsten dick, mittelgroß, rosig, schwarz, grünäugig, ektomorph, schnurrbärtig und
lehnend sein und am nächsten dick, mittelgroß, rosig, schwarz,
grünäugig, mesomorph, glattrasiert und aufrecht sein und am

nächsten dick, mittelgroß, rosig, schwarz, grünäugig, mesomorph, glattrasiert und gebeugt sein und am nächsten dick, mittelgroß, rosig, schwarz, grünäugig, mesomorph, glattrasiert und lehnend sein und am nächsten dick, mittelgroß, rosig, schwarz, grünäugig, mesomorph, vollbärtig und aufrecht sein und am nächsten dick, mittelgroß, rosig, schwarz, grünäugig, mesomorph, vollbärtig und gebeugt sein und am nächsten dick, mittelgroß, rosig, schwarz, grünäugig, mesomorph, vollbärtig und lehnend sein und am nächsten dick, mittelgroß, rosig, schwarz, grünäugig, mesomorph, schnurrbärtig und aufrecht sein und am nächsten dick, mittelgroß, rosig, schwarz, grünäugig, mesomorph, schnurrbärtig und gebeugt sein und am nächsten dick, mittelgroß, rosig, schwarz, grünäugig, mesomorph, schnurrbärtig und lehnend sein und am nächsten dick, mittelgroß, rosig, schwarz, grünäugig, endomorph, glattrasiert und aufrecht sein und am nächsten dick, mittelgroß, rosig, schwarz, grünäugig, endomorph, glattrasiert und gebeugt sein und am nächsten dick, mittelgroß, rosig, schwarz, grünäugig, endomorph, glattrasiert und lehnend sein und am nächsten dick, mittelgroß, rosig, schwarz, grünäugig, endomorph, vollbärtig und aufrecht sein und am nächsten dick, mittelgroß, rosig, schwarz, grünäugig, endomorph, vollbärtig und gebeugt sein und am nächsten dick, mittelgroß, rosig, schwarz, grünäugig, endomorph, vollbärtig und lehnend sein und am nächsten dick, mittelgroß, rosig, schwarz, grünäugig, endomorph, schnurrbärtig und aufrecht sein und am nächsten dick, mittelgroß, rosig, schwarz, grünäugig, endomorph, schnurrbärtig und gebeugt sein und am nächsten dick, mittelgroß, rosig, schwarz, grünäugig, endomorph, schnurrbärtig und lehnend sein und am nächsten dick, mittelgroß, rosig, rot, braunäugig, ektomorph, glattrasiert und aufrecht sein und am nächsten dick, mittelgroß, rosig, rot, braunäugig, ektomorph, glattrasiert und gebeugt sein und am nächsten dick, mittelgroß, rosig, rot, braunäugig, ektomorph, glattrasiert und lehnend sein und am nächsten dick, mittelgroß, rosig, rot, braunäugig, ektomorph, vollbärtig und aufrecht sein und am nächsten dick, mittelgroß, rosig, rot, braunäugig, ektomorph, vollbärtig und gebeugt sein und am nächsten dick, mittelgroß, rosig, rot, braunäugig, ektomorph, vollbärtig und lehnend sein und am nächsten dick, mittelgroß, rosig, rot, braunäugig, ektomorph, schnurrbärtig und aufrecht sein und am nächsten dick, mittelgroß, rosig, rot, braunäugig, ektomorph, schnurrbärtig und gebeugt sein und am nächsten dick, mittelgroß, rosig, rot, braunäugig, ektomorph, schnurrbärtig und lehnend sein und am nächsten dick, mittelgroß, rosig, rot, braunäugig, mesomorph, glattrasiert und aufrecht sein und am nächsten dick, mittelgroß, rosig, rot, braunäugig, mesomorph, glattrasiert und gebeugt sein und am nächsten dick, mittelgroß, rosig, rot, braunäugig, mesomorph, glattrasiert und lehnend sein und am nächsten dick, mittelgroß, rosig, rot, braunäugig, mesomorph, vollbärtig und aufrecht sein und am nächsten dick, mittelgroß, rosig, rot, braunäugig, mesomorph, vollbärtig und gebeugt sein und am nächsten dick, mittelgroß, rosig, rot, braunäugig, mesomorph, vollbärtig und lehnend sein und am nächsten dick, mittelgroß, rosig, rot, braunäugig, mesomorph, schnurrbärtig und aufrecht sein und am nächsten dick, mittelgroß, rosig, rot, braunäugig, mesomorph, schnurrbärtig und gebeugt sein und am nächsten dick, mittelgroß, rosig, rot, braunäugig, mesomorph, schnurrbärtig und lehnend sein und am nächsten dick, mittelgroß, rosig, rot, braunäugig, endomorph, glattrasiert und aufrecht sein und am nächsten dick, mittelgroß, rosig, rot, braunäugig, endomorph, glattrasiert und gebeugt sein und am nächsten dick, mittelgroß, rosig, rot, braunäugig, endomorph, glattrasiert und lehnend sein und am nächsten dick, mittelgroß, rosig, rot, braunäugig, endomorph, vollbärtig und aufrecht sein und am nächsten dick, mittelgroß, rosig, rot, braunäugig, endomorph, vollbärtig und gebeugt sein und am nächsten dick, mittelgroß, rosig, rot, braunäugig, endomorph, vollbärtig und lehnend sein und am nächsten dick, mittelgroß, rosig, rot, braunäugig, endomorph, schnurrbärtig und aufrecht sein und am nächsten dick, mittelgroß, rosig, rot, braunäugig, endomorph, schnurrbärtig und gebeugt sein und am nächsten dick, mittelgroß, rosig, rot, braunäugig, endomorph, schnurrbärtig und lehnend sein und am nächsten dick, mittelgroß, rosig, rot, blauäugig, ektomorph, glattrasiert und aufrecht sein und am nächsten dick, mittelgroß, rosig, rot, blauäugig, ektomorph, glattrasiert und gebeugt sein und am nächsten dick, mittelgroß, rosig, rot, blauäugig, ektomorph, glattrasiert und lehnend sein und am nächsten dick, mittelgroß, rosig, rot, blauäugig, ektomorph, vollbärtig und aufrecht sein und am nächsten dick, mittelgroß, rosig, rot, blauäugig, ektomorph, vollbärtig und gebeugt sein und am nächsten dick, mittelgroß, rosig, rot, blauäugig, ektomorph, vollbärtig und lehnend sein und am nächsten dick, mittelgroß, rosig, rot, blauäugig, ektomorph, schnurrbärtig und aufrecht sein und am nächsten dick, mittelgroß, rosig, rot, blauäugig, ektomorph, schnurrbärtig und gebeugt sein und am nächsten dick, mittelgroß, rosig, rot, blauäugig, ektomorph, schnurrbärtig und lehnend sein und am nächsten dick, mittelgroß, rosig, rot, blauäugig, mesomorph, glattrasiert und aufrecht sein und am nächsten dick, mittelgroß, rosig, rot, blauäugig, mesomorph, glattrasiert und gebeugt sein und am nächsten dick, mittelgroß, rosig, rot, blauäugig, mesomorph, glattrasiert und lehnend sein und am nächsten dick, mittelgroß, rosig, rot, blauäugig, mesomorph, vollbärtig und aufrecht sein und am nächsten dick, mittelgroß, rosig, rot, blauäugig, mesomorph, vollbärtig und gebeugt sein und am nächsten dick, mittelgroß, rosig, rot, blauäugig, mesomorph, vollbärtig und lehnend sein

und am nächsten dick, mittelgroß, rosig, rot, blauäugig, mesomorph, schnurrbärtig und aufrecht sein und am nächsten dick,
mittelgroß, rosig, rot, blauäugig, mesomorph, schnurrbärtig und
gebeugt sein und am nächsten dick, mittelgroß, rosig, rot, blauäugig, mesomorph, schnurrbärtig und lehnend sein und am
nächsten dick, mittelgroß, rosig, rot, blauäugig, endomorph,
glattrasiert und aufrecht sein und am nächsten dick, mittelgroß,
rosig, rot, blauäugig, endomorph, glattrasiert und gebeugt sein
und am nächsten dick, mittelgroß, rosig, rot, blauäugig, endomorph, glattrasiert und lehnend sein und am nächsten dick,
mittelgroß, rosig, rot, blauäugig, endomorph, vollbärtig und aufrecht sein und am nächsten dick, mittelgroß, rosig, rot, blauäugig, endomorph, vollbärtig und gebeugt sein und am nächsten
dick, mittelgroß, rosig, rot, blauäugig, endomorph, vollbärtig
und lehnend sein und am nächsten dick, mittelgroß, rosig, rot,
blauäugig, endomorph, schnurrbärtig und aufrecht sein und am
nächsten dick, mittelgroß, rosig, rot, blauäugig, endomorph,
schnurrbärtig und gebeugt sein und am nächsten dick, mittelgroß, rosig, rot, blauäugig, endomorph, schnurrbärtig und lehnend sein und am nächsten dick, mittelgroß, rosig, rot, grünäugig, ektomorph, glattrasiert und aufrecht sein und am
nächsten dick, mittelgroß, rosig, rot, grünäugig, ektomorph,
glattrasiert und gebeugt sein und am nächsten dick, mittelgroß,
rosig, rot, grünäugig, ektomorph, glattrasiert und lehnend sein
und am nächsten dick, mittelgroß, rosig, rot, grünäugig, ektomorph, vollbärtig und aufrecht sein und am nächsten dick, mittelgroß, rosig, rot, grünäugig, ektomorph, vollbärtig und gebeugt
sein und am nächsten dick, mittelgroß, rosig, rot, grünäugig,
ektomorph, vollbärtig und lehnend sein und am nächsten dick,
mittelgroß, rosig, rot, grünäugig, ektomorph, schnurrbärtig und
aufrecht sein und am nächsten dick, mittelgroß, rosig, rot, grünäugig, ektomorph, schnurrbärtig und gebeugt sein und am

nächsten dick, mittelgroß, rosig, rot, grünäugig, ektomorph, schnurrbärtig und lehnend sein und am nächsten dick, mittelgroß, rosig, rot, grünäugig, mesomorph, glattrasiert und aufrecht sein und am nächsten dick, mittelgroß, rosig, rot, grünäugig, mesomorph, glattrasiert und gebeugt sein und am nächsten dick, mittelgroß, rosig, rot, grünäugig, mesomorph, glattrasiert und lehnend sein und am nächsten dick, mittelgroß, rosig, rot, grünäugig, mesomorph, vollbärtig und aufrecht sein und am nächsten dick, mittelgroß, rosig, rot, grünäugig, mesomorph, vollbärtig und gebeugt sein und am nächsten dick, mittelgroß, rosig, rot, grünäugig, mesomorph, vollbärtig und lehnend sein und am nächsten dick, mittelgroß, rosig, rot, grünäugig, mesomorph, schnurrbärtig und aufrecht sein und am nächsten dick, mittelgroß, rosig, rot, grünäugig, mesomorph, schnurrbärtig und gebeugt sein und am nächsten dick, mittelgroß, rosig, rot, grünäugig, mesomorph, schnurrbärtig und lehnend sein und am nächsten dick, mittelgroß, rosig, rot, grünäugig, endomorph, glattrasiert und aufrecht sein und am nächsten dick, mittelgroß, rosig, rot, grünäugig, endomorph, glattrasiert und gebeugt sein und am nächsten dick, mittelgroß, rosig, rot, grünäugig, endomorph, glattrasiert und lehnend sein und am nächsten dick, mittelgroß, rosig, rot, grünäugig, endomorph, vollbärtig und aufrecht sein und am nächsten dick, mittelgroß, rosig, rot, grünäugig, endomorph, vollbärtig und gebeugt sein und am nächsten dick, mittelgroß, rosig, rot, grünäugig, endomorph, vollbärtig und lehnend sein und am nächsten dick, mittelgroß, rosig, rot, grünäugig, endomorph, schnurrbärtig und aufrecht sein und am nächsten dick, mittelgroß, rosig, rot, grünäugig, endomorph, schnurrbärtig und gebeugt sein und am nächsten dick, mittelgroß, rosig, rot, grünäugig, endomorph, schnurrbärtig und lehnend sein und am nächsten dick, mittelgroß, rosig, blond, braunäugig, ektomorph, glattrasiert und aufrecht sein und am nächsten dick, mittelgroß, rosig, blond, braunäugig, ektomorph, glattrasiert und gebeugt sein und am nächsten dick, mittelgroß, rosig, blond, braunäugig, ektomorph, glattrasiert und lehnend sein und am nächsten dick, mittelgroß, rosig, blond, braunäugig, ektomorph, vollbärtig und aufrecht sein und am nächsten dick, mittelgroß, rosig, blond, braunäugig, ektomorph, vollbärtig und gebeugt sein und am nächsten dick, mittelgroß, rosig, blond, braunäugig, ektomorph, vollbärtig und lehnend sein und am nächsten dick, mittelgroß, rosig, blond, braunäugig, ektomorph, schnurrbärtig und aufrecht sein und am nächsten dick, mittelgroß, rosig, blond, braunäugig, ektomorph, schnurrbärtig und gebeugt sein und am nächsten dick, mittelgroß, rosig, blond, braunäugig, ektomorph, schnurrbärtig und lehnend sein und am nächsten dick, mittelgroß, rosig, blond, braunäugig, mesomorph, glattrasiert und aufrecht sein und am nächsten dick, mittelgroß, rosig, blond, braunäugig, mesomorph, glattrasiert und gebeugt sein und am nächsten dick, mittelgroß, rosig, blond, braunäugig, mesomorph, glattrasiert und lehnend sein und am nächsten dick, mittelgroß, rosig, blond, braunäugig, mesomorph, vollbärtig und aufrecht sein und am nächsten dick, mittelgroß, rosig, blond, braunäugig, mesomorph, vollbärtig und gebeugt sein und am nächsten dick, mittelgroß, rosig, blond, braunäugig, mesomorph, vollbärtig und lehnend sein und am nächsten dick, mittelgroß, rosig, blond, braunäugig, mesomorph, schnurrbärtig und aufrecht sein und am nächsten dick, mittelgroß, rosig, blond, braunäugig, mesomorph, schnurrbärtig und gebeugt sein und am nächsten dick, mittelgroß, rosig, blond, braunäugig, mesomorph, schnurrbärtig und lehnend sein und am nächsten dick, mittelgroß, rosig, blond, braunäugig, endomorph, glattrasiert und aufrecht sein und am nächsten dick, mittelgroß, rosig, blond, braunäugig, endomorph, glattrasiert und gebeugt sein und am nächsten dick, mittelgroß, rosig, blond, braunäugig,

endomorph, glattrasiert und lehnend sein und am nächsten
dick, mittelgroß, rosig, blond, braunäugig, endomorph, vollbärtig und aufrecht sein und am nächsten dick, mittelgroß, rosig,
blond, braunäugig, endomorph, vollbärtig und gebeugt sein und
am nächsten dick, mittelgroß, rosig, blond, braunäugig, endomorph, vollbärtig und lehnend sein und am nächsten dick, mittelgroß, rosig, blond, braunäugig, endomorph, schnurrbärtig und
aufrecht sein und am nächsten dick, mittelgroß, rosig, blond,
braunäugig, endomorph, schnurrbärtig und gebeugt sein und am
nächsten dick, mittelgroß, rosig, blond, braunäugig, endomorph,
schnurrbärtig und lehnend sein und am nächsten dick, mittelgroß, rosig, blond, blauäugig, ektomorph, glattrasiert und aufrecht sein und am nächsten dick, mittelgroß, rosig, blond, blauäugig, ektomorph, glattrasiert und gebeugt sein und am nächsten
dick, mittelgroß, rosig, blond, blauäugig, ektomorph, glattrasiert
und lehnend sein und am nächsten dick, mittelgroß, rosig, blond,
blauäugig, ektomorph, vollbärtig und aufrecht sein und am
nächsten dick, mittelgroß, rosig, blond, blauäugig, ektomorph,
vollbärtig und gebeugt sein und am nächsten dick, mittelgroß,
rosig, blond, blauäugig, ektomorph, vollbärtig und lehnend sein
und am nächsten dick, mittelgroß, rosig, blond, blauäugig, ektomorph, schnurrbärtig und aufrecht sein und am nächsten dick,
mittelgroß, rosig, blond, blauäugig, ektomorph, schnurrbärtig
und gebeugt sein und am nächsten dick, mittelgroß, rosig, blond,
blauäugig, ektomorph, schnurrbärtig und lehnend sein und am
nächsten dick, mittelgroß, rosig, blond, blauäugig, mesomorph,
glattrasiert und aufrecht sein und am nächsten dick, mittelgroß,
rosig, blond, blauäugig, mesomorph, glattrasiert und gebeugt
sein und am nächsten dick, mittelgroß, rosig, blond, blauäugig,
mesomorph, glattrasiert und lehnend sein und am nächsten
dick, mittelgroß, rosig, blond, blauäugig, mesomorph, vollbärtig
und aufrecht sein und am nächsten dick, mittelgroß, rosig,

blond, blauäugig, mesomorph, vollbärtig und gebeugt sein und am nächsten dick, mittelgroß, rosig, blond, blauäugig, mesomorph, vollbärtig und lehnend sein und am nächsten dick, mittelgroß, rosig, blond, blauäugig, mesomorph, schnurrbärtig und aufrecht sein und am nächsten dick, mittelgroß, rosig, blond, blauäugig, mesomorph, schnurrbärtig und gebeugt sein und am nächsten dick, mittelgroß, rosig, blond, blauäugig, mesomorph, schnurrbärtig und lehnend sein und am nächsten dick, mittelgroß, rosig, blond, blauäugig, endomorph, glattrasiert und aufrecht sein und am nächsten dick, mittelgroß, rosig, blond, blauäugig, endomorph, glattrasiert und gebeugt sein und am nächsten dick, mittelgroß, rosig, blond, blauäugig, endomorph, glattrasiert und lehnend sein und am nächsten dick, mittelgroß, rosig, blond, blauäugig, endomorph, vollbärtig und aufrecht sein und am nächsten dick, mittelgroß, rosig, blond, blauäugig, endomorph, vollbärtig und gebeugt sein und am nächsten dick, mittelgroß, rosig, blond, blauäugig, endomorph, vollbärtig und lehnend sein und am nächsten dick, mittelgroß, rosig, blond, blauäugig, endomorph, schnurrbärtig und aufrecht sein und am nächsten dick, mittelgroß, rosig, blond, blauäugig, endomorph, schnurrbärtig und gebeugt sein und am nächsten dick, mittelgroß, rosig, blond, blauäugig, endomorph, schnurrbärtig und lehnend sein und am nächsten dick, mittelgroß, rosig, blond, grünäugig, ektomorph, glattrasiert und aufrecht sein und am nächsten dick, mittelgroß, rosig, blond, grünäugig, ektomorph, glattrasiert und gebeugt sein und am nächsten dick, mittelgroß, rosig, blond, grünäugig, ektomorph, glattrasiert und lehnend sein und am nächsten dick, mittelgroß, rosig, blond, grünäugig, ektomorph, vollbärtig und aufrecht sein und am nächsten dick, mittelgroß, rosig, blond, grünäugig, ektomorph, vollbärtig und gebeugt sein und am nächsten dick, mittelgroß, rosig, blond, grünäugig, ektomorph, vollbärtig und lehnend sein und am nächsten dick, mittelgroß, rosig, blond, grünäugig, ektomorph, schnurrbärtig und aufrecht sein und am nächsten dick, mittelgroß, rosig, blond, grünäugig, ektomorph, schnurrbärtig und gebeugt sein und am nächsten dick, mittelgroß, rosig, blond, grünäugig, ektomorph, schnurrbärtig und lehnend sein und am nächsten dick, mittelgroß, rosig, blond, grünäugig, mesomorph, glattrasiert und aufrecht sein und am nächsten dick, mittelgroß, rosig, blond, grünäugig, mesomorph, glattrasiert und gebeugt sein und am nächsten dick, mittelgroß, rosig, blond, grünäugig, mesomorph, glattrasiert und lehnend sein und am nächsten dick, mittelgroß, rosig, blond, grünäugig, mesomorph, vollbärtig und aufrecht sein und am nächsten dick, mittelgroß, rosig, blond, grünäugig, mesomorph, vollbärtig und gebeugt sein und am nächsten dick, mittelgroß, rosig, blond, grünäugig, mesomorph, vollbärtig und lehnend sein und am nächsten dick, mittelgroß, rosig, blond, grünäugig, mesomorph, schnurrbärtig und aufrecht sein und am nächsten dick, mittelgroß, rosig, blond, grünäugig, mesomorph, schnurrbärtig und gebeugt sein und am nächsten dick, mittelgroß, rosig, blond, grünäugig, mesomorph, schnurrbärtig und lehnend sein und am nächsten dick, mittelgroß, rosig, blond, grünäugig, endomorph, glattrasiert und aufrecht sein und am nächsten dick, mittelgroß, rosig, blond, grünäugig, endomorph, glattrasiert und gebeugt sein und am nächsten dick, mittelgroß, rosig, blond, grünäugig, endomorph, glattrasiert und lehnend sein und am nächsten dick, mittelgroß, rosig, blond, grünäugig, endomorph, vollbärtig und aufrecht sein und am nächsten dick, mittelgroß, rosig, blond, grünäugig, endomorph, vollbärtig und gebeugt sein und am nächsten dick, mittelgroß, rosig, blond, grünäugig, endomorph, vollbärtig und lehnend sein und am nächsten dick, mittelgroß, rosig, blond, grünäugig, endomorph, schnurrbärtig und aufrecht sein und am nächsten dick, mittelgroß, rosig, blond,

grünäugig, endomorph, schnurrbärtig und gebeugt sein und am
nächsten dick, mittelgroß, rosig, blond, grünäugig, endomorph,
schnurrbärtig und lehnend sein und am nächsten dick, groß,
blaß, schwarz, braunäugig, ektomorph, glattrasiert und aufrecht
sein und am nächsten dick, groß, blaß, schwarz, braunäugig,
ektomorph, glattrasiert und gebeugt sein und am nächsten dick,
groß, blaß, schwarz, braunäugig, ektomorph, glattrasiert und
lehnend sein und am nächsten dick, groß, blaß, schwarz, braunäugig, ektomorph, vollbärtig und aufrecht sein und am nächsten
dick, groß, blaß, schwarz, braunäugig, ektomorph, vollbärtig und
gebeugt sein und am nächsten dick, groß, blaß, schwarz, braunäugig, ektomorph, vollbärtig und lehnend sein und am nächsten
dick, groß, blaß, schwarz, braunäugig, ektomorph, schnurrbärtig
und aufrecht sein und am nächsten dick, groß, blaß, schwarz,
braunäugig, ektomorph, schnurrbärtig und gebeugt sein und am
nächsten dick, groß, blaß, schwarz, braunäugig, ektomorph,
schnurrbärtig und lehnend sein und am nächsten dick, groß,
blaß, schwarz, braunäugig, mesomorph, glattrasiert und aufrecht
sein und am nächsten dick, groß, blaß, schwarz, braunäugig,
mesomorph, glattrasiert und gebeugt sein und am nächsten
dick, groß, blaß, schwarz, braunäugig, mesomorph, glattrasiert
und lehnend sein und am nächsten dick, groß, blaß, schwarz,
braunäugig, mesomorph, vollbärtig und aufrecht sein und am
nächsten dick, groß, blaß, schwarz, braunäugig, mesomorph,
vollbärtig und gebeugt sein und am nächsten dick, groß, blaß,
schwarz, braunäugig, mesomorph, vollbärtig und lehnend sein
und am nächsten dick, groß, blaß, schwarz, braunäugig,
mesomorph, schnurrbärtig und aufrecht sein und am nächsten
dick, groß, blaß, schwarz, braunäugig, mesomorph, schnurrbärtig
und gebeugt sein und am nächsten dick, groß, blaß, schwarz,
braunäugig, mesomorph, schnurrbärtig und lehnend sein und
am nächsten dick, groß, blaß, schwarz, braunäugig, endomorph,

glattrasiert und aufrecht sein und am nächsten dick, groß, blaß,
schwarz, braunäugig, endomorph, glattrasiert und gebeugt sein
und am nächsten dick, groß, blaß, schwarz, braunäugig, endomorph, glattrasiert und lehnend sein und am nächsten dick,
groß, blaß, schwarz, braunäugig, endomorph, vollbärtig und aufrecht sein und am nächsten dick, groß, blaß, schwarz, braunäugig, endomorph, vollbärtig und gebeugt sein und am nächsten
dick, groß, blaß, schwarz, braunäugig, endomorph, vollbärtig
und lehnend sein und am nächsten dick, groß, blaß, schwarz,
braunäugig, endomorph, schnurrbärtig und aufrecht sein und
am nächsten dick, groß, blaß, schwarz, braunäugig, endomorph,
schnurrbärtig und gebeugt sein und am nächsten dick, groß,
blaß, schwarz, braunäugig, endomorph, schnurrbärtig und lehnend sein und am nächsten dick, groß, blaß, schwarz, blauäugig,
ektomorph, glattrasiert und aufrecht sein und am nächsten dick,
groß, blaß, schwarz, blauäugig, ektomorph, glattrasiert und gebeugt sein und am nächsten dick, groß, blaß, schwarz, blauäugig,
ektomorph, glattrasiert und lehnend sein und am nächsten dick,
groß, blaß, schwarz, blauäugig, ektomorph, vollbärtig und aufrecht sein und am nächsten dick, groß, blaß, schwarz, blauäugig,
ektomorph, vollbärtig und gebeugt sein und am nächsten dick,
groß, blaß, schwarz, blauäugig, ektomorph, vollbärtig und lehnend sein und am nächsten dick, groß, blaß, schwarz, blauäugig,
ektomorph, schnurrbärtig und aufrecht sein und am nächsten
dick, groß, blaß, schwarz, blauäugig, ektomorph, schnurrbärtig
und gebeugt sein und am nächsten dick, groß, blaß, schwarz,
blauäugig, ektomorph, schnurrbärtig und lehnend sein und am
nächsten dick, groß, blaß, schwarz, blauäugig, mesomorph, glattrasiert und aufrecht sein und am nächsten dick, groß, blaß,
schwarz, blauäugig, mesomorph, glattrasiert und gebeugt sein
und am nächsten dick, groß, blaß, schwarz, blauäugig, mesomorph, glattrasiert und lehnend sein und am nächsten dick,

groß, blaß, schwarz, blauäugig, mesomorph, vollbärtig und aufrecht sein und am nächsten dick, groß, blaß, schwarz, blauäugig,
mesomorph, vollbärtig und gebeugt sein und am nächsten dick,
groß, blaß, schwarz, blauäugig, mesomorph, vollbärtig und lehnend sein und am nächsten dick, groß, blaß, schwarz, blauäugig,
mesomorph, schnurrbärtig und aufrecht sein und am nächsten
dick, groß, blaß, schwarz, blauäugig, mesomorph, schnurrbärtig
und gebeugt sein und am nächsten dick, groß, blaß, schwarz,
blauäugig, mesomorph, schnurrbärtig und lehnend sein und am
nächsten dick, groß, blaß, schwarz, blauäugig, endomorph, glattrasiert und aufrecht sein und am nächsten dick, groß, blaß,
schwarz, blauäugig, endomorph, glattrasiert und gebeugt sein
und am nächsten dick, groß, blaß, schwarz, blauäugig, endomorph, glattrasiert und lehnend sein und am nächsten dick, groß,
blaß, schwarz, blauäugig, endomorph, vollbärtig und aufrecht
sein und am nächsten dick, groß, blaß, schwarz, blauäugig, endomorph, vollbärtig und gebeugt sein und am nächsten dick, groß,
blaß, schwarz, blauäugig, endomorph, vollbärtig und lehnend
sein und am nächsten dick, groß, blaß, schwarz, blauäugig, endomorph, schnurrbärtig und aufrecht sein und am nächsten dick,
groß, blaß, schwarz, blauäugig, endomorph, schnurrbärtig und
gebeugt sein und am nächsten dick, groß, blaß, schwarz, blauäugig, endomorph, schnurrbärtig und lehnend sein und am
nächsten dick, groß, blaß, schwarz, grünäugig, ektomorph, glattrasiert und aufrecht sein und am nächsten dick, groß, blaß,
schwarz, grünäugig, ektomorph, glattrasiert und gebeugt sein
und am nächsten dick, groß, blaß, schwarz, grünäugig, ektomorph, glattrasiert und lehnend sein und am nächsten dick, groß,
blaß, schwarz, grünäugig, ektomorph, vollbärtig und aufrecht
sein und am nächsten dick, groß, blaß, schwarz, grünäugig, ektomorph, vollbärtig und gebeugt sein und am nächsten dick, groß,
blaß, schwarz, grünäugig, ektomorph, vollbärtig und lehnend

sein und am nächsten dick, groß, blaß, schwarz, grünäugig, ektomorph, schnurrbärtig und aufrecht sein und am nächsten dick, groß, blaß, schwarz, grünäugig, ektomorph, schnurrbärtig und gebeugt sein und am nächsten dick, groß, blaß, schwarz, grünäugig, ektomorph, schnurrbärtig und lehnend sein und am nächsten dick, groß, blaß, schwarz, grünäugig, mesomorph, glattrasiert und aufrecht sein und am nächsten dick, groß, blaß, schwarz, grünäugig, mesomorph, glattrasiert und gebeugt sein und am nächsten dick, groß, blaß, schwarz, grünäugig, mesomorph, glattrasiert und lehnend sein und am nächsten dick, groß, blaß, schwarz, grünäugig, mesomorph, vollbärtig und aufrecht sein und am nächsten dick, groß, blaß, schwarz, grünäugig, mesomorph, vollbärtig und gebeugt sein und am nächsten dick, groß, blaß, schwarz, grünäugig, mesomorph, vollbärtig und lehnend sein und am nächsten dick, groß, blaß, schwarz, grünäugig, mesomorph, schnurrbärtig und aufrecht sein und am nächsten dick, groß, blaß, schwarz, grünäugig, mesomorph, schnurrbärtig und gebeugt sein und am nächsten dick, groß, blaß, schwarz, grünäugig, mesomorph, schnurrbärtig und lehnend sein und am nächsten dick, groß, blaß, schwarz, grünäugig, endomorph, glattrasiert und aufrecht sein und am nächsten dick, groß, blaß, schwarz, grünäugig, endomorph, glattrasiert und gebeugt sein und am nächsten dick, groß, blaß, schwarz, grünäugig, endomorph, glattrasiert und lehnend sein und am nächsten dick, groß, blaß, schwarz, grünäugig, endomorph, vollbärtig und aufrecht sein und am nächsten dick, groß, blaß, schwarz, grünäugig, endomorph, vollbärtig und gebeugt sein und am nächsten dick, groß, blaß, schwarz, grünäugig, endomorph, vollbärtig und lehnend sein und am nächsten dick, groß, blaß, schwarz, grünäugig, endomorph, schnurrbärtig und aufrecht sein und am nächsten dick, groß, blaß, schwarz, grünäugig, endomorph, schnurrbärtig und gebeugt sein und am nächsten dick, groß, blaß, schwarz,

grünäugig, endomorph, schnurrbärtig und lehnend sein und am
nächsten dick, groß, blaß, rot, braunäugig, ektomorph, glattrasiert und aufrecht sein und am nächsten dick, groß, blaß, rot,
braunäugig, ektomorph, glattrasiert und gebeugt sein und am
nächsten dick, groß, blaß, rot, braunäugig, ektomorph, glattrasiert und lehnend sein und am nächsten dick, groß, blaß, rot,
braunäugig, ektomorph, vollbärtig und aufrecht sein und am
nächsten dick, groß, blaß, rot, braunäugig, ektomorph, vollbärtig
und gebeugt sein und am nächsten dick, groß, blaß, rot, braunäugig, ektomorph, vollbärtig und lehnend sein und am nächsten
dick, groß, blaß, rot, braunäugig, ektomorph, schnurrbärtig und
aufrecht sein und am nächsten dick, groß, blaß, rot, braunäugig,
ektomorph, schnurrbärtig und gebeugt sein und am nächsten
dick, groß, blaß, rot, braunäugig, ektomorph, schnurrbärtig und
lehnend sein und am nächsten dick, groß, blaß, rot, braunäugig,
mesomorph, glattrasiert und aufrecht sein und am nächsten
dick, groß, blaß, rot, braunäugig, mesomorph, glattrasiert und
gebeugt sein und am nächsten dick, groß, blaß, rot, braunäugig,
mesomorph, glattrasiert und lehnend sein und am nächsten
dick, groß, blaß, rot, braunäugig, mesomorph, vollbärtig und aufrecht sein und am nächsten dick, groß, blaß, rot, braunäugig,
mesomorph, vollbärtig und gebeugt sein und am nächsten dick,
groß, blaß, rot, braunäugig, mesomorph, vollbärtig und lehnend
sein und am nächsten dick, groß, blaß, rot, braunäugig, mesomorph, schnurrbärtig und aufrecht sein und am nächsten dick,
groß, blaß, rot, braunäugig, mesomorph, schnurrbärtig und gebeugt sein und am nächsten dick, groß, blaß, rot, braunäugig,
mesomorph, schnurrbärtig und lehnend sein und am nächsten
dick, groß, blaß, rot, braunäugig, endomorph, glattrasiert und
aufrecht sein und am nächsten dick, groß, blaß, rot, braunäugig,
endomorph, glattrasiert und gebeugt sein und am nächsten dick,
groß, blaß, rot, braunäugig, endomorph, glattrasiert und lehnend

sein und am nächsten dick, groß, blaß, rot, braunäugig, endomorph, vollbärtig und aufrecht sein und am nächsten dick, groß, blaß, rot, braunäugig, endomorph, vollbärtig und gebeugt sein und am nächsten dick, groß, blaß, rot, braunäugig, endomorph, vollbärtig und lehnend sein und am nächsten dick, groß, blaß, rot, braunäugig, endomorph, schnurrbärtig und aufrecht sein und am nächsten dick, groß, blaß, rot, braunäugig, endomorph, schnurrbärtig und gebeugt sein und am nächsten dick, groß, blaß, rot, braunäugig, endomorph, schnurrbärtig und lehnend sein und am nächsten dick, groß, blaß, rot, blauäugig, ektomorph, glattrasiert und aufrecht sein und am nächsten dick, groß, blaß, rot, blauäugig, ektomorph, glattrasiert und gebeugt sein und am nächsten dick, groß, blaß, rot, blauäugig, ektomorph, glattrasiert und lehnend sein und am nächsten dick, groß, blaß, rot, blauäugig, ektomorph, vollbärtig und aufrecht sein und am nächsten dick, groß, blaß, rot, blauäugig, ektomorph, vollbärtig und gebeugt sein und am nächsten dick, groß, blaß, rot, blauäugig, ektomorph, vollbärtig und lehnend sein und am nächsten dick, groß, blaß, rot, blauäugig, ektomorph, schnurrbärtig und aufrecht sein und am nächsten dick, groß, blaß, rot, blauäugig, ektomorph, schnurrbärtig und gebeugt sein und am nächsten dick, groß, blaß, rot, blauäugig, ektomorph, schnurrbärtig und lehnend sein und am nächsten dick, groß, blaß, rot, blauäugig, mesomorph, glattrasiert und aufrecht sein und am nächsten dick, groß, blaß, rot, blauäugig, mesomorph, glattrasiert und gebeugt sein und am nächsten dick, groß, blaß, rot, blauäugig, mesomorph, glattrasiert und lehnend sein und am nächsten dick, groß, blaß, rot, blauäugig, mesomorph, vollbärtig und aufrecht sein und am nächsten dick, groß, blaß, rot, blauäugig, mesomorph, vollbärtig und gebeugt sein und am nächsten dick, groß, blaß, rot, blauäugig, mesomorph, vollbärtig und lehnend sein und am nächsten dick, groß, blaß, rot, blauäugig,

mesomorph, schnurrbärtig und aufrecht sein und am nächsten
dick, groß, blaß, rot, blauäugig, mesomorph, schnurrbärtig und
gebeugt sein und am nächsten dick, groß, blaß, rot, blauäugig,
mesomorph, schnurrbärtig und lehnend sein und am nächsten
dick, groß, blaß, rot, blauäugig, endomorph, glattrasiert und aufrecht sein und am nächsten dick, groß, blaß, rot, blauäugig,
endomorph, glattrasiert und gebeugt sein und am nächsten dick,
groß, blaß, rot, blauäugig, endomorph, glattrasiert und lehnend
sein und am nächsten dick, groß, blaß, rot, blauäugig, endomorph, vollbärtig und aufrecht sein und am nächsten dick, groß,
blaß, rot, blauäugig, endomorph, vollbärtig und gebeugt sein
und am nächsten dick, groß, blaß, rot, blauäugig, endomorph,
vollbärtig und lehnend sein und am nächsten dick, groß, blaß,
rot, blauäugig, endomorph, schnurrbärtig und aufrecht sein und
am nächsten dick, groß, blaß, rot, blauäugig, endomorph,
schnurrbärtig und gebeugt sein und am nächsten dick, groß,
blaß, rot, blauäugig, endomorph, schnurrbärtig und lehnend
sein und am nächsten dick, groß, blaß, rot, grünäugig, ektomorph, glattrasiert und aufrecht sein und am nächsten dick,
groß, blaß, rot, grünäugig, ektomorph, glattrasiert und gebeugt
sein und am nächsten dick, groß, blaß, rot, grünäugig, ektomorph, glattrasiert und lehnend sein und am nächsten dick,
groß, blaß, rot, grünäugig, ektomorph, vollbärtig und aufrecht
sein und am nächsten dick, groß, blaß, rot, grünäugig, ektomorph, vollbärtig und gebeugt sein und am nächsten dick, groß,
blaß, rot, grünäugig, ektomorph, vollbärtig und lehnend sein
und am nächsten dick, groß, blaß, rot, grünäugig, ektomorph,
schnurrbärtig und aufrecht sein und am nächsten dick, groß,
blaß, rot, grünäugig, ektomorph, schnurrbärtig und gebeugt sein
und am nächsten dick, groß, blaß, rot, grünäugig, ektomorph,
schnurrbärtig und lehnend sein und am nächsten dick, groß,
blaß, rot, grünäugig, mesomorph, glattrasiert und aufrecht sein

und am nächsten dick, groß, blaß, rot, grünäugig, mesomorph, glattrasiert und gebeugt sein und am nächsten dick, groß, blaß, rot, grünäugig, mesomorph, glattrasiert und lehnend sein und am nächsten dick, groß, blaß, rot, grünäugig, mesomorph, vollbärtig und aufrecht sein und am nächsten dick, groß, blaß, rot, grünäugig, mesomorph, vollbärtig und gebeugt sein und am nächsten dick, groß, blaß, rot, grünäugig, mesomorph, vollbärtig und lehnend sein und am nächsten dick, groß, blaß, rot, grünäugig, mesomorph, schnurrbärtig und aufrecht sein und am nächsten dick, groß, blaß, rot, grünäugig, mesomorph, schnurrbärtig und gebeugt sein und am nächsten dick, groß, blaß, rot, grünäugig, mesomorph, schnurrbärtig und lehnend sein und am nächsten dick, groß, blaß, rot, grünäugig, endomorph, glattrasiert und aufrecht sein und am nächsten dick, groß, blaß, rot, grünäugig, endomorph, glattrasiert und gebeugt sein und am nächsten dick, groß, blaß, rot, grünäugig, endomorph, glattrasiert und lehnend sein und am nächsten dick, groß, blaß, rot, grünäugig, endomorph, vollbärtig und aufrecht sein und am nächsten dick, groß, blaß, rot, grünäugig, endomorph, vollbärtig und gebeugt sein und am nächsten dick, groß, blaß, rot, grünäugig, endomorph, vollbärtig und lehnend sein und am nächsten dick, groß, blaß, rot, grünäugig, endomorph, schnurrbärtig und aufrecht sein und am nächsten dick, groß, blaß, rot, grünäugig, endomorph, schnurrbärtig und gebeugt sein und am nächsten dick, groß, blaß, rot, grünäugig, endomorph, schnurrbärtig und lehnend sein und am nächsten dick, groß, blaß, blond, braunäugig, ektomorph, glattrasiert und aufrecht sein und am nächsten dick, groß, blaß, blond, braunäugig, ektomorph, glattrasiert und gebeugt sein und am nächsten dick, groß, blaß, blond, braunäugig, ektomorph, glattrasiert und lehnend sein und am nächsten dick, groß, blaß, blond, braunäugig, ektomorph, vollbärtig und aufrecht sein und am nächsten dick, groß, blaß,

blond, braunäugig, ektomorph, vollbärtig und gebeugt sein und
am nächsten dick, groß, blaß, blond, braunäugig, ektomorph,
vollbärtig und lehnend sein und am nächsten dick, groß, blaß,
blond, braunäugig, ektomorph, schnurrbärtig und aufrecht sein
und am nächsten dick, groß, blaß, blond, braunäugig, ektomorph,
schnurrbärtig und gebeugt sein und am nächsten dick, groß,
blaß, blond, braunäugig, ektomorph, schnurrbärtig und lehnend
sein und am nächsten dick, groß, blaß, blond, braunäugig, mesomorph, glattrasiert und aufrecht sein und am nächsten dick,
groß, blaß, blond, braunäugig, mesomorph, glattrasiert und gebeugt sein und am nächsten dick, groß, blaß, blond, braunäugig,
mesomorph, glattrasiert und lehnend sein und am nächsten
dick, groß, blaß, blond, braunäugig, mesomorph, vollbärtig und
aufrecht sein und am nächsten dick, groß, blaß, blond, braunäugig, mesomorph, vollbärtig und gebeugt sein und am nächsten dick, groß, blaß, blond, braunäugig, mesomorph, vollbärtig
und lehnend sein und am nächsten dick, groß, blaß, blond,
braunäugig, mesomorph, schnurrbärtig und aufrecht sein und
am nächsten dick, groß, blaß, blond, braunäugig, mesomorph,
schnurrbärtig und gebeugt sein und am nächsten dick, groß,
blaß, blond, braunäugig, mesomorph, schnurrbärtig und lehnend
sein und am nächsten dick, groß, blaß, blond, braunäugig, endomorph, glattrasiert und aufrecht sein und am nächsten dick,
groß, blaß, blond, braunäugig, endomorph, glattrasiert und gebeugt sein und am nächsten dick, groß, blaß, blond, braunäugig,
endomorph, glattrasiert und lehnend sein und am nächsten
dick, groß, blaß, blond, braunäugig, endomorph, vollbärtig und
aufrecht sein und am nächsten dick, groß, blaß, blond, braunäugig, endomorph, vollbärtig und gebeugt sein und am nächsten
dick, groß, blaß, blond, braunäugig, endomorph, vollbärtig und
lehnend sein und am nächsten dick, groß, blaß, blond, braunäugig, endomorph, schnurrbärtig und aufrecht sein und am

nächsten dick, groß, blaß, blond, braunäugig, endomorph, schnurrbärtig und gebeugt sein und am nächsten dick, groß, blaß, blond, braunäugig, endomorph, schnurrbärtig und lehnend sein und am nächsten dick, groß, blaß, blond, blauäugig, ektomorph, glattrasiert und aufrecht sein und am nächsten dick, groß, blaß, blond, blauäugig, ektomorph, glattrasiert und gebeugt sein und am nächsten dick, groß, blaß, blond, blauäugig, ektomorph, glattrasiert und lehnend sein und am nächsten dick, groß, blaß, blond, blauäugig, ektomorph, vollbärtig und aufrecht sein und am nächsten dick, groß, blaß, blond, blauäugig, ektomorph, vollbärtig und gebeugt sein und am nächsten dick, groß, blaß, blond, blauäugig, ektomorph, vollbärtig und lehnend sein und am nächsten dick, groß, blaß, blond, blauäugig, ektomorph, schnurrbärtig und aufrecht sein und am nächsten dick, groß, blaß, blond, blauäugig, ektomorph, schnurrbärtig und gebeugt sein und am nächsten dick, groß, blaß, blond, blauäugig, ektomorph, schnurrbärtig und lehnend sein und am nächsten dick, groß, blaß, blond, blauäugig, mesomorph, glattrasiert und aufrecht sein und am nächsten dick, groß, blaß, blond, blauäugig, mesomorph, glattrasiert und gebeugt sein und am nächsten dick, groß, blaß, blond, blauäugig, mesomorph, glattrasiert und lehnend sein und am nächsten dick, groß, blaß, blond, blauäugig, mesomorph, vollbärtig und aufrecht sein und am nächsten dick, groß, blaß, blond, blauäugig, mesomorph, vollbärtig und gebeugt sein und am nächsten dick, groß, blaß, blond, blauäugig, mesomorph, vollbärtig und lehnend sein und am nächsten dick, groß, blaß, blond, blauäugig, mesomorph, schnurrbärtig und aufrecht sein und am nächsten dick, groß, blaß, blond, blauäugig, mesomorph, schnurrbärtig und gebeugt sein und am nächsten dick, groß, blaß, blond, blauäugig, mesomorph, schnurrbärtig und lehnend sein und am nächsten dick, groß, blaß, blond, blauäugig, endomorph, glattrasiert und aufrecht sein und am nächsten dick, groß, blaß, blond, blauäugig, endomorph, glattrasiert und gebeugt sein und am nächsten dick, groß, blaß, blond, blauäugig, endomorph, glattrasiert und lehnend sein und am nächsten dick, groß, blaß, blond, blauäugig, endomorph, vollbärtig und aufrecht sein und am nächsten dick, groß, blaß, blond, blauäugig, endomorph, vollbärtig und gebeugt sein und am nächsten dick, groß, blaß, blond, blauäugig, endomorph, vollbärtig und lehnend sein und am nächsten dick, groß, blaß, blond, blauäugig, endomorph, schnurrbärtig und aufrecht sein und am nächsten dick, groß, blaß, blond, blauäugig, endomorph, schnurrbärtig und gebeugt sein und am nächsten dick, groß, blaß, blond, blauäugig, endomorph, schnurrbärtig und lehnend sein und am nächsten dick, groß, blaß, blond, grünäugig, ektomorph, glattrasiert und aufrecht sein und am nächsten dick, groß, blaß, blond, grünäugig, ektomorph, glattrasiert und gebeugt sein und am nächsten dick, groß, blaß, blond, grünäugig, ektomorph, glattrasiert und lehnend sein und am nächsten dick, groß, blaß, blond, grünäugig, ektomorph, vollbärtig und aufrecht sein und am nächsten dick, groß, blaß, blond, grünäugig, ektomorph, vollbärtig und gebeugt sein und am nächsten dick, groß, blaß, blond, grünäugig, ektomorph, vollbärtig und lehnend sein und am nächsten dick, groß, blaß, blond, grünäugig, ektomorph, schnurrbärtig und aufrecht sein und am nächsten dick, groß, blaß, blond, grünäugig, ektomorph, schnurrbärtig und gebeugt sein und am nächsten dick, groß, blaß, blond, grünäugig, ektomorph, schnurrbärtig und lehnend sein und am nächsten dick, groß, blaß, blond, grünäugig, mesomorph, glattrasiert und aufrecht sein und am nächsten dick, groß, blaß, blond, grünäugig, mesomorph, glattrasiert und gebeugt sein und am nächsten dick, groß, blaß, blond, grünäugig, mesomorph, glattrasiert und lehnend sein und am nächsten dick, groß, blaß, blond, grünäugig, mesomorph, vollbärtig und aufrecht sein und am nächsten dick, groß, blaß, blond, grünäugig, mesomorph, vollbärtig und gebeugt sein und am nächsten dick, groß, blaß, blond, grünäugig, mesomorph, vollbärtig und lehnend sein und am nächsten dick, groß, blaß, blond, grünäugig, mesomorph, schnurrbärtig und aufrecht sein und am nächsten dick, groß, blaß, blond, grünäugig, mesomorph, schnurrbärtig und gebeugt sein und am nächsten dick, groß, blaß, blond, grünäugig, mesomorph, schnurrbärtig und lehnend sein und am nächsten dick, groß, blaß, blond, grünäugig, endomorph, glattrasiert und aufrecht sein und am nächsten dick, groß, blaß, blond, grünäugig, endomorph, glattrasiert und gebeugt sein und am nächsten dick, groß, blaß, blond, grünäugig, endomorph, glattrasiert und lehnend sein und am nächsten dick, groß, blaß, blond, grünäugig, endomorph, vollbärtig und aufrecht sein und am nächsten dick, groß, blaß, blond, grünäugig, endomorph, vollbärtig und gebeugt sein und am nächsten dick, groß, blaß, blond, grünäugig, endomorph, vollbärtig und lehnend sein und am nächsten dick, groß, blaß, blond, grünäugig, endomorph, schnurrbärtig und aufrecht sein und am nächsten dick, groß, blaß, blond, grünäugig, endomorph, schnurrbärtig und gebeugt sein und am nächsten dick, groß, blaß, blond, grünäugig, endomorph, schnurrbärtig und lehnend sein und am nächsten dick, groß, gelb, schwarz, braunäugig, ektomorph, glattrasiert und aufrecht sein und am nächsten dick, groß, gelb, schwarz, braunäugig, ektomorph, glattrasiert und gebeugt sein und am nächsten dick, groß, gelb, schwarz, braunäugig, ektomorph, glattrasiert und lehnend sein und am nächsten dick, groß, gelb, schwarz, braunäugig, ektomorph, vollbärtig und aufrecht sein und am nächsten dick, groß, gelb, schwarz, braunäugig, ektomorph, vollbärtig und gebeugt sein und am nächsten dick, groß, gelb, schwarz, braunäugig, ektomorph, vollbärtig und lehnend sein und am nächsten dick, groß, gelb, schwarz, braunäugig, ektomorph, schnurrbärtig und aufrecht

sein und am nächsten dick, groß, gelb, schwarz, braunäugig,
ektomorph, schnurrbärtig und gebeugt sein und am nächsten
dick, groß, gelb, schwarz, braunäugig, ektomorph, schnurrbärtig
und lehnend sein und am nächsten dick, groß, gelb, schwarz,
braunäugig, mesomorph, glattrasiert und aufrecht sein und am
nächsten dick, groß, gelb, schwarz, braunäugig, mesomorph,
glattrasiert und gebeugt sein und am nächsten dick, groß, gelb,
schwarz, braunäugig, mesomorph, glattrasiert und lehnend sein
und am nächsten dick, groß, gelb, schwarz, braunäugig, mesomorph, vollbärtig und aufrecht sein und am nächsten dick, groß,
gelb, schwarz, braunäugig, mesomorph, vollbärtig und gebeugt
sein und am nächsten dick, groß, gelb, schwarz, braunäugig,
mesomorph, vollbärtig und lehnend sein und am nächsten dick,
groß, gelb, schwarz, braunäugig, mesomorph, schnurrbärtig und
aufrecht sein und am nächsten dick, groß, gelb, schwarz, braunäugig, mesomorph, schnurrbärtig und gebeugt sein und am
nächsten dick, groß, gelb, schwarz, braunäugig, mesomorph,
schnurrbärtig und lehnend sein und am nächsten dick, groß,
gelb, schwarz, braunäugig, endomorph, glattrasiert und aufrecht
sein und am nächsten dick, groß, gelb, schwarz, braunäugig,
endomorph, glattrasiert und gebeugt sein und am nächsten dick,
groß, gelb, schwarz, braunäugig, endomorph, glattrasiert und
lehnend sein und am nächsten dick, groß, gelb, schwarz, braunäugig, endomorph, vollbärtig und aufrecht sein und am nächsten dick, groß, gelb, schwarz, braunäugig, endomorph, vollbärtig
und gebeugt sein und am nächsten dick, groß, gelb, schwarz,
braunäugig, endomorph, vollbärtig und lehnend sein und am
nächsten dick, groß, gelb, schwarz, braunäugig, endomorph,
schnurrbärtig und aufrecht sein und am nächsten dick, groß,
gelb, schwarz, braunäugig, endomorph, schnurrbärtig und gebeugt sein und am nächsten dick, groß, gelb, schwarz, braunäugig, endomorph, schnurrbärtig und lehnend sein und am

nächsten dick, groß, gelb, schwarz, blauäugig, ektomorph, glattrasiert und aufrecht sein und am nächsten dick, groß, gelb, schwarz, blauäugig, ektomorph, glattrasiert und gebeugt sein und am nächsten dick, groß, gelb, schwarz, blauäugig, ektomorph, glattrasiert und lehnend sein und am nächsten dick, groß, gelb, schwarz, blauäugig, ektomorph, vollbärtig und aufrecht sein und am nächsten dick, groß, gelb, schwarz, blauäugig, ektomorph, vollbärtig und gebeugt sein und am nächsten dick, groß, gelb, schwarz, blauäugig, ektomorph, vollbärtig und lehnend sein und am nächsten dick, groß, gelb, schwarz, blauäugig, ektomorph, schnurrbärtig und aufrecht sein und am nächsten dick, groß, gelb, schwarz, blauäugig, ektomorph, schnurrbärtig und gebeugt sein und am nächsten dick, groß, gelb, schwarz, blauäugig, ektomorph, schnurrbärtig und lehnend sein und am nächsten dick, groß, gelb, schwarz, blauäugig, mesomorph, glattrasiert und aufrecht sein und am nächsten dick, groß, gelb, schwarz, blauäugig, mesomorph, glattrasiert und gebeugt sein und am nächsten dick, groß, gelb, schwarz, blauäugig, mesomorph, glattrasiert und lehnend sein und am nächsten dick, groß, gelb, schwarz, blauäugig, mesomorph, vollbärtig und aufrecht sein und am nächsten dick, groß, gelb, schwarz, blauäugig, mesomorph, vollbärtig und gebeugt sein und am nächsten dick, groß, gelb, schwarz, blauäugig, mesomorph, vollbärtig und lehnend sein und am nächsten dick, groß, gelb, schwarz, blauäugig, mesomorph, schnurrbärtig und aufrecht sein und am nächsten dick, groß, gelb, schwarz, blauäugig, mesomorph, schnurrbärtig und gebeugt sein und am nächsten dick, groß, gelb, schwarz, blauäugig, mesomorph, schnurrbärtig und lehnend sein und am nächsten dick, groß, gelb, schwarz, blauäugig, endomorph, glattrasiert und aufrecht sein und am nächsten dick, groß, gelb, schwarz, blauäugig, endomorph, glattrasiert und gebeugt sein und am nächsten dick, groß, gelb, schwarz, blauäugig, endomorph,

glattrasiert und lehnend sein und am nächsten dick, groß, gelb,
schwarz, blauäugig, endomorph, vollbärtig und aufrecht sein
und am nächsten dick, groß, gelb, schwarz, blauäugig, endomorph, vollbärtig und gebeugt sein und am nächsten dick, groß,
gelb, schwarz, blauäugig, endomorph, vollbärtig und lehnend
sein und am nächsten dick, groß, gelb, schwarz, blauäugig, endomorph, schnurrbärtig und aufrecht sein und am nächsten dick,
groß, gelb, schwarz, blauäugig, endomorph, schnurrbärtig und
gebeugt sein und am nächsten dick, groß, gelb, schwarz, blauäugig, endomorph, schnurrbärtig und lehnend sein und am
nächsten dick, groß, gelb, schwarz, grünäugig, ektomorph, glattrasiert und aufrecht sein und am nächsten dick, groß, gelb,
schwarz, grünäugig, ektomorph, glattrasiert und gebeugt sein
und am nächsten dick, groß, gelb, schwarz, grünäugig, ektomorph, glattrasiert und lehnend sein und am nächsten dick,
groß, gelb, schwarz, grünäugig, ektomorph, vollbärtig und aufrecht sein und am nächsten dick, groß, gelb, schwarz, grünäugig,
ektomorph, vollbärtig und gebeugt sein und am nächsten dick,
groß, gelb, schwarz, grünäugig, ektomorph, vollbärtig und lehnend sein und am nächsten dick, groß, gelb, schwarz, grünäugig,
ektomorph, schnurrbärtig und aufrecht sein und am nächsten
dick, groß, gelb, schwarz, grünäugig, ektomorph, schnurrbärtig
und gebeugt sein und am nächsten dick, groß, gelb, schwarz,
grünäugig, ektomorph, schnurrbärtig und lehnend sein und am
nächsten dick, groß, gelb, schwarz, grünäugig, mesomorph,
glattrasiert und aufrecht sein und am nächsten dick, groß, gelb,
schwarz, grünäugig, mesomorph, glattrasiert und gebeugt sein
und am nächsten dick, groß, gelb, schwarz, grünäugig, mesomorph, glattrasiert und lehnend sein und am nächsten dick,
groß, gelb, schwarz, grünäugig, mesomorph, vollbärtig und aufrecht sein und am nächsten dick, groß, gelb, schwarz, grünäugig,
mesomorph, vollbärtig und gebeugt sein und am nächsten dick,

groß, gelb, schwarz, grünäugig, mesomorph, vollbärtig und lehnend sein und am nächsten dick, groß, gelb, schwarz, grünäugig, mesomorph, schnurrbärtig und aufrecht sein und am nächsten dick, groß, gelb, schwarz, grünäugig, mesomorph, schnurrbärtig und gebeugt sein und am nächsten dick, groß, gelb, schwarz, grünäugig, mesomorph, schnurrbärtig und lehnend sein und am nächsten dick, groß, gelb, schwarz, grünäugig, endomorph, glattrasiert und aufrecht sein und am nächsten dick, groß, gelb, schwarz, grünäugig, endomorph, glattrasiert und gebeugt sein und am nächsten dick, groß, gelb, schwarz, grünäugig, endomorph, glattrasiert und lehnend sein und am nächsten dick, groß, gelb, schwarz, grünäugig, endomorph, vollbärtig und aufrecht sein und am nächsten dick, groß, gelb, schwarz, grünäugig, endomorph, vollbärtig und gebeugt sein und am nächsten dick, groß, gelb, schwarz, grünäugig, endomorph, vollbärtig und lehnend sein und am nächsten dick, groß, gelb, schwarz, grünäugig, endomorph, schnurrbärtig und aufrecht sein und am nächsten dick, groß, gelb, schwarz, grünäugig, endomorph, schnurrbärtig und gebeugt sein und am nächsten dick, groß, gelb, schwarz, grünäugig, endomorph, schnurrbärtig und lehnend sein und am nächsten dick, groß, gelb, rot, braunäugig, ektomorph, glattrasiert und aufrecht sein und am nächsten dick, groß, gelb, rot, braunäugig, ektomorph, glattrasiert und gebeugt sein und am nächsten dick, groß, gelb, rot, braunäugig, ektomorph, glattrasiert und lehnend sein und am nächsten dick, groß, gelb, rot, braunäugig, ektomorph, vollbärtig und aufrecht sein und am nächsten dick, groß, gelb, rot, braunäugig, ektomorph, vollbärtig und gebeugt sein und am nächsten dick, groß, gelb, rot, braunäugig, ektomorph, vollbärtig und lehnend sein und am nächsten dick, groß, gelb, rot, braunäugig, ektomorph, schnurrbärtig und aufrecht sein und am nächsten dick, groß, gelb, rot, braunäugig, ektomorph, schnurrbärtig und gebeugt sein und am nächsten dick, groß, gelb, rot, braunäugig, ektomorph, schnurrbärtig und lehnend sein und am nächsten dick, groß, gelb, rot, braunäugig, mesomorph, glattrasiert und aufrecht sein und am nächsten dick, groß, gelb, rot, braunäugig, mesomorph, glattrasiert und gebeugt sein und am nächsten dick, groß, gelb, rot, braunäugig, mesomorph, glattrasiert und lehnend sein und am nächsten dick, groß, gelb, rot, braunäugig, mesomorph, vollbärtig und aufrecht sein und am nächsten dick, groß, gelb, rot, braunäugig, mesomorph, vollbärtig und gebeugt sein und am nächsten dick, groß, gelb, rot, braunäugig, mesomorph, vollbärtig und lehnend sein und am nächsten dick, groß, gelb, rot, braunäugig, mesomorph, schnurrbärtig und aufrecht sein und am nächsten dick, groß, gelb, rot, braunäugig, mesomorph, schnurrbärtig und gebeugt sein und am nächsten dick, groß, gelb, rot, braunäugig, mesomorph, schnurrbärtig und lehnend sein und am nächsten dick, groß, gelb, rot, braunäugig, endomorph, glattrasiert und aufrecht sein und am nächsten dick, groß, gelb, rot, braunäugig, endomorph, glattrasiert und gebeugt sein und am nächsten dick, groß, gelb, rot, braunäugig, endomorph, glattrasiert und lehnend sein und am nächsten dick, groß, gelb, rot, braunäugig, endomorph, vollbärtig und aufrecht sein und am nächsten dick, groß, gelb, rot, braunäugig, endomorph, vollbärtig und gebeugt sein und am nächsten dick, groß, gelb, rot, braunäugig, endomorph, vollbärtig und lehnend sein und am nächsten dick, groß, gelb, rot, braunäugig, endomorph, schnurrbärtig und aufrecht sein und am nächsten dick, groß, gelb, rot, braunäugig, endomorph, schnurrbärtig und gebeugt sein und am nächsten dick, groß, gelb, rot, braunäugig, endomorph, schnurrbärtig und lehnend sein und am nächsten dick, groß, gelb, rot, blauäugig, ektomorph, glattrasiert und aufrecht sein und am nächsten dick, groß, gelb, rot, blauäugig, ektomorph, glattrasiert und gebeugt sein und am nächsten dick, groß, gelb, rot, blauäugig, ektomorph, glattrasiert und lehnend sein und am nächsten dick, groß, gelb, rot, blauäugig, ektomorph, vollbärtig und aufrecht sein und am nächsten dick, groß, gelb, rot, blauäugig, ektomorph, vollbärtig und gebeugt sein und am nächsten dick, groß, gelb, rot, blauäugig, ektomorph, vollbärtig und lehnend sein und am nächsten dick, groß, gelb, rot, blauäugig, ektomorph, schnurrbärtig und aufrecht sein und am nächsten dick, groß, gelb, rot, blauäugig, ektomorph, schnurrbärtig und gebeugt sein und am nächsten dick, groß, gelb, rot, blauäugig, ektomorph, schnurrbärtig und lehnend sein und am nächsten dick, groß, gelb, rot, blauäugig, mesomorph, glattrasiert und aufrecht sein und am nächsten dick, groß, gelb, rot, blauäugig, mesomorph, glattrasiert und gebeugt sein und am nächsten dick, groß, gelb, rot, blauäugig, mesomorph, glattrasiert und lehnend sein und am nächsten dick, groß, gelb, rot, blauäugig, mesomorph, vollbärtig und aufrecht sein und am nächsten dick, groß, gelb, rot, blauäugig, mesomorph, vollbärtig und gebeugt sein und am nächsten dick, groß, gelb, rot, blauäugig, mesomorph, vollbärtig und lehnend sein und am nächsten dick, groß, gelb, rot, blauäugig, mesomorph, schnurrbärtig und aufrecht sein und am nächsten dick, groß, gelb, rot, blauäugig, mesomorph, schnurrbärtig und gebeugt sein und am nächsten dick, groß, gelb, rot, blauäugig, mesomorph, schnurrbärtig und lehnend sein und am nächsten dick, groß, gelb, rot, blauäugig, endomorph, glattrasiert und aufrecht sein und am nächsten dick, groß, gelb, rot, blauäugig, endomorph, glattrasiert und gebeugt sein und am nächsten dick, groß, gelb, rot, blauäugig, endomorph, glattrasiert und lehnend sein und am nächsten dick, groß, gelb, rot, blauäugig, endomorph, vollbärtig und aufrecht sein und am nächsten dick, groß, gelb, rot, blauäugig, endomorph, vollbärtig und gebeugt sein und am nächsten dick, groß, gelb, rot, blauäugig, endomorph, vollbärtig und lehnend sein und am nächsten dick, groß, gelb, rot, blauäugig,

endomorph, schnurrbärtig und aufrecht sein und am nächsten
dick, groß, gelb, rot, blauäugig, endomorph, schnurrbärtig und
gebeugt sein und am nächsten dick, groß, gelb, rot, blauäugig,
endomorph, schnurrbärtig und lehnend sein und am nächsten
dick, groß, gelb, rot, grünäugig, ektomorph, glattrasiert und aufrecht sein und am nächsten dick, groß, gelb, rot, grünäugig,
ektomorph, glattrasiert und gebeugt sein und am nächsten dick,
groß, gelb, rot, grünäugig, ektomorph, glattrasiert und lehnend
sein und am nächsten dick, groß, gelb, rot, grünäugig, ektomorph, vollbärtig und aufrecht sein und am nächsten dick, groß,
gelb, rot, grünäugig, ektomorph, vollbärtig und gebeugt sein
und am nächsten dick, groß, gelb, rot, grünäugig, ektomorph,
vollbärtig und lehnend sein und am nächsten dick, groß, gelb,
rot, grünäugig, ektomorph, schnurrbärtig und aufrecht sein und
am nächsten dick, groß, gelb, rot, grünäugig, ektomorph,
schnurrbärtig und gebeugt sein und am nächsten dick, groß,
gelb, rot, grünäugig, ektomorph, schnurrbärtig und lehnend sein
und am nächsten dick, groß, gelb, rot, grünäugig, mesomorph,
glattrasiert und aufrecht sein und am nächsten dick, groß, gelb,
rot, grünäugig, mesomorph, glattrasiert und gebeugt sein und
am nächsten dick, groß, gelb, rot, grünäugig, mesomorph, glattrasiert und lehnend sein und am nächsten dick, groß, gelb, rot,
grünäugig, mesomorph, vollbärtig und aufrecht sein und am
nächsten dick, groß, gelb, rot, grünäugig, mesomorph, vollbärtig
und gebeugt sein und am nächsten dick, groß, gelb, rot, grünäugig, mesomorph, vollbärtig und lehnend sein und am nächsten dick, groß, gelb, rot, grünäugig, mesomorph, schnurrbärtig
und aufrecht sein und am nächsten dick, groß, gelb, rot, grünäugig, mesomorph, schnurrbärtig und gebeugt sein und am
nächsten dick, groß, gelb, rot, grünäugig, mesomorph, schnurrbärtig und lehnend sein und am nächsten dick, groß, gelb, rot,
grünäugig, endomorph, glattrasiert und aufrecht sein und am

nächsten dick, groß, gelb, rot, grünäugig, endomorph, glattrasiert und gebeugt sein und am nächsten dick, groß, gelb, rot,
grünäugig, endomorph, glattrasiert und lehnend sein und am
nächsten dick, groß, gelb, rot, grünäugig, endomorph, vollbärtig
und aufrecht sein und am nächsten dick, groß, gelb, rot, grünäugig, endomorph, vollbärtig und gebeugt sein und am nächsten
dick, groß, gelb, rot, grünäugig, endomorph, vollbärtig und lehnend sein und am nächsten dick, groß, gelb, rot, grünäugig,
endomorph, schnurrbärtig und aufrecht sein und am nächsten
dick, groß, gelb, rot, grünäugig, endomorph, schnurrbärtig und
gebeugt sein und am nächsten dick, groß, gelb, rot, grünäugig,
endomorph, schnurrbärtig und lehnend sein und am nächsten
dick, groß, gelb, blond, braunäugig, ektomorph, glattrasiert und
aufrecht sein und am nächsten dick, groß, gelb, blond, braunäugig, ektomorph, glattrasiert und gebeugt sein und am nächsten dick, groß, gelb, blond, braunäugig, ektomorph, glattrasiert
und lehnend sein und am nächsten dick, groß, gelb, blond,
braunäugig, ektomorph, vollbärtig und aufrecht sein und am
nächsten dick, groß, gelb, blond, braunäugig, ektomorph, vollbärtig und gebeugt sein und am nächsten dick, groß, gelb, blond,
braunäugig, ektomorph, vollbärtig und lehnend sein und am
nächsten dick, groß, gelb, blond, braunäugig, ektomorph,
schnurrbärtig und aufrecht sein und am nächsten dick, groß,
gelb, blond, braunäugig, ektomorph, schnurrbärtig und gebeugt
sein und am nächsten dick, groß, gelb, blond, braunäugig, ektomorph, schnurrbärtig und lehnend sein und am nächsten dick,
groß, gelb, blond, braunäugig, mesomorph, glattrasiert und aufrecht sein und am nächsten dick, groß, gelb, blond, braunäugig,
mesomorph, glattrasiert und gebeugt sein und am nächsten dick,
groß, gelb, blond, braunäugig, mesomorph, glattrasiert und lehnend sein und am nächsten dick, groß, gelb, blond, braunäugig,
mesomorph, vollbärtig und aufrecht sein und am nächsten dick,

groß, gelb, blond, braunäugig, mesomorph, vollbärtig und gebeugt sein und am nächsten dick, groß, gelb, blond, braunäugig, mesomorph, vollbärtig und lehnend sein und am nächsten dick, groß, gelb, blond, braunäugig, mesomorph, schnurrbärtig und aufrecht sein und am nächsten dick, groß, gelb, blond, braunäugig, mesomorph, schnurrbärtig und gebeugt sein und am nächsten dick, groß, gelb, blond, braunäugig, mesomorph, schnurrbärtig und lehnend sein und am nächsten dick, groß, gelb, blond, braunäugig, endomorph, glattrasiert und aufrecht sein und am nächsten dick, groß, gelb, blond, braunäugig, endomorph, glattrasiert und gebeugt sein und am nächsten dick, groß, gelb, blond, braunäugig, endomorph, glattrasiert und lehnend sein und am nächsten dick, groß, gelb, blond, braunäugig, endomorph, vollbärtig und aufrecht sein und am nächsten dick, groß, gelb, blond, braunäugig, endomorph, vollbärtig und gebeugt sein und am nächsten dick, groß, gelb, blond, braunäugig, endomorph, vollbärtig und lehnend sein und am nächsten dick, groß, gelb, blond, braunäugig, endomorph, schnurrbärtig und aufrecht sein und am nächsten dick, groß, gelb, blond, braunäugig, endomorph, schnurrbärtig und gebeugt sein und am nächsten dick, groß, gelb, blond, braunäugig, endomorph, schnurrbärtig und lehnend sein und am nächsten dick, groß, gelb, blond, blauäugig, ektomorph, glattrasiert und aufrecht sein und am nächsten dick, groß, gelb, blond, blauäugig, ektomorph, glattrasiert und gebeugt sein und am nächsten dick, groß, gelb, blond, blauäugig, ektomorph, glattrasiert und lehnend sein und am nächsten dick, groß, gelb, blond, blauäugig, ektomorph, vollbärtig und aufrecht sein und am nächsten dick, groß, gelb, blond, blauäugig, ektomorph, vollbärtig und gebeugt sein und am nächsten dick, groß, gelb, blond, blauäugig, ektomorph, vollbärtig und lehnend sein und am nächsten dick, groß, gelb, blond, blauäugig, ektomorph, schnurrbärtig und aufrecht sein und am nächsten dick, groß, gelb, blond, blauäugig, ektomorph, schnurrbärtig und gebeugt sein und am nächsten dick, groß, gelb, blond, blauäugig, ektomorph, schnurrbärtig und lehnend sein und am nächsten dick, groß, gelb, blond, blauäugig, mesomorph, glattrasiert und aufrecht sein und am nächsten dick, groß, gelb, blond, blauäugig, mesomorph, glattrasiert und gebeugt sein und am nächsten dick, groß, gelb, blond, blauäugig, mesomorph, glattrasiert und lehnend sein und am nächsten dick, groß, gelb, blond, blauäugig, mesomorph, vollbärtig und aufrecht sein und am nächsten dick, groß, gelb, blond, blauäugig, mesomorph, vollbärtig und gebeugt sein und am nächsten dick, groß, gelb, blond, blauäugig, mesomorph, vollbärtig und lehnend sein und am nächsten dick, groß, gelb, blond, blauäugig, mesomorph, schnurrbärtig und aufrecht sein und am nächsten dick, groß, gelb, blond, blauäugig, mesomorph, schnurrbärtig und gebeugt sein und am nächsten dick, groß, gelb, blond, blauäugig, mesomorph, schnurrbärtig und lehnend sein und am nächsten dick, groß, gelb, blond, blauäugig, endomorph, glattrasiert und aufrecht sein und am nächsten dick, groß, gelb, blond, blauäugig, endomorph, glattrasiert und gebeugt sein und am nächsten dick, groß, gelb, blond, blauäugig, endomorph, glattrasiert und lehnend sein und am nächsten dick, groß, gelb, blond, blauäugig, endomorph, vollbärtig und aufrecht sein und am nächsten dick, groß, gelb, blond, blauäugig, endomorph, vollbärtig und gebeugt sein und am nächsten dick, groß, gelb, blond, blauäugig, endomorph, vollbärtig und lehnend sein und am nächsten dick, groß, gelb, blond, blauäugig, endomorph, schnurrbärtig und aufrecht sein und am nächsten dick, groß, gelb, blond, blauäugig, endomorph, schnurrbärtig und gebeugt sein und am nächsten dick, groß, gelb, blond, blauäugig, endomorph, schnurrbärtig und lehnend sein und am nächsten dick, groß, gelb, blond, grünäugig, ektomorph, glattrasiert und aufrecht sein und am

nächsten dick, groß, gelb, blond, grünäugig, ektomorph, glattrasiert und gebeugt sein und am nächsten dick, groß, gelb, blond,
grünäugig, ektomorph, glattrasiert und lehnend sein und am
nächsten dick, groß, gelb, blond, grünäugig, ektomorph, vollbärtig und aufrecht sein und am nächsten dick, groß, gelb, blond,
grünäugig, ektomorph, vollbärtig und gebeugt sein und am
nächsten dick, groß, gelb, blond, grünäugig, ektomorph, vollbärtig und lehnend sein und am nächsten dick, groß, gelb, blond,
grünäugig, ektomorph, schnurrbärtig und aufrecht sein und am
nächsten dick, groß, gelb, blond, grünäugig, ektomorph, schnurrbärtig und gebeugt sein und am nächsten dick, groß, gelb, blond,
grünäugig, ektomorph, schnurrbärtig und lehnend sein und am
nächsten dick, groß, gelb, blond, grünäugig, mesomorph, glattrasiert und aufrecht sein und am nächsten dick, groß, gelb,
blond, grünäugig, mesomorph, glattrasiert und gebeugt sein und
am nächsten dick, groß, gelb, blond, grünäugig, mesomorph,
glattrasiert und lehnend sein und am nächsten dick, groß, gelb,
blond, grünäugig, mesomorph, vollbärtig und aufrecht sein und
am nächsten dick, groß, gelb, blond, grünäugig, mesomorph,
vollbärtig und gebeugt sein und am nächsten dick, groß, gelb,
blond, grünäugig, mesomorph, vollbärtig und lehnend sein und
am nächsten dick, groß, gelb, blond, grünäugig, mesomorph,
schnurrbärtig und aufrecht sein und am nächsten dick, groß,
gelb, blond, grünäugig, mesomorph, schnurrbärtig und gebeugt
sein und am nächsten dick, groß, gelb, blond, grünäugig, mesomorph, schnurrbärtig und lehnend sein und am nächsten dick,
groß, gelb, blond, grünäugig, endomorph, glattrasiert und aufrecht sein und am nächsten dick, groß, gelb, blond, grünäugig,
endomorph, glattrasiert und gebeugt sein und am nächsten dick,
groß, gelb, blond, grünäugig, endomorph, glattrasiert und lehnend sein und am nächsten dick, groß, gelb, blond, grünäugig,
endomorph, vollbärtig und aufrecht sein und am nächsten dick,

groß, gelb, blond, grünäugig, endomorph, vollbärtig und gebeugt
sein und am nächsten dick, groß, gelb, blond, grünäugig, endomorph, vollbärtig und lehnend sein und am nächsten dick, groß,
gelb, blond, grünäugig, endomorph, schnurrbärtig und aufrecht
sein und am nächsten dick, groß, gelb, blond, grünäugig, endomorph, schnurrbärtig und gebeugt sein und am nächsten dick,
groß, gelb, blond, grünäugig, endomorph, schnurrbärtig und lehnend sein und am nächsten dick, groß, rosig, schwarz, braunäugig, ektomorph, glattrasiert und aufrecht sein und am nächsten dick, groß, rosig, schwarz, braunäugig, ektomorph, glattrasiert
und gebeugt sein und am nächsten dick, groß, rosig, schwarz,
braunäugig, ektomorph, glattrasiert und lehnend sein und am
nächsten dick, groß, rosig, schwarz, braunäugig, ektomorph,
vollbärtig und aufrecht sein und am nächsten dick, groß, rosig,
schwarz, braunäugig, ektomorph, vollbärtig und gebeugt sein
und am nächsten dick, groß, rosig, schwarz, braunäugig, ektomorph, vollbärtig und lehnend sein und am nächsten dick, groß,
rosig, schwarz, braunäugig, ektomorph, schnurrbärtig und aufrecht sein und am nächsten dick, groß, rosig, schwarz, braunäugig, ektomorph, schnurrbärtig und gebeugt sein und am
nächsten dick, groß, rosig, schwarz, braunäugig, ektomorph,
schnurrbärtig und lehnend sein und am nächsten dick, groß,
rosig, schwarz, braunäugig, mesomorph, glattrasiert und aufrecht sein und am nächsten dick, groß, rosig, schwarz, braunäugig, mesomorph, glattrasiert und gebeugt sein und am nächsten dick, groß, rosig, schwarz, braunäugig, mesomorph,
glattrasiert und lehnend sein und am nächsten dick, groß, rosig,
schwarz, braunäugig, mesomorph, vollbärtig und aufrecht sein
und am nächsten dick, groß, rosig, schwarz, braunäugig, mesomorph, vollbärtig und gebeugt sein und am nächsten dick, groß,
rosig, schwarz, braunäugig, mesomorph, vollbärtig und lehnend
sein und am nächsten dick, groß, rosig, schwarz, braunäugig,

mesomorph, schnurrbärtig und aufrecht sein und am nächsten dick, groß, rosig, schwarz, braunäugig, mesomorph, schnurrbärtig und gebeugt sein und am nächsten dick, groß, rosig, schwarz, braunäugig, mesomorph, schnurrbärtig und lehnend sein und am nächsten dick, groß, rosig, schwarz, braunäugig, endomorph, glattrasiert und aufrecht sein und am nächsten dick, groß, rosig, schwarz, braunäugig, endomorph, glattrasiert und gebeugt sein und am nächsten dick, groß, rosig, schwarz, braunäugig, endomorph, glattrasiert und lehnend sein und am nächsten dick, groß, rosig, schwarz, braunäugig, endomorph, vollbärtig und aufrecht sein und am nächsten dick, groß, rosig, schwarz, braunäugig, endomorph, vollbärtig und gebeugt sein und am nächsten dick, groß, rosig, schwarz, braunäugig, endomorph, vollbärtig und lehnend sein und am nächsten dick, groß, rosig, schwarz, braunäugig, endomorph, schnurrbärtig und aufrecht sein und am nächsten dick, groß, rosig, schwarz, braunäugig, endomorph, schnurrbärtig und gebeugt sein und am nächsten dick, groß, rosig, schwarz, braunäugig, endomorph, schnurrbärtig und lehnend sein und am nächsten dick, groß, rosig, schwarz, blauäugig, ektomorph, glattrasiert und aufrecht sein und am nächsten dick, groß, rosig, schwarz, blauäugig, ektomorph, glattrasiert und gebeugt sein und am nächsten dick, groß, rosig, schwarz, blauäugig, ektomorph, glattrasiert und lehnend sein und am nächsten dick, groß, rosig, schwarz, blauäugig, ektomorph, vollbärtig und aufrecht sein und am nächsten dick, groß, rosig, schwarz, blauäugig, ektomorph, vollbärtig und gebeugt sein und am nächsten dick, groß, rosig, schwarz, blauäugig, ektomorph, vollbärtig und lehnend sein und am nächsten dick, groß, rosig, schwarz, blauäugig, ektomorph, schnurrbärtig und aufrecht sein und am nächsten dick, groß, rosig, schwarz, blauäugig, ektomorph, schnurrbärtig und gebeugt sein und am nächsten dick, groß, rosig, schwarz, blauäugig, ektomorph, schnurrbärtig und lehnend sein und am nächsten dick, groß, rosig, schwarz, blauäugig, mesomorph, glattrasiert und aufrecht sein und am nächsten dick, groß, rosig, schwarz, blauäugig, mesomorph, glattrasiert und gebeugt sein und am nächsten dick, groß, rosig, schwarz, blauäugig, mesomorph, glattrasiert und lehnend sein und am nächsten dick, groß, rosig, schwarz, blauäugig, mesomorph, vollbärtig und aufrecht sein und am nächsten dick, groß, rosig, schwarz, blauäugig, mesomorph, vollbärtig und gebeugt sein und am nächsten dick, groß, rosig, schwarz, blauäugig, mesomorph, vollbärtig und lehnend sein und am nächsten dick, groß, rosig, schwarz, blauäugig, mesomorph, schnurrbärtig und aufrecht sein und am nächsten dick, groß, rosig, schwarz, blauäugig, mesomorph, schnurrbärtig und gebeugt sein und am nächsten dick, groß, rosig, schwarz, blauäugig, mesomorph, schnurrbärtig und lehnend sein und am nächsten dick, groß, rosig, schwarz, blauäugig, endomorph, glattrasiert und aufrecht sein und am nächsten dick, groß, rosig, schwarz, blauäugig, endomorph, glattrasiert und gebeugt sein und am nächsten dick, groß, rosig, schwarz, blauäugig, endomorph, glattrasiert und lehnend sein und am nächsten dick, groß, rosig, schwarz, blauäugig, endomorph, vollbärtig und aufrecht sein und am nächsten dick, groß, rosig, schwarz, blauäugig, endomorph, vollbärtig und gebeugt sein und am nächsten dick, groß, rosig, schwarz, blauäugig, endomorph, vollbärtig und lehnend sein und am nächsten dick, groß, rosig, schwarz, blauäugig, endomorph, schnurrbärtig und aufrecht sein und am nächsten dick, groß, rosig, schwarz, blauäugig, endomorph, schnurrbärtig und gebeugt sein und am nächsten dick, groß, rosig, schwarz, blauäugig, endomorph, schnurrbärtig und lehnend sein und am nächsten dick, groß, rosig, schwarz, grünäugig, ektomorph, glattrasiert und aufrecht sein und am nächsten dick, groß, rosig, schwarz, grünäugig, ektomorph, glattrasiert und gebeugt sein und am nächsten dick, groß, rosig, schwarz, grünäugig, ektomorph, glattrasiert und lehnend sein und am nächsten dick, groß, rosig, schwarz, grünäugig, ektomorph, vollbärtig und aufrecht sein und am nächsten dick, groß, rosig, schwarz, grünäugig, ektomorph, vollbärtig und gebeugt sein und am nächsten dick, groß, rosig, schwarz, grünäugig, ektomorph, vollbärtig und lehnend sein und am nächsten dick, groß, rosig, schwarz, grünäugig, ektomorph, schnurrbärtig und aufrecht sein und am nächsten dick, groß, rosig, schwarz, grünäugig, ektomorph, schnurrbärtig und gebeugt sein und am nächsten dick, groß, rosig, schwarz, grünäugig, ektomorph, schnurrbärtig und lehnend sein und am nächsten dick, groß, rosig, schwarz, grünäugig, mesomorph, glattrasiert und aufrecht sein und am nächsten dick, groß, rosig, schwarz, grünäugig, mesomorph, glattrasiert und gebeugt sein und am nächsten dick, groß, rosig, schwarz, grünäugig, mesomorph, glattrasiert und lehnend sein und am nächsten dick, groß, rosig, schwarz, grünäugig, mesomorph, vollbärtig und aufrecht sein und am nächsten dick, groß, rosig, schwarz, grünäugig, mesomorph, vollbärtig und gebeugt sein und am nächsten dick, groß, rosig, schwarz, grünäugig, mesomorph, vollbärtig und lehnend sein und am nächsten dick, groß, rosig, schwarz, grünäugig, mesomorph, schnurrbärtig und aufrecht sein und am nächsten dick, groß, rosig, schwarz, grünäugig, mesomorph, schnurrbärtig und gebeugt sein und am nächsten dick, groß, rosig, schwarz, grünäugig, mesomorph, schnurrbärtig und lehnend sein und am nächsten dick, groß, rosig, schwarz, grünäugig, endomorph, glattrasiert und aufrecht sein und am nächsten dick, groß, rosig, schwarz, grünäugig, endomorph, glattrasiert und gebeugt sein und am nächsten dick, groß, rosig, schwarz, grünäugig, endomorph, glattrasiert und lehnend sein und am nächsten dick, groß, rosig, schwarz, grünäugig, endomorph, vollbärtig und aufrecht sein und am nächsten dick, groß, rosig, schwarz, grünäugig, endomorph, vollbärtig und gebeugt sein und am nächsten dick, groß, rosig, schwarz, grünäugig, endomorph, vollbärtig und lehnend sein und am nächsten dick, groß, rosig, schwarz, grünäugig, endomorph, schnurrbärtig und aufrecht sein und am nächsten dick, groß, rosig, schwarz, grünäugig, endomorph, schnurrbärtig und gebeugt sein und am nächsten dick, groß, rosig, schwarz, grünäugig, endomorph, schnurrbärtig und lehnend sein und am nächsten dick, groß, rosig, rot, braunäugig, ektomorph, glattrasiert und aufrecht sein und am nächsten dick, groß, rosig, rot, braunäugig, ektomorph, glattrasiert und gebeugt sein und am nächsten dick, groß, rosig, rot, braunäugig, ektomorph, glattrasiert und lehnend sein und am nächsten dick, groß, rosig, rot, braunäugig, ektomorph, vollbärtig und aufrecht sein und am nächsten dick, groß, rosig, rot, braunäugig, ektomorph, vollbärtig und gebeugt sein und am nächsten dick, groß, rosig, rot, braunäugig, ektomorph, vollbärtig und lehnend sein und am nächsten dick, groß, rosig, rot, braunäugig, ektomorph, schnurrbärtig und aufrecht sein und am nächsten dick, groß, rosig, rot, braunäugig, ektomorph, schnurrbärtig und gebeugt sein und am nächsten dick, groß, rosig, rot, braunäugig, ektomorph, schnurrbärtig und lehnend sein und am nächsten dick, groß, rosig, rot, braunäugig, mesomorph, glattrasiert und aufrecht sein und am nächsten dick, groß, rosig, rot, braunäugig, mesomorph, glattrasiert und gebeugt sein und am nächsten dick, groß, rosig, rot, braunäugig, mesomorph, glattrasiert und lehnend sein und am nächsten dick, groß, rosig, rot, braunäugig, mesomorph, vollbärtig und aufrecht sein und am nächsten dick, groß, rosig, rot, braunäugig, mesomorph, vollbärtig und gebeugt sein und am nächsten dick, groß, rosig, rot, braunäugig, mesomorph, vollbärtig und lehnend sein und am nächsten dick, groß, rosig, rot, braunäugig, mesomorph, schnurrbärtig und aufrecht sein und am nächsten dick, groß, rosig, rot, braunäugig, mesomorph,

schnurrbärtig und gebeugt sein und am nächsten dick, groß,
rosig, rot, braunäugig, mesomorph, schnurrbärtig und lehnend
sein und am nächsten dick, groß, rosig, rot, braunäugig, endomorph, glattrasiert und aufrecht sein und am nächsten dick,
groß, rosig, rot, braunäugig, endomorph, glattrasiert und gebeugt
sein und am nächsten dick, groß, rosig, rot, braunäugig, endomorph, glattrasiert und lehnend sein und am nächsten dick,
groß, rosig, rot, braunäugig, endomorph, vollbärtig und aufrecht
sein und am nächsten dick, groß, rosig, rot, braunäugig, endomorph, vollbärtig und gebeugt sein und am nächsten dick, groß,
rosig, rot, braunäugig, endomorph, vollbärtig und lehnend sein
und am nächsten dick, groß, rosig, rot, braunäugig, endomorph,
schnurrbärtig und aufrecht sein und am nächsten dick, groß,
rosig, rot, braunäugig, endomorph, schnurrbärtig und gebeugt
sein und am nächsten dick, groß, rosig, rot, braunäugig, endomorph, schnurrbärtig und lehnend sein und am nächsten dick,
groß, rosig, rot, blauäugig, ektomorph, glattrasiert und aufrecht
sein und am nächsten dick, groß, rosig, rot, blauäugig, ektomorph, glattrasiert und gebeugt sein und am nächsten dick,
groß, rosig, rot, blauäugig, ektomorph, glattrasiert und lehnend
sein und am nächsten dick, groß, rosig, rot, blauäugig, ektomorph, vollbärtig und aufrecht sein und am nächsten dick, groß,
rosig, rot, blauäugig, ektomorph, vollbärtig und gebeugt sein
und am nächsten dick, groß, rosig, rot, blauäugig, ektomorph,
vollbärtig und lehnend sein und am nächsten dick, groß, rosig,
rot, blauäugig, ektomorph, schnurrbärtig und aufrecht sein und
am nächsten dick, groß, rosig, rot, blauäugig, ektomorph,
schnurrbärtig und gebeugt sein und am nächsten dick, groß,
rosig, rot, blauäugig, ektomorph, schnurrbärtig und lehnend sein
und am nächsten dick, groß, rosig, rot, blauäugig, mesomorph,
glattrasiert und aufrecht sein und am nächsten dick, groß, rosig,
rot, blauäugig, mesomorph, glattrasiert und gebeugt sein und

am nächsten dick, groß, rosig, rot, blauäugig, mesomorph, glattrasiert und lehnend sein und am nächsten dick, groß, rosig, rot,
blauäugig, mesomorph, vollbärtig und aufrecht sein und am
nächsten dick, groß, rosig, rot, blauäugig, mesomorph, vollbärtig
und gebeugt sein und am nächsten dick, groß, rosig, rot, blauäugig, mesomorph, vollbärtig und lehnend sein und am nächsten dick, groß, rosig, rot, blauäugig, mesomorph, schnurrbärtig
und aufrecht sein und am nächsten dick, groß, rosig, rot, blauäugig, mesomorph, schnurrbärtig und gebeugt sein und am
nächsten dick, groß, rosig, rot, blauäugig, mesomorph, schnurrbärtig und lehnend sein und am nächsten dick, groß, rosig, rot,
blauäugig, endomorph, glattrasiert und aufrecht sein und am
nächsten dick, groß, rosig, rot, blauäugig, endomorph, glattrasiert und gebeugt sein und am nächsten dick, groß, rosig, rot,
blauäugig, endomorph, glattrasiert und lehnend sein und am
nächsten dick, groß, rosig, rot, blauäugig, endomorph, vollbärtig
und aufrecht sein und am nächsten dick, groß, rosig, rot, blauäugig, endomorph, vollbärtig und gebeugt sein und am nächsten
dick, groß, rosig, rot, blauäugig, endomorph, vollbärtig und lehnend sein und am nächsten dick, groß, rosig, rot, blauäugig,
endomorph, schnurrbärtig und aufrecht sein und am nächsten
dick, groß, rosig, rot, blauäugig, endomorph, schnurrbärtig und
gebeugt sein und am nächsten dick, groß, rosig, rot, blauäugig,
endomorph, schnurrbärtig und lehnend sein und am nächsten
dick, groß, rosig, rot, grünäugig, ektomorph, glattrasiert und aufrecht sein und am nächsten dick, groß, rosig, rot, grünäugig,
ektomorph, glattrasiert und gebeugt sein und am nächsten dick,
groß, rosig, rot, grünäugig, ektomorph, glattrasiert und lehnend
sein und am nächsten dick, groß, rosig, rot, grünäugig, ektomorph, vollbärtig und aufrecht sein und am nächsten dick, groß,
rosig, rot, grünäugig, ektomorph, vollbärtig und gebeugt sein
und am nächsten dick, groß, rosig, rot, grünäugig, ektomorph,

vollbärtig und lehnend sein und am nächsten dick, groß, rosig, rot, grünäugig, ektomorph, schnurrbärtig und aufrecht sein und am nächsten dick, groß, rosig, rot, grünäugig, ektomorph, schnurrbärtig und gebeugt sein und am nächsten dick, groß, rosig, rot, grünäugig, ektomorph, schnurrbärtig und lehnend sein und am nächsten dick, groß, rosig, rot, grünäugig, mesomorph, glattrasiert und aufrecht sein und am nächsten dick, groß, rosig, rot, grünäugig, mesomorph, glattrasiert und gebeugt sein und am nächsten dick, groß, rosig, rot, grünäugig, mesomorph, glattrasiert und lehnend sein und am nächsten dick, groß, rosig, rot, grünäugig, mesomorph, vollbärtig und aufrecht sein und am nächsten dick, groß, rosig, rot, grünäugig, mesomorph, vollbärtig und gebeugt sein und am nächsten dick, groß, rosig, rot, grünäugig, mesomorph, vollbärtig und lehnend sein und am nächsten dick, groß, rosig, rot, grünäugig, mesomorph, schnurrbärtig und aufrecht sein und am nächsten dick, groß, rosig, rot, grünäugig, mesomorph, schnurrbärtig und gebeugt sein und am nächsten dick, groß, rosig, rot, grünäugig, mesomorph, schnurrbärtig und lehnend sein und am nächsten dick, groß, rosig, rot, grünäugig, endomorph, glattrasiert und aufrecht sein und am nächsten dick, groß, rosig, rot, grünäugig, endomorph, glattrasiert und gebeugt sein und am nächsten dick, groß, rosig, rot, grünäugig, endomorph, glattrasiert und lehnend sein und am nächsten dick, groß, rosig, rot, grünäugig, endomorph, vollbärtig und aufrecht sein und am nächsten dick, groß, rosig, rot, grünäugig, endomorph, vollbärtig und gebeugt sein und am nächsten dick, groß, rosig, rot, grünäugig, endomorph, vollbärtig und lehnend sein und am nächsten dick, groß, rosig, rot, grünäugig, endomorph, schnurrbärtig und aufrecht sein und am nächsten dick, groß, rosig, rot, grünäugig, endomorph, schnurrbärtig und gebeugt sein und am nächsten dick, groß, rosig, rot, grünäugig, endomorph, schnurrbärtig und lehnend sein und am nächsten dick, groß, rosig, blond, braunäugig, ektomorph, glattrasiert und aufrecht sein und am nächsten dick, groß, rosig, blond, braunäugig, ektomorph, glattrasiert und gebeugt sein und am nächsten dick, groß, rosig, blond, braunäugig, ektomorph, glattrasiert und lehnend sein und am nächsten dick, groß, rosig, blond, braunäugig, ektomorph, vollbärtig und aufrecht sein und am nächsten dick, groß, rosig, blond, braunäugig, ektomorph, vollbärtig und gebeugt sein und am nächsten dick, groß, rosig, blond, braunäugig, ektomorph, vollbärtig und lehnend sein und am nächsten dick, groß, rosig, blond, braunäugig, ektomorph, schnurrbärtig und aufrecht sein und am nächsten dick, groß, rosig, blond, braunäugig, ektomorph, schnurrbärtig und gebeugt sein und am nächsten dick, groß, rosig, blond, braunäugig, ektomorph, schnurrbärtig und lehnend sein und am nächsten dick, groß, rosig, blond, braunäugig, mesomorph, glattrasiert und aufrecht sein und am nächsten dick, groß, rosig, blond, braunäugig, mesomorph, glattrasiert und gebeugt sein und am nächsten dick, groß, rosig, blond, braunäugig, mesomorph, glattrasiert und lehnend sein und am nächsten dick, groß, rosig, blond, braunäugig, mesomorph, vollbärtig und aufrecht sein und am nächsten dick, groß, rosig, blond, braunäugig, mesomorph, vollbärtig und gebeugt sein und am nächsten dick, groß, rosig, blond, braunäugig, mesomorph, vollbärtig und lehnend sein und am nächsten dick, groß, rosig, blond, braunäugig, mesomorph, schnurrbärtig und aufrecht sein und am nächsten dick, groß, rosig, blond, braunäugig, mesomorph, schnurrbärtig und gebeugt sein und am nächsten dick, groß, rosig, blond, braunäugig, mesomorph, schnurrbärtig und lehnend sein und am nächsten dick, groß, rosig, blond, braunäugig, endomorph, glattrasiert und aufrecht sein und am nächsten dick, groß, rosig, blond, braunäugig, endomorph, glattrasiert und gebeugt sein und am nächsten dick, groß, rosig, blond, braunäugig, endomorph, glattrasiert und lehnend sein und am nächsten dick, groß, rosig, blond, braunäugig, endomorph, vollbärtig und aufrecht sein und am nächsten dick, groß, rosig, blond, braunäugig, endomorph, vollbärtig und gebeugt sein und am nächsten dick, groß, rosig, blond, braunäugig, endomorph, vollbärtig und lehnend sein und am nächsten dick, groß, rosig, blond, braunäugig, endomorph, schnurrbärtig und aufrecht sein und am nächsten dick, groß, rosig, blond, braunäugig, endomorph, schnurrbärtig und gebeugt sein und am nächsten dick, groß, rosig, blond, braunäugig, endomorph, schnurrbärtig und lehnend sein und am nächsten dick, groß, rosig, blond, blauäugig, ektomorph, glattrasiert und aufrecht sein und am nächsten dick, groß, rosig, blond, blauäugig, ektomorph, glattrasiert und gebeugt sein und am nächsten dick, groß, rosig, blond, blauäugig, ektomorph, glattrasiert und lehnend sein und am nächsten dick, groß, rosig, blond, blauäugig, ektomorph, vollbärtig und aufrecht sein und am nächsten dick, groß, rosig, blond, blauäugig, ektomorph, vollbärtig und gebeugt sein und am nächsten dick, groß, rosig, blond, blauäugig, ektomorph, vollbärtig und lehnend sein und am nächsten dick, groß, rosig, blond, blauäugig, ektomorph, schnurrbärtig und aufrecht sein und am nächsten dick, groß, rosig, blond, blauäugig, ektomorph, schnurrbärtig und gebeugt sein und am nächsten dick, groß, rosig, blond, blauäugig, ektomorph, schnurrbärtig und lehnend sein und am nächsten dick, groß, rosig, blond, blauäugig, mesomorph, glattrasiert und aufrecht sein und am nächsten dick, groß, rosig, blond, blauäugig, mesomorph, glattrasiert und gebeugt sein und am nächsten dick, groß, rosig, blond, blauäugig, mesomorph, glattrasiert und lehnend sein und am nächsten dick, groß, rosig, blond, blauäugig, mesomorph, vollbärtig und aufrecht sein und am nächsten dick, groß, rosig, blond, blauäugig, mesomorph, vollbärtig und gebeugt sein und am nächsten dick, groß, rosig, blond, blauäugig, mesomorph, vollbärtig und lehnend sein und

am nächsten dick, groß, rosig, blond, blauäugig, mesomorph,
schnurrbärtig und aufrecht sein und am nächsten dick, groß,
rosig, blond, blauäugig, mesomorph, schnurrbärtig und gebeugt
sein und am nächsten dick, groß, rosig, blond, blauäugig, mesomorph, schnurrbärtig und lehnend sein und am nächsten dick,
groß, rosig, blond, blauäugig, endomorph, glattrasiert und aufrecht sein und am nächsten dick, groß, rosig, blond, blauäugig,
endomorph, glattrasiert und gebeugt sein und am nächsten dick,
groß, rosig, blond, blauäugig, endomorph, glattrasiert und lehnend sein und am nächsten dick, groß, rosig, blond, blauäugig,
endomorph, vollbärtig und aufrecht sein und am nächsten dick,
groß, rosig, blond, blauäugig, endomorph, vollbärtig und gebeugt
sein und am nächsten dick, groß, rosig, blond, blauäugig, endomorph, vollbärtig und lehnend sein und am nächsten dick, groß,
rosig, blond, blauäugig, endomorph, schnurrbärtig und aufrecht
sein und am nächsten dick, groß, rosig, blond, blauäugig, endomorph, schnurrbärtig und gebeugt sein und am nächsten dick,
groß, rosig, blond, blauäugig, endomorph, schnurrbärtig und lehnend sein und am nächsten dick, groß, rosig, blond, grünäugig,
ektomorph, glattrasiert und aufrecht sein und am nächsten dick,
groß, rosig, blond, grünäugig, ektomorph, glattrasiert und gebeugt sein und am nächsten dick, groß, rosig, blond, grünäugig,
ektomorph, glattrasiert und lehnend sein und am nächsten dick,
groß, rosig, blond, grünäugig, ektomorph, vollbärtig und aufrecht sein und am nächsten dick, groß, rosig, blond, grünäugig,
ektomorph, vollbärtig und gebeugt sein und am nächsten dick,
groß, rosig, blond, grünäugig, ektomorph, vollbärtig und lehnend sein und am nächsten dick, groß, rosig, blond, grünäugig,
ektomorph, schnurrbärtig und aufrecht sein und am nächsten
dick, groß, rosig, blond, grünäugig, ektomorph, schnurrbärtig
und gebeugt sein und am nächsten dick, groß, rosig, blond, grünäugig, ektomorph, schnurrbärtig und lehnend sein und am

nächsten dick, groß, rosig, blond, grünäugig, mesomorph, glattrasiert und aufrecht sein und am nächsten dick, groß, rosig,
blond, grünäugig, mesomorph, glattrasiert und gebeugt sein und
am nächsten dick, groß, rosig, blond, grünäugig, mesomorph,
glattrasiert und lehnend sein und am nächsten dick, groß, rosig,
blond, grünäugig, mesomorph, vollbärtig und aufrecht sein und
am nächsten dick, groß, rosig, blond, grünäugig, mesomorph,
vollbärtig und gebeugt sein und am nächsten dick, groß, rosig,
blond, grünäugig, mesomorph, vollbärtig und lehnend sein und
am nächsten dick, groß, rosig, blond, grünäugig, mesomorph,
schnurrbärtig und aufrecht sein und am nächsten dick, groß,
rosig, blond, grünäugig, mesomorph, schnurrbärtig und gebeugt
sein und am nächsten dick, groß, rosig, blond, grünäugig, mesomorph, schnurrbärtig und lehnend sein und am nächsten dick,
groß, rosig, blond, grünäugig, endomorph, glattrasiert und aufrecht sein und am nächsten dick, groß, rosig, blond, grünäugig,
endomorph, glattrasiert und gebeugt sein und am nächsten dick,
groß, rosig, blond, grünäugig, endomorph, glattrasiert und lehnend sein und am nächsten dick, groß, rosig, blond, grünäugig,
endomorph, vollbärtig und aufrecht sein und am nächsten dick,
groß, rosig, blond, grünäugig, endomorph, vollbärtig und gebeugt sein und am nächsten dick, groß, rosig, blond, grünäugig,
endomorph, vollbärtig und lehnend sein und am nächsten dick,
groß, rosig, blond, grünäugig, endomorph, schnurrbärtig und
aufrecht sein und am nächsten dick, groß, rosig, blond, grünäugig, endomorph, schnurrbärtig und gebeugt sein und am
nächsten dick, groß, rosig, blond, grünäugig, endomorph,
schnurrbärtig und lehnend, jedenfalls schien es Watt so, um nur
den Wuchs die Gestalt, die Haut, das Haar, die Augenfarbe, den
Körpertyp, die Gesichtsbehaarung und die Haltung zu erwähnen.

?
Sie gingen auseinander.
?

Addendum

```python
#!/usr/bin/python
# coding: utf-8
#
# Megawatt, copyright (c) 2014, 2018 Nick Montfort <nickm@nickm.com>
#
# Copying and distribution of this file, with or without modification, are
# permitted in any medium without royalty provided the copyright notice and
# this notice are preserved. This file is offered as-is, without any warranty.
#
# Updated 31 May 2018, changed "print" and "/" for Python 2 & 3 compatibility
# Updated 26 November 2018, substituted a shorter all-permissive license
# Written 29 November 2014


"""_Megawatt_ ist der Titel eines Computerprogramms, dessen Quellcode
Sie womöglich gerade lesen, und des Outputs dieses Programms, der
in vielerlei Hinsicht ein konventioneller Roman ist, und den Sie
womöglich stattdessen lesen.
Dieser Hinweis erscheint am Anfang beider.

Das Programm _Megawatt_ basiert auf Passagen aus Samuel Becketts Roman
_Watt_, der 1953 veröffentlicht, aber sehr viel früher geschrieben
wurde, als Beckett während des Zweiten Weltkrieges die Résistance
unterstützte.

Der Roman _Megawatt_ lässt das meiste der eher verständlichen Teile
von Becketts Roman beiseite und konzentriert sich stattdessen auf
das, was an ihm am durchgängigsten systematisch und rätselhaft ist.
Er baut diese Romanpassagen nicht einfach nach, obwohl _Megawatt_
mit nur wenigen Veränderungen sehr wohl in der Lage wäre, genau dies
zu tun. Stattdessen werden sie im neuen Roman durch Textgenerierung
intensiviert, wobei dieselben Methoden zum Einsatz kommen, die Beckett
verwandte, und bedeutend mehr Text entsteht als im ohnehin bereits
exzessiven _Watt_ zu finden ist.

Um den Roman im Markdown-Format zu kompilieren, führen Sie megawatt.py
(ein Python 2-Programm) bei installiertem TextBlob aus (einer Text-
verarbeitungsbibliothek).

    % python megawatt.py > megawatt.text

Um PDF- und epub-Dokumente zu erstellen, verwenden Sie pandoc:

    % pandoc -V geometry:paperwidth=5.8268in \
        -V geometry:paperheight=8,2677in \
```

```
            -V geometry:margin=.7in -o megawatt.pdf \
            megawatt.text
    % echo '% Megawatt' > info.txt
    % echo '% Nick Montfort' >> info.txt
    % pandoc -o megawatt.epub info.txt megawatt.text
```

Megawatt wurde für den zweiten NaNoGenMo (National Novel Generation
Month/Nationalen Romangenerierungsmonat) im November 2014 geschrieben/
generiert und ist eine freie Software.
Hannes Bajohr hat das Buch übersetzt - im Code, nicht im Output.
Es erscheint mit freundlicher Genehmigung des Autors bei 0x0a."""


```python
__author__ = 'Nick Montfort'
__translator__ = 'Hannes Bajohr'
__license__ = 'ISC'
__version__ = '1.0'


#### ALLGEMEINES
import urllib3
import xml.etree.ElementTree as ET
from textblob import Word, TextBlob
urllib3.disable_warnings()

def folgender_abschnitt(num):
    text.append('\n\\newpage')
    text.append('\n# ' + num + '\n\n')

text = []
ausbuchstabiert = {
    0: 'null',
    1: 'eins',
    2: 'zwei',
    3: 'drei',
    4: 'vier',
    5: 'fünf',
    6: 'sechs',
    7: 'sieben',
    8: 'acht',
    9: 'neun',
    10: 'zehn',
    11: 'elf',
    12: 'zwölf',
    13: 'dreizehn',
    14: 'vierzehn',
    15: 'fünfzehn',
    16: 'sechzehn',
    17: 'siebzehn',
```

```python
    18: 'achtzehn',
    19: 'neunzehn',
    20: 'zwanzig'
}


#### DIE STIMMEN

text.append('\n# I\n\n')
def kombiniere(num, worte):
    schluss = []
    if num > 0 and len(worte) >= num:
        if num == 1:
            schluss = schluss + [[worte[0]]]
        else:
            schluss = schluss + [[worte[0]] +
                    c for c in kombiniere(num - 1, worte[1:])]
        schluss = schluss + kombiniere(num, worte[1:])
    return schluss

## In 'Watt' gibt es Stimmen = ['sangen', 'schrien', 'erklärten',
## 'murmelten']
## Und Watt versteht = ['alles', 'viel', 'wenig', 'nichts']
## Hier sprechen die Stimmen auf acht Weisen und es gibt acht
## Verständnisstufen:
Stimmen = ['sangen', 'schrieen', 'erklärten', 'murmelten', 'schwatzten',
        'plauderten', 'schimpften', 'flüsterten']
versteht = ['alles', 'viel', 'einiges', 'die Hälfte', 'wenig', 'weniger',
        'Teile', 'nichts']
absatz = ''
vorwort = ' und manchmal '

for num in range(len(Stimmen)):
    for wortliste in kombiniere(num + 1, Stimmen):
        absatz = absatz.replace(", und ", " und ") + vorwort + ' und
'.join(wortliste)
        if len(wortliste) == 1:
            absatz = absatz + ' sie nur'
absatz = ('Watt hörte Stimmen. Nun, ' + absatz[5:] +
    ' die Stimmen, alle zusammen, zur selben Zeit, wie jetzt, um nur ' +
    'die Stimmen zu erwähnen, die ' + ausbuchstabiert[len(Stimmen)] +
    ', denn es gab noch andere. Und manchmal verstand Watt ' +
    ' und manchmal verstand er '.join(versteht) + ', so wie jetzt.')
text.append(absatz)


#### BEWEGUNGSARTEN

folgender_abschnitt('II')
```

```python
## In 'Watt' gibt es nur eine Richtung, kompass = ['nach Osten']
## Auch kommt der Ausdruck 'zum Beispiel' im Text vor; ich habe ihn
## fortgelassen, da mir der neue Text erschöpfend zu sein scheint.
kompass = ['nach Osten', 'nach Südosten', 'nach Süden',
        'nach Südwesten', 'nach Westen', 'nach Nordwesten',
        'nach Norden', 'nach Nordosten']
bein = ['rechtes', 'linkes']
j = 0
rl = 0
for i in range(len(kompass)):
    absatz = (['Watts', 'Seine'][i > 0] + ' Gewohnheit, geradewegs ' +
            kompass[0]  + ' zu gehen, bestand darin, daß er')
    for j in range(8):
        absatz = absatz + (' seinen Oberkörper so weit wie möglich ' +
        kompass[[6, 2][rl]] + ' drehte und gleichzeitig sein ' +
        bein[rl] + ' Bein so weit wie möglich ' + kompass[[2, 6][rl]] +
        ' schleuderte, dann')
        rl = [1, 0][rl]
        absatz = absatz + ['', ' wieder', ' noch einmal', ' erneut'][j/2]
    absatz = (absatz[:-12] + ' und so weiter, immer und immer wieder, ' +
            'viele, viele Male, bis er sein Ziel erreicht hatte und ' +
            'sich hinsetzen konnte.')

    text.append(absatz.replace(", und ", " und "))
    kompass = kompass[1:] + kompass[:1]


#### HAUSBESUCH

folgender_abschnitt('III')
text.append('Das Haus lag im Dunkeln.')
## In 'Watt' gibt es zwei Türen = ['Vorder', 'Hinter']
## Watt geht zu ihnen und kehrt zurück, ging =
## ['ging er', 'kehrte er zurück']
## Hier gibt es nun vier Türen und Watt sucht sie doppel so oft auf.
tueren = ['Vorder', 'Hinter', 'Seiten', 'Fall']
ging = ['ging er', 'kehrte er zurück', 'ging er erneut zurück',
        'lief er abermals']

for i in range(len(tueren) * 4):
    absatz = ('Da Watt die ' + tueren[0] + 'tür verschlossen fand, ' +
            ging[i / len(tueren)] + ' zur ')
    tueren = tueren[1:] + tueren[:1]
    absatz = absatz + (tueren[0] + 'tür.')
    text.append(absatz)

text[-1] = (text[-2][:-50] + ' jetzt offen fand, oh, nicht ' +
        'sperrangelweit offen, sondern aufgeklinkt, wie man ' +
        'sagt, konnte er das Haus betreten.')
```

DIE KURZE ERKLÄRUNG

```python
folgender_abschnitt('IV')
text.append('Drinnen befanden sich Mr. Knott und Erskine und noch ' +
        'jemand. Bevor er ging, machte dieser Gentleman die ' +
        'folgende kurze Erklärung:')

absatz = ('Und die arme alte, lausige Erde, die meine und die ' +
        'meines Vaters und meiner Mutter und')

def vorfahren(erste_liste, zweite_liste, tiefe):
    if tiefe < 1:
            return
    nl1 = []
    for e in erste_liste:
            for f in zweite_liste:
                    nl1.append(f+e)
                    yield nl1[-1]
    yield ' und'.join(vorfahren(nl1,zweite_liste,tiefe-1))

## Ursprünglich wird die folgende Operation für drei Generationen
## durchgeführt, also:
#    for x in vorfahren([' meiner Mutter', ' meines Vaters'],
#    [' der Mutter', ' des Vaters'],2):
## Hier ist die Anzahl an Generationen doppelt so groß,
## es gibt sechs:
for x in vorfahren([' meiner Mutter', ' meines Vaters'], [' der Mutter', ' des
Vaters'],5):
    absatz = absatz + x + ' und'
absatz = absatz[:-4] + ' der Väter und Mütter anderer Unseligen und'
for x in vorfahren([' ihrer Mütter', ' ihrer Väter'], [' der Mutter', ' des
Vaters'],5):
    absatz = absatz + x + ' und'
absatz = "".join(absatz[:-8]) + '.'
text.append(absatz)

#### DIE ZUSAMMENSETZUNG DES GERICHTS

## Da es keine deutsche Synonym-API gibt, die frei und ohne
## Anmeldung zugänglich ist, war dieser Abschnitt nur über
## den Umweg zu übersetzen, dass die Synonyme auf Englisch
## generiert und schließlich über TextBlob ins Deutsche
## übertragen wurden. Bei der Übersetzung entstehende Dopp-
## lungen wurden anschließend entfernt. [A.d.Ü]

folgender_abschnitt('V')

nahrungsmittel = []
```

```python
def uebersetze(liste):
    neue_liste = []
    liste = ', '.join(liste).encode("utf-8")
    liste = str(TextBlob(liste).translate(to="de"))
    liste = liste.split(", ")
    for element in liste:
        if element not in neue_liste:
            neue_liste.append(element)
    return ', '.join(neue_liste)

def verschiene_arten(wort, sinn, dt_wort, plural=False):
    bestandteile = []
    for synset in Word(wort).synsets[sinn - 1].hyponyms():
        next_name = synset.lemma_names()[0].replace('_', ' ')
        if plural:
            bestandteile.append(Word(next_name).pluralize())
        else:
            bestandteile.append(next_name)
    liste = uebersetze(bestandteile)
    return (liste + ' und andere' + dt_wort +
            ' verschiedener Art, ')


text.append('Samstagabends wurde eine Menge Nahrung zubereitet und gekocht, ' +
    'die genügte, um Mr. Knott eine Woche lang durchzubringen. ')
absatz = 'Dieses Gericht enthielt Nahrungsmittel verschiedener Art, '
## Das Original beginnt: 'wie Suppen verschiedener Art, Fisch, Eier, Wild,
## Geflügel, Fleisch, Käse, Obst, alles verschiedener Art...'
nahrungsmittel.append(verschiene_arten('soup', 1, ' Suppen'))
nahrungsmittel.append(verschiene_arten('fish', 2, 'n Fisch'))
nahrungsmittel.append(verschiene_arten('game', 4, 's Wild'))
nahrungsmittel.append(verschiene_arten('poultry', 1, 's Geflügel'))
nahrungsmittel.append(verschiene_arten('meat', 1, 's Fleisch'))
nahrungsmittel.append(verschiene_arten('cheese', 1, ' Milchprodukte'))
nahrungsmittel.append(verschiene_arten('fruit', 1, 's Obst'))
nahrungsmittel.append(verschiene_arten('bread', 1, 's Brot'))
nahrungsmittel.append(verschiene_arten('butter', 1, ' Butter'))
nahrungsmittel.append(verschiene_arten('tea', 1, 'n Tee'))
nahrungsmittel.append(verschiene_arten('coffee', 1, 'n Kaffee'))
nahrungsmittel.append(verschiene_arten('milk', 1, ' Milch'))
nahrungsmittel.append(verschiene_arten('beer', 1, 's Bier'))
nahrungsmittel.append(verschiene_arten('wine', 1, 'n Wein'))
nahrungsmittel.append(verschiene_arten('medicine', 2, ' Medizin', plural=True))
nahrungsmittel.insert(2,'und Eier verschiedener Art, ')
nahrungsmittel.insert(10,'und Absinth, Mineralwasser, ')
nahrungsmittel.insert(15, 'Whiskey, Brandy, ')
nahrungsmittel.insert(17, 'und Wasser und es enthielt außerdem viele Dinge, ' +
    'die gut für die Gesundheit sind, wie etwa Insiulin, Digitalin, ' +
    'Kalomel, Job, Laudanum, Quecksilber, Kohle, Eisen, ' +
    'Kamille, Wurmpulver, ')
```

```python
nahrungsmittel.insert(19,'und freilich Salz und Senf, Pfeffer und Zucker, und ' +
        'freilich ein Tröpfchen Salizylsäure gegen die Gärung.')
for element in nahrungsmittel:
        absatz = absatz + element
text.append(str(absatz.replace(", und ", " und ")))


#### DIE TEILE DES VERSPEISTEN GERICHTS

folgender_abschnitt('VI')
## In Watt wird nur 'die Hälfte' (hier: zehn Zwanzigstel) erwähnt.
absatz = ('Man hörte Mr. Knott nie über seine Nahrung klagen, obgleich ' +
        'er sie nicht immer aß. Manchmal leerte er den Napf, und kratzte ' +
        'mit dem Schäufelchen an der Innenwand und über den Boden, bis ' +
        'sie blank waren, und manchmal ließ er ein Zwanzigstel ')
for numerator in range(2,20):
        absatz = absatz + ' oder ' + ausbuchstabiert[numerator] + ' Zwanzigstel'
absatz = absatz + (' oder irgendeinen anderen Bruchteil stehen, und ' +
        'manchmal ließ er alles stehen.')
text.append(absatz)



#### SO WENIGSTENS

folgender_abschnitt('VII')
## In Watt gibt es drei Empfindungen:
# empfindungen = ['ruhig', 'frei', 'froh']
## Hier sind sie auf sechs erweitert:
empfindungen = ['ruhig', 'frei', 'froh', 'ganz', 'gut', 'richtig']
absatz = ('Vielmehr unter dem Druck… Nicht daß Watt sich ' +
        ' und '.join(empfindungen) + ' fühlte, oder je gefühlt' +
        ' hatte, durchaus nicht. Aber er dachte, daß er sich vielleicht ')
for i in range(6, 0, -1):
        folgende_empfindungen = ''
        for c in kombiniere(i, empfindungen):
                folgende_empfindungen = folgende_empfindungen + ' und '.join(c) +
                ' oder '
        absatz = (absatz + folgende_empfindungen + 'wenn nicht ' +
                folgende_empfindungen[:-6] + ' so wenigstens ')
absatz = absatz[:-14] + 'fühlte, ohne es zu wissen.'
text.append(absatz)



#### MR. KNOTTS SCHUHWERK
## 'Was seine Füße betraf, so trug er manchmal an jedem eine Socke…'
## Nicht erweitert. ppg256-7 basiert auf dieser Passage:
## http://nickm.com/poems/ppg256.html

#### MR. KNOTTS BEWEGUNGEN
## '…von der Tür zum Fenster, vom Fenster zur Tür,…'
```

```python
## Nicht erweitert. Nanowatt generiert die Passage
## auf Englisch und Französisch:
## http://nickm.com/post/2013/11/nanowatt/

#### DIE ANORDNUNG VON MR. KNOTTS MÖBELN
## 'So befanden sich nicht selten sonntags: die Kommode auf
## den Füßen am Kamin und der Toilettentisch auf dem Kopf…'
## Nicht erweitert. Nanowatt generiert die Passage
## auf Englisch und Französisch:
## http://nickm.com/post/2013/11/nanowatt/


#### MR. KNOTTS ÄUSSERE ERSCHEINUNG

folgender_abschnitt('VIII')
## Nur die ersten vier erscheinen im Original.
attribute = [
        ['dünn', 'stämmig', 'dick'],
        ['klein', 'mittelgroß', 'groß'],
        ['blaß', 'gelb', 'rosig'],
        ['schwarz', 'rot', 'blond'],
        ['braunäugig', 'blauäugig', 'grünäugig'],
        ['ektomorph', 'mesomorph', 'endomorph'],
        ['glattrasiert', 'vollbärtig', 'schnurrbärtig'],
        ['aufrecht', 'gebeugt', 'lehnend']
]
def permutiere(liste_der_listen):
        if len(liste_der_listen) == 1:
                for i in liste_der_listen[0]:
                        yield 'und ' + i
        else:
                for i in liste_der_listen[0]:
                        for j in permutiere(liste_der_listen[1:]):
                                yield i + ', ' + j
absatz = ('Was den so wichtigen physischen Aspekt Mr. Knotts betraf, so ' +
        'hatte Watt dazu leider wenig oder nichts zu sagen. ' +
        'Denn an einem Tag konnte Mr. Knott ')
absatz = absatz + ' sein, und am nächsten '.join(list(permutiere(attribute)))
absatz = (absatz + ', jedenfalls schien es Watt so, um nur den Wuchs ' +
        'die Gestalt, die Haut, das Haar, die Augenfarbe, den Körpertyp, ' +
        'die Gesichtsbehaarung und die Haltung zu erwähnen.')
text.append(absatz.replace(", und ", " und "))

#### ENDE

folgender_abschnitt('IX')
text.append((' ' * 16) + '?') # Solche Auslassungen kommen in Watt oft vor.
text.append('Sie gingen auseinander.')
text.append((' ' * 32) + '?')
```

```python
#### ALLES NACH STDOUT AUSGEBEN

leere_seite = '\\thispagestyle{empty}\n\n\\newpage\n\n \n\n'
schmutztitel = (' \n\n \n\n \n\n# Megawatt\n\n' +
    (leere_seite * 2))
titel = (' \n\n \n\n \n\n# Nick Montfort\n\n' +
    '## Megawatt\n' +
    '\n \n \n \n\n_Ein deterministisch-computergenerierter' +
    Roman,_  \n' +
            '_Passagen aus Samuel Becketts *Watt* erweiternd_\n' +
            '\n\n' +
            '_Übersetzt von Hannes Bajohr auf Grundlage_ \n' +
            '_der deutschen Erstübersetzung von Elmar Tophoven\n_' +
            '\n \n \n \n' +
            ' \n\n \n\n \n' +
            '__0x0a__\n' +
            (leere_seite * 2))
vorwort = '# Vorwort\n\n' + __doc__ + (leere_seite * 2)
print(schmutztitel + titel + vorwort)
print('\\setcounter{page}{1}\n\n' + '\n\n'.join(text))
this_file = open('megawatt.py')
print('\n\\newpage\n\n')
print('# Addenda\n\n\n\\scriptsize\n\n')

print('    ' + ' '.join(list(this_file)))
```

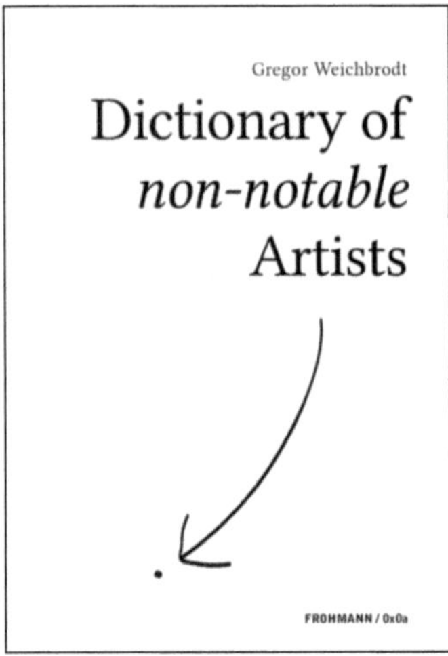

12 €, 132 Seiten, ISBN: 9783944195421

Every day, Wikipedia users nominate articles for deletion. A frequent reason for exclusion is non-notability. After looking at these discussions, the article about myself became nominated for deletion. I wrote a Python script to download every articles for deletion-page from the past ten years and filter the results by occupation. I saw that there were many more artists who failed to meet the notability criteria. This book is dedicated to these artists.

"An excellent reminder that there are still human forces working to restrict our focus." (*The Rumpus*)

14 €, 260 Seiten, ISBN: ISBN: 9783944195506

Vernichtung des Kanon oder seine Demokratisierung? *Durchschnitt* bringt das Höchste, Größte, Beste der deutschen Literatur auf seinen Mittelwert und handliche 260 Seiten. Hierzu wurden alle Bücher aus *Der Kanon. Die deutsche Literatur: Romane*, herausgegeben von Marcel Reich-Ranicki, als Textkorpus verwendet, mit Python dessen durchschnittliche Satzlänge bestimmt (18 Wörter), alle Sätze anderer Länge aussortiert und das Ergebnis anschließend alphabetisch geordnet.

»Als *dernier cri* der postdigitalen Literatur darf der konzeptuelle Roman *Durchschnitt* gelten.« (Michael Braun, *tell*)

mehr unter: 0x0a.li · orbanism.com/frohmann

14 €, 132 Seiten, ISBN: ISBN: 9783944195605

I'm not well-versed in Literature. Sensibility — what is that? What in God's name is An Afterword? I haven't the faintest idea.

An algorithm combs through the universe of online encyclopedia Wikipedia and collects its entries. A text is generated in which a narrator denies knowing anything about any of these entries.

»Gregor Weichbrodt … führt die enzyklopädische Ordnung des digitalen Zeitalters ad absurdum.« (*Frankfurter Allgemeine*)

12 €, 125 Seiten, ISBN: ISBN: 9783944195438

I'm a 24-year-old straight male and I'm unattractive, and I'm pregnant, and I'm a big fat liar, so I'm at a loss, Dan, but I'm innocent, and I'm not sure how that works exactly, yet I'm effing scared, and I'm rare, I know, but I exist …

Who am I? Can any one answer ever be definitive enough to define oneself? Hannes Bajohr's *Monologue* is a single, 120-page sentence attempt at answering this question. Culled from letters to Dan Savage's queer advice column *Savage Love*, it creates a fraught song of myself, and a probing hyper-identity that contains multitudes.

mehr unter: 0x0a.li · orbanism.com/frohmann

Nick Montfort, *Megawatt. Ein deterministisch-computergenerierter Roman, Passagen aus Samuel Becketts* Watt *erweiternd*

Originaltitel: *Megawatt. A novel. Computationally, Deterministically Generated Extending Passages from Samuel Beckett's* Watt

Zuerst erschienen bei Bad Quarto, Cambridge, Mass.

Übersetzt von Hannes Bajohr unter Verwendung von:
Samuel Beckett, *Watt.* Deutsch von Elmar Tophoven, Frankfurt am Main: Suhrkamp 1972.

Nick Montfort leitet Trope Tank am MIT, Cambridge, Mass.
nickm.com

Hannes Bajohr ist Teil des Textkollektivs 0x0a.
0x0a.li | hannesbajohr.de

Dies ist ein Titel der Reihe Frohmann / 0x0a.

ISBN Paperback: 9783944195711

Die Deutsche Nationalbibliothek verzeichnet diese Publikation in der Deutschen Nationalbibliografie; detaillierte bibliografische Daten sind im Internet über http://dnb.d-nb.de abrufbar.